中国科普作家协会资助项目

王晋康文集
第4卷

# 蚁 生

王晋康 著

科学普及出版社
·北 京·

图书在版编目（CIP）数据

蚁生 / 王晋康著 . -- 北京：科学普及出版社，2023.2

（王晋康文集；4）

ISBN 978-7-110-10466-8

Ⅰ.①蚁… Ⅱ.①王… Ⅲ.①幻想小说 – 中国 – 当代 Ⅳ.① I247.5

中国版本图书馆 CIP 数据核字（2022）第 122146 号

| 策划编辑 | 王卫英 |
| --- | --- |
| 责任编辑 | 王卫英 |
| 封面题字 | 张克锋 |
| 装帧设计 | 中文天地 |
| 责任校对 | 焦　宁　张晓莉　邓雪梅　吕传新 |
| 责任印制 | 徐　飞 |

| 出　　版 | 科学普及出版社 |
| --- | --- |
| 发　　行 | 中国科学技术出版社有限公司发行部 |
| 地　　址 | 北京市海淀区中关村南大街 16 号 |
| 邮　　编 | 100081 |
| 发行电话 | 010-62173865 |
| 传　　真 | 010-62173081 |
| 网　　址 | http://www.cspbooks.com.cn |

| 开　　本 | 710mm×1000mm　1/16 |
| --- | --- |
| 字　　数 | 7460 千字 |
| 印　　张 | 470.25 |
| 插　　页 | 1 |
| 版　　次 | 2023 年 2 月第 1 版 |
| 印　　次 | 2023 年 2 月第 1 次印刷 |
| 印　　刷 | 北京中科印刷有限公司 |
| 书　　号 | ISBN 978-7-110-10466-8 / Ⅰ・641 |
| 定　　价 | 2888.00 元 |

（凡购买本社图书，如有缺页、倒页、脱页者，本社发行部负责调换）

# 目　录

## 蚁　生

| | |
|---|---|
| 楔子 | / 003 |
| 第一章　噩耗 | / 006 |
| 第二章　蚂蚁的学问 | / 019 |
| 第三章　情敌报信 | / 034 |
| 第四章　罪 | / 048 |
| 第五章　凶杀 | / 065 |
| 第六章　新生 | / 071 |
| 第七章　利他的设计 | / 078 |
| 第八章　平定内乱 | / 089 |
| 第九章　女知青怀孕 | / 106 |
| 第十章　老魏叔 | / 116 |
| 第十一章　工分 | / 134 |
| 第十二章　招工 | / 160 |
| 第十三章　蚂蟥 | / 172 |
| 第十四章　断裂 | / 180 |
| 第十五章　死亡 | / 193 |
| 第十六章　毁灭与新生 | / 205 |
| 第十七章　蚂蚁朝圣 | / 218 |
| 第十八章　璧还 | / 229 |

## 时间之河

| 第一章 | 经历 A 之一 | / 240 |
| 第二章 | 经历 B | / 290 |
| 第三章 | 经历 A 之二 | / 295 |
| 第四章 | 经历 C 之一 | / 305 |
| 第五章 | 经历 A 之三 | / 310 |
| 第六章 | 经历 C 之二 | / 322 |
| 第七章 | 经历 A 之四 | / 333 |
| 第八章 | 经历 D | / 335 |
| 第九章 | 经历 E | / 355 |

蟻生

# 楔　子

　　36年前——那已经是上个世纪的事了，几乎是上一辈子的事了——20岁的女知青郭秋云正同她的颜哲哥哥在知青农场的堰塘边幽会时，突然得知一个惊人的噩耗：场长赖安胜要暗杀颜哲！初听这个消息俩人都不信。赖安胜是个暴君加色鬼，他们相信他会干很多坏事，但在光天化日之下公然策划搞暗杀，这似乎太离谱，不符合逻辑。何况消息是庄学胥送来的，更减弱了消息的可信度。庄学胥与他俩从小是街坊，又与颜哲是高中同班同学，秋云与他们同校但低两届，三个人关系一度不错。但"文化大革命"开始后，很多人都展现出了人性的另一面，这一面也许连他本人都不自知。颜哲的父亲颜夫之和母亲袁晨露在学校被迫害，双双自杀，庄学胥可以说是掷出第一块石头的人，而且直到下乡后，他对自己的行为从无半句忏悔。由于这些历史恩怨，两人之间一直横亘着很深的敌意，这会儿他突然要扮成颜哲的救命菩萨，谁信？

　　但那是一个疯狂错乱的时代，许多不合逻辑的事反倒成了正常。后来的事态证明，庄学胥送来的这个消息果然是真的，并由此间接引发出一桩死亡七八人的血案，死者包括领头策划暗杀的赖安胜、两名凶手、报信的庄学胥、公社干部老魏叔和他的相好谷阿姨，等等。颜哲倒没有死于赖安胜之手，但也因此失踪，至今生死不明。

　　那段经历在秋云心中割了一道血淋淋的伤口。她原以为这道伤口永远不会平复了，但时间真是最强大的巫师，它慢慢抚平了伤口，让秋云最终接受了颜哲的死亡——他如果没死，在风平浪静后绝不会一直躲着自己！后来秋云回城，在麻绳社当工人，结婚，生儿育女，赶着末班车上大学，回母校北阴市一中当语文教师，照顾孙子外孙。她的心被世俗生活填满了，无暇回顾往事。旧日的记忆被仔细打叠好，封存到记忆深处，蒙上了厚厚的尘土。

也许是上帝的安排，恰好在退休后，秋云听说农场旧址发生了一件"灵异之事"——颜哲的衣冠冢前出现了"蚁群朝圣"。为了验证它，秋云拉上丈夫高自远到故地重游。农场已经不存在，当年的68名知青不用说早就走光了，驻场的18个老农也早已星散，说不定很多人已经不在人世。知青们当年的住房都是土坯房，它们全部毁于那年的洪水，只余下砖砌的粮库和场长室，也已破败不堪，门窗都被偷走了，黑洞洞的，活像被剜了眼睛的死尸。秋云祭奠了七个死者的坟墓和颜哲的衣冠冢。八个坟头坐落在农场最高的那片荒岗上，长满及膝深的野草。多半是这些野草的保护，它们才没有被36年的雨水冲平。

她听到的那个传说并非虚言，这儿的蚂蚁极多，可以说是铺天盖地，密密麻麻，来来往往，忙忙碌碌，其活动显然以颜哲的衣冠冢为中心。附近的乡人们说，这样的"蚂蚁朝圣"是从三四天前开始的，"真是怪事啦，莫不是坟里的死人显灵？"

秋云当然知道这件灵异之事的原因，不是什么死人显灵，而是科学，是技术方法。她目睹过颜哲用一种叫"蚁素"或"利他素"的玩意儿，在瞬间招来千千万万只蚂蚁，就如眼前的景象一般。而这种蚁素是颜哲的父亲——一位著名的昆虫学家——一生研究的结晶。这么说，那个握着蚁素秘密的人——颜哲——也许并没有死去？是他回到故地来呼风唤雨、撒豆成兵？他是用这种方法向别人主要是秋云显示他的存在，或者说是暗示他的成功？

秋云暗暗揣着一份希望，仔细寻找有关迹象。

在农场流连的时间里，秋云一直情绪黯然，默默无语。她老伴儿高自远虽然没在这个农场待过，但也下过乡。秋云下乡时是高一，而他是大二，下放在军事化管理的上海崇明岛农场，那同样是一段非常严酷的日子。高自远了解妻子在农场的初恋，很能体会妻子的心情。在他体贴的默默的陪伴下，秋云满地里捡拾着记忆的残片。原来那些被打过封条的、蒙上尘土的记忆并没有褪色啊，它们仍然清晰鲜亮，栩栩如生：她逼真地回忆起与恋人初吻的感觉，那时她浑身如电击般战栗不已；她想起农场里那些皮毛像丝绸一样光滑的南阳黄牛，用手摸一摸，那儿的牛皮就会抖起一片涟漪，那些涟漪能通过指尖荡到她的心里；她忆起嵌在绿草丛中的清澈明净的水塘，如仙女宝镜般漂亮，在岗坡地上星罗棋布。偏偏其中生活着上帝最丑恶的造物之一——蚂蟥。还有广阔天地上那蓝得令人心悸的天空，在夏风下微微起伏的金黄色麦浪……郭秋云就像经历了一场时间旅行，她的灵魂离开56岁的身体，以第三者的视角，观察一个20岁女知青的人生之路，体会着她的喜怒哀乐、爱恨情仇。不过这不是单纯的场景重现，当她以历尽沧桑的视角重历自己的人生之路时，自然有很多不同于过去的感悟。

在不断强化记忆的过程中，36年前那个女孩儿的印象逐渐饱满和清晰，直到她从第三者变成了"我"，变成这个56岁的郭秋云的意识主体。

# 第一章　噩　耗

　　在地球上所有的生物中，蚂蚁可以说是最成功的种群。同为社会性生物，蚂蚁社会比人类社会远为先进和高尚。那是完全利他主义的社会，每一个个体都是无私、牺牲、纪律、勤劳的典范。最可贵的是：蚂蚁的利他主义完全来自基因，来自腺体及信息素等生物学结构的作用，生而有之并保持终生，不需要教育、感化、强制、惩罚，不需要宗教、法律、监狱和政府。所以，蚂蚁社会的每一滴社会能量都能被有效利用，没有任何内耗。由于蚂蚁个体的利他主义是内禀稳定的，因而其社会也是稳定和连续的典范，一亿年来一直延续下来，没有任何断裂。

　　和它们相比，万物之灵的我们真该羞愧无地。人类的万年文明史绝大部分浸泡在丑恶、血腥、无序、私欲膨胀和道德沦丧中。上帝和圣人们的"向善"教诲抵不过众生的"趋恶"本性，好不容易建立起来的"治世"只是流沙上的城堡，转眼间就分崩离析。

　　如果我们能以蚂蚁社会为楷模，人类文明该发展到何等的高度！

　　　　　　　　　　　——昆虫学家颜夫之《论利他主义的蚂蚁社会》

　　下乡第三年的5月，麦子还没熟，知青农场里的农活相对闲一些。听说今晚没有安排政治学习，蹲在井台上吃晚饭时，我同颜哲很熟练地对了个眼色。吃完饭，同宿舍的李冬梅约我去散步，我扯个理由推辞了。阮月琴说：

　　"冬梅你没一点眼色，人家有正事呢。"

　　我红着脸没有反击，她们嘻嘻哈哈地走了。等天色刚刚黑下来，我就避开人群，悄悄来到离场部有两里地的堰塘，这是俺俩幽会的老地方。这个农场是专为知青们新建的，堰塘也是知青们来农场后新挖的，挖出的生土在四周堆成塘堤，堤上种着蓖麻。这一带是岗地，上浸土，晴天一块铜，下雨一泡脓。土质贫瘠，兔子不拉屎的地方，种啥都长不旺。但后来我有了一个发现：原来蓖麻最吃生土，在生土塘堤上长得极为高大葳蕤，树林一般，为我俩的幽会提供了绝好的屏障。再加上塘堤地势较高，视野开阔，所以两人在幽会中即使有些越轨的举动，也不会被人发现。这几次幽会中，颜哲越来越不老实了，昨天就把手伸到我的内衣里面。我当时也曾略做抵抗，但凭良心说，我的抵抗只是象征性的，很快就被他的进攻瓦解了，融化了。原来，男人的抚摸能带来那样电击般的战栗和快感！这会儿我轻轻抚着自己的乳胸，暗暗渴望着颜哲的再次拥抱，这种渴望让我的脸庞发烧。

今晚没有政治学习，这对知青农场来说是很难得的。农场位于北阴市旧城县的红星公社，而旧城县是当时全国四大政治模范县之一，搞得最为波澜壮阔。哪天北京城里传来最新最高指示，旧城县向来是传达不过夜的。这样的阵仗知青们经历过不止一次：已经熟睡的知青被喇叭惊醒，集中到场院里学完最新指示。然后点起火把，排着队，敲锣打鼓，分头到附近乡庄上，挨家挨户地敲门打窗："大娘大伯，给你送精神食粮哩，送最新指示哩。"被惊醒的主人一般不点灯，也不开门，隔着纸窗应一声："好啊，劳驾你们念念吧。"于是知青们就着火把的光亮，伴着院内被激起的狗吠声浪，大声念完最新指示，再转到下一家。等把周围的乡民们折腾完，常常是天色已亮。

不过近来这段时间里，发布最新指示的频次相对少多了。

因为上面指示：知识青年上山下乡，接受贫下中农的再教育。所以知青农场建场后，请来二三十位老农来担当再教育的重任。但下乡后，当泛义的"贫下中农"分解成一个个真实的个体时，知青心中的神圣感就弱化了。原来"贫下中农"也有诸多不神圣之处啊，这几十个老农中不少人当过国军，比如憨厚老实的二班长老初原是国军的机枪手。他平时不言不语，有一天挖土方时忽然来了兴致，一个虎跳跳到土坑里，拿锨把当机枪架起来，说机枪就是这样用的，这么着哗啦一下，一扫一个扇面。另一位老农陈秀宽是地主的败家子，大伙儿说他是吸大烟吸出来的贫农，身上还有淋病；有的老农好吃懒做，很多人最津津乐道的话题是女人和性。当然忠厚老实的也不少，像牛把式郜祥富、一班长老肖、二班长老初、四班长老庞等。但所有老农都有一个共同的劣势：文化劣势。他们不知道中国的朝代，不知道下雨和彩虹的原理，也背不来毛主席语录，他们在全场大会上领呼口号时常常闹笑话，比如：

"热烈（强烈）抗议，苏修社会主义加帝国主义（社会帝国主义），无条件（无理）侵占我国领土珍宝岛！"

"斗死去球（斗私批修）！"

场长赖安胜的文化水平相对高一些，但也十分有限。他当过志愿军，在部队里学了百十个字，转业后回到农村，混到四十多还没成家。所以，至少以农民的眼光来看他绝对算不上成功者。没人料到他会在43岁的年纪时来运转，被公社选做知青农场的副场长。不久场长老胡调回公社革委会任职，赖安胜便递升为场长。他在这儿真是如鱼得水啊，首先是政治层面上的如鱼得水，凭借"再教育者"的政治优势和知青对于回城的渴望，再加上他本人的六分流气四分霸气，他成功地建立了自己的绝对权力。只有去年秋季分红前，因为给老农们发秘密津贴惹出的大字报事件，对他的权威提出了短暂的挑战，随着那件事的解决，他的权力就更加绝对；然后是男女之事上的如鱼得水，45岁的老光棍，32个嫩生生的城里姑娘，这种诱惑是很难抵挡的。他越来越钟情于和女知青"一帮一，一对红"，据说已经把两三个姑娘帮到床上了。不过这些都只是知青们压低嗓音的私下密语，还没人能拎出来很过硬的真凭实据——除了前天小知青孙小小对我说的话。

我把这些烦心事抛开，抱膝坐在土埂上，静下心来等颜哲。月色下的堰塘真美！水面平展如镜，倒映着明月疏星。塘蛙和鸣虫们快乐地聒噪着，几只稻鸡咕咕叫着，低低地掠过夜空。月光洒在我赤裸的胳臂上，带着森森的凉意。向南望去是一片荒地，与湖北接壤。这儿解放前属于两不管地区，土匪横行，出过不少有名的匪首，周围的水坑里或井里常常填着死人。颜哲告诉我，别看旧城县现在贫穷破败，历史上尤其是在东汉时期却是有名的物华天宝之地，出过很多将相外戚，还有几位皇后，包括历史上有名的美女、汉光武帝的皇后阴丽华。我想，少女阴丽华也曾和我一样，坐在同样的田埂上，仰望着同一个月亮，做过同样的少女之梦吧。

听见轻轻的脚步声,颜哲从蓖麻丛中钻出来,立即粗野地抱住我,吻我,吸吮我的舌尖,一只手插进我内衣里急煎煎地抚摸。我一边回应着他的拥抱和热吻,一边低声责备他:"颜哲你越变越坏了,你变成一只大色狼了,你过去那温文尔雅的假面具扔哪儿啦?"颜哲笑着,不反驳,手下一点也不停。等到他的手向我裤腰下发展时,我及时制止住他,说:

"不许得寸进尺了,到此为止。那儿得留到结婚后再给你。"

颜哲毕竟是君子,虽然正是情热如火的当口儿,很难一下刹车,但他没有再勉强我,强使自己平息了情欲,安静下来,与我并肩坐在塘堤上。我掏出一叠饭票递给他,说:

"这是我省出来的,你知道我的饭量小。眼看到麦忙天了,你别饿着肚子。"

颜哲没有接,说:"用不着,我这个月够吃。对了,会计老霍昨天给我透了风,今年农场夏季分红仍然分不到钱,每人最多三十元吧。像我这样拿十分工分的棒劳力,分红反倒是负数。"

农场的工分太不值钱,棒劳力们比别人多出的工分比不上多吃的饭票。颜哲虽然身体单薄,但干活极泼,老农们对他的普遍评价是:这么个清清秀秀的学生娃儿,干起活来像拼命三郎,有八分力气要用出十二分。才来农场那阵儿挖堰塘,头一天,他手上磨了三个血泡,用断了两根锨把。回库房换锨把时,农具保管员四娃心疼得心尖尖流血——不是心疼出了血泡的手而是心疼锨把,不住嘴地嘟哝着:

"你这娃儿,你这城里娃儿,恁不知道东西金贵。"

颜哲听烦了,说:"记上账,赶明儿扣我的分红还不行?"

四娃撇着嘴说:"扣分红?得扣你多少天的工分?娃儿呀,你不心疼,我还替你心疼哩。这回我做个好事,不给你记账,以后千万小心点。"

四娃说得没错,那年到了年终,每人分红也就是二三十元,折合每个工作日不到一毛。而两根锨把是一元钱,也就是说,颜哲这样的十分劳力,得干十几天的工分才够赔两根锨把。颜哲后来颇为感慨地说,四娃这么一算,他才对自己的劳动价值有了自知之明。

我把饭票硬塞到他兜里,笑着安慰他:"你分不到钱不要紧,我多少总能分点吧。等分了红，你就花我的，我反正没有别的用处。"

颜哲说那倒用不着。"其实，"他略为犹豫后说，"我爸妈给我留有一大笔钱呢，是'文革'前国外的亲友资助的。我爸一直不用，连三年困难时都没动用，说要派大用场。这笔钱外人不知道，抄家时没有被抄走。不过，我同样轻易不会用它，也要用它派一个大用场。"

他把这样重要的秘密告诉我，让我暗暗感动。我不知道他说的"大用场"是指什么，也没有问，只是说：

"对，留下它将来派大用场。要是手头紧，就花我的钱。你知道我爹已经被放出来了。有爹挣钱，我家的日子宽裕多了。"我爹是市搬运站的苦力，根正苗红的工人阶级。但"文革"中他是搬运站红革联的头头，在北阴市那次造反派抢枪风潮中，被牵连到抢砸战备武器库那个案子中，"文革"后期被判了一年劳教。他被判刑期间正好赶上知青下乡，否则我也不会被撵下乡了。"爹妈让我告诉你，他们一直帮你盯着颜家大院，不让地痞无赖们偷抢。他们让你放心。"

爹妈一向疼颜哲，爹还捎来一句话：让我在钱财上多帮帮颜哲。爹说这个娃儿太可怜，爹妈都殁了，没一个亲戚贴补他。不过这些话我没说，怕伤及他的自尊。颜哲默然片刻说：

"谢谢郭伯和郭婶。不过，城里那套房子我可能用不上了，就让他们住吧。"

他是指这辈子大概不能回城了。的确，像他这样身世复杂的知青，前边的路确实是黑的，我不想用空洞的话来安慰他，只好沉默。颜哲也不再说话，从身边摸出一个土块用力扔到塘里。青蛙被惊动，霎时间停止了聒噪，沉寂片刻后蛙声复炽。我知道刚才的话勾起了颜哲对父母的回忆，想把话头岔开。就笑着说：

"看你扔土块，我想起会计老霍的趣事。颜哲，你记不记得老霍那次闯的弥天大祸？"

颜哲笑了："那能忘得了！真不相信那个老帮子能闯出这样的祸。"

会计老霍满头白发，瘦得一把骨头。他蹲在井台上吃饭时的形象最为经典：弯腰缩颈，两个尖棱棱的膝盖高过肩头，夹着脑袋，几乎能挨着耳垂。男知青林镜夸他是刘备那样的帝王之相。书上不是说刘备"两耳垂肩，两手过膝"吗，老霍"两膝过肩，两耳垂膝"，这样的帝王之相就更高档了。别人听了都笑，老霍既不恼也不笑，两个膝盖把脑袋夹得更紧。

很长时间，我们一直以为他至少60岁了，有一次一个年轻女人来这儿探望他，三十四五岁，短发，长得很精神。晚饭后他俩出来散步，在护场沟边碰上我们一群女知青，孙小小冒冒失失地夸他：

"老霍头，你闺女长得多漂亮！"

两人一下子满脸通红——原来那是他爱人。从那之后我们才知道，老霍的真实年龄刚刚过四十。

老霍头是正经八百的国家干部。凡是下放到知青农场的国家干部多多少少都有些问题，像"文革"中站错队啦，经济问题啦，海外关系啦，作风问题啦。连我们的第一任场长老胡也是如此，他是走资派，来农场时还没有彻底解放。但即使是"污点干部"，来到农场后还是比知青高一级，是我们的牧羊人。这些人中唯有老霍头表现得非常畏缩，走路怕树叶打破头，平时从不大声说话，见人总弯着腰，目光不会高过别人的腰部。偏偏这么个比蚂蚁还卑微的小人物，去年夏天，大概就是这个季节吧，弄出一个大纰漏。

那天晚上他和出纳从公社回来，走到护场沟天已经黑了，听见有女知青在蓖麻丛后像麻雀一样叽叽喳喳地说笑。他听出其中有女知青张克玉，小张因为经常帮厨，与老霍比较熟。谁也料不到这老先生会突然童心大发，或者说，即使像老霍这样一个被外壳紧紧封闭的人也是有童心的，就看啥时候外壳能偶然裂开。老霍对出纳说："咱们吓吓她们吧。"随手拾了一块儿"料姜石"——一种没有风化完的表面凹凸不平的石头，岗坡地里这玩意儿俯拾皆是——扔过去，那边立马传来一声惨叫！原来这块石头不偏不斜，正好砸中了小张的门牙，而且竟然把门牙砸折了。奇怪的是她的嘴唇倒没破，肯定那会儿正在"露齿而笑"吧，而老霍头的石头恰恰在这当口儿一掷而中，比后来美国佬的精准制导炸弹还要准。

赖安胜那时刚刚由副场长升任正场长，正是风光的时候，得知这件事后雷霆大怒，把老霍骂得狗血淋头。还令他在全场大会上认罪，视其认罪态度再作"严肃处理"。那场批斗会全场知青和老农都参加了。会场静得瘆人，一盏汽灯咝咝地响着，照得老霍面色惨白。赖安胜场长叉着腰横在台上，凶神恶煞地瞪着他。老霍做检查时，手抖得拿不住检查书，两条瘦腿也一个劲儿哆嗦。下边的知青们使劲捂住嘴，不敢笑出声。后来有人说他把尿都吓出来了，淅淅沥沥往下滴，不过这多半是糟蹋他。

从那次挨批斗之后，老霍更是不敢正眼看人，尤其是对赖安胜场长。赖场长一瞪眼，能吓得他打哆嗦。按农村的说法，是他的苦胆被吓破了。不过那次事件本身倒是有惊无险，在受害人的求情下，老霍最终没落任何处分，只是掏钱为小张镶了一颗门牙。此后好长时间，男知青们最爱逗张克玉笑，而小张则学会了笑时绷着上嘴唇，不好意思把那枚"大金牙"露出来。

我学着老霍当时在批斗会上的样子，哆哆嗦嗦地说："我要——深刻——悔罪——重新——做人。颜哲，我学得像不像？"

颜哲只是笑："像，像——行了，别拿那可怜虫开涮了。"

"我真替他的爱人抱屈，那么年轻，和这种可怜虫过一辈子，咋受得了！"

"你说错了，听说那对老少配非常恩爱。他妻子来探亲那晚，隔墙的炊事员说他俩——"

"咋啦？咋不说啦？"

颜哲笑着，不再往下说。我猜到了，无非是男人们的荤笑话，也就不再问。颜哲说：

"秋云，有一个坏消息我不知道该不该给你讲。讲了我怕给你增加精神负担，不讲吧，我又明知道你最怕那玩意儿。"

"是啥？快说！快说嘛。"

他指指眼前的堰塘："这里面也有蚂蟥，这是确实消息，昨天刘卫东洗澡时被吸上了。"

我打了个寒战。我是从小受苦的人，妈说我最泼实，天不怕地不怕，连蝎子都敢伸手抓。五岁那年我真的抓过一次蝎子，幸亏和我一块儿玩的学胥哥及时发现，一把拉过我，把蝎子用脚拧死了。我唯一恐惧的是蚂蟥。这怪我听了太多的"老婆儿语",有街坊说的,也有我妈说的。老婆儿语说:"蚂蟥最阴险,吸你血时悄悄贴上去,你根本不会觉察。而且它的唾沫能让你的血液不会凝结,便于它吸个痛快。它附上你的身体后,你如果一直没发现,它会顺着血管一直钻到身体内,或者你在河里洗澡时它会顺着你下体的体窍钻进去。还有,喝水时也有可能把蚂蟥卵包喝进去,这样它就在你胃里、肺里甚至脑子里安营扎寨,那这人就没救了。"

这些老婆儿语中,至少前两条是真实的,下乡后被我的亲身经历所证实。后几条可能过甚其词,但它却给我造成了深深的恐惧,因为这后三条害人方法如果是真的,那就太阴险了,简直不可防范,你再小心也不行。

我同蚂蟥的第一次间接遭遇是在农场打了机井后。机井位于食堂旁边,我们每天用它的井水刷碗。有一天忽然听见在机井中有蛤蟆一声接一声地惨叫,我奇怪地问班长老肖:"才打的机井中咋会有蛤蟆?"老肖说:"这不奇怪,蛤蟆晚上会在旱地上来回跳,不小心跳进井里就出不来了,一辈子就在井里过了。农村娃儿们玩的游戏中,不是还有个蛤蟆跳井嘛,就是打这种事上来的。"我又问:"那它这会儿为啥惨叫?"老肖说:"很可能它被蚂蟥吸住了。只要是有血的生灵,蚂蟥都要吸血,特别是蛤蟆这样的小生灵,一旦被蚂蟥吸住就没命了,一直到它的血被吸干。"

老肖的话让我打了一个寒战。我不解地问:"蚂蟥咋能跑到才打的机井中?它又不像蛤蟆会跳。"老肖被问住,说:"那我就说不清了,也许是老天爷的安排吧。我只知道山里有旱蚂蟥,闻到人味儿,老远就能跳到人身上吸血,但咱们这儿的水蚂蟥按说是不能走长路的。"

此后,每天用机井水刷碗时,我都会担心地观察碗里的水,看其中有没有蚂蟥的卵包。

农场这儿是上浸土,透水性不好。这种特性对庄稼生长不利,但造就了野地里星罗棋布的积水塘。它们的形状依着地势而成,大都是长橄榄形,也有卵圆形、圆形等其他形状,极其漂亮,如仙女嵌在大地上的异形宝镜。池水异常清澈,几乎像是空无。水中的青草特别碧绿,长长的草叶随着缓缓的水波柔曼地摇曳。偶尔见几只小鱼或蛤蟆在水中游,就像是悬在虚空中,动作潇洒舒展。水塘最漂亮的时候是在夕阳将落时,晚霞把池水染上晕红,而水中景物如同加了滤光镜的风景照,显得特别柔和。

大堰塘挖好之前,我和颜哲最初幽会就是在这些小水塘边。脱了鞋赤脚在水中轻轻晃动,池水给我带来惬意的清凉。我对它们简直入迷了,有一天晚上,当晚霞再次染红池水时,我实在忍不住它的诱惑,下狠心对颜哲说:

"我真的忍不住了,我想在里面洗澡。你帮我看着来人,行不行?——你本人也不准看。"

颜哲笑着答应了。此前知青们洗澡是在邻庄的堰塘里,男知青晚饭前去,女知青在天色刚刚暗下来之后去,互相心照不宣,不会撞到一块儿。虽然我同颜哲恋爱已久,但在他视野里洗澡却是头一次。我对他不放心,再三警告他不许偷看,他很庄重地再次答应。他真的走开几步,背向着我。我很快脱了衣服,带着忐忑不安的新奇感,滑入水里。就在这时候,颜哲大步蹿上来,一把把我从水里扯出来,搂在怀里。我那会儿恼羞成怒,竭力挣扎着,尖声骂他流氓,不要脸,说话不算话。他没有辩解,拿来衣服让我穿上,然后硬搬过我的脑袋让我看水塘,说:

"你先看看水中有啥再骂我不迟。先看看吧。"他笑着说,"我承认,你下水前我确实偷偷溜了一眼,不过没看到你,却看到水里有东西在游,又过几秒钟后才意识到那东西是啥。对不起你啦,这么着把你光着身体从水中揪出来。不过,我知道你最怕这玩意儿,所以——只好当流氓了。"

我正在气头上,硬着脖子不理他,不过最终被他把脑袋扳过来,顺着他的手指看过去——水中有蚂蟥,有七八条之多,青黑色的身体,背上有几条黄色的纵纹,个头很大,伸展开时大约有一拃长,两头尖尖,犹如拉长了的纺锤。它们在水中一屈一伸,游得非常写意。如果不是我先天的厌恶,甚至可以说它们的泳姿非常舒曼潇洒。它们的风度自信和从容,就像知道自己是这片小天地的主人。

我止不住打一个寒战,又是一个寒战。如果不是颜哲把我拉上来,那——往下我不敢想了。我感激地偎在颜哲怀里,歉然地亲亲他。那晚我们在这个水塘边流连了很久,看一池抹了晕红的水逐渐变黑。我不敢再赤脚伸到水里了，想起从前经常这样做，心里非常后怕。我想不通为啥这么美的地方，偏偏同时存在着最丑恶的造物，只能说是老天爷的居心叵测吧。

新堰塘挖好后，我俩就不在这些天然水塘边幽会了，男女知青洗澡也改在新堰塘。多少有点奇怪的是，我们在新堰塘里始终没有发现过蚂蟥，我想也许这是因为堰塘新挖的缘故？不大可能，因为连新打的机井中蚂蟥也能进去。但很长时间确实没在这儿发现蚂蟥，我曾为此暗自庆幸，因为一旦连这块净土也失去，以后再想洗澡就没地方可去了。

可是现在，颜哲的消息揉碎了这块最后的净土。想起此前一直抱着虚假的安全感在这儿洗澡，昨天还来洗过，让人不寒而栗。我发愁地说：

"以后我是不敢来堰塘洗澡啦，只能打点井水在屋里洗了。"

颜哲很抱歉，似乎这烦恼是他给我造成的："秋云，我真不想告诉你。不过，这么怕蚂蟥真不像你的性格。再说，从种水稻后，你不是已经不怕蚂蟥了吗？"

农场原来都是种麦，第二年开始改种水稻后，我不得不同蚂蟥正面遭遇。我努力压制着内心的恐惧，羞于告诉别人。因为老农们和男知青们好像一点儿都不怕，提起蚂蟥，都是不屑一顾的表情。男知青中，其实颜哲和我一样惧怕蚂蟥，至少是厌恶吧。不过作为一个男人，他不能把自己的恐惧外露，那会让人笑话的。

不过我能看穿他的内心。听见他学着别人用不在意的口气谈论蚂蟥时，我不由得想：在这个世上，当个男人比当女人要难啊。

其实，同蚂蟥真正的遭遇远没有想象的那样可怕。第一次下水田薅稻秧，我坐在小板凳上，两只赤足浸在泥水中，心中一直提心吊胆，不时提起双脚悄悄看看。有个把小时，一直没有发现蚂蟥，我的心渐渐放下了。两个钟头后，我再次提起双足，忽然发现脚踝处一缕细细的血丝，心头忽地一震，鸡皮疙瘩都出来了。果然有一头小蚂蟥正在小腿处安静地吸血。我为这个场面担心过多长时间啊，其实真碰上了，也不过如此。此前老农们已经介绍了对付蚂蟥的方法，我忙用放在手边的鞋底用力拍打，蚂蟥掉下来，我用草叶夹着它，到田埂上找块石头仔细把它砸烂。因为老农们说，蚂蟥的命非常硬，轻易弄不死它。最好的办法是用一根棍子捅到它的肚子里，把它的体腔翻个里朝外。不过这样的操作我绝对不敢干。

其后被蚂蟥吸上就变成常事，有时甚至同时吸附上三四只。次数多了，反而没了惧意。开始我把捉到的每一只都认真砸死，但在稻田里想找一块儿石头并不容易，干活那样紧张，也不容许我每次都跑回田埂上找石头。后来我们变得麻木了，从腿上取下蚂蟥，远远扔到旱地上了事。至于它会不会重新爬回水田——这是肯定的——只有眼不见为净。

这会儿颜哲说我不怕蚂蟥了，我摇摇头："我不怕蚂蟥吸到腿上，仍然怕它在洗澡时钻到身体里。"

他笑着说："那是你自己吓自己，蚂蟥不会有这么大的本事。这么多人每天来洗澡，谁被蚂蟥钻到肚里啦？"

我强辩道："可能已经有了。老婆儿语说，蚂蟥能在人身体中藏几年，才让你犯病。"

颜哲不和我辩，笑着说："真要像你说的，那我以后也不敢下水洗澡了。"

对蚂蟥究竟能不能钻到身体里，我们都拿不准，就把这个话题撂开。其后农场最漂亮的一头南阳黄牛据说死于蚂蟥，而且据说是蚂蟥钻到它的百叶（牛胃）中去了，但这个事实的真假我不敢判定。

我说："对了，大姐今天让人捎来一瓶油泼辣椒，她知道你爱吃辣椒，专门为你做的。明天我给你送去。"

我只有一个姐姐，按北阴的习俗只叫姐，不叫大姐，不过我从小习惯这样称呼她。大姐长我十岁，从小就疼我，整天把小不点儿妹妹扛在肩膀上出去玩。大姐15岁就出去工作，在旧城县拖拉机修配厂当车工。等我下乡时，大姐已经是俩孩子的妈，家境又苦，几乎熬成老女人了。

我下乡选中旧城县就是冲着大姐来的，爹妈说有你大姐在那儿，多少有个照应。颜哲则是随我而来。我刚下乡不久，大姐骑自行车骑了45里来看我，那时正是农场最艰难的时候，大姐看见我的胳膊腿在袖口和裤口处晒得黑白分明，红薯面窝窝出了绿毛还放在床头舍不得扔掉，眼圈一下子红了。她帮不上妹妹多少忙，但我回家路过旧城县时，她总要买一斤鸡蛋，满满炒一碗，端给妹妹吃。为人木讷的姐夫这时总要领着小外甥们出去玩，后来我才知道是怕孩子们眼馋，平时他们哪舍得让孩子们吃大碗的炒鸡蛋。

肚里没一点油水的我吃得那个香啊。我也领颜哲去过大姐家，那次大姐又多炒了一碗鸡蛋。这会儿我说大姐专门为他炒的辣椒，他只是笑，不说话，笑容里有鬼鬼道道的东西。我问：

"你笑啥？我知道你对我大姐有意见，去了一次，以后再也不去那儿。没良心的，我大姐可没慢待你！那碗炒鸡蛋把你撑出毛病啦？"

他被我问急了，才说：

"大姐确实没慢待我，但我看出来，她不同意咱俩的事——所以，她也不会专门为我炒这瓶辣椒，你不用蒙我。"

颜哲说得对，大姐私下里确实和我有过一次长谈，坚决反对我和颜哲谈恋爱。不是对颜哲本人有啥看法，而是看不上他的家境，说这娃儿政治条件和经济条件都太差，会拖累我一辈子的。大姐凄然地对我说：

"贫贱夫妻百事哀。记着大姐这句话，要不，总有一天你会后悔！"

不过，我不知道颜哲咋看出来大姐的反对，仔细回想，他在大姐家的时候，大姐并没有任何表露啊。

我没有与大姐争论，但与颜哲照常来往。这瓶辣椒是我让大姐炒的，我的确没明说是为颜哲，但大姐应该能猜出来，她知道我平素不怎么吃辣的。在这件事上我玩了个一箭双雕的小心眼儿，既想让大姐知道我对颜哲的态度，又想拉近颜哲同大姐的距离。这会儿颜哲猜透了我的小心眼儿，我也就笑着不和他争辩了。我把头倚在他肩上，安静地看着浮云在明月旁游荡，颜哲也安静下来，陪着我。

"颜哲哥，还记得咱们第一次见面吗？"

"当然记得啦。那天我家从北京迁回老家，你和庄学胥一伙儿正在我家院子里挖蚂蚁窝。你当时才七岁吧，又黑又瘦，标准的丑小鸭。没想到丑小鸭今天变成天鹅啦。"

"我算啥子天鹅呀，顶多算个绿毛鸭。"我自卑地说，"颜哲你知道不，你，还有你的爸妈，给我的第一眼印象是什么？"

他回过头注意地看看我:"是什么?"

我微笑着睇望夜幕上的明月疏星,有意卖关子,不回答他。有些美好的东西最好不要说出口,即使对自己心心相印的恋人。我愿把那个印象永远暗藏在心中。

## 第二章　蚂蚁的学问

颜家是北阴有名的四大世家之一，全盛时有近千亩地。解放后，颜家在农村的田产和房产都被没收，分给佃户们。在城里的颜家房产属于商业资产，按政策是要留下的。不过这些房产大都没留住，被一些小的国营单位像供销社啦，信用社啦，街道办事处啦等无偿占用，日子一久也就充公了。颜家只留下一个大院，位于城乡接合部，原是他家的桑园。院内有几间草房，其余全是桑树或空地，围着低矮的土墙。颜家的祖辈都已经去世，第二代大都出国定居，所以这座院落一直空着，成了街坊孩童们玩耍的天堂。颜哲的父亲颜夫之早年留学英伦，是国际上有名的生物学家。解放后回国，在北京某名校任教，很少回家乡。但1957年反右时他被揭发出有"恶攻"（恶毒攻击）言论，他曾说"不能用政治标准来压制孟德尔—摩尔根遗传学派"，说苏联的米丘林—李森科学派只是个政治助产的畸形儿，那位李森科院士更是个不折不扣的学术恶棍；又说"没有自由的学术风气，科学就会被窒息"。这些言论足够划一个"极右"了。幸亏上边有人为他说话，说抗美援朝战争期间，他作为昆虫学家，在揭露美帝的细菌战方面立过功。那就不要戴右派帽子了，定个"右派对象"吧。

然后他们全家被下放回老家，回到这座空置多年的颜家老宅子里。我从大人嘴里知道了颜伯伯是右派对象，但搞不懂这个称呼的含义。"对象"这个词的一般意义我那时已经知道了，所以想当然地认为，颜伯伯肯定是"右派"的"对象"——那就是说袁阿姨是右派啦？但大人说我说的不对，"右派对象"就是原本够格当右派的人，最终因政府开恩没有戴上"分子帽"。袁阿姨既不是"右派"也不是"对象"，只是受丈夫牵连，要说她才是右派的对象哪。大人们的解释勉为其难，而我则似懂非懂地点头。这个政治名词的复杂性真难为了我七岁小脑瓜的智力。

　　颜家回来的那天我们正在颜家大院里玩耍。我那时的玩伴都属于贫民阶层，孩子们的娱乐很贫乏，看蚂蚁拉青虫是常玩的游戏。庄学胥比我大两岁，是俺们这一伙儿的孩子王。这天他领我们看蚂蚁拉青虫。一只黑蚂蚁在四处搜寻，学胥哥把一条半死的青虫放到它的附近。蚂蚁碰上了，立即冲上去咬，用力拖，青虫则拼命挣扎。不久，这只蚂蚁知道凭它自个是拉不动的，很果断地离开青虫，回窝去了。学胥哥高兴地说：

　　"等着吧，过不了多久，大部队就要开来了。"

　　果然过了不久，几百只蚂蚁排成一条线，浩浩荡荡开过来，团团围住那条青虫，爬满了它的身体。青虫很快用尽力气，或者是被蚂蚁蜇晕，不怎么挣扎了，蚂蚁们开始用力拖它。开始时秩序很乱，蚂蚁各用各的劲儿，每只蚂蚁的六条细腿儿乱蹬，但青虫纹丝不动。但蚁群不知道用啥办法协调了用力的方向，几百条细腿开始向一个方向用力，慢慢地，这个对蚂蚁来说非常庞大的躯体终于动了一下。蚁群受到鼓舞，几百条细腿蹬得更欢，没有一个偷懒的。青虫移动的速度逐渐稳定，向蚂蚁窝的方向移过去了。

　　虽然我们已经不是第一次看，但仍然看得很过瘾。这个简单的生命活动让七岁的我感受到大自然的神秘。我问学胥哥："蚂蚁咋认路？咋回家喊'人'来帮忙？要知道它们可不会说话！还有，那个侦察兵咋知道根据青虫的大小应该喊多少'人'？因为我们过去已经见过，要是蚂蚁准备拉的虫虫小，它就只喊来十几个'人'，而这次喊来了几百个。还有，它们不会喊口令，咋知道向同一个方向用劲？"

　　学胥哥被问得只是抓后脑勺，说："我也不知道，只能说蚂蚁生来就会这些吧，是老天爷的安排吧。"

　　学胥哥又说："咱们干脆挖开蚂蚁窝看看是啥样子，你们乐意不？我知道颜家大院里有大蚂蚁窝。"

　　于是五六个孩子就带上学胥哥家的一把小洋锹，熟门熟路地翻过颜家院墙的缺口，来到大院里。这儿昨天刚刚打扫收拾过，是我爹领人干的，他说颜家的主人马上要回来，不过这个消息影响不了我们的玩耍。我们在桑园里挖开了一个大蚂蚁窝，蚂蚁黑压压的，怕是有上万只！巢穴被毁的蚁群真成了"热锅上的蚂蚁"，急匆匆地跑来跑去，窜上伏下，没个消停。不过仔细观察，它们的行为还是有路数的。小头蚂蚁（工蚁）全都噙着白色的椭圆形的小蚁卵，慌慌张张地寻找可以躲藏的地方；大头蚂蚁（兵蚁）则虚张声势地张开大颚牙，向看不见的敌人宣战。我的眼尖，在众蚁之中发现了蚁王，实际应称为蚁后吧。它的个头比一般蚂蚁大三四倍，动作笨拙，在蚁巢的废墟上慌慌张张地乱窜。但工蚁们很快追过来把它制止住，十几只工蚁分别咬着它的腿，硬把它拉到一个土块下，藏了起来。小小的蚂蚁原来这么有纪律，这么舍己为人尊老爱幼，让我真的很感动。

学胥哥说："我今天还带了一个好玩意儿哪。"

他掏出一把残缺不全的火镜，即放大镜或称凸透镜。那时我就奇怪，庄家虽然比我家还穷，但又常常有一些别致的小玩意儿，像放大镜啦，指南针啦，已经不会走动的金壳怀表啦，我们挖蚂蚁窝用的这把军用小洋锹啦。我还见过庄学胥母亲的一张照片，穿着旗袍，戴着耳环，和现在蓬头散发的样子简直不是同一个人。我还知道学胥哥特别疼我，比如这些小玩意儿，如果我不在，他就舍不得拿出来玩。

庄学胥趴到地下，把正午的阳光聚焦成一个光斑。光斑四周是漂亮的彩色镶边，围着一小块夺目的白光。这个光斑是不敢久看的，看得久了，你的眼底会被烧出一个相同形状的黑斑，即使你闭上眼睛，也得好长时间后才能复原。学胥哥小心地把光斑收拢，罩着一只正在搬蚁卵的工蚁，那只工蚁立即痉挛了几下，仰面弹着六条腿，死了，小身体蜷成一团，然后开始冒烟。

我们以前只用臭蛋儿（卫生球）逗过蚂蚁，就是用臭蛋儿在地上划一个白色的圈圈，把蚂蚁围在里边，蚂蚁害怕臭蛋儿的味儿，在白色边线上撞来撞去，越撞越焦躁，就是不敢越过去，看着十分有趣。但用火镜烧蚂蚁还是第一次。我们争着说：

"学胥哥，让我玩一会儿，让我试一下！"

学胥哥照例先把火镜给我，我烧死一个蚂蚁后给别人，大伙儿轮流烧，玩得很高兴。后来院门打开了，有两辆人力车和几个人进到院子里，我们没有理会，照样玩我们的。忽然听见一个大人急迫地喊：

"别！不要烧蚂蚁。"

一个中年男人匆匆走过来，把我们分开，拨弄着蚂蚁蜷曲的尸体，怜惜地说：

"孩子们别欺负蚂蚁，它们虽然小，也是一条命啊，而且是非常珍贵的生命。"

这是我们第一次见颜家三人，颜伯伯旁边立着袁阿姨和九岁的颜哲，我父亲和另一个搬运工正从人力车上卸家具。直到多少年后，初见这一家的印象还非常鲜明地刻在我的记忆中。因为他们太不平常了，太超凡脱俗了，就像是天上的仙人来到凡间。其实他们的衣着很普通，颜伯伯穿一身白色的中式裤褂。袁阿姨穿着当时流行的大花布拉吉——俄罗斯式的连衣裙。颜哲穿的是白衬衣和带吊带的短裤，白色球鞋，这种白色球鞋在当时的北阴市倒是很少见的。这些不算太奢华的衣服穿在他们身上，显得那样清爽那样潇洒。三个人的容貌也很漂亮，但在当时，他们的容貌并没给我留下多少印象，因为我已经被容貌之外的东西迷住了。

一个七岁女孩无法清晰地理出这种感受，但我分明受到了强烈的震撼，并滋生出很强烈的想同他们亲近的感觉。

不过颜伯伯的责备也让我脸红，让所有的玩伴脸红。刚才我们只顾玩得高兴，忘了蚂蚁也是一个小生命，忘了它们实际算得上我们的小玩伴。我们讪讪地笑着，低着脑袋，用赤脚搓着光腿肚。只有庄学甯觉得这番责备损伤了他在小伙伴中的威信，恼火地瞪着这位不速之客，想要发作。袁阿姨忙说：

"老颜！——有话慢慢说，孩子们小，不懂这些。"回过头对我爹说，"我先生专门研究昆虫，天下的虫蚁没有他不喜欢的，喜欢得都发痴了。说话直来直去的，你们别跟他一般见识。"

那是我第一次听见悦耳的"京片子"，觉得它好听极了。我爹傻哈哈地笑着问："虫蚁里面也有学问？"

这句问话应该说是不大礼貌的，但颜伯伯没在意。他拉过颜哲说："来，和小伙伴们认识认识，你们以后就是朋友了。"

颜哲不像我们这样在生人面前怯场，很有礼貌地笑着对我们点头问好。颜伯伯用手抚着我的头说：

"小云——她是叫小云吧。"

爹说："是。这是我家老二。老大也是闺女，比她大十岁，初中毕业后已经上班了，在旧城县拖修厂。这个二妮子淘，每天到处疯跑，最喜欢虫虫蚁蚁，花花草草。"

"那好嘛，跟我家小哲对脾气。小云，还有你们四个男孩子，我告诉你们，蚂蚁中也有很多学问呢，你们愿意听我讲讲吗？"

我仰脸看着他，再扭头看看颜哲，连连点头。颜伯伯把孩子们拢到一块儿，讲了很多有关蚂蚁的知识，我们听得十分专心。我爹卸完家具后也凑上来听，一听，连他也走不开了。

几十年后，我仍能清晰地回忆出颜伯伯当年讲的蚂蚁知识。当然可能不全是那天说的，颜伯伯此后也常常讲说，我可能在记忆中把颜伯伯多年的话浓缩到一天了。他说："蚂蚁是地球上最成功的动物种群，在地球上至少存在一亿年了。现在已经发现白垩纪的蚂蚁化石，它们估计是从臀钩土蜂科演化而来。据估算，地球上的蚂蚁一共有数十万亿只，是人类数量的近万倍。在热带地区，蚂蚁及白蚁的生物总量竟然能占到昆虫生物量的三分之一，在亚马孙密林中蚂蚁更多，每公顷面积上有800万只蚂蚁和100万只白蚁，甚至占到所有生物总量的三分之一。这是个非常惊人的数字。

"蚂蚁一般是雌性社会，蚁后只负责繁衍后代。工蚁包括兵蚁也都是雌蚁，负责觅食和警卫。雄蚁一般与蚁后交配后就死了，只能算是蚂蚁社会中的一个过客。世界上已经发现的蚁类有9000多种，隶属360多个属。中国有黄猄蚁、双齿多刺蚁、日本弓背蚁、日本黑褐蚁、深井凹头蚁、红林蚁、小家蚁等。"

我忙问："颜伯伯，为啥咱中国的蚂蚁是从小日本跑过来的？是不是日本的蚂蚁特别霸道，爱侵略中国？"

颜伯伯笑了，摸摸我的脑袋说："不，不是这个说法。中国的蚂蚁不是从日本跑来的，都是中国土生土长的，很多种类和日本的蚂蚁一样。不过，日本科学家研究东亚蚂蚁比较早，所以在给蚂蚁命名时就占了便宜，很多名字挂上了日本的前缀。"

他说，"你们挖的这一窝是日本黑褐蚁，一般有一只蚁后，数千只工蚁；但也有的多达六只蚁后，数万只工蚁。这是一个很奇怪的现象，其他生物族群的王者一般是唯一的，像蜜蜂，如果一个族群内有两只以上蜂王，就必定要分群，或者蜂王们捉对儿厮杀，一直杀到只剩一只。所谓'天无二日民无二君'，人类社会的这个规则在动物中同样适用。但蚂蚁族群内经常发现多个蚁后和平共存的现象，比如日本石狩红蚁的一个蚁群竟然有 108 个蚁后和三亿只工蚁，而入侵欧洲的阿根廷蚁竟然有数千只蚁后共处于一个族群内。"

颜伯伯说的另一点知识我印象特别深，因为说到这儿时颜伯伯相当动情，用力做着手势，声音也提高了。他说：

"蚂蚁可是利他主义的典范！没有一只蚂蚁有私心，一点私心也没有。"

他说，"比如南美的行军蚁，当碰到酷暑烈日时，它们会抱成一个大团，强壮的工蚁在最外边，里边是幼蚁和蚁后。烈日会把外层的行军蚁晒焦，但它们以身体作屏障保护了内层的同族。等天气凉爽后蚁团松开，继续行军，而牺牲者就甘愿化为泥土。再比如一种蜜桶蚁，它们吃饱食物后身体胀大，然后倒悬在蚁穴的天花板上。等劳动的工蚁饿了，过来用触须拍拍它的尾部，它们就分泌出食物来喂食。所以，它们的一生实际只是作为一种器皿，是活的蜜桶或冰箱，但它们任劳任怨，毫无怨言。"

这些知识我们从来没有听过，太新鲜了。我爹听得连连点头，说：

"真的，虫蚁里边也有这么大学问，颜先生你不愧是读书人。小云子，以后多来颜伯伯家听他唠嗑，能长学问。"他笑着对颜伯伯说，"我家小云子生错地方了，该生到你们这样的读书人家里。我看她天生是读书人的秉性。"

我爹是个粗人，可是看事常常入木三分。的确，我从小就和邻家的孩子不同，我爱看着花草虫蚁发愣，惊叹老天爷咋能造出这样精致的东西。我喜欢大自然的景观，冬天的白雪让我心地空灵，春天的嫩苞让我生出盎然春意，夏天的彩云让我情绪昂扬，甚至从五六岁起我就能感到萧瑟的秋意，常常对着满地打旋的黄叶伤情。夸张一点说，在孩提时代我的心是与天地相通的，只是这种特异禀性随年龄而逐渐失去了。

颜伯伯说:"欢迎你们都常来玩。关于蚂蚁的知识,我家小哲知道的不少,你们问他就行。"

我高兴地拉着颜哲的手说:"小哲哥哥,以后和我们玩,讲蚂蚁的故事,行不?"

颜哲笑着点头,用标准北京话很平和很自信地说:"没问题,蚂蚁的知识我确实知道一些,都是从我爸这儿学的。"

颜伯伯说:"那好,你们去玩吧。"

大人们进屋去摆放家具,颜哲又接着对新伙伴们讲了很多蚂蚁的知识,比如说蚁后能生出受精卵(双倍体),孵化后是工蚁;也能生出不受精卵(单倍体),孵化后成雄蚁,等等,让我们佩服得不得了。不过我也让他知道了我的"厉害"。我拿刚才问学胥哥的老问题问他:"蚂蚁侦察兵咋识路,咋知道一条大青虫需要多少'人'来拉,它回窝后咋能向'别人'说清楚这次应该多少'人'去?"颜哲给窘住了,老老实实地说:

"我不知道。蚂蚁认路肯定是因为信息素,它们顺着来时留下的信息素就能回去。至于咋通知蚁巢去多少'人',应该也是利用信息素吧,信息素释放多一些就表示要多去'人'。但这只是我的猜想,书上没有这样的知识。"

学胥哥得意地大声说:"你不是说,蚂蚁的知识你全知道吗?"

他这明显是当面篡改,因为颜哲哥刚才只说过"蚂蚁的知识我确实知道一些",从没说过"全知道"。但颜哲没有在这点上辩解,很窘迫地思索一会儿,说:

"我只知道,蜜蜂发现蜜源后,是用圆圈舞通知巢中的其他工蜂,它舞动时的圆圈大小和强度就表示蜜源的远近和大小。至于蚂蚁是不是利用信息素来发通知,好像还没一个科学家研究出来。小云你真不简单,能问出这样难的问题。我把这事弄清了再讲给你。"

不过他的研究大概没能进行,因为随之就是"大跃进",顾不上这些脱离现实的研究了。然后——就是三年困难,再接着就是"文化大革命"。

那年是1958年，大跃进的年头，激情洋溢的时代。全民吃食堂，吃饭不要钱。提前迈入共产主义。小麦亩产五万斤，水稻亩产十万斤。全民大炼钢铁，苦干15年，超英压美学苏联。各家各户的铁锅都砸了，大门上的门钉锯、衣箱上的吊扣和箱子铁皮护角都被撬下来，交公家去炼铁。各小学的操场上都建了土高炉，平素不大为人看重的小学自然课老师这会儿成了学校的灵魂人物，因为形势逼得他们个个成了土高炉的设计师、建造师兼炼钢技师。《中国少年报》上满怀激情地报道过一则最大胆的创举，它一直镌刻在我少年的记忆中——有一个小学生用黄泥巴捏出一座小高炉，趴到地下，用嘴巴当鼓风机，竟然也炼出了钢铁。

大炼钢铁运动在北阴有一个独特的表现。北阴得天独厚，城南有白河流过。白河从山中流出时肯定经过某个铁矿，所以两岸的沙滩下有一层一层的铁砂。把铁砂挖出来，平铺在带坡度的沙滩上，撩起河水冲啊冲啊，较轻的沙子被冲走，较重的铁砂被提纯，从坡面上轻轻刮下来，就可用做炼铁的原料。北阴掀起了全民淘铁砂的热潮，我们的小学自然也参加了。颜伯伯和袁阿姨刚到北阴第一高中报到，颜伯伯教生物，袁阿姨教俄语——实际上她是教英语的，但按照国家统一规划，北阴一高只设俄语课，她只好改行。这会儿他们尚未正式上班，就随我们小学一块去了。

几百个小学生在队旗的指引下，迎着灼人的朝阳，意气风发地来到白河边。越过陡峭的小寨门朝下望去，天哪，河边已经来了这么多人！一条白水静静地淌过，两侧沙滩上，成千上万的人忙忙碌碌，熙熙攘攘，活像庞大的蚁群在拉一条白色的大青虫。虽然还是早上，但在炎日下大多数男人和男孩子都光着膀子，甚至很多像我这样的低年级小女孩也脱了上衣。所以打眼望去，满眼尽是晒得冒油的黄色脊梁。如果说人群像蚂蚁，那我们就是黄蚂蚁了。

颜伯伯不愧是有学问的人，在淘铁砂这种事上也能表现出来。他不像普通人那样随便找一个地方就干，而是先在附近转一圈，把我、颜哲、庄学胥和袁阿姨领到一个洄水湾处，说：

"来，咱们在这儿挖个坑试试，这个是洄水处，估计铁砂沉积较多。"

果然，几锨下去，挖出一个厚厚的黑砂层，足有四指厚。这给以后的淘洗工作省了大劲儿。很快有人发现了我们的财富，两个男人跑过来，看着我们铺在斜坡上的黑亮亮的铁砂，十分眼红，嘀咕着：

"你们咋恁有运气哩。"

我高兴地说："不是运气，是我颜伯伯长有'看宝眼'！"

那两人走了。学胥哥比较贼，远远盯着他们，发现他俩回去后正在跟同伴们嘀咕，然后开始收拢家什，看样子是想往这一带凑。学胥哥忙问：

"颜伯伯，这个富矿大概有多大范围？"

颜伯伯没弄清他问这个问题是什么目的，大致对他指了指。学胥哥赶忙在富矿的周围划了边界线，又到沙滩上折了一堆柳条，沿边界线插上。等那伙人过来，"国境线"已经建好了，他们当然知道这些界线是啥意思，只好在线外止步，但又不死心，尴尬地看着我们。一直在弯腰泼水的颜伯伯刚才没发现庄学胥的跑马占地，这会儿瞥见这一幕，忙走过来，拔掉了作篱笆用的柳条，笑着说：

"来吧，来挖吧——都是为了1200万，还分啥你我？"

1200万吨是那年全国的钢铁指标，后来减为1070万。那群人高兴了，乐哈哈地笑着，在我们旁边扎好阵地，大干起来。当然最富饶的那块矿层还是留给我们了。学胥哥起初有点不乐意，不过没再坚持，大概他事后想想也觉得自己不对。本来嘛，所有人都是为了同样的目标，而且这些劳动都是义务的、无偿的，即使哪个小组淘的铁砂再多，也不会得到一分钱报酬。既然如此，在"共产主义式"的大场面中弄出一块"个人主义"的小圈子，是不是太那个了？

那天我们淘了120斤铁砂，满满一铁桶，远远超过别的小组。在收工前的评比中，我们夺到冠军，一面红色的冠军旗插在我们的铁桶上。颜哲哥和学胥哥抬着铁桶，高兴得满面红光，连担子也不觉得沉了。

快要离开白河时，我们见到一对外国黑人夫妻，黑得浑身发亮，穿着奇形怪状的衣服。他俩站在小寨门门洞里，久久地望着下边如蚂蚁般的人群，咕咕噜噜地和翻译说着话。我们经过时，男黑人看见了我们抬的铁桶上的小红旗,看见了这群小家伙飞扬的喜悦,大概也看到了颜伯伯夫妻的书卷气——在满眼的光脊梁中,唯有他俩衣衫整齐——就走过来,主动和我们说话。翻译笑着说:

"这位先生是问你们……"

不过他用不着翻译了,颜伯伯已经接过话头,用同样咕咕噜噜的外国话和黑人谈起来。两人谈得十分尽兴,做着手势,不时大笑着。有时黑人妻子和袁阿姨也插上两句,翻译反而被撂在一边。我们把铁砂担子放下来,围着他们听。我悄悄问颜哲哥:

"这些洋话你能听懂不?"

颜哲哥说:"是英语。这个黑人的英语不大标准,不过我大致能听懂。"

我央求他:"那你给我们翻译吧,行不行?"

颜哲哥答应了,竖起耳朵听着,断断续续地翻译:

"这人说他是非洲一个国家,加纳,驻中国大使馆的文化参赞,是来北阴购买玉雕和烙花工艺品的,顺路来工地上看看。他说,不久前他参加过北京十三陵水库的义务劳动,是中国外交部组织的,工地上的劳动热情让他很感动,非常感动,没想到在偏僻的北阴市又看到了同样感人的一幕!"

下边一段话黑人说得很快,好像很激动的样子。颜哲凝神听了一会儿,小声说:

"这一段话我听不大懂,大致意思是:他说,西方国家一再宣传,说中国人的劳动是被迫的,是屈服于铁丝网和皮鞭,说中国人是一群没有思想的蓝蚂蚁,那真是最无耻的谎言和污蔑。他说,他不知道中国政府用什么办法,激起了民众这么广泛的热情,他对此由衷地佩服。"

"那颜伯伯说的啥?"

"我爸说,中国和非洲都遭遇了几百年的苦难,现在我们都在努力使自己的伟大国家复兴。他本人就是为了这个目的从英国回到祖国,对这个决定他决不后悔。"

听着颜哲哥哥的翻译,我对这俩黑人夫妻很有好感,也更钦佩颜伯伯。因为那个黑人不知道而我却知道,颜伯伯这会儿头上还顶着"右派对象"的帽子哩。

黑人最后一段话说得比较慢，咬字很重，表情也比较奇怪，似乎很沉重很失落的样子。颜哲翻译说：

"你们听！听听他这句话！他说：'在我的国家里，人民还远远没有组织起来，什么时候我的人民能像中国人这样干活，我的国家就有希望了！我真盼着这一天哪。'"

听了这句话，我们既感到自豪，对这位"黑人大伯"也更亲近了。

最后黑人满脸笑容，与颜伯伯袁阿姨握手，和孩子们轮流握手，还把个子最小的我抱起来亲了一下，同大家告别，坐车走了。

这场淘铁砂运动持续了几个月，那段时间所有学校都没上文化课。但非常遗憾，我们的热情之花最后被证明是"荒花"（北阴土话，指不会结果实的花）。那么多人淘来的铁砂，后来变成了奇形怪状、勉强可以被称作"铁块"的东西，只是为学生们清理校园的义务劳动增添了一点内容。热情洋溢的"大跃进"很快被抛到脑后，随之是三年灾害。这些忘我劳动的蚁众变成了饥饿的蚁众，唯一保留的生物本能就是觅食——不过，不是像蚂蚁那样为族群觅食，而是为自己的小家觅食。

在三年困难时期，我家和颜家一直相濡以沫。我妈蒸好野菜或豆腐渣馍总要给颜家送一点。这些从大城市来的书呆子的觅食本能弱一些，不像我妈，钻窟窿打洞也能给孩子们找来吃食，像马齿菜、灰灰菜、野苋菜、面条菜、扫帚苗、木花（树上长的一种又白又肥的肉虫虫，无花果树上特别多）、蚕蛹、蚂蚱、道士帽（脑袋像道士帽的一种蟋蟀）、豆腐渣、嫩蓖麻叶、嫩刺角芽（这种野菜吃多了会造成贫血，但那阵儿顾不上担心这个）、用包谷棒子磨的"人造淀粉"等。其中的美味是瓜农们用的饼肥，即花生榨油后剩下的残渣，颜色黄澄澄的，吃起来味道蛮不错呢。

我大姐那时已经在旧城县当工人，虽然远在百里之外，但一颗心仍挂在家里。她空闲时间就四处找野食，捡麦穗啦，遛红薯啦，采榆钱儿（榆树的果实）啦，然后像田鼠一样一趟一趟往北阴的家里搬。有次她动用积蓄买了一小袋黄豆，用自行车拖着高高兴兴地送回家。旧城县离市里有120里地，等她走到家门口，停下车，立即傻眼了：后座的黄豆袋子没捆好，不知道啥时候掉了。那时候天色已经落黑，再回去找就太晚了，但这一袋黄豆太宝贵了啊。她没有进屋，哭着走上回头路。好在她带着一把应急的手电，顺着来路找了七八里地，那袋黄豆还好好地躺在路边，因为天黑，没人发现。大姐破涕为笑，绑好袋子赶紧往回蹬。那天我半夜被惊醒，见大姐满头是汗，正高高兴兴地给妈诉说找黄豆历险记。妈心疼地直骂她："傻，守财奴，天这样黑还回去找，碰上坏人咋办，终不成为一袋黄豆送了命？"不过，那时虽然人们都挨饿，社会秩序还好，没有听说有拦路抢劫的。

慢慢地，所有这些能进嘴的东西都越来越难找了，原因很简单，全国有六亿双眼睛在找它们。到三年困难时期的最后一年，我记得发生了两件事，一是我妈浮肿了。她为全家寻觅来那么多的吃食，但她本人却浮肿了，小腿虚胖，用手一摁就摁出一个深坑，很久不会复原。其实这还算轻的，农村好多妇女饿得患了子宫下垂病，子宫从阴道里坠下来，用公家免费发放的子宫托托住后才能勉强行走。妈是把吃食匀给我爹和我了。我爹当搬运工，拉人力车，这个活计俗话叫"毁人炉"，干长了身体差不多都会熬垮。所以搬运工们即使再穷，吃饭时都不心疼，二两小酒、一盘猪头肉是少不了的。三年困难时期，猪头肉是吃不上了，妈只有从牙缝里省出来一点粮食贴给我爹。我爹知道妈得浮肿病后，很心疼，从此吃饭时逼着我妈先吃。

我记得的第二件事是颜伯伯下了狠心，动用了颜家的老底儿，买了两麻袋红薯干，给我家一袋，他家一袋。他说，再难，也要让两家人熬过这个荒年！两袋薯干共花了250元，这在当时可以买到三间新瓦房了。颜伯伯工资很高，每月150元，是全市教师中最高的。但他们夫妻两个都不会"抠着"过日子，比如他喜欢听京戏，来北阴市后，这儿没有京剧团，他就改听汉剧并很快迷上了。据他说汉剧叫汉调二簧，实际是京剧和所有皮簧腔系剧种的真正源头哩。他虽是本地出生，但不喜欢豫剧，说豫剧唱腔太吵，戏词太土，而汉剧的戏词较为文雅，其剧目如《祭风台》《李密降唐》《九焰山》等，他是百看不厌。他每个周六都要带家人去看戏，如果不坐人力三轮的话，就一家三口手拉手走着去，在我们城市也是一道景观，那时不兴男人和女人在街上拉手的。颜伯伯也带我去过几次。他到了戏院门口后不用到售票处去买票，找一个卖瓜子的老头买几包瓜子和一盘精致点心，不用他张口要，老头就会主动把买好的前排好座位的票给他。这种做派，这种奢侈，在我爹妈看来简直不可原谅，我妈经常劝袁阿姨：

"袁家妹子，可不能这样大手大脚，好年景也不能忘了灾年啊。"

袁阿姨平和地笑笑，以后仍是我行我素。事实证明了我妈的远见，等灾年来临时，颜家几乎没有什么积蓄。颜伯伯决定买这两袋保命粮，也是倾囊而为了。

可惜他的决策太晚，两袋红薯干基本没派上用场。那时国家政策已经变了，给农民们分了自留地。结果，形势好转之快出乎所有人的意料。在我的印象中，不久我们就能吃饱饭了，我妈的浮肿病也很快痊愈。再没人愿意吃那些陈年红薯干，颜家的那袋红薯干生了虫，被颜哲拖出来扔到垃圾场。我家那袋我妈当然舍不得扔，隔三差五要煮一锅，逼着大家吃，弄得我爹和我对红薯干彻底倒了胃口。我曾埋怨颜哲：

"都怨颜伯伯！都怨他！送我家的红薯干太多，咋吃也吃不完，弄得我整天胃里泛酸水。"

我还威胁他，下次我妈要是再逼我吃煮红薯干，我就端到颜家和他换着吃。颜哲听着我"忘恩负义"的指责，只是笑，说：

"行啊，你就端来，咱俩换着吃吧。我这么长时间没吃，有点馋它了。"

三年困难时期，颜伯伯常常供着我爹吸烟。那年头什么都缺，不光缺吃的，也缺香烟、火柴、奶粉、白糖、针、头发卡子……即使有钱也买不到。颜伯伯算是例外，他虽然沦落，还享受着高级知识分子待遇，有定量供应的食油票、糖票和烟票。但谁都没想到，后来为此闹了很大一场风波，导致我爹和颜伯伯基本上断交。

公平说来，这事丝毫不怪颜伯伯，全怪我爹。其实也不怪我爹，因为事件的起因是怪他比别人自觉和厚道——我这么说，只会越说越糊涂，事情是这样的：那个时期，街坊上的烟鬼们打熬不住了，就会结伴到颜家，颜伯伯总是慷慨地掏出"白河桥"香烟散发，让每人吸一支，多少解解瘾。大伙儿把这起了个很贴切的名字，叫"吃大户"，因为在中原地带的历史上，灾年来临时穷人总要结着伙子到富人家强吃强喝，叫作"吃大户"，不过只听说吃粮食没听说吃香烟的。日子久了，我爹首先觉得难为情。颜先生烟瘾也不小，来讨烟的烟鬼又多，他一个人哪能管得全？他自己都不够吸呢。后来我爹执意不再参加这样的会餐，弄得颜伯伯很纳闷，一再问我妈："郭家兄弟是不是对我有啥意见？咋不来我家'吃大户'啦？"

那天，颜伯伯家里没人时，我爹像往常那样随便进去。那时邻居们是互不设防的，外出经常不锁门——也没法锁，大炼钢铁后家家没了门钉锔，都懒得重装，这种"夜不闭户"的状况一直维持到"文革"后。我爹进到颜家的正屋，忽然惊喜地发现地上扔着很多烟头，不用说，又是一群烟鬼刚刚来这儿吃完大户。我爹眼睛一亮，忙俯身去捡这些烟头。他觉得这是再合理不过的事情。"白河桥"不带过滤嘴，再馋的烟鬼抽完也得留个烟屁股。收集起来，撕开，倒出剩余的烟丝，撮到烟袋中，既能小小地过一次烟瘾，又不影响颜先生吸烟，多合算的事！就在这时，颜伯伯回来了，立即大怒！他脸色青白，掏出刚买的一盒"白河桥"香烟，撕开，唰地撒到我爹面前的地上，冷冷地说：

"捡吧！"

那次颜伯伯是真的发怒了。他身后的袁阿姨悄悄看看丈夫的脸色，没敢责备他，只是忙忙地把地上的香烟拢起来，塞到我爹口袋里，婉言把他给劝走了。

当时我妈和我都不知道这些内情，只知道我爹从隔墙回来时满脸通红，喘着粗气。闷坐一会儿后，从口袋里掏出二十只香烟，一只只撅断，再用脚拧碎。我尖声喊厨房里的妈：

"妈！妈你快来，咱爹——不，我爹发神经了！"

妈急匆匆跑到正间，手里还拎着菜刀，看见我爹竟然在毁烟，恼火地嚷：

"你干啥？发癫了？这样贵重的烟！这会儿毁了，过一会儿烟瘾上来，又要急得拧肠掉尾。"

妈扔掉菜刀，急忙趴到地上去抢救那些烟，我也去抢。爹甩开妈和我的手，继续用脚拧，大吼道：

"不用你们管！老子这辈子不会再吸烟了！"

在我家平常是牝鸡司晨的，但爹真的一发威，妈也不敢多说话，只是小声刺他：

"你能戒烟？公鸡下蛋磨盘上天，太阳从西边出来！小云咱们走，不理他个半疯！"

但妈这次看走眼了。从那天后，爹真的戒了烟，戒得非常彻底。即使三年困难时期过去，烟不再难买时，他也没有复吸。我妈不久盘问出了爹戒烟的缘由，跑到颜家咯咯地笑：

"颜家大哥，得亏你来这么一下，要不妮儿他爹一辈子也戒不了！你看这多好，钱也省啦，早上起来也不咳痰啦，也不用操心找烟票啦。"

妈在那儿又笑又说，颜伯伯和袁阿姨也陪着笑。但以我不懂事的眼光也能看出，他俩的笑非常苦涩。

后来我爹基本不去颜家，颜伯伯则素来不到邻居家串门。两人在路上碰面时仍然说话，但客客气气的，不再有过去的亲密和熟不拘礼。不过我爹从没卖过颜伯伯的不是，当我和颜哲哥哥好上以后——这在我上高一时就已经相当公开了，我爹虽然从来不说赞成，实际上是赞许的。他打心眼里疼爱颜哲，甚至比疼我更甚。这种事瞒不了我的眼睛。

## 第三章　情敌报信

恋人幽会时的时间过得最快，我们坐在堰塘堤上，扯着两家的闲话，不知不觉天已晚了。颜哲说："怕是有10点了吧，该回去了，要不冬梅和月琴又该笑话你。"我说好吧，回去吧。颜哲站起来，笑着对我张开双臂：

"来吧，咱们的老规矩。"

告别前颜哲一定要再和我"亲热"一次的，我投身入怀，享受着他的热吻、拥抱和揉搓。正在情浓时，忽然听到很近处有一声冷笑！俩人一激灵，立即分开身子。我忙整理好衣服，仔细搜索四周。不，不是幻觉，隔着一株蓖麻，仅一米之外有一个清晰的男人身影。他是何时走近的，我们一点没察觉，我们信赖的蓖麻丛屏障反倒成了对方的掩护。我声音战栗地问：

"谁？"

那边冷冷地回答："是我，庄学胥。我找颜哲有急事。"

我一下子面庞发烧。我想他一定听到了我们的情话，也看到了我俩刚才的"亲热"。让庄学胥看到这些，比让其他人看到更令我难堪。我们是街坊，学胥哥从小就知道护我，而且在年岁渐长时，他分明是对我有意的。但我那时已经选定了颜哲，这让我总是对学胥哥有隐隐的愧意。以后我也能看出他对颜哲隐蔽的敌意。"文革"时他第一个对颜伯伯掷出那块致命的石头，对此我不会为他辩解，那是他内心深处兽性的公开显露。自从他显露了兽性的一面后，我和他的关系就非常冷淡了。不过私下里我也猜想，当他决定向颜哲的父亲落井下石时，也许，"情敌"的嫉恨是因素之一？

不管怎样，既然让他撞见了，我也得去面对。我绕过那株蓖麻，硬着头皮向他走过去，问：

"学胥哥，你找颜哲有事？"仓促中，我说了一句很不得体的话，"你咋知道我俩在这儿？"

他又是一声冷笑："你问问全农场的人，哪个不知道这儿是你们幽会的老地方。"

我更加脸红了，原来我们自以为保护得很好的秘密，已经成了农场的公开话题。颜哲在身后跟过来，用力拉了拉我的后襟。虽然没有言语交流，我也能揣摸出他的意思："你不用在他面前难为情，恋人有点亲热举动算不上丢人的事。"然后颜哲平静地问：

"找我啥事？"

庄学胥狠狠地撂了一句："啥事？对你生死攸关的大事！"

我俩有一点吃惊，但也仅是"有一点"而已。颜哲只是一个普通知青，没杀人放火没写反动标语，会有什么和性命攸关的大事？颜哲又拽了拽我，分明是说：沉住气，别听他吓唬。庄学胥知道我们不会信，冷冷地说：

"颜哲，你是不是打算到省里去告赖安胜？"

我们这次真的吃惊了。因为直到目前，这还是只有我俩才知道的私密话。看来庄学胥的威胁并非空穴来风。

这事是因孙小小而起。农场共有北阴市和旧城县的68名知青，孙小小是年龄最小的，下乡时不足14岁。按说，这个年纪是不够下乡条件的，但孙小小家门不幸，母亲和姐姐都是县里有名的"破鞋"，据说她上高中的姐在教室里靠墙站着就把那种事办了。他父亲嫌丢人，愤而离家出走，不知所终。

后来，作为政治模范的旧城县在全国率先兴起"城镇居民上山下乡"的热潮。说起来旧城县其实比当时的全国标杆县甘肃会宁县更早，但会宁县有一个冠冕堂皇的口号："我们也有两只手，不在城里吃闲饭！"于是在全国出了名。但北京的记者此前到旧城县采访时，到处看到的却是这样的谩骂标语：

"某某是地主婆，某某是破鞋，滚下乡去！"

这种口号是上不得台面的，比起会宁县自然低了一个档次。而且旧城县的做法太左，哪家该下乡的不服从命令，工作组就到这家吃大户、扒房子，当时创造的办法是：三间的住房只用扒中间一间就行，这样扒房效率最高。

全县被折腾得一片鬼哭狼嚎，老百姓当街拦住北京记者下跪哭求。所以上边最终树了会宁县当标杆，而旧城县只能附于骥尾。

孙小小的母亲和姐姐既然是有名的"破鞋"，自然头一批被撵下乡。孙小小不能一个人留在家里，又不好跟着她妈，只好"照顾"到知青农场来。知青们都知道这些根由，因而对孙小小有潜意识的歧视。再加上小小有点缺心眼儿，农村话叫"八成"，这些因素综合起来，让她成了男知青们经常逗弄的对象。

那天在稻田里拔稗子，孙小小也在，田里尽响着她无忧无虑的笑声。孙小小长得很漂亮，皮肤白嫩，一双眼睛极大，水灵灵的，两颊有两个酒窝。虽然年纪不大，胸脯已经开始鼓起来了。熟识孙家的人们说，孙小小颇得其母姊的风范，母女三人在容貌上都算得是县里头一份。

知青林镜逗小小："你看你，拔错了，拔的都是秧苗！"

小小看看手里的稗子，不服气地说："不是，是稗子，我认得的。秧苗我没拔！"

后三个字的谐音让林镜起了联想，他反应很快，马上接过话头说："你没'爸'？你'爸'可多了！"

周围的男知青们马上听懂了，哄然大笑。小小听不懂，气恼地一遍遍重复：

"我没拔，就是没拔！"

她越说这俩字，大伙儿越笑。我看不过，喊过来孙小小，让她到田埂的开水桶给我端一杯开水。小小一向听我的使唤，立即屁颠屁颠地跑过去了。我回头对林镜说：

"林镜，有句话不知道我当说不？我知道你们看不起小小的家世，但那不是她的错。你们要是这么着一直耍她，只会有一个结果：让她走她妈和她姐的老路。你们愿意这样吗？"

林镜唰地红了脸，很有点无地自容的样子。刚才跟着起哄的其他男知青也讪讪地沉默了。林镜其实是个好男孩，平素与我和颜哲很友善，心地也不错。听了我的责备，以后再也不戏弄小小了，反倒经常护着她。小小也凭本能认准了我，就像小狗小猫能认准家里哪个人最亲它一样。她有什么心里话，一点也不瞒我。

前天晚上，我已经睡着了，忽然有人扯我的胳臂。我睁开眼，原来是外宿舍的孙小小。她俯在我脑袋上方，又是摇头又是摆手，不让我说话，然后悄悄拉我出门，一直走到离知青宿舍较远的地方才停下。在这儿说话不会有人听到了。我小声问：

"啥事？把你紧张成这个样子！"

她确实非常紧张，浑身止不住发颤，两眼像高烧病人那样怪异地明亮。我原以为她是让人吓的，后来才非常痛心地知道，她不光是害怕，更主要是亢奋，而这一幕最终极大地影响了她，让她一生都走歪了。她说：

"赖场长刚从我们屋出来，我就来你这儿了！"

鉴于这会儿已经是深夜，再衬着她异常的表情，这句话让我有了误解：莫非那个色鬼场长把小小怎么了？原来不是，事情是这样的：孙小小与岑明霞和宗大兰住一间房，这些天宗大兰回北阴探亲去了，只留下小小和岑明霞两人。一个小时前，小小刚想睡着，呀的一声有个男人推开半掩的门进来。天热，男女知青们睡觉都不上门的。那人熟门熟路地走向里边岑明霞的床铺，撩开蚊帐坐到床边，小声和岑明霞谈话，原来是赖场长。两人谈了很久，小小在这边竖起耳朵听，能听出个大概。赖场长说：

"农场来了第一批招工指标，可惜不太满意，是县纺纱厂的，集体工指标，不是全民工。让不让你走这批指标，我很犯难。走吧，兴许以后有更好的地方；不走吧，要是以后的指标还不如这次呢。你说该咋办？"

听见岑明霞小声说："我听你的，听哥的安排。"

那边沉默一会儿，赖场长小声冒出一句：

"……也舍不得你。"

"那我先不走，下一批吧。"

后来那边不说话了，只听见床喀喀喳喳地响着。农场各宿舍都是土坯垒的床，上面铺着高粱秆，喀喀喳喳就是高粱秆的声音。小小偷偷抬起头，借着月光观察。透过岑明霞的蚊帐，隐约看见场长趴在岑明霞身上，光屁股撅着,一下一下地用力,床的喀喳声伴着他的节奏。孙小小吓坏了,一动不敢动,生怕场长发现她没睡着,其实赖场长那边根本不在乎她。后来听见岑明霞小声央告:

"哥你小心点,别流到里边……"

再后就没有声音了。场长在她身上趴了一会儿,下床走了。孙小小再也睡不着,等岑明霞睡熟,偷偷来找我。

听着小小绘声绘色的描述,我止不住手足发冷,那是缘于极度的愤怒。说句没道理的话,如果赖安胜把那个贱女人唤到场长室里去,管他咋样干,我肯定不会这样愤怒。但他竟公然当着另一个女知青的面!当着一个 14 岁的女孩子!他竟然一点也不担心别人告发他!

早在知青下乡之前,"上边"就深知女知青们面临的危险——女知青和他们的男上级。一边是比农村姑娘嫩生风情的城里女学生,一边是握有生杀大权的又常常处于性饥渴状态的农村男干部。这种双重的不对称会造成什么后果,那是不难想象的。所以,上边制订了保护女知青的强力措施,甚至比保护军婚更严厉。在旧城县就曾发生过轰动全县的一件事:一位女知青到公社邮局去寄信,一个同她相熟的男职员一时发贱,开了一个过头的玩笑,顺手拿剪刀把她的辫梢剪掉一段。这位姑奶奶大怒,立即喊来男知青把那人痛殴一顿,又不依不饶地告到县里。县革委极为重视,责令法院严判。最后那人被判两年徒刑,开除公职,罪名是"破坏知识青年上山下乡犯"——也亏得法检两院能想出这么机智的罪名,因为那人仅剪了一个辫梢,划入"流氓犯"肯定不够格的。这桩案子确实震慑了不少农村干部,他们相互见面时会开一些荤玩笑,说"一堆嫩生生的香瓜放到眼前不敢啃啊,叫咱们干眼气。"

可是在我们农场,那个色鬼竟嚣张到这种程度!孙小小盯着我,一双大眼像猫眼一样发亮。我强使自己冷静下来,考虑片刻,劝小小说:

"可不敢告诉别人!这是大事,如果你说出去,又没有真凭实据,赖安胜一定饶不了你。"

小小一个劲儿点头,说:"我只信得过云姐你一个人,我只对你说,绝不会告诉别人。"我劝她:"回去睡吧,岑明霞不一定睡熟,如果她发现在那件事之后你偷偷出来，肯定会怀疑你。"小小说：

"好的好的，我就回，我这就回。"

但她并没有回去的意思。我问：

"小小你还有啥事？"

小小的问题显然不好出口但又非常想知道，她犹豫片刻，还是问道：

"秋云姐，岑明霞说'流到里边去'，那是啥意思？啥子流到里边？"

我没料到她会问这样的问题，窘得脸上发烧。我喝道：

"别问了！这些东西不是你该知道的。快回屋吧。"

看我生气，孙小小不敢再问，乖乖地回去了。看着月光下她已经开始发育的身影，我止不住心中发冷，因为我已经预见到小小的未来。她因历史的阴差阳错，看到了这个年龄本不该看到的事情。这些劣性刺激太强烈，让她对性事的兴趣远远超出 14 岁孩子应有的限度。我想，她很难逃脱她母亲和姐姐的覆辙了。

我果然不幸而言中。孙小小次年招工回城，那年她还不足 16 岁，很快变成一个纵欲无度的淫妇，情人是论打计算的。直到 20 年后，那时她改名叫孙肖晓，是市骨科医院的护士长，和第三任丈夫离了婚，仍每天去他家住，影响很坏。我那时和她基本没有来往，有一天在街上偶然遇上她，扯了一会儿闲话。那年她大概有三十七八岁，总的说来漂亮的"硬件"还在，大眼睛，白皙的皮肤，胸脯丰满，两个迷人的酒窝，身段也保持得不错。但当年少女的光艳是永远失去了，只能靠粉底和眉影来弥补了。她的穿衣相当新潮，迷你裙，露肩的 T 恤，这在当时的北阴都是为天下先的。但我总觉得她和真正的年轻姑娘不同，那些新苗是从新时代中长出来的，骨子里都带着新潮；而孙肖晓却是在努力追逐一个不属于她的时代，有点悲剧性。

闲谈中，鉴于往日的友情，我把那些街谈巷议告诉了她，也委婉地劝了几句。孙小小非常真诚地、坦率地、理直气壮地说：

"云姐你不知道内情。那个不要脸的东西和我离婚之前提条件哩，非要我答应离婚后再陪他睡 100 次。当时我为了能痛快离，只有答应了。我现在是数着指头去他家的，只要睡够 100 次立马就走，一回便宜也不让他多占！"

我唯有叹气，不再劝她了。那时有一个随意的想法，单是因为孙小小这一生的堕落，赖安胜就死得不屈。

第二天晚上和颜哲幽会时，我把这件事告诉了他。颜哲勃然大怒！发怒的原因和我一样：不光是因为赖安胜诱奸女知青，更因为他做事之嚣张。颜哲甚至骂了粗话，而他过去是从不骂粗话的：

"流氓恶棍！禽兽不如的东西，色胆包天，太不把知青当人了！我明天就去县里告他，县里告不倒我去地区，去省里！"

我对这件事的看法已经经过一天的沉淀，所以比他冷静一些。我说：

"我不反对你告，但是得慎重。这种事岑明霞是绝不会承认的，孙小小这种见证人也十分靠不住，年纪太小，又缺心眼，不定让赖安胜怎么一唬就唬住了。弄不好赖安胜会反咬一口，说你陷害革命领导干部。"我又说，"你告还不如我告呢，至少我的出身比你硬，再说孙小小是对我说的。"

我的话让他冷静下来，他想了想，摇摇头说：

"你不能出面。一个姑娘家绝不能和这种事搅和在一起。"

他说得也有理。姑娘家和这种事搅在一起，身上再干净也会被泼上一身屎。最后我们商定，先不去告，暗地里搜集证据，等有把握了再说。这会儿听庄学胥拎出我们的密语，我十分吃惊，他怎么会知道？这些话我从没告诉过第三者，想来颜哲也不会说。我忽然想到：既然庄学胥今天能悄悄来到我们身边而不被觉察，也许那天他也来了，偷听了我们的谈话，又向赖安胜告发？也许他一直在跟踪我，贴近我们俩的身边，用阴森的目光，看他心仪的姑娘咋和另一个男人"亲热"？我在心中再次仔细地捋一遍，确信这个推理八成是对的。这让我止不住心中发颤——不光是因为对这件事的恐惧，还有对人性的恐惧。太可怕了，如果我和颜哲在这儿亲热时，一直有一双眼睛在暗处盯着我们？！如果庄学胥真的干了跟梢、偷窥和告密这些事，那这人就太可怕了。

但为什么他又跑来为我们通风报信？我没来得及继续想下去，因为庄学胥紧接着撂出一个惊人的消息：

"赖安胜已经知道颜哲要告他,他打算'做掉'颜哲以除去后患!凶手都找好了,是咱场的陈得财和陈秀宽。"

我俩大吃一惊。不过虽然震惊,我们打心眼里不信。赖安胜确实是个坏种,说他干啥坏事我们都信,但这么公然策划杀人未免太离谱。就是有这个阴谋,也不会轻易让庄学胥知道吧。也许这只是庄学胥的阴谋,他想挑起颜哲和赖安胜拼命,自己好从中渔利……庄学胥显然深知我们的思路,断喝一声:

"你们以为他不敢!别迂了!你们只用想想,如果奸污知青的事捅出来他会得到啥下场,就知道他敢不敢干了!"

我俩一惊,立时悟到庄学胥的话是对的。据说赖安胜已经在农场里弄了两三个女知青当相好,从岑明霞这件事看来,那些传言不会有假。如果全都坐实,那他至少是10年徒刑,如果撞上"严打",挨枪子儿也是可能的。"设身处地"地站在他的角度去想,他为了保住场长的宝座,为了避免坐牢甚至挨枪子儿的下场,以他的六分流气四分霸气,当然会毫无顾忌地铤而走险,反正他没有更多东西可以失去了。

我和颜哲确实是书呆子,即使在运用智谋策划政治战争时,也不由自主地按"羊"的思路,而不会体悟到"狼"的想法。而庄学胥显然是深谙"狼"道的。

他看看我俩的表情,知道他的话正中10环,便不欲多停,说:
"反正我已经尽心啦,信不信由你们。颜哲你好自为之吧。"

他转身要离开,颜哲问了一句:"庄学胥,能问问你这样做的动机吗?"

庄学胥对这个问题显然早有准备,冷冷地说:"赖安胜是个不知死活的驴种,杀人这种事也敢干?总归会露馅的,早早晚晚罢了,我才不会陪着他跳火坑。再说,咱们毕竟是老街坊老同学,我不想让你不明不白地送命。"

我和颜哲对视一眼,心照不宣。我不大相信他说的后一个原因。理由很简单:如果他透露的消息是确实的,那他很可能先做了告密者,否则赖安胜不会这么信任他,甚至让他参与至少是风闻了杀人预谋。他肯定是先告了密,见赖安胜决定杀人,又怕了,所以拐回头向我们泄密。这样,即使那桩凶杀案被揭开，他也没有责任了。

按说，听他通报了这么重要的消息，我们该向他致谢。但因为这样的心理，我实在不愿意也最终没把"谢"字说出口。庄学胥对颜哲说：

"不过，赖安胜的事在拿到真凭实据之前，我是不会出头为你做证人的。我把话说前头，到时候你别烦我。"

颜哲说："对，你不会为我火中取栗的。等我把赖安胜告倒，你就可以安安稳稳做场长了。"

庄学胥没有说话，匆匆离开。

我俩开始认真思索面临的危险，一把达摩克利斯之剑已经真真切切地悬在头顶了。也许，两个凶手这会儿已经潜伏在四周？颜哲说不会，不用草木皆兵。但我宁可小心一些。我不敢在这儿多停留，拉着颜哲，在蓖麻丛的掩护下，悄悄转移到一个新地方。确认周围没人潜伏后，我急迫地说：

"先不管庄学胥是什么动机，我相信他说的消息是真的。咱们不能坐以待毙。颜哲，你继续待在农场太危险，谁知道姓赖的啥时候下手，防不胜防。我想咱们干脆破釜沉舟，到县里去告他。只要把这件事公开，他就不敢再对你下手。"

颜哲摇摇头："你前天说的话是对的。这泡脓还没熟透，不能硬挤。咱一定得拿到真凭实据。否则，如果庄学胥不认账，孙小小又被吓住哄住，那咱们就输了，反倒落个陷害革命领导干部的罪名。"

"我也考虑到这种可能，那就实行第二个办法：你告病假，回家躲几个月，或者干脆躲到我亲戚家，我姑家在湖北襄阳，离这儿不远。我想赖安胜再凶横，也不过能在农场一手遮天，总不至于把手伸到外省吧。等这泡脓熟透、有人出来作证时，你再回来，那时就安全了。"

颜哲摇头："这样未免太怯弱了。是他干了犯法的事，又不是咱们。"

"那你说，该咋办？"

颜哲认真思考着，思考了很长时间，我在月光下紧紧地盯着他的面庞。他的表情忽然有了一个突如其来的变化，似乎某个困扰多时的问题忽然得到解决，脸上也绽出轻松的笑容。他说：

"秋云我有办法了，也许这是天赐的机会，让我完成早就想干的一件大事。我有办法了，绝对可靠的办法。至于详情我暂时不能向你透露，你只管放心吧。"

他这番话让我充满狐疑，不禁想起他早先曾说过的：他保存着父母留下的一大笔钱，要办一件"大事"。我原以为，他所说的"大事"是不确指的，只是对今后的一种预备。但从这会儿的话意来看，这件大事是具体的，是早有腹案的。我生气地说：

"你不告诉我详情，我咋能放心？这是生死大事，你别这么吊儿郎当的！"

颜哲笑着："秋云你别问，该说的时候，我肯定会第一个告诉你。"

"不行！你至少得告诉我个大概。"

颜哲犹豫片刻："那我只能告诉你，我要启用我爸留下的一个'宝贝'，专门对付赖安胜这类坏种，绝对有效。可惜我爸没来得及用。"

说起父亲，他的情绪有一刹那的黯然。而我也突然联想到颜哲说过的话：颜伯伯在三年困难时一直不动用一笔钱财，说是"要干一件大事"。他们父子两个所指的"大事"是不是一回事？想到这儿，我对颜家父子忽然有了神秘感。这种神秘感在我初见颜家时就有，后来慢慢淡化，但这会儿它又突然复活了。颜哲已经走出刚才的黯然，说：

"你放心吧，真的尽管放心，我不会拿自己的性命开玩笑，何况，"他一把搂住我，在我耳边轻笑道，"你还没有为我生儿育女呢，我咋舍得扔下你，一个人先走？"

他的笑声中有发自内心的轻松，让我也变轻松了。我骂他：

"不要鼻子座（脸）的东西。这个紧要当口，还惦记着说疯话。"

然后我们回去。他的轻松有效地安抚了我的焦灼——不，他不光是轻松，这个词尚不足以形容他的变化。他简直像变了一个人，一只彩色的蝴蝶从原来的蛹壳中破壳而出，一只凤凰在火中涅槃。他显然在那个刹那间下定了决心，今后要为新的目标而活了。我不由想起，"文革"中他父母双双自杀后他几乎崩溃，一年后才"死而复生"。当时我和我爹妈的劝慰起了很大作用，但也许并不是主要作用。因为，在他精神接近崩溃时，我曾听他不住地念叨："要干大事，爸爸交给我的大事。"那时我不知道这句话的含意，现在看来，也许这才是他走出精神崩溃的主要动力吧。

我有点惊疑地偷眼看着这个新的颜哲，发现自己并不真正了解他。

我们在场门口分手，他笑着再次让我放心，然后各自回宿舍。但我根本没有回去。短暂的轻松之后，焦灼很快回潮了。我并不是不相信他的能力，虽然他因惯于"君子之道"而难免天真，但他足够聪明，如果横下心来玩诡计，绝不会输给赖安胜那样的驴种。而且依我观察，他平素并不是行事莽撞的人，在这样的大事上不至于心中没底吧。但不管怎样，我的担心仍不能完全消除。颜哲是把希望寄托在颜伯伯留下的"宝贝"上，那无疑是一种科学发明，但经过"文革"的人都很清楚，"科学"或"理性"在与政治作对时，是很难取胜的。眼前就有强有力的例证——颜伯伯就失败了，他的宝贝并没能保住夫妻俩的性命。

等颜哲走远，我犹豫片刻后，悄悄在后边跟着他。我决定今晚躲在他的住室外边，为他站岗，保护他。这是很幼稚的决定，一个人的精力有限，我哪能把他每时每刻罩在我的视野里。但至少在想出更好的办法前，我要尽自己的力量。颜哲回屋，点亮带罩子的煤油灯，举着罩子灯上到床上，钻到蚊帐里，开始他每晚的例行工作——烤臭虫。说来颜哲毕竟是"落难王孙"，虽然家境变坏后也很能吃苦，但在一些生活细节处仍然比不上我们这些从小吃苦的人。比如，他非常怕蚊子叮臭虫咬，天再热也要钻蚊帐里，把蚊帐掖得严严实实。但蚊帐能挡住蚊子可挡不住臭虫，各个宿舍里臭虫多得抱团，真不知道它们是从哪儿来的，即使在稿荐上撒满六六六粉也不济事，下乡头一年的夏天，颜哲被它们折磨得要发疯。

颜哲有一个好友王全忠，上高中时同届，"文革"时在一块儿办《红旗》报，这张报纸在当时北阴地区群众组织中颇负盛名，下乡时下到一个农场一个班，都是拿十分的棒劳力，而且同住一个宿舍。全忠是蒙古族人，但他本人在履历表上一直填的是汉族，一直到高中时，统战部通知凡在西峡县重阳地区姓王的都是蒙古族，是元末"八月十五杀鞑子"时逃到西峡山中的，此后他才改了履历。不过，我和颜哲发现他身上确实有蒙古人的强悍基因，不光是指他的阔脸和塌鼻子，主要是指他身大力沉，耐力好韧性足，而且对蚊叮虫咬有极强的耐受力。他与颜哲床头对床头，老是奇怪地问颜哲：

"臭虫咋光找你，不来找我？我床上从来没臭虫。"

颜哲也觉得非常奇怪。但有一天他偶然掀开王全忠的席角，一下子出了一身鸡皮疙瘩——苇席的四角都有个折边，折边的凹处趴满了臭虫，整整趴了一层，四个折角处加起来，怕是有上百只！这些臭虫当然不是吃素的，但这个蒙古鞑子皮厚肉糙，竟然从来没有感觉。

细皮嫩肉的颜哲就没这份功力。幸亏他善于动脑，很快找到了治臭虫的有效办法。原来臭虫并不喜欢待在阴暗隐蔽处，它们也是"努力向上"的，只要你白天不把蚊帐撩起来，它们就会顺着蚊帐悄悄往上爬，然后老老实实聚集在蚊帐四个角落处。每晚睡觉前，只需用带罩子的煤油灯去烤蚊帐角，被烤焦的臭虫噼噼啪啪地落到灯罩里，每晚都能逮二三十个。说来臭虫的繁殖力实在惊人，每晚消灭二三十个并不能让颜哲床上的臭虫断根，只是能保证臭虫的数量足够少，让他这个晚上能睡安稳，一晚不逮都不行。颜哲在向我吹嘘他的发明时说，这是他和臭虫之间的"恐怖的动态平衡"。

这会儿他在细心地烤臭虫，金黄色的灯光映得他的脸庞亮堂堂的，就像浮在黑暗背景上的一座黄金头像，显得特别纯洁和安详。他神色明朗，甚至有心思轻声哼着歌。我侧耳听听，是《伏尔加河上的纤夫》。歌声伴着屋里众人粗粗细细的鼾声。我在窗外的黑影中悄悄观察着，看来他确实胸有成竹，没把庄学胥送来的死亡威胁放在心上。这让我多少放心一些。

颜哲熄了灯，睡了。我继续留在黑影里为他站岗。颜哲很快睡熟了，这从他一动不动的睡姿可以判断。他绝对想不到，一个姑娘正为他"风露立中宵"吧。外边的蚊子太厉害了，连我这个素来不怕蚊叮的人也受不住，露在衣服外的胳膊和小腿被咬得火烧火燎。我考虑是否回屋去穿上长衣服，回头一看，发现篮球架上有一座门板，那是与颜哲同班的男知青黄瞎子建起的避蚊台。黄瞎子是个一千度的近视眼，在知青中属他的家境最困难，连四五元钱的蚊帐都买不起，只能拼上血肉之躯任由蚊子叮咬。他曾在一年中连发13场"老犍"（北阴土话，指疟疾），创下农场最高纪录。多少年后我曾把这事聊给一个医生，他坚决不相信一个人一年能发13场疟疾，说光是高烧也把人烧毁了！我说这事儿千真万确，建议他不妨去找黄瞎子进行研究，说不定能搞出什么医学发现。

有天晚上黄瞎子被咬得实在受不住了，情急智生，便把宿舍门板卸下来，吊到篮球架顶部，用绳子捆牢。再把自己捆在门板上睡觉。因为高处风大，蚊子少一些，可以睡个安生觉。第二天大伙看到他的业绩，个个啧啧称赞。这么个一千度近视的瞎子，深更半夜凭一人之力，把门板吊到那么高的地方，真难为他能办到！林镜可劲儿夸他，说这件事有力地证明了中国的一句成语：狗急跳墙。

黄瞎子这些天出河工，没有在农场。我想不如躲到他的避蚊台上，既可以避蚊子，也能居高临下地观察。作为姑娘家，长时间守候在男宿舍外面，若被人撞见很难为情。于是我悄悄回宿舍拿一条被单，把单子裹到腰间，手足并用地爬到避蚊台上。黄瞎子用来捆身体的绳子还在，我把自己捆好，再裹上被单开始睡觉。我捆得很认真，万一睡着后一翻身摔下去，麻烦就大了。这儿蚊子确实比较少，又凉快，简直是天堂了。我朦朦胧胧进入浅睡，每隔几分钟就醒一次，观察完四周的动静，再接着入睡。

轻薄的白云在月亮周围游荡，头顶的天河悄悄地缓缓地转动着。眼皮越来越涩，我揉揉眼睛，忽然看见了颜伯伯夫妇，他俩在空中飘飘荡荡地向我靠近。我在心中对自己解释，颜伯伯他俩会飞一点也不奇怪，因为他们已经是鬼魂了。他们悲伤地说："秋云，我俩已经死了，以后全靠你保护哲儿了。"我看见他们浑身血迹，难过地说："你们放心吧，庄学胥已经把消息捅给我们，我们已经有准备了。"袁阿姨惊问："庄学胥？可不能相信这个人。"颜伯伯制止住妻子，说："不能这样说，'文革'前他也是个好孩子啊。"袁阿姨摇摇头，指指我的身后说："好孩子？那他这会儿为啥偷偷把哲儿和秋云捆起来？"

我恍然回头，原来颜哲不知道啥时候来了，就睡在我背后，紧紧地挨着我，庄学胥也来了，正偷偷用绳子把我俩捆在床上。我急忙推颜哲醒来，同时用力想挣开绳子。但绳子捆得很死，颜哲也一直熟睡不醒。这时，我看见赖安胜拎着一把刀悄悄向我们逼近。我急得大叫，却喊不出声音。半空中的颜伯伯和袁阿姨也急疯了，像蝙蝠一样绕着我们狂飞，他们手腕脉管处流出的鲜血化作满天血雨……

我从噩梦中惊醒，满头冷汗。周围当然是空无一人，没有颜哲，没有他的父母，也没有阴险的庄学胥和赖安胜。只有我身上捆的绳子是真的，没有这条救命绳，说不定我已经在噩梦中摔下去了。肯定是我睡前把自己捆得太紧，引发了这场噩梦。

但这个梦彻底赶走了我的睡意，也毁了我的心绪。我把那根绳稍松一些，坐起来发愣，心绪十分阴郁。月亮已经落山，世界浸泡在黑暗中。黑暗悄悄涌动着，无边无际。农场睡熟了，远处的乡庄也都睡熟了，天地间没有一丝灯光，没有一点人世间的声音，连狗吠也没有，似乎这儿已经被文明世界彻底抛弃。刚才我在梦中看到了久违的颜家夫妇，他们血迹斑斑的身体一直在我眼前晃动。他们并没有怪罪我，他们放心地把儿子托付给我来保护。但我苦涩地想，也许颜伯伯和袁阿姨的死都和我有关啊。

这是我深藏心中的罪孽，我甚至没对颜哲说过。

## 第四章　罪

中国作家中至今没有出一个诺贝尔文学奖得主，真可惜，因为近半个世纪来，中国人的经历之丰富，没有哪个国家能赶得上[①]。1958年那些忘我劳动的蚂蚁，到1960年变成了饥饿的、只剩下觅食本能的蚂蚁；1962年后刚过了几天安生日子，到1966年，又变成了互相撕咬的蚂蚁——不，这时再用这样的比喻就太糟蹋蚂蚁了。蚂蚁世界也有战争，但只限于族群之间的战争，没有哪种蚂蚁会在自己窝里撕咬。

1966年6月6日，星期一，北阴市一高中高三丙班的数学课代表颜哲去教研室领作业，因为毕业考试已经结束，要正式开始高考复习了。不过他没有领到作业。教研室刚刚接到学校的通知，要先搞"文化大革命"，为期两个星期。那天，作为高一学生的我也去教研室领作业，听见颜哲哥哥大惑不解地说：

"两个星期？可是一个月后就要高考了！"

那时，没有人料到"文化大革命"会从两星期延长到两个月，然后是两年，然后是十年——而对很多人来说，耽误的是整整一生。

那天我和颜哲一块儿从教研室出去，路上我笑着问他："'文化大革命'是干啥的？是不是不让看旧戏了？这下子你爸妈可惨啦，再看不成《定军山》《祭风台》啦。"正说话间碰到来上班的颜伯伯。他的消息比较闭塞，是从我们嘴里才听到这个消息的。我至今还清楚记得，他的目光唰啦一下变暗了，那是对于未来噩运的一种下意识的反应，就像手指被烙后，在大脑反应之前就会下意识地缩手。他勉强笑笑，和我们分手时，听见他低声叹息道：

"又要运动了。"

---

[①] 《蚁生》初次出版时为2007年，莫言还未获诺贝尔奖。

学生们的参与起先有点被动，但很快就被点燃了激情，成了全身心的投入。到卧龙岗拉倒"千古人龙"的石牌坊，砸碎全国仅存的两套十八罗汉琉璃像，爬到王府山的假山亭子上把风铃砸掉，到地主资本家的家里抄家。高三学生们开始还惦记着高考，把数理化和外语课本偷偷揣到怀里，在听报告时抽空看两眼。但很快他们就把书本彻底扔脑后了。在北阴市一高中里，批斗的矛头不约而同地对准了颜夫之老师，其后轮到他妻子袁晨露。虽然我为他们担心和惋惜，但出现这种局面我一点儿都不奇怪。因为他们一向是那么超群出众，那样清高脱俗。他们明显是属于"士"的阶层，属于"阳春白雪"的概念，与北阴这个闭塞落后的社会背景完全不协调。一句话，如果要找个资产阶级知识分子的代表来做革命靶标，不找他们还能找谁？

颜家被抄了，当时的主旨是"破四旧"，还没上升到政治层面上。颜家的四旧自然不少，有旗袍、高跟鞋、戴博士帽的毕业照片等，最轰动的是抄出了袁阿姨年轻时在英国海滩上的泳装照，以那时的眼光看来她的衣着相当暴露，衬着碧蓝的天空、洁白的沙滩，她修长白润的年轻胴体确实美极了！红卫兵抖动着照片，斥骂颜家"腐朽的资产阶级生活作风"，粗俗一点儿的就骂她是不要脸的"破鞋"。颜伯伯和袁阿姨苦笑着假依在墙角，默默地看着他们在屋里肆虐。邻居们围在土院墙的豁口处窃窃私语。我和学胥哥没有参加这次抄家，站在墙外看。学胥哥说："看来从颜家还真抄出不少东西呢。"我不服气地说："谁家没有四旧？我家有菩萨像，你家还有穿旗袍的照片呢。"庄学胥的脸色唰地白了，过了很久才小声说：

"秋云你可别对外乱说。"

我说你放心吧，我决不会对任何人说。

然后学校出现了针对颜夫之的大字报。最初是学生们没有章法的撕咬，几天后，一份"帅报"出来了，贴在鲁迅图书馆的山墙上，满满一墙。图书馆是当年一高中最大的建筑，"鲁迅图书馆"的牌子还是老校长请郭沫若先生书写的。"帅报"是"文革"时的习惯叫法，指那些有分量的代表了工作组批斗方向的大字报。它用颜色鲜亮的青色墨抄写，与一般大字报的黑色字迹相比，有先声夺人的功效。从字体上看，这份帅报是校图书馆的王老师抄写的，他是本市有名的书法家，过去脾气有点臭，能求得他的墨宝不是件易事。但今非昔比了，在革命的风头上，读书人的臭脾气不再有容身之地。工作组一声令下，王老先生只有乖乖从命，用他最擅长的魏体，把上万字的帅报，批判他好友颜夫之的帅报，恭恭正正地抄出来。

我和其他学生一起看这张帅报。大伙儿咿咿嘈嘈，挤挤扛扛，空气中浮动着亢奋，浮动着撕咬猎物的欲望。我想非洲鬣狗群发现腐肉后大概就是这样子吧。亢奋的人群中唯有我心中止不住发冷。帅报直接点了颜夫之的名字，而且其内容不像早先的大字报那样零碎空洞、模糊不实，可以说，这份帅报上所揭发的颜夫之的每一句话都是真实无虚的，我都亲耳听过。它们都是颜伯伯——不，颜夫之——关于蚂蚁的一些闲聊，像蚂蚁是利他主义的典范啦，蚂蚁社会比人类社会更先进更高尚啦，行军蚁的自我牺牲精神啦，蜜桶蚁的一生只是一件器皿啦，等等。这些比较玄虚比较有哲理的话，用"阶级斗争这把照妖镜一照"，就现出了原形，暴露了其骨髓深处的阴险恶毒。

帅报上反复使用两句最有分量的话：

"用心何其毒也！"

"是可忍，孰不可忍！"

其后，这两句话成了所有革命大字报上的经典用语。

帅报署名是"横扫群魔"战斗队，但我非常清楚它的执笔者是庄学胥。因为我们俩是最常去颜家的，颜伯伯的这些话常常是以我俩再加颜哲为听众。现在，即使以一个15岁少女的懵懂，我也立即料到了颜伯伯——不，颜夫之——的下场。他完了，有了这么多翔实丰富的材料，他肯定被归入敌人阵营，万劫不复了。其后我知道，就在昨天夜里，在"群众揪出"之前，颜夫之已经被秘密抓起来，关在学校特设的用来关押"牛鬼蛇神"的"牛棚"中。在那个特殊的时期，这样的逮捕和监禁学校工作组就能做主，不用麻烦公检法的。颜妻也被隔离，但工作组很讲政策，对他们夫妻还讲区别对待。袁晨露只算监视居住，是怕她自杀和串供而采取的预防措施。

我挤出看帅报的人群，在人群后边看见了颜哲哥哥——不，颜哲。他正在目睹一场灾难扑着黑翅降临在他父母和他本人头上，我能想象到他内心里天塌地裂的感觉。但至少说他外表上撑住了，他高傲地仰着头，双眸带着高烧病人的病态的明亮，面色惨白如纸。后来，当这一段噩梦成为过去时，我才听他披露了真正的内心世界。他说：其实他根本不像我想的那样坚强。我所看到的高傲是假的，实际上是病态的自尊，是用病态自尊编织成的保护自己的脆弱外壳。

我没法同他打招呼，在心中叹息一声，低头挤出人群，心想我该和他家拉远距离了。一个上午我心事重重，知道我和颜哲相好的同学们都目光复杂地看我。在那之前，我俩的恋爱已经明朗化了，现在我认真考虑是否该结束它。并不是个人利益方面的算计，那时我还小，没有这样复杂的心机，我的考虑完全是基于阶级觉悟。我喜欢颜哲，但他——有一个"阴险恶毒"的反动爸爸！一个根正苗红的工人阶级的女儿，咋能嫁到这样的家庭里呢。

中午回家后，我说了学校发生的事情。我还说，庄学胥写的这份帅报和别的大字报不同，上面的揭发都是真实的，分析也不是没有道理，细究起来，颜夫之说那些话，可能确实有暗藏的动机……我爹怒冲冲地打断我：

"放屁，全他妈放屁。颜老师讲点虫虫蚁蚁的知识，有啥罪过？颜老师和咱们邻居八年，他们是啥人你能不清楚？一百二十成的好人！小云，咱们宁可相信自己的眼，不能信上边的话。我早看出来，这些年来上边的人八成中了邪，说话办事疯疯癫癫的……"

我妈及时制止了男人的"恶攻言论"，说："小云，不管别人咋干，咱家决不干亏良心的事。以后对小哲该是咋样还是咋样。说句不该说的话，小哲那是个好孩子，更是个贵人胚子。他要是能成咱家女婿，是郭家坟头上冒烟了！"

爹妈的话把我心头的阴霾一扫而光，我顿时感到无比轻松，因为这本来就是我内心深处的愿望啊，它只是被外边的社会"强奸"了。那会儿我真庆幸自己有这样的爹妈，他们没文化，政治嗅觉也不敏锐。他们只有"老百姓的眼光"，对世间的是是非非起码有正常的判断。由于爹妈的校正，我从短暂的彷徨中走出来，以后再没有反复过。不过妈最后那句话很让我害羞，我佯嗔道：

"看你说的啥话！啥女婿啦贵人啦，多不害臊。"我机灵地把枪口转移到老爹身上，揶揄他，"爹，至少颜伯伯有一样罪行是确实的——他侮辱工人阶级，把一盒香烟撒到地上让你捡。"

爹脸红了，说："你个鳖妮子，哪壶不开你提哪壶。其实，那件事说到根儿上怨我，太贱气，为了过一口烟瘾，爬到地上捡烟头。这事要是倒过来，是你颜伯伯缺烟吸，他再馋，会不会像我那样捡烟头？会不会？"爹自问自答，"不会，绝对不会。这些读书人，宁可死也不会掉份子。"

我细想想，爹说的在理。颜伯伯、袁阿姨和颜哲那样的人，宁死也不会放弃自尊的。正因为如此，他们特别脆弱，特别容易被伤害。我爹别看是个粗人，在很多事上其实目光如炬，单拿他这番话中所包含的自省意识，我就达不到。其实我爹这个搬运工也曾牛气过，刚解放那阵，土改和镇反时他就当过乡长。那时的乡长可不了得，有权决定人的生死。他们乡的通讯员往县里押犯人，一人押十几个，路上嫌人多，走得慢，就拿枪突突几个后再接着走。不知道我爹是不是用过那个枪毙人的权力，反正他后来辞了乡长，离开家乡来到北阴市当搬运工，而且从不和儿女们谈那时的事。

只是——爹的料事未免太准了啊，他不该提到"死"字，结果竟然一语成谶。

下午，庄学胥来喊我一块儿上学。过去我们三个虽然不同级，但上学时常常搭伴儿去。只是从运动开始，庄学胥就不和颜哲搭伴儿，今后更不会了。我一般和颜哲搭伴儿，所以庄学胥连带着对我也疏远了，今天是多天来他第一次来约我。庄学胥在大门口喊：

"秋云，该上学了！工作组布置，今天全校讨论帅报！"

他的喊声中分明透着得意，透着居高临下的显摆。在三人的交往中，我早知道他对我有意思，当我明确选择颜哲做男友后，他肯定心中憋屈，这回可以报一箭之仇了。我还没及答话，爹已经光着脊梁从堂屋"腾"地窜了出来，指着我住的西屋破口大骂——当然只是指桑骂槐。他说：

"小云你给我记着，是个人就只能当人，不能当狗！见人落难时只能拉一把，不能咬一口！你要是在学校干了亏心事，别说我不认你这个闺女！"

我从窗户向外看，门口的庄学胥完全被骂呆了。我想这会儿他脸上肯定青一块儿红一块儿吧。他在那儿站了很久，分明是咽不下这口气想要回嘴，但最终没敢做，悻悻而去。我爹是三代贫农，又是个粗人，心直口快，啥话都敢往外撂。他和我爹作对，落不到好儿的。

那时我还不知道，其实庄学胥并不是自诩的"红五类"。他妈是一个"国军"少校的外宅，丈夫逃中国台湾了，他妈不得已，带着两岁的儿子下嫁给贫民庄家，俗称"带犊儿"。这些底细老街坊都清楚，后来连上边也知道了。所以，等"黑五类"子弟被撵下乡时，在学校红极一时的他也未脱此劫。那天庄学胥不敢和我爹吵架，是不是怕我爹掀出他的老底儿？

对自家的这些底细，过去他可能知道，也可能不知道，估计知道的可能性大些。因为那次抄颜哲家时，我一提到他家的旗袍他就脸色惨白。而且，至少在他被撵下乡后，肯定全都知道了。但他下乡后仍有意无意以"红五类"自居，言谈中常常涉及某某人如颜哲的"反动阶级本性"。听着这些话，我除了作呕，也有怜悯感。"文革"中大多数人都得了集体癔病，所幸很快就自愈了，唯独庄学胥病症太重，今生今世也难以除根。

我瞅庄学胥走远才出门，去喊颜哲，但他家中没人。到了学校，我立即去高三丙班找颜哲。教室里空空荡荡的，只有他一个枯坐着，面前摊着一本"十六条"、一本毛选和一本英文版的《资本论》，还有一本英汉大辞典，他看着《资本论》，不时翻翻大辞典。颜哲从小跟父母学英文，已经有相当根基。不过到北阴一高中后改学俄文，英文多少生疏了。"文化大革命"如此迅速地改变了"人"，原本和谐相处的同学们转眼间成了不共戴天的敌人。"文革"前，尽管颜哲的父亲是"右派对象"，在那个年代，这个帽子足以压垮一个青年的自信，但颜哲学习极为出色，仍在班里赢得了足够的尊重。虽然那时也常批判"白专尖子"，不过学生们在心底里还是看重学业成绩的。但"文化大革命"开始后，他真正成了被扔在一边的臭狗屎，没有一个学生组织要他参加，甚至几乎没人和他交往，我记得王全忠就是那时敢于同他保持交往的少数人之一。对于一个心高于顶的青年来说，这比死都难受。

所以，当学生们处于群体性歇斯底里时，只有他一个人枯坐在空荡荡的教室里安静地学习文件，一遍一遍地学习。与别人不同的是，他把马克思的英文原著也列为学习内容,这其实是一种隐晦的反抗。因为,当时社会上尊奉的一些东西,其实和马克思主义已经相去甚远了。

他端坐在那里有如石像,虽然脸上很平静,但那只是一个面具,有抑制不住的郁愤之气从内心升腾至眉间。我站在窗外看着他,心中充满怜悯。这些天对"牛鬼蛇神"们的批斗已经升级,从精神上的折磨发展到肉体上的折磨,而颜伯伯首当其冲。颜哲即使躲在这里,也能听到批斗场上的惨叫声吧。可惜他没有任何办法保护自己的父母,甚至不能躲开它。这对他该是怎样残酷的内心折磨啊。想来我很惭愧,他处于这样的艰难处境,我却想疏远他。我只是在听了爹妈的那些话之后,才回归旧的感情河道。

我悄悄叹息着,走进去喊了一声"颜哲哥"。我喊他时,他的背影分明抖了一下,也许是因为这样温馨的称呼对他已经是意料之外了。不过等他回过头,面容已经显得很平静。我没有提他的父母,也没有尝试去安慰他,怕伤了他的自尊心。只是尽可能平和地说:

"颜哲哥,我爹妈叫我告诉你,以后到我家吃饭吧。"

他看着我,像看一个陌生人那样看我,眼中慢慢泛出水光,弄得我心中酸酸的想哭。不过他的眼眶很硬的,到底没让泪水流下来。他只是尽量平淡地说:

"替我谢谢郭叔郭婶。不过用不着,我会做饭,能自己照顾自己。"他补了一句,"也谢谢你,秋云。"

然后他又埋头于书本。

晚上照例要批斗。"黑帮"们已经增加到五人了,他们并排立在操场的中央,每人都被剃了阴阳头,脖子上挂着沉重的黑帮牌,头上悬着几个200瓦的大灯泡。正是热天,灯泡又故意悬得很低,把他们的头发都烤焦了,尤其是,密密麻麻的飞虫被灯光招来,轮番向那五个脑袋轰炸,像受刑一样难忍,但他们都不敢用手驱赶。

这会儿轮到颜夫之挨批,他走到前边,被勒令爬上一条长板凳。长板凳被人有意去掉了一只腿。等他艰难地在三条腿板凳上立稳,有人立即对板凳踹了一脚。颜夫之扑通摔下来，面朝下，结结实实地摔在地上。在哄笑和怒骂声中，他挣扎着爬起来，满脸是血，大概把门牙摔掉了。血污把他变得很狰狞，很丑陋，一点也不是我七岁时见到的"天上谪仙人"的风貌了。颜夫之抬头时正好冲我这个方向，我无法形容他的眼神，但它深深刻在我心里。一直到多少年后，当我在电视《动物世界》栏目中，看到一只受伤的非洲野牛被鬣狗群包围时，我恍然悟到：颜伯伯当年就是野牛这样的眼神啊，悲凉，无奈，宿命，同时尽力地几乎是可笑地保持尊严。

颜夫之又被逼着爬上凳子，这回勉强站稳了。一个叫万家声的高三学生上去发言。万家声和我同在校宣传队，比较熟。他是宣传队的主力队员，平时温文尔雅，翩翩美少年一个，很得几个女孩的暗恋。他笛子和二胡玩得很好，一曲《春江花月夜》吹得撩人心魄，让人感受到空灵静雅的意境。当然他今天不是来演奏的，这时的"大批判"已经"弃文从武"了，"文"的批判已经没有什么意义，无非是追问"你说蚂蚁有利他主义究竟是什么险恶用心"，"你想用蜜桶蚁来影射什么"，而颜夫之的坦白即使再上纲上线，也不会令批斗者满足。至于"武"的批判则可花样翻新，就看你的创造力了。上面指示：要文斗，不要武斗。不过左派学生们一笑置之。万家声发言中，向颜夫之捅了一拳。这一拳看来并不凶狠，但激起颜夫之一声极为凄厉的惨叫，他转回头，悲愤地盯着万家声。万家声则迎着受害者的目光，不慌不忙地又捅了一下，再次激起一声惨叫。这次我看清了，在万家声收回拳头时，他的指缝里明晃晃地闪了一下，原来他的指缝里夹着四只长针，针尖上挂着鲜红的血珠！

我实在看不下去了，忍着泪，低着头，匆匆挤出人群，向老"文革"办公室走去。老"文革"的全名是北阴一高中"文化大革命"委员会，是最初的学生组织。但它是官办的，由当时的工作组组长、地委常委、地委财贸部部长宋天明一手操办。真正经历过"文革"的人都知道，在学校里，最恐怖最血腥的时期，其实是在工作组和老"文革"当政期间。后来造反派当政时的武斗虽然也血腥，但那至少是势均力敌者的战斗，不像工作组时期，纯粹是强者对没有任何回手之力的弱者的踩躏。

我到了"文革"办公室，庄学胥在里边，坐在一张大圈椅上读报。那时上边还不知道他的真正出身，他在写了那篇"帅报"立功后，已经当上了老"文革"主席，很受工作组的宠爱。甚至北阴日报上刚刚在头版刊发了颂扬他的专栏文章，称他为"毛主席的好学生"，对一个高中学生来说这是没有先例的宠遇。也许此刻他读的就是这篇文章吧。他有了身份后，行事也有了改变，对于武化程度愈来愈高的批斗会，他只进行幕后指挥，不再上第一线了。

我进门时没有喊学胥哥，而是喊了一声庄主席。他没想到我会来找他，稍稍一愣，脸上不自觉绽出喜色，这种发自内心的喜悦是男女之间的，本能的，非政治的。但这点亮色一闪即逝，看来他马上想到了我父亲对他的咒骂，也意识到了他现在的身份。他平淡地说：

"秋云，找我有事吗？"

我叙述了刚才见到的一幕，最后说："不管颜夫之本人有多可恨，也不能这样折磨他。毛主席说要文斗不要武斗嘛，希望你能出面制止。"

我来这儿时本来就没有抱太大的希望，估计他可能会敷衍、推诿、说一些不疼不痒的官面话，但我没想到他的拒绝是那样干脆，那样大义凛然：

"郭秋云同学！"他提高声音，正色说道，"我知道你和颜夫之是街坊，知道你和颜哲要好"，要好这两个字加了重音。"但你该想想，你这会儿的要求是出于什么阶级感情！"他痛心疾首地说，"我真没想到你竟然来提出这样的要求。你真该警惕了，该认真想一想了！"

我让他呛得哑口无言，苦笑着退出去。

我没再到批斗现场，一直在校园僻静处转。心里郁闷不解——本来我的要求是完全合理的，为啥在他的"义正辞严"面前却处于道德上的劣势？无意识中我转到前院的树林。北阴一高中是有百年历史的老校，至于房屋建筑的历史更早，原是一座有名的寺庙，名字叫东大寺。校园内有很多参天古树，栖息着从远处河边飞来的白色水鸟。每当夕阳将坠时，众多白色精灵啼啭着，结队从蓝天上滑过，真如仙景一般。有时大风过后，地上会掉下来鸟蛋和雏鸟。鸟蛋当然是摔碎了，你只能对着惆怅一番。有的雏鸟倒安然无恙，在地上一声接一声地哀声鸣叫。有一回我曾求学胥哥爬上树，把雏鸟送回鸟巢。

学胥哥从小是爬树好手，真难为他，这么高的槐树他真的爬上去，把雏鸟送回窝，自己几乎惹鸟的父母啄了眼睛。

其他学校的学生很羡慕我们的环境，说："黎明和黄昏时分，在绿荫之下和鸟啭声中读书，那该是何等的福分。"1958年"大跃进"时有人曾想砍这些树，当时的校党委书记说："这些古树是学校的魂，谁砍树先砍我的腿！"这样子总算把古树保下来了。"文革"后期修焦枝铁路又看上它们，要用来做枕木。这时老书记仍在学校，但被打倒后失了锐气，不敢阻挡了，这些巨树全遭了厄运。这是后话了。

我在幽静的树林里独自彷徨。此刻学校里好像到处弥漫着高能电子，弥漫着狂躁亢奋，弥漫着撕咬和嗜血的欲望，即使在往日的"仙境"里也能感受到这些。我没想到青梅竹马的学胥哥会变成这种人，也没想到温文尔雅的万家声会显出嗜血的这一面人性，我想连他本人都没想到吧。这种兽性和空灵静雅的《春江花月夜》如何能共处于一个心灵？后来，当工作组和老"文革"垮台后，学生中的打人凶手们因为其学生身份，并没有做任何清算，更没有人主动表示过忏悔。据我所知，唯一真心忏悔的人是万家声。他同宿舍的男生说，那段癫狂期过去后，他曾在很长时间里彻夜不眠，绕室彷徨，自言自语。他对最亲近的朋友说：

"我真不能理解，那时我咋会变成这样一只疯狗！只能说是疯了！"

万家声后来很胆怯地找我，想通过我约见颜哲，对自己的行为作出忏悔。我很感动，立即向颜哲做了转达。可惜颜哲坚决不见。他听我说了之后，沉默了很长时间，目光阴沉地盯着地面。最后抬起头说：

"我不见。要是我爸妈虽然受尽苦头但还活着，我想我能原谅他。现在不行，我做不到。秋云你告诉他，我不会单单记他一个人的仇，但我和他之间没什么好谈的。"

我很替万家声惋惜。我觉得颜哲过于褊狭，不够宽容。毕竟那时万家声只是个十七八岁的青年，而且关键是他确实真心忏悔了，是我校那么多打人凶手中唯一真心忏悔的！我觉得这非常难能可贵。但我不敢劝解，我无法苛求一个死了双亲的受害者。父母双双横死后颜哲几乎崩溃，一个人钻到颜家大院里不出来，不吃不睡。那段时间，我妈和我每天泡在那个院子里陪他，吃饭时硬拉他到我家。在我全家的多方慰解下，他总算逐渐走出了那团阴影。可以这样说，在那场不幸发生时他已经死了，半年后才死而复生。后来他也参加了学生组织，心态慢慢恢复正常。直到现在，我从来都小心翼翼，不敢在他面前提及他父母，只要一提，他心上的伤口就会被再次撕开。所以，他不愿见万家声，我真的无法劝解。

我尽可能委婉地告诉万家声，颜哲最近不能见他。那一刻我看到，万家声的眸子霎时变得黯淡了，低下头踽踽地离开。我非常同情他。正是看到了颜哲的褊狭，后来我一直不敢坦白我对他父亲所犯下的罪孽，这是我终生的憾事。

我在校园里转了很久。直到深夜，校园里的"杀气"才有所平缓，亢奋一天的学生们显得比较疲惫，三三两两地回宿舍。黑帮们也被押回牛棚，继续写他们写不完的检查。我回到女生宿舍时，同学们都已入睡，这正是我的愿望。由于颜哲的关系，我和室友们之间也显得尴尬，常常是没话强找话说，所以我尽量减少与她们的碰面。这时离天亮只有一两个小时了，我懒得脱衣，和衣躺在床上。

刚刚蒙眬入睡，忽然听到急骤的钟声，高音喇叭喊着：

"所有愿意革命的红卫兵，立即到大礼堂去！立即到大礼堂去！"

同屋的女生们被惊醒，连忙穿上衣服，脸也不洗，匆匆往外跑。我因为没脱衣，第一个跑出去。刚走到大礼堂的墙外，就听到里边撕心裂肺的哭号。时值深夜，我睡意未消，忽然听到这样凄厉的哭号，真令人不寒而栗。我走进去，是庄学胥在哭，手里举着一张主席的画像。他过分悲痛，哭得直打噎，边哭边控诉。我好不容易才听清是怎么回事：原来他说这张画像是大毒草，其中暗藏着对主席的恶毒攻击，在背景上可以看到暗藏的字。

在这张画像上，庄学胥所说的暗藏的字很难辨认——我是说，在思维正常的情况下很难辨认，但在今晚特定的气氛下，在被催眠的状态下，我们都"辨认"出来了。庄学胥仍在哭诉阶级敌人对主席的迫害，哭声时断时续。现在，屋里弥漫着高浓度的信息素，那是仇恨、愤怒——不，是悲愤，是"忠愤气填膺，有泪如倾"（张孝祥《六州歌头》）。这些千刀万剐的阶级敌人，竟敢把黑手伸向毛主席！悲愤在人群中产生正反馈，自我激励，越来越强。我突然不合时宜地想起颜夫之曾说过的话：蚁巢里的信息素会在蚁群中产生正反馈。不少人也像庄学胥那样痛哭失声，大多数人默默垂泪。人们的眼睛都是红的，是被仇恨之火烤红的。

几乎所有人在这儿听完哭诉后，都红着眼，去不远的史地生（历史地理生物）教研室。黑帮们押在这儿，革命群众要找他们复仇，根本不管他们与这件事有没有牵连。我也去了。六七个牛鬼蛇神都被按在地上，头对着头，屁股高高撅起，对着外边，排成一朵莲花。进来的学生们都闷着头不说话，对着他们的屁股和脊背用脚踹，用棍棒打，这种无声的场面更加重了屋里的杀气。黑帮莲花阵中趴着一个女的，后来我才意识到那是颜哲的母亲袁晨露。她虽然早就被揪出，是黑帮中唯一的女性，但其罪行多限于"腐烂的资产阶级生活作风"，划不到政治层面上，所以一直没怎么斗她。袁的主要罪证之一，就是那次抄家抄来的她留学英伦时的泳装照片。那时我们从未见过女人的泳装照片，所以学生们，尤其是性欲开始苏醒的男生们，第一眼看到这些照片都有震撼的感觉，目光都有被磁吸的感觉。当然谁也不会把这种感觉说出来，说出来的全是言不由衷的批判。不过，多半是由于潜意识中异性留下的美好感觉，所以男生们一直没折磨袁晨露。但今晚不行了，今晚她也成了复仇的对象。

在这群被仇恨烧红了眼睛的人中也包括我。尽管我从未参加过打人，尽管我刚刚冒着政治风险去庄学胥那儿要求制止武斗，但在今晚特定的梦魇状态下，我心中也充斥着撕咬的欲望。我看见那个圆圈阵中有个黑帮不老实，两个人使劲捺他的头，他仍竭力想昂起来。我没有多想，照他屁股一脚踹过去。我用力太大，使他的身体整个向前冲，碰到了前边另一个黑帮的头。捺他头的两个学生愣了一下，手下用力稍松，那人趁机昂起头——是颜夫之。他那时年纪不算太大，也就四十三四吧，但头发白得较早，已经黑白各半了。所以仅仅看到他的后脑勺，我就认出了他。然后他回过头，额上鲜血淋漓，悲愤欲绝地盯着这边。他不会认出我的，血流已经糊住了他的眼睛，他仅能看到一个血色斑斑的模糊世界，只能看到一排互相雷同的狞恶面孔。但即使如此，他的注视也让我打了个寒战，让我从梦魇中彻底清醒。我不敢多留，立即从这儿逃出去。

在那之后的情景我已经记不清了。我的思维被冻结，在校园里漫无目的地转着，脑子中只翻腾着一个念头：我怎么变成了我一向厌恶的打人凶手，这一切究竟是怎样发生的。打人凶手万家声到几个月后才清醒，我的清醒要早得多，我的梦魇状态只持续了一个小时。我想着我的颜哲，想着他慈和可亲的父母，那好像是前生的事情！想着如果我爹妈知道了我今晚的疯狂，会不会用劈柴棒揍我？又突然想起来：这会儿颜哲在什么地方？知道不知道他父母的噩运？他会不会铤而走险？

有了这个闪念，冻结的思维立即流淌起来。我知道该做什么了：找到颜哲，尽我可能去安抚他，保护他，这样才能弥补我的罪孽。我匆匆到各处找他，包括他"文革"前早读晚诵时常去的林荫下，还有最近他常一人独在的高三丙教室，都没找到。后来我摸到他的宿舍，那时的学生宿舍都是能住二三十人的大房子。门虚掩着，我悄悄推门进去。

没进门就听见如雷的鼾声。不是颜哲，是工作组组长宋天明。北阴地区没有大学，一高中就是这儿的最高学府，因而是全地区的运动试点。"文革"开始后宋组长一直"与革命小将同吃同住"，就住在高三丙班的男宿舍里。宋是南下干部，说话带山东口音，长得像一个心宽体胖的笑弥勒。他是13级高干，这对于"文革"前没见过大世面的高中学生们来说几乎算得上天人了。而这样的高干竟然住到中学生的大宿舍中，真的让学生们很感动。过去我来找颜哲时，常常看到有二三十个学生团团围在宋天明的床前，虔诚地仰望着他，听他讲革命经历。后来，等革命烈火烧到工作组头上时学生们揭发说，那时宋天明每晚的宣讲中，倒有一半内容是上不得台盘的荤笑话。这让我产生了浓重的幻灭感。其实倒不是对宋天明的幻灭，随着年纪增大，我对男人们尤其是文化层次较低的男人们张口不离荤笑话，已经看淡了。那是男人的天性，虽然脏，倒也算不上十恶之罪。我的幻灭主要是针对那些虔诚仰望宋天明的学生——既然当时听的是这些肮脏东西，那他们咋能维持住脸上的虔诚表情？能做到这一点儿太不容易了。

但颜哲从来不在这些虔诚的听众之中。可能并不是因为高傲，而是因为自卑。他知道自己不属于那个圈子，强挤进去还会让人憎厌，所以也就不去凑群。

宋天明睡得很香，赤着上身，摊手摊脚地睡成一个"大"字，鼾声带着胸腔深长的共鸣。他也许不知道校园里发生的血腥，所以能良心清白地睡觉。我在门口犹豫一会儿，不愿经过他身边，就折回头，从大宿舍的另一个门进去。颜哲果然也在熟睡。这个大宿舍中只有他们俩在睡觉，恐怕此刻全校师生中能够安睡的也唯有他俩了。看来，在高音喇叭召唤"愿意革命的红卫兵"时，颜哲清楚自己的身份，没有去，因而躲过了目睹父母被打的悲剧。

我悄悄走近他身边，伫立很久，借着路灯透进窗户的昏暗光亮端详他紧蹙的眉头，听着他细细的鼻息声。他眉宇清秀，清秀间透着勃勃英气。我觉得他这会儿能够安睡是最好的结局了，虽然明天他仍得面对现实，但至少今晚他不用忍受心灵上的"进行时态"的折磨。我真想摸摸他的手，或者用脸膛挨挨他的脸膛。但我最终没有打扰他，悄悄退出去了。

我又在校园里转了一会儿。正是黎明前天色最黑的时候，史地生教研室里的暴行已经结束，牛鬼蛇神们被押回自己的屋子，疲惫不堪的学生们一群群回宿舍去。我想我也该回屋了，就尾随着前边的人群往回走。路过女牛棚时，忽然听到屋里有人尖声喊叫。我急忙跑过去。竟然是颜哲的妈妈！我简直不相信，一向慈和稳重的袁阿姨会发出这样恐怖的声音。但不会错的，女牛棚里只有她一个人。

那儿已经聚了十几个红卫兵，又有一行人匆匆赶来，为首的是庄学胥。他们围在门口，表情严肃地听她揭发丈夫。袁晨露焦灼地说，他们夫妻被抓前曾事先约定，一旦哪个受不了批斗就自杀，另一个听到前者自杀的消息将追随其后。他们事先为此做了准备，都在鞋底藏了保险刀片。为了证实她的揭发属实，她真的从鞋底取出半边刀片。这让周围的人大吃一惊。黑帮们被抓起来时，工作组为防止他们自杀，已经布置学生们进行了彻底搜身，连钢笔、皮带和小手绢都收走了。对这一点，久经运动的工作组有着丰富的历史经验。但他们没料到，这对黑帮夫妻竟然把刀片藏在鞋底里。

袁晨露近乎狂躁地求告："我料定他今晚会自杀，肯定会自杀。你们得赶快去制止，晚了就来不及了！"

得知这样的阶级斗争新动向后，庄学胥立即带人往男牛棚跑去，我也紧紧跟在后边。等一行人气喘吁吁地跑去，已经晚了。一个人只有四到五升血液，全部流光并不需要太长时间。男牛棚里一共关着五个人，其余四个这会儿都在地铺上躺着，竟然睡得很熟。虽然他们刚刚经过炼狱的煎熬，但肉体的疲惫战胜了精神的恐惧。颜伯伯窝在墙角，半躺着，似乎也是在睡觉。但我一眼看到，一道血液之河自他身下流出，一直蜿蜒到门口，屋里散发着浓烈的血腥气。我眼前一阵发黑，几乎晕过去。

庄学胥把门口的看守踢醒，大骂一通，命令立即喊校医来。校医衣冠不整，心惊胆战地跑来，试试死者的气息，翻翻眼皮，胆怯地说：

"庄主席，他没救了，瞳孔已经散了，身体也开始凉了。"

庄学胥转而大骂颜夫之，骂他"自绝于人民自绝于党"，"死有余辜"。他暴怒地踢着同屋已经被惊醒的牛鬼，说你们谁还想学他？尽管去死，我撑着你们！但我看出他内心有怯意，他是以厉声咒骂来掩盖自己的胆怯。毕竟这是学校里第一个死人，是在他所激起的歇斯底里的群殴后自杀的。庄学胥骂了一通后匆匆离开，肯定是去找工作组组长讨主意。

庄学胥临走看到我，也看到我不受控制汹涌而下的泪水。他狠狠瞪我一眼，走了。走了两步后又回头来命令：

"郭秋云你去！看好袁晨露，别让她也自杀！"

他特意指派我去，也许这一刹那他在想，此刻派一个和袁晨露有特殊感情的人做看守，她会最尽心吧。我对这个命令没有抵触，匆匆赶到女牛棚。原来的看守是一位小个子低年级女生，已经困得支撑不住，很高兴有人来换班，哈欠连天地走了。袁阿姨一直趴在窗口向外看，心惊胆战地等着有关她丈夫的消息。这会儿看到我，看到我躲躲闪闪的目光，于是她什么都明白了。其后她的平静出乎我的意料，她一句话也没问我，只是抹去眼中涌出的泪水，悄悄退到她的床上，睡了。

我默默守在门外,透过开着的门,警惕地监视着她的动静。黑帮们睡觉不许关门的。我已经不是第一次来看守她。几乎每次值班时,看到的都是一个不变的场景:她坐在椅子上,头低着,一动不动,默默地写检查,似乎身体与椅子已经连成一体。我发现她脸上不时闪过痛苦的神色,有时悄悄动一下屁股,用不易觉察的幅度摇摇腰眼。后来我才从其他黑帮口中了解到,他们当牛鬼期间最怕的甚至不是批斗,而是坐着写检查!长期的单一动作,使腰椎间钻心地疼痛,那种剧疼简直能令人休克。还有,腿部下垂的时间太长,都浮肿了,一按一个深坑。学校的牛棚生活连监狱里的放风都没有,唯一的休息时间就是解手。所以,他们对这点时间非常珍惜,甚至可以说那片刻的享受成了当时他们活下去的唯一诱惑。后来学生们烦了批斗黑帮,把矛头转向走资派和工作组,不再逼老黑帮们写检查,而是勒令他们出去干重体力活,劳动改造。黑帮们说:"你们根本不知道,那对我们简直是天下大赦呀,我们个个都欢天喜地。"

袁阿姨的忍耐力非常惊人,比那些男黑帮们强多了。那么多天来,我没听她发出过一声呻吟。当她看见是我单独值班时,也没有利用过去的特殊关系求我照顾她。我当时能做的只有一件事,就是隔一段时间就带她出去解手,甚至她没提出,我也会主动催她去,而且带她去远处的露天厕所。把她带进厕所时我低声咕哝一声:"我在外边,你去吧。"这实际上是说:"我在门口把风,你尽量在里边多停一会,晒晒太阳,舒展舒展身躯。"袁阿姨当然理解我的苦心,每次她从厕所出来,都用感激的目光默默地看我。

但我给她和颜伯伯的是小恩惠,犯的是大罪孽。这次颜伯伯自杀,我总觉得原因在我,是他看见我——他儿子的恋人踢了他,才对人性彻底失望。在我心里,自责像火一样燎烤着,像利刀一样搅动着,折磨得我几乎窒息。我呻吟着,脱口喊一声:

"袁阿姨……"

这些天来,我不像别人那样喊她"袁黑帮",但也从没喊过"阿姨"。这次称呼显然出乎她的意料,她从床上起身,疑惑地看着我。仓促中我找到一句话:

"袁阿姨我没事，只是想告诉你，我爹妈叫颜哲到我家去吃饭。"

就像那天颜哲一样，她的眼眶中也慢慢涌出泪水。即使在夜色中，也能看到那两汪闪亮的水光。她用极轻的几乎听不见的声音说：

"谢谢。"

然后她缩回床上，很安稳地睡了。

后来我很后悔说那句话。我原想让她对颜哲放心，但也许这恰恰坚定了她赴死的决心——丈夫已经去了，她唯一挂念的是儿子；现在儿子也有人照顾，她可以跟丈夫去了。袁阿姨自杀后，很长时间，我被沉重的负罪感折磨，左冲右突，无法走出这座围城。而且我只能独自承受这样的折磨，不敢对颜哲坦露。我并不是想隐瞒自己的罪孽，而是担心性格比较褊狭的颜哲受不了这样的打击——如果他唯一可以依赖的人原来手上也有血迹，他会不会心理崩溃？会不会彻底自暴自弃？

让我负罪的还有一点：在那晚的看守中，我没能制止袁阿姨的自杀。其实这是过度的自责，真正要赴死的人谁也拦不住，尤其是像袁阿姨这样外表柔媚内蕴刚烈的女人。想想吧，即使在"揭发丈夫"的那个非常时刻，她竟然还思虑周密，只交出半边刀片而留下半边！那时她已经为丈夫的不幸因而为自己的追随预先做了准备。那晚，我尽管受着负罪感的折磨，仍不转眼地盯着袁阿姨。我敢说我没懈怠过片刻，而她缩在床上一直没动——不过割断动脉本来也不需要大的动作。

晨色初露时我忽然奇怪地发现，一大群红蚂蚁从袁阿姨的床下缓缓地爬出来，它们停住了，探头探脑一会儿，再缓缓地向前蠕动。开始的刹那我没明白是咋回事儿，我很奇怪蚁群为什么会夜里出来。忽然我闻到了熟悉的味道儿，是血腥味儿，是我在颜伯伯那儿闻到的血腥味儿。我定睛朝地上看去，那不是红色的蚁群，而是鲜血聚成的水汪。鲜血已经变得黏稠了，前进得很艰难，只有当后来的鲜血越聚越多时，它们才积蓄了足够的力量，往前蠕动少许。

是袁阿姨的血。那具娇小身体内的鲜血肯定已经流尽了。眼前这一切终于超出了一个 16 岁姑娘的心理承受极限，我眼前一黑，身体软了，扶着门框溜下去。

## 第五章　凶　杀

农场的清晨姗姗来临了。

东方一抹鱼肚白悄悄露出头，抗拒着周围的夜色，终于站稳脚跟，把稀薄的晨光洒向原野。四野很静，公鸡还没有打鸣，只有偶尔传来的一声犬吠，遥远得像是梦中的声音。清冷的空气携带着小麦的香味儿。农场也很静，只有牛屋里有响动，有金属拖地的清脆声音，大概是牛把式邰祥富已经在准备今天的挽具了。

我苦涩地叹息一声，从折磨人的回忆中走出来。不管怎样，颜哲的爸妈已经走了，不管在他们的不幸中我有没有责任，那都是过去的事情了。现在我能做的，是保护好颜哲，否则我才真的会愧疚终生。

我想我该从篮球架上下去了，就在这时我听见有脚步声，两人从后排宿舍中出来，一前一后，一个高壮一个矮瘦。后边的那个一溜小跑地追着前边那个，似乎在央求那人听他说话，而前边的人似乎不屑于理他。我认出来他们是谁了，心头不由一震——这正是庄学胥所说的、场长准备雇用的两个杀手。

一个是陈得财，和赖安胜一样，也是四十多岁的老光棍，长得剽悍有力。这人和其他老农不同，其他老农虽说是"再教育"者，但实际上心底中总有些自卑，那是乡下人对城里人的自卑，文盲对读书人的自卑。唯独陈得财似乎从来都怀着一股戾气，那是流氓无产者对读书人的戾气，是穷人对富人的戾气，按说知青们绝对算不上富人吧。由于这股子戾气，他常和知青们有一些无谓的口舌之争，争得脸红脖子粗的。林镜爱逗他，一次老陈被逗恼了，脱口说出：

"你们这些知青有啥了不起！老子当过国军，扛过洋枪，坐过洋船。二十四排火（子弹），五颗手榴弹，土八路一碰上咱就跑！"

这番话经林镜四处传播，成了陈得财的经典语录，其名声甚至远播到其他县的知青中。

另一个人是陈秀宽，就是那位"吸大烟吸出来的贫农"。这人有点儿贱气，最爱和女知青们扎堆，老是有意无意地蹭一下女知青的身体，或拍一下她们的后背，好像占了多大便宜。女知青们若是使唤他干什么事，他跑得赛过狗獾子。不过后来没有一个女知青理他了，连男知青也躲着他。老农们嘴里传出来他有淋病，是他当少爷时在窑子里染上的，而且非常重，尿都是白的。知青们对于淋病的了解仅限于这个名词，不知道那种病况是否属实，也不知道淋病如何传染。越是不了解越是害怕，从此像躲避瘟神似的躲着他。农场没有自来水和洗碗池，刷碗时都是来到井台上，找两人推着解放牌水车，其他人到出水口刷碗。水车需要俩人才能推动，这么着要想刷碗至少得三人配合。自从陈秀宽的淋病被公开后，他就找不到一个人合作，他当然知道别人为什么躲他，自知理亏，只有远远等在旁边，等别人刷过碗后有哪个好心人给他捎来一碗水。我就常主动给他捎刷碗水。虽然我同样惧怕淋病，厌恶和他接近，但——要是让淋病病人连刷碗都刷不成，这样的惩罚也太严厉了。

没想到这么个小人物要成为杀颜哲的凶手。

他们朝这个方向走来，看来是要到场长室去。我悄悄窝在门板上，连出气都不敢大声。他们当然想不到篮球架上有人，临近篮球架时，陈秀宽紧跑几步拉住陈得财，压低声音哀求道：

"财哥你再听我一句！……我看那事不敢干，要挨枪子的呀！"

那晚我有个发现，原来搞窃听最好的地方是在说话者的上方，虽然他们的声音很低，但经过地面反射，能听得清清楚楚。陈得财在篮球架下站住，鄙夷地骂：

"熊包！窝囊废！你早干啥了？提上裤子知道害怕了？你以为城里小妮就这样好日？日了女知青，比破坏军婚还厉害，何况赖哥说了，咱们是仨人玩一个，到了法院会定成轮奸，铁定挨枪子，一个也跑不脱！反正是个死，咱们把那小子干了，说不定还能躲过这一难！"他呸地吐一口痰，"你妈的少再给我唧歪，咱仨一条绳上拴的蚂蚱，不干你也得干。你再往后缩，我先掐死你狗日的。"

我听得不寒而栗：原来赖安胜真要杀人！原来他是用这样的办法来雇用凶手！他们说"轮奸"，不知道受害者是哪一个？不像是岑明霞，赖安胜最宠的是她，不大可能把她推出来让其他男人染指吧。很可能是他原来奸污过的某个女知青，玩腻了，就送给这两人。那么受害者是谁？她究竟是因为什么，是受威逼还是渴望回城，而甘愿受三个男人的蹂躏，其中还有一个是淋病病人！？

我听见篮球架下陈秀宽哼哼哝哝地说："中，中，我听赖哥的，听财哥的。"

他们不再说话，向场长室走过去了。等他们一走过拐角，我立即飞快地爬下篮球架，跑到颜哲的屋子。屋门照旧大开着，屋里人还没有醒，没有响动。老农班长老肖翻了个身，我原以为他要醒，但他翻翻身又睡熟了。我悄悄摸到颜哲床边，推醒他，同时紧紧捂住他的嘴巴，向他示意出来再说话。

我在前边急急地走，到护场沟才停下，回身拉着颜哲的手，身子禁不住颤抖。颜哲看出我的惊慌，紧紧搂住我，小声问：

"咋了？别慌，慢慢说。"

我偎在他怀里，努力镇静自己，把刚才偷听到的话告诉他。虽然这个消息庄学胥事先已经透露过，但那时毕竟没有实证，现在我亲耳听到了两个凶手的话。而且，听他们的口气，杀人计划马上就要实行了，很可能就是在今天。

颜哲镇静地听我说完，把我用力搂紧，感动地说：

"原来你昨晚不睡觉，一直在门外护着我？傻妮子，痴妮子啊。"

"嗯。"我忽然泪流满面，"颜哲我怕你出意外，我怕你像你爸妈……"

我怕勾起他的伤心，把话截住了。颜哲的眼神又是一刹那的黯然，这种表情我已经非常熟悉了。他随即拂去眼神中的阴云，安详地说：

"秋云你别怕，我说没事就没事。他安排十个凶手我也不怕，咱们已经事先知道他们的计划，有了防备，何况我有那个'宝贝'？"

我没法不担心，问题恰恰是：这个"宝贝"是否那样神通广大，我心里没一点儿数。颜哲搬过我的脑袋，结结实实地吻我一下，再次说：

"真的不用担心。回去吧，该起床了。秋云，真的感谢你。"

早饭时大家像往常一样聚在厨房前的井台上。会计老霍还是像往常那样蹲着吃饭，两个尖棱棱的膝盖高过肩头。厨房和会计室在主场区的西边，离主场区大概有六七百米，来回吃饭睡觉稍远了些，这主要是为了让厨房凑机井的位置。库房和场长室则在主场区的东南，离井台更远一点。正因为这个距离，所以后来洪水来时，会计老霍在井台上喊了两天两夜，场长室里的人们都没听到，这是后话了。今天农场的气氛一如往常。林镜还是爱捣蛋，这会儿在讲黄瞎子的轶事，说黄瞎子有天晚上和大家挤在井台上抢吃一盘辣椒，辣椒已经吃光，别人都停筷了，只有他还在一个劲地夹，说："咦，咋夹不住？咋夹不住？"他没法夹住的，那是瓷盘底的釉彩红花。听众都笑，说这会儿黄瞎子在工地上正打喷嚏哩。同宿舍的李冬梅趁别人不注意，悄悄用肘子触触我，小心翼翼地说：

"秋云你昨晚一直没回来？——别担心，我对别人说你和汪英合铺去了，汪英那儿我也打过招呼。旁人问时，你别说漏嘴就成。"

女伴们都知道我常和颜哲幽会，也常拿这事同我嬉笑打闹，从没避讳过。不过，像这样整夜不回的情形还是头一次。我知道冬梅为啥这样谨慎——她肯定以为我和颜哲昨晚已经越过了那条界限，这事就比较严重了。虽然是发生在恋人之间，弄不好也会作为"道德败坏"挨批斗的，全看场领导想不想认真。我不想辩解，也没办法辩解，只是感激地对她点点头。

早饭时赖安胜也在井台上，他吃完早饭，背着手，看着远处的麦田。外衣披在身上，这在当时的革命电影中是正面人物的标准打扮，可能他有意无意在模仿。时间是五月底，马上要开镰割麦了，眼前一片金黄的麦浪。农场所处的这一带岗地十分贫瘠，连树都长不大，放眼望去，视野中只有形态猥琐、弯腰躬背的小树，离远了看就像灌木。不过知青农场的麦子长势相当喜人，县里对知青农场在政策上有倾斜，化肥的配给比较充足。施足了化肥的薄地十分慷慨，就像是从没吃过饱饭的人乍一吃饱，把全部力量都使出来了。从第二年起，知青农场还在这一带率先改种水稻，产量也相当高。不过那和化肥没关系，听说旱地改种水田，第一年都会高产。

赖安胜面阔口方，身高肩宽，胸肌和三角肌鼓鼓地凸起，在农场里属上头一份的雄健男人，也是第一号的棒劳力。只是一张蛤蟆大嘴影响了形象，否则他算得上一个美男子。初建场时他和知青一样下地干活，干得极泼。我印象最深的是一件事：农场第一个麦季时正逢上淫雨，麦地里尽是胶泥。为了防止鞋被胶泥粘掉，知青们只能穿有鞋带的球鞋，没有球鞋的知青就用绳子把布鞋捆牢。在泥地里杵一会儿，鞋上裹满了胶泥和草根，大小像个小足球，走动起来相当困难。但没有知青敢脱赤脚，因为斜斜的麦茬相当锋利，会割破脚的。只有赖安胜和几个老农脱着赤脚，在锋利的麦茬上如履坦途。这得益于他们脚底板上有厚厚的茧子。那天晚上我曾在日记中激动地写上：

"赖副场长的一双铁脚板，让我看到了自己和贫下中农的差距。"

但他当上场长后就再也不下田了，平时也刻意和知青们保持距离。我猜他是有意学习前任胡场长的派头。胡场长"文革"前是县长，很有手腕，领导一个农场可以说是牛刀杀鸡。那种从容淡定的派头，赖安胜是无论如何学不像的。这会儿赖安胜久久地以背影对着我们，我不知道在此时此刻——就在他要拼死一搏、实施杀人计划的时候，究竟是什么心情？

如果仔细观察，这天早上也有几点异常：庄学胥常常不动声色地扫我和颜哲一眼，那意思是说："你们究竟打算咋应付？你俩好自为之吧。"陈得财和陈秀宽一直不在井台上，没见他们吃早饭，不知道这会儿窝在哪儿。最可疑的是孙小小，过去她一向爱粘在我身后，小尾巴似的，但今天却躲得远远的。既躲着我，又不时拿目光扫我，神情亢奋不安，肯定心里有什么秘密。不过孙小小肚子里是存不住秘密的，当天下午我就从她嘴里知道了根由。原来场长昨晚非常震怒地威胁了她，让她"闭紧你那张小屄嘴，以后若再跟郭秋云或颜哲说啥屁话，就让公安把你抓走关到大牢里"。她很害怕，所以不敢和我再接近。

还有一点她没说，是我猜的，我想与事实不会相差太远：昨晚赖安胜威胁她之后，又把她弄上了床，教这个不足15岁的小姑娘学会了男女之事。而且显然孙小小对此并不反感，甚至可以说她初次尝到了男女之事的乐趣。看着她亢奋的表情，看她时常追随场长背影的炽烈目光，就能清楚地看出这一点。也许她身上真有她母姊的淫荡遗传？我这样想时觉得自己很残忍——她只是一个不足15岁的小女孩呀——但不管怎么说，孙小小的人生之路从此时起就走歪了。

我也悄悄观察着颜哲，他非常轻松，目光带着旁观者的冷静，大有"冷眼向洋看世界"的劲头。看着他的笃定，我心中多少踏实了一些。

上工的钟声敲响了，像往常那样，副场长庄学胥安排农活。因为大块麦田还没熟透，今天主要是做麦收准备，只有我和颜哲所在的一班去割麦，割那些麦子熟透的小地块儿。庄学胥安排时，赖场长不声不响地站在他后边听着。等他把活派完，赖安胜说：

"颜哲不去割麦，让他领着陈得财和陈秀宽去县里拉化肥，去两辆人力车。"

庄学胥很快扫了场长一眼，显然这个安排他事先不知情。我心头一震，知道"那件事"要来了。因为这个活儿安排得相当蹊跷，以往去县里拉物资，一般是一人拉一辆车，如果货物过重则是男女搭配，女的拉边梢。像这样派三个强劳力拉两辆车的情况绝无仅有，也不合逻辑。但如果赖安胜本来就没打算让第三个人回来，那就不奇怪了。

这时我看见了那两个准备做凶手的人，他们已经收拾好两辆人力车，远远地候着。庄学胥说：

"好的，颜哲你去，按场长的安排。"

颜哲点点头，对那边两人喊了一声："等我一下，我去换双鞋！"

经过我时，他不动声色地看我一眼，我能从他眼睛里读出很多东西——放心吧，我知道他们的用意，我回去就是去带我的"宝贝"。

我们带着镰刀去大田，赖安胜也亲自去了。这半年来他早就脱产了，不干农活，所以今天他的举动恐怕也属反常。我在麦田里抬起头，远远看到两辆车三个人走过护场沟的砖桥，那是进出农场的必经之路。然后他们在新修的土路上越走越远，最后消失在蓖麻和杨树的绿荫之中。

此后的一天中，尽管我因处在赖安胜的眼皮底下而不得不假装若无其事，但难免不时怔忡失神。因为我的魂魄已经随着颜哲走了，正伴他走着那段生死未卜的路程。

# 第六章  新  生

　　蚂蚁是社会性昆虫，社会性昆虫有三大要素：一，同种个体相互合作，共同照顾族群中的幼体；二，族群内有明确的劳动分工；三，族群内至少有两个世代重叠。

　　社会性昆虫还有一个共同点，那就是必然有一个雌性的"王"，是族群中具有繁殖能力的唯一雌性。与我们想象的不同，蚁王的职位只是一种劳动分工，蚁王并不负责蚂蚁社会的组织和指挥。蚂蚁社会的秩序是天然形成的，是由基因决定并由信息素具体实现的。就像白蚁群中，只要个体数量达到某个临界值，就会自动学会建造复杂的蚁巢。在人类社会中，对"王权"的需要与制约是一个无法解决的悖论，因为一个高踞社会顶端的管理者必然会无限扩大权力，成为社会肌体的毒瘤，这个过程因为缺少制衡机制而几乎无法避免。但在蚁类社会中，由于"王"只有义务而没有权力，因而也不会发展为社会的毒瘤。

　　　　　　　　　　——昆虫学家颜夫之《论利他主义的蚂蚁社会》

　　那一天真难熬啊，尤其是到了下午，我心里愈益躁动不安。赖安胜下午没来麦田，我不必再维持那个假面具，所以我时时手搭凉棚向远处眺望，盼着两车三人的影子早点出现。实际上我知道，到县城有四十多里地，即使是正常情形，来回一趟也到晚饭后了。连林镜也看出我的异常，过来小声地问：

　　"秋云姐，你今儿个咋心神不定？"

　　林镜是初中生下乡，年纪小，性格活泼，整天嘻嘻哈哈地没个正形。但他其实心眼很好，知道体贴人。看着他真诚的娃娃儿脸，那一会儿，我真想把肚里的担心全都倒出来！当然，这样重大的秘密是无法告诉他的，我只有含糊地说：

"没事，我昨晚没睡好。"

孙小小躲了我一上午，一直紧跟在赖安胜后边，帮他捆麦，用近乎崇拜的目光盯着他雄健的后背。公平地说，赖安胜割麦确实是农场头一把好手，揽得宽，割茬低，镰刀忽忽生风，横着扫过一波，用脚背配合左手一拢，整整一个麦个子（麦捆）就出来了。但孙小小的眼光绝不仅仅是对"技艺"的崇拜，那是女人看自家男人的目光，非常炽烈，毫不掩饰。那会儿我已经猜到了其中的隐情，岑明霞更是清楚地帮我证实了这一点：她老是拿毒毒的眼光斜睨着孙小小，而孙小小对她的毒视毫不在意，在赖安胜跟前越发笑语连珠。

下午，孙小小见场长没来，又开始往我身边凑了，跟在我后面打麦捆，有一搭儿没一搭儿地和我说话。我忙着割麦，再加上对她开始有了戒心，没怎么理她。她忽然冒出一句：

"我知道秋云姐和颜哲哥都是好人，他们不让我理你们，我偏要理。"

我心里一沉，知道这句话大有讲究，但很谨慎地没有理这个话茬。她又突兀地跳到另一个话题：

"看赖场长割麦真带劲儿，像洪常青跳芭蕾舞！哼，岑明霞那贱女人，我帮场长捆麦有啥错？你看她看我那个眼神，恨不能吃了我！"

我从她的话里品出了一个女人的醋意，品出了两个情妇的争风吃醋，这个早熟的女人还不到15岁啊。我看出来，此刻孙小小已经以赖安胜的情人自居了。从那之后，我再不敢对孙小小说啥知心话。

终于熬到晚饭后，我对冬梅招呼一声：

"我去接颜哲，可能回来晚一些。"

冬梅知道我今天心事很重，当然她肯定把原因想歪了，认为与我昨夜整夜不归有关。她体贴地说："去吧，去吧，回来晚一点也不要紧，我给你打掩护。"我避开所有人，跑到平时和颜哲哥幽会的堰塘堤上，从那儿可以看到进出农场必经的砖桥。今天是无月之夜，又赶上阴天，蓖麻、小叶杨和道路都浸在浓重的暮色中。其他知青吃过饭后也来这儿散步，我躲着没让他们发现。

可能他们嫌天太黑,停的时间不长,很快就喊喊喳喳地回场部了。时间一分一秒地过去,但那两车三人一直不出现。算算时间,如果不出意外——如果那桩凶杀案其实并不存在——他们这会儿应该回来了。黑色越来越浓,已经到伸手不见五指的程度,更不用说看到远处的公路了,我只能侧耳倾听着那个方向的脚步声,为他们担着心。天这么黑,会不会从公路下到通农场的土路时他们走错了?我但愿不是因为其他原因。

墨一样浓的夜色中,我的心里越来越焦灼,焦得坐立不宁,心急如焚。那一刻,我真的体会到了伍子胥过昭关一夜愁白头的焦灼。

听见后边有脚步声,一道雪亮的光柱刺破黑暗,一跳一跳地走近。离很远,我就从那肩宽体壮的身影看出是赖安胜。他来到砖桥边,站住,用手电筒向远处照。不过,虽然三节电筒的光柱很强,但距离稍一拉远,它就迅速被黑暗所淹没,看不到远处路上的情形。赖安胜不停地踱步,从他的步态中也能看出他的焦灼。

两个因相反原因而焦灼的人默默地等着。熬过漫长的时间后,终于听到前方有脚步声、车轮声和偶尔的低声交谈。赖安胜急忙把光柱打过去,又是那么漫长的一段等待,然后拉车的人影终于进到光圈之内——是两个人和两辆车!我瞪大眼睛盯着,直到确定那边只有两个人,我的心脏在刹那间碎裂了。听见赖安胜满意地问:

"办妥了?"

听见陈秀宽喜滋滋的声音:"场长,办妥了,办妥了。"

我知道一切都完了,天塌了,地陷了,颜哲已经不在这个人世了,他的"宝贝"没能救他,而我竟然愚蠢到相信他的宽慰话。我知道这会儿我该藏起来,否则被三个凶手看见,我也会没命的。但……世界已经崩塌了,我一个人活着还有什么意义?我不管不顾地跑出来,悲愤地、凄厉地高声喊:

"颜哲!颜哲哥!"

赖安胜没有料到我会在近处突然出现并大喊大叫,惊呆了。他瞪着我,手电筒下意识地垂了下去。亮光从地面反射上去,照亮了他的脸,这种自下而上的逆光让他的面相显得十分狰狞。我没有理他,向陈得财和陈秀宽扑过去，要向他们讨回我的颜哲哥。我还没有抓到他们的衣领，忽然——让我和赖安胜都目瞪口呆的是，一个人从前边的人力车上轻快地纵下地，向我走过来。

那当然是颜哲！他没死！

我的悲愤立即雪崩，化为滔滔的狂喜。我扑过去，想投到他的怀里。不过我及时镇静了自己——毕竟还当着三个人的面，我觉得不好意思。我抓住他的右臂，紧傍着他的身体，这可是真实的颜哲，温暖，强健，亲切，不是幻影，不是鬼魂。然后我回过头，笑吟吟地欣赏赖安胜的表情。我想，他此刻一定是又惊又怒又怕又恨吧。事情走到这一步，已经很好玩了，且看他如何收场吧。

赖安胜把照在地上的光柱抬高，照着两个凶手的胸部，牙缝里咝咝地脱口而出：

"你说办妥了？"

借着反光，我看到了两人的表情，非常特殊，我没办法真切形容它。陈得财脸上没有了往常的戾气，陈秀宽也没有了往常贱兮兮的诡笑，而代之以非常沉静的幸福。幸福是从心底自动流淌出来的，非常甜美，非常有感染力，甚至可以说是震撼力。此后我只有在欣赏拉斐尔的《西斯廷圣母》油画时，才有过同样的感受。

这是我第一次看见这样美好的表情，此后，它在我们农场里就随处可见了。

陈得财沉静地笑着，这可不像他！他由衷地说：

"办妥了，化肥全拉回来了。今天多亏颜哲，天太黑，我们迷路了，不知道在哪儿该下路。又忘了带手电，兜里倒有洋火，可一擦着就被吹灭，鬼毛儿也看不到。那会儿真把我们急坏了。还是颜哲眼睛好，隐约看见一条路，就趴到地上摸。先摸到一泡牛粪，他说不行，有牛粪还不能说明是不是农场的路。再摸，摸到一堆马粪。他说方圆几十里只有咱们农场有马，没错，就是这条路了。"

陈秀宽也沉静地笑着，这也绝对不像他！他补充道：

"找到这条路后天更黑,半点也看不见,连自己的腿都看不见,活脱儿是到了阴间,三个没腿的鬼在走路。我说这咋敢走啊,再走非冲到沟里。还是颜哲脑瓜灵,想出来一个办法。啥办法?别人肯定想不到。他躺在车上,仰脸看,能勉强看见路边的树梢映在天上,再喊着左左右右,指挥着俺俩顺树梢的中间走,这才摸回来了。赖场长我对你说吧,等我们总算看到农场的灯光,等一会儿又看到你的手电,甭提有多高兴了。"

原来颜哲是为指路才躺到车上,也得亏他能想出这种不平常的办法。颜哲平和地说:

"听我的没错吧?以后事事听我的就行了。"

两人衷心地点头:"听你的,听你的,我们都听你的。"

颜哲悄悄用肘子扛我一下,刚才他的话显然是公然向赖场长挑战。我忍不住乐,忙捂嘴堵住笑声。没错,眼前这俩人肯定让颜哲收服了,成了他的不贰之臣,甚至一点儿不顾忌赖安胜的面子。对事态走到这一步,我是知道原因的——颜哲那件宝贝真的很管用——而赖安胜可就傻眼啦!他怎么也想不通,两个心腹打手不但没有把颜哲干掉,还在转眼之间就投靠了后者。

不过赖安胜算得是一个枭雄。他此时应该估计到颜哲已掌握他的杀人计划,心中肯定极度震惊恐惧吧,但他仍能硬撑着架子,沉默一会儿后,闷声说:

"回去吧,你俩喊上四娃,把化肥卸库房。"

那两人没有立即动作,回头看看颜哲。现在颜哲不放话他们是啥也不会干的。颜哲说:"对,化肥卸库房。你们先去,我要和场长谈几句话。"

赖安胜用歹毒的目光盯着颜哲,肯定估计到颜哲要同他摊牌。良久他说一句:

"好吧。"

颜哲说:"秋云你先回去,我想到场长室和他单独谈。"

这时我已经完全不担心了,但我想了想,撒娇地说:"不,我在场长室外边等你。"

"好吧。"

赖安胜闷声不响地走在前头，把颜哲领到场长室，点亮煤油灯。他走回门口，恶狠狠地瞪我一眼，啪地摔上门。

两个男人在里边谈，我在外边等。虽然里边也许还有万分之一的危险——所谓狗急跳墙，赖安胜那种地痞，走到绝路会拼命的。凭他的身板儿，颜哲恐怕不是对手——但我已经不担心了，我彻底信服了颜哲的能耐，或者说是颜伯伯的能耐，他研制出的蚁素可真管用！

想到颜伯伯和袁阿姨，想到他俩的横死，我的心又隐隐作疼。但今天是带着疼的喜悦。因为，依照事态的发展，颜伯伯生前对儿子的托付已经不会落空了。愿他俩的在天之灵，还有颜伯伯留下来的宝贝，能够护佑他的儿子吧。

隔墙库房中，那俩人卸完化肥，去食堂吃饭了。保管员四娃锁好门，打着哈欠离开。我也赶紧回到我的宿舍，拿出我晚饭时备好的馒头夹辣椒。冬梅被惊醒，睡意蒙眬地抬起头看我，我喜悦地小声说：

"颜哲已经回来了！我给他送晚饭去。"

睡意浓浓的冬梅一定不理解我过分的喜悦——颜哲才离开一天，秋云丫头不至于这般骚情吧。她咿咿唔唔地应了一声，那时候我已经跑出屋门了。等我赶到场长室，两个男人已经谈完，刚刚打开门，一片明亮的灯光从门洞里泻出来。开门的一刹那我就知道赖安胜变了，他脸上也漫溢着那种沉静的幸福。手里拎着一个小铺盖卷，还有牙刷毛巾什么的杂物，安静地说：

"你等一下，我这就把你的东西搬来。"

颜哲平和地说，是那种皇帝式的暗藏威严的平和："去吧。"

赖安胜走了，我把三个馒头递过去，颜哲贪婪地吃着，他显然也饿坏了。我说你慢点吃，我去屋里给你倒点开水。倒完开水后我好奇地问："赖安胜去搬啥？"颜哲说：

"搬我的行李呗。他把场长交椅，还有场长室，都让给我了，库房钥匙也交出来了。"库房钥匙共两套，分别保存在场长和保管员手里。"他高风亮节，主动让贤，说我比他更适合当场长。"

他说得一本正经，弄得我忍俊不禁，笑道："真的？"

颜哲笑笑，不予回答。那么这是真的，绝对是真的。今晚世界变化太快，让我眼花缭乱。我高兴得合不拢嘴,缠着问他:"这一天内到底是发生了啥事?咋把那两个凶手和赖安胜制服的?你一定得给我讲讲具体经过。"他笑着摇头:

"明天再告诉你。今晚我还有些杂事必须得处理。明天吧。"

赖安胜很快把颜哲的行李拿来,还很周到地铺好床。干完这些后他该走了,但他立在门口迟迟不走。我借着灯光观察,他仰着头,嘴角微带笑意,似乎在回忆什么。我疑问地看看颜哲,颜哲示意我不要说话。过一会儿,赖安胜突兀地说:

"颜哲,我割麦是农场头一把好手。"

颜哲微笑着说:"对,我知道,秋云知道,全场人都知道。"

他顿住了,似乎又在回忆什么。然后又是突兀地说:

"你们俩都是好人,打根儿起就是好人,我知道。"

"对,你也是好人。从这会儿起你已经是好人了。"

赖安胜很高兴,像是得到大人夸奖的孩子,笑眯眯地走了。尽管我平时非常厌恶他,但这会儿看到他这般纯真的表情,心中不由得暖洋洋的。他走后,颜哲把门窗全都打开,用一把蒲扇用力向外扇动空气。我奇怪地问:

"你这是干啥?赶蚊子?我咋闻到屋里有一股酸味儿。"

他笑着说:"不是赶蚊子,是赶蚂蚁。我已经有经验了,只要我用了爸爸那件宝贝,第二天早上准会有一个蚂蚁大聚会。我可不想床上桌子上爬满蚂蚁。"

我不知道颜伯伯的宝贝和蚂蚁有啥关系,不知道咋会有蚂蚁大聚会。我没问,反正颜哲答应第二天告诉我。我想我该帮颜哲干点啥事,屋里找不到第二把扇子,我就找来一个藤编的簸箕,帮他用力把酸味扇走。活干完后我还兴奋着,想和颜哲再聊一会儿,但他几乎是强迫式地把我推走,命令我快回去睡,然后关上门。

我回到女知青宿舍,躺到床上。不行,今晚太兴奋,无论怎样努力也睡不着,我又悄悄起床,在场院里闲逛。等我下意识地逛到场长室,见屋里的灯还没熄灭,他还在看书,头影映在窗纸上。我想那本书一定和他的宝贝有关吧。他今天跑了百十里地,肯定累了,该劝他早点睡了,但我忍着没有打扰他。

我在外面痴痴地看着那个头影,很久才离开这儿。

## 第七章　利他的设计

公元1971年6月1日，对北阴市旧城县红星公社知青农场来说，是一个具有里程碑意义的日子。从这天起，一种全新的、利他主义的生活开始了。率先走入新生活的"新人"是赖安胜、陈得财和陈秀宽，三个原先的恶人。厚道一点说，至少也算是道德层次较低的人吧。这多少带点讽刺意义。不过历史就是这样，充满了类似的阴差阳错。

早饭后，颜哲敲响上工钟，而这向来是赖安胜的权力。知青们集中在井台边，听副场长庄学胥安排农活。赖安胜没有像过去那样立在井台上居高临下地看大家，而是主动站到一班的队伍里。颜哲则站在井台上，平静地看着大家。大部分知青和老农在政治上比较迟钝，没有看出这点异常，只有庄学胥的眼睛贼，而且他事先知道一些内情，看出异常了。不过他没有动声色，只是时不时地向赖安胜和颜哲扫过来一眼。他要布置农活了，赖安胜笑哈哈地说：

"庄场长，我先说两句，我先说两句。从今天起，我到一班干活，颜哲当场长。"

全场愕然！就像一把盐撒到滚油锅里，人群中升腾出一片喊嘈声。这会儿连庄学胥也无法掩盖自己的惊疑，瞪大眼睛看看赖安胜，看看颜哲，甚至还看看我。颜哲不动声色，我也佯做不知。最后庄学胥迟疑地问：

"赖场长你是当真？"

"当真，当真。颜哲是个好人，当场长最合适，再说我想干活。恁长时间没干活，我快想疯了。我割麦可是全场头一把好手，颜场长都承认的。"他又补了一句，"劳动最快乐，帮助他人最快乐。"

最后这两句话非常让众人犯疑——明显不是赖安胜的口气。但不管是鹦鹉学舌还是出自本人之口，反正这句话他说得十分真诚。这时颜哲说话了：

"庄场长，派活吧。"

他的声音很平和，但带着不可违抗的威势，在一句话中让众人接受了"场长更替"这个现实。庄学胥没有再迟疑，立即布置了农活。今天是全面开镰割麦，他为各班分了地块儿。并说中午不休息，炊事班把馍和开水送到地头。然后让各班班长带人出发。

从最初的震惊中醒过来，众人们开始各怀心思。颜哲平素干活实在，为人刚直，在知青和老农中有威信。所以对他当场长，不少人很高兴。一班的王全忠，二班三班的知青副班长何子建、刘卫东，小知青林镜等，一点不掩饰他们的兴奋，时不时看我，眼中尽是笑意。几个老农班长老肖、老初和老庞毕竟年纪大些，没让他们的感情外露，但至少是不反对的。孙小小的表情则纯粹是好奇，她的脑筋比较简单，大概考虑不到，赖安胜不当场长的话会不会影响她的前途。但岑明霞就不同了，她对场长以身相许，就是想早点招工回城。她绝对没想到今天一场霹雳，场长哥哥竟然会主动退位，可不弄得她闪腰岔气！这会儿她简直掩饰不住自己的失望和愤怒，这愤怒既针对赖安胜，也针对颜哲。当她对颜哲扫来一眼时，眼中的毒汁简直能溅出来。还有庄学胥，在知青当中，身为知青副场长的他应该是最受震动的。但他掩饰功夫好，这会儿已经从最初的震惊中镇静下来，照常派完农活，匆匆领着人们出工了。

颜哲没有随我们走，他目送人们离开后，独自回场长室。我敏锐地发现，不少知青眼中立时显出失望！这些大都是为人正派、干活实在的那类人，像何子建。何子建和颜哲的情况差不多，在农场都属一流的棒劳力，其实身材单薄，力气并不大。有一次他独自到西边的水台子乡拉货，那段路上有个较陡的坡，一般来说拉车的都要请同伴或路人帮忙推一下，他没喊别人帮忙，咬着牙一个人冲了上来。上坡后离农场还有二里地，在这段路中他一定非常难受了，但他硬撑着，一直到家才虚脱。那天我在现场，只见一辆人力车摇摇晃晃地走进农场，车一停下，拉车的人跟着就软了，跟跄几步摔在地上，把在场的女知青们吓得一片尖叫。过后我问他，冲上陡坡后你不会稍稍歇一会儿再走？他腼腆地说：

"想歇来着，可是那会儿心里好难受，我怕歇一会儿就走不动了。"

连颜哲也感慨，说他干活比自己还玩儿命。这会儿何子建瞄了我一眼，眼中已经没有了刚才的光芒，随即低下头，默默地走了。他们一定在想：颜哲当上场长第一天就变了？也像赖安胜那样再不干活，变成了高高在上的监工？

我知道他们冤枉了颜哲。颜哲在为全场人安排一种"新生活"，今天是第一天，一定有很多具体事项需要安排。刚才他眼底都是红的，昨晚很可能一宿未睡。但我没法子向大家解释，只有更卖力地干活，仿佛这样才能为颜哲赎一点罪。

但我再卖力，比那三个"新人"还是差远了。农场的老农们都来自种麦区，在割麦技艺上有数十年的浸淫，是知青们绝对比不上的。相比而言，若是从头开始学的技艺，比如插秧，则显示出知青们接受能力强的优势。赖安胜比昨天上午干得更泼，而且今天是三个人比翼齐飞，三个光膀子齐齐向前推进，三把镰刀刷刷地削平了麦浪，这让场面更好看。昨天孙小小说得对，看他们割麦简直是享受，比看洪常青的芭蕾舞还过瘾。赖安胜说"劳动最快乐"，现在事实证明，这确实是他的真心话。三个人汗流如注，但脸上都漫溢着喜色，漫溢着光辉，光辉是从内心深处发出的。他们的快乐在周围形成了一个磁场，形成了强力的正反馈，让所有人都沉浸在快乐中。

至于工作效率那就不用说了。我真遗憾，颜哲没有来目睹这样的劳动场面。

一天没有见颜哲，连吃饭时也没见，不知道他在干啥。割麦天收工很晚，收了工，到井台上推出井水，匆匆冲洗完毕，已经是深夜12点了。我实在乏得厉害，腰酸背疼，两条腿拖不动，真想赶快回屋倒头便睡。但我强撑着来到场长室，因为颜哲说过今天要告诉我所有秘密，而这个秘密太吸引人了！无论怎样疲乏，我也不会把这个时刻往后推的。

颜哲在屋里看书，是厚部头的英文原著。我知道他下乡时偷偷带来英汉大辞典和几本英文书，我学的是俄文，不知道那是些什么书。他一直藏着掖着不敢让场长知道，要不又成阶级斗争新动向了。这可不是妄测，同班知青王全忠带来了高中数理化课本，农闲时曾看过两眼，赖安胜知道后在大会上不点名批判，说：

"有个别知青，竟然到现在还在看高中课本！"

这个罪名是如此昭彰，以至于不用具体分析因何有罪。

所以，下乡后颜哲也是第一次看这本书。他看得很专心，虽然已经十分疲乏，但强撑着看下去，不时翻翻辞典。我悄悄推门进去，站到他身后时他还不知道。我攀着他的双肩，小声说：

"颜哲哥，对不起，可能耽误你的正事了，但你说过今天要告诉我秘密的。"

他把书推开，笑着站起来，打个哈欠，揉揉眼睛："对，我是答应过。知道你肯定来，我一直在等你。"他过去把门关好，"不过你也得答应我，按老规矩，咱们先亲热一会儿。"

他紧紧搂住我，像往常那样给我一个接舌吻，双手钻到我的内衣里揉搓。我开始时抗拒，说："这是在屋里，小心别人看见。"但像往常一样，我的情欲之火很快也被燃起，血液被烧沸。我回应着他的拥吻，享受着男女肉体接触时的快感。当他的手向下发展时，我凝起意志力制止住他，他也像往常那样没有再强逼。

但我今天总觉得有点异常。他在和我亲热时，一直拿一只眼睛冷静地观察我，那似乎是他的第三只眼睛，是旁观者的眼睛，是一种自上而下的理性的俯瞰。这只是我下意识的模糊感觉，我拿不准，但心中隐隐地不舒服。等我们从情热中平静下来，他冷静地说：

"秋云，我知道，虽然你一直在拒绝我'得寸进尺'，实际上你的性欲并不比我弱，你打心眼里喜欢我的抚摸。对不？"

我立即沉下脸，没想到他会说出这样的话。也许在恋人之间这样的话算不上下流，但反正对我来说十分刺耳。这会儿我简直想拂袖而去。颜哲显然已经预料到我的反应，立即拉住我，恳切地说：

"秋云你别生气，我知道你有道德洁癖，肯定不爱听这样的话。但我这样说是有意为之，是为下面的解说做个铺垫。你听下去就会知道我这样说的用意了。"他盯着我的脸色，笑着问，"秋云你还生气不？你不生气，我就开始讲那个秘密。"

我说："不生气了，开始吧。"

"秋云，刚才我其实是想告诉你：男人女人都有性欲的，所有两性繁衍的动物都不例外。性欲这玩意儿虽然很玄虚，看不见摸不着，但它实实在在地存在，这点谁都不会否认。而且它完全由基因所给予，这点也不会有疑义。比如，你我的性欲都是天生的，随年龄增长自动出现，没有经过任何人的启蒙，不需要父母或师长来打开性欲之锁。我说得对不？"

我点点头。他说的是人人都知道的事实，当然是对的。

"性欲由基因决定，这是第一层面的因果。从第二层面上说，它由激素所决定。比如，太监被阉割后不再产生激素，也就没了性欲，甚至他们的胡子都会在几天内完全脱落。"

"嗯，这些我知道。"

"下面我就要说正题了。与性欲一样，看似玄虚的'利他主义'，比如蚂蚁的利他主义，也完全由基因或激素所决定，不需要教育、强制或外来的激励。这就像蚂蚁或白蚁建蚁巢，蚁巢非常复杂，但它们并不需要事先有一个蓝图。只要蚁群的数量足够多，信息素足够强，它们就会自动学会建蚁巢，就像是某个蓝图凭空出现了。我讲的这些，你有疑义吗？"

我摇摇头："我没疑义，你接着往下说。"这些观点确实匪夷所思，但其实它非常符合逻辑，再加上他刚才的铺垫和类比也相当雄辩，我没法子不信服它。

"因为蚁群的利他主义来自天性，所以它是内禀稳定的，从蚂蚁社会建立到现在数千万年都没有断裂。非常可惜啊，在人类天性中没有这种利他主义，或者更准确地说，是利他天性不占优势。所以从古到今，人类社会尽在善恶之间摇摆。圣人的'向善'教化抵不住人类的'趋恶'本性。你肯定不会忘记 1958 年大跃进，那时的社会多干净！人人忘我劳动，不计私利，尽情享受劳动的愉悦。再看看'文化大革命'至今的丑恶,和那时不啻是天壤之别。比比蚂蚁,人类真该脸红!"

我听他说着这些话,慢慢地有一种奇特的感受,就像听母亲在我孩提时代的呢喃,遥远而亲切,有一种神秘的魔力,有天生的熟悉感。我明白了,想起来了。从我七岁起,颜伯伯反复说过类似的话。那时我当然不懂,但时间长了,它们悄悄渗入我的记忆,平时不被觉察,此刻被颜哲的话激醒,激起深长的共鸣。

颜哲下面说的内容我则是第一次听说:

"我爸爸深入地研究了蚂蚁的利他天性。从最深的层面说它来自基因,从较浅的层面说,实现它的'技术途径'是信息素。小小的蚂蚁身上有很多复杂的腺体,像杜氏腺等,它们分泌出信息素,在蚁群中产生正反馈,最终形成一种类似磁场的无形的场。凡接收信息素的蚂蚁也就具有了稳固的利他主义。这不是天方夜谭,这种由信息素横向传递所造成的利他主义,虽然看不见摸不着,但它和性欲一样,实实在在地存在着。而且,我爸爸已经学会提炼这种信息素了。"

我迟疑地问:"那就是你说的……宝贝?"

颜哲点点头,自豪地拿出一件东西。是一个非常精致的柱状圆筒,不锈钢材质,顶盖上有一个小把手,筒上印有我不认识的英文字。这是一种袖珍型喷雾器,此前我还从没见过。乍一看到它,我不禁愕然。我和颜哲相好多年,他带到农场的小箱子对我全方位开放,可以说他的内裤袜子有几条我比他本人更清楚。但我从来没有见过这个玩意儿,天知道他平时藏在什么地方?在农场的公共宿舍里可没有个人的私密空间。

在那一刹那,我突然对颜哲有了畏惧感。原来他对我仍有尚未开放的秘密啊。不过反过来想想也不奇怪,我也同样有未对他开放的秘密——比如说,我在他父母之死中的责任。颜哲说:

"对,就是它,是我爸爸被抓走前一天传给我的。它的功效我想你已经不怀疑了,只用看看那三个'新人'就行。我对他们都喷了一次,只一次,他们就立地成佛了。哈哈。"

我从他手中珍重地接过来,把玩着,沉思着。一个疑问慢慢浮出我的脑海:

"既然……为啥颜伯伯在生死关头不用它,用到那些恶人身上?我想他不会是来不及带。在被红卫兵抓走前,他已经和袁阿姨约定自杀,准备了自杀用的刀片。还至少做了另一项准备,就是把这件宝贝提前传给你,是不是?既然这样,他们为什么不用它来自救?"

提到他死去的父母,颜哲的眼色立即暗淡下来,多年来他总是这个样子。他从没有向我讲过父母被抓前同他的诀别,我也无法真切地推想其细节,反正那一定是相当阴郁的。在那次诀别中,父母可能不忍心明示他们会自杀,但也肯定会给儿子一点儿思想准备。那么,在接受了父亲传下来的宝贝、与父母预道永别、独自回到床上时,颜哲该是怎样的心情?我不敢想,即使仅仅想一想,我都会觉得心中压抑得难以忍受。我歉疚地说:

"颜哲哥对不起,我不想提起颜伯伯袁阿姨,但这件事太重要。"

颜哲摇摇头,驱走了心中的阴霾,解释说:

"说起来你可能不理解。爸爸研究成功了信息素,但从不打算把它用到人类社会中。他说,用'技术手段'来改变人性这种设想虽然十分诱人,但也非常可怕,有种种预料不到的副作用。他把资料和实物交给了我,让我此生继续他的研究。但又让我起誓,在我这一生中不准投入实用。他说要想真正投入实用至少是200年后的事。"颜哲摇摇头,"我觉得爸爸过分谨慎了。他说这话是在被抓走的前夜,可能是受了当时心绪的影响吧。我不赞同这个决定,没有实践的研究能有什么意义?至少得在小范围中试用。后来的事你都知道了。"

"噢,原来是这样。"

那晚颜哲娓娓地讲了很久,我也完全忘掉了疲乏。他告诉我,到农场后他从来没有忘记爸爸的嘱托,赖安胜的杀人威胁只是一个外因,促使他把已经有的设想付诸实施。因为他早已发现,知青农场是个"相对孤立的社会系统",知青们和邻近的农民很少来往,农场的老农们也都来自其他公社,与周围村民联系不多。至于"上边"，只有公社知青办和农场有直接联系，但也很少来人。平时只靠两条通讯线，即一条广播线和一条电话线。我更正道：

"你说错了，是一根。"

"对，是一根。"

公社和知青农场都太穷，从公社到农场只能拉得起一条电线，它兼作广播线和电话线，由场长室里的一个双掷开关控制。这个开关一般放在广播档，通电话时再改换到电话档。这么着要从外边打进来电话十分麻烦，场长哪能老待在屋里给你当接线员？所以，大部分私人电话是直接通过广播喇叭，我也是从那时候才知道，墙上挂的纸喇叭不光能听，还能起话筒的作用。具体程序是这样的：家里的长途电话先打到公社，公社哪位热心人接到电话后，就对着墙上的纸喇叭高声复述内容，诸如：

"知青农场的某某某，你妈有病了，叫你回家一趟！"

而农场的人通过纸喇叭接听，虽然音质不好，也能勉强听到。接听者再对着纸喇叭大声回答，比如：

"那位传电话的叔叔，麻烦你告诉我妈，我这就请假！"

接电话的人再在电话里复述给打来电话的人。这样的喇叭电话音质很差，而且接电话者首先得放弃隐私权，因为当你打电话时，全农场每个屋子都在听着喇叭中的对话。所以不到万不得已，知青家长是不会来电话的，只要来电话必定是大事，比如父母急病之类。那时我最怕的，就是半夜三更突然听到纸喇叭里嘶嘶地喊我的名字。

颜哲接着说："所以说，知青农场是个非常理想的社会实验场，比较容易建立起清晰的边界，隔绝外界的影响。它也很安全，即使试验失败也不会扩散到外界。"他自信地说，"从目前的情况看，试验不可能失败了，它非常成功。你可以看到，那三个原来的'坏种'，喷了我爸爸的利他素后，变成了多么高尚的人！"

我由衷地点头："嗯哪，看着这仨人干活真的是一种享受，尤其是他们劳动的快乐，那种非常真诚的、完全发自内心的快乐，把周围的人都感染了。你今天真该去现场看看。"

颜哲也很遗憾:"是的,真可惜我没去麦田。我今天太忙了!昨天我使用的是我爸留给我的蚁素,接下来就该自己制造蚁素了。这个事情很急,耽误不得。但蚁素的制造还有一些技术上的疑难,我一直在查资料。不过你说的那种快乐气氛我完全能想象得到。秋云你想想吧,如果全农场、全社会都变成这样,那该多好!"

他的眼睛闪闪发光,那是理想之光,是古今中外人类精英们最崇高的理想。但这个计划太庞大,太伟大,令我不由生出怯意。不敢相信两个小人物和一小瓶蚁素就能开创一个新时代。我迟疑地问:

"下一步,你是不是想对全场人都喷利他素?"

"对,除了……咱俩。"他顿了一下,"非常可惜,即使整个农场变成利他社会,每个成员都成了高尚的君子,但它仍处在异己环境中。需要一个人保持清醒,保持不那么'高尚'的状态,因为有可能需要他玩一点权术或阴谋,以便保护其他高尚的成员,所以我想先不对自己喷利他素。"他叹息着说,"其实我很想早点进入那个境界,想亲身体验一下那种快乐。但我只能这样,我必须对喷过蚁素的人负责。至于你,我想也暂且别喷吧,以便能陪着我。如果只有我一个人清醒,那我承受的压力实在太大了。"最后这句话的内蕴非常沉重,他用玩笑来淡化它,"再说,咱俩就是不喷利他素,问题也不大,咱们的利他天性本来就占优势,我对咱俩的道德水准很有信心的。"

我犹豫着,拿不出明确的意见。今天我接触的新东西太多,它们汹涌而来,淹没了我的理解力。我一向信服颜哲,信服颜伯伯和袁阿姨。我也非常愿意农场变成一个干净高尚的小天地,只是,我难以排除心中隐隐的担心。这个担心是什么,我不知道,说不清道不明,但它就是顽固地横亘在我脑海深处。最后我迟疑地说:

"好——吧,我陪着你。"

听见我的许诺,他非常高兴,简直喜形于色。我也很感动,单从他的喜色中就能看出,他对我确实是非常看重的。

他说,眼前最紧迫的工作就是制造更多的利他素,要足够全农场成员用。父亲已经传授给他制造方法,就是用这种蚁素吸引和收集蚁群,再从蚂蚁身上提炼出更多的蚁素。这就像种庄稼一样，只要有了种子——爸爸留给他的这瓶珍贵的蚁素，再生产它就非常简单。这两天他一直在复习父亲传授的办法。然后他要回城一趟，因为一些必需的仪器现在保存在颜家大院里。还需要再买一些化学药品，这就用得着他父母的遗产了，那笔钱款本来就是为这件"大事"而预储的。

他这一去大概要五天时间，所以——

"这五天就偏劳你了，帮我盯着点。赖安胜那三个人不用操心，他们确实已经变成君子了。该小心的是庄学胥，还有场里那几个爱惹事的痞子，像崔振山。"

我答应了。我们在夜色中久久对望，不知不觉已到凌晨，颜哲搂紧我，像大哥哥一样轻轻吻了我的额头。他就要走了，这次分手前他没有要求与我"亲热"。我们担负的使命太重大，已经没有闲心去想男女之事。

颜哲和我来到庄学胥所在的宿舍，颜哲进去把他喊醒。庄学胥披着衣服，揉着眼睛出来，颜哲对他交代：

"我要赶到县知青办开会，大概四五天时间。"这句谎话是为了对庄学胥起到一点震慑作用，让他误以为颜哲在"上边"有人。"农场的麦收就由你全权负责吧，有啥事可以同秋云商量，她算是我的代表。"

我发现颜哲其实也很会当官的。这番话说得很平和，但平和之中自有场长的威势。庄学胥没有说话，只点点头。昨天局势的变化肯定出乎他的意料，到现在怕是还没想通呢。赖安胜咋能轻易就把场长禅让，而且是让给他本来想要杀的人？站在庄学胥的角度，他肯定会以为是颜哲抓到了赖安胜犯罪的证据，逼迫他让出了场长宝座。但赖安胜现在的"快乐"不大像被胁迫的人啊。不管庄学胥怎么猜想，反正他目前打算坐山观虎斗，到最有利的时机再动手，所以这会儿他对"颜场长"的安排言听计从。

颜哲把场长室的钥匙留给我，匆匆走了。这儿的交通很不方便，他要步行四十里赶到县城，才能坐上去北阴的班车。我站在井台上，看着他独自走出农场，沿着新公路向县城方向走去，直到那个身影融化在晨光中。我的心里空落落的。

井台上只剩下我和庄学胥，场面比较尴尬，有那么五六分钟，我俩几乎找不到可以交谈的话题。我和他一块儿长大，关系曾相当亲密，但在"文革"和下乡期间，在目睹了他的种种作为之后，我早就不把他当成昔日的学胥哥了。而他显然也对我怀着敌意，因为他是把我和颜哲划到一条线上的。我们客气而冷淡地闲扯了两句，就分手了。

# 第八章　平定内乱

颜哲走后的头两三天，农场的麦收没有受影响。除了得益于庄学胥的调度外，还得益于赖安胜他们三位"新人"。他们保持着持续的炽热，仨人几乎能顶两个知青班的劳动量。有了他们的榜样，其他知青和老农也都干劲儿十足。

但逆向的潜流还是有的，像岑明霞。岑明霞曾是男知青最痛恨的人，这是有特殊原因的。那时农场三天两头组织劳动竞赛，压榨着知青们本来就少的休息时间。人们乏得入骨，蹲厕所拉屎那会儿都能做个短梦，这对知青们根本不算稀罕事。刘卫东更绝，有次蹲井台上吃晚饭时竟然睡着了，手里端的碗一下子倒扣在地上。别人哄堂大笑，他醒过来还惊问：

"咋了？咋了？谁和我捣蛋？"

本来午饭和晚饭时间都是一个小时，但总有几个积极分子提前上班。尤其是岑明霞，她的饭量小，或者是她舍不得吃，因为节余的饭票可以在分红时换现钱，全场就数她的节余最多。吃饭少当然吃得快，十分钟不到就扛着农具下地了。而棒劳力们饭量都大，这时只好阴沉地瞪着她的背影，三口两口把饭扒完，赶快随她下地。如果单是这个原因，男知青们还不会太痛恨，问题是：只要大家在她的精神感召下上工，岑明霞同志就该回场部拉屎了。大田里没有厕所，而知青们在这个习惯上一直没有被贫下中农教育过来，解手一定要去厕所的。但岑明霞的如厕时间太长，长得绝对超过了正常限度，屙井绳尿黄河也用不了那么长时间。男知青们敢怒不敢言，你总不能钻到女厕所里催一个姑娘出来吧，那也太没绅士风度了。

但也有敢于不绅士的人。那次岑明霞又故伎重演，她前脚走，崔振山后脚跟着回来，一边走一边大声嚷嚷着：

"大伙儿都听着,我要去给岑明霞的屙屎掐表啦,看她到底能蹲多长时间!"

众人们哄然大笑,撺掇他去。那时知青们没有一个戴得起手表的,崔振山跑厨房里拎来农场的报时闹钟,蹲在女厕所门口守着。别人问他干啥,他就嬉笑着实话实说:

"小声点,别让里边听见。我给岑明霞的屙屎掐表哩。"

这段时间中当然也有女知青上厕所,但没一个人为岑明霞通风报信,说外边有人在算计她。结果,等蹲麻了双腿的岑明霞扶着墙走出来时,崔振山得意扬扬地宣布实测数据,说岑明霞在厕所蹲了一小时二十分钟。他把观测结果捅了出来,在男女知青中传得沸沸扬扬,以后岑明霞的"积极"才收敛一些。

这次赖安胜禅让场长后,岑明霞表现得"嫉恶如仇",老是拿毒毒的眼神瞪赖安胜,瞪颜哲,甚至瞪我。今天她干脆破罐子破摔,不但不再提前上班,上工后也耍赖,割几镰刀就坐在地上歇着,全不在乎别人的眼神。她这么一耍赖,别人根本没办法。农场里基本是吃大锅饭,虽然也评工分、计考勤,但只要岑明霞坐在地里而不是睡在宿舍里,你就没法说她不出勤。崔振山也跟着学样。他一向又懒又滑,赖安胜当场长时有煞气,他还不敢懒得过分,现在赖安胜下台了,庄学胥又睁一只眼闭一只眼地不抓纪律甚至怂恿大家不遵守纪律,他当然不会放过这样的好机会。

看着这些情况,我很着急,很担心。照这个样子发展下去,也许等颜哲回来时,农场的秩序已经崩溃了,那时我该怎样面对颜哲的信任?但处在我这种不尴不尬的位置——没有任何职务,只是新任场长的女友——我无计可施,只有加倍卖力地干活,来麻痹心中的焦灼。

这几天中常常想起颜伯伯生前说过的:"蚂蚁社会中没有内耗,成员的劳动完全自觉,不需要教育、感化、惩罚、物质刺激,不需要工分和工头……所以蚂蚁社会是最高效的,内禀稳定的,一亿年来始终如一,太难得了!"我想颜伯伯说得真对,且不说别的,单说人类社会中为了公平分配劳动成果,约束像岑明霞、崔振山这样的懒人诚实劳动,需要制定多么烦琐的规则,投入多少人力财力去监控，最后还是一团糟！而蚂蚁社会呢，只需要分泌一点蚁素就行了。

颜伯伯说那些话时我不能真正理解，现在才理解了。我盼着颜哲早点回来，带着那种宝贵的蚁素或者说是利他素，把所有人都改造成新人。

第五天，农场的那股潜流更加汹涌。晚上，我偶然瞥见庄学胥拉着崔振山等三四个人聚在麦场旁，好像在嘀咕什么。在我经过时，他们的话头一下子停了，或阴沉或尴尬地看着我。我装作没看见，径直走过去。

我独自来到平常和颜哲幽会的地方，心里煎熬着，不知道庄学胥这会儿在捣啥鬼。过一会儿，庄学胥跑来找我，向我索要场长室的钥匙，说他想给公社打个电话。我估计他是想向县知青办打电话，落实颜哲是不是在那儿开会。看来他捉摸了几天后，对这件事已经犯疑了。这也难怪，一般来说，县知青办不会专挑麦忙天去召开一个长达五天的会议。颜哲的这个谎话撒得太不高明。

我当然不会让他顺顺当当打这个电话，就佯做找不到钥匙了，翻遍全身衣兜也找不到。这时我真庆幸知青农场的通讯落后，给庄学胥的行动增加了难度。我说：

"真抱歉，明明装在上衣口袋里的，咋找不到啦？等我找到后给你送去吧。"

庄学胥不是傻子，当然知道我在捣鬼，冷笑一声走了。目送他的背影，我自个儿也觉得我的捣鬼不大光明。不过我更理解了颜哲早先的话：得有一两个人不喷蚁素，保持清醒。因为，为了完成崇高的目的，有时不得不玩一些阴谋，做一些小动作。

第二天上午拉麦，我给老肖班长拉梢。牛把式郜祥富急匆匆地来找我，我一看他的眼神就知道，有什么重大的事情发生了。我努力镇静自己，对郜叔叔使个眼色，走到一边，避开旁人。郜祥富疑惑地问：

"秋云，我说句不当说的话，是不是颜哲没在县里开会？"

我觉得浑身血液冲到头上，一下子蒙了，吃吃地问："你这话啥意思？"

"你们在大田时,我听见庄学胥用喇叭往县里打电话。那边回话说,这几天根本没有知青会!"

他非常担心地盯着我,显然他担心的不光是开会不开会,而是——颜哲当上场长这件事到底有没有花头。毕竟这次权力更替太突然,谁心里都会画个问号的。郜叔叔是个厚道人,对颜哲和我一向非常好。现在连他也对颜哲起了疑心。我没法儿回答,既不想骗他,也不能说出真情,只能含糊地说:

"他确实对我说是去县城开会呀。好在今天他就该回来了,回来再问他。"

这个回答当然不能释疑,郜祥富疑虑地、心疼地看着我。如果——那颜哲这个麻烦就大了!郜叔叔是把我当闺女看待的。农场初建时从地区黄牛研究所半买半要地弄来七头南阳黄牛,我非常喜欢它们,没事就去找它们玩,连带着和郜叔叔混熟了。这是真正纯种的南阳黄牛,而不是周围农村已经退化的、形态猥琐的杂种牛。南阳黄牛是全国最有名的役用兼肉用牛,个头剽悍,几乎有一人高。玉石一样青白色的弯牛角,硕大的四只蹄子,全身披挂着像丝绸一样光滑细密的金黄色牛毛,用手触一触,那儿的皮毛就会轻微地抖动一下,像是一片涟漪向四周荡开。它们散在草地上吃草时显得特别安详和高贵,牛尾巴悠闲地在脊背上拂着,幽深的黑色瞳孔里反射着夕阳的金光。我喜欢它们不光是因为外形,还因为它们的神态和风骨。你站在旁边时,它们会以安详自信的目光来看你,就像是你一个心意相通的平等的伙伴。它们的肩胛骨很高,便于安装挽具,这正是农学书上强调的南阳黄牛的优点之一。初春的田野里,两头黄牛用它们的肩胛并排拉着深耕犁,解冻后变得松软的黑土浪花般翻卷着。它们步伐从容,神态悠闲,那个漂亮那个潇洒啊,真是再看也看不够。

对这些黄牛我说过一句很傻的话,以后想起来就脸红。那天,我忽然发现有一头黄牛的胯间吊着两个蛋蛋,而旁边的牛没有。我忙问郜叔叔,"这头牛是不是长了肿瘤?用不用看医生?"其实我不至于这样傻,如果稍微认真想一下也许就知道答案了。不过我在郜叔叔跟前随便惯了,那句话没走脑子就直接蹦出来了。郜叔叔很窘,对我直摇头:

"你这个妮子啊,你个傻妮子啊。"虽然很难启齿,他还是尽可能婉转地告诉我,"这是牤牛,就是公牛,是牛里面的男人。旁边那些没蛋蛋儿的是磨牛,就是母牛。"

我当然不至于傻得一点不透缝,理解了他的意思,羞得红着脸跑了。郜叔叔很厚道,为我保密,没把这句傻话告诉任何人。后来我自个儿忍不住,在一次幽会中告诉了颜哲。那次真让颜哲笑疯了,他笑得一只手捂着肚子,一只手像个农村娘儿们那样使劲拍大腿。后来我跟他急眼,他才勉强止住笑,并答应我决不告诉别人。

郜叔叔也很疼颜哲。他去岗上放牛,或者回家探亲,总忘不了给俺俩捎一些小礼物。有时是几个鹌鹑蛋,用荷叶小心地包着;有时逮一只漂亮的蚰子;有时是一包酸枣。现在,他真诚地为颜哲操心,我却无法告诉他实情。

我简直不知道咋和郜祥富分的手,撵上老肖,拉上麦车的梢绳。老肖也看出我有心事,关心地看看我,但没有问。老肖也是个好人,不言不语的,但知道心疼人。我俩默默地拉着麦车回去,到了打麦场。庄学胥见到我,非常客气地问:

"颜场长开会该开完了吧,今晚是不是该回来了?"

我看着他的眼神,确信他已经知晓了实情——可能不是全部实情,但至少落实了颜哲这五天并没有在县里开会,而只要有这个裂缝,颜哲的场长位置就坐不稳了。

我不愿这么快就认输,尤其是对他这样的小人,就冷冷地说:

"庄副场长是急着向他汇报工作?别急,我想他该回来了。"

然后我撇开他走了。

当晚颜哲终于回来了。后来我回城探家时听爹妈说,颜哲回城五天一直闷头钻在家里,不知道捣鼓什么,连饭都是由我妈做好了送去。一天妈去送饭,一进院子大吃一惊,那么大的颜家大院,黑压压的全是蚂蚁,地上铺满了,几乎看不见一寸地皮!细看,蚂蚁都是向一个中心走。我妈随着蚂蚁的流向,边走边看。颜哲那会儿不在,到桑园里解手去了。蚁群一直爬到颜家堂屋,爬上桌子,爬进一个大肚子长脖子的玻璃瓶。这个玻璃瓶正架在火上烧,所以进去的蚂蚁不用说都被煮死了,但它们照旧不慌不忙地自动朝瓶里进。妈震惊地说:"这真神了!颜家一定有祖传的召唤蚂蚁的法术,因为类似的蚂蚁朝圣你爹也见过一次,那时是颜教授在鼓捣。"

颜哲走的第五天下午,我们从麦地回来,孙小小高兴地喊:"秋云姐,你看颜哲哥,不,颜场长回来了!"这时我看见颜哲在砖桥边等我们,披着一身金色夕阳,显得纯洁而高贵。我心中涌出难以抑止的狂喜。孙小小率先跑过去,拉着颜哲说这说那。这个15岁的小姑娘虽然已经成了赖安胜的情妇,虽然已经无师自通地学会争风吃醋,但毕竟还保持着少女的纯真,没有忘记她同颜哲的友谊。颜哲微笑着和我打招呼,和大伙儿打招呼。但我心痛地发现,大伙儿看他的眼光比较陌生,包括与他关系一向很好的林镜、何子建、刘卫东、郜祥富等。他们都知道了那个消息——颜哲这五天并不是在县知青办开会,也猜到颜哲当上场长这件事中有花头。颜哲似乎没有看出这种情绪暗流,平淡地对我说:

"秋云,你到场长室给我开门。"

我跟他去了。我能真切感受到背后目光的压力,那是几十双目光汇成的,像锥子一样扎人。

我打开场长室的门,同他进去。没等颜哲问我,我立即讲了场里的凶险波涛。颜哲听了,一点儿都不在意:

"没事的,我已经把蚁素弄妥了,今晚喷洒完就万事大吉。没事的。"

他从隔壁的库房拎来两个农用喷雾器,蚁素大概已经灌装妥当,因为我闻到熟悉的微酸味儿。看着它们,我放下心来——但仍有些忐忑。原先那瓶神奇的蚁素是颜伯伯制造的,现在,颜哲制造的蚁素也同样神奇吗?颜哲倒是成竹在胸,笑着说:

"不妨事的,不妨事的,庄学胥翻不起大浪。走,跟我吃饭去。"

大伙儿聚在井台吃饭时,颜哲对庄学胥说:

"庄副场长,通知八点在库房开会,县里有重要精神传达。"

庄学胥不动声色地看着他,目光深处有猫玩老鼠的得意。他没有揭穿颜哲的谎话,只是问了一句:

"在库房？天这么热。"

天热时农场开群众会一般都在麦场，那儿豁亮。颜哲点点头，没有做任何解释：

"是。按我说的意见去通知吧。"

我及时向颜哲警告了农场中潜涌的波涛，但我毕竟没经验，对事态的严重性估计不足。没想到在当天的会上庄学胥就要向颜哲发难，也没想到他利用的炮手是崔振山。

农场的知青按来源说分两大块：北阴市来的高中生或初中生，旧城县来的初中生。崔振山属于后者。他身高体胖，从外表上看比颜哲的年纪还要大。家里非常贫穷，是那种入骨的贫穷。20年的贫穷生活极大地放大了他最强大的本能——吃。经常挂在嘴边的一句话是：

"一拃长、四指宽的肥肉片子，筷子夹起来颤悠悠的，一口吞下去——那才叫美！"

他还有一个特点是爱打赌，而打赌内容总要和吃连在一起。一次午饭，他吃了两个馍、一碗稀饭，对于知青的粮食定量来说，这已经是最大值了。然后恋恋不舍地放下碗，说：

"娘的，再来十个馍也能吃下去。谁敢和我打赌？赌一个月的饭票。"

何子建看看他，跑食堂里抱来十个馍，摞成高高的一堆："吃吧。"

崔振山乐得眯着眼："真打赌？不要赖？"

"不要赖。"

于是崔振山自己又去买了两碗稀饭，据他说有稀饭冲着，吃馍更利索，也不要菜，大口大口吃起来。开始六七个馍简直是风卷残云，但崔振山显然也高估了自己的饭量。他的速度逐渐放慢，吃最后一个馍时非常难以下咽，先用手掰下一块儿，用力捏成小团，再送到嘴里，似乎这样可以少占胃的容积。那个艰难劲儿，连我们旁观者都替他难受。何子建笑着劝他：

"实在吃不了就算球啦，撑死了划不着。我主动降价，只要你一半赌注。"

但崔振山哪舍得半个月的饭票，仍视死如归地吃下去。他最终吃完了。

这顿饭总共吃了十二个馍、三碗稀饭，合二斤七两粮食，以后一直没人能打破这个纪录。

那天下午正好是扛麦包。扛麦包是重体力活，200斤重的麦包被俩人抬起来，放到你的腰部。然后你弯着腰，踩着梯子板，一步步爬到麦堆上。然后不放下麦包，就这么直接拉开麦包的封口绳，把麦子倒出来。这个活初干还不觉得，但干了一天后，晚上瘫在床上，全身骨节好像都酥了。往常崔振山虽然满身横肉，却一贯以弱劳力自居，拉人力车时只当拉梢的，而且梢绳还老是松垂着，扛麦包这类活他自然是从来不干的。但这天下午他主动去库房，发疯般地扛麦包。晚饭也没吃，跑到堰塘里游泳，很晚才回来。即使如此，夜里他还撑得在床上穷折腾。

第二天他还阳了，追着何子建要饭票，穷追不舍，弄得何子建那些天躲着不敢见他。何子建这人绝不赖皮，但一个月饭票太重要，一个月不吃饭早就饿死了。所以他虽然耍赖，大伙儿都同情他。后来还是颜哲几个人说合，把赌注减少为10天饭票，这事才算了结。到了月末，何子建没饭票了，每顿只敢喝一碗稀饭，可怜兮兮的，我们几个饭量小的女知青为他凑了一些。

崔振山另一次有名的打赌是吃青蛙，他说他敢生吃青蛙腿，赌两毛钱，结果他当然赢了；然后他说再赌吃青蛙头，也赌两毛钱，周围的人都笑，没人再同他赌。这时黄瞎子路过，因为没有目睹刚才崔振山的生猛表现，不相信他的胆量，就应了这个赌。但黄瞎子掏遍口袋只有两分钱，崔振山知道他是真没钱，便说：

"两分钱也赌！"

他把青蛙头塞嘴里，咔喳咔喳嚼吃了，伸手向黄瞎子要钱。

两天后他捉了一只癞蛤蟆，又满场找人打赌，说把癞蛤蟆整个连皮带骨吃完，赌五毛钱。癞蛤蟆的皮肤上有毒腺，流着黄绿色的黏液，看着都令人反胃，怎么吃？但这次再没有人敢应战，他把赌注降到两毛钱也没人应，这回算是尝到了"独孤求败"的滋味。

从本性上说，他和颜哲是两类人，自然成不了知心朋友。但崔振山没什么政治上的野心，与颜哲没有利害冲突，平素相处得还算不错。至于这次他为啥甘愿充当庄学胥的炮手我一直想不通。只能说崔振山乐得看见天下大乱，是那种损人不利己的"白开心"式的人物。也许是他对颜哲的"平步青云"有嫉妒，而庄学胥聪明地发现和利用了这一点。

晚八点，早就习惯了政治学习的场员们拎着各式各样的自制板凳，准时来到库房。颜哲和庄学胥在门口迎候着，我守候在里面，悄悄地护着墙角的两个喷雾器。很多人进来的第一句话是："咋不在麦场开会？库房里多闷热！"我知道颜哲选在这儿开会是想保证蚁素的喷洒效果，但这个理由是说不出口的。这使我成了阴谋的参与者，有点心虚，不大敢看别人的目光。颜哲很从容，笑着对来人说：

"忍一会儿，一会儿你们就知道原因了。"

赖安胜、陈得财和陈秀宽都来了，满面笑容，规规矩矩地坐到一个角落里。往常赖场长总是叉着腰立在主席台上，居高临下地俯瞰大家。那时的霸气突然变成今天谦和的微笑，大伙儿对这一变化还不习惯，所以下意识地避开他。这样他三人便成了人群中的一个孤岛。

岑明霞也进来了，她今天还是那种"恨遍天下"的模样，恶狠狠地瞪一眼赖安胜，再瞪一眼颜哲，找个阴影处坐下，像平素一样开始纳鞋底。那个年代，纳鞋底是北阴市贫民女人们维持生计的主要手段，虽然一双鞋底要千针万线，而加工费只有区区几毛钱，但不少人完全以此为生。岑明霞是替她妈纳鞋底，等攒够几十双，就托探家的知青捎回家。她虽然干公家活耍滑，给自家纳鞋底却非常卖力，而且活干得又快又漂亮。

人群中的另一座孤岛是颜哲，也许还要加上我。虽然我俩平时很有人缘，但毕竟颜哲这回当上场长太突然，太蹊跷，而且正在麦忙期间出去开了五天会——又听说县知青办并没召开什么会！这一切凑到一块儿，使大伙儿不由得跟我俩拉大了距离，人们都用陌生的眼神看着颜哲。

崔振山进来了，进门后先滴溜溜地扫视一圈，在角落里找到了赖安胜，幸灾乐祸地说：

"咦，赖场长咋窝到那儿？你不站在主席台上叉着腰啦？"

大伙儿都一愣，觉得这句话有点刺耳。虽然不少人对赖安胜下台高兴，但毕竟这么当面揭丑有点过分，有点落井下石的味道。赖安胜却不以为忤，高高兴兴地回答：

"我不当场长了。我想干活。"他补充一句，"劳动最快乐，帮助他人最快乐。"

这句话说得像唱儿歌，大伙儿都啼笑皆非，但没人笑。因为他的表情非常真诚，看来这句话确系发自内心，于是这句可笑的孩子话就有了感人的力量。崔振山没有受到感化，嬉笑着说：

"看，这话说得多动人，咱赖场长觉悟多高。不过赖场长我就奇怪啦，你咋把场长让给颜哲？按说场长这个位置，你不干了，得副场长顶上来。"

大屋里顿时没了声音，这句话太敏感，是不适宜在公众场合大声说出口的。几个老农班长和知青副班长都屏住气息，等着赖安胜、颜哲和庄学胥会有什么反应。到这会儿我才恍然大悟：今晚崔振山是存心替庄学胥搅局的。后来我得知，庄学胥在今晚发难是有预谋的，他觉得现在是最佳时机，可以整倒颜哲再加上赖安胜，这样他的场长位置就绝对到手了。他最初想找两三个有威望的知青副班长当炮手，但几个副班长都知道庄学胥的为人，平素也与颜哲交厚，不愿为庄学胥火中取栗，都婉言推辞了。无奈之中庄学胥才找到不大能上台面的崔振山。

我紧张地看看颜哲，从他的平静表情中看不出什么。庄学胥装出一副吃惊的表情，但并没有尝试去制止崔振山。屋里气氛是如此异常，连最没有心劲儿、正在同周围人嬉闹的孙小小也觉察到异常，惊异地抬起头看着我们。

但赖安胜一点儿不受周围气氛的影响，照旧快快乐乐地说：

"我把场长让给颜哲，他是个好人。"他想了想，主动补充道，"我不是好人，我们，"他用手指指陈得财和陈秀宽，"不是好人。我们曾经不是好人。"

这句三段递进式的忏悔，意味太重了，周围的人都受到震动，几十双目光唰地汇聚到他身上。只有崔振山还是一点儿不受感化，一点也不松口地追问：

"曾经？那你现在变好了？"

赖安胜看看另两个"新人"，高兴地说："对，我们变好了，颜场长说我们都变成好人了。"

我们都感受到他们由衷的快乐,而且联想到这些天来他们三个干活的劲头,觉得赖安胜这句话确系实情。我看看庄学胥,他的脸色开始沉下来,也许这样的进程并不如他的意,也许他觉得赖安胜的举止太反常,不大像是被威逼退位的人。崔振山看一眼庄学胥,眼珠一转,贼分分地笑着追问:

"你说你们三个过去是坏人?咋坏?"

全场静下来,没有人再小声说话,没有人用扇子打蚊子。人们都小心翼翼地、紧张地注视着事态的发展,到了这时,人人都闻到了即将爆炸的火药味儿。赖安胜仍保持着那种沉静的幸福,毫无机心地回答:

"我从当上场长后就偷懒,不干活,光想整人,还操心着把女知青骗上床。"

屋里像落了一个无声的炸雷。庄学胥惊呆了,也许他这时才觉察到局面已经失控。当然,能把赖安胜搞臭也是他的目的,但他凭本能知道,局面按这样走下去就太危险了。颜哲眉头锁起,正想制止崔和赖的对话,但崔振山已经迫不及待地问:

"那你快说,都把谁骗上床了?"

全场霎时冰冻了,凝固了。空气中充满了高能火药,只要一个小小的动作就能引爆。人们下意识地低头,不敢看赖安胜,不敢看周围的人。也许每个人内心深处都有窥探隐私的欲望,但无论如何,当着大伙的面,尤其当着几个女当事人的面,这么毫不留情的追问,未免太过分太缺德了。只有崔振山这样脸厚皮糙的人,才能把这种话说出口。岑明霞早就停止纳鞋底,此时脸色苍白如纸,手里举着针一动不动。我觉得只要谁用手指戳一戳她,她的身体就会立马溃散。我在人群中还发现另外两个苍白如纸的面庞,我想,过去传说赖安胜已经把三个女知青弄上床,一直不敢确定另两人是谁,但现在我可以很有把握地指出她们了。

庄学胥终于反应过来,暴怒地喊:"住嘴!崔振山你给我住嘴!"

崔振山可不吃这一套,讥诮地说:"为啥?不是你让我来闹场的吗?忘了你昨天咋求我啦?"

庄学胥被噎住,嘴唇哆嗦着说不出话。颜哲这时说话了,声音很平和:

"振山你不要再问了。赖安胜过去干过坏事,但他真的变好了,这几天来他的所作所为,大家都是清楚的,你们说是不是?"

不少人暗暗点头。的确,这些天来三个恶人的"焕然一新",大家都是看在眼里的,虽然他们并不知道原因。颜哲谆谆地说:

"其实我们每个人心里都有'恶',至少有不高尚的东西。有人干活耍滑,拉梢时他的梢绳从来没绷紧过,"这是指崔振山。"有人在晒场时偷农场的芝麻吃,"还是指崔振山。"有人吃饭想尽办法赖饭票,"这是指陈秀宽。"有人在场长面前巴结谄媚,想早点招工回城……"他没有再往下列举,尤其没提那些过于丑恶的事,比如有些女知青以肉体换取招工。他说:

"心中有'恶'没关系,改了就好了,像赖安胜一样,当你成为一个真正的好人,你就会感受到真正的轻松,真正的幸福,真正的快乐。"

崔振山撇着嘴说:"哟,我咋听起来像是福音堂的牧师在传教。颜哲你别跟我装圣人,你只说说这五天你上哪儿了?县知青办的电话说啦,这几天县里根本没有会议。"

大伙儿都看着颜哲,因为这些天都听了一些风言风语,想知道这件事的真相。看来局面走到这一步才是庄学胥的真正用意,他表面上不动声色,但盯着颜哲的目光有按捺不住的得意。我为颜哲捏一把汗,不知道他该怎样对付这个咬人咬红了眼的崔振山,尤其他下嘴的地方恰是颜哲的痛处。颜哲沉下脸,冷冷地说:

"那是个秘密会议,级别不够的人是不会知道的。"他转向大家,"我现在就宣布那次秘密会议的内容。据防疫部门说,旧城县最近流行一种叫虎拉热的瘟疫,死亡率非常高。县里紧急命令,为全县人喷洒特效疫苗,一个人也不能漏。为了避免社会动荡,这个消息没在报上和有线广播上公开。"

下边熙攘一片,人们都很害怕。他说的什么"虎拉热"把大伙儿都唬住了。后来我才知道,这个"虎拉热"只是他的杜撰。世上根本没有这玩意儿,只有"虎列拉",即霍乱的旧译名。但霍乱是细菌致病,而疫苗是对付病毒的。不过那时的人们没有这些常识,没人知道他是在说谎。颜哲也没有给大伙儿留下时间来揣摩,立即回头对我说:

"开始吧。"

此前的整个晚上，我都像个木偶一样戳在台上，被动地看着剧情进展，这会儿才有了我的戏份儿。我和颜哲戴上口罩，我俩不能吸入蚁素，颜哲说，农场得有一两个人保持清醒。我们背上农用喷雾器，开始按动手把。白色的烟雾从喷头中喷出，空气中充溢着好闻的微酸味儿。我能感到，尽管颜哲表面从容，但内心已经开始焦灼了，像庄学胥一样担心局面失控。我们得赶紧喷洒蚁素，只要喷完，局面就在颜哲掌握中了。好在大伙儿还没从"虎拉热"的震惊中清醒，被动地接受着喷洒。只有庄学胥紧张地思索着，忽然问：

"颜场长，你和秋云也喷疫苗吗？"

"当然，给你们喷完就给我俩喷。"

"那你们干吗还要戴着口罩？"

颜哲一时语塞，没有找到合适的理由。庄学胥立即跨前一步，咄咄逼人地问：

"颜哲！"他甚至不再称颜场长了，"你们喷的到底是啥玩意儿？"

他的逼问在人群中引起了惊慌，我也急了，惊慌地看着颜哲。颜哲丢个眼色让我镇静，让我别管庄学胥，只管喷下去。他自己干脆迎上去，用力按动手把，把大量白雾喷到庄学胥的脸上，厉声说：

"你想知道这是啥玩意儿吗？告诉你，是利他素，让你变成好人的。喷了它，你就不会再害人了，就像你在'文革'中害死我的爸妈一样。你也再不会在农场兴风作浪，为了自己能爬上去而不择手段。"说到这儿，他的声音开始变平和，"庄学胥你不必担心，我说的是真的。很快你就会尝到劳动的快乐，利他的快乐。你会收获一种宁静的幸福。"

这番话让大伙儿有点儿迷茫。多数知青知道颜与庄之间的历史恩怨，以为颜哲是在说气话，所以没把他说的"利他素"当真。庄学胥开始还满面惧意，用双手在面前舞动着，用力驱赶烟雾。但他随之像被颜哲的话催眠了，舞动的手停下来，后来身体也静止了，入定了。慢慢地，庄学胥，还有在场的所有人，脸上都漾出沉静的幸福，那是几天来我从赖安胜那儿已经看惯了的表情。他们静静地聆听着颜哲的话，就像信徒们聆听牧师的传道——不，就像信徒们直接聆听上帝的教诲。颜哲的声音也越来越带着魔力：

"请把我给予的利他素纳入心底。抛弃私欲，抛弃恶念。世上唯有劳动最快乐，利他最快乐。"

利他素已经起作用了，它在人群中形成一个场，形成自我激励的正反馈。人群静下来，没一个人说话，但他们头顶都有勃勃跳动的喜悦，我能清晰地感觉到它。每个人，包括刚才耍泼的崔振山、惊惧欲绝的岑明霞、诡谲的庄学胥，更不用说早就进入幸福境界的赖安胜等三个人。这会儿，庄学胥也像赖安胜那晚的表情，仰着脸，定定地看着远处，似乎在回忆前生的事。过了很久，他嗫嚅着说：

"颜哲，小云，我过去是不是干过很多坏事？"他急急地声明，"不过我要变成好人，我想我已经变成好人了。"

颜哲平和地说："对，过去的事不管它，从今天起你就是好人了。"

庄学胥走到我跟前，忽然绽颜一笑，回头对颜哲说：

"其实我认识小云比你早，从小她就喊我学胥哥。"

颜哲点点头："我知道。我回北阴第一天，你正领着她在我家院子里玩。"

此刻庄学胥的目光清朗纯洁，一如他七八岁时。我心中发疼，低声说：

"对，你是我的学胥哥，从小就知道护我，迁就我的小性子。还把你家的火镜啦打火机啦拿出来让大伙儿玩。有一天我看见一只蝎子，我喊着：'大螃蟹！'伸手就去抓，是你把我一把拉回来，把蝎子踩死了。"

这件往事让庄学胥脸上漾起一波笑纹。笑纹非常甜，是从内心自然漾出来的。他看看颜哲，想说什么又停住了，半仰着脸，似乎在倾听远古的回音。我猜想他是想对颜哲忏悔，对过去"具体的恶行"进行忏悔，比如他对颜哲父母的迫害，比如对我和颜哲的跟梢和告密。不过这些恶行比较可怕，即使在蚁素的魔力下他也难以出口。这时崔振山挤过来了，也是想说什么又中途停住，半仰着脸想了一会儿，突兀地说：

"颜哲我老实告诉你，我比你力气大多了，平常我是真人不露相。"

颜哲会心地笑了："对，我知道。那次摔跤之后我就知道了。"

崔素来以弱劳力自居，即使给分去干"女人活"也毫不脸红，以至于大伙儿从心理定式上把他看成弱劳力。但人们忘了，这个饕餮之徒的一身横肉里藏着巨大的力气，远比身材单薄的颜哲强。有一天晚上十几个男知青在麦场上起哄，比赛摔跤。上场的都是平时公认的几个棒劳力。颜哲身材单薄，力气不算大，凭着身手敏捷赢了何子建和高林。这时崔振山忍不住上场了。虽然他身高体胖，但由于平时"弱劳力"的固有印象，颜哲没把他放在眼里，没想到很快输了。颜哲哪能对他服气，非要再来一场，崔振山很狂地说："来就来，这次我让你搂后腰。"颜哲不干，说这么着就是赢了，也胜之不武。但崔振山非常坚持，把狗熊一样的身板往地上一扎，一定要颜哲这样来。颜哲从背后搂着他的腰，用尽力气甩他，把他甩得在空中转圈，但崔振山总能稳稳地落到地上。最后，颜哲瘫坐在地上，气喘吁吁地彻底认输。

崔振山得意地说："从前干活时我藏着力气，以后看我的吧。"

"对，我相信，你一定是知青中头一份棒劳力。"

岑明霞也迫不及待地挤到前边，她容光焕发，与刚才的惨白惊惧完全不同。她高兴地说：

"我的力气不大，可我手快，谁也比不上。秋云你也比我差远啦。"

她说得不假。我印象最深的是去年掐芝麻叶。芝麻叶带有芝麻的香味，是本地农村常用的面条下锅菜。在芝麻结籽前总要掐一茬叶子，但不能掐多了，否则会影响芝麻的产量。干这个活，男人的力气完全用不上，他们常常用一只手扶住芝麻秆，防止细细的芝麻秆晃动，另一只手一片一片地掐，那个笨拙样子实在可笑。女劳力的手要巧一些，其中最巧的要属岑明霞。她从芝麻梢开始，两手一左一右，从上而下，飞快地掐下去，同时能让芝麻秆一晃也不晃，动作灵巧得像蝴蝶飞舞。我衷心地说：

"没错。不管啥活，你只要真心干，都能干得又快又好。"

"我会真心干的，从明天起，你看我的吧。"

会场熙攘起来。所有人都几乎按捺不住劳动的欲望，急着想一显身手。颜哲回头喜悦地看看我，那意思说：一切都搞定了，我们成功了。我长舒一口气。眼前的情景当然让我喜悦，但同时，一种莫名其妙的苦涩在心中膨胀。

颜哲随即宣布了一项出人意料的决定，说从今天起，农场不再打上工钟，不再分派农活，劳动全凭大伙儿的主动，食堂吃饭也不再凭饭票，因为"高效的蚂蚁社会里从来没有这些累赘"。人们平静地接受了这个惊人的决定，然后他宣布散会。人们都带着那种沉静的喜悦，相继离开了库房。颜哲只让保管员四娃留下，告诉他今晚要守在这儿，不能关门窗，用一把大蒲扇在屋里用力扇动。这是为了尽快把空气中残留的蚁素赶走，省得明天这儿出现一个蚂蚁大聚会。四娃不知道原因，但他当然会尽力去做。颜哲后来告诉我，要想造成蚂蚁聚会，即蚁群的正反馈，空气中的蚁素浓度倒不是最主要的，关键是有一个"足够稳定"的蚁素源。

等他们走完，颜哲走过来，紧紧把我拥在怀里，低声说：

"成功了！我自己制造的蚁素和爸爸的一样有效。"

我同他拥吻，但没有说话。他看出我的心绪不佳，就关切地问："怎么了？"

我犹豫片刻，说他最后那个决定恐怕太草率，尽管有了蚁素，但一个农场不能缺少有效的生产指挥，否则会乱套的。颜哲笑了，自信地说：

"你恐怕还囿在旧的圈子没有跳出来。这样说吧，如果想把水提到山顶，那就需要一整套东西——提灌站啦，水渠啦，电力啦，尤其是外部的管理，等等。但若让水往低处流，就不需要任何这类玩意儿，水会自动把所有低凹处填满。为什么？因为第一种过程违逆水的本性，而第二个目标符合水的本性。人类社会也是同样道理：只要成员具备了利他本性，他们会自动填满所有需要劳动的岗位。不要忘了那个现成的例子：蚂蚁社会里有工分吗？有饭票吗？但它们运转得很好。"

我不再说话了，在他的怀抱中保持沉默。颜哲扳过我的脸仔细看看，说："不，你有心事不是为这个。告诉我，到底是为啥。"

我本不想说，但在他的一再追问下只好说出来：

"其实我自己也说不清为啥。没错，你的利他素很有效，我感受到了大伙儿的幸福，但这种幸福都带着梦游的色彩。坦率地说，现在大伙儿的言行是由咱们控制着的。而且，最关键的是：咱俩并不在这个群体中，这让我——怎么说呢，有点儿'骗人入局'的负罪感。"我怕自己的话伤害颜哲，赶忙补充道，"这只是我的糊涂念头，你别介意。即使真是'骗人入局'，也是善意的欺骗。也许，让我也吸入蚁素，跟大伙儿融为一体，就不会有这样的胡思乱想了。"

但我的"糊涂念头"显然对他触动很深，他也沉默了。良久他说：

"其实我也很想融进这个利他群体中去，但是不行，为了保护这个纯洁的小团体不受外界所害，必须得有一两个清醒的监管者。扮演这个角色是很痛苦的，这一点我十分清楚。秋云，你一定要陪着我，别让我一个人留在外面。"

他的话里有很深的痛苦，我被打动，反过来安慰他："颜哲哥你别担心，我留下来陪你。我答应过，保证说话算话。别不开心啦，今天你该高兴，你的蚁素真的和你爸的蚁素一样有效，原先我还担心'新姜没有老姜辣'呢，我是多虑了。"

"是啊，我看了那么多天的书，就是为了有效地复现爸爸的成功。有了今天的实践，我也更自信了。"

那时我们还不知道，两次的蚁素虽然同样有效，但还是有差别的。这不奇怪，即使大药厂用标准程序生产的青霉素，也不能保证不同批号之间完全相同。按医院条例，打针前每个批号必须分别做皮肤试验。我本人就经历过一次真正的危险。上初中时有一次患肺炎，医生开了三天的青霉素，头天做了皮试，不过敏。因为是连续打针，其后不用再做皮试。但第三天的青霉素换了批号，护士疏忽了，忘了重做皮试。我打完针，刚走到医院门口，忽然觉得天旋地转，眼前发黑。好在我还清醒，知道是药物过敏，立即回头向注射室走，那时走路已经得扶着墙了。刚进注射室，我就顺墙溜下去，其后便人事不知。

过后很后怕，如果我当时没有勉强走回注射室而是休克在路上，耽耽搁搁的，说不定一条小命就报销了。可惜，在蚁素问题上我忘了这个可以类比的教训。那次从喷洒程序上说正好有一点巧合：喷了第一批号蚁素的赖安胜等三人又和其他人同时接受了第二批号蚁素的喷洒，后者完全覆盖了前者，于是把其中的矛盾掩盖起来。所以我和颜哲当时都没想到，不同"批号"的蚁素之间有着小小的差异。

而且，正是这个小小的差异造成了后来的血案，最终成了溃堤千里的蚁穴。

## 第九章　女知青怀孕

第二天是打麦。像割麦一样，打麦也是农活中的重头戏。实践证明，颜哲说的"水会自动填满低凹处"的话一点儿不错。那天早饭后，虽然不再有人派工，但所有该去打麦场的劳力都去了。颜哲也早早赶去，拎个桑叉准备"撂垛"。打麦时的分工是这样的：有人负责把麦捆打碎，有人负责朝打麦机里喂麦，有人负责用桑叉把打麦机里喷出来的麦秸推到麦秸垛前，两人用桑叉把麦秸挑到垛上，即俗称的"撂垛"，再有一个人在垛上负责把挑上来的麦秸摊平，最后结出圆锥形的垛顶。麦秸是黄牛冬天的食物，堆成垛是为了防雨。打出来的麦粒则另有人负责运走，摊到麦场里晒干。

没有干过农活的人，不知道撂垛的艰难。从表面看来，把轻飘飘的麦秸挑到垛上一点儿也不费力，但长时间的重复动作使你肌肉酸痛僵硬，而麦秸垛越来越高，挑送麦秸也越来越难。大团的麦秸如浪涛般不停息地涌来，你稍一放松，它们就会集成大堆，团在一起，挑送起来就更加困难。在农场里，撂垛向来是棒劳力的活，颜哲是当然选手之一。每次看到他累得精疲力竭，只能趁打麦机偶尔被麦秆塞死的片刻，拄着桑叉大口喘气，我真为他心疼。

不过今天颜哲没能干这个活，他刚站定，就被两人挤走了，一个是赖安胜，一个竟然是崔振山。虽然有昨天会上崔振山的那番话，但颜哲还是不大相信他能干这活，站旁边怀疑地观察着。但这两人确实干得很好，虽说也很疲累，但肯定比颜哲撂垛时从容多了。后来随着麦秸垛越来越高，他们也开始拄着桑叉喘气，但脸上仍洋溢着劳动的快乐。

整个场上都洋溢着这种快乐和幸福。向打麦机里喂麦的是岑明霞。这个活儿不需要大力气，但要手疾眼快，这正是岑明霞的强项——想想她纳鞋底是怎样一个快手！我在旁边解麦捆，一边干活，一边欣赏着岑明霞的动作，她真像跳芭蕾一样潇洒写意，揽过我递过去的麦束，用手一分，平平展展地送进打麦机，干得既快，也不会塞死机器。她的衣服被汗水浸透，头发也湿透了，脸上因汗水而沾满了细小的麦秸屑。但她脏兮兮的脸上同样洋溢着快乐。

整个农场运转得像一部精密的机器——不，这个比喻不好，所有机器都是需要外部管理者的，而农场却是自动运转，自我管理。其实应该这样比喻：农场运转得像高效的蚂蚁社会，只有劳动者，不需要管理者，没有任何内耗和无用功。

这中间只有一个人的地位比较尴尬——颜哲。今天无论他走到哪儿，拎起啥样的活，都会很快有人走过来，把他的活接下来。半晌休息时，他把我拉一边，尴尬地苦笑着：

"糟了，出了一点纰漏，是无法修正的错误，我事先没有估计到。"

我吃惊地问出了啥纰漏，颜哲说：

"可能是蚁素的一个附加作用吧，人们都把我当成了蚁王，会自动地阻止我干活。"

我立即想起七岁那年，庄学胥带我们挖开蚁巢后的情景：十几只工蚁拽住蚁后躲起来，不让它身涉险地。没错，保护蚁王这种指令一定深藏在蚂蚁的基因和信息素中。我不禁大笑，小声揶揄他：

"对，蚁后是不干活的，只负责繁殖。你把这个任务担起来得了。"

颜哲面红耳赤，他真的很尴尬。说起来，这种尴尬其实是缘于他的成功。他的蚁素很有效，如今农场成员的行为都受深层次的利他主义的支配，绝非劝说、解释、命令这些浅层次的行为所能改变。所以，不论他怎样解释，"不许蚁王干活"这个潜在的规则也不容改变。但如今这儿不需要脱产的管理者，他又不可能像蚁后那样专司繁殖，这样他岂不是成了废人一个？

这天他不管如何努力，一直没干成任何农活，只好去厨房，帮助炊事班把新麦馍和绿豆汤送到打麦场。旧城县很穷，这儿的农民一年四季很少能吃到"好面馍"，对他们来说，"好面馍"管饱就是人生最高幸福了。颜哲有次帮木匠齐师傅往家拉柴火（木工活后的废料），乡间土路凹凸不平，到齐师傅家已经是夜里十点多。齐师傅八岁的儿子已经睡着，但老爹一回来他就醒了，在床上拧来拧去、吭吭哧哧地不安生。颜哲有点奇怪，说："齐师傅你家孩子是不是不舒服？"还是当爹的知道儿子的心思，起身把从农场带回来少一半白面多一半红薯面的花卷馍掰下半个给儿子，他在床上大口大口地吃完，这才安心入睡。齐师傅对颜哲说："家里除了麦忙天，从来不敢吃花卷馍，更不用说好面馍。儿子日盼夜盼地盼我回来，就是惦记我从农场带回来的花卷馍。"

知青农场建场头年，知青们生活之苦不亚于周边农村。但我们占便宜处是新建农场，按规定三年不交皇粮。所以从第二年新麦下来后，在麦忙期间可以享受短短几天的神仙生活——四两一个的白面馍，想吃多少吃多少。这个情形传到附近农村时，曾让周围的农民羡死妒死，他们甚至到县里去告我们。

麦忙天吃饭时有个奇怪的现象：既不知道饿，因为炎热和疲累让人失去了食欲；也不知道饱，随便一吃，一两斤馍就进肚了。连我也能吃两个大杠子馍，更不用说崔振山了，他几乎每顿都是三四个，过了麦忙期别人都瘦，就他膘肥油厚，像是秋天刚填完膘的狗熊。

但今天很奇怪。颜哲把馍篓扛来了，四两一个的白杠子馍散发着新麦的甜香，逗人馋涎，但每个人，不管男女，不管棒劳力和弱劳力，都只吃一个就不再拿了。颜哲努力劝他们多吃一点，但人们都微笑着，不无留恋地看看馍篓，一个个离开了。等到撂垛的赖安胜和崔振山把场地收拾干净，也来吃馍时，颜哲知道了事情的严重性：连崔振山也只吃了一个就恋恋不舍地离开了馍篓。

颜哲把我拉到一边，现在他的心里话只能对我一个人说了。他皱着眉头，严肃地思索着。他说：

"大伙儿'定量取食'这种现象，看起来是小事，实际有很深刻的意义。过去我们已经知道，利他素可以驱使每只蚂蚁都忘我地劳动，却忽略了另外一点：它也能驱使每只蚂蚁公平地取食。否则，只要蚁群中出现一只贪得无厌的成员，就能破坏整个蚂蚁社会的秩序。"

这一点他说得太对了，我绝对信服。在高中吃食堂时，大伙儿的碗筷吃完后都放在公共碗架上。平时这种秩序很稳定，但只要出现一个捣乱者，出现一个自己没碗筷而偷用别人碗筷的家伙，很快就会激起一波凶猛的偷窃风潮，因为丢失碗筷者急于吃饭，都会很生气地顺手捞一副碗筷来用，而且没有良心负担。蚂蚁社会中没有任何限制性的措施，没有人类社会中的法令、道德、惩罚、大门、铁锁等，它们靠什么有效维持了社会的秩序？真令人佩服。

颜哲说："这么说来，咱们的蚁素确实很成功。在我尚不明白其深层机理的情形下，就成功地复现了自然界蚁素的所有功能。"

我由衷地佩服他的分析，我想，他眼光的敏锐是我永远无法企及的。

"但这样不行，麦忙期间活这样累，仍按农闲期间的取食标准是不行的。问题是——"

问题是这取决于利他素的深层作用，不是解释和命令这些浅层次的行为所能改变的。颜哲为此很发愁，无计可施，忽然我想到了一个权宜的办法，我说：

"颜哲哥这样行不？你带头多吃，我也跟着你多吃。也许别人会以为这就是新的规则，会学我们的样——要知道如今你是蚁王啊，我算个副蚁王吧。"

颜哲眼睛亮了："行，咱们试试看。"

他很高兴地夸我，说我与他的搭档简直是"绝配"，因为他擅长于走"正"道而我擅长于发现"奇"径，会不循常规地出牌。我被夸得有点害臊，说："你先别夸我，能行不能行，还不知道呢。"

这个方法果然有效。我们加大了取食量并有意让所有人都看见，经过短时间的震荡后，其他人很快就跟我俩一致了。只是，为了保证别人吃饱，逼得饭量小的我，还有因不干重体力活而减了饭量的颜哲，不得不强撑着多吃，一直坚持到麦忙天过去。那些天，我们肚胀便秘，打嗝放屁，着实难受。旧城县农村有一个流传的说法，说皇上最会享福，金銮殿左边支一个油锅，右边也支一个油锅，啥时候想吃油条啥时候炸。这在农民心目中是最高境界的幸福。如今我知道，当一个吃饭无节制的皇上，其实是件很痛苦的事。

六月的农活不断头，麦收刚过就是插秧。插秧轮到知青唱主角了，因为农场中的老农都来自种麦区，没干过插秧。他们都四十多岁了，学做新农活肯定赶不上学生娃儿。所以他们只负责挑秧送开水，为插秧的知青当后勤。颜哲是主力中的主力，插得又快又好，还把插秧编成口诀：脚走两条线，两眼朝前看，左手（拿秧把的手）跟着右手（分秧和插秧的手）转。

但今年人们不许他进秧田。今年在秧田中大露风头的是岑明霞。她进了秧田就不见直腰，很快把别人远远地抛到后边，而且秧插得非常整齐，像是用直尺划出的格点。孙小小早忘了对岑明霞的敌意——喷了蚁素后，农场里已经没有这样的"恶"念了——大声夸奖岑明霞：

"明霞姐你真厉害，插秧又快又整齐，谁也比不上你！"

岑明霞直起腰，敲敲腰眼，显然她已经腰酸背疼，但看着自己的成绩非常自豪，脸上浮出灿烂的笑容。这些天来，这种发自内心的喜悦已经是见惯的风景了。我看着她，也像颜哲那样往深层次思考，我想蚂蚁社会中一定也有技艺超群的个体吧，一定有。在自然界，差别是绝对的。那么，这些技术超群的蚂蚁如果也和普通蚂蚁一样享用定量的食物，它们的积极性会不会受到打击？或者说，缺乏激励规则的社会，是不是会导致平庸占主流？如果没有，那我们只能更佩服蚂蚁社会的高明设计。

我想啊想啊，得不出结论。也许，这种思考是颜哲这样的人特有的专利。而且我也没有时间再思考下去，因为正在微笑的岑明霞忽然弯下腰，剧烈地干呕起来，呕得满面涨红，眼中盈出泪水。我忙跟过去，正好过来送稻秧的赖安胜也急忙跑过去。我关切地问："咋啦？咋不舒服？我去喊卫生员吧。"岑明霞摇摇头说："不用了，忽然有点恶心，这些天已经呕过很多次了。"这时孙小小忽然笑着喊：

"明霞姐你别是怀孕了吧，怀孕的女人都要呕吐的。"

我吃一惊，心想自己的反应实在太迟钝，这是人人都知道的常识啊，反倒是傻乎乎的孙小小最先反应到。那会儿我非常尴尬，几乎不敢看岑明霞。未婚姑娘怀孕，这在当时的社会里是非常丢人的事，何况她的身份是女知青。鉴于当时严厉的法律，那个让她怀孕的男人是要蹲大牢的。我替岑明霞脸红，也替赖安胜担心。这些天来，我对他的恶感已经全都消失了，我不希望一个好人落得个悲惨下场。

奇怪的是我为之羞愧或担心的这两个人，在蚁素的作用下，都抛弃了正常人的思维规则。岑明霞并没有脸红羞愧，赖安胜也并没有恐惧担心。他们听了孙小小的话后，都恍然承认了这个事实，然后脸上漾出更加灿烂的笑容，那是为人母和为人父的喜悦。这种喜悦应该是所有动物的本能，蚁素也遮蔽不住。

赖安胜小声问："你真的怀孕了？"

岑明霞点点头说："一定是了，两个月没来例假了。"

然后她很陶醉地用手摸肚子。那儿恐怕不会有胎动，但她已经在预先聆听胎儿的呼唤了。

孙小小大声向别人宣示这个喜讯，周围的男人女人都围过来，很有兴趣地盯着岑明霞的肚子。我面红耳赤，逃一般离开这里。我在场长室找到正在看英文书的颜哲，把这个情况告诉他。颜哲也傻眼了，他比我更清楚"女知青怀孕"的严重后果，同样不愿赖安胜有那种下场。何况这事一捅出去，就会彻底破坏他刚开始的社会实验！我俩关在屋里商量很久，想不出可靠的办法。打胎的办法不是没想过，但在当时严厉的清教徒式的社会规则下，干这件事太难，超出两个知青的能力。颜哲一向对自己的智力自负，但在这种事上，他的"只会走正道"的智慧没有用处。我今天也想不出好办法。

天晚了，田里的人们收工了。他们踩着夕阳，说说笑笑地走回农场。不少人簇拥着岑明霞，热烈地谈论着什么，尤其是孙小小，叽叽喳喳地说个不停。不用说，全场人都知道了岑明霞怀孕的"喜讯"，他们身上洋溢着更加浓郁的幸福。

我俩透过场长室的窗户，心情复杂地盯着他们。往常我俩非常喜欢以旁观者的角度，也多少带点居高临下的眼光，欣赏场员们脸上的幸福。看着他们，我们自己也不酒自醉，但今天他们的喜悦让我俩啼笑皆非。我们在为闯祸者忧心忡忡，绞尽脑汁想捂住这个裂缝，而当事者却浑然不知眼前的灾祸，还在一如往常地"幸福"着。最后，颜哲咬咬牙说：

"那——就让她生下来吧。分娩前让她一直待在农场里,咱们尽力把这个秘密捂住。"

我大吃一惊,疑虑地看着他。颜哲解释说:

"秋云你听我解释。如果把岑明霞送到县医院去流产,哪怕找到可靠的关系,也很难保证不泄露秘密,那赖安胜就惨了,咱们的社会实验也肯定泄密。再说,看看岑明霞的欣喜表情,她会同意流产吗?肯定不会。他们喷过蚁素后,只受'利他本能'的控制,不会有这种世俗的担心,而'繁衍后代'应该是利他本能的第一目标。"

颜哲苦笑着加上一句:

"其实,蒙昧者最幸福,做一个高高在上的、清醒的上帝,是最痛苦的啊。"

我对他这种"清醒的痛苦"深有同感,这会儿我真后悔不该留在"外边"陪颜哲,但对他的决定我还是坚决反对。我说:

"你的担心不错,但不管咋说,也不能让一个未婚姑娘生下私生子啊,那会毁了她的一生。"

颜哲说下边的话时,显然颇为犹豫。看来他不想对我说得太深,太直白,但犹豫良久,还是没有瞒我。他说:

"我决定让她生下孩子,还有更深的考虑。秋云,也许你对我的这些考虑有反感,希望你认真听我说完,并且——我说句不中听的话——请你不要站在女人本能的高度,而要站在哲理的高度思考问题。行不行?"

他执拗地盯着我。我不知道什么是"女人本能的高度",什么是"哲理的高度",但我还是点头答应了,他这才往下说:

"我得从 20 年前说起。那时我爸爸一再说:蚂蚁的利他主义社会是内禀稳定的,他对这一点极为看重。你知道他说的是什么意思吗?就是说,蚂蚁在漫长的进化过程中,已经形成了一个稳定的机制,可以自动产生足够的蚁素,在族群内部形成一个自我激励的闭环,从而把利他社会永远延续下去,不需要一个上帝来监管和校正。这种自稳定机制正是利他社会得以成功的根本原因。再看咱们的社会实验,从目前情况看相当成功,但你别忘了,它与蚂蚁社会相比,有非常重要的一点镜像不对称——咱们的小型利他社会需要一个外部的监管者,一个上帝。上帝为他们注入蚁素,随时校正运行中出现的误差。可是,如果一个利他社会不得不依靠外部监管者,那是非常不可靠的,不可能长期存在下去。因为——怎么保证一定有这么一个上帝?不能。并没有一个稳定的机制,保证能随时产生一个尽责的上帝。"

我不禁悚然。这些天来,我一直陶醉于农场的幸福感中,没有考虑到我们的计划原来还有这样大的疏漏,甚至是本质的、不可补救的疏漏。我对颜哲更佩服了,他确实比我站得高,想得远。颜哲皱着眉头继续说:

"还有更可怕的前景呢,那就是这个利他社会之上,可能出现一个恶的、自私的上帝。因为上帝本人并不受利他素的约束,没有任何力量可以制衡他。只能寄希望于他的自我约束。但这就更不可靠啦,一旦他心存恶念,那他就会把他控制下的、高度纪律性的社会变成一种可怕的力量。你——想想这种前景吧。"

我更加悚然,也更看清了我和颜哲的距离。这些天,我非常投入地帮他创建这个利他社会,但实际上我是浑浑噩噩的,根本没想到其中还有这样可怕的陷阱,也没想到我绝对信服的颜哲其实一直如履薄冰。我仰脸看着他,目光已经不是钦佩,而是敬仰。想想吧,他其实就是这个微型利他社会的上帝,可以为所欲为的,但处在这样的位置上,他还保持着清醒,保持着强烈的自省意识,这太难得了。颜哲看到了恋人的敬仰之情,心情放松了,笑着说:

"好在这个难题并不是完全无解,我爸爸发现了一种可能的途径。"

"什么途径?"

"生物在进化中会根据环境随时改变自己的形态或行为方式,并且能够把这些变化纳入本能中,这称为获得性遗传。有关例证非常多,比如英国的一种蛾子在多煤灰的环境下,能在几代时间内把体色加深,形成保护色;又比如食肉的熊猫在环境变化时逐渐改为食用箭竹。其实,拉远了说,所有物种的所有行为方式,都是在进化中逐渐产生的,并慢慢固定下来,变成能通过基因传给下一代的本能。"他强调说,"动物行为是非物质形态的,但它们可以通过物质形态传给下一代,对这一点很多人不相信,想不通。其实这是显而易见的事实。"

"我完全相信。你接着说。"

"所以我爸爸相信,虽然人类利他社会在开始时只能由外部力量创建,但经过若干代之后,利他习性也会固定下来,变成族群本能。我们可以利用科学手段尽量把这个时间段缩短,比如,不超过五代就能把它固定。"

我沉默了。我太迟钝,到这会儿才悟到他这番长篇大论最后指向何处:"你是说——有意在这个微型社会中开始繁衍后代,然后研究后代会不会把获得的好习性变成本能?"

"对。岑明霞的儿女将是第一个。甚至可以说,咱们创建的利他社会还没真正开始呢,它将从婴儿降生那一刻才真正开始。所以,这其实是咱们非常难得的机会,也是她本人的最大荣幸。这个婴儿的意义非常重大,即使冒一些险也值得,即使让婴儿母亲作出一些牺牲也值得。"

我又沉默了。我从刚才"哲理的敬仰"中掉下来,掉回到我那"女人的低级本能"。颜哲说得非常对,他的设想既目光敏锐,又非常宏伟。但不管怎样,把一个未出生的孩子预先定为一个实验品,这个做法使我产生本能的反感。我不是说我的反感有什么道理,甚至可以说它简直没有道理,可它就是横亘在我心里,无法消除。但我无法反对颜哲,我那肤浅的思维根本无法抵抗他锐利的思想。停了很久我才说:

"那个婴儿——不可能有利他天性吧。别忘了,怀上这个胎儿时,赖安胜和岑明霞还都没有喷蚁素,还是恶人。"

"你说得对,但至少怀孕期间岑明霞已经是新人了,胎儿的本性不光取决于父母的基因,也取决于孕期的母体激素。另外,在孩子出生后,我想定期为他喷洒蚁素,强化他的利他天性。"他说,"当然,如果在父母都变成好人之后再怀孕,那会更好。以后吧,以后再让他们生下第二胎,两者可以做个对比实验,那样更有说服力。"

"这就比较好玩了,"我神经质地笑着,"比较好玩了。你说这个孩子将成为新社会的始祖,至于赖安胜和岑明霞呢,这么阴差阳错,歪打正着,一下子就成'新人类高祖'啦。上帝真会开玩笑,让纯洁无瑕的新人类从这俩恶人的恶行中繁衍出来,就像污泥中长出莲花,从粪堆里长出灵芝。这真是莫大的讽刺。"我摇摇头,"我这句话说错了,那俩人早就不是恶人了,变成君子了。我说这话,只能说明我心底太狭隘,怪我没喷蚁素。"

颜哲看看我,没有再说任何话。他太聪明,尽管我努力遮掩,但我此时阴暗的心理瞒不过他。他只是吻吻我,与我告别。临别时我忽然起了一个随意的想法:这么多天来,颜哲一直没有要求幽会时的"亲热",我似乎也失去了这个欲望。是不是因为做一个时刻清醒的上帝,心理负担太重,以致让性欲枯萎了?我不知道。

# 第十章　老魏叔

关于那个可能要出生的孩子，我俩没再商量过，没作出"是"与"否"的任何决定。我们只是关照大家：把这个消息对外保密，在孩子出生之前尽量不让附近乡庄的人在农场乱窜，以免泄密。颜哲的关照被非常严格地执行了。这点毫无疑问，场员们如今对颜哲和我的任何话都会无条件执行。

但拖延作出决定实际上就是默认。在我们的默认下，岑明霞腹里的那团胚胎一天天分裂，一天天长大，已经可以看出她有身子了。岑明霞沉浸在妊娠的喜悦中，空闲时间她不再纳鞋底，而是开始做小孩子衣服。在昏黄的煤油灯下，她飞针走线，把母亲的眷眷情意缝入一件件精致的小衣服里。

在她身边常常有孙小小，她总是兴致浓厚地说一些有关女人生育的傻话，出一些没有实用价值的主意。另一个常来的人是赖安胜，他在这儿扮演的角色比较奇特，虽然他对这个胎儿的关怀溢于言表，但似乎并不以父亲自居。而岑明霞虽然欢迎他来，似乎也不把他当丈夫看待。这么说吧，看他俩的表情，似乎并不把胎儿看成自己的私有，而是看成群婚制部落的后代。

以一个"清醒的旁观者"的目光，我猜他俩之所以这样，还是缘于心理上的某种障碍吧——虽然他们如今处在梦游般的幸福感中，喷利他素之前的一切"恶"都被隔断了，但大概他们还记得这个胎儿并非来自美好的爱情，而是一段令人作呕的奸情。

我赶紧摇头，驱走这种想法。我自责地想，与农场处处洋溢的明朗快乐相比，我的心理太阴暗了。只有一个办法能改变我：赶紧对自己喷利他素，那样我才能融入这个利他主义的群体中。

女知青怀孕的秘密到底没能守住。

两个月后的一天晚上，我照例来到颜哲的场长室，向他通报一天来农场的情况。颜哲近来大多时间都猫在屋里，看英文专著，做一些小试验。场员们仍然不许他干任何农活，他和我虽然也曾努力说服大家，但不奏效。看来，利他素的确带来了"保护蚁王"这种冥冥中的指令，这是我们无法改变的。

开始时颜哲很不习惯。记得赖安胜升任场长后就彻底脱产，颜哲曾对此很不满。但现在颜哲对自己不干农活已经坦然了，因为他并没有闲着。这个利他社会是从平地建立的，还有太多的蓝图需要绘制，有太多的陷阱需要预先发现。在这些方面我是帮不上忙的，担子只能砸在颜哲一个人肩上。自他当上场长这两个月来，他虽然基本没干农活，人反而瘦了，显得很苍白，眼窝凹陷，目光中闪着高烧病人那样的炽热。当他偶尔来到人群中时，他的苍白瘦削和大伙儿的黝黑粗壮形成很大的反差。大伙儿簇拥着他，就像一群快乐的头脑简单的土著黑人簇拥着一个忧郁的白皮肤的神。

说起白皮肤的神，这儿有一点巧合。颜哲后来终于为自己找到了活儿。农场搞基建时，从场外请了几个木匠，颜哲跟着学过几个月的木工。现在基建已经结束，外来木工们都走了。但一个农场总少不了一些零星的木工活，正愁没人干呢，颜哲便把这些活计揽了下来。这是技术活，再没人能从他手中夺走了。

那天我到场长室，见这儿已经大变样，墙上挂满了木工锯、刨子、凿子和斧头，一条木工长凳顺在门外边，旁边抛撒着锯末和刨花。这些木工家什原来放在牛屋隔墙的一间空屋里，颜哲说挪到这儿方便，看书累了就干一会儿，等于是课间休息。

我逗他："这是场长室还是木匠坊？以后大家喊你颜场长还是颜木匠呢？"

"随便。"

"以后就喊你小木匠吧，不过可没看轻你的意思。国家领导人中就至少有两个是木匠出身。"

颜哲平淡地说："还有一个人也是木匠——耶稣。"

我当时没有在意，说了几句闲话就走了。但后来想到他这句话，越想越觉得其中有深义。他可能并非有意拿耶稣来自比，但两人确实神似：宗教的激情，忧郁的气质，苍白的肤色，瘦削的身体，还有，目光中高烧病人般的炽热。可以说，他和耶稣一样，也是信徒簇拥的一个白皮肤的神，只是他在慑服众生时，依靠的是科学而不是虚无的神迹。

我和颜哲正在说话，头顶的喇叭嘶嘶地响了，是公社知青办主任大老魏找赖安胜场长。农场只有这一条线路，如果场长室的双掷开关一直放在广播档，公社领导想往这儿打电话也只能先在喇叭上喊。颜哲正要把双掷开关扳过来，喇叭里已经传出赖安胜的回话。听见他高高兴兴地说：

"魏主任，我已经不当场长了，我想干活。劳动最快乐，帮助他人最快乐！"

我心想要糟，颜哲代替赖安胜当场长的秘密守不住了。不过对这一点我们预先是有精神准备的，这件事反正瞒不住公社，他们知道就知道吧。场长这个职位并不是国家干部编制，从理论上说谁都可以当，赖安胜本人就不是干部身份。何况农场初创期间大老魏在这儿住过三个月，非常欣赏颜哲而厌恶赖安胜，他肯定巴不得颜哲能当场长。

大老魏是红星公社资格最老的干部，至今还保留一个习惯：在群众大会上讲话之前要先摸屁股。那是因为刚解放搞土改时，他作为上边派驻的干部，屁股后总是斜挂一个盒子炮，开会时得先把它弄正。他在农民中威望极高，这缘于一个非常简单的原因——他干活从不惜力。这人并不属于膀宽腰圆那种人物，长得黑瘦黑瘦，貌不惊人。但兴修水利时，工地上别人都是俩人抬一个抬筐，他是一人挑俩。为此伤了力，吐血，病治好后照干不误。农民们最看重这个，口碑相传，把大老魏塑造成了个传奇人物。这人心直口快，说话不怕得罪人。不过从反右运动过来后，这种干部在政界就不吃香了。再加上听说他在男女关系上有一点毛病，所以二十年来，他在官场上上下下，至今只是公社一个中层干部。

喇叭里沉默片刻，吃惊地问："你说啥？你不当场长，如今谁是场长？"

"是颜哲。他是个好人，我们都服他。"

喇叭里气急败坏地骂了一声，问："你这会儿在哪儿？"

"我在一班宿舍。我如今就住这儿。"

"立即回场长室！把开关扳到电话档，再等我的电话！"

从他的语气中，我们感觉不妙。我看看颜哲，颜哲看看我。我安慰颜哲说：

"可能这个消息过于突然吧，我想大老魏不会反对你。"

大老魏住场时，与干活同样泼辣的颜哲惺惺相惜。虽说并无深的私人交往，但"君子之交淡如水"，心中是十分器重颜哲的。后来有件小事更加深了他对颜哲的好感。农场搞基建时从场外请了四个木匠，也挑了四个知青当学徒，主要工作是拉大锯。把要解开的圆木打上墨，用抓钉竖着固定在树干上，两个学徒踩在梯子板上，一来一去地拉锯。每天如此，学不到啥技术的。但颜哲趁休息时进去瞄艺，学得极快。一个月后他们拉锯时发现了一根"姜子木"，这是本地木匠对这种树材的俗称，不知道学名是啥。这种木头极坚硬，拉不了两道锯缝，大锯的锯齿就被磨钝了。木质呈淡黄色，夹着半透明的木筋，比重比水重，木屑扔到水里会沉底。在中原地带的树材中，像这样比水重的材料可以说绝无仅有。木匠们见了，稀罕得了不得，说这种木材最适宜做木工刨。师徒们瞒着场里，把这根圆木解成木工刨的材料，每人分了一个刨坯。

颜哲有了刨坯就自己开始做刨子，甚至没咋向师傅讨教。几个师傅颇为不屑，不相信他有这个能耐。过去的木匠没有三角和几何知识，只会背诵"鲁班爷爷"传下来的口诀，像"刨口一寸九，刨子不推自己走"之类。他们把这些口诀看得十分神秘。其中有个杨师傅是门里出身，木匠世家，干木工已经十几年，还一直靠老爹给他做刨子。

但在学过三角几何的颜哲看来，这些太简单了。他买了一本《木工必读》，知道掏刨子的关键是刨刃角度，角度小则省力，但不得小于42度；角度大则工件光滑，但不得大于50度。一般取45度为好。只要把角度弄明白，闭着眼睛也能把木工刨造出来。

那天颜哲的刨子做成了，几个师傅都立在旁边看他试刨。刨子轻快地在木头上滑动，从刨口吐出薄如绵纸的刨花。几个师傅都上去试了试，说做得不错，用着很顺手。这下杨师傅坐不住了，他说他不能在徒弟这儿丢人啊，赶紧为自己做了第一个木工刨。从那之后，几个师傅都对颜哲另眼看待。

后来农场要打两辆牛车，牛车对于农户来说是个大设备，其意义不亚于后来城里人的私家轿车。所以，有本事的木匠师傅们在干完活后，总要在牛车上留下一件多少带点艺术性的玩意儿。在没有一点儿文化气息的农村家庭，这也算是一次小小的奢侈。一般是在"牛仰角"（车辕上拴缰绳的一根木桩，小擀面杖粗细）上刻一串八宝疙瘩，即把一根四方木棍分割成几个正方体，再分别削去八个角成为14面体。颜哲看不上这个，打算在牛仰角上雕一只狮子或老虎。那得先找一张画当样板吧，说来难以相信，在当时的文化沙漠中，竟然到处找不到一张动物画片。托回城探家的王全忠到颜家大院找，也找不到，都在"文革""破四旧"时给烧了。那段时间我见他一直在找画片，就劝他："干吗非要雕狮子老虎，雕只黄牛不就行了？咱农场的南阳黄牛多威武，眼前就是现成的样板。"他说不行，他不打算雕黄牛只是一个技术上的原因：黄牛的牛角雕出来太细，容易碰坏，而牛仰角免不了磕磕碰碰。

后来还是保管员四娃为他拾到了一张香烟商标，上面的狮子只有指甲盖大，模糊不清。颜哲硬是以它为样板，刻出了一只栩栩如生的狮子。

雕这只狮子颜哲可没少花时间，主要是刀具不顺手。他没有钱去买木雕刀具，只能把一只钢锯条折断，磨出一只简易刀具。为雕这个狮子，晚上他顾不上和我约会了。我常常到他的宿舍去陪他，看着他细心地用那把锯条刀一点一点地剜。十几天之后终于雕成了。狮子怒目蹲坐，左前爪下按着一个绣球，头上鬃毛形成精致的涡卷。狮口里含一个小球，项间有一个圈，两者都是在本体上雕出来的，能自由转动而取不下来。他决定雕这个玩意儿是兴来所至，弄完后当然很高兴，但也没太看重它。但它把几个木匠师傅还有大老魏震晕了。他们交口称赞："还是城里读书娃儿有灵性，我们收了多少徒弟也没见过这样有灵性的！"

牛车打好后不久，大老魏就要离开农场了。走前他到粉房找到我，那一段我被抽到粉房里帮忙，把红薯切碎，磨成粉，准备冬天做粉条。老魏进屋后不说话，嬉皮笑脸地盯着我看，看得我心里发毛。我说："老魏叔你是不是神经啦？"他突兀地说：

"秋云你好眼力。"

我给说的一头雾水，问："啥眼力？老魏头你说的啥意思？"

他说："颜哲呗。那是个好小伙，人品好，有灵性。你看那只狮子雕得多有灵气！更难得的，这娃儿是既有灵性，人又实在。赶明儿肯定能成大器。我要是看走眼，你把我眼珠子挖出来当尿泡踩。秋云你得抓紧他，可别松手，把我干女婿放跑喽我可不依你。"

他平时对我很好，曾经笑说要认我当干闺女。我给窘得面红耳赤，扑上去双手捶他，拿手中的白粉面抹他一脸，佯嗔道：

"大老魏你再胡说八道我不依你！"

想想这些话，我认为大老魏不会真的给颜哲使别腿。外面有匆匆的脚步声，赖安胜跑进来，询问地看着我俩，说："大老魏要我回电话？"颜哲没说话，把双掷开关扳过来，示意他接电话。电话一接通，大老魏就劈头盖脸地训斥起来。他大概太激动，忽略了场长室还有第三者，所以声音很大，我们在旁边也能听到：

"你怎么搞的？自己就敢做主把场长让给颜哲？也不给上边打个招呼？"

赖安胜真诚地解释说："颜哲是个好人，见识高，我们都比不上他。"那边压低声音说：

"我当然知道颜哲的为人，比你个王八蛋强多了。可他家庭太复杂，爹妈又是在'文革'中被逼死的。他不是自己人！"

虽然他压低了声音，我们仍听得清清楚楚。我愕然失色，赶紧看颜哲的表情。他不语不动，黑暗中两只眸子更明亮，我想那肯定是以屈辱和愤怒为燃料。事后他对我说，再没有什么比大老魏这句话更能伤害他。老魏在电话中提到颜哲父母之死时并没有说他们"自绝于革命"，而是说他们被逼死。但在这个正确的前提下，得出的结论却是颜哲"不是自己人"！受害人的儿子非但没有享受赔偿的权利，反倒背上了原罪。

更何况这句话出自大老魏之口，一个非常欣赏颜哲的人，这比其他人说出来更伤颜哲的心。我对此同样难以理解——"好人"不是自己人而"王八蛋"却是自己人！我觉得，"当官的"大老魏和作为平常人的大老魏，似乎完全不是一个人。

赖安胜真诚地为颜哲着急，但他说不出更有力的理由，只是絮絮地重复着："你说得不对，颜哲是个好人，打根儿起就是好人，不像俺们是半路才变成好人。他见识高，为人好，当场长比我强多了，我们都服他。"那边的老魏不耐烦了，显然弄不懂"打根儿起的好人"与"半路的好人"是啥意思，喝一声：

"不要说了，我明天去农场！"

那边摔了电话。赖安胜手里举着话筒，忐忑不安地看着我们。颜哲示意他可以离开了。他走后，颜哲很长时间仍然不语不动，我在旁边看着他白热的目光，真担心他的生命力会在一瞬间烧光。我小声问：

"该咋办？明天他就来了。"

颜哲凶狠地说："来吧，没有对付不了的事！"

大老魏不是一个人来的，同来的还有谷翠花，40岁左右的妇联主任，也是公社的老资格干部，来知青农场住过队，短头发，大脸盘，为人开朗热情，和男女知青们处得很好。颜哲把场长室腾出来，自己待在库房里，有意不见他们。农场没有客房，所以公社干部来农场时，按惯例要把场长室让给他们。他们似乎也无意先见新场长，而是一头扎到群众中走访。大老魏今天不是在电话里发脾气的那个人了，他满脸是笑，和熟人们亲热地打招呼，问问庄稼和家里老少，和男人们开几句粗鲁的玩笑。只有在大田里见到赖安胜和副场长庄学胥时，他才把脸板得像铁块儿。这俩人在锄谷子，这活儿虽然不重，也是最难熬的农活之一。主要是天气闷热，野地里没有任何挡日头的阴凉。赖安胜和庄学胥都只穿短裤，已经湿透了，身上的汗流到塑料鞋里，与尘土和成泥浆，走起路来吧唧吧唧响。大老魏看着他们这个样子，脸色才和缓了一点儿。

他转过头看见我，笑着说：

"秋云你越长越漂亮啦。上回你回家探亲，路过公社时为啥不到我家吃饭？把你干爹忘啦？"

从他的言谈中看不出丝毫芥蒂。不过我仍敏锐地发现了变化：他在我面前有意避开了关于颜哲的话题，而在过去他不会这样的。

他俩在全场转了半天，神色越来越平缓。的确，今天的新农场没有什么毛病可挑的，到处井井有条，人人干得热火朝天。而且，与过去不同，今天到处洋溢着发自内心的欢乐，洋溢着沉静的幸福。它是那样浓郁，你可以嗅到它，触到它，能用手捧上一掬带回家去。除非瞎子才看不到农场的变化。

所以，他们这次调查只能得到一个结论：新场长比旧场长强多了，无论从哪个方面看都是这样。

午饭时颜哲仍躲着没见他们。下午，大老魏把赖安胜叫到场长室，颜哲则立即拉上我，轻手轻脚地钻到库房，把库房门关上。场长室在库房隔壁，各有门出入，中间是隔断的。不过界墙中留有一个照明用的墙洞，洞里放上一根蜡烛可以照亮两边。现在颜哲用报纸把这个墙洞糊住了，只留下一个观察的小孔。颜哲昨晚就打算窃听他们的谈话。这种"听墙根"的行径原本为颜哲所不齿，但——颜哲冷笑着说：

"我既然不是自己人，干点卑鄙的事就算不上什么。"

我知道大老魏那句话伤颜哲太深，没法劝，只能叹息一声。

我们趴在库房的麦囤上，悄悄听那边的谈话。大老魏反复追问赖安胜："你把场长让给颜哲这件事到底是咋发生的？你为啥这样胆大这样急迫，甚至不给公社打一声招呼。你的组织性到哪儿去了？要知道农场一把手的任命权力是在公社！"他的盘问当然问不出什么结果，因为今天的赖安胜已经与过去的"恶"隔断了。赖安胜只是一遍遍地重复："颜哲是个好人，打根儿起的好人，比我强，我们都服他。"最后大老魏没了耐性，怒吼着：

"滚，你他妈给我滚蛋！"

我听得忍不住笑，赶紧用力捂住嘴巴。

赖安胜走后，那屋好长时间没动静。我们轮流凑到小洞上看，大老魏正在屋里沉思，背着手面墙而立，眉头锁得紧紧的。看来他真的很为难——是承认场长"非正常更替"的现实，还是"揭开阶级斗争的盖子"。我想他肯定倾向于前者。大老魏是个实干家，并不是那种只会整人的政客。知青农场只要运转良好，他肯定会睁只眼闭只眼，甚至会帮着我们去疏通或糊弄上边。这正是颜哲早就分析过的走势。

有脚步声和开门声，是谷翠花从地里回来了。听见她嚷嚷着口渴，倒了一杯水咕咚咕咚喝完，接着很长时间没了动静。我觉得奇怪，探起身子从小洞里看，不由满脸通红。原来两人正紧紧搂在一起亲嘴，大老魏的一只手还插到谷翠花的上衣里忙活。我这才知道，群众传说他有个老情人的事是真的。据说这段私情是从土改时期结下的，那时大老魏和谷翠花在一块儿驻队，魏的家属还没迁来，谷也没结婚。一个光棍一个姑娘，干柴碰上了烈火，于是就烧起来了。后来魏的家属来了，谷也结了婚，但两人的私情一直没真正了断。

颜哲拉拉我的衣服，示意问："那边发生了啥事？"我红着脸摇摇手，不让他看。我们听墙根原是为了保护农场，保护这个小型的利他社会，手段虽不光明，若是为了纯洁的目的，还是可以原谅的。如果是窃听或偷窥人家的偷情，那就太宵小了。这时那边说话了，谷翠花吃吃地低声笑：

"没出息的，看你那个馋劲儿。大白天，别让外人看见了，晚上吧。"

这下子不用我说，颜哲也知道那边发生什么了。

老魏说了几句话，声音很低沉，这边听不清。后来谷翠花喟然长叹：

"这辈子咱们只能这样偷鸡摸狗，成不了正经夫妻了。我也不能给你生个一男半女。"

大老魏内疚地说："成不了啦，翠花我对不住你。"

"别说这种淡话。要说对不住，是咱们对不住嫂子和我那口子。"

"我只有下辈子报答你啦。"

"不说谁报答谁，只盼着阎王爷把姻缘簿改改，让咱俩下辈子能成一家。唉，不说这些了，说了难受。咱们说正事吧。"

那边真的停止了亲热，开始谈工作。听见谷翠花严肃地说：

"这回我可挖到根了，知道赖安胜为啥不敢当场长了！知道不，有一个女知青叫岑明霞的怀孕了！"

大老魏震惊地问："真的？你没看错？"

"呸，我干了20年妇女干部，还没这个眼力？不会错的，至少三个月了。"

大老魏暴怒地说："一定是赖安胜那个王八蛋！我早知道他那根老二不安生！妈的，色胆包天，这可是女知青，比军婚还厉害。他敢把女知青肚子弄大！"

"没错，我没敢深问，但作孽的一准是他。不过很奇怪，似乎岑明霞并不怕人知道，她床边公开堆着好几件小衣服。我旁敲侧击地问她打算咋办，她根本没打算偷偷打胎。还有，全场人似乎都知道这件事，一点不避讳。这就怪了，难道他们都不知道这个问题的严重性？满场人都傻了？喝迷魂药啦？我实在想不通。"

墙那边认真地讨论这件事。谷翠花分析，一定是颜哲抓到了赖安胜的真实把柄，以此要挟迫使他让出了场长的位置。这有点搞政变耍阴谋的味道。但颜哲这个新场长干得确实好，农场井井有条，一派兴旺景象。别说群众，就连被逼下台的赖安胜也心悦诚服，这也是一件不可思议的事。所以——

"颜哲篡了场长职位这件事，你准备咋办？咱们能不能帮他糊弄过去？"

大老魏有一段时间没说话，最后沉闷地说：

"要是光有私下换场长这事，我原想保颜哲的。他把农场管得这样好，就是他家庭问题再严重，也值得保一下。我刚才已经做好打算，先同县里老胡通通气。他对颜哲印象也不错，如果他能点头，别人就不会说啥。但有了女知青怀孕这件事，农场的事就捂不住了，早晚要露馅。弄不好，连我这个知青办主任也得赔进去，我只能向公社和县知青办反映。"

听到这个决定，我非常紧张。看看颜哲，他也紧张，正在努力思索。那边作出决定后好长时间没动静，后来大老魏在叹气：

"今儿个看了农场的气氛，就像大跃进前期那样干净。人人只知道干活，没一点儿私心，干得越累越高兴。这样的景象已经多年没见了。说心里话，我眼红得很，动心得很，真想搬到农场里跟他们一块儿干，也不枉活这一辈子。可是……唉。"

又是好长时间没动静，谷翠花也不说话。时间长了，我忍不住趴纸洞上再瞄一眼，大老魏已经拿起电话，准备摇手把，这种老式电话机摇手把才能接通。但他显然十分踌躇，迟迟未摇，叹息着：

"这个电话打出去，赖安胜那小子这辈子就完了，不说挨枪子，十年大狱是脱不掉的。还有颜哲，要是上边把私下换场长这事拔高到阶级斗争的线上，他也完了。"

我赶紧跟颜哲咬耳朵："他要给上边打电话了，要捅这件事了！"

颜哲俯身向洞里看。那边仍在犹豫，大老魏说："打？"谷翠花说："那就打吧！"又顿了几分钟，这几分钟对我俩来说太漫长了，接着听见摇电话手把的吱吱声。颜哲立即起身往外走，甚至没跟我打个招呼。我忙跟到后边。他边走边从裤袋里掏出那个不锈钢材质的喷雾器，又戴上口罩，看来他是早就备好了的。到了场长室，他没有停顿，径直破门而入。屋里两人吃惊地看着我俩闯进去，大老魏机警地按断了电话。颜哲平和地说：

"魏叔你别动。接县里通知，每个进农场的人都要喷防瘟疫药。"

他按动手柄，朝大老魏和谷翠花喷去。大老魏想躲避，但在猝不及防的片刻间，他俩已经被白雾包围了。老魏怒声问：

"你干啥？你干啥？"他的脑子比较灵，立即起了联想，"这是不是迷魂药？你对赖安胜他们都喷了迷魂药？"

我有些理屈，不大敢看他俩愤怒的目光。不过这时颜哲已经完成了喷洒，歉然说：

"魏叔实在对不起，是你逼我这样做的。放心，这不是迷魂药或毒药。相反，它能让你享受到从未有过的宁静和快乐，劳动的快乐，帮助他人的快乐，这正和你的本性相符。你不是想搬到农场吗？那就在这儿住一段吧，你们俩都来这儿住吧。"

两人愤怒而警惕地瞪着我们，但渐渐地，他们的目光开始变得柔和。我知道利他素起作用了，不由松一口气。但我的轻松是有限度的，两个公社干部可不比农场的人，如果把他们长期困在这里，难免会引出一些事端，至少他们的家属和同事要来找他们吧。所以，颜哲的做法只是把危机推迟，并没有根除，一柄达摩克利斯之剑从此便悬在我们头顶。

这时，那两人已经彻底进入新境界中。他们脸上开始浮现出我已经见惯的、沉静而幸福的笑容。而且他俩的幸福感特别浓郁，也许是因为他俩本性良善，与利他素发生了更强烈的共鸣吧。

谷翠花看看老魏，柔声说："好的，听颜场长的。老魏咱留下来吧。留下来，啥心都不用操了。"

"好的，留到这儿，咱们就心地轻松了。"

他们大概是说：不用再狠下心往上边汇报，那个决定本来就是违反他们本性的。不过这会儿他们的思维已经不清晰，这种想法是朦胧的。

颜哲想了想："至于你们的住处——这样吧，魏叔你住我的场长室，我搬到二班宿舍，那儿有个空床。至于谷姨你……"他又想了想，"就和魏叔住一块儿吧。"

我吃一惊，立即拿目光制止颜哲，谁都知道他俩不是夫妻，这样公开同居显然是不合适的。颜哲也用目光制止我：听我的，一会儿我再解释。至于那两个当事人，虽然已经处于梦游状态，还是有点羞怯。尤其是谷翠花，红着脸说：

"我跟老魏……这不合适吧。"

颜哲很气派地挥挥手："没啥不合适的。这个农场有全新的社会规则，没人会笑话你们的。你们也看到了，没有一个人歧视岑明霞和赖安胜。"

谷翠花想了想，认可了他的话。能和老魏正大光明做夫妻，哪怕是短时间的，也是她多少年来的梦想！她不再犹豫，斜走一步，亲热地挽住了大老魏的胳膊。老魏也没再拒绝，他俩互相对视的目光已经像夫妻了。颜哲说：

"该吃晚饭了，你们把屋子收拾一下。魏叔你就用我的铺盖，我让秋云再给谷姨送一套。"

他拉上我退出场长室。看来他对这个结局很满意，脸上浮出由衷的微笑。

晚饭后颜哲领着我找到大老魏，简单地说一声：

"魏叔你跟我来，我为你接风。"

大老魏顺从地跟着出门。谷翠花也想跟来，又不知道颜哲的邀请是否包括她，疑惑地看着我。我笑着点点头，她很高兴地跟着来了。我们到了菜地，这儿有一间瓜棚。我们进去，种菜的老马赶紧迎出来：

"颜场长来啦，魏主任来啦，还有你们俩，快请坐。"

我们在小板凳和老马的地铺上分别坐定。颜哲变戏法似的从口袋里掏出两瓶宝丰大曲，一小瓶醋，一包盐，笑着说：

"我知道老魏叔的规矩，先把话说前头，好让老魏叔放心。咱不占公家便宜，酒是我自己掏钱买的——实打实说是用秋云的钱，我的零花钱都是她给的。"

宝丰大曲在当时算名酒了，那时中原的酒鬼们最推崇的就是"张宝林"（张弓大曲、宝丰大曲和林河大曲）。大老魏盯着这两瓶名酒，两眼放光，喜不自胜。他嗜酒如命，在全公社久负盛名。但他家经济状况不好，一般只喝最便宜的地瓜烧，甚至喝过工业酒精兑的酒。有一次喝得胃出血，后来才不敢喝这种假酒了。而且他为人刚正，从不倚仗权势占公家便宜。他在农场驻队期间，常有老朋友来看他，那自然是要喝一场的。朋友们知道他的家境和为人，一般都自带着酒。大老魏从厨房要一点盐和醋——这是他仅有的腐化——到菜地里掏一两毛钱买几根黄瓜，用随身带的小刀削成片，加上盐、醋，这便是下酒菜。然后用小刀当筷子轮流吃菜，对着酒瓶口轮流喝酒。虽然条件简陋，照样能陶然一醉。这次颜哲完全是按他的路数来，所以大老魏格外高兴。

颜哲掏出两毛钱向老马买了几根黄瓜，让老马整好，喊他也坐过来，便一人一口喝起来。谷翠花也参与了，喝得十分豪爽，看来她的酒量不弱。我虽然从不喝白酒，受他们的鼓励，也喝了几口。有一次我被呛住了，惹得他们大笑。其实颜哲酒量也不行，他是在大老魏面前硬充好汉，一会儿就喝得连脖颈都红了。

三个男人不慌不忙地喝着，一种无言的友情在他们中间缓缓流淌。开始没怎么说话，慢慢地话头变稠了。他们根本不提眼前的事，不提场长职位的非正常更替，不提女知青的怀孕。也许这些"成人的话题"已经溢出老魏叔此刻的意识了。他们这会儿说的，尽是家长里短的琐事。颜哲说：

"老魏叔，我刚来农场就知道，你有个外号叫拼命三郎。才解放修水利那阵儿，挑土方，你一个人挑俩抬筐，压得吐血。"

老马说："对，十里八乡都知道这个绰号。"

老魏笑哈哈地对颜哲说："我也知道你。刚来农场挖堰塘，手上磨三个血泡，血顺着锹把往下流，你用手绢包包照样干。一天用断两根锹把，把四娃心疼得吐血。"

"老魏头，我还知道你开会上台先要摸屁股。你的盒子炮哩？"

"早交公啦。其实我参军后没赶上打仗，一枪也没开过，临交公时才到河滩上打了几枪，总算过过瘾。对了，颜哲你雕的那只狮子真好，那挂大车拉出去，把全公社都震了，都说全公社属咱知青农场的大车最漂亮。"

老马说："嗯哪，俺庄离这儿30里，都有人对我夸说这辆车。咱场的黄牛也漂亮，跟神牛似的，十里八乡也比不上。"

"雕那个牛仰角算不了啥，魏叔你喜欢，赶明儿我单单雕一个狮子送你。"

"那敢情好！"想了想，大老魏又摇头，"别，别，你当场长了，太忙。以后再说吧。"

说这句话，他算是间接承认了颜哲的场长。

我和谷阿姨后来离开酒场，跑到窝棚外说女人的话。和老魏叔一样，谷阿姨的意识中也已经自动剔除了和政治有关的话题。她像普通的农村妇女那样夸颜哲和我："人品好，人实在，又漂亮，金童玉女，天生一对。你们结婚时一定得请俺俩去——不不，可别在这儿结婚，一定等到回城后再结，按政策，结过婚的知青就很难回城了。"

她又说："真羡慕你俩，要是我和老魏也年轻20岁，都还没结婚，那就好了，俺俩一定把这辈子好好过下去。我这辈子最抱愧的是不能给老魏生个一男半女。"

她说起这些话时毫无机心，毫不设防。我在她面前也完全放开。我说："我早把心交给颜哲了。我爹妈通情达理，都喜欢他，不嫌弃他的家境。不管将来能不能回城，我俩肯定会结婚的。谷姨你放心，我和颜哲结婚时一定请你和老魏叔。"

后来我俩返回窝棚加入他们的酒场。他们喝得很高兴，颜哲尤其高兴。我知道其中的原因：往常颜哲虽然同全场人相处甚洽，但人们都用敬畏的眼光仰望他，他是高高在上的，也是孤独的。现在呢，也许是酒精的作用，大老魏两口儿——我从心底已经把这对情人当成两口子了——和老马都忘了敬畏，用平等的心态与他交往，对颜哲来说，这种友谊很是难得。

两个钟头之后，五个人喝光了两瓶酒。两个女的毕竟喝得少些，所以他们三个男人每人都灌了半斤以上。我们扶着脚步不稳的老魏回场长室，一路上他不停地咕哝着：

"小颜子，小云子，今天这场酒喝得最痛快。我高兴，真的高兴。我要住这儿，一辈子也不走了。翠花，咱一辈子不走了。"

虽然是在月光下，我也能看见谷翠花容光焕发，目光灼灼，充满了憧憬。

大老魏"夫妇"就这样在农场安居下来。他们完全忘了"公社干部"的身份，似乎也忘了各自的家人。现在他们是一对地道的农家夫妻，日出而作，日落而息。自喷洒蚁素以来，全农场一向沉浸在沉静的幸福中，而他俩的心态特别沉静。也许他们一直在潜意识中盼着这样的桃花源，如今终于盼到了，于是他们抛弃一切世俗杂念，一心一意地开始了新生活。

场员们非常自然地接受了这对不是夫妻的夫妻。

只有我时刻提心吊胆，怕那柄达摩克利斯之剑随时会落下来。实际上我是过虑了。在那个年代，一位农村干部出去驻队、上工地、搞运动，一走两三个月不回家是常事。大老魏他们在农场住了两个月，也就是说，在公社机关和他们家失踪了两个月，竟没有激起任何涟漪，甚至没人打电话来问一声。

颜哲最近心情很好，大老魏的来临减轻了他"高高在上"的孤独。他完全忘了大老魏那句"不是自己人"的混账话，要知道这句话伤他很深的。而老魏本人也彻底忘了颜哲的"异己性"。他们之间的关系经历了好感——敌意——友情这个三部曲，最后落脚在非常稳固的友情上。这个变化太快，简直让我目不暇接。

但我和颜哲之间却因为大老魏"夫妇"爆发了真正的冲突，这在我俩之间还是第一次。

颜哲决定让谷阿姨和老魏叔住在一起时，曾答应我，以后向我解释他这样做的原因。后来他似乎把这个许诺忘了。如果我也忘了——那就会天下太平，可惜我没忘。因为我感觉到他这个决定中有一些我厌恶的、不能接受的东西。在我的追逼下，有一天晚上他对我说出了其中的原因。

颜哲说："做一个清醒的上帝的确是非常痛苦的，因为当别人无忧无虑地生活时，当别人都把信任的目光投向你时，你只能独自担起这个担子。你要为这个利他主义的小族群负责，预先发现前进路上可能的陷阱。"他说——

"秋云你注意到没有，人们被喷了蚁素后，性欲似乎有所减弱？至少赖安胜那个以前的色鬼现在对岑明霞秋毫无犯。还有陈秀宽，过去总是色眯眯地看女知青的屁股和胸部，你看他现在的眼光多清朗。这虽然是个小苗头，但非常值得重视。知道为啥吗？你知道我为啥这样重视'性欲'？"

我摇摇头。颜哲耐心地解释：

"蚂蚁社会中是没有性欲的，至少说没有持续的全员的性欲。蚁后一生只需要进行一次交配，然后就可以一直生育。而其他雌性的工蚁不担负繁衍任务，因此也不需要性欲。所以我很担心，咱们的蚁素是从这种无性欲个体中提炼出来的，会不会对人群产生'降低性欲'的副作用？如果是，就非常危险了。因为人类的繁衍方式离不开性欲，尽管它常被当成肮脏的东西。但如果它彻底消失了，人类也就完了。"

他又说："当然，单只赖安胜和陈秀宽的一两个例子还不能说明问题。他们的变化可能只是因为'对过去恶行的厌恶'，而不是性欲本身的减弱。另外一个例子不知道能不能算例证，咱俩……"

虽然他欲言又止，我还是猜到了他的意思。的确，近来我俩的幽会中他一直没有主动同我亲热，而我也减弱了同他亲热的渴望。虽然我俩并没吸入蚁素，但也可能多少从环境中吸入了一些？或者是因为我们肩上的担子太重？他看我理会了他的意思，立即把话头扯开：

"但不管怎样，我至少得确定这个陷阱是否存在。自然界是个绝顶复杂的天网，你随意扯动一条线，都会引起预想不到的反应。我们必须小心再小心，谨慎再谨慎。我正要设法验证那种危险，正好大老魏和谷阿姨来了。"

我知道了他的用意，心一下子凉透了。不错，他说的很有道理，他作出这个决定没有任何恶念、私利或是宵小心理。都不是，他是为了这个利他社会的未来。他真是个清醒的、尽职尽责的上帝。我无法反驳他，我肤浅的思维无法抵挡他锐利的思想。但不管怎样，我还是无法排除心中的厌恶。老魏叔和谷阿姨之间虽然是偷情，是奸情，但在我心中，它反倒是温馨的、明朗的。而颜哲拿他们的私情来做性欲实验，未免太肮脏，太阴暗。

我心中第一次升起对颜哲的愤懑。他真的以为自己是上帝吗？可以把别人当成实验用的小白鼠，对他们生杀予夺？或者随意把他们放到透明的观察室中，观察他们的性欲和习性？这些想法像一大堆干柴横七竖八叉在我脑中，我理不出个头绪，也就无法对颜哲讲清我的感受。但颜哲的目光比我锐敏多了。他看着我的沉默，苦笑道：

"我早知道你会反感，这世上没人比我更了解你那些道德上的洁癖了，所以我一直在推迟向你说明，巴望着你会忘了它。可惜……秋云，我已经尽力求得你理解，但是很可惜，咱们看问题的基点不同，而且是根本性的不同。"他叹息着，"也许有一天，咱俩会分道扬镳的。"

我打了一个寒战。我对颜哲的做法已经开始反感，但我还没有设想这会影响到我俩的最终结局，或者说没有勇气想到这一点。颜哲比我敏锐，他已经看到了我们之间的宿命。看清这一点，我非常心痛，锯割般的痛，刀剜般的痛。多少年来，我已经把感情完全倚傍在这个叫小哲的男孩身上，这个叫颜哲的男人身上，从不敢设想缺少了他的人生。不久前我还对谷阿姨描绘过我俩的婚事呢，做梦也想不到，仅仅几天之后，颜哲会把另一种结局突兀地摊到我面前。

我的泪水不由得涌出来，流得非常凶猛。颜哲过来，默默地为我擦干泪水，把我拥在怀里。我俩静静地拥抱着，待了很久很久。

我们再没有谈那个令人厌恶的话题，以后也没再谈过。更有一个话题我别说谈论它了，连想都不愿想。那就是：颜哲会不会在深夜里溜进库房，通过那个墙洞，悄悄观察大老魏和谷阿姨的性生活。我想，以颜哲作为"一个清醒的上帝"的责任心,以他科学家般的严谨,对于这个影响新人类成败的关键问题,他肯定会去观察的。但——我实在厌恶想这件事,我不敢断言那样做是不正当的,但我就是厌恶它。后来大老魏他俩不想占颜哲的场长室,执意搬出去,住到机磨坊了。我才多少放下心。

这是个无法填平的泥沼,我只有躲开它。

# 第十一章 工 分

那次争吵我们很快就忘了。也许我们是强迫自己忘掉它的，因为我俩无论是谁都无法承受失去另一方的痛苦。农场已经走上正轨，颜哲不必再像过去那样宵旰焦劳，我们又恢复了过去的幽会，很自然地也恢复了幽会中的"亲热"。我仍像过去那样，渴望着颜哲的热吻和揉搓，那会儿我想，至少我俩不用担心性欲丢失的问题了。

时间一长，我们真的忘了那次争吵。

颜哲那次在我看来非常"草率"地宣布取消生产指挥，此后并没有出现任何问题。实际上，生产指挥还是有的，不过变成了另外一种不易觉察的形式。现在，每天晚饭时，场里最熟悉农活的几个人都会聚到一起随意交谈几句，就像几只老蚂蚁见面碰碰触角，于是第二天的农活就自动安排好了。这几个人一般是老肖、赖安胜、老初、庄学胥、老庞、邰祥富，有时还加上王全忠，人员并不完全固定。我发现了这个隐在水面下的生产指挥系统，很感兴趣，对颜哲说了。但颜哲说："咱们不要参与，要遵守这样的原则：凡是能在系统内自动完成的程序，就决不要施加外部的影响。"

收完麦，插完稻秧，农活相对闲些，但只是不像麦忙期间那样拼命而已。农场地多人少，每人平均七亩多地，每天都有干不完的农活。不过，自从农场进入新境界后，人们突然发现农活不够干了，几乎每天上午活儿就干完，下午人们都在悠闲地游逛。我想这一点儿也不奇怪。现在场员们的劳动效率何止是过去的几倍！尤其是崔振山、岑明霞、赖安胜这些过去不干活或干活不出力的人，一下子都成了劳动能手。这么一正一反，差别就大了。

农场基建期间曾预制了一些水泥桌面，想在男女宿舍之间的空地上弄一个公共活动场所。但此后农场太忙，这件事一直被抛在一边。最近这事不声不响地弄起来了。大伙儿自发地平整好一块地,垒起十几个桌面,配上水泥凳子。晚饭后和下午没有农活时,几乎全场人都聚在这里玩耍闲聊,欢声笑语一片。

这个聚会场所越来越红火。只有颜哲不能参与进去。不是他不愿来,而是只要他一来,人们都会尊敬地站起来向他致意,垂着手同他谈话。他去了两次,苦笑着说:

"秋云我不能再去煞风景了。以后你代我多去去吧,感受感受那儿的气氛。"

我其实也不能完全融入那儿,在众人眼里我也是"副蚁王"吧,不过毕竟比颜哲强一些。这天晚饭后我过来,这儿已经聚了四五十人。女知青以谷阿姨为中心,好像在那儿比着背诵本地的儿歌,什么"月亮走,我也走,一走走到马山口。马山口,出石榴,买个鸡,叨豌豆,买个猴,栽跟斗……";还有"小乖乖,睡瞌瞌,睡了瞌睡长大个……";"月奶奶,黄巴巴,爹织布,娘纺花……"有谁念了一首比较粗俗的儿歌,结尾是:"小鬼磨豆腐,磨你妈一屁股。"激起一片笑声,其中属孙小小的笑声最响亮。

这边是老肖等七八个老农。这些老农们蹲惯了,旁边有座也不坐。他们蹲成一个圆圈,每人嘴里都衔着一支旱烟袋,烟袋锅儿会聚在中间,就像是花蕊。他们不言不语地吸着烟,七八个烟袋锅儿明明灭灭,自是一道风景。这中间还有淋病病人陈秀宽,现在人们不再孤立他了。

最热闹的一群男人有二十多个,围得水泄不通。我走过去,见他们是在掰手腕。这会儿老魏叔刚刚败下阵,从人群中挤出来,自嘲地说:"不行了,老喽,老喽。"我见里面坐擂的是赖安胜,便揶揄老魏叔:

"看你干巴瘦筋的样子,还想和赖安胜掰手腕?年轻时也不行。"

老魏叔认真地争辩,说别看他干巴瘦筋,可身上全是紧绷绷的肌肉,没一点儿虚膘。年轻时他确实是掰腕子的好手,从没输过。我逗他:"我才不信呢,二十几年前的事,你上哪儿去找证人?"老魏叔急了,真要拉我去找证人。这时人群内又爆出一阵哄笑,是崔振山刚和赖安胜比过,赖安胜又赢了,得意地问:

"还有谁？还有谁敢上？"

王全忠挤过去，不声不响地坐到他面前。颜哲的这位好友平时戴着近视镜，斯斯文文的，行动迟缓，似乎干啥都比别人慢半拍。我对老魏叔说："你别看这家伙外表是读书人模样，但其实是个蒙古鞑子，身大力沉，耐力和韧力极强，不一定输给赖安胜的。"老魏叔来了兴趣，重新挤进去，要为俩人当裁判。两只大手紧紧握在一起，老魏叔把它们很公平地定位在中间，然后右手一劈，喊一声：

"开始！"

好长时间，那两只手都保持在原位一动不动，但从手臂微微的抖动和两人涨红的脸色来看，他们都用了全力。这场比赛足足坚持了十分钟，慢慢地，胜利的天平向王全忠倾斜了。他的手缓缓地把赖安胜的手向一边压，赖安胜努力反抗，但在角度超过30度后，僵持很快被打破，全忠很干脆地把对方压下去。

赖安胜从擂主位置站起来，甩着发酸的手臂，笑着说："输了，我输了。想不到，输给你这个白面书生。"

王全忠平和地说："是我占了便宜，你刚战过三场，已经劳乏了。"

"就这我也想不到。就像那次的大字报，想不到你平时不吭不哈地，突然整出来一张大字报。"

王全忠笑了："写前我自己也想不到，都怪你那次开会讲话太霸道。"

"没错儿，老胡骂我是属驴的，骂得不冤。后来评工分时我还把你降成九分，这事干得更操蛋。"

"过去的事别说它了，那时我也不知道体贴老农们家里的难处。"

别人又开始比赛，这两人从人群中出来。赖安胜掏出两支大舞台香烟，给王全忠一支，又用火柴给对方点上。两人吸烟别有风味，不是拿烟卷往嘴里送，而是先把烟定位在面前的某处，再翘起下嘴唇往上凑。偏偏俩人的嘴巴也各有特色，赖安胜是个蛤蟆嘴，王全忠是个地包天（下嘴唇厚），看着俩人翘着嘴巴吸烟的尊容，我忍不住想笑，同时心里也很温馨：在去年的大字报事件中，这两位曾是两派仇敌的代表。但现在仇恨已经消融，他们已经能够很平和地闲聊它了。

会计老霍早就来了，站在圈外，看神态似乎非常焦急，挨个央求几位老农出去说私密话。但老农们都不买他的账，他拉上谁，谁都向他摆手：

"不去，不去，我说过不要了。"

我听见老霍焦急地低声说："这个月我早该结账了，你们不领我咋办？"

老农们都笑："咋结账是你的事，跟我们没关系。"然后自顾闲聊，撇下他没人理。我想，眼下农场人员中融不进大圈子的，除了被敬意所孤立的颜哲，恐怕就只有老霍了。他总是藏在偏僻的会计室里，就像土拨鼠藏在地洞里，很少同别人有工作之外的交往。即使在喷洒蚁素后，他的秉性也没啥变化。我走过去随意问一声：

"老霍咋了？啥事弄得你不能结账？"

我没想到老霍的脸色唰地白了，嘴唇抖抖的，既不敢说，又不敢不说，似乎我问的是什么惊天大秘密。我奇怪地说：

"老霍啥事把你怕成这样？没关系，你尽管说。"

旁边的老邰叔笑着说："还不是为老农每月五元的秘密补助。我们都说不要了，老农和知青娃儿们一样干活，为啥要比知青多领钱。还得藏着掖着不敢让人知道，这事明摆着不地道。老霍不依，说这是场里的决定，他只管执行。"

"噢——"

我盯着老霍。这项秘密补助曾在去年惹起轩然大波，后来在王全忠写了大字报后，场里说是取消了。现在我才知道原来那只是障眼法，它早就秘密恢复了。老霍在我的盯视下几乎崩溃，我不想为难这个可怜人，尽量平和地说：

"老霍你别怕。颜哲当场长后有些情况可能还不清楚，你最好找他谈谈，看该咋办。"

老霍连忙点头哈腰地辩解道："我原本想把这个月的账结清后就找场长汇报，催他们领钱也是为了这。我早就该去。"

"你这会儿就去吧。"

看着他唯唯诺诺的身影，我心里忽然有了一个念头：喷洒蚁素后，全场人的精神面貌都变了，唯独他似乎一点儿没变，这是为啥？这个念头我只是随意想想，随之就抛开了。一直到第二天，我才知道我的直觉是对的。

半个小时后，我见颜哲正往场长室走，就追过去，想告诉他秘密津贴的事儿。场长室门口蹲着一个人，是会计老霍，仍像往常那样，脑袋夹在膝盖里，两只尖棱棱的膝盖高过肩头。看见我们，他忙站起来，毕恭毕敬地立着。颜哲说：

"老霍？找我有事？"

他一边说一边打开房门，请老霍进去。场长室里非常简陋，一张办公桌和靠椅，一张床，一个洗脸盆架，再就是七八只小板凳，是开场部会议用的。墙上挂着木工家什。颜哲坐在靠椅上，我坐在床边，请老霍自己拉一个小板凳坐下。但老霍高低不坐，非要双手贴身、垂眉低眼地立在那里。我看着他唯唯诺诺的模样，不由想起林镜说的"帝王之相"，忍不住想笑。颜哲警告性地瞪我一眼，其实他知道我笑从何来，他自己的嘴角也有掩饰不住的笑意。他平和地问：

"老霍你有啥事？"

老霍哼哼哦哦地说："关于夏季分红的事，想向场长汇报。"但他看看我，不再往下说。颜哲催了一遍，他又看看我，神情更窘迫了。我太迟钝，这会儿才想到他是不愿意我在场，忙笑着说：

"你们谈公事，我该回去睡觉了。"

颜哲止住我，平静地说："老霍，在咱们的新农场里没有不能公开的事。以后你得改改过去的习惯。何况这是秋云，是我最信任的人，以后凡是可以对我说的话，如果我不在场，你都可以直接对秋云说。"

我知道他这番话，一半是对老霍说的，一半是让我听的。他这样看重我，让我很感动。老霍听他说得这样肯定，把心里的包袱放下了，难为情地对我解释：

"秋云你别怪我，是赖场长，不，赖安胜当场长时下的死命令，他说只要发现谁走漏了这个风声，一定叫他'不得好死'。现在场长既然已经换了，我当然不能瞒颜场长。"

颜哲听得一头雾水，问：

"什么秘密？你尽管大胆说。"

我刚才听过部叔叔的话，知道原委，替老霍说："就是场里老农们每月五元的生活补助。"

"这个补助，去年不是宣布取消了吗？赖安胜还在全场大会上赌咒发誓了呢。"

老霍苦着脸说："取消过两个月，后来又偷偷恢复了，连那俩月的也补发了。"

"噢——"

"还有……"老霍偷眼看看颜哲的表情，欲言又止。颜哲很平和地示意他说下去。"还有赖安胜的工资，是他给自己定的，每月25元。你知道的，第一任的胡场长是国家干部，工资是从县财政拨发的，不影响咱场的分红。胡场长和另外三个下放干部走后，农场里就只剩下我有工资。赖场长不是国家干部，他的工资只能从全场的分红中扣出来。"他又看看颜哲，小心地说，"当然，你从6月份当了场长后，这笔工资就该发给你。我只是请你指示，赖安胜当场长那段时间的工资还发不发？他的工资还有俩月没发。"

颜哲沉默一会儿，说："还有吗？"

"还有庄副场长的生活补助，原来没他的，因为那时的生活补助只给老农。后来，就是闹过那场风波之后，赖安胜也给他定了五元，和老农们一样待遇。"

"噢——老霍你先回去吧，我考虑一下明天给你答复。你做得很对，既然我当了场长，这些情况是该告诉我。"

老霍如释重负地走了。

如今腰包鼓胀的年轻人很难理解，仅仅每月五元的秘密补助会在知青中闹出一场大风波，但事实确实如此。这场风波是崔振山最先鼓弄出来的。去年秋收过后，有一天颜哲在我宿舍里闲聊，崔振山匆匆闯进来：

"颜哲我告诉你个惊人消息,原来咱农场的 18 个老农都有秘密补助,每月五元!"

"真的?你从哪儿得到的消息?"

"绝对可靠,我从理发员宋三德那儿诈出来的。"

他与宋三德住一个宿舍。昨晚他睡得早,屋里只有宋三德在哼曲剧。另一个老农老初进来,喊:

"三德,老霍喊你去领——"

三德忙咳嗽,指指里屋床上,老初立即噤口,出门走了。崔振山是何等精明的人,从这半句话里就猜到个八九不离十,也不睡了,坐起来,懒懒地说:

"三德你还给我搞地下党呢,你们那事我早知道了。"

三德硬撑着抵赖:"啥事你知道?"

"就是给老农们发钱的事!"

宋三德的心眼毕竟不如崔振山,忙央求道:"振山你咋知道的?可千万不能对外人传,胡场长和赖场长都下过严令的!"

"还用我往外传?好多知青都知道啦,俩月前就知道啦。人家说就是从你嘴里传出来的。"

"我啥时候外传过了?这不是冤枉人嘛。"

这么三诈两诈,他从三德那儿知道了所有情况。原来对老农的秘密补助从建场半年后就实行了,那时是头任场长老胡在位。建场时来了三十几位老农,没过半年就走了一半。走的都是从"河地"来的,河地即傍河的土地,一般来说河地的土地肥沃,农活相对轻一些,收入也相对高一些,所以河地的老农们都吃不了农场的苦。留下的都是岗地来的老农,也是人心不稳。因为知青农场底子薄,分红实在太低,甚至比农村都不如,但农活强度比农村更重。胡场长为了稳住人心,就定了这么一条秘密政策。

农场和农村一样,一年搞两次分红,即夏季预分红和秋季最终分红。去年夏季分红时,颜哲这样的知青棒劳力都拿的是负数。饭量小的女知青相对好些,但平均也只有二三十元钱。如果老农们每年能拿固定的 60 元,再加上两季分红，他们都是最高工分，所以分红普遍比知青高，总收入至少是知青的5倍。这个差别未免太悬殊了。尤其对于颜哲、王全忠、何子建这类挑大梁的知青角色，经过两年锻炼，他们在农活上已经与老农们不相上下。

初听这个消息，颜哲和我都很气愤。不光是金钱上的吃亏，而且这么着欺欺瞒瞒的，也不是一家人的味道。那时人们还不知道赖安胜的秘密工资，它相当于知青收入的十几倍。崔振山怂恿颜哲："咱们不能吃这个哑巴亏，老农的秘密补助从哪儿出？还不是咱知青的血汗！颜哲你威信高，说话分量重，这事你得挑头。"

我给颜哲使眼色，让他慎重。颜哲正陷于沉思，没有看到我的眼色。他考虑一会儿说：

"算啦，他们拿就拿吧。老农们家里扔一堆老老小小，不像咱们，一人吃饱全家不饿。算啦，每月五块钱，确实算不上多。"

其实，全场知青中颜哲在金钱上是最窘迫的。除了那笔不能动用的钱款外，他得不到家庭或亲戚们一分钱的接济。只有我给他一些，但我能给他的很有限，而且他还撑着男子汉的尊严，尽量不用"女人的钱"。下乡以来，颜哲已经把他的生活水平压到了最低线，没有在衣着被褥上花过一分钱。即使如此，也得买牙膏、肥皂这类必需品啊。这两年他算是尝够了"一分钱难倒英雄汉"的苦处，所以，连我也没想到他在这件事上如此豁达。

崔振山没想到颜哲是这个态度，有点急了："颜哲你咋这样稀屎？好多知青都说要找场里理论。庄学胥也说，他作为副场长根本不知道秘密补助这件事。他甚至说了狠话，说胡场长和赖场长太独裁。"

这番鼓动在颜哲这儿起了反作用，他冷冷地说："那就叫庄副场长出面呗。他甚至不用公开理论，在场部会议上提提就行了。"

"庄学胥说，由于他的身份，他不宜公开出面。他支持大家去提意见。"

颜哲站起来伸了一个懒腰，表示要送客了："那你去提呗，你提最合适。这个消息是你最先知道的，最有发言权。"

崔振山给呛得愣了一会儿，悻悻地走了。

崔振山没有说动颜哲，但他并没有止步。那几天他在场里到处传播这个消息，很快在知青中闷出一个大火堆。火堆在悄悄地阴燃着，只等一点儿小风就会燃成明火。那阵儿，平素相处基本融洽的老农和知青之间出现了很深的裂隙，别说崔振山、岑明霞这样的刻薄人了，就连林镜这样豁达开朗的知青，也会笑着挤兑老农们：

"你们得多干点活，你们每月有秘密津贴哩。"

老农们红着脸，不敢再管教知青们。

那阵儿我对古人说的一句话有了深刻理解：衣食足而知荣辱。记得三年困难时期，在初中的班级里也常常发生一些争吵，像"谁偷了我的红薯"啦，"谁盛饭时净捞稠的"啦。三年困难时期过去后，想想这些争吵都觉得脸红。但在当时，对于饿得前心贴后心的人来说，谁也不觉得它可笑。现在也是这样。每月五元——这个钱数确实不多，但它至少够买牙膏和肥皂，有烟瘾的人可以去买33盒一角五分钱一盒的大舞台香烟，足够打发一个月的烟瘾；黄瞎子可以去买一顶蚊帐，不用拿血肉之躯去喂蚊子了。所以，尽管颜哲和我都没参与进去，更不打算挑头，心里还是同情大伙儿的。

这时胡场长已经"解放"，调到公社任革委会副主任。如果胡场长还在，以他的手腕大概能把这场闷火消弭于未发之时。但赖安胜这块"青红砖"（北阴土话，指愣头青、莽撞、不会处事）却在火堆上浇了一瓢油。那天晚上他召开了全场大会，会上厉声说：

"有人在农场煽阴风点鬼火，这是阶级斗争的苗头！那些想整事的人，撒泡尿照照你自己！你是啥出身？家庭有没有问题？你们是来接受再教育的，竟敢反对贫下中农？"

知青们个个阴着脸。奇怪的是，老农们并没有趾高气扬，反倒个个心虚情怯，低着头，不大敢直视知青们。会场静得像座坟墓。散了会，颜哲的好友王全忠直接拐到会计室，找老霍借了一支毛笔、一瓶墨汁和几张纸。老霍太迟钝，啥也没问就给他了。此后大字报出来后，老霍为了这次"丧失阶级立场"，至少是"丧失革命警惕性"，又被赖安胜骂得狗血淋头。

会场上的沉默推延到了宿舍，老农和知青们都闷声不响地上床睡觉，只有王全忠没睡,坐在自个床上打腹稿。等颜哲拿煤油灯烤完臭虫,他要过煤油灯,趴在床上刷刷地写大字报。班长老肖看出苗头不对,在床上几次抬头看他,但一直没说话。颜哲下床,看了看已经写出来的大字报标题:

"同工不同酬,合理不合理?"

王全忠平素属于闷葫芦一类人,从不惹事的,在这次风波中也不是积极参与者。但泥人有土性儿,而且说不准啥时候发作。颜哲说:

"全忠你能不能听我一句劝?"

王全忠笑着说:"不行,箭在弦上。"

颜哲叹口气,没有再劝,钻到蚊帐里睡了。当然他没睡着,睁眼盯着蚊帐顶,直到那边写完大字报,熄了灯。

第二天这份大字报贴到食堂门口,全农场一下子炸了锅。赖安胜听说后赶紧跑来,他的文化水儿刚够看懂这份大字报,看后脸色青白。大字报的上纲上线比赖安胜昨晚的虚声恫吓有力得多,说这项秘密政策"破坏了社会主义按劳分配的基本原则,人为地挑起老农和知青的矛盾,直接破坏了党的知识青年上山下乡运动"。王全忠经过'文革'阵仗、办过红卫兵小报,搞这一套自然是牛刀小试,远非赖安胜能比。何况对老农的秘密补助本身就是不敢公之于天日的事,如果半捂半盖的,场长的权势还能起一些震慑作用。一旦公开,那些作用就完全失效。

知青们的情绪已经沸腾,显然是捂不住了。赖安胜这才知道要当场长,自己的手腕还远远不行,只能找老胡求救。他没有多停,立即到牛把式邰祥富那儿要了一匹马。农场没有任何交通工具,没有拖拉机,没有自行车。只有两匹马,是老邰的心尖尖,平时决不让人骑的。这会儿场长来要,不能不给,他心疼地追着赖安胜喊:

"赖场长你小心点,别跑得太快!"

赖安胜没有理他,甩一下马鞭,嘚嘚地离开农场到公社去了。

他在胡场长现在是胡主任那儿面领了机宜。下午回来,立即把所有老农召集到库房,紧闭房门开了半天会,连副场长庄学胥都没有让参加。老农开会时知青都没有下地干活,而是在场里漫无目的地闲转着,实际上都在盯着库房里的动静。农场上空聚着高能电荷,马上就会有一场电闪雷鸣。老农会结束后紧接着召开全场大会。老农们都沉默着,知青们则紧张地等待着,看赖安胜以及公社领导们对这张大字报会采取什么严厉处罚。我注意地看看王全忠,他脸色苍白,但努力保持镇静,就像一个殉道者。

赖安胜开始讲话了,谁也没有料到他这次是采取哀兵战略,肯定是胡主任为他支的招。平时他一讲话就是"东风吹战鼓擂"这类套话,但今天只是很平实地说:

"对老农的秘密补助是胡场长在位时定的,确实不合理,但这是没办法的办法。老农们响应党的号召,离开老婆孩子来这儿办农场。他们都愿意和知青们一块儿吃苦,一块儿不拿分红,但是老婆孩子咋办?"

下面的知青们开始嗡嗡起来,有人小声说:

"那我们咋办?知青就不是人?我们连顶蚊帐都买不起。"

赖安胜装着没有听见下面的议论,继续说:"这项补助只是暂时的,等农场办好了,每人都会像国家干部那样领工资,那时候肯定就没有秘密补助了。"

嗡嗡声更大了。谁都知道,他画的是一个空的大饼,永远吃不到嘴的。赖安胜的话风忽然急转直下:

"情况我都说清了,对老农的秘密补助是没办法的办法。现在知青们有意见也是合理的。胡主任托我向大家检查,感谢知青们尤其是王全忠同志的意见。我代表农场宣布,这项补助从今天起取消!大家还有意见没?没有就散会。"

他立即走了,老农们也紧跟着走了,剩下知青们还在你看我、我看你地发愣。他们积聚了十几天的劲头,忽然失去了受力的对象,简直有点儿闪腰岔气。不管怎么说这也算是一场胜利吧,知青兴高采烈了两天。但高兴劲儿很快就没了。这不奇怪,只用一个简单的算术就能说清。老农们的秘密补助取消了,但知青们并没有得到什么,最多只得到一点心理上的平衡。当然,年底分红时知青们将会多分一点,但也很有限。18个老农每年多拿的60元钱,平均分到86名场员头上,每人不足12元。能多12元当然是好事,但似乎也不值得为此欢欣鼓舞，何况到目前为止，这还只是画上的烧饼。

知青们很快忘了这场胜利，但老农们却绝不会忘记这场失败，因为他们的损失是实实在在的。每月少了五元，不啻割去一块儿心头肉。此后农场的风向变了。在这项秘密补助刚被捅出来时，老农对知青心虚情怯；现在风向则正好反过来，老农们个个脸色阴沉，眼睛中闷燃着怒火。

千夫所指的第一个对象当然是王全忠。一班长老肖是个好人，平素对知青们知疼知热的，但自此之后他总是阴着脸。他倒是没给王全忠穿小鞋，但不再理他。有一天晚上，干罢农活，我和老肖把牛牵到郜祥富那儿，三人站着聊了一会儿。这时王全忠从牛屋门口经过，老肖取下嘴里的旱烟袋指指他的背影，简短地说：

"这是个是非人。"

郜祥富点点头。

我和两个老农关系都很好，他们说话一点儿不避我。我想，以老肖和郜叔叔的为人，这恐怕是老农们之中对王全忠最厚道的评价了。那时我想到，人的"善"德，像正义感、公正等，都是有限度的，要看某件事是否触犯你的切身利益。

勒在王全忠脖子上的绞索缓慢地勒紧了。

颜哲对我分析，这段时间内的政治操作肯定是胡主任在遥控，因为赖安胜去公社的频次增多了，广播线路拨到电话档的时间也明显增多，甚至有时在官定的新闻联播时间里喇叭也不响，可能是赖安胜正同公社通话。而且——颜哲轻蔑地说：

"赖安胜是属驴的。凭他的能耐想不出这些高招。"

一个高招就是频繁召开老农联席会议，对"再教育过程中知青的表现"作出评议。颜哲和王全忠都对自己的智力比较自负，但这次该他们佩服胡主任了，因为这项评议完全符合政治方向，谁也不敢说它是老农对知青的报复。而且，这些评议是先从外围开始，评了崔振山、陈江、纪科这些参加过大字报风波又有些小毛病的人，至今没有触及王全忠本人。对知青的评议也相对公允，既指出被评议人下乡后的进步，也指出他们的不足，比如崔振山干活奸猾、拉梢时梢绳老是松垂、爱占小便宜、晒场时偷吃粮库中的芝麻，等等。这些缺点人所共知，只是没人把它摆到台面上。如今一摆出来，把崔振山弄得灰溜溜的，在人群中抬不起头来。

还有一个最高明的招数是，场里公开声明这些评议意见将保存到档案里，"如果将来对知青招工，它们将是重要的参考意见。"这是很罕见的，因为那时在公开层面一直强调"知青扎根农村"。虽然下边风传着马上就要开始招工，而且那也是知青最迫切的愿望，但在公开场合从来不会提它的。所以，这次罕见的公开声明立即在知青中激起极大的心理波动——也许咱们的盼望真的快要实现了？

王全忠在农场里成了孤家寡人，就像颜哲在"文革"前期被孤立那样。老农们不理他，知青们大都躲着他，包括当时曾怂恿他、曾把他当成英雄的人。只有颜哲对他一如既往，甚至比过去更亲密一些。吃饭时他总是和王全忠蹲在一块儿，边吃边笑嘻嘻地说着闲话。刷碗时喊上我：

"秋云，我和全忠推水车，你去刷碗。"

如果不是这样，王全忠恐怕连碗也刷不成，落到淋病患者陈秀宽的地步。

我看着这种情况，很为颜哲担心。他本来没有参与那次大字报风波，老农们也不恨他。现在他的表现好像是故意把火往自己身上引。但我也没办法劝他疏远王全忠，那样未免太猥琐太没义气了。我喜欢颜哲，不正是因为他身上的正气吗？我心情矛盾，只能悄悄地在一边观察着。

这种情景一直维持到秋季评工分。农场一年搞两次分红，同样也要评两次工分，分别是夏季分红前和秋季分红前。评工分历来是矛盾激化的时候，这点可以理解。但颜哲和王全忠根本不用操心，一班除了班长老肖是11分外，他俩是铁定的十分，没人会提出异议的。比如最重的"撂垛"或技术性强的"扬场"（利用风力把麦籽和麦壳分离），向来都是他俩搭档。

评分会开始了，评分会前老肖安排我到机磨坊值班，我后来知道他是有意不让我参加。会上情况我是后来听颜哲说的。会上先评老肖，老肖自报11分，没有异议。然后老肖提出评王全忠，非常奇怪的是，全班人都变哑了。

马三、小雷、黄瞎子，这些素来与颜哲和王全忠交好的知青都低着头，一句话不说。颜哲和王全忠互相看一眼，对大家的沉默相当寒心。不过此后颜哲和王全忠才知道是错怪他们了。会前赖安胜已经同一班所有知青谈过话，除了颜哲、王全忠以及没有与会的我，赖安胜威逼他们一定得把王全忠评成九分。少这一分，在分红时少不了几个钱，关键是要压压王全忠的气焰。但王全忠平时在知青中有威望，他的棒劳力又是有目共睹的。这会儿知青们保持沉默，实际是一种无言的反抗，是在良心和权势之间的折中。这样的沉默令王全忠难堪，实际上令会议主持人老肖更为难堪。

颜哲和王全忠那时不知道这些内情，对伙伴们的沉默非常寒心，也在这样的寒心中浓缩着心中的郁怒。过了很久，颜哲第一个说话了：

"我提一下吧，我建议王全忠评十分。"

王全忠接着说："我也自报十分。我这一年干活是啥样，大家都清楚，不用我多说。"

这时女知青徐杏芳发言了。她最近半年一直被抽到县里某个革命展览会上当解说员，比起知青生活那当然是个美差，吃得好，不用干体力活，每月还有少许补助。她刚从县里回来，就赶上了这次评工分会。徐杏芳笑着说：

"我有半年不在农场，对王全忠的劳动咋样没有发言权。不过我觉得刚才全忠的发言不大妥当，有点骄傲的苗头。咱们是来接受贫下中农再教育的，一定要严格要求自己，可不能认为自己已经改造得差不多了。我说的可能不对，仅供全忠参考。"

颜哲不是傻子，这时已经完全摸到了会议的脉搏。他知道徐杏芳这离题万里的发言实际是非常聪明的，既不涉及实质问题，又好歹向赖安胜交了差。对于徐杏芳来说，不说以后的招工了，仅仅为了保证目前的美差能干下去，她也不敢得罪赖场长。颜哲觉得心中发凉，怜悯、厌恶、激愤兼而有之。他不客气地打断徐杏芳的发言：

"今天是评工分，按社会主义分配原则，工分只和劳动者本人的劳动有关，不要扯远了。杏芳你说不了解情况那就别说话，让了解情况的人说吧。"

徐杏芳脸红了，不再说话。其他人则把嘴巴闭得更紧。老肖十分难堪和恼怒，使出了最后一个杀手锏：

"今天的会开不成了。咱班能人太多，我拙口笨舌的，管不住。赖场长放话了，要是一班的工分评不成，就拿到贫下中农评议会上去评。散会！"

第二天的老农评议会上评出了一班十个人的工分，其他人大致都比较公平，仅王全忠和颜哲被降了一分。郜叔叔后来非常惋惜地对我说，颜哲这娃儿太可惜，原来老农们只想整整王全忠，谁也没打算整颜哲，他是自己硬往枪口上撞。这一分对颜哲秋季分红的影响是：从略略的节余变成略略的负数，倒欠农场两元三角钱。颜哲绝不是看重钱财的人，但非常看重这一分。在之后好长时间里，他甚至表现得比王全忠更为郁怒。老农们都看出火色，没一个人敢惹他，连赖安胜也不敢撩拨他。

这次评工分当然不能解决老农和知青们之间的矛盾，反倒激化了它。现在，至少说硬顶着和赖安胜干的人，已经由一个人变成了两个人。其他知青虽然不敢公开参与，但这两个人的潜势力是不容低估的。

这场闷火又开始闷起来，只看哪天一阵小风让它变成明火。颜哲不大和我幽会了，我知道他是怕影响我。其实我已经看出来，自从颜哲主动跳进这个火坑后，老农们，包括老肖班长，对我的态度已经有了微妙的转变，至少在我面前说话不像以前随便。颜哲现在老和王全忠窝在一起，悄悄讨论着局势可能如何发展，他们如何应对。几天后，在一次全场政治学习会上，王全忠突然站起来说：

"听说最近有人在附近农村私自买粮，这是破坏统购统销政策的错误行为。希望场里查一查，查证后的结果给大家一个交代。"他笑着补充，"这算不上多大错误，但身为领导干部更得严格要求自己。"

全场愕然。谁都知道他指的是谁——公社胡主任。他家在县城，粮食不够吃，再加上工资较高，有余力买一些粮食，前几天刚托赖安胜买过一袋麦子。县城里的干部到农村悄悄买点粮食，这是公开的秘密，但这种事没人追究就不算事，有人追究就不好办，因为粮食统购统销政策确实摆在那儿。赖安胜愣了，他知道王全忠提的这件"错误"本身不算啥，查到底也不过写一份检查了事。关键是这姓王的家伙，以及他身边的颜哲，是在借这个由头向他公开挑战，表明他们绝不向压力低头。

那晚各屋墙上的喇叭又不响了，肯定是赖安胜和胡主任通了一个长长的电话。不久，公社胡主任捎来话，点名让颜哲去公社见他。这个消息非常令人意外。老胡已经是公社革委会副主任，又不主管知青工作，在这种情况下，他一般不会和知青们直接打交道。颜哲考虑了很久，临走找到王全忠说：

"你放心，我不会听他的离间。"

王全忠憨厚地笑着，拍了拍他的肩膀。

颜哲以为胡主任是想离间他和王全忠的关系，以便对王全忠作出更严厉的处罚，所以他去时做好了最坏的准备，有点风萧萧兮易水寒的悲壮。胡主任正在办公室同人谈话，见他来了，做手势让他坐下，示意他稍等。办公室比较大，家具都比较旧，只有一个漂亮的竹圈椅和墙上的全国地图及世界地图，显出这儿比农场场长办公室高一个档次。胡主任是部队下来的15级干部，"文革"前一直抓农村工作，"文革"后因站错队被下放到农场。他个子不高，很粗壮，满脸连鬓胡，长相活脱是《水浒传》中的鲁智深。据说他在农村工作时，凡是到一个新地方，首先得打听出一个好剃头匠，因为差一点的剃头刀对付不了他的胡子。在农场时他待人很温和。听说颜哲怕臭虫，还特意把自己的狗皮褥子给颜哲用，因为据说它能驱赶臭虫，可惜这个秘方并不见效。不过，虽然他为人温言温语，在农场却极有煞气，赖安胜就很怕他，崔振山等捣蛋鬼也从不敢在他面前夯翅。

屋里的客人走了，胡主任起身为他倒了一杯茶，开口就问：

"颜哲，听说老农们给你评了九分，你很不服，是不是？"

颜哲没想到胡主任会直接提出这个话题，愣了一下，直率地说："不服。"

"我也不服。我告诉你，都是赖安胜那个驴种把事情搞糟了，事情走到这一步，不是你想看到的，也不是我想看到的。我知道你开始并不支持王全忠写大字报，对不对？今天我找你来，是想对你开诚布公地说说心里话，你有啥话也别藏着掖着，行不行？"

颜哲警惕地看看这位前任场长，他对老胡的手腕是十分了解的。他点点头说："行。"

老胡娓娓地讲了很久，先讲了他当时实行老农秘密补助的不得已，"我知道知青也困难，但知青没有家小，再说多少能得到家里一些接济。还有一句本不该说的话：你们在农村毕竟是暂时的，受两年三年苦就会回城，可老农们在这儿是一辈子！你说，我给老农们发那么一点补助，算不算过分？"

这番实打实的话让颜哲心服口服，点点头："不算。其实崔振山最先找我鼓动这事时，我就是这样说的。"

"多谢你啦，在知青中能听到这样公允的评价，我很高兴。甚至王全忠也不是非要写大字报不可，要是赖安胜当时找你们交交心，把我刚才这番话讲透，相信全忠会通情达理的，对不对？"他重复道，"可惜那是个属驴的，只会施用高压，把事情办糟了。"

"对，王全忠是一时冲动，泥人发土性儿。"

"但你们这样一搞，也把我们逼到绝路上了。尤其是18个老农，你们砸了他们的饭碗，他们能不恨你们？这次给王全忠降工分，实际上是有意让老农出出气，等王全忠的九分报到场里后，场里再恢复成十分，这样两边都摆平了。没想到你又跳了出来！这下子，不光他，连你也受到牵连，因为当时老农们群情激愤，已经不是我们所能控制的了。"

颜哲没想到事情的真相是这样，仔细揣摸，胡主任说得合情合理，应该不是谎话。他不服气地说：

"恐怕你没有考虑到我的激愤，那也是完全合理的。"

胡主任大笑："对，对，我承认这一点。我这次的失误也恰在这一点上：没有考虑到你和王全忠的合理反应。事情走到这一步，咱们该想办法让它回到正常状态上。否则，你恐怕也不愿意出现那样的情况：等真正开始招工时，18个老农都对你俩投反对票。我说的对不对？"

颜哲不禁悚然。胡主任虽然是在威胁他，但他的威胁确系真情，一点儿都没夸大。胡主任看出了他的松动，亲切地说：

"那咱们就想法子挽救吧。你们的九分工分已经成事实，就不说它了，相信你俩也不会看重少到手的块儿八角钱。至于咋样消解老农的怨气，还得你们主动一点。回去劝劝王全忠，主动在大会上做个检查，给老农们搭个台阶下。我以人格担保，这不会记入你们的档案，不会影响你们招工。"他笑着说，"要是那个属驴的敢给你们穿小鞋，你们尽管找我。即使我不在公社了，你们也可以到县里去找我。赖安胜还不敢不重视我的意见。"

他实际透露出他马上要提升到县里去。此后不久，他真的被升职为抓生产的县革委会副主任。

颜哲犹豫着。他无权代好朋友决定，来为并不存在的错误做检查。从情理上说错在赖安胜这边，不该把板子打到没犯错的一方。但如果考虑到政治现实，胡主任的方法又是最可行的。胡主任显然知道他的思路，诚恳地说：

"希望你做做王全忠的工作，即使那件事上他并没有错，但大丈夫能屈能伸，口头上认个错也不是大不了的事。看问题要着眼于大势，不要当书呆子。再说句不该说的话，你们的大势就是和老农们搞好关系，争取早点招工，而不是二三十块钱分红！颜哲，你要是认为这个姓胡的老家伙今天说的是心里话，说得有道理，是为你们好也是为农场好，不是跟你搞阴谋，你就按我说的办。"

颜哲想通了，真心地说："我回去劝他。谢谢你胡主任，你是个好人。"

"好人！这是我听到的最高赞赏了。谢谢你颜哲，你也是好人。其实我十分器重你，我历来认为，知青中将来能成大事的，你是第一人选。"

颜哲非常感激他的评价，同胡主任握手告别。回场后他把所有情况如实向王全忠做了转述，王全忠听后沉思了一会儿：

"我承认老胡说得在理，咱这么个小人物，就是低低头有啥了不起。其实，如果老胡早点找你，或直接找我，把这些话兜底说透，他就不用费心费力地搞那些权术了。"

颜哲笑了，知道他说的"权术"是指啥——是指前两个月在两人脖子上越勒越紧的绞索。有一段时间，他俩真以为老胡是存心想把两人勒死呢。他说：

"这你就是书呆子了。如果老胡不那样做，他就不是老胡了。他肯定先要打一打，让咱们知道水深火热；然后再哄一哄，让咱们顺着他指的路走出火坑。这才是政治场上的高手。不过说真的，我觉得从他内心讲不是一个爱整人的人，他整人只是为了自己始终能掌控大局，是手段而不是目的。从这个角度说，我认为他算是一个好人。"

王全忠对他的分析不停地点头，爽快地说：

"没关系，我去做一个检查。不过——"他沉吟着说，"他的'好人'也有限度吧。比如赖安胜对女知青干的那些混账事，他是不是听说过？以他的精明，不会听不到一点风声吧。但他却装聋作哑息事宁人，这恐怕算不上好人。"

颜哲想想，叹息一声表示同意。

不久王全忠在全场大会上做了一个公开检查，从此农场又回到往日的正常轨道上。老农和知青之间剑拔弩张的关系很快缓和了，甚至老肖对颜哲和王全忠比以前更好。颜哲和王全忠自然不会记仇，努力改善了同班长的关系。不过，只是在这次老霍泄密后颜哲才知道，老农们态度转化最重要的原因是：秘密津贴又秘密恢复了。既然钱已经到手，而且明知知青们是吃亏了，所以那些心地不脱忠厚的老农们，像老肖、老初和郜祥富，又恢复了往日对知青的歉疚心理。

但有一点恐怕是精于谋略的老胡没有估计到的，那就是赖安胜在经历了这场虚惊后又恢复了往日的跋扈，甚至比往日更甚。因为他至少知道了两点：一，对回城的渴望是知青们普遍的软肋；二，以后再没人敢用大字报对付他了。

老霍走后，颜哲一直沉吟着。他也问过我，全场的工分体系该咋样调整，我说了一些不成熟的意见。但依我看，我的意见对他没有啥影响。在问我的那一刻，他的意见实际已经成熟了。

第二天他召开了全场大会。这次是在晒麦场，高高的麦秸垛在夜幕下如黑色的剪影，秋风拂面，一轮新月照耀着80多个男女新人。颜哲站在人群的中间，平静地说：

"快到秋季分红了，上届场领导班子曾定过几项分红政策，当时对大家保密。但现在咱们已经是新农场了。我向大家承诺过，在新农场里不会有任何不敢上台面的东西。我请会计老霍把那些政策对大家讲一下，它是不是合理，以后咱们采用不采用，完全听大家的意见。现在请老霍讲。"

这当然是个极富爆炸性的议题，但农场今非昔比了，台下的听众都保持着沉静的笑容，等着老霍上台。老霍则是惊骇欲绝的模样，嘴巴张得老大，用不可思议的眼光盯着颜哲。颜哲催他上台，他的双腿抖索着，几乎迈不成步。他总算上来了，仍是那么惊骇地、期盼地盯着颜哲，显然是企盼颜哲在最后一刻改变主意。他的这种表情和众人相比，反差未免太大，我心中很深的地方又跳了一下，再次感觉到了某种异常。但究竟是啥异常，我还说不清。

颜哲平和地说："老霍你说吧。"

老霍哀求地说："颜场长……"

"你尽管大胆讲，有责任我来担。"

"颜场长……"

虽然场长一再放话，老霍仍不敢说，他知道那些秘密政策只要一公布，肯定要惹出大祸，而且话只要说出口就再也收不回来了。所以，尽管他一向对上级惟命是从，这会儿却出奇地执拗。我心中那点"异常"又跳了一下，比上次跳得更猛了一点儿。颜哲也没料到老霍会这样"顽固"，脸色沉下来，在语气中加大了分量：

"老霍！"

老霍脸色惨白，不敢再抵抗了，嗫嚅很久才把那些政策说清。其实总括起来说只是三条：

老农的秘密补助一直没取消，早就秘密恢复了；

赖安胜给自己也定了每月25元的秘密工资；

从大字报事件平息之后，庄学胥副场长也享受老农的待遇，即每月有五元的秘密津贴。

老霍说完后几乎不敢看台下的反应。这曾是老农和知青心中的伤口，现在被他把痂皮狠狠地揭开，又撒了一把盐。但台下的反应却出乎他的意料。人人都保持着沉静的笑容，似乎他们听见的是第三者的事。

颜哲说："老霍已经把这些政策说清，你可以下去了。现在大家讨论以后该咋办，我完全听大伙儿的。"

会场上稍微顿了一下，立即有人发言。老肖先站起来说：

"我说点意见。老农们拿这些补助不合理，该取消。以后我们还是吃我的 11 分工分，心里踏实。其实在这个会前我们都拿定了主意，老霍一直催我们领这俩月的补助，没一个老农去领。"他说完坐下了，又站起来补充一句，"从前我私心重，在心里记恨王全忠，还报复他，给他少评了一分工分。这事是我不对，我给全忠赔不是。那次给颜场长也少评了一分，那就更不对了，颜场长我也给你赔不是。"

王全忠马上站起来说："要说那时我也有错处，没考虑老农们的实际情况。老农有家小，确实比知青更困难。以后还按那个数目补助吧，我没意见。"

崔振山也说："我也同意给老农补助。还有，我过去干活偷奸耍滑——我现在干活是实打实的，可过去耍滑——上次给我评了八分，太高了，我请求降一分。"

大家争着发言，所有发言都是同样的无私。虽然明知道这是蚁素在起作用，我仍然非常感动：如果农场能永远保持这样的君子国，那该多好！赖安胜站起来几次，都没抢过话头，这会儿终于轮上他说话了。

"赖安胜给自己定了 25 元的固定工资，这事做得很不要脸。"他用第三者的口吻说，"他又不是国家干部，国家财政不给钱，领这些工资岂不是占大家的便宜？应该取消，一定得取消。"说到这儿他恢复了第一人称，"以后我就吃自己的工分，我是 11 分棒劳力，这样才光荣。"

庄学胥也站起来，可能是受赖安胜的影响，他也使用第三人称："庄学胥拿补助也是很不要脸的。他又不是老农，而且还怂恿过知青们闹事，自己却偷偷争来这份补助，太卑鄙了。不过那都是过去的事了，不说它了。但这份补助肯定应该取消，以后我只吃自己的工分。"

郜祥富说："我提一条，大家看对不对。赖安胜说他不要那份工资了，咱们就依了他的心愿吧。如今颜场长是场长，该把这份工资转给他。他为这个农场操了多大心，咱们都看得见。对不对？"

我有些吃惊，觉得这个意见有点太"那个"。如果是在喷蚁素之前，如果这番话出自别人的口,我会认为这人是个超级马屁精。但郜祥富说这些显然出于十二分的真诚。我看看颜哲,他显然也愣了一下。这时孙小小抢着说:

"还有秋云姐!她一直在帮颜哲哥管咱们,别看她不是副场长,比副场长都操心。我建议也给秋云姐定一份工资,就20元吧。"

庄学胥立即表示同意,还有几个知青和老农也赞同,把我弄得十分尴尬。颜哲看看我,知道不说话不行了:

"我刚才说过,对全场咋分红,我完全听大伙儿的意见。至于对我本人,那你们得尊重我的意见。我决不会要这份工资,你们不必劝,劝也不行。我还可以代秋云表态,她也绝不会要。不光如此,大家都知道最近我干的农活很少,只是些零碎的木工活。"他苦笑道,"不是我不想干,是大家不让我干。既然这样,那我就拿最低的工分得了。我只要六分。"

这番话激起一阵骚动,大伙儿很感动,但也坚决不同意:哪能让他们心目中的神拿全场最低的工分?在一片喧嚷中,王全忠突然站起来说:

"咱们不必为颜场长的工分争了。我提个建议:咱们为啥非要评工分?干脆不评得了!分红就按人头均分,再弄一笔公益金放到一个钱箱里,不上锁,谁的需要大,像家庭困难的老农或知青,就自己去拿点,我想谁都不会有意见。比如说,黄瞎子就可以拿几块钱给自己买一顶蚊帐,陈秀宽可以拿几十块钱给自己治淋病。"他说完了,但是意犹未尽,想了想又补充道,"颜场长和我是好朋友,在上高中时就给我讲过许多动物中的知识。自然界中所有社会性昆虫,如蚂蚁、蜜蜂等,都没有任何社会内耗。你见过蚂蚁评工分吗?没有。但它们没一个偷懒的。终不成咱们人类连蚂蚁都不如!?"

这个意见把大伙儿都震住了,尤其是最后一句反问可以说是重如千钧!这是一个完全崭新的思路,彻底打破了旧的模式。会场静止片刻后人们纷纷同意:"对!不用评工分!按人头均分,谁需要谁就多拿点。这个方法最省事,也最公平。终不成咱们不如虫蚁!"他们甚至互相取笑:"咱们真傻,光想着工分公平不公平,咋就想不到干脆把它取消呢,还是念过书的娃儿们脑子灵。"

颜哲看着王全忠,刹那间热泪盈眶!这是他一生的追求,现在终于在另一个人嘴里听到了。他不想让大家看到他的失态，强忍着没有让眼泪掉下来。不过，他继续讲话时，我听出来他的声音沙哑，显然是在努力压制内心的激动。他说：

"大家还有没有别的意见？有没有？如果没有，这就是咱们的决议。老霍，就按这个意见做账吧。只用记总收入和农场同外边的财务往来，内部分红在提出一笔公益金后按人头均分。"

在全场的欢乐中，只有老霍一个人的表现太煞风景。他听着大伙儿的意见和颜场长的决定，不敢反对，但下意识地一个劲儿摇头。颜哲有些不高兴，但没有发作，宣布了散会，说老霍你可以回去重新做账了。老霍拖延着不想走，显然是想来一次犯颜直谏，但他的勇气毕竟不够。犹豫了一会儿，最终摇着头，唉声叹气地走了。

人们搬着各人的小板凳散回各宿舍，一路上笑声不断。不少人夸王全忠的意见好，说出了大家的心里话，夸得他都有点害臊了。我随颜哲回场长室，他的两眼闪着奇异的光彩，多少年来，这是我见过的他最兴奋的一次，我也为他高兴。他说：

"秋云，有了今天的成功，我想我父母可以在九泉之下安息了。"

我似笑非笑地看着他。他看出了我的异常，奇怪地问："咋啦？你有啥话？"

我仍是笑，在他一再催促下才说："我也为今天的成功高兴。不过，你的洞察力今天可不怎么管用，难道你今天没看出啥异常？"

他努力思索，最终只是茫然摇头。我提示他："老霍。"

"老霍？他今天的表现确实有些煞风景，但我不知道你说的异常是啥。老霍这人过去被赖安胜吓破苦胆了，你看他今天的样子，简直不像是喷了蚁素的……"他忽然顿住，睁大眼睛说，"蚁素！他没喷蚁素？咱们忘记对他喷蚁素了，是不是？"

我放声大笑："没错！所以——他的表现一点儿也不奇怪，你不必为此懊恼的，并不是蚁素在他身上无效。"

刚才我已经仔细回忆过，在对全场人喷蚁素那天，我确实忘了通知老霍来开会。这个疏忽也难怪，他平素活得像只土拨鼠，大家从心理上都不把他当成农场的一分子。不光是这次，其后农场遭遇洪水时，我们组织对全场人的抢救，竟然再次把他给忘了，几乎让他送命。这是后话。

这个消息让颜哲更为兴奋。刚才老霍的异常表现曾让他感到"完美中的缺憾"，现在他的心里明朗了，原来并不是蚁素的质量问题，而是工作上的一个小疏忽！说来我很同情老霍，不算我和颜哲，他是未喷蚁素的唯一"旧人"，这些天他独自生活在新的农场中，难道他就没有发现周围人的变化？没有感到同群体格格不入？生活在格格不入的群体中，也太难为他了。我想对颜哲建议，干脆不对老霍补喷蚁素了，让一群新人中夹带着这么一个旧人，也许能观察到许多有趣的现象，至少可以看看大家能否把他感化过来吧。不过我没把这个意见说出来，颜哲是个完美主义者，他不会在新农场中留下这么一块死角的。

颜哲立即带上那一小筒蚁素，和我到会计室。老霍正趴在桌子上，苦着脸，对着账本发愁。不是发愁改账的工作量，而是担心颜哲这个非常异端的决定在农场执行不下去，最终还得走回头路。那他这个当会计的就费老鼻子的劲了。看见颜哲急匆匆进来，他脸上现出喜色，大概认为颜哲改变了主意，或者刚才公开宣布的那个决定只是个幌子。当然他的猜想错了，颜哲只是问他：

"老霍，上次为全场人喷了疫苗，预防虎拉热的，是不是把你漏了？"

"虎拉热疫苗？不知道，我没听说，也没喷过。"

"没关系，这会儿就给你补喷。"他语意双关地说，"喷了之后，你就会融入农场的人群中了。"

颜哲给他喷了蚁素。等到白雾散去，老霍的苦脸变成我们已经见惯的沉静笑容之后，颜哲再次问他，今天会上决定的分红方案有没有不妥之处。老霍这会儿的看法完全变了，微笑着，衷心地说：

"没有。农场现在已经成了君子国，哪里还需要评工分。"他轻松地笑着，"我巴不得这样呢，这样子会计就省事了。兴许以后根本不需要会计也说不定，蚂蚁社会中就没有会计嘛。"

颜哲放声大笑："你说的对，对极了！咱们的社会成功后，很多职业都会消亡的，像警察啦，士兵啦，律师啦，官员啦，大门守卫啦，出纳啦。以后社会里将只剩下直接从事劳动的职业。不过你不用担心，即使不需要会计，你也不会挨饿的。"

我们高兴地从会计室出来，在叉道口分手时，颜哲让我喊王全忠来场长室一趟。后来我再次来到场长室时，两人正促膝而谈。颜哲和王全忠是多年朋友，而男人的友情是男女之间的恋情不能替代的。有时我们三人在一块儿闲聊，偶尔话题会滑到不该我参与的方向上，比如男人之间的荤笑话，比如过于艰涩的哲理思考，这时他们会不约而同地停顿，相视一笑，心照不宣地拉回话题，那种男人之间的默契简直让我嫉妒。不过，在喷了蚁素之后，这种相契多少变味儿了。场员们对颜哲都是带着敬意和惧意的仰视，王全忠多少与他们不同，是亲切的仰视——反正仍是仰视。今天的谈话中颜哲仍像过去那样拍着朋友的肩膀，不过少了往常的亲昵，倒更像是神甫为教民赐福。颜哲亲切地说：

"全忠谢谢你今天的发言。那正是我的想法，我还担心过于激进，大伙儿不能接受呢。没想到你率先提出来了，而且大家也赞成。"

全忠笑着说："我能提出这个方法，其实还是受你的潜移默化，你对我讲过许多蚂蚁社会的知识。"

"依你估计，这两个方法，即不要工分和公益金自由取用，能实行下去吗？"

"能。只要你领着我们。"

这个有条件的肯定恰好戳着颜哲的痛处。他沉吟片刻问："如果我离开这儿呢？"

他这个问题只是纯粹的假设，但王全忠认真了。"你离开？"他认真地思考一会儿，问，"那秋云呢？"

颜哲苦笑着看看我，说："反正是假设，就假设她也离开吧。"

"那肯定不行！少了你俩，这个新农场肯定会立即崩溃的。"

王全忠异常担忧，看看他，看看我，那神情就像是一个小孩听到妈妈说

"我不要你了"。颜哲沉默一会儿，笑着宽他的心：

"放心吧，我和秋云都不会离开的，倒是你有可能。给你吹个风吧，县纺纱厂的招工已经开始操办了，你在农场的推荐名单上。"

全忠眼中闪过一波光亮。那是世俗的诱惑在闪光，它甚至穿透了蚁素的遮蔽而显现出来。回城，拿工资，和爹妈生活在一块儿，过一种相对来说正常的生活，哪个知青不渴望呢。不过这种诱惑一闪而逝，他毫不犹豫地说：

"我不走。我要跟着你留在新农场。"

颜哲很感动，默默拥抱了他，送他出门。

# 第十二章 招 工

头天上午下了一阵暴雨,大伙儿不能出工,都到库房去搓玉米。我在粉房干活,头顶的喇叭嘶嘶地响了:

"知青农场听着,让赖场长把喇叭档换成电话档,县知青办有重要电话。另外,公社知青办魏主任是不是在你们那儿?让他也去接电话。"

不用说,这个电话肯定和招工有关。招工是知青农场最为敏感的事情,如果是在过去,单只这个没头没尾的电话就足以搅得农场骚动不安。但现在不同了,我注意观察各个屋子,他们都听见了电话,但保持着平静。我立即赶到场长室。赖安胜在田里干活没有来,老魏叔和颜哲在这儿,已经把喇叭档换到电话档,正在接听县知青办的电话。果然是风传已久的县纺纱厂的招工,现在终于开始实际操作了。这次分到农场的招工名额不少,八个人。县知青办通知招工对象做好准备,几天后到县医院去体检。

名单中没有岑明霞,这也从侧面证实了孙小小那晚说的情况。名单中有我,这我早知道了,是郜叔叔给透的信,那还是没喷蚁素之前的事。名单上还有王全忠,这点儿比较出乎意料。老魏叔实打实地说:

"据我所知,第一榜名单上没他,按胡主任的意思把他加上了。一是表示确实不给他穿小鞋,再者也想把他早点儿送走,省得和颜哲搅在一块儿,不定又闹出一个大字报事件。"

这确实是胡主任行事的风格,所以我们都信服老魏的话。

但今天的老魏所能起的作用,也只限于介绍情况了。他笑眯眯地说:"情况我介绍清楚了,该咋办,颜场长你定吧。"然后心情轻松地离开。颜哲问我:

"名单中有你,你啥意见?"

我叹息一声:"要说招工对我没诱惑是假的,我盼了多长时间了,更不用说我爹妈和大姐那边,简直是盼星星盼月亮。不过,第一我不想把你一个人留在这儿,第二不想离开这个新农场。我早就决定了:不走。"

颜哲很感动地吻吻我,没有多说。晚上他又征求了全忠及其他几个被推荐人的意见后,对我说:"秋云我已经决定了,农场放弃这次招工,一个也不走。"

我犹豫着,没有表示赞同。颜哲用锐利的目光扫我一眼,平和地说:"秋云你有啥看法尽管直说。"我说:

"我知道,咱们的新农场刚刚开始,为了保证这个实验社会的成功,最好不让场员们过早离散。但招工毕竟是影响知青一辈子的大事,我不忍心代他们作出走与不走的决定。当然,你已经征求过他们的意见,他们都表示不会离开农场。但你也知道,这是在蚁素控制之下的意愿,与他们原来的意愿不一定吻合。他们与我不同,我是在清醒状态下作出的决定,也愿意承受由此带来的损失。他们不同啊!"

我在说这些意见时,颜哲明显地不快,甚至可以说是不满。我看着他冷淡的眼神,心中抖了一下。我知道,俩人之间曾经出现过的"根本性的看法分歧"这会儿又来作怪了。我勉强地笑着说:

"颜哲,看来你不同意我的意见。有啥你也直说,不要顾忌我的面子。"

颜哲坦率地说:"秋云,不要怪我说话直。我想问你,你是不是真心相信和喜欢咱们的利他主义小社会?"

这句锋利的诘问让我有倒噎一口气的感觉,没办法回答。颜哲毫不留情地说下去:

"你一定说你相信它,喜欢它。但这确实是你意识最深处的想法吗?你心眼很好,尽心尽意为知青们着想,不想耽误他们的一生。但什么才是真正对他们好?那就是把他们留在新农场里,留在这个纯洁透明的地方,免受社会的毒害。这样的一生才是最幸福的!至于什么招工、拿工资、庸庸碌碌的小市民生活,都是不值一顾的垃圾。秋云你不能这样,身子坐到我的——咱们的——新船上,心却留在旧码头。"

我哑口无言。他说得非常有理，不承认他的话，实际就是否定了我们俩一直追求的理想。我那些从"感性"上说很有道理的想法，在他理性主义的尖矛下不堪一击。屋里空气很闷，是暴雨前的低气压，外面的夜幕上阴云浓重，看来又该是一场暴雨了。我无奈地说：

"你说的有道理，就按你的意见办吧。我该回屋睡觉了。"

刚刚睡下，果然又来了一场暴雨。那场雨真大，满世界都是哗哗的雨声。焦脆的炸雷就在房顶上炸响。我刚刚入睡，忽然听见风雨声中有人在高声呼喊。声音非常急迫，非常惊惧，喊话人显然处于生死关头。我从床上跳下来，没有穿外衣就直接披上雨衣，赤着脚，拉开房门。

站在门外，那个声音更清晰了一些。我仔细倾听着，似乎是在喊我的名字！仔细听，确实是在喊我，声音在雷声的间隙中时断时续，就像是从另一个世界传来的：

"秋云——你大姐——是你大姐——"

我不敢相信自己的耳朵。大姐？家在45里地外的县城里的大姐，在这么个焦雷闪电的夜里来找我？但不管是不是，我已经开始往那个方向跑了。天黑得伸手不辨五指，我只能扶着墙走，或摸着路边的树走。喀嚓嚓一个焦雷，闪电撕破天幕，农场的房屋和树木都定格在一闪即逝的青白色强光中；闪电迅即熄灭，一切沉埋于黑暗之中。我跌跌撞撞地走近护场沟，那个声音越来越清晰。没错，肯定是大姐在喊我。但就在这时，声音忽然不响了，我的心猛地揪紧，莫非她出了意外？我加快步伐往前赶，走上砖桥时，桥另一端冒出两个身影，一人扶着另一人，歪歪斜斜地走过来。又是一道青白色的闪电，我看清了，是颜哲扶着我大姐。看见我，颜哲大声说：

"你——扶——大姐走，她——自行车——沟那边。"

我从他手里接过大姐，感觉到她的手冰凉，身上在发抖。我们走上砖桥，大姐停下来，用力跺一跺桥面，好像不相信它真的在脚下。她苦笑着在我耳边说：

"邪了！我在这道护场沟边来来回回找了20多趟，硬是找不到这座桥！"

前边手电光闪亮着,有人迎过来。大姐透过雨幕看看,惊奇地说:"呀,惊动了这么多人,怕是有三四十个吧。"

一大群人迎上我,簇拥着我们俩回屋,挤在门外笑嘻嘻地看大姐。颜哲把自行车扛回来了,靠在门外,大声说:"咱们都走吧,秋云你快给大姐擦擦身子,换上干衣服!"

冬梅和月琴关上门,帮着大姐脱下湿衣,擦干身子。我捧来一套干衣服。大姐换了衣服,裹在被窝里,这才长舒一口气。她惊魂未定,面色苍白,嗓子接近失音,嘶嘶地说:

"我的妈呀,总算活着到农场了。下午一点多就上路,硬是折腾到现在!刚才把我吓死了,越紧张越找不到桥。那样一座明显的桥咋就找不到呢,这是俗话说的鬼打墙吧。"

她是今天中午决定来看我的。头晌刚下过一场雨,而且阴云浓重,可能还有一场大雨。大姐犹豫着不敢来,但她有急事要找我,这件事又是不能在电话上说的。最后一咬牙,骑车来了。

从县城到农场45里,前25里是县级公路,虽然有些积水,不影响骑行。后20里是土路,岗地的上浸土透水性差,下雨便成一泡脓。大姐骑了不久,车轮和泥瓦之间就被泥巴塞死了,一步也骑不成。她只好扛着走。但这辆车是加重飞鹰牌,她扛了一小段,再也扛不动了。大姐只好央求过路的牛车,想搭一段路。但这会儿回程的牛车都是重载,在泥路上行驶本来就够艰难了,也不想让泥水淋淋的自行车放到货物上去,所以尽管她"大叔大爷"地说好话,几辆牛车仍是扬长而去。这会儿说起来她仍是心有余悸:

"秋云你不知道,那会儿真是叫天不应,叫地不灵啊。"

好在最后碰见一个好心人,见她一个娘儿们实在艰难,就停下车,把车上的货物收拾一下,腾出个位置,又帮她把自行车弄上去,让她坐在车辕上,大姐千恩万谢。车老板听说她是去知青农场看妹妹,夸她:

"你这个姐当得像个姐,雷雨天跑这么远来看她,比去庙里进香还心诚。那个知青农场我知道,人少地多,农活重,吃得差,好多抽到农场的老农都吃不了那个苦,跑了。娃儿们苦哇。"

离农场还有五六里路时两人要分道了，那会儿天已经擦擦黑，车老板好心地说："别看剩这五六里路，你也难走。要不先到俺村住下，明儿个再去。"大姐急着赶路，谢绝了他的好意。她找了一根比较硬的细树枝，推着车走，走一会儿捅捅自行车泥瓦里塞的泥巴，就这么艰难地推到农场的护场沟边。她来过两趟知青农场，知道进农场必要经过一道砖桥，但这时天已经黑定，又赶上一场暴雨。在风雨和夜色中，她无论如何也找不到那道砖桥了。

她这时才想起来，问我："噢对了，刚才接我的是不是颜哲？天太黑，我没看清。"

"就是他。这家伙耳朵倒尖，比我听见的还早。颜哲住的场长室在后排，比我们远得多，不知道他咋能第一个听见。"

"心有灵犀嘛，我是谁的大姐？他敢听不见。"

我心里很欣慰，大姐肯这样开玩笑，说明她对颜哲的态度变了。颜哲这次没白出力，吃小亏占大便宜，有粉搽到脸上了。冬梅和月琴只是笑。如果是往日，她们早接上大姐的话头取笑我了。但喷了蚁素后，她们对我多了尊敬少了亲昵。我想转移话题，埋怨大姐：

"这样的天气，你也敢往这儿跑。万一出事咋得了。有啥急事？"

大姐在被窝里捏捏我的手，说："没啥急事。我出门时没有下雨呀，哪承想正赶上这场大雨。不早了，我实在乏透了，咱们睡吧。"

其实我能猜到大姐的来意，不能在电话中讲的事肯定与招工有关。但她不知道，今天的农场已经不是昨天的农场了，在这儿没有任何不能说出口的秘密。第二天，别人都上工了，到地里去排涝。我留在屋里陪大姐。她睡得很熟，我没有叫醒她。等我在外边转了一圈回来，大姐醒了，正好炊事班长老毕送来一碗热气腾腾的姜汤，说是颜场长交代的，怕大姐昨晚受凉，喝点姜汤发发汗。

大姐惊异地看着我："颜场长？"

我点点头："对，那鬼东西现在是场长，大伙儿选的。"

"噢，怪不得昨晚你说他住在场长室。"大姐喝着姜汤，好久没说话。颜哲地位的变化，再加上他的体贴，又增加了她的好感。

屋里没人时她对我说了这次的来意。果然是为了招工的事。大姐说，县纺纱厂负责招工的老项正好是她的同学，她已经打听清楚，农场的推荐名单上确实有我。而且老项拍胸脯答应，肯定把我弄走。大姐这次来是为了我的体检。"体检？我的身体没毛病。"大姐看着我，沉着脸说：

"有句话很难出口，我既然来了，不得不说。秋云你老实告诉我，你和颜哲之间到了哪一步？我怕你在招工体检的妇科检查中出纰漏。"

我脸红了，摇头否认："没有，我们之间干干净净的。"

"给我说实话！我冒雨跑几十里就是要听你的实话！"

我很干脆地说："我说的是实话。别看我俩谈了五年恋爱，亲亲摸摸是有的，绝没有过那个线，你放心吧。再说，没听说招工体检还要检查处女膜？"

大姐心情放松了一点儿，仍非常严肃地说："你和别人不同。不管体检有没有这一项，你也别心存侥幸。"

我不耐烦地说："真的没有，你得叫我说多少遍？你尽管放心吧。"

大姐这才告诉我，她为啥紧盯这点不放。招工负责人老项昨天对她说："你妹妹的事我会尽量办，但能不能办成我不打包票。她在农场得罪了人，农场推荐名单报上来后，有人写匿名信告她，说她和反动子弟叫什么颜哲的鬼混，明铺暗盖，打过胎，影响极坏。说这样的破鞋怎么能招工？广大贫下中农不会答应！"

大姐叹息着说："想想吧，你得罪了啥人？"

我绝对料不到自己会被泼上这样的脏水，这重重地伤了我的心。几个月来，我在这个温馨的利他社会中已经被惯坏了，对于世上竟有这样的鬼蜮伎俩真是不寒而栗。思来想去，我在农场没有得罪啥人，最大可能还是因为颜哲的关系而得罪了赖安胜，可能再加上岑明霞。是的，这种事多半她才能干得出来。

但我心里的晦暗只翻腾了很短一会儿，很快就烟消云散。因为——这都是过去的事了，这封匿名信肯定是喷洒蚁素之前写的。今天所有场员的心灵已经得到净化，我更不会沉浸于往日的仇恨。再说这会儿我已经决定不走了，新农场刚刚起步，我要陪着颜哲把它建好。我已经陶醉于这儿的温馨和纯洁了,不愿离开它,也不忍心留下颜哲独自承受"清醒的上帝的痛苦"。

我心里又充满了阳光,笑着对大姐说:"你就甭操心了,你说的脏水泼不到我身上。不过,我不想走,不想离开农场,所以我根本不会去体检。"

"你说啥?你发癫了不成?"大姐真生气了,"是不是为了颜哲?那娃儿不错,但也不能为了他,两人抱一块儿淹死。秋云你别犯糊涂,这样的机会不是每次都有的,你大姐也没第二块手表去打点招工的人。"

她情急之中把这件秘密抖出来了。其实招工负责人老项并不是她同学,但为了我的前途,她舍着脸皮找到那人,用一块手表把他买通了。那时的招工负责人知道自己捏着知青们的命运,已经很会拿身份,大姐为求他作了多大难,她一直没对我细说,只说"那些小人得志的嘴脸,想起来都恶心"。好在他们还讲职业道德,收了贿就认真办事,甚至把匿名信的事也捅给我大姐了。

大姐的诚心让我很感动。我知道她是不会理解我的,换了任何人,也不会把到手的回城机会轻抛浪掷。可惜为了保密,我不能把新农场的真情告诉她。不过,虽然不能明说,让她感受一下这儿的气氛是完全可以的。我笑着搂住大姐的肩膀:

"大姐别生气啦,我知道你是为我好,也为此作了不少的难。我先陪你到农场转转,然后再商量招工的事,行不行?你不知道,自打颜哲当了场长,这儿已经大变样了,确实大变样了。"

大姐不屑地哼了一声。她心里有那封匿名信的阴影,对我的话根本不以为然。

我陪大姐逛了整个农场。不用说,她到处都感受到温暖和阳光。刚下过雨不能干农活,人们排完涝,大都在场院里闲转。看见我们俩,都热情地打招呼:

"大姐回来了?来看秋云妹子?多住两天再走。"

知青们齐声称她大姐,这不奇怪。可后来碰到老肖、老初、陈得财等老农,连他们也是这样称呼。大姐有点窘,离开人群后说:

"我的面相没这样老吧，40多岁的男人也喊我大姐？"

我笑着说："这儿的农民们爱这样，不管年纪大小，都赶着我的辈分称呼客人，那是表示亲热。"

"我看他们都喜欢你，尊敬你。"

我含混地说："嗯，我和全场人都处得很好。"

大姐摇摇头，毫不留情地说："全场人？至少有一个人在背后向你捅刀子。"

我没有多解释，只说了一句："那都是颜哲当场长之前的事了。"

我们转到伙房。这儿非常热闹，喜气洋洋。炊事员刚刚杀了一只羊，把它挂在架子上分割羊肉。原来是颜哲下的命令，说今天下雨干不了农活，干脆让女知青们都来帮厨，中午吃羊肉饺子。在农场吃饺子可是件大事，往常一年中也就只有春节和国庆节能吃两次，所以大家乐坏了。我想颜哲这个命令多少有些私心吧，他是想让大姐在这儿充分感受到家庭的温馨。一二十个女知青挤满了厨房，忙忙地择菜、剁肉、调馅、擀皮、包饺子、烧火。炊事班长老毕倒被挤得插不上手，叼着烟袋在旁边指挥，神气得像个将军。我们进去，女知青们自动站起来，齐声问好：

"大姐回来了？你看可巧，正赶上俺们过年。一会儿你一定得吃饱啊。"

大姐有点不好意思，忙向大家回礼，说："我也来包饺子吧，我包得快。"孙小小、月琴几个人忙把她往外推，说："哪有让客人干活的，你出去玩，等着吃饭就得。"岑明霞也在这儿，腆着肚子在包饺子，脸上满是喜气。大姐看见她的身孕，也看出她是个知青，疑惑地看看我——哪有知青怀孕的？我向她示意，出去再说。

我俩正要出去，岑明霞忽然喊一声："哟，我差点忘了！"她扶着大肚子艰难地站起来，对已经走到门口的我俩大声说，"大姐你冒雨赶来，是不是为秋云姐招工的事？"

大姐的脸色唰地变了。她冒雨赶来同我面谈，而不是打喇叭电话，就是为了保密，结果让这娘儿们当着众人把它拎出来！她沉下脸，狠狠地瞪着岑明霞，依她猜想，这女人肯定是存心搅局的。令她奇怪的是，屋里所有人都

很平静,他们很关切地等着大姐的回答,但没显出吃惊的神色。大姐回头看看我,咬着牙低声问:

"这大肚子老母蚰是个啥货色?"

我忙触触她,以免大家听见她的粗话。那边岑明霞焦灼地说:

"不是看见你来,我把那事都忘了!大概三个月前,就是农场的推荐名单刚报到县里时,我给县里写过一封匿名信,糟蹋了秋云姐。那时我跟赖安胜有勾搭,听赖安胜说颜哲打算到县里告他,我就先下手了。"

大姐惊骇异常,瞪着我,几乎不能相信自己的耳朵。现在她坐实了是谁写的匿名信,但这个女人这么坦率——这样丑的事她竟然说得这样平静,实在匪夷所思。莫不是这人有神经病?岑明霞继续说:

"那是我变成好人之前干的事,就不说它了。不过,可不能让它影响秋云姐的招工。要不这样吧,我写一封说明信,就说那封匿名信是我写的,上面全是造谣。你回去捎给县知青办,行不行?"

大姐瞠然不知道如何应对。这个女人的行事太古怪,根本不合逻辑,脸皮也太厚。即使她是在表示忏悔,大姐也不能相信。大姐看看我,我微笑着有意不说话,让大姐自己来感受农场众人在心灵上的变化。大姐沉思一会儿,冷冷地说:

"既然是造谣,我看就不必再去说明了。我想县知青办的人都有判断力,不会信这胡咬乱啃的信。"

这几句话说得够重了,但岑明霞没有一点生气的样子,也没有太难为情。那些坏事是"另一个"岑明霞干的,虽然这会儿她在道歉,但其实她不用为"另一个"岑明霞的行为负责。她舒口气说:

"只要不受影响就好。那就好。可是,"她非常矛盾地说,"按说招工是好事,可俺们舍不得秋云姐走啊。"

她的眼眶红了,慢慢地泪珠开始溢出来。大姐又是惊得张大嘴巴合不拢。这个写匿名信的卑鄙小人,转眼间却为"舍不得秋云姐"而落泪,这究竟是唱的那出戏?这一波接一波的大转折,弄得大姐的脑筋接不上趟。而且不光是岑明霞哭,全屋的女知青都红着眼睛,说:

"俺们舍不得。秋云姐你别走。"

炊事班长老毕也过来拉着我的手,很动感情地说:"秋云……俺该咋说呢。又想让你走,让你回城里爹妈身边,又舍不得你走。"

我的眼眶也湿了,笑着对大伙儿说:"谁说我要走?我不会走的。别傻了吧唧地哭鼻子了,包饺子吧。"

经过这一幕,直到吃饭前大姐没怎么说话。农场这儿的曲曲弯弯太复杂太古怪,她怎么也想不通。开饭了,大锅上方热气腾腾,饺子一锅锅下出来,盛到大海碗里,又经过屋里的几道人手传到窗户外。第一碗先送到大姐手里,是岑明霞亲手送来的,她是以此来表达对大姐的歉疚。这时颜哲也进来了,立时屋里腾起更强的欢乐之潮。人们七嘴八舌地喊:"颜场长你先吃!颜场长,秋云姐说她不走了,不去招工了!"颜哲笑着说:"那好嘛,我们本来就不会走的。她不走,我也不走。"

他端上饭碗,蹲到我俩面前,问:

"大姐那边工作急不急?不急的话多住两天,让秋云陪你玩玩。"

"不行,我只请了一天假,已经超假了。吃过午饭我就得走。"

"那,吃过饺子我派人用马车送你走。马车轮子大,走泥路没问题。交上公路你再骑自行车。"

"那就谢谢啦。"

"谢啥哟,应该的。"

"对,我也说是应该的。咱们谁跟谁呀,我就不讲虚礼了。"大姐促狭地看看我,我红着脸没吭声,知道大姐已经从心里认可这个妹夫了。看看颜哲,他略露得意地微笑着。

大伙儿逼着大姐多吃,她说实在不行了,把明天的饭都吃足了。她坐在井台上,笑吟吟地看着大家吃。过一会儿她悄声问我:"秋云,我发现你们买饭咋不用饭票?"我得意地说:

"农场早就不要饭票了,干活也不计工分了。还有,你往那边看,食堂的山墙上,那儿钉着一个小箱子,是不是?知道哪是干啥用的吗?那里放着全场的公益金,谁需要谁自己去拿,不用批准,箱子也没有上锁。这都是颜哲当场长后发生的变化。"

大姐惊骇地瞪着我,她想我肯定是在开玩笑,或者干脆是疯了。我微笑着对她示意,让她亲自去验证。她去了,那是个很粗糙的白茬杨木箱子,颜哲亲手钉的,没有油漆。颜哲有意让它显得朴实无华。打开小箱子,里面有几百元钱。这在当时是一笔巨款了,就那么不加锁闭地随便放在那儿。箱子里有几张纸条,都是用钱人自主取钱后主动留下的记录,包括黄瞎子取走四元六角买蚊帐,陈秀宽取走20元买治淋病的药,老初取走六元给儿子看病,等等。大姐掀开箱子拿出那沓巨款检查时,周围人都对此视若无睹,照常吃着聊着。她把钱放好,盖好箱盖,回到我身边,沉默着思索。一直到走,她都没有再说话,表情中是深深的迷茫和敬畏。

饭后陈得财赶来一辆马车,车上放着大姐的自行车,已经擦得锃亮。雨后的旷野分外清新,天蓝得通透,羽状白云显得缥缈高洁。三四十个知青和老农赶到道口送行,场面和大姐来时那个雨夜的迎接场面一样隆重。大伙儿一片声地说:

"大姐你走好。大姐有空儿常回来。"

大姐真的被感动了,不再劝我招工的事。她最后与我和颜哲告别时,叹息着说:

"小妹,颜哲,走不走的事,你俩自己定吧。说实在的,能在这样好的小天地里活着,回不回城也没关系了。如今城里也苦,也脏,也黑,不是好人待的地方。不过,"她忧心忡忡地说,"我心里可是不踏实,岑明霞那样的坏人变成好人——是不是太快了?是真的变了吗?"

我俩都说:"是真的,是真的。"大姐带着疑虑、喜悦、迷茫……种种复杂思绪上了车。陈得财甩响鞭子,马车溅着泥水走了。我俩一直目送大姐走远,消失在浓绿的树影中。她的忧虑其实是歪打正着:如今所有恶人变好了,这倒是真的,但只是缘于蚁素的作用。谁知道这种控制能否永远保持?一旦失控,一旦回到往日恶行遍地的旧貌,我和颜哲一定会心理崩溃的。

大姐走后,颜哲把八个被推荐招工者喊到场长室,有我、王全忠、纪科、刘卫东、汪英、李冬梅等,正式征求了大家的意见,当然,所有人都表示决不离开农场。颜哲看看我,再次劝他们慎重考虑——我知道颜哲这番话是照顾我的观点。几个人都很动感情地说:"没啥可考虑的,我们死也要死在这儿!"我叹息一声,不再坚持我原来的观点。他们离开后,我开始和颜哲商议,如何恰当地回复县知青办。因为,八个人同时主动放弃招工,这件事别人不会相信的,一定会在全县惹出轩然大波。

不过,用不着我们费尽心机地找借口了。第二天县知青办来了一个紧急电话,通知所有招工暂停,何时恢复待上级通知。后来我们才知道发生了"九·一三"事件,林彪叛逃,全国的招工都停顿下来。等招工重新恢复的时候,我们的新农场已经毁灭。

# 第十三章　蚂　蟥

那一段是颜哲和我心情最好的时候。我们忘了两人之间的分歧，忘了"两人可能分道扬镳"的那个阴暗预言。我们几乎每天都在堰塘或其他地方幽会。对于我们亲手创建的微型利他主义社会，对于两人的爱情，都是满目阳光。

不过，那个分歧仍在那里，并没有消失。不久它又悄悄露面了。这次的引子是上帝的一种丑恶造物，也是我下乡后最惧怕的东西：蚂蟥。

"老婆儿语"中所说的蚂蟥最阴险的一招——钻进人的内脏——我一直没能证实。后来，农场有一头黄牛暴死，据兽医说死于蚂蟥。但这个结论是真是假，至少依我看来不能定论。

农场那群漂亮的"神牛"中，我最喜欢一头白鼻头牡牛。闲暇时我常去看它，摸摸它玉石般的牛角，摸摸它丝绸般的皮毛，让它用湿润的舌头舔舔我的手，或者假充内行地摸摸它的"草肚"和"水肚"看它吃饱没有，牛吃的草和水是分别储存的。多少年后，我有了儿孙，常陪他们看电视中的《动物世界》栏目，欣赏着猎豹的飘逸和狮子的威武。不过我一直认为，我当知青时见过的南阳黄牛，其安详、大度、自信、剽悍，绝不弱于非洲的野生生灵。

这是农场喷洒蚁素之前的事。白鼻头不幸生病了，越来越瘦削，皮毛失去了光泽，胃口也越来越差。它一直顽强地维持着自己的尊严，四只腿抖抖索索的，仍然强撑着站立着而轻易不愿卧倒。但随着时间推移，它不得不向病魔低头，卧在地上。郜叔叔很着急，让赖场长请来公社一个有名的兽医汤先儿。汤兽医四十多岁，留着农村人不常留的偏分头，穿戴像个吃皇粮的干部。他诊断后自信地说："这是蚂蟥在作怪，黄牛喝水时不小心把蚂蟥喝到百叶（牛胃）里了，然后它就藏在那里一个劲儿吸血，黄牛咋能不病呢。"病根找到了，怎么治？汤兽医有他治蚂蟥的绝招：先喂黄牛喝泥汤，蚂蟥喜土，就会钻到泥团里。再喂黄牛喝蜂蜜，蜂蜜把泥团裹住，蚂蟥钻不出去，就会被强行排泄出来。

给白鼻头治病时我主动去帮忙。我拉着牛缰绳，郜叔叔和老初硬别着牛头，把它的嘴巴掰开，汤医生往里面灌黄泥汤。这样的泥汤自然不好喝，白鼻头难受地哞哞叫着。我抚着它的背毛，难过地劝它说："白鼻头忍一忍，忍一忍啊，这是给你治病哩。"汤医生给它灌了整整一桶泥汤，说："够了，把蜂蜜拿来吧。"

我去屋里拎蜂蜜桶。蜂蜜是昨天从邻近的劳改农场买的，有整整大半桶。进屋看见陈秀宽正仰着头，用勺子往嘴里倒蜂蜜，黏稠的蜂蜜淅淅沥沥地流成一条线，弄得他满嘴满胸都是，看样子肯定喝了不少。看见我进来，他赶紧抹抹嘴巴，不好意思地说：

"尝尝，你也尝尝。这蜂蜜真甜，多少年没尝过了。"

我平时比较同情这个被大伙孤立的淋病患者，但眼前这一幕把我的同情一扫而光。白鼻头病成这个样子，他还有闲心来偷蜂蜜！那阵儿我甚至替白鼻头担心，不知道陈秀宽这么嘴对嘴地喝，会不会把淋病传染给它。我阴着脸，从他手中劈手夺过勺子，拎起蜂蜜桶来到外边。陈秀宽知道理亏，忙跟到后边说："让我来，让我来拎。"我没理他。

大半桶蜂蜜也灌进去了，看白鼻头的表情，这桶蜂蜜喝起来并不比泥汤更好受。

汤兽医拿了他的出诊费走了。白鼻头不但没有好转，病情反而急剧恶化。郜叔叔非常难过，步行二十多里去找汤兽医，但兽医这次干脆没来，只是说：

"要是我的办法还救不了它，那我也没招儿了，谁都没招儿了。蚂蟥这东西就是难治。"

七天后，白鼻头在我的哽咽声中咽下最后一口气。

场里让陈秀宽和我拉上死牛去公社屠宰，因为法律有规定，耕牛必须到屠宰点才能屠宰。白鼻头虽然瘦成一副骨架，但它庞大的身体仍然占满了整个人力车。四条腿翘到车帮外，已经僵硬了，一路上不停地敲击着车帮。拉着白鼻头，听着它四条腿的敲击声，我真像死了亲人一样难过。我恨死蚂蟥了，一个小小的蚂蟥竟然夺去了白鼻头的命。这是多么雄健强悍的一条生命啊，可以说是造物主的一个杰作。我也不忍心白鼻头遭了横死后还得让人吃掉，不过那时我已经足够成熟，不会让这种幼稚的想头流露出来。

从陈秀宽脸上看不到多少难受，一路上，他把注意力都放到我的乳胸上了。我平素虽然开朗随和，但在男女的事情上有自己的庄重，陈秀宽从不敢在我跟前揩油的。他只敢偷偷瞄我的胸部和我的背影。我冷冷地斜睨着他色眯眯的目光，再想到白鼻头病重时他还有心偷蜂蜜吃，对他可说是厌恶到了极点。我甚至暗暗发了一个孩子气的誓言：以后再不会帮他捎洗碗水了。

白鼻头在屠夫的尖刀下很快分解成一堆红鲜鲜的牛肉。按说牛百叶也可以吃的，是一道不错的菜，但这回屠宰工没有整治它，把它随便抛到一边。因为白鼻头的百叶显然很异常，属于病态，圆滚滚的，坚硬得像一只石球。我忍着心中的难过，剖开这团百叶仔细观察。百叶每掀开一层就是一层黄泥，整个让黄泥胀死了。拖着这么一个硬如石球的百叶，白鼻头不死才是怪事。所以，白鼻头不一定是死于蚂蟥，而是死于姓汤的这个江湖医生手里。当然蚂蟥的罪过也不能排除，至少在姓汤的庸医去看病前，白鼻头确实已经病入膏肓了。可能确实是因为蚂蟥而得病的吧。

已经到午饭时刻，我俩把人力车暂存到屠宰点，到公社食堂去吃饭。在公社门口碰见老魏叔。他亲热地说："云子干啥来了，走，到老魏叔家吃饭。你俩都去。"我难过地说："是来宰白鼻头的，它已经死了。"我对他说了白鼻头的死因，老魏叔暴怒地喊：

"咋会找这个姓汤的看病！那是个有名的嘴佾，一斤鸭子四两的嘴，只会骗吃骗喝。是哪个二百五请的医生？"

但不管咋说，白鼻头已经死了。他为白鼻头唏嘘了一会儿，又拉我去吃饭。见我坚辞不去，他真的恼了。陈秀宽在旁边眼巴巴地等我接受邀请，他好跟着去蹭一顿。我实在不想说出我推辞的真实原因，但看老魏叔的表情，不说出来会彻底得罪他的。我只好说：

"老魏叔我真的有事，有一件私事，来，我悄悄告诉你。"我趴到他耳边悄声说，"这人有淋病，我不想让他到你家去，不想和他坐在一个桌子上吃饭。"

老魏叔用锐利的目光看了陈秀宽一眼，打着哈哈说："好，那我不耽误你，下次再来吧。"

我们到公社食堂，每人买两只包子打发了肚子。到晚上，白鼻头变成香喷喷的牛肉，农场每人都分了冒尖一碗。老农都心疼白鼻头，但他们非常实际，不会因为心疼白鼻头而放弃一碗牛肉。我吃不下去。据我所知，至少郜祥富也没吃。我把自己那一份分给了老肖和崔振山，郜祥富把自己的一份给了四娃和陈得财。这四个人自己的一份再加我们的半份，合起来能装满一个小盆子了，但他们狼吞虎咽，一顿就全部吃光了。我真佩服他们的胃能有那么大的伸缩性。

这都是喷蚁素之前的事了。喷过蚁素后，农场变成了真正的伊甸园。在我的感觉中，任何丑恶的东西包括蚂蟥都不再有容身之地。当然这只是幻觉，蚂蟥仍安安稳稳地活在我们的生活之中。

那时女知青们对蚂蟥的惧怕已经麻木了，包括最怕蚂蟥的我，只有孙小小除外。我想主要是因为男孩们老逗她，吓她，把她的恐惧持续地强化了，或许她的害怕多少有些演戏的味道。有一天在井台上吃饭，林镜忽然指着脚下说：

"蚂蟥！"

他的手指逼真地画着曲线，一直蜿蜒到小小脚下，小小大惊失色，应声跳起来，把饭都弄洒了。周围人大笑——这是在旱地上，怎么可能有水蚂蟥呢，就是有，它也跑不了这么快。小小知道上当了，尖声叫着扑过去捶林镜，叫他赔自己的饭菜。

这天深夜，我睡得正香，忽然被极为凄厉的喊声惊醒。是女孩的声音，声音离我的宿舍不远。我急忙起床，摸黑穿上外衣，衣冠不整地往外跑。冬梅和月琴也醒来，惊慌地问："秋云姐咋啦？出啥事啦？"她们现在已经习惯于把我当成主心骨。我回头说你们别慌，我去看看。

那天月亮很好，照出一幅不堪入目的场景。孙小小紧紧抱着脑袋立在她的宿舍外，身体半裸，穿着花裤头，上身的小衣整个被撕破了，露出已经发育的乳胸。她的表情惊惧异常，目光盯着她下边的一个男人。那是赖安胜，也是只穿一条宽大的裤头，赤着肌肉突起的上身。这会儿他蹲在地上，抱着孙小小光光的小腿。

孙小小同屋的宗大兰和岑明霞都出来了，关切地看着他们。岑明霞的身孕已经很明显，用手撑着后腰眼，半倚在门框上。奇怪的是，她看着昔日情夫与另一个姑娘的猥亵模样，似乎并不感到气愤。

其他人也陆续赶来，围在四周看着这幅春宫图，都保持着惯常的沉静。我心里则像打翻了五味瓶，觉得一个美好的东西被毁坏了。不久前颜哲告诉我，他已经确认蚁素并不影响成员的正常性欲。对于他的社会实验来说，这当然是好事，但我因为担心他的确认是不是来自对老魏叔和谷阿姨的秘密观察，不想谈这个话题，就没有细问。现在的景象正好证明了他的结论，但很不幸地又是对他的一个严重打击——很明显，赖安胜此刻的性欲是通过暴力来实现的。看看孙小小的惊惧，看她被撕破的上衣，任何人都不会怀疑这一点。性欲本身并不肮脏，但如果它伴随着性暴力，那我们这个新农场的"纯洁"就不可能彻底了。

我不想让这对宝货摆在这儿让大家参观，正要命令他们离开，颜哲急急跑来了。一看见这一幕，他的脸色顿时变黑，眼中冒出怒火。我非常理解他的狂怒。他创造了一个利他主义的小天地，在其中寄托了他的全部希望。农场最近的进展让他十分兴奋，尤其是工分取消之后农场更是一片光明——但突然之间这片光明崩溃了，赖安胜的丑恶本性又复萌了。这肯定让他产生了浓重的幻灭感。

但即使如此，我也没料到他的过度反应。他狂怒地瞪着赖安胜，赖安胜并不知道害怕，笑嘻嘻地仰头看着孙小小，说：

"小小别怕，小小别怕。弄掉了，已经弄掉了。"

蚁生

什么弄掉了？总不会是胎儿！我正在疑惑，颜哲指着赖安胜，对旁边的陈得财和王全忠下了一道清清楚楚的命令：

"掐死他。"

赖安胜和孙小小惊讶地看着颜哲。陈得财和王全忠也很惊讶，但他们当然会无条件执行颜哲的命令。他们顺从地逼近赖安胜，把他扯起来，开始掐他的脖子。这会儿最惊讶的人恐怕要属我了。颜哲怎么能下这样残酷的命令？他是被怒火冲溃了理智，还是仅仅想吓吓赖安胜？我对赖安胜当然十分愤恨和厌恶，他喷了蚁素之后竟仍然这样无耻，强暴一个15岁的小姑娘！但我不能让怒火冲溃理智，不管赖安胜多么可恨，也不能这么凭一时的怒火来宣判死刑。我们没这个权力。而且在一瞥之间，我发现现场中人们的表情比较奇怪，主要是最先到场的那几个人：赖安胜没有表现出输理的样子，而孙小小以及她同屋的岑明霞和宗大兰也没表现出对施害者的仇恨。他们的表情都是惊讶，或者不理解，但是不敢反对。仓促之中我想不通他们为什么是这样，只是在直觉上觉得其中有蹊跷。

陈得财和王全忠已经在用力了，赖安胜的脸色变得涨红，但丝毫没有试图反抗。我知道，在场人中只有我能改变颜哲的命令了。我喊：

"陈得财和全忠哥，你们停一下！"

陈得财和王全忠立即松了手，垂手立在旁边，等着颜哲或我的再一次命令。我尽量照顾颜哲的威望，回头对他委婉地说：

"颜哲哥，应该把事情问清再做处理。"

颜哲已经意识到自己的冲动，气冲冲地扭头向着旁边，这是示意我可以按自己的意见去处理。我先让宗大兰回屋拿件衣服，披在孙小小半裸的身上。宗大兰送来衣服时，在我耳边低声说：

"颜场长冤枉赖安胜了。他在帮小小。"

我平和地说："小小，到底发生啥事了？别急，慢慢告诉我。"

事情的真相竟然与我们的想象完全相反。今天孙小小在水田干活，收工晚，那会儿没有月亮。几个人像往常一样，到机井那儿轮流推水车，在暮色中草草冲冲泥腿，回屋睡觉了。但孙小小今晚高低睡不熟，似乎有个恶鬼一直在暗中盯着她，悄悄逼近她的身边，伸出蝙蝠一样的小嘴咬她的小腿。这个噩梦越来越真切，她从睡魔的控制下挣扎出来，半睡半醒地伸手摸摸小腿，摸到一个凉凉的圆圆的东西。她忙喊大兰姐点亮煤油灯，抱起腿看看，然后就是那一串惊动全农场的尖叫。

她的小腿上趴着一只青黑色带黄色条纹的大蚂蟥，非常安逸地吸着血，身子已经非常鼓胀了，青黑中透出鲜红。不用说，这只蚂蟥从水田里就吸上她了，小小冲洗泥腿时没发现，直接带到床上。不管孙小小平时对蚂蟥的害怕是否有作秀的成分，但深更半夜、半睡半醒之中忽然在腿上发现一只蚂蟥，这确实太吓人了，搁谁身上也受不了。所以，她发出火车汽笛般的惨叫，也是情有可原的。

当时孙小小确实吓傻了，宗大兰和岑明霞要拿鞋底去拍蚂蟥，而她已经不穿外衣跑出门外。出门时只听嗤啦一声，内衣被门钉锦挂破了。小小的宿舍离一班男宿舍最近，赖安胜听见惨叫声后最先跑出来，在失魂落魄的孙小小嘴里问清了真相，就蹲下去用巴掌猛拍，把蚂蟥弄掉。我们看成淫邪丑恶的赖安胜其实是在行侠仗义。

现场除了孙小小宿舍的三个人外，刚才都糊涂着。这会儿弄清了真相，非常高兴，围着小小，腾起一片欢笑声。小小穿着宗大兰的长衣服，活像一个玩具娃娃，她惊魂甫定，又羞又喜，脸蛋红扑扑的非常可爱。刚才的两个行刑人这会儿走过来，拍拍赖安胜的肩膀，算是无言的道歉——本来他们也没错，他们只是执行蚁王的命令。赖安胜也拍拍他俩的肩膀，表示他不会在乎这件事。只有我和颜哲非常难为情，也非常苦涩。赖安胜已经成了真正的好人，而我们却用阴暗的心理去猜度他。我们从情操上已经落后于我们的子民了。

刚才颜哲的一时冲动几乎造成难以挽回的痛悔。不过我看他已经很难受了，没有再责备他。颜哲走过来，面对光着上身的赖安胜，忽然恭恭敬敬地行了一个90度的鞠躬礼。赖安胜慌了，手足失措地嚷嚷着：

"场长你这是咋的！这是咋的！场长你这样我可受不起！"

颜哲没有解释，惨然一笑，独自回场长室。这边，大家见颜哲诚心诚意地认错，都感动地望着他的背影。只有我难以排解心中的不快——纵然刚才是误会，纵然是一时冲动，但像他那样断然宣布一个人的死刑，也未免太越权。莫非他真把自己看成了生杀予夺的上帝？我看着刚才的两个行刑人，尤其是颜哲的好友王全忠，心里也是五味杂陈。刚才颜哲一声令下，他们就毫不犹豫地执行。那么，就连王全忠这样平素有主见的人，在蚁素的作用下也丧失了对是非的判断？

众人没有这些不快，这场活剧更激发了大家的童趣。他们围着孙小小欢笑着，看她光腿上细细的血痕。后来小小要回去睡觉了，她已经走进屋里，又扭回头，认真地问赖安胜：

"安胜大哥，你把扯下来的蚂蟥扔哪儿啦？你得扔远点，别让它从窗户里再爬回屋里。"又说，"明霞姐和大兰姐，咱们把窗户都关上，门也关上。"

众人又是一阵大笑。

## 第十四章　断　裂

　　颜哲对我说，该再制备一批蚁素。上次他回颜家大院制取的蚁素，在对全场人员喷洒过之后，剩下的已经不多了。

　　这就是颜哲说的那个根本矛盾：这个利他主义小社会是内禀不稳定的，必须有外在的管理者，必须定时向成员喷洒"外来"的蚁素。也许有一天，这个社会的成员的基因中会自动产生利他素，并形成稳定的反馈机制。但那只有寄希望于将来了。

　　而且，对蚁素喷洒一次的有效期是多长，颜哲心中还没数。第一次蚁素喷过三个月了，普遍看来效果还比较稳定，知青农场仍是一个充满幸福和温馨的利他主义小社会。人们不计较工分，快活幸福地干活；自觉取用木箱里的公益金；自愿放弃招工指标；甚至赖安胜那次的恶行原来也只是误会。但颜哲提出制备蚁素是有原因的。他最近发现，有个别人偶尔会情绪不稳定，怔忡、脸色阴沉、烦躁不安等，像庄学胥、赖安胜、陈得财、陈秀宽、崔振山等——正好又都是过去的"坏种"。颜哲说这很正常，因为，对于那些利他习性原本就占优势的人，像郜祥富、林镜、王全忠、何子建、大老魏和谷阿姨等，蚁素与他们的固有习性相互加强，相互补充，效果自然会久一些；而那些原本恶习较重的成员，蚁素与他们的固有习性互相拮抗、互相抵消，效果自然就比较短暂。

　　他这个分析的确很符合农场的实际情形，我完全信服。唯一的例外是岑明霞，在喷洒蚁素之前，她应该也算到私欲最重的人里面吧。但依我们的观察，在她身上蚁素的作用至今还很稳定。颜哲说这也很正常——她已经做了母亲，在生物界，任何做母亲的生物都会有强烈的利他习性，至少是针对自己儿女的。

这次制备蚁素颜哲不用再回家，他已经把有关的设备和药品都带到农场来了。他挑选了一处地方，就是农场北边的一个荒岗。那儿是附近地势最高的地方，很偏僻，长满了及膝深的野草。平常没有人迹，只有农闲时，牛把式们会赶着牛群到这儿放牧。颜哲让场员们在那儿搭了一个简单的棚子，把设备和被褥搬去，还有够吃一个星期的干粮。然后他下了一道严格的命令：

"任何人在一星期之内严禁到这道岗上来。"

颜哲难为情地对我说："秋云你也不要来，因为父亲在向我传授制取蚁素的技术秘密时，曾让我发过重誓：决不向任何人泄露。我不能违背亡父的意愿，这点请你理解。"

我平静地说："没关系的，我能理解。"

我能理解颜伯伯的谨慎。蚁素的威力太强大了，即使是"好"的威力，也值得它的掌握者心存敬畏。只是——我想也许颜伯伯挑选儿子来继承衣钵是做错了，颜哲毕竟太年轻，肩膀还太嫩，心态还不成熟，有时易冲动，就像那次他在盛怒中下令掐死赖安胜一样。让一位22岁的年轻人扮演一个小社会的上帝，实在是难为他了。

颜哲的禁令被不折不扣地执行。这不奇怪，想想前些天他下达的处死赖安胜的命令都没人延宕。禁令下达一星期之内，任何人都没踏上这个荒丘半步，包括过去在这儿放牛的牛把式们。

颜哲待在荒岗的这段时间里，我加倍小心地盯着农场的每一个角落，观察着哪儿有"断裂"的迹象。总的说还行，这个利他主义社会仍在正常运转着。颜哲说的那些情绪不稳定的个人，据我观察并没有太大的异常。路上和我见面时，他们总是垂着手，恭敬地避到一旁。

晚饭后我在场内闲转，先到岑明霞宿舍。这儿现在客流不断，因为每个女性都想向这位准母亲表示关心，或在她这儿学一点做母亲的知识。岑明霞如今大腹便便，走路用手撑着后腰凹，幸福得都有点发傻了。这会儿谷阿姨正在传授做母亲的经验，她是知青农场唯一有生育经验的人，屋里有七八个女知青围着她认真倾听，包括和我关系很好的阮月琴、李冬梅，还有刚过了

15 岁生日的孙小小。看见我进来，她们都恭敬地站起来，请我坐下。我笑着说："你们继续吧，我去别的屋转转。"然后我就离开了。

这正是我最头疼的地方。现在，像颜哲一样，我也被这种到处都有的敬意孤立了，无法融入大伙儿之中。包括过去以侄女待我的郜叔叔，以小妹待我的王全忠，现在看我都是仰视的目光。我唯一能谈话的对象是颜哲，但在他草率地"处死"赖安胜之后，我难以排解心里隐隐的不快，有些心里话我不愿再和他谈，这使我十分孤单。

我只好去机磨坊找老魏叔。他是唯一不用仰视目光看我的场员。说来也怪，所有喷过蚁素的人眼中都有一种梦游般的色彩，唯独老魏叔没有，仍像正常人一样清醒。所以，有什么心里话我就找他倾诉，虽然不指望在他这儿得到回答，至少是一种宣泄。老魏叔总是笑眯眯地听我讲，不回答，也从不打断我。

来到机磨坊时，老魏叔正在门口等我。今天他的表情显然与往常大不一样。他急急地、简短地说：

"有一件急事，你再不来，我就要去找你了。走，我领你看一件事。"

说完就大步向场外走，方向是颜哲所在的荒岗。我满腹狐疑地跟在后边，想问他到底有什么事，但忍着没有问。既然他领我来，早晚要让我看到。我只是奇怪他今天的行为太"正常"，太主动，不像是喷过蚁素的人。

到了离荒岗不远的地方，前面就是颜哲划定的禁区了。夜色吞没了颜哲所在的窝棚，连一线灯光也没有，看来颜哲已经熄灯睡了。老魏叔拉我蹲下，藏到一个树荫后，回头面向来时的方向，悄声说：

"你等着看吧，他们快该来了。"

谁快该来了？我看看大老魏的神色，没有问出口。老魏机警地盯着前方的夜色，果然没过多长时间，五个人影悄悄走过来，脚步像猫一样轻。当他们经过我藏身的地方时，我辨认出了他们是谁：庄学胥、赖安胜、陈得财、陈秀宽、崔振山。我的心一下子提起来。虽然在喷过蚁素之后，他们和所有人一样都是善良君子，我本不该无端怀疑他们的，但此刻这五人聚在一块儿，又是这样鬼鬼祟祟的样子，我难免心中打鼓。

大老魏用力朝我做手势，让我隐蔽好，不要暴露。

五个人走过去，恰恰在颜哲划定的禁区线之外停下了。他们蹲下来，面朝那个窝棚所在的方向紧盯着，一边小声地叽咕。他们离得太远，听不清说的是什么，只有像蜜蜂嗡嗡一样的声音时而被夜风送过来。我大气不敢喘，目不转睛地盯着他们，在心中猜度着他们究竟要干什么。

大概一个小时后，那五个人站起来，又像猫一样悄无声息地沿原路返回。等到他们走远，老魏叔拉拉我，我们也悄悄返回农场。路过堰塘时，老魏叔停下来，悄声说：

"秋云，走，找个僻静地方坐一会儿。老魏叔有好多话要问你。"

夜色中，他目光灼灼，清醒得无以复加。听着他再次以长辈的口吻和我说话，一时间我颇有点不习惯，因为这半年来，我已经习惯以居高临下的目光看人，看这些被蚁素控制、处于梦游状态的人。我默默地领着老魏叔，来到堰塘堤上我平素和颜哲幽会的地方，与他对面坐下。

"秋云，在我身上蚁素的效力早就过去了。"老魏叔开门见山地说。我猛吃一惊，瞪大眼睛看着他。老魏叔平和地笑了："颜哲向我喷蚁素时，我以为他在喷迷魂药——翠花在告诉我岑明霞怀了孕又毫不隐瞒时，曾奇怪地说：'农场人都咋啦？喝迷魂药啦？'颜哲喷蚁素时我马上想到这句话，立时屏住了呼吸，所以我吸入的量不多，大概一个月前就基本醒过来了。"他看看我，连忙解释说，"这一个月来我一直假装仍受蚁素控制，不是想对颜哲搞啥阴谋，不是的。我真的很喜欢这儿。这是天底下最干净的地方，人人都不存奸心，干活不惜力，互相关心互相帮助。赖安胜那次在电话中曾说：劳动最快乐，帮助他人最快乐，这句话我是真正体会到了。跟你说吧，现在的知青农场是我梦了一辈子的地方，我巴不得这一辈子都能在这儿过，死了埋到这儿。"

他说得很动感情，我也被打动，哽咽地喊一声："魏叔叔，对不起，我……"

"不，是魏叔叔对不起你们，那次差点打电话向上边告发你们。那个电话打出去，就把颜哲置于死地了，可我那会儿只想着保自己的官位！还有，对赖安胜说颜哲'不是自己人'，那真是彻头彻尾的混账话，我咋能说出口？想想都脸红，我真的对不住你们，这些天我一直在反省自己。"

"魏叔你别说这些了。你那时处在知青办主任的位子上，那样想那样做是很正常的。"

"问题就在这儿。"他叹息道，"我平时是个人，只要坐在那个官位上，就不像个人了。"

他的自责这样重，我没办法接他的话。想了想，我问："魏叔，谷阿姨也像你一样，早就清醒了吗？"

"不，她仍受蚁素的控制。不过我想，要是她醒了，肯定会和我有同样的看法。"他有些害羞地说，"秋云，谢谢你们俩成全我和翠花。俺俩这事按说是脏事，奸夫淫妇，见不得人的，你们让俺俩风风光光当了这一段夫妻，就是死也值得了。"

在这一瞬间，我忽然想起颜哲"成全"他俩的深层次的用意，不禁脸上发烧。我心中有愧，不敢直视他灼灼的眼睛。老魏当然不清楚我的思维过程，他撇开这个话题，笑着说：

"我清醒后这些天里，实在被折腾苦了。实话对你说吧，你俩的蚁素就像大烟一样，吸那么一次就上瘾了。刚才我不是说过，在我身上蚁素的作用已经过去了吗？这一点绝对不假，因为我现在浑身像有一万只蚂蚁在咬，难受死了。我真想再喷一次，仍旧那么半睡半醒地、诚心诚意地高兴着幸福着，那该多好。"他半开玩笑半认真地说，"要不是正赶上这件关紧事，说不定我会把颜哲的蚁素偷来对自己喷一次。"

这是我第一次知道蚁素有上瘾作用，被喷过的人在蚁素的作用减弱或消失后非常渴望得到它，从生理上和心理上都是这样。我想这点信息对颜哲的计划应该是很重要的，我一定要转达给他。老魏叔正色说：

"这些先不说了，我今天找你，有很关紧的事。我原本不想告诉你我清醒了，可我想，要是不告诉你，你就不会重视一会儿我要说的话。秋云，现在你原原本本对我说，当初颜哲代赖安胜当场长那件事是咋发生的？这些天我从孙小小等人嘴里已经听到一些，说其中牵涉到奸情和杀人。"

我多少有些讶然，因为即使孙小小也不知道那件杀人预谋。也许是赖安胜坦露的？大概在喷了蚁素后他不再认为那些阴谋值得隐瞒。我也不再隐瞒，竹筒倒豆子，一五一十地把此前农场发生的事全都告诉了他，包括赖安胜诱奸几名女知青、当着孙小小的面与岑明霞性交、颜哲打算向县知青办揭发、赖安胜勾结另两个奸污过女知青的人要暗杀颜哲、庄学胥因自己的利害考虑而向我俩报信儿、颜哲决定以父亲研制的蚁素来对付这帮人，等等。连带着我还讲了"文革"中颜家夫妇的死，以及庄学胥在其中起的作用。老魏叔听得很认真，听到关紧处就愤怒地骂一声。听完后他说：

"我没想到这个小农场里有这么多弯弯绕。颜哲能做到今天这一步挺不容易的，我巴不得他能成功，把赖安胜这类王八蛋都变成好人，那样的日子有多美！可是，"他严肃地说，"你想过没有，既然我能醒过来，兴许那五个人也都醒了，又变回坏种了？他们这么着偷偷聚会已经是第三次了，是不是想对小颜下手，就像上一次那个没能实施的杀人计划？"

我的心立时被揪紧，非常担心——颜哲独自在荒岗上待了一个星期，他竟然一直处在这样的危险中！又不愿相信——我眼见赖安胜他们已经变成了好人，干活是那样泼，那样发自内心地快乐着，颜哲还指望赖安胜和岑明霞的孩子成为"新人类"的第一代呢。怎么能设想他们又恢复原来的丑恶？这个变化太残酷了，不只是对他们残酷，对颜哲也同样。我迟疑地问：

"老魏叔咱们可别冤枉他们。上次为孙小小腿上吸蚂蟥那件事，颜哲就冤枉了赖安胜。"

"我看这次不是冤枉他们。不管咋说，他们在禁区外偷偷聚会肯定不是干好事，咱不能让颜哲冒这个险。你别忘了，他们本身是坏种，只要蚁素的控制力失效，啥事他们都干得出来。"

"那他们为啥不动手？按说他们五个人对付颜哲一个人绰绰有余。"

"不知道。也许蚁素对他们还多少有点控制力？"

我坚决地说："那好，我这会儿就折回去，赶快通知颜哲。"

"那倒不必。那五个人已经退回场里，今天肯定不会行动了。等明天你再去通知肯定不迟。"他歉然说，"本来我早就该去的，可颜哲有禁令，我不想违犯。"

"好的,我明天去。魏叔你别担心,颜哲能对付他们。"

"是,我不担心。你也不要过于担心。老魏叔会帮你们盯紧这五个坏种。"

两人在农场路口分手,我回到场长室。颜哲不在农场时让我住这儿看电话。一整夜我都没睡熟,只要一合眼,就看到颜哲躺在地下,我似乎是以自己的目光来代颜哲观察,在他头顶,五个人头攒到一起,咬牙切齿地用力掐颜哲的脖子。于是我从噩梦中惊醒,冷汗淋淋。经历了几个月其乐融融的生活后,我已经"陷"进去了,形成了强大的思维惯性。这个噩耗来得太突然,我接受不了。我严厉地责备自己太麻痹,竟然没有观察到这样凶险的动向。如果不是魏叔提醒我,如果颜哲出了什么意外,我肯定也活不下去的。我已经对颜哲父母的死负有责任,再经不起更重的负罪感了。

天刚蒙蒙亮我就跑向那个荒岗。在浑茫的晨色中,我看到非常奇异的景象:荒岗上满处都是蚂蚁,似乎是从天上掉下来的,是从地下冒出来的。它们黑压压的,几乎把草地全部遮掩了。按说蚂蚁都是在太阳出来后才活动的,但显然颜哲的蚁素比蚂蚁的习惯更强大。我曾听爹妈说过,颜伯伯在世时,还有上次颜哲回家时,颜家大院都发生过这种"蚂蚁朝圣"的异象。但只有目睹了真实的场景,我才对这个场面之壮观有真切的了解。我蹲下来仔细看,按颜伯伯早年教给我的知识,分辨出地下的蚂蚁有各种种类:日本黑褐蚁、黄猄蚁、深井凹头蚁、红林蚁、日本弓背蚁、双齿多刺蚁,甚至还有在野外见不到的小家蚁。它们急急忙忙地向着岗上的窝棚处前进,就像是海水流向所谓的"海洋肚脐眼"。不同种蚂蚁相遇时,按说有可能引发战争的,我小时候就常看见黑蚂蚁和黄蚂蚁的战争。但这会儿它们顾不得这些,匆匆用触须一碰,迅速避开,继续向前进。向远处看,颜哲的窝棚静静地立在那儿。颜哲肯定在里面,也许这会儿他已经被蚁潮所淹没,也许蚂蚁爬满了他的全身,让他变成一个巨型蚁怪……我在离窝棚有二三十步的地方站下,焦灼地喊:

"颜哲!颜哲!"

颜哲很快出来了。还是往常那个颜哲,没有一点变化。戴着口罩,破旧的衣服干干净净。他显然很高兴看到我,在蚁潮中小心地迈着步,向我走过来。窝棚中传来我已经熟悉的那种微酸味儿,比那次在农场里对众人喷洒时更浓郁。他在我面前站定,扯下口罩,疲惫中透着喜悦,说:

"我明天就能回去了。已经制取得差不多了,喷洒两次也用不完。"

我看着铺天盖地的蚁众,喃喃地说:"我是第一次看到这样的场景,想不到蚁素有这样大的威力。"

"这不稀奇,只要保持一个稳定的蚁素之源,就会引起连锁反应,形成蚁群的正反馈。我说过,只要留有一点蚁素,就能很方便地大量制取。所以,我爸爸留给我的那点儿原始蚁素,实在是太宝贵了。"他看看我,"有什么事?这么早来找我。"

我忧虑地说,是一件很重要的事。我详细叙述了昨晚的经过——

"老魏叔?他并没有处于蚁素的控制之下?你敢确定?"

他打断我的叙述,震惊地问。他的震惊倒不光是为了"老魏叔已经清醒"这件事,而是因为,老魏叔脱离蚁素的控制后,仍然不动声色地留在蚁众内观察着他。颜哲一直以上帝的目光来观察众人,结果他自己也成了被观察者!这件事实显然是他不愿意看见的。不知咋的,这一点让我心里不好受。我曾钦佩颜哲是个非常自省的蚁王,但今天看来,当他处在蚁王的位置上太久时,心理上已经有了微妙的变化。比如说,显然他很反感在他之上还有一个清醒的观察者。这种反感是模糊的、下意识的,但正因为如此,我发现他变了,是在内心深处变了。

我点点头,说我昨天同老魏叔谈了很久,我敢肯定他已经清醒。我还讲了蚁素失去作用后老魏叔的"上瘾"反应,可惜这点没引起颜哲的重视。我还讲述了那五个人在禁区边线处的秘密聚会,颜哲皱着眉头说:

"你是说,他们也脱离了蚁素的控制,但一直以假面具留在这个小团体中?"

"多半是吧。颜哲,我很不安——"我没有说下去,觉得无法真切表达自己的意思。我的不安一方面是为颜哲担心,要知道他面对五个身强力壮的男人,而且其中至少两个人有狐狸般的狡猾。另一方面是为了农场。颜哲用蚁素把它改造成了一个小伊甸园,比白雪更纯洁,比水晶更透明。纵然我对颜哲已经有了隔阂，但总的说来，我对这个伊甸园是倾心相爱的，它已经成了我的精神寄托。但忽然之间，它又变回原先那个尘俗世界，出现了肮脏、阴谋和暴力。这让我产生了浓重的幻灭感。颜哲没有体会到我此刻复杂的思绪，他认真思考一会儿，说：

"不要怕，天塌不下来。也许像上次那样，是咱们错怪了他们呢。这样吧，我这儿的工作今天就能结束，你先回去，不要露任何声色。晚上你悄悄来，我们一块儿等那五个人。我想他们不敢违犯我的禁令，如果他们真敢跨过禁区线，那就证明他们真的摆脱了蚁素的控制。"

"那时你想咋办？"

颜哲轻描淡写地说："那有啥难的，再给他们多喷一些蚁素就行了。秋云，现在我心中没有恶人，他们变成这样，无非是蚁素的用量小了一些。只要喷了足够的蚁素，他们仍会变成你已经见到的好人。"

我叹息着："但愿吧。"我想起赖安胜在田里割麦时的泼辣和喜悦，想起他得知岑明霞怀孕时的柔情蜜意，想起他目光纯洁地为孙小小取下她腿上的蚂蟥；也想起庄学胥在喷完蚁素后用清朗的目光看我，就如我俩仍是童年的朋友。我确实希望他们能变回那样的好人，而不要再次沉沦。

第二天收割早稻。虽然颜哲已经一星期没在家，但农场仍然运转得有条不紊。大老魏在招呼大家，割下稻子后立即码成垛，因为天阴得很重，地平线上时不时闪过一道闪电，县气象台预计今天晚上到明天有大到暴雨。"不过，那个'日冒'（北阴土话，指说话靠不住）台只要预报有雨，多半就下不了。"老魏笑哈哈地说。他说有一年，他在崔湾农场当场长时，听日冒台的话吃了大亏。那时农场要晒麦，可气象台连续五天预报大雨，吓得他们不敢晒。不信科学的老乡们在这五天中早把麦子晒完了。到第六天气象台总算预报了晴天，农场把麦子运到场上，刚摊开，气象台长亲自打来电话，带着哭声说，"大雨已经到邻县了，两个小时后就能到崔湾，你们赶快收场吧。"大老魏他们只好照办，因为气象台这种几个小时之内的追踪预报倒是绝对准确的。过后多少年，只要一见气象台长他就劈头盖脸地数落，弄得台长见他就怵。

大老魏说得绘声绘色，惹得大伙儿都笑。那时我们没想到，这次气象台真的日冒准了。多少年后我从资料中查到，第二天的那场大雨，竟然是近百年来全国雨量最大的一次降雨。它发生在一向偏旱的中原地带，颇为违反人们的感觉。

大老魏在咋咋呼呼地指挥时，不时向我投过意味深长的一瞥。其实不用他提醒，干活时我一直注意地观察着那五个人。不错，他们偶然会有些反常，发愣，仰着头，像在努力回想某种遥远的往事，手里的动作也会迟缓下来，就像是电动玩具的电压不足了。不过很快他们就会复原，像其他人一样快乐地劳动着。他们是在作假？我不大相信。果真如此，那他们的心机就太令人恐惧了。

岑明霞也来了，但她刚想下地，就被孙小小等人拉住。这些天，"不让孕妇干活"和"不让蚁王干活"一样，也成了这儿潜在的规则。看着孙小小嘻嘻哈哈地推着岑明霞上了田埂，我的心直发疼——我打心底喜欢人与人能这样相处，希望我能永远生活在这样甜蜜的环境中。只可惜我不能像他们一样无忧无虑。因为我是清醒的，已经看到了这个利他社会的墙基在晃动，看到了它的内禀不稳定。

我不由长叹一声。我处在"上帝副手"的位置上虽然不足半年，但我觉得这个担子已经让我老了20年。从心态上说，20岁的郭秋云已经是历尽沧桑的老女人了。

晚饭后我避开大家的目光，悄悄来到荒岗上。这儿已经大变，那铺天盖地的蚁众突然消失了，比它们的出现还突兀。窝棚内没有了那种微酸味儿，颜哲用来制取蚁素的各种设备都已收拾装箱。地上有一个巨大的圆肚玻璃罐，塞着塞子，用蜡封着，里面是微带黄色的油状液体，那自然是颜哲制备的蚁素。旁边立着一个农用喷雾器，颜哲说它已经灌装完毕，不用说，这是为今晚准备的，为那五个人准备的。

颜哲带上喷雾器，拉着我来到窝棚外，在深草丛中隐蔽好，面朝农场方向，等那五个人到来。今天应该是月圆之夜吧，但浓重的黑云把月光全部遮没，偶尔有一道闪电撕破黑暗。空气非常闷，闷得让人窒息。也许真有一场大雨吧。

两人的身体紧靠着，盯着农场的方向。黑暗中我们看不到对方，只能勉强看到对方的白色口罩，为了准备一会儿喷蚁素，我俩都戴着口罩。今天我俩话不多，气氛多少有点沉闷。虽然我们都深爱着对方，但都看到了两人之间的裂隙。想起他说的我俩有可能"分道扬镳"的话，我的心就战栗不已。

我感觉到颜哲的手在轻轻触碰我，摸到我的口罩，把它扯下来。接着，我看到他的口罩也被取下来，在一只耳朵上晃荡着。忽然他紧紧搂着我，用热吻堵住我的嘴，然后向我的口舌间挺进。我感觉到他身体的战栗，一串电火花在我们之间跳荡。已经多少天没有见过他这样炽烈的情感了，我也紧紧回拥着他。他的双手伸到我的内衣里，在乳胸上抚摸着，接着又向下挺进，越过了平素我为他设的界线。今天我没有认真抵抗，似乎处于一种半麻醉状态中。我想这样也好，就在这里交给他吧。这样，我所担心的某种"注定的结局"也许就会被禳解，再不会出现。

颜哲意识到我今晚放松了禁令，他把喷雾器往旁边推推，小心地解开我的衣服，把我平放在柔软的草毯上。他用热吻印遍我的全身，等到我的火焰也被燃旺，他伏到我身上，开始最后的冲刺……

忽然我想到颜哲说过的一句话："蚁素对性欲的影响"。也许——此刻他的作为并非受情欲支配，而只是为了验证我们俩有没有情欲？在情热之中想这些事实在太败兴，但我没法排除它。其实，就在这个念头一闪而过时，我浑身的情欲就迅速退潮，无可逆转，身体也变得僵硬。我只好止住颜哲，轻声说：

"颜哲哥，今晚别……"

颜哲敏锐地感觉到了我的情绪变化，默默地从我身上下来。我非常歉疚，词不达意地勉强解释着：

"颜哲哥，我不是……我是想……"

他在黑暗中摇摇头，止住了我的解释。随后努力平静自己，帮我把衣服扣好，戴好口罩，傍着我坐在草地上，在这个过程中一直没有说话。我看着他模糊的侧影，心中锯割般地疼。我知道，经过今晚这一场半途被截断的交欢，也许我们真会分道扬镳了。

时间已经是午夜之后，忽然颜哲轻轻地嘘了一声，用身体扛扛我，示意我注意下边。果然，在断续闪亮的天幕下，有一列身影过来了，这次他们没有怎么犹豫，就越过了颜哲设的禁区线，继续向窝棚处走来。他们真的来了！真要向颜哲下手？我紧张得不敢出气，颜哲紧紧握着我的胳膊让我镇静，不过我感到他的手心也是汗湿的。一道闪电划过，颜哲忽然轻轻地咦了一声。我知道他为啥惊奇，因为我也借着电光看见，那个小队伍的人数并不是五个，而是六个。其中一个身影与其他人拉得稍远。这么说，这个凶手队伍又扩大啦？

一行人在窝棚外停下，挤在一起，似乎是临下手前的踌躇。忽然一道沙哑的声音划破寂静，有人喊：

"颜哲！颜哲！快醒醒，有坏人！"

是大老魏的声音。原来他在五个人后边盯梢，可能是看到窝棚这边久久没动静，怕有闪失，就忍不住喊起来。然后我们看见第六个身影冲上去，与前边的五个搏斗，眨眼间六个人影乱作一团。老魏叔毕竟寡不敌众，很快被前边五个人按在地上。颜哲没有犹豫，冲上前去，快速按动喷雾器的手把。与第一次相比，他今天喷洒的量要大多了，一直喷了十几分钟也没有停止，也许他也太紧张。我忽然想到人堆中的大老魏，不想让他再次被蚁素控制，忙制止了颜哲，把老魏叔从人堆中拉出来。

老魏喘着粗气，摁亮手里的电筒，交给我。我把电光打到地上，借反光看那五个人。就像第一次喷洒时的情形一样，他们很快安静下来，脸上溢出沉静的幸福，那是我见惯了的表情。这说明蚁素已经起作用。从现在起，直到蚁素再次失效前，这五个人又成了天下最好的好人，与老魏叔一样的好人。我松一口气，对身边的魏叔叔说：

"谢谢你啦老魏叔。其实你当时根本不用喊，我和颜哲早就做好准备了。给，你的手电。"

临交出手电前，我特意把电光抬一下，看那五个人听了我的话后是啥反应。不，没反应，没有惧意、愧疚、遗憾，只有发自内心的、梦游般的幸福。颜哲已经停止喷洒了，但他们仍在贪婪地大口吸着空气中残留的蚁素，我想服用毒品的人大概就是这个样子吧。我把手电递给老魏叔，但很奇怪，后者半天没有接。我轻抬手电照照，原来就在这段时间内，老魏叔也已经"沉醉"了，现在他脸上和那五个人是同样的表情。

我很遗憾，也很抱愧。这些天来，我已经习惯了这个场员中唯一的清醒者的陪伴，习惯了一双长者的慈和眼光，没有了它，我会更孤独的。但这次他肯定不是在装假，刚才他在搏斗中吸入的蚁素太多了。

我拉拉颜哲，指指老魏叔，愧疚地说："颜哲，咱们疏忽了，不该把老魏叔也弄进去的。"

老魏叔对我的话没反应，现在他看我们的眼神也像其他人一样是仰视的，虔诚，敬畏，就像尘世的子民仰观上帝。这种眼光让我心痛。不过颜哲并没有太多的自责感，只是叹息道：

"刚才他们在一块儿混战，实在没法分别对待。不过这有啥关系，吸入蚁素，只能让这个好人变得更好，更纯洁更光明，让他和谷阿姨过得更幸福。你说是不是？"

我只有默然。从理论上说，颜哲说得一点儿也不错。我们已经饱尝了"清醒者的痛苦"，干吗非要拉着老魏叔一块儿受罪。他处在蚁素控制下，只会和谷阿姨一起，活得更安然更自在。但颜哲的漠然也让我不快，我总觉得——可能是我的多疑——颜哲其实是希望这个结局的，他不喜欢有双清醒的目光在近处观察他。

我叹息一声，挽住老魏叔的胳膊。他也亲亲热热地靠着我，就像从前一样。不过这种"依靠"的感觉完全调了个个儿，现在，我倒像是他的长辈。

# 第十五章  死  亡

  颜哲对那六人说:"既然你们已经来了,干脆连夜把这儿拾掇干净吧,这个窝棚已经不需要了。"
  于是我们借着那只手电,把窝棚拆掉,然后把炼制蚁素的设备运回农场,放到库房里。那瓶宝贵的蚁素则被大伙儿小心翼翼地轮流抬着,也抬回库房。荒岗离场部不算近,干完这些杂活,天已经放亮了。天气越来越闷热,沤了一夜,那场雨还是没下来。我们几个的衣服都被汗湿透,就来到井台,用解放牌水车汲出井水,轮流洗干净。会计室的老霍听到外边的动静,从窗户里伸出花白头发的脑袋侦察。颜哲笑着喊:"老霍头,是我们,刚加完夜班回来!"那颗脑袋又缩了回去。
  颜哲想大家忙了一夜,肯定饿了,就敲开食堂门。炊事班长老毕迷迷糊糊地说:"场长,这么早?"颜哲说这八个人加了一夜的班,饿了,给几个馍先垫垫饥。
  他要了十六个花卷凉馒头,每人分了两个。这会儿当然没有菜,不过我们都习惯了,从墙上的辣椒串上揪下几个红辣椒,用手捋捋浮灰,配着馒头大嚼起来。然后再车出井水,每人趴下喝几口,把干馒头冲到胃里。吃完饭天色已经大亮,颜哲对六个人说:"回去吧,你们夜里加班,上午可以不去干活,回家补一觉。"六个人都笑着摇头,说用不着歇一晌,回屋眯上一袋烟工夫就行。说完就各自回家了。
  颜哲很精神,不打算睡觉,到会计室去找老霍。秋季分红的方案改变后,他想看看新账是否已经做好。我打着哈欠回去,想抓紧时间补个小觉。早起的场员已经起床,拿着牙缸牙刷来井台上刷牙,看见我们几个,他们都远远地笑着点头招呼。我前边的六个人已经快到宿舍了,与宿舍里出来的人群对面相遇，他们都停下了，大概是在随意寒暄。我还看见谷阿姨迎着老魏叔过来，像农村娘儿们那样点着额头数落他，看来昨晚老魏一夜未归，她肯定急坏了。

在大祸降临之前，呈现在我视野里的，就是这么一幅温馨的农家乐画面。我无论如何也想不到，它会在一瞬间突然碎裂。忽然——是孙小小的尖叫声！是岑明霞的惨叫声！是很多男人女人的尖叫声！叫声极为凄厉，令人毛骨悚然，比孙小小那晚的惨叫声有过之而无不及。我急忙向那边跑过去，看到的是一幕非常怪异骇人的画面。刚才还在寒暄的几对人，这会儿正沉默地搂在一起，不声不响地用力，他们显然不是在拥抱示好，而是在默默地掐对方的脖子，用力掐，死命掐。赖安胜在掐林镜，陈得财在掐岑明霞，庄学胥在掐孙小小，崔振山和王全忠在对掐……其中最令我瞠目的是老魏，他也在用力掐一个女人——是他的"妻子"谷阿姨！是刚才还亲亲热热迎接他的谷阿姨！谷阿姨的手没闲着，也在同样用力地掐老魏，不过她毕竟力气小，这会儿已经被掐得满脸紫涨。他们俩的表情特别怪异，因为他俩都用眼睛焦灼地盯着对方，显然是在为对方的命运操心，但两双手却一点儿也不放松。这样的表情特别令人恐惧。

我大叫一声，跑过去，用力掰老魏叔的手。不行，他的手像铁钳一样。我哭着喊："老魏叔！老魏叔！你们这是怎么啦？快松手！"老魏在百忙中抬头看看我，目光中满是迷茫和无奈，似乎是在对我说："我身不由己啊。"我掰不开老魏的手，就哭着喊大伙儿："你们快来呀，快把他们分开呀。"其实不用我喊，周围的人早冲上来了，想把拼命死掐的人分开。但令我绝望的是，这些人冲上来后，都愣怔那么片刻，抽动鼻翼嗅嗅打架的人，然后就改变了劝架的初衷，开始对其中一人下毒手。这让局面急速恶化。我很快发现，被众人群殴的全是昨晚去荒岗那六个人，纵然他们几个都身强力壮，但在大伙儿的群殴下很快奄奄一息。而原先在他们手下挣扎的人，像岑明霞、孙小小等这会儿已经被救出来，趴在地上大口喘息，或在吼吼地干呕。

忽然一道闪电划破我脑海的迷蒙，我悟出是怎么一回事了：是因为蚁素！昨晚喷洒的蚁素肯定与往日的不同，于是不同的蚁素使一个蚁群变成了两个，引发了战争。没有被喷蚁素的颜哲和我并不被当成异类，而同样喷了蚁素但蚁素不同的两群人，则因冥冥中的指令而成了天敌。我眼前闪过年幼时见过的蚂蚁大战，一群黄蚂蚁和一群黑蚂蚁劈面相遇，用触须碰碰对方，如果不是同类，就很快扭做一团，用颚牙咬，或者努力弯曲身体用尾针刺。大战过后，地上满是蜷缩着的蚂蚁尸体，情况十分惨烈。蚂蚁是彻底的利他主义者，但这种"利他"只表现在同一个族群中，而对异族的残忍并不亚于人类。对这些情况，身为昆虫学家的颜伯伯当然不会不知道，但他对蚂蚁的过分喜爱让他有了偏见，至少在向我们讲述蚂蚁学的知识时，从来没有强调过蚂蚁残忍的一面。这就使颜哲和我无形中放松了对眼前事变的警惕性。

我看看眼前的阵势，知道凭一己之力无法挽救。只有找颜哲，让他用新蚁素向众人喷洒，等他们接受了同样的蚁素后，就不会互为敌人了。我狠下心离开快要被掐死的老魏叔，飞快地跑到会计室，哭着喊：

"颜哲，颜哲！快，出大事了！"

颜哲从会计室里窜出来，我那时已经慌乱得话都说不清了。好在他的反应很敏锐，很快从我颠三倒四的话里捋出我的意思，脸色唰地白了。他撇下我飞快地跑到库房，拎着喷雾器向打架的地方跑过去。我紧跟在他后边。颜哲按动手柄对着那堆人一阵狂喷。被喷的人慢慢抬起头，嗅嗅，然后迷茫地爬起来。

但是已经晚了。蚁群散开后，在地上留下八具尸体。除了昨晚那六个人外，还有"这个阵营"的谷阿姨和林镜，他俩是被老魏叔和赖安胜掐死的。八个人，老魏叔、庄学胥、赖安胜、陈得财、陈秀宽、崔振山、谷翠花、林镜。人是非常脆弱的生命，五分钟没有呼吸就会死亡，而带着新蚁素急忙赶来的颜哲也就晚了那么几分钟。

颜哲完全癫狂了，发疯般伏在尸体上面，嘴对嘴地进行人工呼吸。这个救不活，就换下一个。我也哭着帮他按压死者的胸膛。我俩的努力终于对一个人见效，已经停止呼吸的崔振山开始了微弱的呼吸。我俩又惊又喜，更加努力施救，终于把他从鬼门关上拽回来，其他七个人再没有被救活的。最后我俩精疲力竭，瘫倒在尸体旁边。

在我们努力抢救时，刚才参加殴斗的其他场员都畏缩地立在旁边，像一群闯了大祸的不懂事的幼儿。他们是按蚁素赋给他们的本能去行凶的，现在闹不清是咋回事——他们刚才努力要掐死的"异类"，现在和他们是同样气味啊。那么，自己刚才是不是闻错了？

这场剧变给颜哲造成严重的体力透支和精神透支，几乎让他崩溃。但他忽然想起一件事，跳起来，对我说：

"快！用新蚁素对所有人进行大剂量喷洒，一个人也不撇下，快！"又对周围人严厉地命令，"都待在原地不要动！没有我的命令，任何人不能走动半步！"

我马上醒悟到他指出的危险：在斗殴现场大约有40人被喷过新蚁素，算来农场还有一半多没有喷。如果这40人散开，同另外一半人接触时，一场规模更大的凶杀就会出现。他毕竟是"清醒的上帝"，在身心俱碎的状态下，还及时地看到了另一场灾祸。

在场的人都不知道这个命令的用意，但他们当然会执行的。于是40个人老老实实地待在原处，连头也不敢转动，就像中了孙悟空的定身法。我们俩背着喷雾器，急急地在全场搜索。这会儿刚刚起床的人很多还处于甜蜜的慵懒中，打着哈欠向我们问好。有人听到了喊声，笑着说："场长，那边在喊啥？孙小小的腿上又有蚂蟥啦？"

我们一句话也不说，对每个人都补喷了新蚁素。想到上次老霍漏喷的教训，这次我俩扳着指头算人数，回忆看是否有忘掉的死角，包括菜园的老马，牛屋的邰祥富，炊事班的三个人，还有会计出纳室的老霍和小刘。再三验证没有疏漏之后，我俩才回到刚才的现场，对大家说：

"你们可以离开了。"

那个僵化的群体突然复苏了，活动活动手脚离开这儿。我们提心吊胆地盯着这群人与另一群人慢慢合流，谢天谢地，合流进行得非常平静，没有发生意外。被喷洒了大剂量蚁素的人洋溢着格外浓郁的幸福。他们照常吃早饭，到地里干活。不过，他们路过那七具尸体时也会踌躇，逡巡不前，停下来摸摸，嗅嗅，皱着眉头思索着什么，然后迷茫地离开。半天之后这儿聚集了很多蚂蚁，它们的表现也像场员那样，踌躇，逡巡不前，向天空举着两只触角，迷茫地寻觅着。这种情形一直延续到我命令大家把七具尸体埋葬。

是我下的命令，不是颜哲。他在及时作出补喷蚁素的重要决定后，就从精神上彻底虚脱了，脸色死白，藏到场长室里，很长时间不出来。我能理解他所受的打击。想想吧，昨天老魏叔和谷阿姨还住在这间屋子里，还是两个鲜活的人，现在却成了两具尸体！一个小时前，农场还是一个圣洁温馨的伊甸园，转眼间就濒于崩溃。虽然很惊险地挽救过来了，却留下七具尸体。颜哲作为事故的责任者，被负罪感摧垮了，我只有一个人来面对这个局势。

我喊来郜祥富、何子建、王全忠等四个人，命令他们用人力车把七具尸体拉到那道最高的荒岗上掩埋。其实下这个命令时我并没有清醒的目的，并不是想掩盖这桩凶杀。不，它的规模太大，谁也掩盖不了，不过我至少不能让七个人继续暴尸场院。

崔振山这会儿已经恢复过来了，可能喉咙还在疼，老用手摸喉咙，没了往常大大咧咧的模样。我在下命令时，他怯生生地望着我。我说："你是不是也想去？要是想去就去吧。"

七具尸体都已装在人力车上，我让他们把七人的被褥也带上。临走时我想了想，让崔振山把岑明霞喊上。不管怎样，赖安胜是她腹中胎儿的父亲，应该让她带着胎儿看赖安胜最后一眼吧。

一行人默默地来到那道最高的荒岗，在半坡向阳处挖了七个坑。现做棺木当然来不及，只能裸埋了。我指挥大家用被褥把死者裹住，把脸也盖上。因为按家乡的风俗，即使穷得不能用棺木，至少也不能让死者直接面朝黄土，那样子下辈子难以托生的。第一个下葬的是庄学胥，我当年的学胥哥，他的表情很沉静很单纯，就像一个初中学生。初中以前他留给我的印象基本是美好的，到高中后就飞速地变了。人哪，为啥要长大呢，永远都是孩童多好。想起他碌碌数载，尽在整人的心机中打转，现在该大彻大悟了吧。第二个下葬的是赖安胜，他也不像是被殴毙的人，脸色平静如常，蛤蟆嘴微微张着，倒像在微笑。我忆起他的恶行，但也忆起他被喷洒蚁素后，像小孩子一样夸耀自己是农场头一份棒劳力，想起他割麦时的快乐，也就原谅他了。我喊岑明霞过来与他告别，岑明霞没有特别的反应，只是用手扶着大肚子，小心地俯下身看了看他，默默地退回去。

第三个下葬的是林镜，说起来他是最不该死的人，因为他从来没有参加到任何纷争中去。他是个好孩子，平时嘻嘻哈哈没个正样，其实心地很好。他最挂念家里有心脏病的妈妈，他爹已经去世了。他曾忧心地对我说：他最害怕深夜里喇叭上喊他的名字，只要一喊，多半是他妈的病犯了。心脏病又不比别的病，哪怕得信后尽快赶回去，也赶不及给妈送行。听他这样说，我心里很不好受，这样沉重的话根本不像是他这样乐哈哈的小男孩说的。初到农场时林镜有一次和颜哲打赌，说他能三天不说话，谁输了敲着脸盆在农场转三圈。颜哲用各种方法逗他，包括在林镜睡熟时突然把他喊醒。没想到林镜熟睡乍醒中一看到是颜哲，竟然能非常及时地闭紧嘴巴。眼看三天就要过去了，看来颜哲要输，但他鬼门道也稠。那天上午他到公社办事，顺便打了一个喇叭电话，谎称自己是此刻回城探亲的知青陈道斌，说林镜母亲生病了，让他赶紧回去。喇叭中喊了很久，林镜始终未来喇叭前通话，颜哲以为自己的阴谋又被林镜看穿，便一笑而罢。他下午回农场，半路上远远看见一个小个子背着硕大的包裹急匆匆地在田埂上走来，原来是林镜。颜哲一时没反应过来，忙问："林镜你干啥？"林镜急慌慌地说："我妈心脏病犯了，我得赶下午的班车！"颜哲这才想起自己的谎话，失声大笑。林镜恍然大悟，一下子松了劲儿，一屁股坐到田埂上。

林镜说，那个喇叭电话响时他正在场里干活，听人喊就急忙往屋里赶，但赶到时电话已经挂了，是别人给转述的。至于这个超过半人高的大包裹，装的全是其他知青往家捎的东西，包括岑明霞为家里纳的十几双鞋底。那时知青探亲请假不易，所以每个能请准假的，都会像毛驴一样帮大伙儿把东西背来带去。过后我埋怨颜哲，不该在这样敏感的事情上开玩笑。颜哲连连说："在这之前，我真不知道林镜妈有心脏病啊。"他非常抱歉，所以虽然赢了赌局，反倒给林镜赔了不是，也没让他履行赌注。

现在林伯母倒还健在，可林镜先走了。黄叶未落青叶落，等我回城后咋向林伯母交代?

我们埋了曾满身痞气的陈得财,埋了曾满身贱气的陈秀宽。他们都是恶人,后来被蚁素变好,但又被蚁素害死。最后两位是老魏叔和谷阿姨,他们受异种蚁素的控制,身不由己,竟然向最心爱的人下毒手,直到现在,两人脸上还保留着痛楚迷茫的表情。我跪在他们的遗体面前,泪如泉涌。魏叔是为了保护颜哲和我,才被牵涉到这场殴斗中去,所以,他和谷阿姨其实是为我们死的。我非常想把他俩合葬,让他俩在黄泉路上有个照应,但我知道行不通。今后,他们的坟墓还要面对各自的亲人啊。我哭了很久,站起来,哑声说:

"下葬吧。"

一锨锨黑土倾倒在他们身上,最后拢为七座新坟,默默地卧在这道荒岗上。七个人从此长埋地下,与我们阴阳永隔。参加掩埋的几个人没有显出太深的悲伤,因为大剂量的蚁素影响了他们的情感,尽管这样,悲伤还是有的,它甚至战胜了蚁素赋予的幸福感而顽强地流露出来。我在七座坟前坐了很久,忽然想起一件大事,忙起身对大伙儿说:

"来,再挖一个坟坑。"

在场的人惊异地看看我,又互相看看,然后把目光转向崔振山。崔振山小心地提醒我:

"秋云姐,我没死,我又活过来了。是你和颜场长把我救活的,你忘了?"

我摇摇头:"当然不是为你挖的。别问了,挖吧。"

他们听话地挖起来。我喊过来全忠,让他跑步回去,到颜哲的宿舍,取来一套他的衣服,随便啥衣服都行。王全忠不知道我的用意,但没有问,跑步回去了。等他气喘吁吁地拿来一套衣服,这边的第八个墓坑已经挖好,位于这排新坟的最东边。我把颜哲的衣服小心地放进墓坑,对大家说:

"这是颜哲的坟,埋吧。"

六个人仍互相看看,这回是郜祥富小心地提醒我:

"秋云,颜哲没死。"

我用不容置疑的口气说:"他已经死了,咱们现在就把他埋葬。回去你们要告诉大家,颜哲死了,是你们亲手埋的。知道吗?"

大伙儿勉强点头。梦游状态下的他们不能理解眼前的事态发展,但他们当然会听我的吩咐。只有岑明霞小声问:

"颜场长死了,以后是你来管我们大伙儿,对不对?"

这个问题显然代表着大家的担忧或盼望,他们都殷切地看着我。我看着他们幼儿般的眼神,有些心酸,点点头。六人脸上立即显得欢天喜地,填土的动作也变得欢快。

农场其他人很快知道了这个重要消息:颜哲死了,现在是郭秋云来代替他。全场弥漫着一种可以摸得着的安心感、喜悦感。不管是颜哲还是郭秋云,不管是男上帝还是女上帝,反正仍有人来管理他们,这就足以让他们放心了。而且——隐藏在意识深处的想法可能是:这位女上帝比那位男上帝更有亲和力。反正很奇怪,尽管很多人亲眼看见颜哲没死,他这会儿很可能还窝在场长室里,但没有一个人站出来指证这件事。

我在全场跑前跑后地安排善后时,到处可以看到敬仰的眼神。其实我的善后措施很简单,就是让人们暂时忘掉这桩血案,安心劳动。我并不是妄图永远瞒住这个秘密,不,肯定是瞒不住的,我只想把它瞒到颜哲能顺利逃走为止。由于新喷洒的大剂量蚁素,我的命令被严格执行,场里很快恢复正常,就像蚁巢被顽童惊扰后恢复平静。

晚饭后,我才抽出时间来到场长室,随身带着一个小包,里边是我从厨房搜罗到的干粮。推开场长室的房门时,我仍然心中不忍。想着颜哲将不得不放弃他倾注了全部心血的这块试验田,放弃上帝的职位,而去亡命天涯,我比他更难过。我也想起了颜伯伯和袁阿姨,他们死前在颜哲身上寄下了重托,但看来他们要失望了,九泉之下也不会瞑目啊。不过,我知道不能犹豫,必须代颜哲作出这个决定。因为颜哲——尽管我一直钦服他的智慧——显然已经乱了方寸,不能指望他作出什么理智的决定。

我推开场长室的门,沉沉的暮色中有一双灼灼发亮的眼睛。颜哲坐在桌前，身体挺得笔直。我点亮煤油灯，见颜哲眉峰微蹙，表情果决，显然经过一天的思考，他对今后该咋办已经有了成熟的看法。看来，这场横祸并没有将他完全击垮，这让我多少感到一点欣慰。

我咳嗽一声，准备把我梳理了一天的想法和盘托出。我说："颜哲哥，七个死者都掩埋好了，在北边那个荒岗上。我想……"

他打断我的话，亲切地说："秋云，我想了一天，想通了。我先说说我的想法，你看咱俩的想法是否一致，行不行？"

他的亲切中仍带着往常那种无形的俯视，我迟疑地点点头。我知道他的雄辩素来对我有催眠作用，事先在心中警告自己，这次一定要保持清醒，不要轻易被他说服。他微笑地等着我，直到我点头答应，才继续说下去：

"我没想到一次技术性的小小失误导致了一场血案，对此我很内疚。但只要想开了，其实也没啥。作为一个试验性社会，我们得验证它的所有方面，像过去我说过的性欲问题、利他基因能否成为获得性遗传的问题，等等。其实还有一个重要方面，那就是每个社会都避免不了的战争。利他社会是否也同样？应该是的，蚂蚁社会也有战争啊。既然不能避免，我们就得主动面对。今天的事变实际可以看作是一个试验，虽然是无心促成的，但其实早晚也得做。这场试验死了几个人，这当然令人痛心。但从一个新社会运作的大势来看，这是不可豁免的牺牲。上帝的道德准则和人类不同，他向来只关心种族的延续，并不关心个体的命运……"

我再也听不下去，跳起来，把一口唾沫照直啐到他脸上。

他愣了，我也愣了。我从没想到自己会这样对待他，从没想到我俩的分手会是这样一种方式。但我今天忍无可忍。相识13年来，我对他的睿智总是仰视的，可以说他是我心目中的半个上帝。今天我才知道，一个有大智慧的人，如果走火入魔，会乖张悖谬到啥程度，用句家乡话就是"邪性"到啥程度。在这样一个时刻，他竟然自我感觉良好，想以他"高瞻远瞩"的思想来打动我呢。

我看着他惊愕木呆的表情，心中碎裂般的疼。我甚至后悔他今早为啥没死在那场殴斗中，那样他至少还能活在我心中。现在，他在我心中是彻底死了，从肉体到灵魂都死了。我对他只剩下鄙视，最多不过是怜悯。我也后悔上次在他草率地要"处死"赖安胜之后，我没有认真地批评他。那时我确实责备了他，我说他不要把自己当成上帝，对别人生杀予夺。但颜哲冷淡地说：那晚他的错只在于错怪了赖安胜。但如果赖安胜确实强暴了孙小小，他仍会下令掐死他，不能让一个老鼠坏一锅汤。在他心目中，这个利他主义的小天地远比赖安胜的一条命贵重。我那会儿只叹息一声，没有再同他争论。

我们从最初的尴尬中平静下来，我冷淡而坚决地说：

"颜哲，说这些都已经于事无补，不管怎样，是你造成了七个人的死，这是现实社会决不能容忍的，现在你只有逃命了。我已经为你假造了个衣冠冢，对外能争取到几天的时间，趁这个机会你赶紧跑吧。"

颜哲十分震惊："让我离开农场？不，我决不会走。秋云，你这真是女人见识。这么伟大的工程，出点纰漏是完全正常的。以后我们会更小心，更周密，把这个利他主义小社会建设得更美好。古人说慈不掌兵，你就是心太慈了……"

我打断他喋喋不休的劝说，坚决地说："我说过，说这些已经没用，你只有逃亡这一条路了。"想了想，我又狠下心补充，"我已经把你的死亡向全场通报，并且代替你做了他们的蚁王。你当然知道，蚂蚁族群一般遵循'单王制'。如果你走出这个门，被蚁众们发现，我不敢保证你的安全。"

颜哲打了一个寒战，盯着我，眼中喷出怒火："你逼我走？不是外人逼我，而是你逼我走？"

我狠下心点点头："没错。"

他扭过身，沉思很久，然后走到门边，把门关上。等他回头时，我看到他已经戴上口罩，手里擎着一件东西，是那个精致的不锈钢喷雾器。他的身上灌满了杀气，简直胀得他的衣服无风自动。我知道他要干什么——要对我喷上蚁素，让我也成为那些梦游中的一员，然后幸福地生活在他麾下，永远做他驯服的妻子。这个利他主义的微型社会是他人生的唯一目的，他不允许任何人破坏它，不会让它毁于一个见识浅薄的女人手里，哪怕她是他最亲的爱人。

我的心碎裂了。如果说我们对场员们几次喷洒蚁素时都是怀着高尚的目的，那他这会儿的行径无疑是魔鬼，是在强奸我的个人意志。但我知道我无法逃脱，只要他手指一揿，我就会失去判断力，永远成为他的附庸，而且是"快乐""幸福"的附庸。

我闭上眼睛等着，觉得泪水不受控制地流过脸颊。奇怪的是很久没有动静，我睁开眼，看见他仍在原地，面容冷淡，不过口罩取掉了，喷雾器已经装回口袋里。看来他毕竟不忍向我下手，那颗颜哲的心还没有换成魔鬼的石头心。我心潮翻滚，思绪复杂，很长时间与他默然相对，十几年的交往像幻灯片一样在眼前闪过。七岁时同他的第一次见面；一块儿淘铁砂；三年困难时期我去他家送野菜；他父母领我们去看汉剧；他父母的受难；我去高三丙班教室喊他去我家吃饭，我在高三丙班宿舍里看他的睡容；我们的初吻及当时全身的战栗感……我的眼泪不听话地涌流。我想这些场景也正在他头脑里打转，否则他也不会主动中止了这场"凶杀"。

不过，在我那口唾沫之后，我们都知道，俩人之间的最后一丝感情维系已经彻底断了。我低声说：

"颜哲，对不起，我没能跟你走到底。"我又说，"也谢谢你手下留情。"

他声音冷硬地说："好吧，我走，我离开这里。"

我劝他："那就尽早。你看天阴得这么重，这么闷热，肯定有场大雨，你要争取在雨前就逃到安全地带。来，我帮你收拾一下衣物。"

他平静地摇摇头："那些身外之物带它干啥。我只带这两样东西。"

他从书本堆里抽出那本常看的英文书，和那管袖珍型不锈钢喷雾器，装在一个布包内，背上。做这些事时，他的嘴执拗地紧闭着，动作也多少带点挑战的味道儿。那是在告诉我：颜哲并没有认输，并没有向一个目光短浅的女人认输，他要找一个新地方去推行利他社会，因此他要把书和原始蚁素这两件最重要的东西带走。他想了想，又到墙上取下木工锯背在身上，把斧头插在腰间。可能他是想用这些木匠家什在逃亡途中谋生，也可能有象征意义——正像那天他告诉我的，耶稣在入圣前就是一个木匠。但我对他的做派已经没有任何兴趣了。我只是把那包干粮强塞给他。不管他的志向何等高洁，饭总是要吃的。但依我对他的了解，他肯定拉不下脸乞讨。我不愿他怀揣大志而饿死在穷乡僻壤里。

桌子旁放着他雕刻的狮子半成品，这是他答应给老魏叔雕的。前段时间，他在看书休息时间总要抓紧雕几刀。现在狮子的大模样已经出来了，很有气势，比他的第一个作品更成熟。可惜魏叔已经到了另一个世界。而且，这件木雕他也没时间完成了。他拿手上看了看，意兴索然地放下。

他要走了，但一直很迟疑，后来他说：

"我想——如果你想要，我可以把这罐蚁素给你留一半，再留给你制取蚁素的方法——按说这违犯我父亲的遗嘱，不过顾不得了。否则几个月之后，你管理的农场肯定会失控。还有岑明霞的婴儿，他对这个世界太宝贵了，希望你能妥善照看，并用微量蚁素定期向他喷洒。"

我客气地说："谢谢你在这时候还为我的将来操心。不过我用不着，我当这个蚁王只是过渡，已经打定主意让这个蚁巢在某一天崩溃的。至于你说的那个新时代之祖，"我苦笑着说，"既然这个团体都要崩溃，他还能单独存在吗？古人都知道，覆巢之下安有完卵。"

这句话再次重重地伤了他的心。他怨恨地瞪我一眼，不再说话了。不过他背着东西走出房门后，仍迟疑地回头看着我，依依不舍地看着我。我明白他的意思。眼下是俩人的生离死别，不管我们已经如何疏远，甚至相互反感，总是有过一段令人难忘的爱情，现在他想与我最后一次拥抱和吻别。说实话，我很想满足他最后一个愿望，但想起他那段令人作呕的高论，想想我啐到他脸上的唾沫，无论如何也没法强迫自己扑到他怀里，那样未免太虚伪了。我只是尽量亲切地说：

"你尽早走吧。祝你一路顺风。"

他掩盖了失望，冷淡地说："也祝你幸福。再见，不，永别了。"

他的身影远去了，背上斜挎着木工锯，那个装馍馍、英文书和蚁素的布包在他胯边晃悠着，青白色的闪电在他前边不时闪亮，把他的背影和他脚下的路一次次定格在我的视野里。

## 第十六章 毁灭与新生

从这晚开始我没有再回自己的宿舍，住到场长室了。既然大伙儿需要一个蚁王，那我至少要顺从大家的意愿，装装样子。我想今晚要失眠，没想到很快就入睡，经历了这一天的折腾，我已经身心俱疲。我睡得很熟，在梦里听见了狂暴的雨声。不过不要紧，颜哲已经走远了，他在下雨前就已经逃到安全地带了，这会儿他应该站在下雨的云层之上，披一身阳光，俯瞰着尘世……我在梦里乱七八糟地想着，忽然听到有人咚咚地敲门，喊着：

"秋云！秋云！快起来，发大水了！"

是颜哲的声音！我从床上一跃而起，跑到门边，打开门。狂暴的风雨排闼而入，门外却没有人影。我高喊着："颜哲！颜哲哥！"没有回音。但我没有时间再找他，因为汹涌而来的洪水已经淹没我的小腿肚。场长室和库房在场院里地势最高，那么，各个宿舍里至少已经淹到床上了吧。知青农场位于岗坡地，地势较高，我们从来只用担心旱而不必担心涝，但这一次的暴雨太凶猛了。

我急忙从抽屉里寻出三节手电，想去各宿舍组织人们逃生。路是一点也看不到了，我只能用一根竹棍小心地探索着往前走。快到宿舍区时无法再前进，水深已经及腰，水流湍急，凭我的水性肯定过不去。好在那边有人看见了，喊着："场长！郭场长来了，郭场长来了！"喊声充满了欢快，像是走失的小孩终于见到了父母。

我大声喊他们来接我。王全忠、崔振山、何子建等七八个人拉成一条线，小心地蹚过较深的急流，把我半背半抱地弄过去。各宿舍的人都站在土坑上，屋里的农具被褥全都浸在水里。外边，齐腰深的水流凶狠地拍打着屋墙。农场的宿舍都是草坯墙，这是这个穷地方特有的建筑方法，即在草地上犁出一道道棋盘格,把带有草根的那层泥土铲下来,制成草坯砖,再用来盖房。利用草根的纠结作用,土坯可以结实些。这种方法很省钱,在干旱少雨地带也很管用,但绝对禁不住这样大的洪水的浸泡。

我果断地下命令,让所有人集合,迁移到库房去。库房地势最高,而且四面墙都是卧砖到顶,轻易不会被洪水泡塌的。我的命令一下,下边的人立即有条不紊地动起来。会水的男知青负责蹚水通知各宿舍,女知青尽量收拾一些能用的家什。少顷,人们排成队向库房移动,怀孕的岑明霞被四个男知青围着往前走。我们在库房安顿住,近70个人把库房塞得满满的。农场一共68个知青加18个老农,昨天死了七个,另有九个人在外边出河工或探亲。我让阮月琴清点人数,让何子建和王全忠去位置比较孤立的食堂,一方面把伙夫们喊来,另一方面把所有能填肚子的东西全都搜罗来。

不久,三个伙夫跟着何子建进来,抱着一堆馍馍啦,咸菜啦,锅碗瓢勺啦。班长老毕嘴里骂骂咧咧的,说老天爷真会折腾人,这片岗地上几辈子没听说过发大水,可可地让咱们赶上了。他们带来的干粮不多,已经被我搜罗一遍给颜哲了。但好歹我们守着粮库,至少可以煮麦粒和包谷粒吃,所以对这一点我倒不犯愁。

人数清点完,发现只少了牛把式邰祥富。孙小小说她看见黄牛们被大水冲走,邰祥富紧追着过去了,但她说不清追去的方向。我们对老邰非常担心,但在这样漆黑的夜里,在这样凶猛的洪水里,我实在不敢派人去救他,只有为他默祷。老肖和老初都说,凡是四条腿的都会游泳,黄牛轻易不会淹死,但愿随黄牛去的邰叔叔大难不死吧。

但我们忙乱中还是犯了一个错误:记住救出三个伙夫却忘了会计室的老霍,他同屋的出纳回家探亲了。说来真不可原谅,这是第二次漏计了他。两天后我们似乎听到远处有人呼救,声音非常微弱,时断时续,方向是在井台和食堂那边。即使到那时我们还没意识到那是老霍,以为是邻近农村被水冲过来的难民。那时洪水多少已经退了些,我让刘卫东和王全忠踩着泥浆向喊声方向寻找,看见竟然是老霍,螳螂般精瘦的身体挂在井台上的一棵柳树叉上,已经饿得眼窝发青,喊不出声音。他们忙把老霍扶下树,半拖半拽地弄回库房，给了他一把煮包谷，老霍好一阵狼吞虎咽，之后才恢复一些生气。

我看见他身上背着一个不小的蓝包包，问："老霍你背的是啥？账本？"

的确是账本，还有那个装公益金的白茬小木箱。那天我们去救伙夫时，实际他也听见了，但跑出门时忽然想起账本和木箱，就折回来把它们收拾好，背在身上。等再跑出去，大队人马已经撤走了。老霍不会水，不敢独自往这边跑，只好爬上一棵柳树，在上边熬了两天两夜。

库房成了汪洋中的小小孤岛，电话和喇叭都不响，肯定是线路被洪水冲断了，我们真正与世隔绝了。我让大伙儿用麻袋装上麦子，代替沙包，在库房门口垒起了一人高的防洪堤，门的上部留有一米高的空当供我们爬进爬出。四娃看我们用麦包当沙包，又是心疼得几乎吐血，但生死关头我只能这样干。水位最高时，几乎漫过这道堤坝，但那个时刻很快就过去，随后洪水就缓慢地消退。

我们在库房一角支起简易灶台，用伙夫们抢出来的铁锅煮豆子和包谷吃。粮食是不愁的，水更不愁，柴火也将就找得到，就是湿一些，弄得屋里白烟滚滚。这么着，我们就在这个小孤岛上无忧无虑地过下去。我没忘派人出去，爬到库房的房脊上放哨，一则看有没有顺水漂来的、需要救助的难民，二则注意观察公社和县里的救援队。上边和农场失去了联系，肯定会派人来救援的，但我估计那要到几天之后了。孙小小最乐意出去值班，趴在屋脊上对着一片汪洋高高兴兴地唱歌。我让她观察的情况她一样没发现，只是过一段时间就兴奋地喊：

"秋云姐，又倒啦！又倒啦！"

我们的土坯房宿舍从第二天起就陆续倒塌。第五天，也就是县里救援队来时，全部宿舍已经塌完。宿舍在库房没有窗户的那一边，我们在库房里看不到它们的倒塌，但能听到訇然溃地的声音。

70个男女知青和老农挤在这座三间套的库房里熬了五天。地上到处是人，抬脚就能踩到，像蚁巢一样拥挤。虽然挤，但那五天过得很快活。颜哲一再说过蚁素有正反馈作用，那这个拥挤的蚁巢无疑是正反馈的最好场所。

在这几天里，这个小族群中的利他主义可以说发挥到了极致。煮饭时因为只有一只小锅，煮得很慢。煮完一锅，大家都推着让别人先吃。即使是崔振山这样贪嘴的家伙，虽然已经饿得前心贴后心，仍坚决声明："我不饿，不饿，让妮子们先吃，孕妇先吃。"孕妇岑明霞被安置在最舒适的地方——麦囤的最上边，大家为她铺上能找到的干被褥，还细心地在她周围扎上一圈屏障。我领着人出去巡查农场受灾情况时，跟我的人像保护水晶器皿一样护着我，那种发自内心的爱心让我感动。

也许只有一点不如意。我住的场长室与这儿一墙之隔，我见库房里太挤，就分派几个女知青到我屋里，但没一个人来。她们只是笑，不说不来，但就是不动。我退一步，只让孕妇岑明霞过来，她也笑着摇头。她们是把我当成蚁王了，没人愿打扰蚁王的平静。我叹息一声，不再勉强她们。其实，这个避难所里虽然拥挤，但有如此浓郁的快乐，无形无影，像音乐旋律一样无处不在。就连我也舍不得离开这儿，到隔壁那个寂寞的小屋里去。

我心中还有一点小小的不舒服：这三天中没一个人提到颜哲，人们已经把他，他们曾经的上帝，彻底忘了。尽管我本人已经与颜哲分道扬镳，尽管是我下命令让他们忘掉颜哲的，但是看到他的子民如此善忘，还是难免为他抱不平。

洪水中的生活已经安顿就绪，我也困坏了。在众人的帮助下，我从库房门洞中钻出来，涉水回到隔壁的场长室，独自躺在黑暗里。一天的纷乱退去，我开始想颜哲。桌子上放着他未雕完的狮子，枕头上还留着他熟悉的气味，真难以相信我们会从此永别。昨晚是他喊我吗？在听到喊声时我是确定的，那肯定是他的声音。但现在我开始恍惚，心想也可能是我的梦境。算来他喊我的时刻，距他离开农场不过三个钟头，他可能没走多远就遇到了洪水，急忙返回农场来警告我。不过，在洪水中他没法再离开的，那么他现在在哪儿？

思来想去，他现在恐怕是凶多吉少。他被我逼走，但仍牵挂着我，牵挂着农场，他是冒着生命危险返回的啊。不知不觉间，泪水悄悄漫过我的眼角。

虽然我与他已经彻底决裂，甚至曾对他充满鄙视，但此时我已经原谅他，很轻易就原谅他了。原因无它：这个一心创建利他社会的人，本人也是完全无私的，高尚的。仔细回想他走过的路，无论是为女知青抱不平而惹起事端，从而萌生使用蚁素的念头，还是被动地当上"蚁王"，直到在当蚁王的过程中走火入魔，等等，其中都不掺杂他的任何私利。我没有继续怨恨他的理由。

问题是，动机完全光明的人，如果一旦走火入魔，也会犯下不可饶恕的罪孽。他害死了七个人，害了他自己，也害了我，糟蹋了我对他的一片真情。

不管怎样，但愿他没有在洪水中丧生，但愿颜伯伯和袁阿姨在冥冥中保佑他吧。

我正要蒙眬入睡，忽然墙洞里有人喊："秋云姐，郭场长，岑明霞肚子疼，她可能要生了！"我被惊醒，暗暗叫苦。岑明霞离预产期还早着呢，虽然我没问过她怀胎的准确日子，但大致推算下来不过六个月，最多七个月。一定是今天的忙乱疲累让她动了胎气。问题是我也没有经验啊！他们有困难就找他们的蚁王，但我也只是一个20岁的处女。场里人只有谷阿姨有生育经验，我和颜哲一直指望她来替岑明霞接生，可惜她已经去世了。

我赶紧涉水回到隔壁的库房，几十双眼睛期盼地盯着我，麦囤上边传来岑明霞撕裂般的呻吟。那一会儿我真的乱了阵脚，呆立着不知道该咋办。多亏孙小小救了急，她挤过来，俯到我耳边小声说：

"郭场长，秋云姐，我知道该咋办，谷阿姨讲过多少遍啦。"

我恍然悟到她说得没错。那时我请谷阿姨给岑明霞做产前培训，肯定讲过多少遍了。不过我害羞再加上忙，从没有去听过。但孙小小是最热心的听众，一场不落，听讲时还要问这问那。记得谷阿姨对我谈起此事时，还曾对她过分的热情摇过头。现在她的知识可以派上用场了。

我豁上了，命令孙小小做接生婆，我和李冬梅打下手。孙小小熟练地下着命令：烧一锅热水，准备给产妇洗身子；到场长室找一把剪刀，在火上消毒，这是剪脐带用的；找一些尽量软的布准备包婴儿……所有人心悦诚服地执行着她的命令，包括我这个众人心目中的蚁王。这真是奇特的一幕：一个刚过15岁生日、从没见过分娩的小姑娘当上了助产婆。

虽然我忙碌不停，心里还一直打鼓。孙小小的水有多深我是知道的，虽然从谷阿姨那儿学了一些常识，但万一有意外情况，像大出血、难产，她肯定对付不了。岑明霞的呻吟时而尖利时而减弱，我在麦囤顶往下看，男知青和老农们都仰着脸，关切地盯着上边。看见我的目光，他们害羞地挪开目光，似乎意识到男人们这么盯产妇是不对头的，其实处在他们的视角根本看不到孕妇的裸体。熬过漫长的一夜，天色刚放亮时，听见孙小小兴奋地喊：

"生了，生了！"

下边一阵骚动，性急的人在问："是男是女？"也有人问："为啥不哭？"孙小小忙补充说：

"我是说它是顺生，脑袋已经出来啦。"

原来还没生出来呢。又过了一会儿，婴儿总算生出来了，但没有哭声。孙小小紧张地说："不要紧，不要紧，谷阿姨说，要是婴儿生下来不会哭，倒拎着腿打两下就行。"但她说归说，却不敢下手。我只好抢上前去，倒拎起婴儿的两条腿，在背上用力拍了几下。这个早产儿终于哭出声来，哭声像小猫一样微弱。

折腾一夜的岑明霞已经筋疲力尽，看了一眼婴儿就沉沉睡去了。

我们把小家伙洗好包好。这是个男婴，胯下带茶壶嘴的。闭着眼，皱巴巴的小脸，羸弱的小身子很轻，怕是只有三四斤吧。头上是几根稀疏的黄头发。我看着他，心中说不出的酸苦。这就是颜哲说的"新人类"的第一代，他指望着这个新生儿能把外加的利他习性固定下来，变成人的本性。可惜这一点永远不会实现。因为，等这次喷洒的蚁素失效之后，我们这个利他主义的小族群注定要崩溃。即使小家伙真有利他天性，在利己主义的人海中也会很快被淹死的——或者他与环境同流合污。何况这是个像小耗子一样弱小的早产儿，他的肩上无论如何担不起颜哲打算加给他的重担，用句直截了当的家乡土话：

虼蚤顶不起被单。

几个月后，在知青们回城时，这个男娃儿被岑明霞很草率地送人，从此消失在茫茫人海中，没有半点音信。不知道岑明霞是否想念过自己的第一个儿子，但她后来嫁了个当官的男人，一直对丈夫瞒着农场的经历。甚至听说她在新婚夜还用了一点小花招，让丈夫误认她是处女，所以她从不敢寻找这个私生子，也从不和农场的熟人谈论他。

也许她已经淡忘了这个可怜的小家伙吧。据我所知，失去了蚁素控制的岑明霞很快本性复萌，尤其是到45岁之后，私心加上更年期官能症，她是同事和邻居们公认的最邪性、私心最重的婆娘，私欲膨胀到丑恶的地步，和亲生儿女也合不来。我想，她更不会把20年前的私生子放到心上了。

第四天傍晚，我们在那道最高的荒岗上找到了郜祥富和农场的牛群还有两匹马。除了损失一头牛犊外，他们个个安全无恙。牛群安详地吃草，时而仰起头，抖抖丝绸般细密的皮毛，对着如血残阳绵长地哞一声。被困了四天的郜叔叔甚至没有挨饿，因为牛群中恰好有一头正在哺乳的母牛。那天牛群被洪水冲走时，他舍不得放弃，抓着一头牛的尾巴一直紧随其后，天黑不辨方向，误打误撞地搁浅到这儿。看到我们，他高兴得流着泪，紧紧握着我的手不放。我们互相叙述了几天的经历后，郜祥富低声说：

"秋云，郭场长，颜……颜……没死，那天夜里，我在这儿看见他啦！"

我惊问："你真看见啦？能肯定？"

郜祥富说他基本能肯定。他随着牛群爬上这道高坡时，正好看见一个小伙子从岗上跳入洪水，趴在一个简易木排上，游走了。从背影看很像颜哲，至少从衣着看肯定是一个知青，不是本地的农民，但方圆几十里除了咱农场外哪还有知青呢。这么着一琢磨，九成是他。那会儿郜祥富对着夜色大声喊了很久，但那人一直没有答应，也没有回来。我问郜叔叔，那人身上是否背着锯或斧头，他说没看见，但荒岗上留下几根斧头砍断的树桩，肯定是他做木排时砍的。

听了郜叔叔的话，我基本可以断定那就是颜哲，而那晚确实是颜哲在喊我。他返回农场警告了我，又匆匆离开，用随身带的木工家什扎了一个木排，在洪水中游走了。想到这里，我对他的所有憎恨都化为乌有，泪水在我眼眶中打转。郜叔叔笨拙地安慰我："没事的，没事的。我知道颜哲水性好，不会出事的——可他去哪儿啦？那会儿满世界都是水，他能去哪儿呢？"

我摇摇头，没有回答。邰叔叔见我痛不欲生的样子，心疼地不再问。

我让大伙儿先就地休息一会儿，独自一人摸到那处坟地。我原想八座新坟一定会被大雨冲平的，但没有。可能是雨来得急，大雨点先就把新土拍实了。再加上这儿地势最高，一直没被洪水淹没，所以八座新坟安然无恙。洪水中的颜哲怎么会想起来跑到这儿？是想向他害死的人忏悔，还是在他的衣冠冢前向自己的一生告别？的确，即使颜哲没死，但作为一个社会的人他已经被埋葬，永远消失了。以后，只有一个失去身份的躯体在社会的角落里游荡。

我在他坟前坐了很久，默默地流泪。最后我站起来，向八座新坟逐一鞠躬，然后离开。

我的回忆到这儿加快，像是按了 VCD 的快进键。第二天上午，县里和公社联合派出的救援队踩着齐膝深的泥浆来到农场，带队的是公社革委会张副主任。他们见农场虽然房倒屋塌，一片狼藉，但秩序井然，人人面色明朗，用他们的话是"斗志昂扬"，感到很欣慰。他一进农场就找赖场长和公社知青办魏主任听汇报，我告诉他们，他俩都不在了。这场洪水中共有八个人为抢救国家财产英勇牺牲。天热，尸体没法子存放，我们已经把他们就地埋葬。张副主任一听，脸唰地白了。一下子死了八个人，其中包括农场正副场长，两个公社干部，两个知青，两个老农，算得上大事故，他不好向上边交代。我看着他煞白的脸，于心不忍，但我只能这样说。我原来没打算对外瞒住这场祸事，它太大了，包不住。不过在它之后恰逢这场大洪水，洪水冲走了一切现场遗迹，也多少隔断了蚁众们的记忆。所以，我作出一个大胆的机智的决定：以洪水为借口，把那场弥天大祸包起来，并且把颜哲也算到烈士中去。

我领着他们吊唁了八位烈士。当他们表情肃穆地三鞠躬时，我心里还在打鼓，怕他们向众人调查八人牺牲的实际情形。虽然我确信全场人都会合着我的节拍跳舞，但人多口杂，难免出什么纰漏。我更怕他们开坟验尸，那就完全穿帮了，因为死者并非溺死，脖颈上都有掐痕，衣服没有水渍，何况还有一个是空坟。

　　好在这些人没有丝毫怀疑。这也不奇怪，站在他们的角度思考，一个知青农场忽然发生死亡八人的恶性殴斗，比在洪水中淹死八人更难置信。他们在场期间，有两件小事无意中帮了我。一件事是有人对他们提到了"颜场长"，熟悉农场情况的张副主任奇怪地问：

　　"什么颜场长？是颜哲吧，我知道他，县革委胡主任临走前还对我提起过他。但他咋会当上了场长？"

　　我反应很快，立即解释说："赖场长和庄副场长牺牲在前，当时火线上选举颜哲当了场长。他牺牲后大伙儿又选了我。"

　　张副主任眼眶红了，显然被我们的"前仆后继"所感动。他哑声说：

　　"很好，颜哲和你都很好。"

　　他没再问下去。

　　另一件事是他们发现了岑明霞的婴儿，到农场的当天就发现了。这点没有办法，无法避免。水灾刚过，道路不通，我没有能力把母子俩藏到农场外的地方。这个小不点儿现在是全场人的打心锤，大伙儿川流不息地来看他，争着想抱抱他，而岑明霞、孙小小等则严密地保护着他，说孩子太小，不能乱抱。这儿成了灾后农场最热闹最温馨的地方，救援组当然不可能发现不了。

　　张副主任把我拉到一边，阴着脸问：这是咋回事？我已经事先想好了回答，照实说：

　　"是赖场长作的孽，全农场没有不知道的。老魏叔——魏主任生前也发现了，他原本要向上级汇报的，但被洪水耽误。"我低声加了一句，"不过，赖场长已经牺牲了，我不想再责备他。"

　　我这番话大部分是真实的，只有一处谎言：老魏叔向上级汇报不是被洪水耽误，而是被颜哲强行阻止。张副主任盯着我看了很久，不再追问。此后，救援工作组里似乎形成了秘密的共识，那就是不再追究抗洪烈士赖安胜的作风问题。以后没有任何人再问起婴儿的事。他们离开农场时，岑明霞非常不识时务地待在路口。那会儿她已经能下床了，在路口的树荫下抱着婴儿哄睡，低声唱着催眠歌，用手玩着婴儿的小耳垂，脸上洋溢着为人母的喜悦。但救援队全体成员齐刷刷地扭过脸，视而不见。送行的我看着这一幕，几乎忍俊不禁。

不久张副主任带队重回农场，召开一个追悼大会，追认八人为烈士。不过我怀疑这是障眼法，因为这么大的事，县知青办竟然没来人，也没上县里的报纸，这是不正常的。我的怀疑没错，这个追认只是一阵风，刮过去也就刮过去了，此后八个人并没有享受烈士待遇。

追悼大会之后马上宣布了解散农场的命令，这也在我的意料之中。农场除了库房和场长室外，已经没有一间完整的房子，如果要保存农场，只能从头重建。但那时知青下乡的潮流已经过去，开始安排知青回城了，哪个领导会这么傻，在这个当口儿投入大笔资金来挽救这个垂死的农场？何况解散了农场，那场死亡八人的事故就更容易掩盖。

张副主任宣布，鉴于知青农场毁于洪水的特殊情况，县领导在招工指标上做了很大倾斜，农场将有一半知青马上被招工，我、王全忠、何子建、刘卫东、崔振山等都在招工名单中。剩余的知青暂时安置到其他知青点，在招工问题上仍继续对他们倾斜，估计明年能全部回城。对一般知青来说，这真是天大的喜讯，是天上掉下来的馅饼。想想岑明霞及另两个女知青甘心献出贞节，不就是为了这一天吗？甚至庄学胥那么起劲地攫取权力，也不是为了在此处发达，而是能被早日招工，能挑选一个好的招工单位。但对于今天的农场知青来说，解散农场的决定引发了真正的痛苦之潮，说是"泪飞如雨、哭声震地"一点儿也不夸张。没等散会，大家就把我团团围住，哭着拉我，拥抱我，说他们舍不得我，舍不得这个集体。有人还说："郭场长你别走，咱们都不走，再把农场建起来！咱不在这儿也行，俺们都跟着你，去新疆，去北大荒，去西双版纳，都行！"甚至连老农们也参加到这个行列，邰祥富和老肖老泪纵横地说："秋云，郭场长，你可不能走哇，你走了谁管我们哪！"

公社领导们吃惊——不，震惊地看着这一幕。他们绝对想不到，一个20岁的女知青能博得大伙儿如此衷心的爱戴。在其他公社的知青点，开始招工也就意味着知青团体的崩解，为了自己能早点走，互相倾轧、告密、陷害，什么样的手段都能使出来。哪儿见过眼前的景象？他们手足无措地看着这个近乎失控的局面，震惊中开始有担心，因为他们隐隐感到，这个小集体的向心力过于强大，似乎不大正常，发展下去可能成为一种危险。

处于漩涡中心的我则非常尴尬。这个场面当然很动人，我也很想融进去，与他们同样哭泣，同样倾泻爱意。可惜我的身份是上帝，是他们中唯一的清醒者。我知道这一切都缘于他们身上还未失效的蚁素，而这些蚁素大概只能维持几个月的时间。等它失效后，我这群纯洁的"子民"仍会跌入原来的肮脏，像岑明霞的卑鄙、崔振山的无赖、孙小小的放荡、已经死了的庄学胥的奸诈，当然也有邰祥富和老肖的忠厚、老霍的忠诚、王全忠的富于正义，等等。他们此刻对我的感情无疑是绝对真诚的，但——这样真挚的爱心大半是缘于某个玻璃瓶内微黄色的油状液体。想到这儿，我感到悲哀，甚至作呕。

我没有从颜哲那儿学会制造蚁素的本领，无力继续扮演上帝，也没心思扮演它。这几个月来，"清醒者的痛苦"早就让我受够了。于是我平静了情绪，对他们最后一次使用了蚁王的权威。我说："你们不要闹了，一定要服从上级的安排。这次上级在招工名额上已经非常照顾，咱们不要辜负上级的心意。至于我，是肯定要带头回城的。"

大伙儿当然会绝对服从我的命令。他们红着眼眶，抽咽着，依依不舍地离开会场。

张副主任显然非常满意我的处理，过来同我紧紧握手，赞赏我识大体，有领导能力。我疲倦地说："别瞎夸我了，我天生不是当头头的料，如今当这个代理场长只是误打误撞赶上的。不过，既然我站在这个位置，就要为大伙儿负责。"我对张副主任谈了两点。一是八个死者的抚恤金，即使他们不属于在国家名册的烈士，也希望能尽量解决一点抚恤金。张副主任迅速看我一眼，我俩心照不宣，没有在这个问题上深谈。张副主任爽快地答应了。二是对剩余知青的招工，希望能把今天的承诺落实。这里特别是岑明霞，她有孩子，招工肯定比较困难。张副主任想了想，说：

"按政策，已婚知青不属招工范围。像她这种情况，虽然未婚，但有一个私生子……这样吧，你劝她赶紧把孩子送人，对外瞒着这件事，招工时我尽量关照她。"

我想张副主任说的是唯一可行的办法,虽然想起这个孩子——想起他身上所寄托的颜哲的希望——心中不忍,但只能这样了。我真心地说:

"谢谢张副主任。张叔你是个好人,和老魏叔一样好。"

张叔动情地说:"谢谢你这句话。秋云你真不容易啊,危难关头,一个20岁的小姑娘能撑起这个场面。秋云我早就知道你,胡主任和大老魏不止一次提起过你。他们也很器重颜哲,可惜他牺牲了……秋云你很能干,我敢说,就凭你在这场洪水中的处事能力,这辈子一定能成大器。"

我忽然想起老魏叔对颜哲的同样评价,止不住心酸。不过我掩饰了这一点,莞尔一笑:

"张叔你眼力大大地不行,我这辈子肯定碌碌无为,我已经算过命啦。"

一个月后我就回城了,在街道上一个麻绳社当工人。临走前我尽我所能安排了农场的善后,其中对岑明霞的劝说最难。她一听我劝就痛哭失声,说她舍不得孩子,她宁可留在农村,独身一辈子,也要把孩子养大。孩子也确实逗人爱,虽然生下来时不足月,但在奶水的滋养下吹糖人般地长胖了。会用黑眼珠追随大人,大人一逗,就漾出一波模模糊糊的非常甘甜的笑纹。模样也俊,明眉大眼,只有嘴巴偏大,能看出赖安胜那个蛤蟆嘴的基因。我在劝岑明霞时,小家伙无意中摸到了我的一个手指,就用小手紧紧地攥着,那温暖的小手让我的心隐隐作痛。

我同样舍不得把小家伙送人,但为了岑明霞的前程又只能狠下心肠。我尽力劝了,虽然没劝通她,但我并不着急。我知道此刻岑明霞还处于蚁素的控制之下,等蚁素的作用消失,以岑明霞的精明凉薄,绝不会让这个孩子影响自己的前途。想到这里我不免黯然:从啥时候起我变得这样清醒?对世态炎凉看得这样透?这种看透其实是把双刃剑,与其说伤害别人,不如说伤害自身。至少说,我想回到以往那种透明温馨的少女心境,是再也不可能了。

临走我到八座坟上烧了纸,那时我已经想到,我走后很可能不会再回来了。我洒泪祭奠了魏叔,谷姨,还有林镜,默祷他们在九泉下安息。至于其他四个"原来的恶人",我为他们是流不出眼泪的,特别是这次横祸间接同他们的"由善返恶"有关。但我也原谅了他们,同样作了祷告,愿他们来世做个好人。最后我来到最东边的那座空坟。颜哲至今没有半点音信,洪水过后我曾在附近暗地打听过,没有发现与颜哲相像的无名尸体,没有发现他的木匠家什。也许他真活着?也许他又找到了一个与世隔绝的小世界,甚至跑到国外,在那儿重新创建他的利他社会?

不过,不管他是死是活都和我无关。无论是他的人,还是他的理想,都与我无关了。

我很平静地在他的坟前三鞠躬,彻底了结了我与他的缘分。第二天,我和被招工的知青们一块儿坐卡车回北阴。我带着一个简单的行李卷,里边除了随身衣物外,另外有一个白茬杨木箱子,就是老霍在洪水中抢救出来的那个。我把箱中的钱取出来交给老霍,把箱子带走了。这个箱子曾承载着颜哲的理想,包含着场员们的纯洁无私,我把它带走,多少是个念想。农场里没被招工的知青,还有老肖、老初等老农,都聚在农场的砖桥旁,与我们洒泪相别。我没有看见邰叔叔,别人说他钻到半塌的牛屋不出来,不想见这个伤心场面。我让卡车等一下,爬下车厢,到牛屋找到他。一见到他,两人都泪如泉涌。我们就这样哭着,一直到分手,没有说一句话。

# 第十七章 蚂蚁朝圣

　　生物基因的本性是自私的，因为只有自私的基因才能攫取更多的资源，使其本身延续下去。但自私的基因经过群体进化炉火的冶炼，也会表现为光芒四射的利他主义。首先是生物中普遍存在的母爱父爱，因为生物要想延续自己的基因，必须爱护其后代，这是一种缩小的利他主义。而在蚂蚁、蜜蜂这类单雌繁衍的社会性昆虫中，由于同族群个体的基因极端相似，保护同族群的其他个体即意味着保护自己的基因，因而利他主义得到极大的强化和放大，以至成为这类生物的优势天性。

　　这么说来，蚂蚁社会的利他主义实际并不是最深层面的天性，而只是"自私天性"的一种显态表现，而其他生物的利己天性，包括科莫多龙的杀婴行为、鲨鱼幼崽在母体内的骨肉相残、人类的互相残杀等，其实只是同样的自私基因的另一种显态表现而已。

　　我们从感情上喜爱蚂蚁的利他主义，憎恶人类或鲨鱼的贪婪和残忍，但这并不意味着我们有权批评上帝（大自然）的设计思想。无论哪一种天性都成功地延续了各个物种，从上帝的角度看，这就是成功的设计。

　　其实我们不必因蚂蚁的伟大天性而对人类过度菲薄。既然我们推崇蚂蚁社会的利他主义，既然我们能对自身的劣根性一代一代地作出反省，那就证明——利他主义仍深深扎根在我们的天性中。

　　　　　　　　　　——昆虫学家颜夫之《论利他主义的蚂蚁社会》

　　2007年，56岁的郭秋云离开北阴市一高中的讲台，办了退休手续。比她大五岁的丈夫高自远几乎和她同时从工厂退休。人生真如白驹过隙，转眼之间正剧就结束了，以后只剩下余兴节目。想想临招工前红星公社革委会张副主任对她的评价：你这辈子一定会成大器，秋云不免摇头，看来这个算命先儿比刘伯温袁天罡差远了。当年知青农场出来的人，颇有几个混成了气候，有在省城当副厅长的，有成大款的，有当作家的，可惜她不在其列。比如颜哲当年的好友王全忠就混上了市委副秘书长。那个官衔很风光，其实是个苦力活，二三十年来都是给一把手写材料，在文字迷宫里打转，从甘蔗渣一样的官样文章里努力嚼出点新味儿。开会时替一把手拎皮包端茶杯，做得娴熟有致。王全忠虽然职务不低，还保持着往日的忠厚，看见农场的老伙计去找他，总要站起来迎接的。他如今大腹便便，那是吃公家宴请吃出来的；办公室里摆设精致，硕大的中国台湾红木办公桌上放着V字形的国旗和党旗，还有一个漂亮的水晶地球仪，昭示着主人的身份。秋云记着他同颜哲的友情，常去看他，但后来不怎么去了。因为有一次她同王全忠聊起了农场的大字报风波，聊起了给他减工分时颜哲的仗义执言。但王全忠竟然忘了评九分这件事！不是作假，不是怕秋云有求于他而有意否认当年的受惠，而是当真忘了。可他当年在农场时却以记性好著称，能记住所有知青的生日。当然，在秋云的启发下，这件事还是回忆起来了，弄得这个厚道人很难为情，尴尬地连连拍脑袋：

"写了二三十年的八股文章，我这脑子真给弄坏了，成猪脑子了。"

以后秋云就不怎么找他。她与王全忠的生活之路已经分岔，既然如此，干吗非要把别人拉回他已经忘却的往事中？互相记着往日的友情就行。

何子建和刘卫东在外地，不怎么样，只混了个副科级小头头。冬梅和阮月琴都已退休，当上了专职奶奶或外婆。当然更多人处于社会最低层，甚至每月拿170元的低保金，三餐尚且无继。不久前在街上碰见黄瞎子，秋云几乎不敢相认，因为从外貌上看，他至少比同龄人大了20岁，衣着也落后了20年。秋云同黄瞎子打了招呼，站路边聊了几句。临分手时黄瞎子说："秋云姐，不是你喊我，我决不会主动喊你。"郭秋云问他为啥，他辛酸地说：

"咱混得不像人样呗。两年前我在街上碰见岑明霞，珠光宝气的。我喊了她，她看我半天，说：'你是谁？我不认识你。'从那以后，我再不主动和农场的人打招呼了。"

秋云笑了。不久前她听冬梅说过一件事：岑明霞曾自得地对冬梅说，知青农场里的男知青倒是出了几个人物，女知青中恐怕就我一个混出个人样了。秋云对黄瞎子说：

"别拿我比她，我既没发财也没做官太太。咱们都是平头百姓，以后尽管来找我玩。"

实打实说起来，郭秋云比黄瞎子这些伙伴强一些，但也只是一个最普通不过的中学教师，一辈子过得死巴巴的。现在两口子退休了，准备换个活法。郭秋云办完手续，甚至没把学校的东西抱回家，教科书啦参考书啦全送给同事。这样做是有象征意义的，表示她要和24年教学生涯彻底割断。丈夫也是同样的心态，退休后立即交1600元钱报了驾驶学习班，是那个班里年纪最大的学员。每天兢兢业业地学开车，晒得像个非洲黑人。他准备买一辆私家车，带老伴出去游玩，他说："趁咱俩还能跑得动，抓紧时间玩。这时候不玩还等啥时候？"

他们原来住在秋云学校的家属宿舍里，现在搬回秋云父母家了。因为一高中现在仍是重点学校，如今的独生子女可比过去的孩子金贵，好多家长办了提前退休在这儿陪读，所以房租被炒得很高，教师的房子租出去很合算。再说秋云父母这儿的房子非常宽敞。36年中，秋云爹妈一直在替颜家守着房子。后来颜哲一直没露面，他们就搬进颜家。改革开放后，眼看周围的居民新居一幢幢冒出来，这个空着的大院子不知道让多少人眼红，但秋云爹说咱是替颜家守房子，咋能私自动"主家"的东西。十年前他才想通，说秋云你愿盖就盖吧，真要是颜家人回来，咱们还给他，只让他们把盖房子钱还咱们就成。于是全家人在这个院子里合力盖了新楼，上下20多间。盖房时秋云大姐没出钱，但出了力。她家境不好，丈夫死得早，儿子下了岗，很想给儿子在北阴市区留下一套房产。但秋云爹年纪大了，固执得简直不通情理，非要把房产全写在秋云名下。也许他潜意识中还是认为秋云和颜哲有特殊关系，这块白捡来的房产"暂存"在秋云名下，等颜家人回来时也好交代。秋云咋劝也不行，最后弄得大姐和爹翻了脸，说：

"出力时记着老大，有好处只记着老小，爹你太偏心了！"

那天秋云回家，80岁的老爹正用力杵着拐杖，点着白发苍苍的脑袋，狠歹歹地说：

"大妮子变了，钻到钱眼里出不来了！她不想想，咱们咋能分颜家的房产！那不让邻居们捣断脊梁筋！"

秋云妈苦笑着对秋云说："这个老东西现在真是一根筋，老糊涂了。他如今只挂念一件事，那就是绝不能让外人说咱霸颜家的财产。"秋云很替大姐抱屈，但也不敢放话说给姐姐分房产，毕竟还不敢确定颜哲是生是死啊。"文革"后国外来过一封信，信封上英文夹着非常稚拙的中文，是颜夫之的叔伯姐姐来打听颜家人的下落。秋云爹立马让秋云回了信，说了颜家的情况，也说明颜家还留有房产，请颜家人来处理。但那边没有再回信，看来没把几间破房子看在眼里，既然颜家已经没有后人，那边也断了念想，不再联系。

从此大姐不怎么回家，对爹生分，对小妹也生分了。秋云很难过，想想当知青时大姐冒着霹雳闪电瓢泼大雨去看她，困在半路时叫天不应叫地不灵；再想想那冒尖一碗香喷喷的炒鸡蛋，一直到几十年后，口齿似乎还留着当年的香味。那时的情意怎么说没就没了呢。也许是当年的美味给她的印象太深刻，很长时间里秋云觉得炒鸡蛋是天下第一美味，儿子带着小孙孙来了，她总忘不了给孙儿炒鸡蛋吃。后来生活好了，全家人都不吃她的炒鸡蛋，说吃得多了有股鸡屎味儿。秋云先是骂他们作孽，但吃的次数多了，怎么连她自己也有这个感觉？这时她总是留恋当年的胃口，也感念大姐的情义。她想，如果颜家人再不出现，这些房产真归了自己，她打算给姐姐分一半。现在这话只能闷在肚里，省得让老爹生气。

她在这些房子里专意留了两间，把颜家老宅的旧物保存在里面，像外文书、几把太师椅、一些生物化学上用的瓶瓶罐罐，甚至还有颜家的枣木棒槌、烧柴灶时用的桐木风箱等，这些东西已经有资格当文物了。有时闲暇，她会打开这间房子，在满屋尘土中回味往事。随着颜哲出现的机会越来越渺茫，她想，这些旧物恐怕永远找不到主人了。

昨天把车买到手，低档车，四万九的QQ自动挡。高自远笑说他坚决选这个车，是要支援民族工业，实则他俩的积蓄只够买这种车。买了车，第一趟出游到哪儿？郭秋云本来想去当年的知青农场，自从1971年初离开那儿，36年没去过一次。但想到丈夫与那儿没啥瓜葛，再说那儿也有一些令人不愉快的回忆，所以就没提。

不过后来他们的第一次出游仍是去了那儿，这是崔振山促成的。

崔振山当年招工招到旧城县，后来扔掉公职，独自一人来北阴市发展，办了个机械厂，现在已经是名噪一方的企业家。郭秋云和他很少往来——她和所有农场知青都很少往来。没错，当年她在知青中间是蚁王，是牧羊人，有崇高的威信，一呼百诺。但这种威信除了她个人的感召力外，更多是借助于蚁素的作用。当蚁素的作用逐渐消退时，那些曾在梦游状态下仰视她的知青们，自然就会产生一种说不清道不明的感觉，不说是敌意，至少是不快的感觉吧。这种心理是很微妙的，但它确实存在。郭秋云对此早有体会，所以除非对方主动，她一般不和别人交往过深，就像黄瞎子一样。

至于对崔振山的冷淡，还要加上另外的因素。崔在创业期间很有些比较那个的行为。十年前，他的公司干出第一台产品后，账面上只剩下四毛钱，产品卖不出去就要破产了，而他主攻的那个客户却迟迟不松口。当时崔振山咬咬牙，带着一个本家侄女去了，用那姑娘的贞节换来了第一份合同，公司从此起死回生。公司原是几个合伙人合办的，但公司站稳脚跟后，他却以种种方法，包括向警方匿名告发某人嫖娼等，陆续把几个合伙人赶走，独霸了这个公司。郭秋云听说过这些传言，心想自己和他到底不是一类人啊。不过，尽管这样想，郭秋云并没有感受到道德上的优势，眼下这个社会，"好人"常常和"无用"划上等号。世道变化太快，当秋云在白河滩上意气风发地"大炼钢铁"时，或在"文革"中热血沸腾地"誓死捍卫"时，或在农场对利他主义社会充满憧憬时，她绝对想象不到今天的拜金狂潮，连她自己也难免随波逐流。

看看短短50年内，中国社会在主流道德上有多么剧烈的变化；再想想延续一亿年之久的稳定的蚂蚁社会，包括它们永恒的道德规范，她真正认识到那种利他社会的可贵。她和颜哲分手时曾对他充满鄙视，36年过去，那时的意气用事慢慢淡漠，她的看法有了变化。并不是她就原谅了颜哲当时的一些行事，不是的，那些事即使放到今天她也不会同意。不过她已经学会不把自己当成天地间的裁判，颜哲是非常之人，行非常之事，也许他的功过不是一个普通女人所能理解的。

这些年她没有主动找过崔振山，崔振山也没主动与她联系过，尽管当年她可说是崔振山的救命恩人。但昨天崔振山忽然打来电话，盛情约秋云夫妇一聚，地点定在白河边的玉玲珑酒家。郭秋云心中有些纳闷，心想这顿饭绝不会无缘无故吧。去当然还是要去的，郭秋云也想借此问一个问题，一个憋在心中36年的问题。那个问题比较敏感，但经过时光的磨蚀，对方应该能坦率回答了吧。

玉玲珑酒家是个高档酒家。崔振山订的雅间很大，头上是金碧辉煌的水晶吊灯，桌上摆好了纯银餐具，临窗摆着精致的竹几竹椅，可以俯瞰白河两岸的辉煌灯火。桌子也很大，是那种坐十二人的圆桌，但主人来宾加起来却只有三位。高自远笑着说："太奢侈了吧，崔总你干嘛不把农场的老伙伴们多喊几个，也热闹一点儿。"振山笑道：

"我今天是专门请秋云姐的。高哥你不知道，当年在农场，秋云姐可是我们的女王，那时她只要一句话，我们就是死也不会皱眉的。"

他说得很认真，高自远疑惑地看看妻子。秋云对他说过有关农场的事，但有意无意做了淡化，而没有身临其境的高自远也不能真切想象出当年的场景。比如说，他想象不到，行事低调的妻子当时在农场的一呼百应。秋云笑着摇手，说：

"自远你别听他瞎说。他就靠那张嘴吃饭的，咋呼惯啦。"

"我咋咋呼？我还没说全呢，当年你还是我的救命恩人。要不是你尽力做人工呼吸，我已经跟其他七个人一样，死球36年啦，崔家也早断根啦。你说这是多大的恩德，搁在旧社会，我该给你上长生牌位。"

郭秋云仍是摇手："莫提当年，不值一提。"

崔振山如今大腹便便，日本板寸头，项间的金链子粗得像拴狗绳，很有一副大款相，不是当年那个馋痨鬼了。他直接喊来相熟的饭店牛经理，说：

"按888元安排饭菜，酒水另计，以精致素淡为主。老牛你自己做主安排吧，我想和客人说说话。"牛经理带着小姐们含笑退出去，关了房门。郭秋云笑着揶揄他：

"以精致素淡为主？我记得当年你的名言是：一拃长、四指宽的肥肉片，夹起来颤悠悠的，吃起来那才叫美。"

振山笑道："秋云姐好记性。我也很留恋那时候的胃口，如今倒是有几个臭钱，但狗球驴屎的都吃不香。"

酒和凉菜很快送上来了，三人边吃边说。秋云看出来，振山今天确实有话要说，而且话题肯定和农场及颜哲有关。她干脆先把话头挑起来：

"振山，有件事憋我心中36年了，正好趁今天问一问。你别多心，都已经事过境迁了，我只是想知道真相。"

"秋云姐你只管说，一会儿我也有话要问你。"

"那我就不客气了。我想问，当年——就是颜哲在荒岗制造蚁素并下了禁令的那时候，庄学胥你们五个偷偷去荒岗聚会，究竟是不是想对颜哲下手？想杀了他？"

振山吃惊了："对颜哲下手？没有的事。"他看看秋云的眼睛，重复说："真的没有，我不是说谎。已经是36年前的事了，当年就是有你说的那桩'杀人未遂案'，今天公安能来抓我蹲大牢？确实没有。"

秋云相当惊异。当年那桩血案就是由此引起的，如果振山他们并无杀人计划，那么，在她心中已经盖棺论定的这段历史就得重写了。她说：

"我咋能不信你。但你们那时候为啥违犯禁令，偷偷去荒岗？老魏叔说你们去了四次，而且最后那次越过禁区线，直接走近颜哲的窝棚，是我亲眼见的。"

振山摇头道："原因很简单。你知道那时我们吸了……"他看看高自远，没有把"蚁素"这俩字说出来。"实际上一直在梦游状态。我认真回忆过，当时是这么回事：那时候蚁……在我们身上开始失效了，那滋味儿就像吸毒的人断了毒，像是一万只蚂蚁在身上咬，骨头缝里都是疼的。那会儿我们都知道颜哲在荒岗上造那玩意儿，甚至能老远闻见那种味儿。我们也知道，只要那玩意儿一喷,立马就舒服了,哪怕干活再累也舒畅,比干了女人还美——掌嘴掌嘴,我在秋云姐面前说粗口了。我们耐不住那玩意儿的诱惑,晚上不由得往那道岗上跑;但又不敢违抗颜哲的禁令,在岗下磨蹭一会儿再恋恋不舍地回来。我们去荒岗是庄学胥领头,因为他馋蚁素比我们更迫切,老是絮絮叨叨地说:他得赶紧吸入蚁素,变成和秋云妹妹一样的好人,他可不想回到过去的样子……"

秋云更为震惊,此前她绝对没想到这种可能——五个"恶人"原来如此迷恋利他素,迷恋着当个好人,就像瘾君子迷恋可卡因,这真是莫大的讽刺。特别是庄学胥的那些话,她简直不敢相信。但崔振山没必要美化一个死人吧。如果庄学胥死前仍是这样的"向善",而她却把他盖棺论定为恶人,那就太对不住他了。再想想当年老魏叔也说有这样的"毒瘾",想来崔振山说的不假。她心中非常苦涩,拉长声音说:

"噢,原——来——是——这样。不过你们第四次去荒岗时,确实违反禁令进了窝棚。"

"违犯禁令?没有的事,我们那时绝不敢违抗颜哲和你的命令。你别忘了,颜哲的禁令期是七天,我们进窝棚是第八天,我们是等着过了午夜才去的。"他嘿嘿笑着,"我们对蚁素已经是迫不及待,所以禁令期一过就兴冲冲地去了,想去求颜哲早点给我们喷蚁素。没想到惹出大麻烦。"

秋云的眼睛瞪得老大。她可没有想到这一点,当时没想到,36年后也没有想到。要不是今天这场聚会,这一辈子她也想不到这种可能。这么说,她、颜哲还有老魏叔,当时完全错怪了那五个人,而这次错怪其实是其后那场灾祸的由头。此刻她心中只余下白茫茫一片,说不出的疚悔和苦涩,恨不能把这36年扯起来重过一遍。

"可是……当时你们五个人把老魏叔按到地下,那是为啥?"

崔振山苦笑道:"那会儿天色黑苍苍的,忽然冲出来一个人,不分青红皂白就对我们动手,你想我们能不还手吗?后来认出是老魏,又听见他是在喊你们,我们就歇手了。"

秋云想了想,时间太长,当时场景记不清了,不过大致是这样吧。崔振山反过来问她：

"至于那会儿在全场人中间，为啥只有我们几个有反应、难受，我就不知道了。是颜哲专门给我们五个捣了鬼？我想不至于吧。"

"不是，当然不是，这点我可以保证，他在喷洒蚁素时对所有人一视同仁。也许……"

她顿住了，不想说出真正的原因，即这五个人的"恶"的本性与蚁素有拮抗作用，所以失效来得较早。不过崔振山很贼，从她的表情中看出门道，自嘲地笑了：

"那就是我们五个人的本性特别邪恶，蚁素也压不住。没关系，秋云姐你直说就得，反正我知道自己是坏种，和你们不是一类人。"

他把话说到这个份儿上，秋云只能摇手，连说："哪里哪里，当年老魏叔也有反应。"她说：

"振山你有啥事也直说吧，没关系的，我老伴知道颜哲这个人，我不怕他旁听。"

高自远一直在认真旁听。农场当年的历史他知道个大概，但细节上不行，所以听起来比较吃力。这会儿笑着说：

"要不我还是回避吧。"

秋云瞪他一眼，对振山说："不听他假撇清，你说吧。"

"那我就问了。秋云姐，颜哲最近和你联系过没有？"

"什么？当然没有。你有他的消息？他真的没死？"

崔振山用锐利的目光直盯着秋云，看出秋云没说谎，便说：

"我没有他的消息。不过，我昨天去旧城县回访用户，顺便去农场看了看。老乡说那儿刚好发生了一件奇事：蚂蚁朝圣。我亲眼见了。"

秋云异常震惊，直瞪着振山，半天没说话。丈夫用膀子触触她，她才回到现实。所谓的蚂蚁朝圣，这一生她听父母说过两次，一次是颜夫之在世时，又亲眼见过一次，都和颜家有关，和蚁素有关，所以她绝不会把这次的蚂蚁朝圣归结到神鬼上。那么，颜哲真的没死？他是用这种方法来宣告自己的存在？振山暗暗观察着她的表情，说：

"秋云姐，我总觉得颜哲没死，那家伙有大志向，不会轻易去死的。"他突兀地转了话题，"你肯定知道唐朝李靖和红拂女的故事吧？"

秋云不知道他为啥突然转了话题："红拂女？当然知道，唐人传奇里的故事。你别忘了我是语文老师。"

"那个故事里有个虬髯客，原是帝王之材。后来在红拂女那儿见到了年轻的李世民，心灰意冷，说：天下是这个人的！我只能远走他乡了！临走时他对红拂女说，30年后，要是东南方有某个小国发生大变，那就是我在那儿夺了皇位，你们可以为我洒酒庆贺。后来他真的办到了。"他嘿嘿笑着，"我知道这是瞎掰呼，不是真的历史。不过我觉得，颜哲就是虬髯客这样的人。他一定藏在啥地方，在国外也说不定，还在鼓捣他的利他素，在筹划他的利他主义社会。说不定哪天石破天惊，让咱们听到他的消息。"

秋云肯定地说："他不会成功的。人的本性如此，他拗不过上帝。这是我思考36年得出的结论。"

"我倒但愿他能成功，说不定我会投奔他去。这些年在商海闯荡，你坑我我坑你，无非是为俩臭钱，看透了没啥意思，我早腻了。有时回想回想，当年喷过蚁素后，在梦游中快快活活地干活，快快活活地爱别人，总归来说是糊里糊涂地快乐着，其实也不错。"

秋云当然不会把他的话当真。不过，一个千万富翁能有这样的感悟，已经挺难得了。秋云揶揄他：

"高风亮节啊，还是有钱人的境界高。像我们这些升斗小民，只会惦记下月的退休工资会不会按时发。不过你说的怕不是心里话，你舍得下你的千万资产，九个姨太太？"

崔常向别人吹嘘他的九个情人，对熟朋友则说是八个半，因为最漂亮最昂贵的那个情儿是他同别人伙着供养的。他对这一点从不避讳。听见秋云的揶揄，崔振山也笑，他这些话也就是一说罢了。秋云又说：

"听你说了这个消息，我也想去农场看看。不知道蚂蚁朝圣是否结束了？我能不能赶得上？"

"大概不会结束吧。这样吧，你要去，明天我派车送你们。"

秋云笑着说:"不用,我们买了一辆QQ,昨天刚挂上牌子。虽说赶不上你的奥迪,跑这么百把千米没问题的,老高正想过开车瘾呢。"三个人又扯了一会儿,临分手时崔振山交代:

"秋云姐,要是有颜哲的实信,记着早点儿告我一声,一定啊。"

他说得非常认真。秋云对他的认真有点儿纳闷:以他和颜哲的交往,在蚁素的作用已经消失后,他对颜不会有如此深厚的阶级感情吧,更不会真心投奔他的利他社会。那他干吗这么重视有关颜哲的消息?回家路上,丈夫开玩笑地说:

"这位崔总野心大大的有。"

"野心?啥野心?"

"我说不准,但肯定他对颜哲的蚁素有想法。也许是想把蚁素的秘密弄到手,把他公司的员工都喷上蚁素,让蚁众们快快乐乐地为他卖命;要不就是想把蚁素卖给其他老板,发一笔横财,这种灵丹妙药肯定比美国辉瑞公司的伟哥值钱多了。哈哈,我是开玩笑。"

秋云想,丈夫的玩笑也许含有一定的道理。不过——谁知道呢,也许有另一种可能,那就是他真对蚁素上了瘾,这会儿确实想去投奔颜哲的利他主义社会?想想他刚才说的36年前五个恶人对蚁素的馋劲儿,这也不是完全不可能。

## 第十八章　璧　还

　　QQ汽车底盘太低，到不了他们要去的地方，原先通往农场的土路被毁了，又没有修新路。他们只好把车停在公路尽头，步行十几里过去。36年没来，秋云已经记不清农场的方位了，就向老乡打听。有一个40多岁的男人很热情，要领他们去，秋云很高兴，正要答应，高自远抢先谢绝了。他不想和这儿的人牵涉太深。崔振山在那次宴请时说，自他去过农场旧址，因为是开着奥迪去的，比较晃眼，回来后有附近两个素不相识的乡人找上门来，想让他资助金钱做生意。振山当然不会轻易撒钱，只是让门卫安排了一顿便饭，把他们打发走。高自远不想有同样的人找上门，毕竟自己也是开车来的，乡下人不懂得好赖车型，也会认作大款吧。当然就是发生这种事，他也不会做滥好人。工薪阶层，一辈子积蓄只够晚年的生活和医药费，要是有充裕的资金，他们自己还想做个小生意呢。但拒绝起来比较尴尬，比较难处理。他给妻子使了个眼色，妻子理解了，也谢绝了那人的热心。不过事后她有点难为情，咕哝着说："也许咱们太势利了，也许那个乡人纯粹是出于热心呢。"

　　农场的老农们早已星散，多半已经不在人世。早几年她向人打听过郜叔叔、老肖和老霍，因为农场已经不存在，所以得不到一点实信。说起来惭愧，当年她和郜叔叔那样熟，却忘了郜叔叔家住何处，现在想打听也没处下手，这让她对郜叔叔他们始终抱着愧意。只有胡主任因为在旧城县里当过县长，容易打听一些，去年春节期间她打听到了，把问候电话打过去。她先让老胡猜猜她是谁，电话里老胡的声音相当冷淡，让她很是不解。后来才突然悟到，老胡虽然已经退休，但儿子如今是大权在握的县公安局局长，肯定是求告的人太多，弄得胡老爹都怕了。秋云忙说：

　　"我是郭秋云啊，当年知青农场的，和颜哲在一块儿，你想起来了吧。我好容易打听出你的电话，问个好。没有别的事。"虽然下面那句话很难说出口，但她还是笑着把话挑明，"不找你儿子开后门。"

老胡有点难为情，声音这才变得热情起来，和秋云聊了很久。他先问颜哲失踪后是不是至今音讯全无？然后发一通感慨："可惜了可惜了，那娃儿原是能成大事的。"听到他在36年后还在重复当年的预测，秋云心里酸酸苦苦的，声音有点哽咽。她怕老胡听出来，忙把话题转到其他几个熟人身上。老胡和邰祥富这些老农们也失去了联系，只知道老霍还活着，去年和老伴儿到加拿大给孙子当专职保姆去了。

他们约定以后经常通电话，但秋云那时没退休，忙，打过一次电话也就断了。第二年春节又扒出老电话去问安时，才知道老胡已经于一个月前过世。人生就是如此吝啬，连第二次叙旧的机会都没给秋云留。

秋云按乡人的指点，好容易找到农场的旧址。这儿只保留了三样可供识别的旧物：库房、井台和堰塘。这一趟寻根之旅让郭秋云大失所望，甚至可以说是精神上的沉重打击。往日记忆里的高大库房原来如此低矮，破旧不堪，门窗都被偷光了。难道这就是洪水期间庇护了全场70个人的地方？更令人失望的是那座堰塘，它在秋云心目中可以说是仙境，是纯洁灵秀的香格里拉，秋云就是在这儿交出了少女的初吻。但现在它只不过是一个臭水塘，水面上漂浮着塑料袋、一次性饭盒等垃圾，对它只能用四个字形容：惨不忍睹。

秋云看得直摇头，没有多停，径直去了那片埋骨七人的荒岗。蚂蚁朝圣果然还没结束，蚂蚁确实不少，虽然也许赶不上当年她见到的情形，也足以算作奇观，不过她怀疑36年前的记忆是否有夸大的成分。蚁众们熙熙攘攘，忙忙碌碌，在草尖上和草下面爬行，改变了这片区域的颜色。秋云发现了和36年前不同的一点：那时所有蚂蚁是向一个中心点流去的，就像海水流向海洋肚脐眼那样，消失在颜哲的曲颈瓶里；而今天没有这个趋向，显得杂乱无章。后来看出来，它们都是冲着颜哲的衣冠冢而去，不过并没有在那儿消失，而是匆匆转一圈就原路返回，冲乱了对面前进的队伍，这样才显得杂乱。

高自远没有见过这样大规模的蚂蚁朝圣，新奇得不得了，用傻瓜相机忙着抓拍照片。忽然秋云指着颜哲的衣冠冢说："老高，你看这座坟新近有人动过!"高自远仔细看去,没错,这八座坟都长满了野草,但第八座坟的坟头有新土,似乎是有人挖过后又把原来的草皮小心地覆盖上。秋云跪在那座坟前,用手急急地挖那块地方。高自远想制止她——尽管只是衣冠冢,最好也不要打扰它的平静吧。但这时秋云已经有了重大发现,她挖了不太深,也就半米吧,从坟土中拽出一个圆滚滚的东西,举到高自远面前让他看。她的脸色死白,眼睛闪着病态的光芒。

那是一个不锈钢材质的喷雾器,上面有英文字母。字迹已经磨损,模糊不清,但不锈钢罐体仍旧锃亮,就像是昨天才埋下去的。按一按,里边喷出白色的细雾,带着一种好闻的微酸味。秋云盯着它,喃喃地说:

"是颜哲干的,他还活着!"

高自远自昨天见过崔振山后,又向妻子仔细问过农场的事,所以足以把眼前的事串到一起。大概有人,估计是颜哲本人来过这儿,把一支装有蚁素的喷雾器埋在这座坟的坟头。蚁素肯定有少许泄露,或者是颜哲有意的喷洒,引来了周围的蚁群。颜哲从前说过,只要有一个哪怕很小的蚁素之源,只要足够稳定,就能引发蚁群的正反馈,使蚂蚁数量越来越多,最终形成了这场持续几天的蚁群朝圣。秋云再次重复着:

"老高,这就是我说过的蚁素,这瓶子也是颜哲的旧物。是颜哲干的,他没死!他是以这样的方式通知我!"

见妻子这样动情和失态,高自远未免不快。尽管他很豁达,但那个家伙,那个消失了36年又突然还魂的家伙,毕竟是妻子的初恋情人。现在,看秋云激动失态的模样,那家伙肯定还牢牢活在她心中——并不如妻子往常所说的情形,她说自从她对走火入魔的颜哲劈面啐了一口之后,那人在她心中就完全死了。高自远拉起妻子,帮她拂去身上的蚂蚁,平和地说:

"秋云你冷静一点儿。咱们分析一下,看有几种可能。"

秋云慢慢冷静下来,与丈夫开始分析。不过两人待在这儿不行,蚂蚁老往身上爬,他们便离开这儿,到较远的土埂上坐下来。但分析来分析去,还是"颜哲没死"的可能性最大。因为,一,这肯定是颜哲当年用过的那支喷雾器,秋云不会认错的。二,颜哲逃亡前,把喷雾器带走了,这点秋云也不会记错。因为颜哲走前还想分一半蚁素给秋云，秋云冷淡地拒绝了。三，当然也有这种可能，就是颜哲并没带走它，而是当年他在洪水中返回时，把喷雾器埋到坟里了。但这种可能性很小，因为埋了 36 年的喷雾器不会这样锃亮，蚂蚁也不会拖到 36 年后才来朝圣。还有，坟头上也不会有新土。分析来分析去，连高自远也相信颜哲没死了。但——这 36 年来他在哪儿？是否一直在搞他的蚁素和"利他社会"？成功与否？为什么一直默默无闻？这会儿他回到这儿搞这么一手，到底是啥用意？

还有一点令人不解。秋云记得很清楚，当年血案发生后她逼颜哲离开时，因为事务繁杂，她并没有告诉过颜哲哪一座是他的衣冠冢，坟前又没有立碑或类似标记。那么，颜哲如何知道最东边这座坟是属于他的？也许他和"自己的坟墓"真有冥冥中的感应？

所有一切都是未知数。

不知不觉间，蚂蚁又开始往这儿聚集，顺着两人的裤腿往上爬，向那个散发着无上诱惑的不锈钢罐罐爬。两人只好撤退，掸掉身上的蚂蚁，带着喷雾器回到车上，开车离开。

回到北阴市，两人先把那玩意儿装到一个大玻璃瓶里，用蜡仔细封好。他们不想因蚁素的泄露在自己家里再造出一次蚂蚁朝圣，惊动那些最爱报道天下奇闻的晚报记者。随后的日子里，高自远对妻子的心理状态有点担心：妻子显然有心事，除了做三餐饭和打扫卫生，其余时间总是不语不动，静静地盯着那个大广口瓶。再就是拿出一个粗糙的白茬木箱，放在膝盖上，定定地看着。高自远这两天车瘾正大，出去遛车时喊妻子一块儿去，秋云总是借故推托。高自远已经知道这个木箱的来历，知道它里面包含着妻子的记忆和理想，所以能理解她的追思。妻子心中有一个解不开的心结，不过他并没有急着去帮她拆解，而是耐心等待着。

几天后，妻子对他说：

"老高我有个想法，我想干一件事。咱们先说好，你别拦我，也别笑话我，行不行？"

她说话时相当难为情，这倒让高自远生出点警惕。他问："你有啥想法？"秋云说：

"我是想——你知道，我曾在知青农场里帮颜哲创建过一个小型的试验社会，当过几个月的上帝副手，甚至在颜哲逃亡后当了几天代理上帝。后来我对颜哲的理想完全失望了，36年前就看透了，所以你别担心我会重新陷进去。但是在那段时间里，自始至终，我没有被喷洒过蚁素，不知道由蚁素造成的幸福感到底是啥样。前些天见了崔振山，才知道他们当年对蚁素是那样迷恋。现在咱们手里有了这瓶玩意儿，我想亲身体验一次。"

有一点她没有告诉丈夫。没错，当年她对颜哲的"利他社会"已经彻底绝望了，但听了崔振山的那番话后她才知道：原来失败之咎并不是蚁众中"恶"的复苏，而完全在于蚁王，是因为蚁王本性中的多疑，而这种多疑实质是对于"恶"的迷恋。如果两个正副蚁王也喷上蚁素，达到社会成员的道德水准，那会是什么结局呢？

高自远怜悯地看着妻子。尽管妻子一再否认，但实际上36年前的理想并没有死亡，它还顽固地潜伏在秋云的脑海深处，这会儿碰到合适的机会，它又顽强地萌发了。秋云看出丈夫的犹豫，忙解释说：

"只是一个小试验，不会有坏处的。那时我亲自为几十个人喷了蚁素，他们只是有点梦游状态，再有就是强烈的幸福感。像赖安胜说的，劳动最快乐，帮助他人最快乐。真的，这种蚁素完全无害，你真的不用担心。"

"你说过，它造成了七人的死亡……"

秋云抢过话头："那只在喷洒两种不同蚁素的情况下才会发生，咱们现在只有一瓶，想出事都不会。"

高自远沉思片刻，平静地问："如果试验成功，我是说，如果这瓶蚁素还能达到当年的效果，接下来你打算咋办？"

秋云笑着说："我没打算咋办，真没打算咋办。我没那个宏图大志，再去创建一个啥子利他主义社会。再说，今天这样的拜金社会中，区区一瓶蚁素能起啥作用？我说过了，只是一个小试验，去去我的心病而已，老高你别想得太复杂了。"

高自远笑道:"崔振山说,他们都是只吸一次就上瘾了。"

"你别吓我,这不是毒品,即使上瘾也死不了人。农场几十个人吸过蚁素,后来都没有啥后遗症。说句笑话,我巴不得岑明霞、孙小小和崔振山他们至今还没戒断呢,那样世界会干净得多。"

"行啊,这事让我周密考虑一下,三天后答复你。"

三天后,高自远把妻子约到客厅,那个玻璃瓶仍在茶几上放着。高自远主动打开了玻璃瓶上的蜡封:

"秋云你不是想试试吗?我考虑过了,可以。只做一点改变——我来试而不是你来试。为啥?你听我说。第一,你见过人们受蚁素控制的情形,对这瓶蚁素是否同样有效,比较容易作出判断。若是让我来判断肯定抓瞎,我咋知道有效没效?又没有仪器来测定你身上的'利他主义'加浓了百分之几。第二,我没经过那个场面,是完全超然的,不会接受任何心理暗示,试验起来会更准确一些。"秋云想拒绝,高自远紧接着说,"第三,你说过,这是个完全无害的试验,所以你完全不必为我担心。唯一可能出现的后果,是我的幸福感浓一点,干家务活勤快一点,这些你巴不得嘛,对不对?至于你有这个心愿,一定想亲身体验,那就等我试完,证明了它有效,也没有副作用,那时你再试也不迟。"他笑着说,"反正我不让你先试,我对你这个黄脸婆看得很重的,万一你有个闪失,我这后半生去倚靠谁呀?"

秋云呸了一声,说:"别在我这儿装可怜,你巴不得再娶一个年轻老婆哩。"不过她想了一会儿,实在找不到反驳丈夫的理由,只好同意。她戴上口罩,从广口玻璃瓶里取出喷雾器,右手拇指按在手把上,认真地说:

"那我就开始了,啊?"

"开始吧,剂量稍大一些,那样试验会更准确。"

秋云按动手柄,白色细雾弥漫开来,把丈夫的脸包围住,周围弥漫着熟悉的微酸味儿。为了得出准确的试验结果,她确实加大了用量。丈夫非常配合,用力把蚁素吸进肺腔。秋云眼前闪出36年前的情形:被喷洒蚁素的人很快会浮出沉静的幸福表情,目光中带着梦游味道。这种表情她非常熟悉,而且——也有潜意识的依恋，真想再见到它啊。

十几分钟过去了，一个小时过去了。丈夫一直平静地注视着她，等待着。最终他说：

"秋云，我没有任何感觉，真的没有。看来这瓶并不是蚁素，或者它已经失效了。"他开玩笑地说，"还有一个可能，那就是我的本性比赖安胜还邪恶，连蚁素也压制不住。"

秋云不免大失所望。她又耐心等了一个小时，终于不得不承认试验的失败。想想36年后的一次奇遇最终以这样平庸的方式结尾，实在心有不甘。她疑惑地说："老高，它怎么可能失效呢，如果是失效的，它就不可能造成咱们看到的蚂蚁朝圣。"对她的质疑，丈夫没有解释，只是安慰她：

"别懊丧，你说过，这个试验本身就可有可无，成之何喜败之何忧。我看咱们把剩余的蚁素照旧密封好，等待以后的机会吧。"

秋云没有再反对，两人把那个不锈钢喷雾器仍蜡封在玻璃瓶中，就像把巴格达的魔鬼重新封到安拉的魔瓶里，然后把玻璃瓶和白茬木箱扔到杂物柜中。几天之后，秋云真把这件事抛到脑后了，每天跟丈夫开车到处游逛。过了两个星期，曾发誓不学开车的她突然变了主意，也掏1300元报了名，驾校竞争激烈，学车费又降了300元，如今也是风雨无阻地学驾驶，睡床上还在练习踩离合、挂挡、踩油门。他们的退休生活偶然遇到这颗小石子，被垫得"咯噔"一下，随即又恢复了正常的行驶。时间一长，秋云把这个喷雾器、白茬木箱，连同生死未知的颜哲，再度遗忘了。

大概一个月后，高自远瞒着妻子，独自驾车到农场旧址的那道荒岗上，把一个密封坚固的小玻璃瓶埋在颜哲的衣冠冢坟头上，也就是那支喷雾器原来所在的位置。小瓶里面装的是真正的蚁素，因为在上次试验前，他偷偷把不锈钢喷雾器里的液体倒换入这个瓶中，把喷雾器仔细洗净，另配了形态和味道相似的液体灌装到喷雾器中。这种假蚁素配制起来很容易，到化学品商店里买点蚁酸就成。也就是说，那次他做的试验其实是一次假试验。他担心真正的蚁素确如妻子所说的那样神通广大，使自己，或妻子，吸入那么一次后就上瘾，就走火入魔，然后全身心投入，去重新开始颜哲未竟的伟大事业！

当然这种可能性不大，但凡事还是小心谨慎为好。关键是他根本不相信这玩意儿——可不是不相信蚁素的功效，不，这种蚁素对"个体"的功效已经不用怀疑。但即使对个体有效，他也不相信基于"善的个体"所创建的"整体"。他很反感那样的机制——一个独自清醒、宵旰焦劳的上帝，放牧着一群梦游状态下的幸福蚁众。他既不想成为这样的蚁众中的一员，也不想当这样的上帝。那个姓颜的家伙实际说得很对，他说"并没有可靠的机制来持续产生出一个个善的、无私的上帝"，这话说得多好！多清醒！多精辟！可他偏偏逆天而行，非要扮演这个超出他能力的角色。

还有秋云。当年她把一口唾沫照直啐到那个走火入魔的上帝的脸上，做得何等无畏而明断！自远对妻子非常佩服。可惜妻子"晚节不保"，36年前就已经清醒过来的她，到56岁时反倒又生出一点反复。所以，他一定得保护妻子不要陷进去。

本性自私的人类，磕磕绊绊的，最终走到今天的文明社会，而且显然比野蛮时代多一些善，多一些"利他天性"，这说明上帝的设计还是很有效的。而蚂蚁社会呢，在颜哲父子心中恁般伟大的蚂蚁社会，今天仍旧停滞在一亿年前那个水平上，不再发展，是僵化的、低水平的。你能瞎说蚂蚁社会比人类社会高明？所以——咱们还是按老路走下去吧，说不定，自私基因才是历史发展的最基本动力。

现在他把那瓶蚁素原璧归还了。如果那位姓颜的先生没死，如果这瓶玩意儿确实是他最近放在这儿、意在向秋云宣布他的存在的话，那么现在他已经得到了回答：

"你的宝贝我们已经见了，你看连包装都换了。现在请你拿回去，该咋倒腾，你照旧一个人倒腾吧。至于我家秋云呢，恕不奉陪了，我还指着她给我洗衣做饭、一块儿出门游玩、冬天睡觉为我捂脚呢。"

他对着颜先生的衣冠冢念诵了这段话，把坟头上的草皮理好，笑哈哈地离开了。

# 时间之河

蚁生

我在以下的章节里讲述的几个人生都是真实的。其时间区段是从上个世纪70年代至今，虽然跨越了世纪，实际也就是这一代人的故事。故事中有那么一个超自然的器物，不过完全不必把它当真，那不过是讲故事借助的一个道具。就像在某些积分运算中，比如计算一个带盖均匀薄壁筒对筒内任意位置一个质点的万有引力时必须设置一个鬼变量，才能得出收敛的结果。但在运算结束前，这个鬼变量又可以消去，不会出现在计算结果中。

正如这种鬼变量的隐现一样，文中那个超自然的器物——魔环——也在故事结束前就退出了。在凌子风的最后一个人生经历中，在他57岁那年，他把这具魔环砸碎了，一点也不怜惜。那时他并不知道，在这一刻，在他摆脱形而下的器物的羁绊之后，他也就完成了化胡为佛的过程，摆脱了肉体的羁绊、时间的羁绊。他也就变成了我，一个爱在时间之河的岸上徜徉的老人，俯视着河水喃喃自语：逝者如斯，不舍昼夜！

这儿提到了凌子风的人生经历，"经历"这个词与它通常的含义有所不同，倒是更接近量子力学中对于这个词的定义。量子力学有一个非常著名的双缝实验：一个光子可以通过狭缝A或狭缝B到达其后的光屏，每一条路线算作一个经历。至于究竟发生哪一个经历则是不确定的，每一个经历都可能实现，有完全相等的几率。只有当观察者在某条路线上设置观察仪器并观察到光子确实在这儿经过，在这一瞬间，这个"经历"就"塌缩"了，不可更改了，这个光子再不会有其他经历了。你看，量子力学颇有一点超自然的、神神鬼鬼的味道，爱因斯坦就曾坚决地反对它，说"上帝不掷骰子"。不过，现代科学已经非常有力地证明了它的正确。

与上面所说的那个光子稍有不同，凌子风则可以借助超自然的魔环在几个"经历"中穿梭，并力图对已经塌缩的经历进行修补，以弥补上一个人生经历中的缺憾。当然，这样"逆天而行"的抗争注定不会轻松。这完全可以理解，人怎么斗得过上帝呢。

# 第一章 经历A之一

本经历起始点：1995年8月15日。

早晨7点30分，天乐防盗门制造有限公司总经理、47岁的凌子风驾着他的别克君威，照例提前半个小时来到工厂。虽说是清晨，热浪已经相当迫人，但他没有开空调，而是大开车窗，让热风扑面而来。天乐公司的年产值已经超过一个亿了，但凌子风没有改变他节俭的本性，那是他前半生的艰苦经历铸成的。

大门前，一个门卫立得像标杆似的，正向他行注目礼。凌子风向他点点头，把车开进去。这支门卫队伍他在半年前就开始挑选了，按仪仗队的标准，个头、模样、素质都是一流的。他要让用户来公司第一眼就受到强烈的视觉冲击。门卫们都知道总经理的脾性，没人敢在仪容上马虎，因为凌总是个非常彻底的完美主义者，不容许公司哪个角落里有瑕疵。部下们都知道他的一个习惯：如果他对哪个下属的工作不满意，就会把那人请去，和颜悦色地拉几句家常，再亲手给他削一个苹果。他削水果是一绝，削完了，果皮还完整地覆盖着果实，果肉不会被手指弄脏。客人接过来，拉着果皮一提溜，一整根果皮就拉开了，其薄如纸，宽度均匀。凌子风是以此说明，任何小事，只要尽心去干，都能干得尽善尽美。如果吃了他的水果的人还不灵醒，那下一次就是降职或走人了。

凌子风把车停在左边停车场，下了车。停车场后是一块巨型的广告牌，上面是他十年前就拟定的公司宗旨：务实创新，尽善尽美。对面的车间房顶上是巨型的霓虹灯，组成"天乐防盗门"五个大字。凌子风驻足欣赏了一会儿，难免有些感慨。12年啦，12年来的风雨颇令人回味。这儿原来是特车厂的地盘，那是一家省属企业。当年他和田红英开始干公司时俩人还没结婚，他们只租了特车厂一个小车间的一半,两个老板一个半工人,那半个工人是吃国营饭的,只在晚上和星期天来做技术指导。他们见谁都撇着嘴笑。特车厂原来是很牛的国营大厂,那时已经破败了,不可逆转地破败了,职工们吃光了积蓄,穷相开始慢慢渗透到衣服上和脸上。尽管如此,他们在"个体户"面前底气还很足,很有优越感,常常有意无意给天乐公司设几个绊子。天乐公司12年来寄人篱下,受的窝囊气不可尽数。记得有一次,省里给特车厂发了一点儿困难补助,划算下来也就是每人两三百元,就因为这几个小钱分配不均,特车厂的工人们闹事,把厂大门锁死,贴上封条,只留一个走人的小边门。那时天乐公司正好急着发一大批货,货箱无法从边门出去。凌子风找特车厂的头头、领头闹事的工人还有市领导,四处求告,全无用处。无奈之下,只好租了一台大汽车吊,把1000套防盗门从封死的大门上一件件吊出去。天乐公司上下都愤愤不平,说要把吊车费从这个月的厂房租金中扣下来。凌子风说不要扣,先放这儿,总有一天让他们还这个账。几年后,他们终于把特车厂整个吃掉。价钱是1500万,这个价钱确实便宜,光是特车厂的地皮也值1500万啊。在谈成的1500万的价格中,凌子风提出要把当年的600元吊车费扣除。当然不会真的扣除,但把这事重新抖搂一次,弄得特车厂的头头们满脸通红,也算是报了一箭之仇。

想想公司这些年的发展,真有点做梦的感觉。12年前,天乐公司的启动资金是七万元,其中六万是田红英及她父母的,凌子风只占一万元。就这一万元还是借的,他那时刚刚大学毕业,每月工资60多元,连双皮鞋都舍不得买。现在公司净资产已经有4000万,在全市范围内也算上利税大户了。12年前田红英鼓动他离开国营厂干个体时,咋能想到今天?

凌子风倒是比较清醒,常给公司的人讲"居安思危",讲"顺境中想逆境",但平心而论,有这样骄人的业绩,心中没有一点骄矜之气也是不可能的。

清洁工人们已经下班,正在一楼的门厅里开下班前的碰头会,一色的红色中式职业装,非常漂亮,也是办公楼的一道风景。看见总经理,她们都用目光向他微笑，凌子风也用目光向她们致意。办公楼里窗明地净，一尘不染。总经理室的门已经打开，空调调定在 27 度，这是凌子风为了省电规定的标准温度，一杯刚沏的绿茶在红木办公桌上冒着热气。桌上放着一叠他今天应该优先处理的文件。这些工作是秘书小玉做的，她一向是办公楼中第一个上班的人。

隔壁的董事长办公室也开着门，凌子风踱过去。小玉正在那儿擦墙上的十几块铜牌，都是公司历年来的奖牌或 ISO9000 质量认证体系的证书等。小玉仍是一身藕荷色西服裙，身段婀娜，一头黑发垂泻而下，肉色丝袜发出玉石般的光泽。随着她用力擦拭，腰凹处的曲线迷人地荡漾着。小玉回头笑着说：

"凌总好。几份文件已经放到你桌上了，今天有几件大事要处理。我把这儿打扫好就过去，董事长今天要回来，可不能让她挑到我的毛病啊。"

董事长是凌的妻子田红英。在公司创建早期田红英出了大力，在几个重要关口起的作用甚至超过了凌子风。至少说，没有田红英的煽动，凌子风不会下决心扔掉国营厂的铁饭碗；没有田家投资的六万元，公司在草创期间也玩不转。但公司发展起来后，田红英的董事长实际上是半退休了。她知道自己的水平已经应付不了一个现代化的企业，所以宁可躲在幕后，宁可去做家庭主妇，把公司全托付给丈夫。妻子常笑着说，在整个公司里，她只用管住一个人就行了。

所以，董事长办公室大半时间空着。但小玉对这间办公室的打扫从来不敢懈怠，除了督促清洁工人，有时还亲自动手。这个 26 岁的姑娘很有心计，她心里清楚，应付好董事长，比应付凌总更为困难，也更为重要。这里有那么一个因素在作怪：性别。女人和女人最容易成为敌人，何况小玉和田红英之间，更是注定要成为敌人。

原因很简单，小玉已经爱上凌子风，无可救药地爱上他了。

凌子风对着小玉的背影轻轻摇摇头，回到自己的办公室。他当然知道小玉对自己的情意，只是这层窗户纸还没戳破。他也知道，妻子对小玉已经是高度警惕，倒不是她发现了什么蛛丝马迹，不，一点儿也没有，至少到目前为止，凌子风和小玉之间没有任何逾礼的言辞行为。但田红英的警惕是本能的，是"妻子"对一个年轻漂亮的姑娘的本能反应。她所说的"在公司里只用管住一个人"，实际上主要就是这方面的工作。

凌子风对此颇为头痛。他当然不会抛弃结发妻子，把小玉迎娶进家。但若是任小玉的单相思发展下去，势必造成小玉（公司秘书）与妻子（董事长）的敌对。他不愿意为此失去一个称职的秘书。

而且……扪心自问，他内心难以舍弃的，仅仅是一个秘书吗？小玉很漂亮，性情怡人，声音圆润悦耳，饱含露水。看着她的倩影在眼前游动，能感到精神上的愉悦。她很有分寸地、锲而不舍地表露着对他的爱，这种爱意像春风一样轻柔，与田红英带三分霸气的爱相比，别有一种滋味。小玉常使他想起他的第一个恋人何若平。若平在结婚前夕不幸溺水身亡，给他留下终生的痛。

凌子风知道，为公司的大局着想，他最好立即更换秘书，给小玉换换工作，离自己远一点，或干脆让她离开天乐公司，那才是釜底抽薪。不过他一直没有下最后的决断。他想，也许自己已悄悄爱上小玉，只不过不敢承认罢了。

小玉进来了，她要在公司副总碰头会前做完例行汇报。"第一件事：国家质检总局组织的对全国防盗门行业的质量大检查，已经有了正式的结果，天乐跻身前十名，排名第六。中央电视台决定以天乐为样板做重点宣传，这台节目除了中央台播出外，还将在几十个地方台联合转播。收费却相当低廉，只有十万元，当然不包括台面下的花费，真是天上掉下来的馅饼。央视的人今天就到，和田董事长及儿子凌田田坐同一个航班的飞机。"

这些情况凌子风已经知道。说起来，这块馅饼能落到天乐头上，是几种因素联合作用的结果。排名在天乐之前的那些防盗门厂家本来名气就大，对中央台许诺的宣传不太在意，至少是这一次没有表示出足够的热切，反应不够快；排名在天乐之后的厂家规模还小，有种种不定因素，中央台不太愿意和他们打交道。谁都知道，处在资本积累初期的公司都有"原罪"。这么着，排名第六的天乐公司反倒成了央视的首选。还有一个重要因素是儿子田田，他创作的剧本《郑和与西洋》已经决定投入拍摄，刚刚在京开了新闻发布会。剧作者是一个 11 岁的中学生，这则新闻本身就极有卖点，也增加了央视对天乐的关注度。央视的廖记者说过，他们设想，对天乐进行宣传时，要把田田的新闻揉合进去。

第三个因素就是田红英的活动能力了。凌子风素知妻子的泼辣能干，但他一向认为田红英的活动舞台在社会中下层，在那些满口粗话、爱喝酒骂娘、爱讲江湖义气的人群中间。半个月前，田红英自告奋勇要护送田田进京，同时到央视去"活动"，凌子风着实有点担心。没想到她真把这两件事跑成了。

这是妻子为天乐立的又一桩大功。在这场宣传攻势后，天乐的销售额很可能要翻一番，增加一个亿。成立 12 年的天乐公司又要上一层台阶了，这一步走得好，凌子风就敢向国内最强的同行厂家叫板。一会儿的经理办公会上，他准备讨论应对这个销售高潮的行动计划。

小玉提醒的第二件事："董事长和田田是今天下午 3 点的飞机，央视的廖记者和丁记者同机到达。市里对田田这个天才小作家非常看重，市政府宣传口、市教委和地方报刊电视台都要派人迎接，对田田进行采访。说不定对凌总你也有个采访，你看是否准备一下？"

凌子风点点头，说他已经做了准备。

8 点差 5 分，公司副总们马上要来开碰头会。小玉在旁边坐下，摊开经理日志，准备作例行的记录。她忽然抬起头突兀地说：

"凌总，我这个秘书恐怕干不长啦。"凌子风抬头看看她，小玉抿嘴一笑，"你太太出差这十几天，一直派人盯我的梢，一天 24 小时的监视。"

她这会儿说的是"你太太"，而没有用董事长的官称。凌子风知道这个措辞是有意的。他已经知道这件事，而且知道盯梢的人是谁：营销部的老曲。七八天前就有人把这个消息捅给他，他当时一笑了之，说："这是当妻子的权利嘛，是在帮我哩，免得我万一管不住自己，犯下什么错。且由她去，你们全当不知道。"

小玉又笑着说："凌总，我走后，你再找秘书就找男的。要找女的就得是个丑八怪，50岁以上的，省得董事长不放心。"

凌子风淡淡地说："董事长从不干涉我用人。你把自己的工作干好就得。噢对了，你通知副总们今天不开碰头会了，央视宣传的事太大，我得再筹划筹划。"

小玉又是抿嘴一笑，显然凌总的表态让她心里很滋润。她出去了，在外间打电话通知各副总。她刚才那番话并不是脱口而出，凌子风能看透她的小心计——她是用渐进式的办法往董事长和总经理之间打楔子。也许她巴不得凌子风和妻子闹翻，然后抛弃天乐总经理的宝座，带上她远走天涯，另辟一块新天地。小玉的情是很痴的，不过从用心上说有一点"居心不良"的味道。

凌子风忽然觉得有点烦闷，站起来在屋内踱步。田红英比他小八岁，是个很"旺夫"的女人，没有她，绝对没有天乐公司的今天。也是个非常顾家的女人，如今在她心目中，事业和财产倒是次要的，丈夫和儿子绝对放在第一位。她对别人说，她这辈子最大的成功就是找了个好丈夫，生了个好儿子。做女人的，只要有这两条，就足以傲视群雌了。她对丈夫的爱十分强大，也稍显霸道，八爪章鱼似的叫人透不过气来。田红英没有多少文化，但在大事上很有心劲，比如，她对天乐的财务不怎么管，基本上放手给丈夫，更不会管丈夫的个人花销。但她在公司股权结构上一直拿得很稳，从不提把夫妻两人的股权合而为一，而是保持公司初创期的股权结构：她及田家占67%，丈夫占23%，按凌子风当时投的一万元是占不到这个比例的，但田红英奖了他一些技术股，其他人占10%。在几次股权变更中，她非常坚定地维持着67%这条底线，绝不后退，这么着，她就始终控制着公司的绝对权力，因为公司章程中规定，重大事项的决定要三分之二的股权同意。这个权力她倒是从没有使用过，但不使用并不等于放弃。她是绝对不会放弃这柄尚方宝剑的。

对于妻子这些隐秘的心计，凌子风向来是一笑置之。当然，心中隐有不快，也是难以避免的。

老板桌边放着一个硕大的水晶掌中宝，一只手掌托着地球仪。凌子风随手拨一下，地球仪飞快地旋转着，球上的时间经线幻化成一片黑影。再反向拨一下，时间又飞快地倒退回去。拨弄着水晶掌中宝，有点乘坐时间机器的感觉。他想，一个人要真能在时间之河中自由穿梭，那该多么惬意。

他忽然想到明天就是8月16日，是何若平的忌日。时光匆匆，转眼之间，若平已经去世20年了。时间并没有淡化他心中的哀痛，每年这一天的晚上，他会扔掉世俗的一切，暂时忘掉妻子、儿子、公司，把自己完全封闭起来，沉浸在对若平的悼念中。连田红英也熟悉了这个周期，承认在这个时间段中，她是没办法和死去的何若平竞争的，所以就很聪明地躲开。今年因为央视宣传和儿子的电影这两件大事，凌子风一时忽略了这个日子。不过不要紧，他对若平的思念已经变成生理性的反应，大脑忘了，情绪就会来提醒。刚才那波没有来由的烦闷和感伤之潮，其实就是潜意识的反应。

刚才小玉那番话很含蓄，但实际是明白无疑的挑逗，小玉的挑逗在他心中激起了几丝涟漪，但这会儿已经心如止水了。他的心中太满，天才儿子在他心目中分量可是很重啊，除了盛着妻子、儿子，还有一大片是留给若平的，没有余地再盛一个年轻姑娘的爱情。他想，恐怕该把这事挑明，让小玉不要在他身上浪费时间了。

下午3点，凌子风自己开着车来到机场。小玉说的那些人也都先后到了，有市委宣传部的一位科长，市教委副主任老金，电视台一位摄影记者，晚报社和日报社两位文字记者。见了凌子风，大家都过来握手，说凌总有这么一个天才儿子，真给家乡争光了。金主任和凌子风是高中同学，彼此很熟，笑着说："子风你别保守，介绍介绍经验，咋会日弄出这么一个小天才，是种好，还是施肥有窍门？"凌子风见两个女记者离得较远，低声说："我看是种好的成分大些，咋，想不想借种？"老金笑着捶他一拳，说："这个经验我就不学啦。儿子再笨，还是自己的种好。"

说笑着波音737降落了，大家拥上去，舱门打开，田红英知道今天有人迎接，拉着田田最先露面。妻子穿一件高领旗袍，打扮得珠光宝气，头发也像是刚做过的；田田上身穿一件文化衫，写着：在时间之河中徜徉，下身是牛仔裤，一脸满不在乎的笑容。舷梯下边镁光灯闪成一片，大家依次同母子俩握手。凌子风没有忘记自己的主要目标，抱了一下儿子，就把注意力集中在他后边的央视记者身上。田红英介绍,那个男的是廖记者,女的是丁记者,他们俩可都是央视的大牌记者呀。凌子风同二人热烈握手,说欢迎欢迎。廖记者有40多岁,表情沉稳,手里提着摄影器材。丁记者有30岁左右,长得很漂亮。她笑着说:"我该先向凌总贺喜呀,今天你是双喜临门。"凌子风说:"谢谢,其中一喜可是你们两位贵客带来的。相信在你们的宣传之后,天乐公司会借势来一次大扩张。大恩不言谢,容当后报。"

他们没在这个话题上停留,反正在北京时,田红英早把这事说透了。凌子风说:"二位记者请先到宾馆吧,内人和儿子还得在机场休息室耽搁一会儿,因为本市的记者们要对田田采访。你们知道的,都是老套路,既然田田在北京上了镜头,本地记者们总得挖一些资料,对付出一篇报道。"

廖记者说:"不急不急,咱们都参加吧,采访完一块儿回去。"

大伙儿来到休息室,记者们把田田围在中间。这小子天生胆大,又到北京经过一次实战的新闻发布会,对这个场面一点也不怵,笑眯眯地对着话筒和镜头。日报社记者说:"田田,我们都看了关于投拍电影《郑和与西洋》的新闻发布会,某某文化集团公司承拍,某某著名导演执导,而你这个剧作者只是个11岁的孩子。确实难得呀,请问你是如何取得这样的成功的?"

田田看看老爹,笑着说:"这个问题我在北京已经回答过啦。要说成功的原因有三个,第一我确实有点小聪明,鼓捣出了一部还说得过去的剧本;不过最主要的原因是我爹妈的投资,他们为这部电影投了1000万,有这1000万垫底,制片公司就不怕赔钱。这次我到北京西安,接触了几家制片公司,才知道电影界是大腕儿们富,制片厂穷,有的厂家,接待室的沙发破得露着弹簧。所以我得首先感谢爹妈的投资,有了这1000万,剧本差点也有人拍。第三个因素是我的年纪,有卖点,能可劲儿炒作,以后卖拷贝就容易些。"

凌子风隐去嘴边的笑意,心想田田这小子,半月不见,真得刮目相看了。那位记者没想到11岁的被采访者能说得头头是道,也给激得兴奋了,接着问:"这是田田的谦虚啊。你的剧本一点儿不差,我知道评论界有人说这是一部精品,说作品中有超越作者年龄的苍凉,甚至夸奖你的剧本一字不能易。"

田田笑得更顽皮了:"炒作,那都是制片公司安排的炒作。写电影剧本不比发表小说，又不是最终成品，有什么一字不易的？我写的只是电影文学剧本，又不是分镜头剧本。不过导演说，电影的大轮廓就按我的剧本来，不会变多少，这点倒是真的。"

"田田真是虚怀若谷啊。评论界还盛赞剧本的开放式结尾，讨论了郑和下西洋的各种可能，其中一个可能是郑和继续西进，发现了美洲大陆，于是世界历史彻底重写。而真实的结尾是：郑和到非洲东海岸就打道回府了，错过了非常难得的历史机遇。这种警示式的构思确实值得中华民族进行反思。"

"其实这个结尾是我爸爸的建议。我的剧本吸收了我爸爸不少好的建议，他也是剧本的实际作者。"

凌子风暗叫一声不好。倒不是说田田的话不是实情。凌子风对儿子这部剧本确实非常重视，和儿子进行过几次深入的讨论，还特意邀请了几位作家朋友，搞了三次专题文艺沙龙。他对儿子的设计是：不出手便罢，一出手就必须要打响。但如果把这些情况抖搂出去，制片公司对田田的包装效果就要打折扣了，因为他们对田田的宣传定位是"少年天才"，它将是这部电影的一大卖点，相信会有不少观众尤其是那些希望自家儿女也是天才的父母会冲着这点去买电影票。出于商业化的考虑，凌子风同意制片公司的这种包装。所以田田今天的坦率未免不合时宜，毕竟是11岁的孩子嘛。凌子风及时地插进去：

"我儿子今天是谦虚过度了。不错，我曾和儿子讨论过这个剧本，也曾说过：要是郑和能继续西进，发现美洲大陆，那历史就得重写了。也就这么随便一说，没想到田田真把它组织进剧本中，而且构建出富有说服力的情节。所以，这个构思的所有权仍然是凌田田的，我可不敢贪儿子之功，据为己有。"田田看样子还想说什么，凌子风用眼色止住了他。"各位还有什么问题吗？如果没有，我们就要回家了，田田的爷爷奶奶外公外婆想他快想疯了。"

凌子风先把两位央视记者送到宾馆，小玉已经在那儿等候。凌子风对记者说："你们梳洗一下，让小玉先带你们转转市内几个景点，晚上由小玉陪你们吃个便饭，好好放松一下。明天咱们再谈工作。我得先陪儿子回趟家，见见他的爷爷奶奶外公外婆，田田可是他们的心肝啊。"

两位记者说："凌总你去忙，送田田见爷奶也是大事，常言说隔代亲，何况这么优秀的孙子，搁谁谁不疼？"

凌子风对小玉说："两位贵客可托付给你了，他们要是有半点不满意，你就去写辞职信吧。"小玉笑着说："董事长和凌总尽管放心，我保证把二位招呼好。"

凌子风让小玉来接待是有用意的，如今很多客人，主要是男客，太厚颜了，吃饱喝足之外还要特殊服务，而且凡是敢提出非分要求的人大都是不能得罪的，凌子风只能采取"内外有别"的办法：对内极严，绝不允许员工在公司经营中涉足色情活动，但对外客只能遂其所愿。央视的记者们大概不会这样，特别是在有女客陪伴的情况下，但也说不准。拿不准时凌子风就安排小玉搞接待，面对一个优雅美貌、有大家风度的姑娘，男客们多半会收敛一些，即使有什么不满之处，一般也不会发作。

离开宾馆，凌子风才捞上和妻儿说话的机会。他说："田田，这一趟西安北京之行怎么样，大开眼界吧？"田田说："玩得真痛快！该看的地方全看了，大小雁塔、碑林、半坡博物馆、唐陵、故宫、长城、天文馆、科技馆……还有西影、北影、八一和儿影，央视的演播大厅，都去过了，玩得真痛快！"

"学习呢？课本看没看？你落下20天的功课可不好补。"

妻子说："看着哩，除了谈剧本那几天太忙，顾不上看，其他时间一直没丢。"

凌子风笑着说："红英你这回又立大功了，谁说骡马不能上阵，我看比儿马还强。"

田红英自得地说："什么功不功的，总算把央视宣传的事跑成了，花费还不算太大，这两个央视记者胃口不是太贪。"

凌子风截住她："工作上的事明天到办公室说，今天只享受天伦之乐。"

他不想让儿子过早接触到这些台面之下的东西。妻子领会到他的用意，把话题扯开了。

田田爷奶还住在老市区的旧宅子。这些年凌子风已经有财力为他们起一幢新居，但爹妈执意不让，说："俺俩都是八十几的人了，造个新房又能住几年？老房子住惯了，邻居也熟，要是换个地方，人生地不熟，坐软监似的多难受。你们别再提给俺俩换房子，省下钱办正经事，只要经常回来看看，俺们就知足了。"凌子风拗不过，只好遂老人的愿。

田田奶身板儿还行，腰不弯耳不聋，走路一阵风。田田爷不行，尤其是两年前得了老年痴呆症，经常犯浑，一犯浑就说些神神鬼鬼的话。有次清早醒来，他急匆匆地催老伴快准备，说："四婶说今天和咱们一起去逛庙会，牛车都备好啦。"他说的那个四婶过世30多年，坟上的树都合抱粗了，田田奶说他犯糊涂，他还不服，一个劲儿说："牛车就在门口等着哩，等了半天啦。"老伴只好搀着他到大门口，马路上小车大车跑得正欢，都是"电驴子"，哪儿有牛车的影？他瞪大眼看了半天，只好自己给自己下台阶，说："我记错了，那是昨天的事，昨天咱们已经去过了，四婶和我在牛车上还唠了半天嗑呢。"

田红英迷信，说："听你爹说这些白日见鬼的话，心里老是寒凛凛的。说不定，人老了真能看见阴间的亲人？四奶的魂真能回家？你爹妈住的是老宅子，阴气重，有这档子事也说不定。"

凌子风笑她："真扯淡，哪儿有什么鬼神。尤其是咱中国不会有，就算世上真有鬼，也被'文化大革命'横扫了吓跑了，千秋万世不敢回头。"

不过凌子风有点羡慕老爹，人老了，意识就自由了，可以脱离肉体，在时间之河里自由徜徉。能在今天的车水马龙中看到50年前的牛车，也能够和30年前去世的亲人交谈。他巴不得自己也能这样，那他就能返回过去，和何若平见面了。

今天老爹没犯浑，看到宝贝孙子回来，高兴得眉开眼笑。他甚至知道孙子写了个剧本，北京有人要拍电影。他拉着孙子的手，夸说："田田从小就聪明，我早就知道田田是个天才。你们忘没忘，他三岁就会开房门自己溜出去？"

田田奶笑了，说："咋不记得？就像昨儿个的事，转眼已经八年了。"

凌子风得儿子晚，田田出生时，爷奶都是70多岁的人了，凌子风不让他们带孩子，但田田奶不依，非要自己带。70岁才见到孙辈人，能不亲？亲得都出格了。田田从小就野，学会走路后简直不愿在屋里待。田田奶做饭时必须把门锁上。不久他学会自己开弹簧锁,关不住了。没办法,凌子风就在门的高处安了一个插销,那个高度他再长五年也够不到,心想这下子把他管住了,能安生两年了。但田田确实鬼灵精,竟然很快想出了办法,他搬一个小凳子,站上去,用一根木棍把插销捅开。插销用棍子很不好捅的,因为你必须先把插销的弯脖子挑成水平,再向一边拨,才能拨开。但田田耐心地捅着,终于成功了。然后他如遇大赦般咯咯笑着逃出家门。奶奶发现后忙出门追赶,不小心把脚扭了。等凌子风回家,老娘的脚踝肿得像大馒头。但田田奶不说脚疼,只是得意地夸孙子:"田田真聪明,这小崽子真鬼!长大一定有出息!"田田知道自己做错了事,趴在奶奶身边,用小嘴吹奶奶肿着的脚踝,心疼地问:"奶奶你疼不疼?我吹吹你就不疼啦。"看着他的乖样子,凌子风没忍心训他。

田红英笑着捅捅儿子:"奶奶说的都是你当年的英雄事迹,还记得不?"

田田认真想了想,摇摇头说:"没印象了,听你们说这些,就像是听我上辈子的事。"

田田奶留他们吃了晚饭。饭后凌子风说:"我们要走了,到田田外公家,他们也想外孙了。"田田爷还舍不得孙子走,拉着田田的手,笑眯眯地盯着,忽然说了一句很明白的糊涂话:

"可惜若平死得早,她也是个好女人,是宜男相,那时还准生二胎,田田能有个弟弟妹妹,免得太孤单。"

这句话说得太突兀,屋里气氛一时有点凝滞。田田奶见儿子有点感伤而儿媳有点儿不快,忙说:"老东西你又犯浑啦!今天是喜日子,不说这些伤心事。再说,"她忍俊不禁地笑着,"真要是子风娶了若平,哪里还有田田?你还说什么给田田添个弟妹,真真地说胡话。"

田田爷想不明白这个理:为啥儿子和若平结婚就不会有田田?他仰着脸皱着眉头努力在想。凌子风笑了,说:"看来我爸想通这个问题不是一会儿半会儿的事,我们先走了,让爸静下心来想吧。"

三人上了车,田田大惊小怪地说:"原来我没出生前就经了一场劫难啊!想想真是后怕呀,这个世上差点儿没我这个人,《郑和与西洋》也没人写啦!"

但他爹妈没有响应他的笑话。田田爷那番话触动了凌子风内心深处的伤疤，再者，他也知道妻子正为此不高兴。她一向是这样，不高兴听家里人提起何若平的事，一听就影响情绪。有次在床上凌子风数落她：

"你这是吃的哪门子干醋啊，若平是过世快20年的人啦。"

田红英脑袋拱到丈夫怀里，幽幽地说：

"若平那么可怜，花没开苞就落了，我咋能吃她的醋？不过我总有一个想法：我这辈子铁定跟你一家，再不会跟另一个男人；可你爹妈老是把若平当成你的原配，只是因为意外才换了我。要是你真的和若平结婚在前，那不把我给闪下了？一想到这儿，心里就不踏实，有点儿后怕，有点儿发虚。"

凌子风臭她："如果我和若平结婚在前，说不定你我根本不会认识，既然不认识，哪里说得上闪下不闪下。你这纯粹是逻辑混乱。"又开玩笑，"你这么漂亮性感的女人能剩得下？没有凌子风，就有王子风张子风来疼你。"

不过这番话让他知道了自己在妻子心目中的分量。田红英是个性格很奇怪的女人，恐怕只有中国这样的男权社会中才会有这样的女人。她怎么着也算得上个女强人吧，在夫妻的相处中属于强势一方，在小两口的小斗争中总要占到上风才罢手；但她又对丈夫很依赖，甚至可以说，她是依附于丈夫而存在的。她的人生奋斗，她的千万家产，都是因为丈夫才有存在的价值。而实际上呢，如果单从财产构成说，凌子风只是妻子的打工仔而已。

想到这一点，凌子风能原谅妻子的一切毛病：霸道，吃干醋，玩心机比如盯小玉的梢，等等。这会儿凌子风扶着方向盘对后排的田田说：

"别瞎感慨了，你能发感慨就证明你存在，你既然已经存在就不会不存在。今天是喜日子，别提过去的事。"

田田虽然少不更事，还算机敏，体会到这个话头在妈妈心中激起的不快，笑着说一句："爸你说话很有哲理呢。"便闭口不说了。

田田外公家比凌家豪华多了，占地五亩的大院子，院里有鱼池、花圃、果树林，西洋风格的楼房，上下三层，有700多平方米。田家在投资天乐公司后，还一直承担着向公司的供货。但三年前，为了规范公司的运作，凡是与公司有亲属关系的分供方都劝其退出，二老退出后干脆不做生意了，回家养老，反正他们从天乐股份上赚的钱两辈子也吃喝不完。现在田田外公自称海陆空三军总司令，家里养着鱼、鸽子、狗、猫，总数近百只，每天比做生意时还忙。由于家里有这些硬件，田田平时回外公家更多一些，孩子毕竟爱狗爱猫爱玩爱热闹。不光是儿子，就连凌子风本人也愿意多在岳父母家停留，因为这边一切方便：洗澡方便，这两年他已经变"修"了，一天不洗澡就过不去；院子宽阔可以停车；有电脑有传真可以办公。时间长了，田田奶不乐意了，半真半假地说：

"我看凌田田光惦着回外婆家，干脆改姓田吧。"

自打听了这番话，凌子风很警惕。他想自己的父母本来完全有资格向儿子要这些东西，如果因为父母的责己而造成儿孙的疏远，那对他们太不公平了。以后他非常注意回两个家的时间平衡，绝不厚此薄彼。

外公外婆对田田凯旋更是乐得不知高低，说："田田你真给外公外婆争脸了，说吧，奖你什么？五千元以内你尽管说。"不料田田比他们更气派，说："外公，外婆，我已经今非昔比了，剧本稿费是六万元，很快就要到手。现在该我给你俩买东西了，你俩要什么礼物？三万元以内尽管说，留三万元我给爷爷奶奶。"

外婆笑眯双眼，说："田田说话多有气派！多孝顺！田田，我俩啥礼物也不要，有你这份心就行了。"

田田和猫狗鸽子玩了一会儿后，猫在自己卧室里，排齐了给同学打电话。同学们尤其是女同学们自然非常兴奋，陈晶一听是凌田田的电话就欢呼起来，说："田田，你可是大名人了，我们都在电视上见到你了。我真不敢相信你会主动给我打电话。"田田笑着臭她："看你那德行，我会那样得意忘形，狗眼看人低？"

外婆在一楼的客厅里喊："田田！打开你屋里的电视，地方台正在播对你的采访哩。"田田扒在二楼栏杆上说："你们看吧，我不看，反正就那么回事，我给同学打电话呢。"

二老挤在沙发上伸长脖子看采访，真正看得得意忘形，不时爆出一阵大笑，外加几句评论："这小崽子！看他恣的！你看他还蛮谦虚呢。"

凌子风和妻子也看了一会儿电视，回到自己的卧室。今天太晚，他们不打算回家了。凌子风见妻子仍面有不怿，知道病根在哪里，淡淡地说："别不高兴了，爹已经老糊涂了，你和他较什么真？再说他也没有说错什么话。"

田红英悻悻地说："他是没说错什么话，不过在你爹妈眼里，何若平才是最正统的凌家媳妇，弄得我倒像是个填房，这辈子得低她一头。我受不了这个窝囊气。"

凌子风给"填房"这个词弄笑了："鸡肠狗肚，哪像一个董事长的胸襟？填房！亏你想得出来。"

田红英确实有点恼火，恼火的原因很复杂，难以用言语撕掰清。明天是何若平的忌日，这一点田红英记得比凌子风还清楚。因为每逢这一天凌子风就会短暂地"出家"，完全沉浸在对"亡妻"的悼念中。并不是田红英心眼狭小，容不得一个死去22年的女人。但是，看着丈夫会突然变成陌生人，变成一个女鬼的丈夫，这事总有那么一点儿恐怖。而且每年一次，一次也逃不脱。今年有这两桩大喜事，田红英企盼它们会冲淡丈夫的记忆，把丈夫的例行发作岔过去。但看来是岔不过去了，不但丈夫没忘，连半傻的公爹都没忘。一个活女人硬是斗不过一个死女人，还是一个很有女人味儿的活女人，你说丧气不丧气。这些年田红英对打扮自己可没少花力气。

凌子风不再理会妻子的情绪，开始说正事。他说："红英你又立大功啦。其实我挺不服气的，我一向觉得我管理公司比你有水平，可是几次节骨眼上都是你盖过我，不服也不行。看样子你天生是刘邦，我最多只是当陈平的材料。"

这些话是对妻子的恭维，想让她忘掉不愉快，但也是真心的恭维。

他又谈到如何应对马上就要来的销售高潮。销售力量不成问题，生产能力也不成问题，只用扩大外联的力度就成。主要是资金，吃掉特车厂时刚刚花了1500万，电影投了1000万，两大笔贷款又正好要到期归还。新增的一亿产值，即使尽量加大资金周转，至少也得再增加2500万的生产投入，这些只能靠贷款来解决，但公司没有多余的不动产可以抵押。看来只能利用和商行李行长的特殊关系了，当然得上点油。

田红英问需要上多少油。

"10万到15万吧。这个数额的非生产开支，应该由你董事长审批。"

田红英低声骂一句："妈的，在央视我也不过花了10万。"

凌子风说："那不一样。央视反正要为这次质量评比活动打宣传的，至于挑中咱们还是挑中别人，操办者并不承担风险。李行长就不同了，他确实要承担相当的风险，现在国家对贷款控制越来越严，没有抵押的2500万贷款不是一个人说了算的。所以李行长吃这点回扣是公平的，符合等价交换的原则。"

"行了，该花多少你自己定吧，舍不得娃子套不住狼。你办事我放心。"

凌子风笑着说："还是老婆当董事长的总经理最好当，上了床，枕头风一吹，什么事都办妥了。"

"放屁放屁，这会儿咱俩上床没？向来是女人对男人吹枕头风，哪有反过来的。"

凌子风不同意，说哪个文件规定了枕头风的风向？田红英则坚持说："枕头风就是只有一个风向，因为在床上总是男人有求于女人。就说咱俩，谁最馋那一口？所以呀，以后千万别指望你能对我吹枕头风，要是那样，该答应的事我也不敢答应。怕你顺杆子爬，到床上来腻歪我。"

这么着调了一会情，两人都有那个意思了。田红英说咱们洗澡吧，上床后我给你一件礼物，保你满意。两人浴罢上床，田红英从女式拎包里拿出一个纸盒，包装很精美，印的是英文。凌子风凑在灯前看说明，他的英文程度不错，但不熟悉药剂学词汇，看得很吃力。妻子说："别看了，这是美国辉瑞公司刚研究出来的药，名字叫什么XDF，非常灵的。听说这种药三年后才能正式上市，那时风靡全球，中文译名叫WG。我是从黑市上弄来的，价钱就不说了，怕你心疼起来折了锐气。"

凌子风笑她真有本事，能把"未来"的药弄到手，还巫婆似的，知道过去未来之事。又不屑地说：

"我还用不上这玩意儿吧，等我60岁后再用它。"

妻子没听他的，赤着身子下床为他倒了开水，把一枚蓝色钻石形的药丸托在手里，腻声说："喝了它，尝个新鲜嘛。"

美国佬的药确实灵，一个小时后那种狂潮就涌上来，此后的几个小时中，凌子风大汗淋漓，贪如虎狠如狼。完事后他身心俱泰，也实在乏了，说："睡吧睡吧，我是过瘾了，你呢？"妻子也是娇喘吁吁，满意地钻到他怀里，闭上眼睛，心想明晚再给他一粒，说不定能把他对何若平的思念岔过去。凌子风睡眼惺忪地说：

"睡吧睡吧。红英，你为公司立了三大功呢。"

田红英确实为公司的发展立了三大功。第一是最先提议搞防盗门并煽乎得凌子风下了海；第二是在公司开办初期为公司接了一大单生意，从此公司迈过了生存关。不过，这件事上她付出的代价大了一些；第三就是这次搞定央视宣传。

凌子风和她相识14年，结婚12年了。那年，33岁的凌子风很偶然地遇上了25岁的田红英，从此改变了自己的人生。

1981年，作为老三届学生考入上海交大的凌子风毕业了，分到本市的通风机械厂。工资低，日子过得紧巴。不过他从没想到下海赚钱，那样干风险太大，已经到手的铁饭碗哪能轻易舍弃。日子虽然紧巴，总比当知青时强吧，总比才招工回来时当矿工时强吧。何况他一向不是个冲动型的男人。

所以他一直安安生生地守着两位老人过日子。那天家里的水管漏水，是一个弯头裂了。这种事他向来是自己动手的，于是凌子风上了半晌班，跑出来到街上买弯头。他在离工厂不远的一条僻街上瞅见一家五金店，单间铺面，屋里摆得满当当，墙上和顶棚上塞满了各种五金件。店主是一个年轻姑娘，模样不是特别漂亮，但也颇齐整，而且性感，该凸的凸该凹的凹。穿着短袖衬衫和短裙，胸脯和臀部紧绷着，双臂浑圆，肤色尤其好，白中透着红润，是非常"正"的健康色，让人感到青春的血液在她的皮肤下汹涌。这会儿没有顾客，她斜倚在门框上悠闲地嗑瓜子，一只手垫在背后，一只手握着一捧葵花子往嘴里送，送进去一个，舌头稍一搅动，瓜子皮儿就呸地吐出来，吐到一米之外的塑料桶中，一个一个吐得很准确。这个动作肯定不合淑女风范，不过自有一番粗野的美。凌子风在心里欣赏着，走过去说买一件6分的弯头，那姑娘姿势没变，摇摇头说：

"没啦，早就脱销啦。"她补一句，"你不用跑了，这两天，6分弯头和接箍全市脱销。"

凌子风说："水管弯头也脱销？又不是什么紧俏玩意儿。"姑娘说："做防盗门呗，这几个月人人都做防盗门，你不知道？"

凌子风想起来了，确实见不少人用水管做防盗门。用水管做是因为方便，因为用料大都是从国营工厂偷出来的，太长的料偷着不方便，再说家里又没有焊接设备。所以他们大都在厂里截成尺寸合适的短料，过好丝扣，夹在自行车车架上带出厂，回家后用弯头和接箍一连，门就成了。

他低声嘟囔一句："妈的这可咋办？水管还在漏水呢。"便转身离去。他和田红英在人生旅途上的相逢就要这样结束了，从此再不会相遇。但就在他要离去时，田红英又瞥他一眼，这一眼改变了两人的人生轨迹。田红英觉得眼前这个男人比较养眼，高个子，年龄30岁出头，五官棱角分明，一双眼睛炯炯有神。一眼可以看出这是个实在人，但也绝不窝囊。要说在那一瞥中田红英就有什么婚姻上的算计，那是冤枉。因为依这个男人的年龄，应该已经结婚了。但不管怎么说，这个比较养眼的男人值得她表示一点好感。她说：

"你等一下，我再找找，我记得有一件弯头掉到旮旯里了，好像是6分的。"

她把葵花子装口袋里，走进柜台，弯下腰去寻找。货架下堆得满满当当，需要一件件移出来。凌子风说："我来帮你搬吧。"田红英没有拒绝，在凌子风的帮助下把货架下腾空，在角落里摸了一会儿，真的摸出一件弯头。她人还窝在柜台下面，先把这件弯头举出来，喜滋滋地说：

"你看，正好是6分的！你很有运气啊。"

她从柜台下钻出来，胳膊上和鼻尖上都沾着灰尘，额上津着细汗。凌子风很高兴，也很过意不去，连声感谢，说："你出来吧，我帮你把货篓归到原位。"田红英没有客气，抱着膀子立在一边，看着他把箱篓一件件搬进去。搬完后凌子风递过手帕，说："鼻尖上有灰，你擦一擦。弯头多少钱？"

田红英接过手帕擦着，笑道："五毛钱。五毛钱的生意费我这么大力，真划不着。干脆算了，不收你的钱，算是交个朋友。"

凌子风对这位豪爽的姑娘很有好感，没有急着走，站在柜台外聊了一会儿。他说："如今的人哪，干啥都是一阵风。用水管弯头做防盗门，样子蠢，又是透空的，不封闭，不能取代原来的门。据我所知，外地已经有厂家做专门的防盗门，有猫眼、电铃，专门的防盗锁，很漂亮的烤漆，不过价格贵，买的人不多。"

田红英说："价钱贵一点也值得买，如今贼娃子多，要是被偷一次，怎么着也比一扇防盗门值钱吧。我看这个市场大得很。喂，你说做防盗门难不难？"

"那有什么难的？防盗门锁难些，但有制造门锁的专业厂家，其他不过是些铆焊工作量。我就是学这行的，铆焊工艺是我吃饭的家伙。"

"那你为啥不自己办个厂搞它？你说的那些厂也是刚起步嘛，我看干这事大有奔头。"

凌子风笑了："哪有这么容易的。我只是说技术上不难，但本钱呢，销售网络呢，场地设备呢，广告宣传呢，哪一样都不容易。"

田红英撇撇嘴："你们这些读书人哪，越有本事，干事越胆小。怕这怕那的，吃屎都赶不上热乎的。"

这个评价相当粗鲁相当刺耳，凌子风只是笑笑，没有应声。他又同田红英聊了一会儿，问了双方的情况。田红英知道了他在通风机械厂工作，知道他33岁还没结婚，好奇地问："为啥不找对象？这个年纪不结婚的男人可不多，是眼界太高吧。"凌子风不想揭开内心的伤疤，只是简短地说："曾有一个未婚妻，当知青时好上的，结婚前不幸淹死了。"田红英看看他，很体贴地劝道："人死不能复生，事情已经过去，就别难过了。"她又加了一句评价：

"我看大哥是个有情有义的人。"

凌子风回家后，也许是那句"吃屎都赶不上热乎的"的评价太刺耳，他确实认真考虑了做防盗门的可行性，包括启动资金的概算、必要设备的购置计划等。不过在内心里他仍把这看成纸上谈兵，并没有想到付诸实施。33年的人生已经形成了一种惯性，不是轻易就能跳出去的。几天后，他在回家途中，下意识地又拐到那家五金店。自打若平死后，虽然父母一再催促，他仍无法提起对婚姻的兴趣。曾经沧海难为水，对别人介绍的每一个对象，他都不由得和若平比较。而且也许不是真实的若平，而是他心目中保存的被圣洁化的若平，这么比下去，便使他在婚姻之途上步履蹒跚。见到田红英后，他对这位性格豪爽、活力汹涌、没有文化、带三分野性的女店主，不知怎的，有一份朦胧的好感。

他不知道在这几天里，25岁的女店主已作出了战略上的抉择。她辗转打听了这位通风机械厂实习技术员的一切：上海交大今年刚毕业，未婚，为人实诚，人缘不错，聪明，书香门第，父母都是教师，家里生活比较清苦。年纪是稍大一点，那也没啥关系，大几岁的男人更知道疼女人。综合起来是一个不错的丈夫人选。最让她动心的，是他在未婚妻死后七八年闭口不谈婚姻，听说上大学时曾有一位女同学追过他，但他这边一直恋着死去的未婚妻，没能热起来，两人也就渐行渐远了。足见这是个多情种子。

在几个不眠之夜中，田红英把这个男人放在心的天平上仔细掂量，越看越觉得他符合武当山道长算的卦。春节期间她同女伴去武当山玩，卜了一卦，问婚姻和财运，抽了个上上签。一位慈眉善目的道长为她解了卦，说她今年要大发。生意要发，还要遇上自己的如意郎君。因为有女伴在旁，她脸庞红红的不好细问，女伴笑着代她问："如意郎君姓甚名谁，到哪儿去寻觅？"道长先说天机不可泄露，又笑道："实话说吧，我的道行算不了那样准，但大的框架是不会错的。"田红英问："你说生意要发，还是我干的五金生意吗？"道长说，"据卦象看你得挪地儿，挪了地儿才能发，究竟改行不改行我看不清楚。不过你甭操心，反正碰上你的郎君，一切都跟着定了。"

受爹妈的影响，田红英平素就信算命，这次尤其信。你说，道长说的如意郎君不是凌子风能是谁？又能是谁？没跑，就是他了。田红英觉得在心理上已经靠到这个男人身上了。她可不是遇事犹豫的人，该是自己得的，绝不会缩手不前。不过她捺着性子又等了两天。她想凌子风也许会再来的，如果他主动来，那这场婚姻就铁板钉钉了，棒打不散了。如果他不主动上门呢……那她也不会放弃，随后要找上门去。

当然，最好还是男方主动来找她，这样的结果最为圆满。所以，当她看见凌子风出现在柜台前时，眼睛突然亮了，亮光是从心底发出来的，光辉如此之强，把对面的凌子风都照热了。凌子风当然不知道姑娘这几天的心路历程，但毋庸置疑，自己的到来引发了这姑娘的喜悦之潮，他也被感动了。

田红英甜甜地说："凌哥你来了？"

又说："凌哥你不来我也要找你的。我想和你商量一件大事。"

凌子风试探性地问："什么大事？还是你说的……"

"一两句话说不清，这样吧，正好到午饭时间了，今天中午我请客，咱们边吃边谈。"

凌子风忙说："哪能让你请，我正该为上回的事谢你呢。再说，按惯例也该男人请客吧，哪好意思觍着脸吃姑娘的请。"

田红英笑了："几毛钱的弯头换你一顿请，我可是占便宜了。好吧，这次就让你请，以后日子长着呢。"

这句话让凌子风心中一震，不由看一眼田红英，她倒是一脸坦然。凌子风想，她这句话大概是顺嘴而出并无深意吧。田红英给相邻商家交代，让代管一会儿生意，就坐到凌子风的自行车后车架上。凌子风找了一家大众化的饭店，那时他口袋里很困窘，基本不到饭店吃饭的，这次虽然是请一位姑娘，也不敢到大饭店里扮阔。两人找了一个靠窗的座位，一张白茬桌子上放着一张油腻的菜谱，一碗油泼辣子，两个低档的调料壶。凌子风请田红英点菜，田红英没客气，接过菜谱随便点了一荤一素两个家常菜，说："就俩菜吧，俩人，多了也吃不完。再来一瓶白酒，两碗米饭。"酒菜很快上来，田红英反客为主，抢过酒壶把两个酒杯斟满，问："凌哥的酒量咋样？"凌子风说："我不行，也就三五盅的量。"田红英说："其实我也不行，不过今天是第一次和凌哥喝，咱们都别藏假，要喝个痛快。"

田红英果然喝得豪爽，一杯一杯地和凌子风对干。几盅酒之后，她原就红润的脸庞愈加鲜艳欲滴，凌子风看得有点发呆了，心中止不住微波荡漾。

田红英红着脸问他："你是不是在笑话我？我没文化，扮不来淑女样子。"

凌子风笑着说："哪能呢，你不淑女，我也不绅士。下过乡，上过山，牛屁股后拾过粪，矿洞里挖过铁矿。"

"可你已经改邪归正啦，不不，是修成正果啦。上了大学，现在是工程师。"

凌子风笑着摆手："技术员而已，33岁才当上个技术员，有啥值得夸耀的？不说它，不说它。小田你的肤色好，喝了酒更漂亮。"他原来想说"娇艳如花"的，但想两人相交尚浅，话到嘴边留住了。

酒过七八巡，田红英开始谈她的"大事"。她先问："如果真干防盗门，得多少钱扎摊子？"凌子风说："如果想办一个正规的公司，也就是生产型的有限责任公司，注册资金不能少于50万。但这一点可以通融，不少公司的注册资金都有虚头，或是以实物抵资金，或是借钱注册，等两个星期后资金可以动用了，再把钱抽出去还账。当然，这样抽逃资金是不允许的，可大家都这么干，也可以说这是很多公司普遍存在的现象。或者办成技术型的公司，注册资金少一些，10万就行。技术型公司按说只能提供技术服务，不能搞生产，但这事也可以通融的，上边管得并不严。如果不说注册资金，只说扎摊子的实际花费，包括购必要的设备、租厂房、买材料、电费、工人工资等流资，打紧了说，得七八万吧。"

田红英很欣喜，因为凌子风的回答很流畅，看来这两天他肯定揣摸过这件事，也就是说他并非没有动心。既然这样那就有戏。她说："我觉得防盗门有干头，主要是市场大，前景好，可以面向全国。全国10亿人，每一千人买一件也有100万件，干这行咋也饿不死的。只要你说技术上不难，就能整。凌哥你干不干？你要敢干，我和你合伙。我把这个店盘出去，再找家里要点，能凑六万元。你再凑点，不就够了？关键是你的态度，我对技术和管理一窍不通，你要不干那我也熄火。"

凌子风迟疑地说："你有这胆量？要是失败了，你可是倾家荡产啊。"

田红英不在乎："老天爷饿不死瞎家雀，赔光再说赔光的事。我那个店是我爹用500元起家攒起来的，大不了再从500元干起。"

田红英不怕。田红英初中没毕业，没文化可有心劲儿。她已经相中了这个比她大八岁的男人，她想，用共同的事业来拴住他是最牢靠的办法。不管公司成不成，一块儿干了两年后，这个男人铁定是她的了。至于倾家荡产的危险确实是次要的，何况还有武当山道长的话为她壮胆呢。

凌子风则迟疑不决。此前他确实考虑过田红英的提议，有点动心，但远没有到铁了心自断后路扔掉铁饭碗的份儿上。这会儿，原来的担心上又加了新的担心：这位才见过两面的姑娘已经非常信赖地靠在他肩上了，这让他感动，也有了沉甸甸的责任感。他不能害了人家呀。他沉重地说：

"英子你让我认真掂量掂量。这是个大事，不能草率。"

田红英眉开眼笑，她听出来凌哥对她的称呼已经变了："凌哥你掂量吧，不急，我知道这急不得。不管咋说，我信你的，我听你的。"

两个月后，凌子风辞去公职，田红英盘出自己的小店，两人真把一个天乐公司弄出来了。

万事起头难。两人自然做了不少难，但总的说还顺利。最困难时，把货发完后账面上只剩下34元钱，但这时货款已经慢慢回来。公司熬过三个月后，生存关是迈过去了。武当山的道长说过，田红英的"大发"之前还有一道坎，迈过这道坎，以后就顺了。来年年初，他们真的碰上一道坎。那次他们很幸运地碰上一位大主顾，朱黑大哥，是省会的防盗门经销商，原来销别的品牌，经朋友介绍认识了凌子风，又来厂里考察过，说天乐虽然是新牌子，质量确实不错，同意和天乐建立长期关系。头一次订货订了1000件，这是天乐成立以来最大的一宗生意，价格也不错，预付20%，货到付全款。

合同顺利签订，凌子风夫妇对合同条款，包括价格、付款条件等相当满意。制式合同最后都有一条：若发生纠纷在何地法院解决，朱黑大哥说要放在省会。他笑着说："在你们这儿，我人生地不熟可没法应付啊，强龙不压地头蛇呀。"为了表示诚意，凌子风毫不迟疑地答应了。

合同签订后，他们便投入紧张的生产。那时天乐的资金还对付不了这么大的订单，红英爹妈很支持，把自家房子押到银行贷了款。1000套门很快干完，又连日赶夜发到省会。天乐账面上只剩下2000元钱，连这个月的电费和电话费都不够交。但这时，那个豪爽义气的朱黑大哥突然变卦，说天乐防盗门价格太高，必须降价20%。20%！这个产品的纯利润率有13%左右，在机械行业，这是相当不错的利润率。但按朱黑说的数降价后，不但不能赚一分钱，还要赔上7%。

凌子风捺住怒火，在电话中同朱黑磨，向他求告，但对方根本不讲道理，说：

"要么咱们改合同，要么我一分钱也不再付。让我把货退回去？甭想。"

凌子风想去省会打官司，他想，这么公然的违约，法院总不会向着那个无赖吧。不过，他事先通过省会的朋友打听了一下，才知道这位朱黑是白道黑道路路通，省会法院中有不少铁哥们儿，所以他才坚持要把合同纠纷的解决地点放在省会。

凌子风脸色铁青，把自己关到屋里整整一天。他比别人更清楚眼前的危险，作为总经理，他的心理负担比别人更重。刚起步的天乐碰上这档子事儿，铁定要夭折。因为依他们目前的资金状况，别说打旷日持久的官司，连往省会跑的路费都付不起几次。如果资金紧张的风声传出去，分供方都来逼债，好不容易才争取到的客户也会对公司的前途产生疑虑，那即使打赢官司，公司也早就一败涂地了。如果公司失败，田家投的钱全部泡汤不说，连田家二老的房子也要充公，真真成了丧家之犬。他后悔自己在签这笔订单时考虑不周，没有让对方全部付款后再发货，但话说回来，在买方市场中很难争取到这样的付款条件的。再说，谁能想到世上还有这样的无赖？

那是黑色的一天。很久之后，凌子风还能回忆起当时的氛围：没有一丝光亮的绝望，无能为力的狂怒，还有咬碎牙齿的仇恨。那一天里，他最顽固的念头是杀人，到省会去捅了朱黑，再去偿命。他没把这个念头付诸实施，绝不是怕死，而是丢不下爹妈，丢不下田红英和将会变成丧家之犬的田家二老。这一天的思想激荡让他明白了一件事：一个人要变成杀人犯实际是很容易的，关键是看这个人在世上还有没有牵挂。

晚上他打开门，把一直候在外面的田红英喊进来，说："还是退让吧。君子报仇十年不晚,现在只有退让才能保住公司。再和那个无赖谈一下,在咱们降价 10% 最多 13% 的范围内同他达成交易,让他把款尽快打过来。"

他说话时声音嘶哑,眼中满是红丝。田红英能体会他此刻的心情,但对他的决定却颇不赞成。她问:"你降价就能保证他把款打过来?"

"那时就只有同他拼命了。"凌子风苦笑着说,"不过,我想那无赖只是想讹点钱,并不想玩命,把事情弄到不能收拾的地步。所以,我分析,大概能在降价 10% 的盘子上达成交易。"

田红英闷着头不说话,明显她不赞成这个让步。凌子风为她分析了公司目前的危险,说这会儿不是争强的时候。只要能及时要回货款,公司就能马上恢复运转,为此扔掉七八万元利润值得。"君子报仇十年不晚!总有一天要那无赖把吃咱的钱吐出来!"

田红英闷头想了一会儿,果断地说:"我去省会见见他。我说不通你再上,再按你那个意见办。"她看出凌子风想反对,摆手止住他,说:"我是董事长,这事你听我的吧。"

乍一听到这句话,凌子风着实吃一惊。没错,田红英是董事长,而自己只是董事会聘用的总经理。但这只是理论上的说法,实际上呢,公司成立一年多来,凌子风一直是毫无疑问的当家人,他在技术上管理上的能力要比田红英强,这是不用怀疑的;何况两人的关系基本已经明朗化,属于夫妻开店。既然是夫妻店,那自然是妻子听丈夫的啦。田红英从未对此表示过疑义,反倒人前人后说凌子风是她的靠山。她搬出董事长的官衔,这是第一次。

既然红英把话说到这个份上,凌子风没法反对。但红英不光是他的董事长,还是他的未婚妻,他不能不负责任。他说:"那好,你去一趟。但我一定要跟着去,你是我的女人,不能让你独身一人,贸然进朱黑的狼窝。"

田红英很感动,钻到他怀里亲热一会儿,说:

"子风你知道不,你这句话比什么甜言蜜语都动听。"

但最后她说:"你还是不能去。有句话是'好男不跟女斗',实际就是赖男人也怕女人闹,我一个没文化的娘儿们我怕啥?我跟他寻死觅活,站大街上撒泼,抹眼泪上吊。说他只敢欺负女人,叫他在道上没面子。要是你跟在后边，这效果就会大打折扣，你说是不是？你放心，他吃不了我。"

最后还是她一人去了，那时公司正处于非常时期，得有人在家撑着门面，俩人确实不能同时离开。凌子风在家等了两天，这两天就像200年。朱黑那种无赖什么手段不敢用？这会儿田红英面临着什么危险？被囚禁，挨打，失身，都是有可能的。越想越担心，觉得自己竟然放她一人进狼窝，简直是王八蛋的行为。他被内疚感苦苦折磨，急于和田红英取得联系，但那时田红英还没有手机，无法联系，他只能苦守在公司的电话机旁等田红英的电话。第二天下午3点多钟接到田红英的电话：

"子风，我这儿一切顺利！全部货款的现金支票已经揣在怀里啦。为了保险，我打算包一辆出租回去。马上出发，晚上9点左右到家。"

电话中红英意态飞扬，兴奋劲儿隔着400千米的电话线都传过来了。凌子风大吃一惊，惊定后是深深的疑虑。对朱黑这样心黑手狠的黑道儿人物，她怎么能兵不血刃如此顺利地把钱要回来？莫非……凌子风实在不愿朝这边儿想，但又不由得朝这边想。莫非田红英出卖了色相？打住打住，他不想亵渎田红英，一个已经成为自己未婚妻的女人。但这种念头十分顽固，要想排除也是不可能的。

夜里9点20分，田红英打来电话，说她已经回来了，在京青宾馆203房间，让凌子风即刻赶去。那是个比较高档的宾馆，公司只在接待最重要的客户时才定那儿。凌子风不知道她为什么不直接回家，却在宾馆等。他立即赶去。敲了敲203的房门，门打开一个小缝，露出一只眼睛看看来客，把门缝开大一点，让凌子风挤进去。他刚进去，就被田红英紧紧抱住，先看见一双赤裸的双臂，再看见一具完全赤裸的身体，头发上滴着水，正在沐浴的田红英脸色分外红润。浴室的门大开着，莲蓬头哗哗地响。凌子风心中的一团火被轰地点燃了。这一年多来，他同田红英的关系渐趋明朗，也少不了一些亲热，少不了一些你来我往的攻防战，但尚局限于小打小闹的级别，还没见过这个阵势。两人紧紧拥吻一会儿，田红英牵着他的手，把他拉到浴室，说："我马上就要洗完了，你也洗洗。"

她在乳房上打着香皂，直言不讳地说："朱黑的脏爪子碰到这儿了，我得使劲洗，洗干净。"凌子风心中一沉，面色也沉下来，田红英看着她，扑哧一笑："凌子风我知道你咋想的，你放心，他没占着我的便宜。"

她快活地大笑："子风你知道不？从朱黑那儿出来，我就决定把身子给你，马上就给你。自从有了这个想法，我恨不得即刻就到家，子风，今天你要了我，可得娶我，一辈子不变心。你要是不愿意娶我，这会儿出去还来得及。"

凌子风没有说话，粗鲁地把她从莲蓬头下拉出来，湿漉漉地抱在怀里，在她脸上、胸前狂吻不止。田红英轻轻推开他，说："你洗吧，快点洗，我在床上等你。"

等凌子风上床时，田红英先把三张现金支票递给他，是从三个银行开出的，合计55万元，是1000扇防盗门的全部货款。看着这三张支票，凌子风对田红英颇有些敬畏，她到底是怎么制服了那个无赖，事成之后又能全身而退？办公司这一年多来，公司上下已经认可了凌子风的核心地位。但是，在两个最关键的节骨眼上，却是田红英起了作用。他不得不承认，其实这个女人比他更适合于商场的搏杀。田红英轻描淡写地说：

"妈的，为了这三张纸，差点把我的宝贝丢给那个王八蛋了。所以我从朱黑店里一出来，就决定把身子赶快给你，一分钟都不想耽误，免得以后有啥意外……来吧，来吧来吧。"

凌子风全身的血液被烧沸了，田红英同样在极度亢奋之中，紧紧搂住他，指甲嵌进他背部的肌肉，目光亮晶晶地看着他，满脸喜色。一晚上的镜湖荡舟、轻吟慢唱，田红英得意地说：

"你是我第一个男人，不对，是我唯一的男人。你日后要是变心，我撕吃了你。"

凌子风感慨万千，叹息道："其实你也是我的第一个女人啊。"

这句话有点词不达意，因为它等于把何若平抹去了。不过田红英理解了它的真实含义，好奇地问："你和若平姐谈了六年恋爱，真的没到这个份儿上？"凌子风点点头。田红英心中莫名其妙地一阵狂喜，不过她很聪明地没有形之于色。因为，相对于另一个女人的不幸，这种狂喜未免有点卑鄙，至

少也是太自私。但这种喜悦是发自内心的,她也无法堵住它。她说:

"那好,我也是你的第一个女人。以后要是我变心,你也把我撕吃了。"

凌子风没有理会她的这些誓言。他想,如果是若平在此刻,肯定不会说这些咄咄逼人的话。他和若平好了六年,确实没有迈过最后那条线。因为若平非常看重它,看成是婚姻之约的最后一个图章,想在新婚之夜再完成这道手续。但死神比婚姻快了一步,于是他就永远失去了若平,也失去了一个男人和一个女人最神圣的结合。

凌子风默然了,苦痛又开始啃咬他的内心,就如一个驱赶不走的、牙齿锋利的小兽。田红英很丧气,因为身边那个男人的情热迅速退潮了,陷入对另一个女人的追忆。这未免太煞风景。以后她就会知道,在她与凌子风的婚姻中,另一个女人的名字是一个永远的忌讳。她想岔开凌子风的思绪,就说:

"子风你想不想知道我去朱黑那儿的历险记?很惊险呢,这会儿我真后怕。"

凌子风说:"你讲讲吧,我在家一直担着心,提心吊胆地等你的电话。"

田红英昨天到省会后,先找了一个便宜旅馆住下。第二天一上班她就赶到朱黑的公司,把他堵在办公室里。朱黑办的是集团公司,旗下有建材、餐饮、装饰、歌厅等好多分公司,占了整一栋楼,防盗门经销只是其中一个公司。田红英先是软磨,求告,赔了很多眼泪,说朱大哥我知道你是个好人,你不会眼看我倾家荡产吧。朱黑先是厉颜厉色地拒绝,最后说:

"妈的凌子风那尿货呢?他不出面,让女人来磨叽。我这人怜香惜玉,最见不得女人的眼泪。这样吧小英子,你留这儿陪大哥玩两天,只要大哥高兴,立马把你的货款打去。"

田红英低头沉思片刻,问:"大哥你说话算话?"

朱黑满脸喜色,说:"算话,算话。朱黑大哥这身家,十万八万没放在眼里。"

田红英干脆地说:"好,就依你,到我住的旅馆去吧,这儿不方便。"

朱黑开车带她去了。进了旅馆房间,朱黑就开始动手动脚,说:"大哥就喜欢你这样干脆爽快的女人,你这次一个人来省会,是不是已经存了这个想头？"田红英护住胸脯，再次说：

"大哥你可得说话算话。"

朱黑不耐烦地说："老子已经说过啦，老子吐口唾沫掉地下摔八瓣，咋能不算话。快脱快脱，大哥已经憋不住了。"

田红英说："你先脱，我去检查一下门户，看看走廊上有没有人。"

她开门出去，迅速踅进旁边的值班室。昨天晚上她给俩服务员送了几包小吃，聊了一两个小时，已经混熟了。她说这次来省会是来要账的，但欠债人是个无赖，肯定不会痛快给钱，又涕泪俱下地说了公司的难处。几个服务员大姐都很同情她。这会儿她急急地对服务员说：

"刘大姐杜大姐，刚进去的男人就是欠债不还的无赖，他非要到旅馆里来谈，肯定是想对我非礼。大姐，求你们帮帮忙，在门外听着，听我喊救命就把门打开。"

两个服务员很义气地说："放心吧，大姐拿着钥匙扒门上听着，一有动静就开门。"

等她回到房间，朱黑已经脱得溜光，在床边等着她。虽然田红英早有谋划，这会儿也禁不住耳热心跳。朱黑说："别磨蹭啦，小英子你快脱，要不大哥帮你脱吧。"田红英佯做害羞地偏着头，不吭声，等朱黑抓住她的领扣，她猛力一挣，几个衣扣被扯掉，连乳罩也连带被扯开，露出半边酥胸。朱黑没有理会她的挣扎，他的两眼已经看直了，伸手攥住她的左乳房。就在这一刻，田红英突然抓住他的右臂，猛力咬了一口；又伸手在他胸脯上狠抓一下。朱黑鬼叫般喊一声，猛然向后跳了一步：

"你个小婊子想干啥？你找死？"

他的两处伤口都相当深，血珠子迅速渗出来。田红英急忙后退，防止朱黑抓到她。她用手掩住被扯破的衣服，恶狠狠地说：

"我干啥？你想强奸我，撕破了我的衣裳，我反抗，把你咬伤抓伤了。一会儿到公安局验伤，你对公安去讲吧。"

朱黑怒极反笑："行啊，小婊子有你的，给老子玩这一套。老子黑道白道路路通，还怕了你个小骚货？"

"行啊，你有本事，你路路通，你就花十万二十万去摆平吧。说吧，我的钱你给不给？不给我就喊救命啦！"

朱黑踌躇片刻，果断地说："好，老子这次认输，钱给你。你只要敢拿，我就给你。"

"我有啥不敢拿的，没有这笔钱，姑奶奶倾家荡产也是个死。以后你想动刀子姑奶奶陪你玩。"

门外俩人听到屋里有尖叫声，但没有听到喊救命，不放心，大声问："田家妹子你有事没？"田红英开了门，让两个服务员看到她被撕破的衣服，还有屋内赤身裸体的朱黑，说："大姐，没事了，他想强奸我，被我咬伤了，现在他答应还我钱。你们先出去吧。"

两个服务员把那个不要脸的男人臭骂一通，关上门。朱黑穿上衣服，冷笑道："行，我认输，走，这就去我公司财务上开票。田家妹子啊，这笔钱你用着怕不会安心吧。"

"少废话，姑奶奶不是吓大的。"她对两个服务员交代，"我这就跟他去取钱，两个小时后我不回来，麻烦你们打110。"

朱黑冷笑着不说话，开车把田红英带回他的办公室，喊来出纳，叫她开出55万的现金支票。出纳答应着走了。在等着开票的半个小时里，朱黑一直不说话，只是阴冷地盯着田红英。田红英虽说是抱着拼死的念头来的，这会儿也被盯得心里发毛。她硬撑着，藏起心中的怯意，把冷笑一直挂在脸上。不一会儿，一个人进来，伏在朱黑耳边轻声说了几句。朱黑得意地狞笑着，转回头说：

"小婊子，凭你的道行，敢跟我朱黑玩这一套？还敢到我的窝里来拿钱？实话对你说吧，旅馆那两个老娘儿们老子已经摆平了，现在借她们一个胆子，也不敢去报警。你就安心待在这儿吧，让老子玩个十天半月，等我的伤口彻底好了再送你出去，看那会儿你还说不说公安验伤的事。"

田红英的脸变白了，心凉了。她想朱黑说的是实情，如果自己被关在这儿十几天，等出去后即使报案，公安也没法儿取证了。她的勇敢只是鲁莽和冒险，她精心策划的谋略实际破绽百出，不值得朱黑对付。本来双方的力量

实在太悬殊了。这场豪赌她彻底输光,钱没要来还得把身子赔进去。现在只有最后一条路了,她腾地蹿起来,又绝望又凶狠地说:

"姓朱的,你只要敢耍赖,我就一头碰死在你的办公室。你有天大的道行,总挡不住我自己寻死吧。我变成鬼也饶不了你。"

她斜眼盯着墙壁,做好了拼死的准备,颇有蔺相如在秦廷"宁为玉碎"的气势。朱黑倒愣住了,愣了很久,低声骂两句,打电话叫出纳把支票开出来。这回真的在办,半个小时后三张支票拿来了。朱黑说:

"妈的老子真服你了,要钱不要命的泼货,拿上钱滚吧。"

田红英不敢相信事情会有这样的转机,担心朱黑仍是在骗她。但仔细看看,那三张支票是真货,朱黑也确实放她走了。临分手时朱黑的脸色已经转为霁和,甚至说:"田家妹子晚走一天行不?我设晚宴为你压惊。"田红英当然不敢答应,朱黑也没有坚持。

这场风波之后,朱黑专程来见了凌子风。这是个真小人,对自己当时的图谋一点不隐瞒,他对凌子风说:"我算服了你的婆娘,和我拼命那会儿,紧咬着两排牙,白森森的,活脱一头母狼。老弟你有福哇,有这样的狠婆娘还怕公司办不成?不打不相识,以后我还当你的经销商。"

当然这是场面上的话,凌子风分析,从根子上讲是因为朱黑不敢把事情闹得太大,他只是一个走黑道的商人,并不是黑帮老大,真闹出人命来,闹得自己蹲笆篱子,犯不上。此后天乐和朱黑确实维持着商业上的关系,一直到今天。

那次也是天乐公司的转折点,此后公司的发展便一顺百顺,一直到今天。

我站在时间之河的岸上观看流水。河流平静舒缓,却又不舍昼夜,恰如那些极有耐性、悄悄蠕动的冰川。时间之流裹挟着亿万生灵一同前行,其中就有一对异性,名叫凌子风和田红英的夫妻。我观察着他们,把他们当作人类的标本。我看着他们偶遇,第一次做爱,第一次使用喜多芬(伟哥),看着他们草创一个公司又处心积虑地把它做大。我也能看到他们的将来,看到凌子风离开田红英,回到何若平的身边,何若平在时间的冰冻中复活了;或者凌子风与田红英分手，与自己的秘书小玉结婚，而田红英对他们实施了冷酷的报复，人的经历本来就不止一种可能啊。我比凌子风更了解田红英，了解这个小女人的所有心机和算计。这些心机并不特别讨厌，因为从本质上说它是自卫性的，是想牢牢占有自己的丈夫，白头偕老。对于这种心机，上帝也会原谅的。

自打结婚起，田红英就对自己的婚姻心怀惕怛。想想两人的初识吧，如果当时她少说一句话，那么这个丈夫就会失去了，足见婚姻的基础是多么脆弱。她并不能如我一样看到将来，看到丈夫与自己分手，虽然只是可能性之一，但她似乎对这种结局有冥冥中的感应。所以她一直近乎病态地守护着自己的婚姻，可惜她最后没有成功。武当山的道长说她迈过一道坎就顺了，他蒙对了前边的过程，但没有蒙对最后的结局。

我叹息着，从他们所在的时空中隐去，而凌子风则在这个时空中聚拢成形。他刚和妻子谈了央视宣传的事，又在伟哥的帮助下销魂地爱一场。这会儿他乏了，走进深深的梦境，梦境杂乱而无条理。他梦见自己与红英初识，那个丰腴红润的姑娘斜倚在五金店的门框上，呸呸地吐着瓜子；忽然她把衣服脱光了，一遍一遍地往乳房上打香皂：妈的今天让那个王八蛋占了便宜，得把它洗净；她忽然变成秘书小玉，情意绵绵地盯着自己，凌子风纳闷怎么让小玉闯到自己的浴室来了？赶忙退出浴室，关上房门……

忽然这些梦境全部退场，一个女人从虚空中走出来，越来越清晰。她是从河里走上来的，穿着自家缝制的粗布无袖内衣和花布大裤头，衣裤都湿漉漉的。她借着黑暗的掩护除去湿衣服，开始擦拭身体。她仿佛知道凌子风在虚空中注视着她，便转过身面向黑暗，低声说："子风，明天是我的忌日，你忘了吗？"凌子风苦楚地说："我没忘，我怎么能忘呢，今天上午我还在想你。"那个女人肯定地说："不过在这之前你差点把我忘了，对不对？而且我知道，你就是今天没忘，总有一天你会把我忘记的，一个人死了，对她的记忆也终归会死的，我说得对不对？"凌子风愣了片刻，突然失声痛哭，因为他知道，若平的话很可能是对的……

凌子风猛然惊醒，冷汗涔涔。若平不像在梦里，就像站在他面前。已经

22年了，22年来，自责和痛苦不知蹂躏过他多少次，他也不止一次地梦见她。但今天的梦境格外真切格外清晰。河边柳丝如烟，长草萋萋，透明的河水无声地涌动着，就如凝滞的时空。河中央有一个小岛，此刻黑黝黝地隐在夜色中，从那儿传来一缕笛声，清亮邈远，从水面上滚过来，有如珠落玉盘。那是22年前的自己在吹笛。若平说她最喜欢在河上隔一段水面听他吹笛，说笛声经过河水洗净后最动听、最撩人。他曾好奇地问若平："你说的当真？可惜我永远不能隔着河水听自己吹笛。"但在梦中他做到了这一点。若平在侧耳倾听。淡淡的月色浸泡着她22岁的身体。她长发乌黑，体形修长，腹部平坦，大腿和腹部非常白皙，而胳膊腿却晒得黝黑。这是当知青时留下的纪念，现在还没有褪净。她的乳房小巧，蓓蕾晕红。然后河水慢慢地涨起来，漫过她的胸部、肩部、头部，一缕长发在水面上漂浮……

她朝这边投过最后一瞥无助的目光，便香消玉殒了。

虽然已经过去22年了，但痛苦的自责仍压得凌子风喘不过气。都怪自己，怪自己该死的疏忽。他为什么要在那会儿离开若平呢？那该诅咒的十分钟，生死竟系在这十分钟上。十分钟后他从小岛上返回，一个女人已经永远逝去了。她没来得及享受一个女人的完整人生，没有承受男人的雨露，没有怀孕、阵痛、分娩、初乳……就这样匆匆而去。他想起若平父母听到噩耗后的痛不欲生，想到他们对自己长达几年的敌意……

他知道今晚自己再也睡不着了，悄悄起身。红英钻在他怀里睡得正香，他小心地把妻子推开，下床，披上衣服。悄悄到书房，到柜子里层拿出那支竹笛。这支笛子已经沉睡22年了，从若平死后他就没吹过，他不愿因它而跌入痛苦的回忆。他来到凉台，躺在摇椅上，沐浴着清冷的月光。田红英很快也醒来，丈夫一下床她就醒了，向来都是这样，似乎她和丈夫之间有着无形的磁场感应。她在阳台上找到丈夫，丈夫静静地躺在摇椅上，笛子横握在胸前，落寞地盯着阳台外扶疏的树影，目光犹如枯井。她知道丈夫那个一年一度的梦魇又来了，懒得劝他，知道劝也无用。便一声不响地退回去，上床睡觉。

她很久没能入睡，想起几天来费尽心机想把丈夫的"灵魂出窍"岔过去，最终也没能成功，心里不免恼火。

第二天醒来，凌子风脸色平静，看不出昨晚失眠的影响。田田外婆已经做好了早饭，在楼下喊他们。吃早饭时凌子风对儿子说："从今天起把心收回来好好学习，赶紧把耽误的功课补出来。不能翘尾巴，要彻底忘了'少年天才'那些扯淡话，那是说给外人听的，咱们自己别当真。知道不？"

田田拉长声音说："知道啦，我的爹。"

他抹抹嘴巴，匆匆上学去了。凌子风和妻子一块儿到公司，预期的销售高潮是个大事，有必要开个临时董事会。妻子先列席了凌子风主持的经理办公会，是在总经理办公室里召开的。会上凌子风正式通报了自己对公司大扩张的预期，然后让各口的副总谈谈自己的意见。

主管销售的周总说："销售方面没问题，只是需要扩大销售网络。此前天乐公司在全国12个省市有常驻代表，其他省市不设常驻，这是按凌总的部署，以减少费用，握紧拳头，主攻最有前景的市场。但这次央视宣传后，估计公司的知名度要大大提高，在其他省市中一定会有不少非预期的订货。我想最好适当增加常驻办事处，再设十个左右。建站费用我已经做好预算，请凌总批准。"

主管生产的刘总说："生产方面也没问题。这几年天乐形势好，不少厂家找上门来想为我们搞外联。我们不想把摊子铺得太开，一直很谨慎。现在正好可以适当扩大外联的范围，还可以多压一点采购资金。"田红英一般不管财务上的事，他怕田董事长没听明白，便解释道："公司对所有外协厂家和分供方都压有一定的货款，大约都占当年交易量的15%左右，合计有2000多万，相当于拿别人的钱来干自己的生意。这些欠债一般采取上打下的办法，即下次订货时付上次的款，依此滚动。这样，始终能压着外界一定的货款，但要想再增加压款的绝对值也不是易事。但对于新开辟的外协厂家就不同了，对他们的每一笔压款也就是压款总数的增加，估计能多压1000万左右。"

凌子风说："好的。这样一来，咱们资金的压力又可以减轻一些。"

抓行管的纪总说："人力资源上没问题，公司早就做好了人力储备，需要时就可招进来。"

只有财务赵总有点挠头皮，说："看来就我无能，这些年公司一直快速扩张，所以资金一直很紧。为扩大资金来源，我已经用尽了招数，但眼下凌总要求2500万贷款，又没有抵押，实在难以完成。我看只有凌总自己出马了，凌总同商行李行长的关系比我更硬。"

凌子风点点头："贷款的事先交我来办吧。各位对上述议题还有没有异议？"大家都没异议，公司办公会全票通过。"按公司章程，这样大的资金投入需董事会批准。现在转为临时董事会，由田董事长主持。"

田红英和凌子风交换了座位，从侧席坐到主席位上。她笑着说："还是咱公司的领导结构最省心，除了我之外，所有的经理层和董事完全是一套人马，开完经理会就能转成董事会，屁股都不用挪。我没什么可说的，这些意见我和凌总已经通过气，咱们举举手就行。"

董事会也全票通过，小玉兼着董事会秘书，她已经利索地做好记录，拿着记录本请各位董监事签字。这是有限公司的惯例，董事们要对自己的意见负法律责任的。随后小玉说："凌总，央视的记者已经来了，请你去会议室吧。"

会议室里已经布置好了，圆形大会议桌被撤走，搭了一个平台，平台上放着两把不锈钢圈椅，一个圆形玻璃小茶几。墙上是一个放大的公司徽章，嵌着公司的厂训。摄像机已经架好，照明灯和反光板也齐了。廖记者穿着满是口袋的工作服在调整灯光角度，丁记者换了一身优雅的西服裙准备上镜。凌子风说：

"两位记者好。你们真敬业啊，我已安排小玉带你们到县里玩，但她说你们一定要先把采访搞完。"

廖记者说："凌总别客气，工作第一，正事干完了，玩着也安心。凌总，这是我们和小玉秘书敲定的采访提纲，你看看，做一点准备。你要是有什么新想法尽管提出来。这次宣传既然搞就一定要搞好，搞出轰动效应。不能让凌总你的十万元白花，你说是不是？"

"老廖你是开玩笑，十万元算啥，这次宣传给天乐带来的效益，可不是一百万二百万能打住的。"他低头扫一眼采访提纲，说："我看这提纲不错，就按它来吧,我不用做什么准备。不过我有一个想法,那就是采访气氛随便些,不要弄得像做广告,而应该像拉家常,把话说到用户心里去。"

廖记者笑着说了一句武侠小说上的行话:"无招之招,乃必杀之招也。行,就按凌总说的办。"

凌子风和丁记者坐到台上,采访开始。

**丁记者:** 首先祝贺天乐防盗门制造有限公司,在这次国家质检总局组织的行业质量大检查中,你们跻身全国前十名,天乐牌防盗门成为用户信得过的产品。请问,这些成绩的取得,是不是与凌总的削苹果有关?

**凌子风:** 削苹果?噢,是的,可以说有点关系吧。

**丁(面向观众):** 凌总在工作上是个非常彻底的完美主义者。听说,如果凌总对部下的工作不满意,就会把那人请去,亲手为他削一个苹果。凌总削苹果是一绝,一会儿我们请他当场表演。他以此教育部下,任何小事,只要努力去做,总能达到完美的境界。现在请凌总为我们表演。

丁记者递过早就准备好的水果刀和苹果。凌笑着说:"我可从没在镜头下削过苹果,但愿今天不会丢丑。"一边说,一边熟练地削起来,转眼就削完了,丁记者接过那个苹果,放在镜头前,果皮还严严地覆盖着果肉,丁记者一提溜,整一根果皮就脱开了。台下一片掌声。采访的气氛被调动起来了。

**丁:** 凌总的手艺出神入化!看了凌总的当场表演,大家一定会相信,削水果削得如此完美的凌总,当然能做出同样完美的防盗门来。圣人老子有句话:治大国如烹小鲜。

**凌:** 谢谢!这正是天乐公司的工作宗旨:务实创新,尽善尽美。

**丁:** 天乐1983年正式成立时,启动资金仅仅七万元。12年之后,天乐已经发展成全国一流的行内企业。请问,你们是如何取得这样骄人的业绩的？

**凌**：天时、地利、人和。我说的天时不仅指国家政策，还指防盗门的市场。今天我要说几句同行们也许不爱听的话：防盗门的热销对国家对社会来说并不是好事，它说明我们这个社会的肌体有毛病了。一大笔社会财富，不得不用来帮助一部分社会成员来防范另一部分社会成员，做了无用功，变成内耗，而不能用来让人类一致对外，比如发展科学开发宇宙。但天下事本来如此。有人要发展生产力，有人要战争；今天发明了抗生素，明天病菌有了抗药性；发明了神奇的电脑，又伴生了讨厌的电脑病毒；高度发达的社会，对付不了低成本的恐怖主义。至于门、锁与窃贼，更是一组经典的对抗，至少已经斗了2000年了。我但愿防盗门行业衰落，我们都失业。这不是矫情，不干这行可以干别的嘛，干游艇、电动车、环保机械，相信我们都能干好。就像过去药店常挂的对联：但愿众生皆无病，何妨架上药生尘。可惜，人的良好愿望从来抗不过客观规律，这么说吧，远的不敢说，至少1000年内，"门"这个名词不会从新华字典中消失。既然这样，我们还要把防盗门搞下去，而且要干得最好。

**丁**：好！从这段回答中，我们能感受到凌总的哲人情怀。

**凌**：今天已经说油嘴了，干脆再说几句得罪同行的话吧。请用户们不要把防盗门看得太神，再好的门也挡不住高明的小偷。按照公安部颁布的《GA/T 73-94 机械防盗锁》规定，机械防盗门锁分为A级、B级，B级一般用于特殊场合，市场上的防盗门大多使用A级锁。A级锁的防范性能怎样？标准规定，其防破坏性开启时间不少于15分钟，而防技术性开启时间不少于一分钟。一分钟！用户肯定说："你开什么玩笑哇，我花几百元买一个防盗门，只能防一分钟，谁还要它呀。"当然这个标准是偏低了，业内人士正在呼吁提高标准。但最本质的原因不是防盗门厂家没本事，而是价格、方便性等诸多因素综合的结果。银行金库的大门最保险，两套门锁相隔三米，必须由两人使用不同的钥匙同时转动才能开启。这种门很保险，给老百姓用行不行？不说价格，单是开门的烦琐也把用户吓走了。更不用说一旦钥匙丢失，那才麻烦哩。所以，永远不要幻想出现能挡住一切小偷的防盗门，我们能做到的，是把小偷阻挡尽可能长的时间。

丁：非常感谢凌总直率、详尽的回答，在采访凌总前，我确实不知道防盗门中有这么多的学问。

凌：用户也不要被我的话吓住了，上述防技术性开启的最低时间是针对很高明的小偷而言的，普通小偷不会这么快就得手。再说，业内有责任心的一些厂家，包括天乐，已经主动采用了高于部颁标准的企业标准，比如，天乐防盗门的防技术性开启时间是30分钟，防破坏性开启时间是180分钟，这个标准足以让绝大多数盗贼知难而退。当然，这样势必加大成本，价格也要上去。不过，用户如果在防盗性和经济性之间做取舍的话，应该更看重前者吧。否则，花几百元买一个便宜门只能当摆设，那不是花冤枉钱吗？

丁：对，如果一次被盗，其损失就不止一个防盗门的价格了。

凌（提高声音）：我今天还要曝一点儿内幕，尽管有人会对我恨之入骨。据我所知，小偷在技术性开启时，为了方便，常用口香糖等东西塞进锁孔，把弹子托住。行窃后口香糖留在锁内，主人就打不开了，于是便会找厂家索赔，要求售后服务。有些黑心厂家为了避免麻烦，干脆使用单排弹子锁，因为这种锁根本不必使用口香糖，盗开非常容易，但不会留下证据。一旦被盗，厂家就会借口说"你肯定忘锁门了"，等等。这些厂家根本没有做人的道德！希望用户提高警惕，不要上当，选择防盗门时，首先要确保这种门不使用单排弹子锁。

……

田红英和所有副总都在台下听，常常禁不住鼓掌。凌子风的谈话内容对业内来讲多少有些犯忌，比较胆大，但对听众极有感染力，相信看过这次采访的人，再买防盗门时会直奔天乐的品牌而来。

采访已经进入余兴阶段。

**丁**：说句题外话。听说凌总的儿子写了一个剧本《郑和与西洋》，电影已经决定投拍，刚刚在北京开了新闻发布会。而你儿子田田今年只有11岁！确实是难得的少年天才。

**凌**：有点小聪明吧。这部剧本我看过，的确有一点儿内涵。希望电影能拍成功。实际上这部电影拍早了一点儿，应该是为2005年预备的，那时是郑和下西洋600周年。从这个意义上说，它是走在时间前边了。

**丁**：评论界盛赞剧本的开放式结尾，其中一种历史可能性是郑和继续西进，发现美洲大陆，于是世界历史全部重写。

**凌**：人类历史在演进的过程中有多种可能。不过请不要认为"中国发现美洲"这种可能就一定更理想、更光明。如果中国人得到发现美洲的荣誉，很可能我们把西方殖民者的罪恶也揽过来了：屠杀印第安人和澳洲土人、残害黑人、在欧洲建立殖民地，如此等等。不要说什么汉民族"天性和平"之类的话，人在某种特定环境中的行为常常由不得自己。

**丁**：是吗？这是一个很新颖的论点，可是我不信，或者说我不愿意相信。汉民族在最强大时也很少武力扩张啊。不过我们把这个话题抛开吧，那该是历史学家和社会学家的事。谢谢凌先生接受我们的采访。再见。

廖记者熄了照明，丁记者和凌子风从台上走下来。廖说："今天的采访据我看不错，有些出格——我是指对一般的采访模式而言，不过也许它好就好在这一点，不拘一格，活泼，有感染力。我们剪辑时尽量保持这种风格。凌总你是员儒将啊，我真没想到一个企业总经理，在商场中沉浮的人，对生活能有这样深入的思考。"

凌子风说:"借你的话吹个牛吧,这辈子我本来应该当作家的,阴差阳错,当了个商人。小生反串花脸,一不小心,小生腔就露出来了。"

廖记者恭维着:"多才多艺,多才多艺。要不儿子也天才,虎父无犬子嘛。"

"此话差矣,你该说'虎母无犬子',在田田身上,当妈的基因才是强势基因。田田那点小聪明,得归功到田董事长身上。"

人们都笑了。田红英更是笑得合不拢嘴。丈夫在采访中意态飞扬,言辞侃侃,她听着很解气,很为丈夫自豪。看来,这次央视宣传的十万元肯定不会白花。还有他说的那句"虎母无犬子",明知只是一句笑谑,但作为女人,仍然觉得心里熨帖。两个记者说:"这边拍完了,我们要到车间去抓几个镜头,作为访谈的背景,剪辑时插进去。"凌子风安排小玉带他们去了。他和妻子走进总经理室,田红英笑着说:

"子风你很行啊,这几年练得油嘴滑舌。"

"完了,我磨了半天嘴皮,你给来这么一个结论,那样还能打动用户吗?"

"没问题,我都被打动了,何况用户。"

凌子风让她关上门,他要给李行长打电话,2500万货款也是大事,得尽早筹划。李行长在电话中先贺喜,说昨晚看了电视,知道田田的电影已经投拍,真不简单。凌子风说:

"对,已经投拍,各方面的反映还不错,看来我在电影上投的1000万不会瞎。还有一喜呢,天乐在全国质量大检查中跻身前十名,央视要做重点宣传,几十个地方台联播,央视的两位记者刚刚对我做完采访。防盗门行业中重点宣传的,全国唯我们一家。这么一煽乎,明年天乐的产值估计能增加一个亿。不过这样资金就紧张了,你老兄得帮忙,给我弄2500万,一年期就行。"

李行长对天乐的财务状况很清楚,知道天乐发展的势头很好,财务状况很健康,但多年来一直没有放缓扩张的步伐,所以资金很紧,能抵押的资产都抵押了。他沉吟着:"子风你清楚,现在没有抵押的贷款非常难弄。要贷款委员会集体决定,对追款实行终生责任制。可惜国内没有风险贷款,对贷款限制太多,像天乐这样的好企业,我们想贷都无法操作。"

"不难我能来求你？你放心，我的企业垮不了，不会让你坐萝卜的。李哥你说帮不帮忙吧，不帮，我把天乐的基本户从商行迁出去，工行、建行和农行磨我好几年啦。"

李行长淡淡地说："行啊，只要他们哪家不要抵押能给你2500万，你尽管转走。他们能解决？实打实说，咱市四大行，就商行的政策多少活络一些。"

凌子风立即趁势收篷："所以我第一个来找你嘛。其实我并不想天乐大扩张，天乐这十几年来一步赶一步，一直没歇脚，活得太累。我原想这两年停下来喘喘气的，但送上门来的机会，又不能硬推出去。等这次扩张完成，我就准备放慢步子，休整两三年。到那时，资金就不会紧张了，那时商行想给我贷款，得你李哥来找我开后门。"他笑着，回到正题，"老李你费心，尽量操作一下，把这事运作成。我想在三个月内得到这笔贷款，估计那时候销售高潮就要到了。明晚七点咱们在天福阁见面，具体谈谈。"

"我尽量做工作吧。"

"明晚七点，天福阁。我不用再通知了吧。"

"不用，忘不了。"

挂了李行长的电话，凌子风马上打电话让财务赵总来。田红英问："成了？"凌子风说："嗯，他答应做工作，就有八成把握。一是看在老交情份上，再者他确实不敢让天乐把基本户从商行转走，他担不起这个损失。"

赵总进来后，凌子风让他亲自去办一个卡，名字写李满仓，那是李行长父亲的名字。金额是99999元，取这个数是图吉利，是为了破"水满则溢"的谶。他让赵总抓紧办好，明晚请客时就要用。

然后凌子风说："你们两人先别走，商量一下职工入股的事。公司资金这样紧，正好职工们都想入点股。我早就有这样的想法，建议由董事会号召职工入股，估计能凑千把万。你们说行不行？"

赵总说："我没异议。这样做还有一个好处：职工们都成了小股东，能增加对公司的向心力。而且，这些都是分散股，不至于影响董事会的决策效率。说白了，大权不会旁落。"

田红英沉默片刻，说："商行的2500万如果能解决，资金暂时不成问题，职工入股的事缓一缓再说吧。"

凌子风心中不快,他知道妻子心中的小九九。刚才他没在正式会议上提这个建议,就是担心妻子这儿通不过。因为公司若扩了这1000万股,田家的股就占不到三分之二了,而这是妻子从来不愿退让的底线。当然她这么做纯属自卫,并不是存有什么深谋。这些年来,妻子在公司领导层中的影响远不如丈夫,也就是说,如果夫妻之间有了矛盾,甚至摊牌,凌子风无论在董事会还是经理班子中,都可以掌握多数票。那么,为了推翻董事会的决议,妻子必须掌握三分之二的股权,三分之二的多数可以随时改组董事会。

凌子风从来不曾设想夫妻会反目,而妻子这么如履薄冰地守着这份权力,同样是为了不会出现这一步——而不是为了有朝一日抛弃丈夫。对这一点,凌子风绝对相信。所以,尽管心中不快,他不愿与妻子在这点上闹气。

赵总是公司的老人,很清楚田红英内心的算计。他看看凌总,没再说话。凌子风平静地说:"那好,按董事长的意见,先不扩股。老赵你赶紧办卡去吧。"

赶着把俗务办完,晚上凌子风要到老地方,陪若平一个晚上。若平辞世已经22年了,尘事碌碌,一年365天中,只有这一晚是完全属于亡人的。凌子风十分看重这个晚上,毋宁说,尘世生活是演戏,而这一天才是真实的。当然这话过分了,他在尘世中的玩弄心机、斗觥交错可以说是演戏,但与妻子、田田、父母之间怎么能是演戏?那就这么说:与妻儿父母的生活是今生的,而与何若平的感情是前生的。前生和今生互不抵触。他对若平的情意丝毫不影响他对红英的爱,他对红英的爱也丝毫不影响他对若平的苦恋。

儿子放学回来,得意地说:"老爹,我今天完全遵循了你的谆谆教导,在学校一点也没有翘尾巴,夹得可紧啦。好多同学,男的女的,都要对我进行个人崇拜,我坚决地拒绝了。"

凌子风夸了他两句,又说:"那个小尾巴连夹也不要夹,全部割掉才好。"

妻子说:"晚上你不去陪俩记者?北京来的贵客,不要怠慢。"

"已经安排小玉陪女客小丁,营销部小陈陪男客老廖,让他们今晚玩痛快，我去反而受拘束。等他们离开前，你我作陪，隆重地请一场，不会怠慢的。"

妻子心中不快，心想：我知道你不去的真实原因。那种事比公事还重要？还有一点很讨厌，凌子风平时自戒甚严，从不会醉酒失态，但在若平忌日这个晚上，他总是要醉一场。田红英不放心他一个人出去醉酒，想跟上照顾他，或者派人暗地保护，但凌子风都坚决拒绝，绝不允许妻子进入这个私人空间。这让她既烦心又揪心，不过她隐忍着，没有说出来。田田高兴地说："爸你今晚不出去？那就陪我下围棋，咱们有一个月没过招了。"

当妈的不凉不酸地说："田田别缠你爸，人家今晚有重要工作哩。"

田田很机警，马上想到今天是若平阿姨的忌日，每逢这一天的晚上，爸爸都要到河边去祭奠，而妈妈照例要闹点情绪，忙说："没事，你去吧，星期天再找你下围棋。今晚我将就着和妈妈玩跳棋吧，妈是个臭棋篓子，和妈下棋太没劲儿。"

凌子风想：真是个懂事的儿子啊。他摸摸儿子的脑袋，出门去了。

凌子风没在家吃饭，也没开车，步行去河边的伴月酒家。路上他拐到若平爹租住的民房，门关着，敲敲门，听见保姆带点惊慌的声音："谁呀，来啦来啦。"少顷门开了，若平爹和保姆都有点慌张，保姆的头发也有些散乱。凌子风知道是怎么回事，但佯做未见。

若平妈因脑溢血去世，已经八九年了，这些年来一直是凌子风在照顾老头，房子是他给租的，保姆也是他给找的。原来他找的是男保姆，但半年后老头难为情地说："能不能换个女保姆，细心一点。"凌子风悟出自己疏忽了，忽略了老头的性要求。其实说性要求有点过分，一位医生朋友告诉他，像若平爹这种年纪，70岁了，性能力已经消磨殆尽，所以与其说是性欲，不如说是皮肤饥饿感。能经常挨着、摸着一具温暖的女人身体，对老人孤寂的晚年是一种很好的心理治疗。这之后他为若平爹换了个女保姆，50岁的寡妇，长得还齐整，也干净。他没有给保姆明确名分，只是多加了200元工资，保姆就心满意足地干下去了。现在两人常一起去河边散步，恩恩爱爱的，俨然一对夫妻。凌子风正在考虑，如果两人真对脾气，处得好，就劝老头把婚事办了。

保姆说："子风吃饭没？薛姨这就做去，我们也没吃呢。"

凌子风摇摇头："我要到伴月酒家去，今天是若平的忌日。"

若平爹脸红了，他今年忘了女儿的忌日，忙说："这咋说的，这咋说的，昨天我和你薛姨还念叨哩，今天咋给忘了。"

薛姨也忙为他掩饰："是啊是啊，昨天你爸还在念叨哩。"

凌子风说："没事的。爹年纪大了，记性差，有我记住就行了。"

他同两人告别，走出门，心中颇为感慨。若平去世时，她爹痛不欲生，对凌子风可以说是刻骨仇恨。他是当兵出身，丘八脾性，大骂："你把我花一样的闺女丢到河里，你他妈的还有脸活着！"若平才死的几年，每次凌子风去探望二老，都被老头骂出门去。凌子风默默忍受了，不声不响地继续探望、照料，直到被他们重新接受。现在，想起老头对他的痛骂，反而觉得熨帖，他的骂说明他爱若平，说明这个世上并非只有凌子风一人怀念若平。而如今呢……凌子风并不责备老头偶尔忘了女儿的忌日，人老了，这不算什么。他心中不快的是刚才老头的掩饰，似乎他对女儿的感情是做给凌子风看的，有点假。

看来，再坚固的感情也禁不住时间的锈蚀啊。那么，自己对若平的怀恋呢？在自己 70 岁 80 岁时呢？

但愿它不会被锈蚀吧——天哪，千万不要被锈蚀啊。

伴月酒家在河中小岛上，一道小桥通过去，河水的鱼鳞波中闪着酒家的霓虹灯光。食客不算太多。他预订的那个靠窗桌子上没人，桌上摆着一个牌子：已预订。看见他进来，老板不声不响地撤掉牌子，问："还是按老样子上菜？"

四个菜很快上来，都是家常菜，一盘炸花生，一盘变蛋，一盘麻辣豆腐，一盘五香驴肉。都是若平爱吃的，那时他们的钱包很瘦，能吃到这样的菜已经非常奢侈了，凌子风记得，他满共只在饭店里请过她一次，是若平被招工后，当时自己已经当了两年工人，口袋里多少有几个闲钱。那晚要的就是这四种菜，若平吃得非常愉快，那次宴请一直是他美好的记忆。

老板又送来一瓶白酒，两副杯子。凌子风把两杯都倒满，在心中喃喃一阵，然后碰杯，把一杯喝干，另一杯洒在窗外的河水中。他一杯一杯地喝着，祭奠着。店中其他客人注意到了他的举止，好奇地看着。角落里有一个老人也在看他，六十七八岁，手背上长着老人斑，穿着黑色衬衫，黑色长裤，戴着墨镜，吃饭时也不取下镜子，似乎是个盲人。但他一直盯着凌子风往河水里洒酒祭奠，看来又不像瞎子。他面前也放着几盘菜，一瓶白酒，一杯一杯慢慢斟着。

凌子风没有理会别人。今晚完全是属于若平和他的，是他们的二人世界。酒劲儿慢慢涌上来，周围的一切都落入虚空中，而他的意识慢慢膨胀，放大，像是踏入了另一个时空。心中的喃喃变成了低声的自语，周围的食客能听到他在呼唤。"若平，若平，这会儿你在哪儿？你能听到我喊你吗？"凌子风是个无神论者，他很后悔这一点。他宁可相信鬼神，虽然幽明相隔，终究还有一丝重逢的希望。

一瓶酒已经快要见底，这会儿凌子风喝酒的频率减慢了，更多时间是端坐着，两眼灼灼地看着窗外。灯光融入窗外的月色，疏星忧郁地眨着眼。他仿佛听见河滩上有绝望的喊声："若平！若平！你在哪儿？"那是他在喊，这喊声穿越22年的时空，似乎还在河面上回荡。

店内的客人已经不再注意他了，他们笑着，说着，汇成低沉的嗡嗡声，凌子风半醉的意识就像浮在这嗡嗡声之上。只有戴墨镜的老人还在隔着镜片专注地盯他。然后那位老人起身，拎上酒瓶走过来。老人说：

"两个喝闷酒的男人应该能说到一块儿。我能坐在这儿吗？"

这会儿凌子风不想让别人走进自己的封闭空间。但老人的声音中有一种非常奇怪的亲切感，就像是父亲对他说话。他点点头，示意老人坐下，喊服务员添上一副杯筷。

老人说："在悼念你的亲人吧。"

凌子风点点头。

"我猜，是你的女人。"

凌子风又点点头，突然想对一个外人倾诉一番，这些年他太苦了，这些心事不能对妻子说，对爹妈说也不合适，只能一个人闷在心里。现在，就把这个亲切的老人当成倾诉对象吧。他指指窗外：

"喏，就在这儿，对面的河滩处，22年前死的。那时这儿还很荒凉，没有桥，没有饭店，只长着一人深的荒草。我和若平来这儿游泳，游到岛上玩。后来又游回那边河岸，正要换衣服，我忽然想起笛子落在岛上了，就又游回去。等我拿了笛子回来，若平却不见了，我疯一样的喊，潜入水中找。一个小时后才找到她，已经没气了……"他顿住，端起酒杯一仰而尽，"我真该死，我他妈的去拿什么笛子！"

他陷入了当时的情景：发觉若平落水后，他眼前一阵阵发黑，"永远失去若平"的巨大恐惧压着他，压得他喘不过气，在他焦灼徒劳的寻找中，这恐惧一点点硬化，变成不能逆转的事实。他在水中摸到若平时，若平身上已经凉了。在他攥住若平胳臂的一刹那，她的冰冷顺着他的手臂神经唰地传过来，让他一下子心凉了，结冰了，冰块喀喳喳碎裂了……

老人同情地看着他，轻轻拍拍他的手背："说吧，说吧，别窝在心里，说说就畅快了。"他说，"她的水性不好，对吧。"

凌子风默然点头。

"她带着游泳圈，对吧。你游回小岛后，她不小心把游泳圈落水里，就下水去捞，结果滑到深水区了。"

凌子风看看他。"你猜得不错，游泳圈后来找到了，在十几米外的一个洄水湾，她肯定是去捞游泳圈，不幸滑到深水区了。但……你咋知道我们带有游泳圈？"

老人默然片刻。"是那种廉价的塑料游泳圈，上面加盖一行红字：本品不能做生命保险用。很便宜，一两元钱吧。"他说，"你不必奇怪我知道这些，我也是那个时代过来的。我常回去看它。"

我就这样介入了凌子风的生活，我不忍心让他独自在痛苦中踟蹰。不过我也知道，我的介入势必给他带来新的痛苦，无法避免的。可我不能不做，我走上了舞台,但剧本不是我写的,一个无形的手在操控着舞台上众生的行为。

其实我知道凌子风的一切,若平的一切,可不单单是关于一个游泳圈的细节。我知道他们是1968年秋天结识的,那年凌子风是高三学生,20岁;何若平是初三学生,17岁。某某县知青农场,深秋的原野。已经下乡一个多月的凌子风正在摇耧种麦,三只耧腿犁开松软的黑土,金黄色的麦粒蹦蹦跳跳地钻到土里。一只躲在垄沟里的野兔被惊动,没命地逃窜,十几个知青吆喝着,欢天喜地地追赶。这时,农场新修的土路上远远走来一个姑娘,背着小小的行李卷,短发,圆脸,一对眼睛特别大。她好奇地东张西望,在追兔子的人群中找到熟人,就兴高采烈地喊起来,然后扔下行李卷加入追赶。

这就是凌子风同何若平的初识,过去也算认识,只不过是在大字报上。两人分属对立的两派,若平是一个初中学生组织的头头,而子风是对立的一个高中学生组织的文胆。这样,凌子风就免不了在大字报上骂骂"叛徒走资派的女儿",而他自己也免不了被骂做"国军少将的黑崽子"。等他们"粪土当年万户侯"狂过一阵后,因为同样的原因被赶下乡来。

下乡后,往年的恩怨自不必提,而且两人很快热恋上了。广阔天地里自有许多催生爱情的因素。澄碧的蓝天一直延伸到地平线,在城里何曾见过这样蓝这样大的天空?朝霞落日,二八月里的巧云。暖暖远人村,依依墟里烟。路边的紫穗槐开着热烈的紫花,堰塘边翻出的头年生土上,蓖麻长得特别旺盛,为两人的幽会撑起巨大的浓绿的亭盖。若平喜欢让凌子风在这样的亭盖下吹笛,而自己跑到堰塘对面去听。她说隔着水面听,笛声就像顺水面滚过来的,而且经过水的过滤,笛声特别纯净,特别清亮。

她最喜欢听凌子风吹"在那遥远的地方有位好姑娘"。凌子风曾笑她不懂行,说这并不是笛子独奏曲,没有双吐三吐滑音泛音这类技巧,体现不了演奏者的真正水平。若平承认自己不懂行,她只是凭着本能去喜欢。她喜欢这首曲子的悠扬、空旷、流畅如歌。而且听这首曲子时有一种奇怪的、很久远的感觉,它好像是从时间深处传过来的。

22年后,身家千万的凌总经理在远为精致的条件下欣赏过不少好歌,高保真，环绕立体声，静音间。有些歌如李娜的《走进西藏》，也是可以传世的好歌，其意境的辽远，其声音的穿透力，都是绝对一流的。但凌子风喜欢是喜欢，却再也感受不到当年的那种震撼，那种刀刻入骨的感觉。他想，对美的欣赏也和心境的纯净有关啊，少年时代那种洁白纯净的感觉一去不复返了。今天的人们每天经受着广告轰炸、伟哥、性交技巧、摇头丸、网络滥情，等等，早已经丧失对美的锐敏感觉。

两人在农场中热恋了三年，又先后被招工，虽然拿到铁饭碗了，但仍然位于社会的最底层，凌子风在100千米外的铁矿山当矿工，何若平在造纸厂当裁纸工。虽然穷，总算有一个可以摆婚床的地方了，两人商定在1973年国庆节结婚。

然后就是那场令人心碎的意外。

黑衣人（我）隔着墨镜盯着他，品味着他的自责，品味着他对逝者的苦恋。凌子风在商场中已经搏杀12年，12年来遍地污泥浊水，他的心灵已经被污染了，独独留下一方净土，若平被小心地供在这方净土中。凌子风已经有八分醉了，喃喃地说着不连贯的话。

凌子风说，他比若平早回城两年，后来，等若平也回城后，曾对他说，在这两年中她每时每刻都在盼着凌子风的来信，盼得很苦，很痴。每一封来信她都要看上二三十遍，直看到下一封信寄来。

凌子风对黑衣人说："我那时刚到矿山，活儿累，时间紧，一般隔两个月才给她去封信。我太自私了，为什么没有想到她那边的盼望？如果早知道，我会一天写一封信。"

他说："我真悔呀。如果知道游泳那天她会出意外，我会寸步不离地紧跟着她，把她抱在怀里捧在手中。我会终生监督她不近水边。可惜……要是那一天能重新过，让我付出什么代价都行，我的全部家产，甚至拿我的命换她的命，我都乐意。"

他听见黑衣人说："其实我能做到这一点，能带你回到过去。"

声音不高，但很清晰。凌子风吃惊地问：

"你说什么？"

黑衣人又重复一遍："我说我能带你回到过去。对，时间旅行。它并不是什么不可思议的事。"黑衣人看看对方怀疑的目光，笑了，"我知道你一时半会儿不会相信。不过它很容易验证，走，到若平溺水的地方，我马上验证给你看。"

黑衣人唤过饭店老板，结了两人的账，搀着酒醉的凌子风走出去。老板疑虑地看着他俩的背影，觉得这个戴墨镜穿黑衣的老人有点神秘，带点鬼气。凌子风是老板的熟客，是本市某公司的老总，每年都要出手大方地预定这个靠窗的座位。黑衣人这会儿带他出去干什么？老板想唤住凌子风，但觉得自己的制止师出无名，犹豫中，两个客人已经出门了。

外面是八月的秋夜，月色空明。小岛上是霓虹灯的天下，粉红色的灯光挤走了月色。对岸的路灯映在水里，排齐了往远处延伸，与岸上的灯列形成对称的图景。22年前这儿可不是这样，那时这儿没有任何灯光，只有月色，月色中的垂柳、芭茅和苇子，月色中的河面，月色中的笛声，月色中的恋人。凌子风的脚步不太稳，不过冷风一吹，头脑清醒多了。他问黑衣人：

"你刚才说什么？你说能带我回到过去，救出若平？"

我说："我能带你回到过去，至于救出若平……再说吧。"

我们沿小桥走到对岸，在垂柳树边停下。我说："你看这柳树已经有两抱粗了，22年了，它也老了。你看这河面，22年前水面比这儿大，那时这儿帆船如云，河边有妈祖庙，是北方七省唯一的内陆妈祖庙。现在上游修了水库，船运已经绝迹了。再往前溯，1958年'大跃进'时，大炼钢铁，学生们都来这儿淘铁砂，你也来过，那时你是小学四年级学生，对不？小学生难免贪玩，你曾发明了一个游戏：把短把小洋锹顺着水面往前掷，圆弧形的锹面能起到水翼的作用，借着水翼的浮力，小洋锹能冲很远，小火箭似的。你和同学们迷上这个游戏，每天回家前要玩上一会儿，直到一天，你被冲过来的小洋锹砍伤了脚踝，在家睡了半个月。对不？"

凌子风震惊地看着我。在我指出这些细节后，他开始相信我不是骗他。我指着对岸说：

"那时城里人都在这条河拉水吃,因为河水比井水甜,尤其是各家茶馆必然用河水。一排排木制的拉水车停在岸边,挑水夫顺着陡峭的台阶,一桶桶把水挑上去,装到水车里,再用车拉走。这儿的百十级石阶被桶里溅出的水浇湿,从来没干过,上面长满青苔。这些情景我想你肯定记得吧。"

我们扫视着月色下的河面,陷入沉思。耳边响起拉水车辚辚的响声。挑水夫一步一步上台阶,在青石台阶上磨出深深的脚印。时间被踩进脚印中,变成固化的历史。

老人总是怀旧的。往年的经历,即使是很普通的经历,经过时间的磨洗,也会变成宝贵的记忆,亲切、温馨,让你心中隐隐作痛。凌子风记得我说的一切,不过,一个47岁的壮年人还不能理解老人的苍凉。而且这会儿他的心思全在若平那儿,盛不下这些黍离之思。他小心地催问:

"您说带我回到过去?"

我说:"是的。走吧,到那边,那是当年若平溺水的地方。"我在途中停下,说,"你看这儿,这儿曾发生过一个历史事件呢。西汉末年,绿林起义,拥更始帝登基,登基大典就是在这片河滩地上举行的。我曾在时间旅行中顺便参观过,一场乱糟糟的闹剧而已。扯远了扯远了,回到22年前吧。哎,就在这儿,当年你和若平就是从这儿下河游泳的。"

凌子风的酒劲儿已经差不多全醒了,感伤地盯着这片河岸。22年了,这一带的景貌已经大变,他顶不真是否确实是在这儿。他不敢相信黑衣老人说的话,但又宁愿这是真的,因为只有相信这位老人,他才有希望再见若平一眼。黑衣老人从怀里掏出一件东西,圆圆的,用手摩挲一下,说:

"注意,我们要返回了,要返回了,到22年前。"

# 第二章 经历B

本经历起始点：1973年8月16日。

眼前的灯光倏然熄灭，只余下清冷的月光。月色下的垂柳如剪影，这会儿没有风，柳丝一动也不动地贴在夜幕上。河中的小岛失去了明亮的轮廓，变成黑黝黝的一团，屏住声息蜷伏在月色中。只有水流是活的，水流带着点点银光，缓缓向下流去。凌子风迷茫地睃着四周，一时半刻还不能适应景貌的变化。不过用不着黑衣人再解释了，因为有两个人已经从朦胧月色中钻出来，一男一女，是从小岛上游回的。女的腋下套着游泳圈，男的从容不迫地划着水，用一只手推着游泳圈。两人越来越近，凌子风突然浑身一震，他已经认出，这就是22年前的自己和22年前的若平。25岁的凌子风身材瘦削，赤着上身。若平穿的不是游泳衣，那时女人还不时兴穿泳衣，她穿着自制的粗布衬衫，花布大裤头，这身内衣凌子风很熟悉，因为若平下乡时穿过三年了。那两人在嬉笑，若平用水泼同伴，同伴在躲避。但没有声音，一丝声音都没有，像是一场无声电影。

岸上的凌子风震惊地看黑衣人，黑衣人用手势让他安静，看下去。

那两人游近，湿淋淋地上了岸，从黑衣人和凌子风身边走过，但对他们视若无睹。凌子风疑惑地看看黑衣人，后者简单地解释道：

"你不用奇怪，我们和他们处于异相世界，他们看不见也听不见我们。"

那两人在不远处立定，旁若无人地亲吻。游泳圈还卡在女人的腋下，显然碍事，男的取下它，顺手抛在地下。然后男的把手伸到女伴的衬衫里，撕扯着，央告着，女的则笑着抗拒。最终女的顺从了，把衬衫撩起，男人俯下身，把一朵蓓蕾含在嘴里。

凌子风觉得一阵战栗袭来，身上有麻酥酥的电击感。不必怀疑了，眼前的那两人确实是22年前的自己和自己的恋人。那时他们已经相好五年,男女间的亲热当然少不了,但若平在这方面相当保守持重,她说要把自己的身子留到新婚之夜再给丈夫。凌子风也同意了,郑重地许下诺言。他也是个爱情完美主义者,认为新婚之夜的结合是最完美的。当然在耳鬓厮磨中坚持这种诺言很难,需要不时同男人的欲望搏斗,那天夜里在河边的亲吻就是最越轨的一次。他还清楚地记得,当他的嘴唇触到那颗蓓蕾时,若平同样是遭电击一般,浑身颤抖。

这些回忆闪过时,凌子风再次感到甜香的醉意,甜香中又带着痛楚。他捺住心头的激荡,定睛望去。那边若平已经推开恋人,把衬衫拉下来,然后推恋人转身,她要换去湿衣服。那个凌子风、25岁的凌子风忽然敲敲脑袋——笛子忘到小岛上了。他转身要下水,何若平赶到河边交代几句话,她在说:"你在岛上吹一曲再回来,今天我还没有隔着水面听呢。"凌子风就挥臂向小岛游去。

这一切都是无声的,但所有的对话和情节凌子风烂熟于心。22年来,他把这些经历咀嚼过多少次啊。那个25岁的凌子风逐渐没入月色之中。这边若平已经脱去衣服,揩干身体。四周寂无人影,凌子风和黑衣人对她是不存在的,朦胧的月色是很好的掩护,若平没有急着穿衣,她走到河边,抱紧赤裸的胸部,含笑聆听着。此刻应该已经传来笛声,还是那曲"在那遥远的地方有位好姑娘"。忽然若平看见游泳圈滑到水里了,这会儿正挣脱水草的羁绊,缓缓向下游飘去。她急忙在岸上追了几步,然后小心地下水,伸长右臂去抓游泳圈。

凌子风站在异相世界里看着这场哑剧,看着若平青春的身体。若平在无声地行走,在聆听无声的音乐,而凌子风还有黑衣人也一直不说不动,似乎陷在一个很深的梦魇中。直到若平要下水时,凌子风才从梦魇中惊醒,他知道下一步意味着什么。他嘶声喊:

"若平不要去!不要下去!"

他拔足向她奔去。但若平听不见,没有一点反应。她仍旧小心翼翼地涉水前行,去抓那个游泳圈。忽然她脚下一滑,失去了平衡,她惊慌地喊着,挣扎一下，终于跌入水中。

这时凌子风已经赶到了，立即跳入水中，水花四溅地向若平跑过去。水深了，他甩着双臂游去。若平在水里挣扎，他扑过去抱住她——他的怀中空无一物，若平像光烟一样从他的怀抱中散开。不，她仍在那里，她的身体在缓缓下沉，两手仍在水面上摇动。凌子风又扑过去，但那具身体仍是一团光烟，只有水面是真实的。凌子风束手无策，眼睁睁地看着若平沉入水中，只剩下长发在水面上漂浮。长发也沉下去了，只留下一串水泡。水泡渐稀渐少，水面归于平静。

凌子风被绝望彻底摧毁。22年来，每当回忆起河边的一幕，他就会感到这种绝望，感到无能为力的狂怒。但只有此刻的绝望最为锥心：他在亲眼看着若平坠入死亡！他嘶哑地喊黑衣人：

"我抓不住她！抓不住她！你快下来帮忙啊，你这只冷血动物！"

我怜悯地看着河中的凌子风，低声说："没用的，我帮不了你。我告诉过你，我们和他们处于不同相的世界，不能有实体的接触。你所接触的水面实际是22年后的水面。其实我可以带你同相进入的……你先上来再说吧。"

月色中钻出一个人影，那是25岁的凌子风从岛上返回了。他还不知道是什么样的噩耗在等着他，轻松地划着水。他刚刚在岛上吹了那首"在那遥远的地方有位好姑娘"，吹得兴高采烈，却不知道他的好姑娘正在死亡中挣扎。他爬上岸，没见到若平，开始寻找。开始他以为若平藏起来了，一点不着急，满脸嬉笑。喊了一会儿，仍不见若平，却发现若平的衣服包括内衣内裤都扔在地上，他觉察到不正常，眉头皱起来。忽然他看见十几米外的河面上，游泳圈挂在一丛水草上，他的脸色一下子变得惨白，一刻也没耽误，立即扑入水中，四处寻找。他用手摸，用脚踢，发疯般在水里折腾，还不时停下来，用手掊成喇叭大声喊叫。但没有声音，这个充满死亡气息的无声世界显得十分诡异。

他一直在绝望地寻找，力气耗尽了，在水里跌跌撞撞、沉沉浮浮，精神也近乎崩溃。他哭着喊着，但他喊不动天地，天地无言亦无情；他拉不住时间，时间无言亦无情。岸上的凌子风和我苦楚地看着他，刚才的演员这会儿

蚁生

成了观众，锥心的剧情再次上演一遍。40分钟后他才摸到了若平的身体，不，应该说是遗体了。若平的身体已经变凉，在接触到若平身体的一刹那，冰凉顺着凌子风的手臂神经电射到心里，他的心脏在刹那间变凉了，冰冻了，喀喀喳喳地碎裂了。

岸上的两个人也在同一时刻感受到死亡的冰冷。

姑娘的体温一丝一丝地降低，意识伴着体内的热度向四周飞散。你飘飘摇摇地向水中沉去，向死亡中沉去。你在深水洼中找到了自己的归宿，不再挣扎，安静地蜷缩在水底。只有你的长发还伴着水草摇曳不停，那是最后的死亡之舞。

那边的笛声还在继续，笛音悠长，情意绵绵。他怎么能用这样热烈的笛声为你送别？但你不要怪他，他没有料到啊，他怎么能料到死神会突然袭来？正如你也没料到，否则你不会为一个廉价的游泳圈而轻抛生命。你一走了之，把终生的痛苦留给爹妈，把终生的自责留给恋人。如果九泉有知，你会比凌子风更为自责吧。

你去了，以处子之身，22岁的妙龄。你还没有经历过新婚之夜男女交合的震颤，没有经历怀孕、胎动、阵痛、分娩，没有听到第一声儿啼，没有感受到婴儿嘬住乳头时电击般的麻酥感。没有看到儿女成人，喜结良缘；没能与丈夫白发相伴，孙辈承欢膝下……这些都是一个女人应该经历的幸福，但你却全都抛弃了，很草率地抛弃了。当然你也同时抛掉了一个女人一生的磨难：分娩前的阵痛，半夜哺乳的劳累，儿女生病时的煎熬，贫寒生活的折磨，容颜的枯槁，也可能还有丧夫失子的哀痛……

死亡原来这么轻易。死亡便是永恒的安静，不再有焦虑苦恼，不再有欲望企盼，没有欢乐也没有苦楚。如果能唤你醒来，你愿意回来吗？不是在公元1995年苏醒，那时已经太晚了，你所爱的男人已经同另一个女人结为一体，他的生活走上了另一条岔道，不能再回头；而是在此刻，在你刚刚开始拥抱死亡的此刻唤醒你，把此生应该得到的幸福和磨难都还给你。你愿意苏醒吗？

我能唤醒她。不过我知道，对"原人生"的修剪不会让它变得完美，幸福和痛苦永远相伴，就如硬币的两面。

25岁的凌子风跟跟跄跄地把若平拖上岸，开始施救。他按压胸部，嘴对嘴吹气，用拳头捶击心脏，用尽了他能想到的办法，仍是回天无力。他最终彻底绝望了，跪在死者身前号啕大哭。我和47岁的凌子风听不见哭声，但我们知道，那哭声一定撕心扯肺，像荒野中的孤狼对月长嚎。

此刻我和凌子风只能做木立的观众。河里的水在流，均匀、冷静、无喜无怒，一去不复回；时间也在流淌，均匀、冷静、无喜无怒，一去不复回。我们看着那人为死者穿衣，穿衣时他的泪水仍不时夺眶而出。他抱上恋人的遗体回家，一步一步，在沙地上留下一串脚印，留下凝固的痛。

河岸上留下我和47岁的凌子风，他僵立如石像，脸上表情也如石像。我碰碰他，他迟缓地侧过身，用鳄鱼一样的目光毒视着我，我想此刻他最恨的人就是我了。他哑声说：

"你干什么要带我来？你不能救她，干吗让我再亲眼看一次？"

我叹息道："其实我能让你救她的。我刚才已经说过这句话，你在悲痛中没有听见。我们现在是用'异相入'的方式回到过去，我们也可以同相进入的，那样我们就能影响过去的经历。"

他的眼睛放光了，在月色中灼灼如灯："你说能救活若平？真能救活她？"

"能。"

凌子风不敢相信，又非常愿意相信。他急迫地看着我。我叹口气："当然，那不是一件简单的事，一句两句说不清。我们还是先回去吧，回到1995年。"

# 第三章 经历 A 之二

本经历起始点：1995 年 8 月 16 日。

我带他跨过 22 年时间。像是剧场中倏然间场景转换，霓虹灯光忽然亮了，黑黝黝的荒岛灯火辉煌，流水带着点点灯光，整齐的路灯映在水里，岸上水下，一齐向远方伸展。凌子风眨眨眼，适应了周围的强光，似乎从一具僵硬的外壳中跳出来，连他的为人也变了。刚才，在回到 22 年前的河边时，他似乎蜕变成 25 岁的感情外露的青年，但现在他已经变回"凌总"，一个在商场中搏杀了 12 年的商人。他以总经理的冷静，不动声色地打量着我：

"先生，你刚才说，你能救活若平。"

"对，用同相进入的方式。"

"我相信你，虽然这件事太不可思议，但毕竟你已经带我回到过去了。我相信你的法力。"他看看我，"我想你在救人前可能要提一些条件，包括金钱上的条件。请直言吧，只要我力所能及的，我都会非常乐意地答应。"

我苦笑："不，没有任何条件，凌总经理的商场规则在我这儿没用。不过，在同相进入过去之前，我得告诉你所有的实情，否则对你是不公平的。"

"请讲。"

"我能带你同相进入过去，这是没问题的。你能救活若平，这也是没问题的。但人在时间中的经历就如冰川，在它液态流淌时你可以很轻易地改变它，比如可以推一道土堤，或者扔一块石头，都能改变它的流向。而且这种改变自然天成，不会留下痕迹。但冰川一旦凝固，你再去更改，就会引发预想不到的错位、断裂和崩塌。"

"你是说……"

"我是想告诉你：正常的人生属于个人只有一次。人生中有幸福也有不幸，在它们来临前，你尽可以努力去追求它或者是躲避它，你的努力能够影响你的人生进程。但一旦它们成为既成事实，就是宿命的，不可更改的。用量子力学的术语，就是'你的经历发生了不可逆的塌缩'。即使你得到一只神通广大的魔环，可以回到过去删改这些经历，追回'已失去'的幸福，逃避'已降临'的不幸，也势必造成新的错乱。你并不能由此得到完美的人生，甚至会陷入更深的痛苦。"我苦笑道，"我并不是一个哲人，这些道理只是我持有魔环之后的人生总结。"

凌子风注意地看看我，这是他第一次听到"魔环"这个词。他没有犹豫，很干脆地说："这些都不必说了，你只说能不能救活若平？"

我点点头："这一点你不必怀疑，肯定能救活。"

他说："那就行，别的你都不用说了。"他看看我，又补充道，"大恩不言谢，容当后报。"

我知道他不可劝阻，一个没有亲历人生的人不知道什么叫宿命。其实连我也是如此啊，连我也不能自主地决定我的行止。我们走上了舞台，但剧本并非我所决定。我摇摇头说：

"我对你没有什么大恩，也不会要你的什么'后报'。说不定你以后会恨我的，恨我搅乱了你的生活。你慎重考虑两天吧，不必急着作出决定。两天后我还在这儿等你。"

凌子风说："好的。我还没有请教先生尊姓大名？"

我摇摇头："你不必问，以后你自然会知道的。再见，我要走了，要回到我的时代。"

凌子风同黑衣人握手，眨眼间，黑衣人消失了。

这两天对凌子风来说又漫长又短促。漫长是对若平而言，既知道若平可以救活，当然恨不能立即实施，但他不得不等到两天之后，而若平不得不多死两天——这样违反逻辑的话有多别扭；短促是对家人而言，他回到过去只是为了救活若平，并没打算改变自己的生活，没打算抛掉事业，抛掉田红英和田田。但他本能地感觉到，一旦救活若平，他的生活说不定会有很大的变故。所以，这两天同家人的相处就格外宝贵。

第二天是星期六，他照常上班。央视两位记者的采访拍摄已经完成，凌子风安排他们到各个著名景点游玩，小玉全程陪伴，坐公司最好的奔驰。他原来安排了一次高规格的送别宴请，但俩记者游玩心切，说：

"凌总咱们别来这虚套，老实说，这些宴会我们早吃腻了，还是省了吧。给你省点钱，给我俩省点时间去游玩。"

凌子风也就没有勉强，说恭敬不如从命吧。

晚上宴请商行李行长。他在天福阁要了一个小雅间，席上只有他和李行长两人。在大厅里另安排了一桌招待随行的两个司机，还有公司办公室的老曲。凌子风对类似的秘密交易一向十分谨慎，这在地方头面人物中是有口皆碑的，因此这些人和他打交道都放心。李行长的眼很贼，一眼就看出凌子风眉间淡淡的忧郁，便问：

"我看你有心事，而且是大心事。怎么了，是公事还是家事？"

凌子风不想告诉他实情。那是属于他个人的秘密，甚至是属于22年前的他，而不是今天这个搞台面下交易的凌总。但他担心李行长多心，便多少透了一点儿。他说："昨天晚上是我头一个恋人去世22年的忌日，她是溺水而死。我到河边悼念她，酒喝多了点。"

李行长连连说："难得难得，多情种子啊。实话说，20年前我当知青时也有一个相好，农村人。我回城后把她断了，当陈世美了。论起来这事有点缺德，但我没办法，你知道那时儿女的户口随妈不随爹，我得为后代的一生着想。20年了，如今，不定哪时候想起她来，也真想。"

凌子风笑问："没打算重温旧情？"

"没有没有。不敢见她呀，我怕见到一个40多岁的农村丑婆娘，把心目中留存的形象破坏了，我给她寄过几次钱，没有留名……第一次我到她家，她妈给烙葱花饼吃。你知道，这在20多年前的农村可是稀罕物，那时连红薯面窝头都难吃到。她家是大队干部，条件好一些。她家烙饼那个香啊……现在什么吃不到？山珍海味，狗球驴屁，任啥也吃不出滋味。"

凌子风说："今晚就咱们俩，你点菜吧，狗球驴屁尽管点。"

李行长笑着说:"平常吃桌都是吃派头,酒菜档次要是低了,客人没面子。今天就咱哥儿俩,不用来那一套,来点清素的就行。"他点了几个素菜,两碗鱼翅粥,要了一瓶茅台,"天福阁的锅贴面很有名,主食就上两碗锅贴面吧。"

服务小姐出去了,两人天南海北聊了一会儿。凌子风没提贷款的事,他知道李行长既然来赴宴,那就是把银行内部的圈转圆了。他掏出一张卡递过去:

"我一个朋友开了一家文化茶社,送我几张贵宾卡,给你一张。那儿书不少,都是高雅读物,有空了去浏览浏览,也能冲一冲你的满身铜臭。"

他实际递过去的是两张卡,读书卡盖着那张99999元的银行卡。他知道现在的头头们贼精,即使是两个人的交易也怕,怕秘密录音秘密录像。有读书卡作掩护就不怕了,两个人的对话和动作滴水不漏,就是有秘密录像又能抓住什么把柄?李行长对他的谨慎非常赞赏,很有深意地看他一眼,接过卡,看也不看,装到口袋里。凌子风说:

"我这儿还有几张呢,你那儿有谁需要,尽管说。"

"给老苏弄一张吧,其他人就不给了,都不是读书的料,给也白费。"

"好吧,我随后给老苏送去。"

小姐把酒菜送上来,两人的正事也谈完了,以下是轻松的闲聊。等一瓶酒快见底,李行长的酒劲儿上来,说话的内容开始不入流。凌子风说:"喝酒喝酒。"心中对这家伙有点鄙视,他早知道姓李的这种德行,蛮精干蛮义气的一个人,就是在女人上有点下作。海聊中李行长也提到凌子风死去的恋人,凌子风连一句也没接。他想在这种场合下,单是提起若平的名字都是亵渎。而且,在昨天重温了22年前的场景后,今天凌子风总有点恍惚,"那个"凌子风和"这个"凌子风不大像是一个人,其中只有一个是真的,另一个是演员。那么,哪个凌子风是演员呢?

宴会结束,凌子风说:"我让公司的老曲为你安排余兴节目,你玩个痛快,我家里有事,失陪了。"他打手机唤来楼下大厅里的老曲,同李行长告辞。

老曲在这方面是行家,身上揣着一个黑皮小本本,里面至少有100个三陪小姐的传呼号。凌子风说办公司就不得不学孟尝君,手下食客三千,包括鸡鸣狗盗之徒。他自己从来不涉足色情场所,虽然这么着在社交圈子中显得格涩,有点不是自己人的味道。不过时间长了,社交圈子中都知道了他的生性,也就不勉强他。田红英深知他的为人,对他在外应酬向来很放心。当然这并不妨碍她时刻警惕地盯着丈夫。她说这种专情的男人好是好,但一旦对哪个女人动了情,那可是八匹马也拉不回来,她得防患于未然。

离开天福阁,凌子风开车回家。下意识地,他来到若平爹的住处。大门关着,从门缝里泻出一线灯光。听见保姆薛姨在大声说着什么,若平爹的耳朵背,两人说话一向像吵架,但吵吵嚷嚷的,便吵出晚年的甜蜜来。凌子风把车停下后,又不想敲门了。虽然昨天他又"看见"了若平,但此刻对若平爹似乎没什么可说的。不是若平爹不爱女儿,但若平离去太久,老人已经习惯了,已经走进了新的生活,现在和薛姨在一起,这会儿贸然打乱老人的心境不见得有好处。

还有,究竟能否救回若平?昨晚,在黑衣人带他亲睹22年前的场景并娓娓道出许多别人不可能知道的细节时,他完全相信黑衣人的神通。但这会儿,离开黑衣人后,似乎黑衣人的"力场"减弱了,他又开始怀疑起来。毕竟这事太不可思议。

他调转车头,回到自己的父母家。今天老爹精神很好,见到儿子回来,喜得不得了,拉着儿子的手,急切地诉说着。凌子风一听,懵了:老爹今天说的是爪哇话!一句也听不懂。细细品品,他说的是陕北话,但乡音很重,很艮,难以辨听。凌子风非常奇怪,爹从17岁起就离开老家,在外乡上学,教书,在外乡成亲,早把乡音全改了,怎么一夜之间会全面复辟?他惊疑地看着老娘,娘说:

"听不懂吧?是陕北话,你爹的家乡话。我也纳闷,你爹咋突然就改回到70年前的口音了呢?"

"他说的什么?"

老娘直摇头,"我也不懂。你想,打从我俩结婚以来,他从没说过家乡话呀，我咋能懂呢？我认真听了一天，听出来几句，好像说的都是家乡的事，荞麦饸饹，临潼水晶柿子，坐牛车赶庙会，吃梨膏糖，乱七八糟的。"娘哭笑不得地说，"风儿你说这该咋整啊，在一块儿过了50年，他忽然变成个生人了，连话也听不懂了。听不懂，他急，我也急。你说这该咋整啊？"

凌子风能有什么办法？他说："再等几天，看他能不能把口音再变回来。要不行，咱们都下决心学陕北话吧。"扭过头对老爹大声说："爹，你是不是想回老家？回陕北？"

他说得很慢，老人听懂了，急切地点头，那眼神就像是三岁孩子。凌子风大声说："好吧，过几天，我亲自送你回老家。好不好？"

老爹喜笑颜开，但老娘在他身后对儿子苦笑着摇头。依老头的身体看，只怕是回不去了，硬要上路，很可能会撂在半路上。凌子风有点心酸，心想这辈子对老人的回报太少了，年轻时没钱，再往后是没时间。现在呢，老人又没了健康。其实，即使有钱、有时间、有健康也不行啊，爹盼望的是回70年前的那个老家，那个熟悉的老家，而那个世界永远回不去了。

当然也可以"返回"——如果那个神秘的黑衣人真有一具魔环的话。如果是那样，除了救回若平，他还要在爹妈健康时送他们回老家玩，圆了老爹的梦；也许能提前预防爹的老年痴呆症；还要事先就回绝朱黑那王八蛋的那笔生意，免了红英的那次犯险……

细想想恐怕也不可能。要修改的事情太多，干不及。还是黑衣人说得对，即使你有了回到过去的能力，也不可能把生活修剪得尽善尽美。

凌子风在家待了很长时间，尽拣老爹喜欢的话，把老爹哄得乐呵呵的。他想即使不能送老爹回家乡，哄得他高兴，也算是孝顺吧。他和老爹叙话时，娘一直沉着脸，显然有心事。临走时娘送到门口，他小心地问：

"妈，今天我看你有点不高兴？"

娘恼火地说："你爹这两天老念叨'家云''家云'的，我想八成是你爹那个娃娃亲，我记得，那女子好像就是这个名字。老东西，我伺候他一辈子，老喽老喽，他的心又回到那个女人身上了。"

凌子风心中一震。他从亲戚嘴里听说过爹的这门娃娃亲，听说爹17岁那年，家里逼着他同那女子圆了房。爹正是为了反抗这门婚姻离家出走，再没有回去过。听说那女人也很苦，以后一直没有再嫁，也没有子嗣，独自守着凌家的几亩薄田过了一辈子，40多岁就过世了。爹从未提起过这个女人，但原来他并没有真的忘却啊，在内心深处的某个地方放着哩。即使没有夫妻情意，至少也有男人对一个薄命女子的内疚。凌子风看着老娘，老娘显然心情复杂，凌子风也是酸甜苦辣咸五味俱全。老爹的恋旧激醒了儿子心底的情感，他想，自己到八九十岁时会不会也犯浑，在田红英面前念叨"若平"？而那时田红英会是什么样的心情？他笑着劝妈：

"老妈你咋跟他一般见识？说句不吉利的话，他的魂有一半已经不在阳间了。再说，他有这个念头，说明他心底厚道，说明你这辈子没嫁错人。"

老娘笑了："我也就这么一说。能跟那老糊涂一般见识？"

第二天是星期日，早饭时凌子风对妻儿说："今天我没事，一整天都是属于你们的，田田你说咋玩吧。"田田喜出望外，简直是受宠若惊了：

"哎哟凌总，你今天咋这么慷慨？难得呀难得呀。"

他兴致勃勃地计划着，一分钟都不让浪费：要和爸爸下一盘围棋，到肯德基吃一顿饭，陪妈逛商场，讲一个故事，要讲从来没讲过的长故事，好听的，科幻的，还要踢一场球。田红英说天太热，这哪是踢足球的天，站外边晒一会儿也晒晕了。凌子风说没事没事，田田要踢就踢吧，要舍命陪儿子。田田很体恤下情，说那就不踢球了，改成游泳吧，水里凉快。

这天田田玩得非常开心，也难怪，这些年忙于公司事务，很少有整时间陪儿子玩。看着儿子的兴奋，凌子风心中也被感动，这个神童儿子在他心中分量很重。田田写了这部电影剧本，虽然外边一派褒词，其实很多人内心里认为它是用钱买出来的，是凌子风组织的写作班子，田田只是挂名而已。这是冤枉田田了。当然，当爸的尽量给了助力，但真正的执笔者确实是田田。他文理皆优，对历史特别感兴趣，一个11岁的孩子，已经读了范文澜的《中国通史》，吴晗的《明史简述》，原版的《史记》《左传》《汉书》《世界通史》等。他的学识远远超过了同龄的孩子。凌子风曾考虑过让他跳几级，但后来未实施，因为他不想让儿子过早失去童趣和想象力。而这些都是最宝贵的东西，一旦失去便再不可得。

田田的感情也特别细腻，天生是当作家的料。在他们家，爸、妈、儿子三者的关系是一个奇怪的不等边三角形。平时儿子和当妈的最亲近，这是没说的，有什么心里话一般也是找妈妈诉说。但在更深的层次，在精神境界的层次，儿子越过了妈妈这一级，直接和爸爸相通。有时田红英在家耍点女人的小性、霸道、唠叨，凌子风从不计较的，这时爸爸和儿子常常交换一个眼神，含义便是：咱们男子汉，肚量大一些。于是一切尽在不言中。红英从没发现过这种秘密的同盟关系，她一直以为自己是家里的绝对主宰，而秘密结盟者自然不去说破。于是家里便存了点神秘，存了点暗自的得意。

玩了一天，晚饭后凌子风对儿子说："晚上不能陪你们了，我有个应酬。"田田有点遗憾，但没说什么。妻子也很淡然，没问他到哪儿去。倒是凌子风出门时禁不住怅然，禁不住恋恋不舍。这会儿他要去找黑衣老人，回到过去，救回若平。他相信这不会影响今天的生活，但……万一他一去不复返呢，万一他在时间之旅中消失？这种旅行是不能买保险的。他依恋地抱抱儿子，同妻子拥别，走出门去。

他走了，田红英撂下厨房的杂活，出来对儿子说：

"田田你在家玩，我今晚也有事，可能回来晚，你睡觉时记住锁好门窗。"

她急急出门，悄悄跟在丈夫身后。她对丈夫的一切都非常敏感，看出丈夫这两天不正常。往年，在何若平的忌日之后，凌子风总会有一个短暂的抑郁期。他总是掩饰得很好，并不影响工作，但眼神深处的抑郁逃不脱田红英的眼睛。这次不同，这次丈夫没有往常的抑郁，反倒有一种按捺不住的企盼，伴着一种莫名其妙的怅然。尤其是他临走时的表情非常奇怪，有点生离死别的味儿。田红英心头不安，想盯着他，弄清这到底是为什么。当然，对丈夫进行秘密盯梢，这事做得欠光明，有点卑鄙。但自责是自责，盯梢还是要盯的。

凌子风在前边走，步伐从容，没有回头，没有左顾右盼，他肯定没想到后边有一个盯梢者。田红英悄悄跟着丈夫，穿过车水马龙的闹市，来到河边。丈夫没有去岛上那个常去的饭店，而是沿河边走，到了一个相对偏僻的地段，在路灯的阴影里等着。田红英心里有点打鼓：丈夫来这里干什么？明显这是个便于幽会的地方。她小心地隐藏着自己的行踪，远远盯着丈夫。

少顷，一个黑衣人来了，戴着墨镜，有60多岁。两人的会面显然是约好的，黑衣人径直走过去，两人平静地交谈。黑衣人还拿出一个东西递给丈夫，丈夫在把玩。田红英放心了，因为丈夫约会的不是女人，不是秘书小玉。但他们为什么把约会定在这个偏僻的河段？这个戴墨镜的老人究竟是谁？她看出那边的气氛比较肃穆，比较滞重，而且那个黑衣人的身影似乎很熟悉，却苦苦想不出是谁。这些因素凑到一块儿，使两个男人的约会带着诡秘的气息。

田红英不错眼珠地盯着，已经放下的心又悬起来。她很想走近一点，听听两人在谈什么，但那样肯定会被发觉的。她绝对不敢让丈夫发现自己在盯梢。他们究竟……田红英忽然惊呆了，瞪大眼睛。因为，在一眨眼的工夫中，她紧紧盯着的丈夫竟然不见了！灯下只余下黑衣人。那儿前边是河，后边是公路，中间路灯照不到的地方是低矮的花草，没有可以藏人的地方。丈夫能藏到哪儿去？就是被推进水里也该有水声和水纹啊。

黑衣人平静地立在那儿，显然对另一个人的失踪丝毫不惊奇。田红英等了一会儿，丈夫还是没有出现。她想不能再等了，豁上被丈夫发现自己，也要过去看个究竟。她借着树影的掩护悄悄向那边挪步，忽然，就在迈出去的左脚还未落地时，丈夫又突然出现了，仍立在原地，和黑衣人简短地交谈着。田红英揉揉眼，没错，丈夫确实在那里。那么，刚才自己是看花眼了？只能是看花眼了。

她不知道，在这五秒内，凌子风已经度过了大悲大喜的一夜。

刚才凌子风立在灯影里等着，不一会儿，黑衣人来了。两人点点头，来人简短地说：

"你考虑了两天，拿定主意啦？"

"嗯。"

黑衣人轻叹一声："我知道劝不了你，你只有亲历一次，才能懂得我的警告。"

"不管有什么后果,我不后悔,也不会埋怨你。请你放心,我只会感谢你。"

"好吧,那你就再回22年前一趟,这次是以'同相入'的方式,你可以干涉过去的经历了。"他取出一个圆环,让凌子风戴上。他说有这个魔环就可以在时间中自由穿梭,或行或止,或进或退,皆可随意而为。他加了一句:

"这次你自己去吧。我不去了,这次我只当一名看客。"

凌子风接过魔环,按黑衣人的交代把它套在左腕。从外表上看,这只是一具普通的青色玉镯,质地很坚硬,手感凉润,看不出有什么神秘之处。他急切地想回到过去,把若平救回来,但事到临头不免有点忐忑。他说:

"那——我就去了?"

"去吧,你可以去了。"

刹那间,凌子风从这个时空中消失。

# 第四章 经历C之一

**本经历起始点：1973年8月16日。**

凌子风的意识一阵摇曳，就如一股旋风穿过黑暗漫长的漏斗。意识慢慢聚拢，变得清澈。他从水里钻出来，只穿一件三角裤，赤裸的上身满是水珠。不过，这不是他47岁的身体，这具身体要瘦削得多，肌肉坚实得多。他知道自己已经回到22年前了，两个凌子风合而为一，25岁的躯壳里装着47岁的意识。不，其实是两种意识的混合，25岁的意识也没有完全被驱走。

河里绿草摇曳，河水轻轻拍打着洁白的细沙。何若平已经上岸了，腋下还套着游泳圈。穿着自家缝制的粗布无袖衬衫，花布大裤头。她回过头，对正在往岸上爬的凌子风伸出手，拉了一把。凌子风握到那只温暖的手，身上一震。没错，这是"实在"的若平，不是他上次回来见到的幻影。同若平肌肤相接的感觉已经久违了。他借力一跃，跃上河岸，立即把若平抱在怀里，吻她的双唇。若平也以拥抱和热吻作为回应。两人吻了许久，欲望之火在年轻的身体中燃烧，在小腹之下游走。游泳圈横亘在中间太碍事，凌子风把它褪下，顺手抛到身后。然后把手伸到若平的衣服内，到处抚摸。若平的情欲也早就烧旺了，恋人的手摸到哪里，哪里就是一阵战栗。

热拥中，凌子风已经忍不住了，偷偷扯下若平的裤头。但他的阴谋没有得逞，虽然若平也在极度情热中，还是敏锐地发现了，立即把凌子风推开，整理好衣服，嗔道："你又想犯规啦！你说话不算话！"

凌子风嬉笑着说："若平，照顾照顾我的情绪吧。咱俩好了五年，我对你一直秋毫无犯，世上除了我，哪有这样老实的男人？今天我实在忍不住啦。你就给了我吧。"

若平也是心旌摇摇不能自制，她捺下情火，劝道："子风，咱俩发过誓的，说把那一刻留到新婚夜。咱们说话要算数。你别猴急，再过几个月就要结婚，几个月你就等不及啦？"

凌子风退让了，毕竟这是两人共同订立的诺言。他说："好吧，我再忍几个月吧，不过今晚你给一点儿奖赏吧。喏，让我亲亲那儿。"

他的手伸向若平的胸部。若平略微抵抗一会儿，也就半推半就了，撩开了内衣。月色下姑娘的双乳浑圆白润，近乎透明，显得妖娆而圣洁。凌子风俯下身，噙住一颗紫色的蓓蕾。这在五年的交往中还是第一次。一股电波顺着乳头神经射向若平体内，她身上又是一阵明显的战栗。

在吻着姑娘的乳房时，47岁的凌子风的意识中清楚地记得自己的"第一次"，那时他感觉到战栗、晕眩，血液往头上冲，太阳穴豁豁发疼。激潮略定之后，全身是醉透般的快意，但今天他却没有这样强烈的感觉。他已经不是"第一次"了，口唇和指肚处已经失去了25岁时的敏锐感觉。他不由得怅然。有些东西只有在失去后才知道珍贵，比如这种初吻的感觉，一生中便只有一次，永远不可再得了。

热吻持续了很久，若平把他推开，含羞说："好啦好啦，看你的馋样。时间不早了，该走了。喂，你转过身，我要换衣服。不许偷看。"

凌子风笑着转过身，其实仍拿余光罩着身后。若平脱了湿衣，揩干身体。凌子风忽然敲敲头："笛子！我把笛子忘到岛上啦。"

他跳到水里，若平在身后喊："拿到笛子后先别急着回来，你再吹一曲，今天我还没有隔着水面听你吹笛呢。"

凌子风应一声，心情愉悦地挥着双臂，向小岛游去。若平是个好女人，他要和若平白头到老。若平的身体太迷人了，他已经对新婚之夜急不可待……他带着几分慵懒，几乎是无意识地过着这些念头。忽然47岁的意识浮出来，霹雳一声把他惊醒：你不能离开若平，你怎么这样糊涂？你这一去就会铸成终生大错！他浑身一激灵，猝然回头，若平果然已经下水，正在追赶那只游泳圈。他失声惊呼：

"若平，快回来！"

若平停下来，回过头看看他，未及答话，忽然脚下一滑，陷到深水中。

凌子风立即用尽全身力气飞速游回去，两臂像风车一样抡动，打得水花四溅。他的心被恐惧撕咬着，担心自己改变不了"已经发生"的事，担心这幕悲剧仍像上次那样从容不迫地演下去，不管观众如何摧心碎胆……但这次他不再是那个毫无参与机会的观众了，等他赶到，若平仍在挣扎，两只胳臂在水面上乱抓。他急忙抓住若平的胳臂——他抓到了，是一只实实在在的手臂，不是幻影，不是那种一触即散的光烟。他架着若平，回到岸上。若平已经喝了不少水，脸色惨白，大口喘息着，目光惊骇无助。凌子风看着她，忽然搂住她放声大哭！

"若平，我总算把你救活了啊，谢天谢地！总算把你救活了啊。"

他的热泪像开闸的河水，汹汹地往外淌，浇在若平赤裸的双肩上。若平惊惧略定，忽然悟到自己身上一丝不挂，她脸庞发烧，忙推开恋人，命令道："快扭过脸，我还没穿衣服呢。"

她来不及揩拭，匆匆套上干的外衣。回头见凌子风低着头蹲在地上，肩膀猛烈地抽动，热泪仍在汹涌奔流。若平很为他的这份真情感动，屈腿偎在他身边，搂着他的双肩，温柔地为他擦去泪水，低声劝道：

"值得这样么？好像我真的淹死了！"她好强地说，"其实你不来，我扒拉扒拉也能游出来的。水这么浅，不信能把我淹死？"

凌子风抓住她的双手，哽咽着说："我总算把你救出来了，22年来这件事一直没日没夜地折磨着我，现在我总算补救过来了！"

若平惊讶地看着他，用手在他面前挥动，看他是不是在白日做梦。她嗔道："你在胡说些什么呀，你疯啦？吓傻啦？"她忍俊不禁，揶揄他，"我还没吓傻呢，你倒先吓傻啦？"

凌子风仍在猛烈地啜泣着，没有回答。他怎么回答？说自己是从22年后返回的另一个凌子风？诉说自己22年来的自责和苦念？诉说不久前眼睁睁看着若平"再一次"死去时自己绝望的狂怒？若平不会理解的，"这个"若平没有真正经历死亡，没有溺在冰冷的深水中吐出最后一口气，没有经历过意识飞散的最后一刻，没有体会到人到那个时刻对人生的最后一丝眷恋。凌子风不再说了，不想让若平知道这些，在她明朗的心里留下阴影。

若平觉察到恋人的痛苦十分深重，十分阴暗，这条粗大的痛苦之藤是从男人的心灵深处爬出来的，毒蛇一般紧紧箍着他，使他无处逃避。这都是因为那场仅仅三分钟的虚惊啊。若平又一次被感动了，乖巧地偎在恋人怀里，吻吻他的嘴唇，柔声说：

"不要难过了，你看我不是好好的嘛，只喝了几口水，汗毛也没掉一根。穿上衣服吧，时候不早了。"

凌子风看见游泳圈还在水里，挂在一丛水草上，便跳下去捞上来，放了气。他转过身，脱去湿裤头，把两人的湿衣服拧干，团在一起。又默默穿上干衣服，把游泳圈捐在肩上。他低声说："走吧，咱们走吧。"

若平反倒不走了，在月色中定定地看着悲伤的恋人，忽然大笑着纵入他怀中："子风，今天我才知道你这么看重我。太叫我感动啦，太感动啦。男儿有泪不轻弹，能让你为我哭一场，我就是真的淹死，也值啦！"

凌子风怒冲冲地说："胡说！少说不吉利话。"

若平不管他的怒容，抱着他的脑袋狂吻一阵，笑着宣布："咱们把婚期提前吧，这么有情有义的男人，我也等不及了。"她没想到自己宣布的喜讯反倒使凌子风再一次热泪滚滚，神情十分惨淡，她奇怪地问："咋了？你今天咋变成眼泪包了？"

凌子风擦干泪，勉强笑道："我也不知道，今天就像一个爱哭的娘儿们。"

"若平，请原谅，我不能与你结婚，我们就要分手了。我在自己的人生大文章中涂改了一句，弥补了一生中最大的抱憾。但我不可能涂改整篇文章，那边的田红英和田田已经和我不可分割了。"凌子风心说。他强抑悲酸，默然跟在若平身后，把她送到家门口。

若平家是老宅子，门楼很旧了，木门虚掩着。若平轻轻推开门，回身和恋人吻别，恋恋不舍地望着他。今天的小小灾祸让她窥见恋人的炽热情意，窥见恋人对她的珍视。她一定会珍视这份情意，要与凌子风白头偕老。她忽然情意绵绵地邀请："今晚想不想留我这儿？咱们悄悄进去，爸妈不会知道的。咱们不等新婚夜了，我今天就给你。"

凌子风有点手足无措，若平的目光就像火炭一样，烫得他低头躲避。他也很想啊，如果不是"那边"的田田母子，他会即刻与若平合为一体。他迟疑地说："若平，我真想……可是不行，我要走了。"

他逃也似的转身走了。若平盯着他的背影，虽然不舍得，更多的是感动。这个馋猫，这会儿咋变成柳下惠啦？一定是刚才那场虚惊坏了他的心情。他真是一个又至情又至诚的男人，和他在一起，这一生不会后悔。她拴上大门。妈听见动静，说："是平平回来啦？把门锁好。"她应一声，步履轻快地回到自己的小东屋里。

等若平开门进去，凌子风从阴影里出来，忧郁地盯着关上的院门。今天他终于救活了若平，圆了 22 年的缺憾，但这会儿他心里并不轻松。他救了若平，但又必须和她分手，对于若平这样的痴情女子来说，不啻是又一次杀了她。但自己没有别的选择，他已经担上了对另一个女人还有儿子的责任。这种责任是太沉重的负担，和生命是等价的。他在门外徘徊很久，透过门缝看着若平屋里的灯光，直到灯光熄灭，老宅子安然入睡，他还是迟迟不忍离去。他知道，自己一旦离开这儿，就不会再回来了。

他在这座旧宅子前徘徊了一夜，直到天光破晓才离开。

# 第五章 经历 A 之三

本经历起始点：1995 年 8 月 18 日。

他回到出发前的那一刻，47 岁的意识重新回到 47 岁的身体里安营扎寨，年轻的矿工变成了凌总经理。景区的灯光又一次忽然亮了，河中流波平静而舒缓，裹带着点点亮光。逝者如斯，不舍昼夜，直到地老天荒。

黑衣人仍在那里等他，我在那里等他。我看到凌子风脸上是大事已毕的平静。他已经弥补了一生的缺憾，又下狠心割断了与若平的情缘，现在回到现实中来了。我没有打听他此行的细节，不必打听，我全都知道。我仅是向他点点头，他也点点头。我俩之间已经有了默契，一切尽在不言中。

凌子风说："谢谢你。其实这三个字分量太轻了。我对你感恩戴德，永远铭记于心。"

我摇摇头："不必客气，举手之劳。"

凌子风褪下玉环，递给我："该物归原主了。"

我把它推回去："留下它吧，也许你还用得着。"

"它究竟是什么？是神物，还是科学技术的产物？是魔环，还是时间机器？"

我没有解释，只是说："你收着它吧。不必太看重它。也许有一天，你会超越这个器物的羁绊。"

凌子风看着四周，犹疑地说："我回到过去走了一趟，这会儿我很想知道，眼前这一切是否还是原来的一切。"

"当然不是。你已经干涉了过去，必然要影响到现在，还会影响到未来。当然，这种影响是不露行迹的。"

"若平……我把她救活了，不知道这 22 年她过得怎样。"

我说:"听我一句忠告吧。忘掉她,彻底忘掉她。你对她已经尽到责任了。现在你是天乐公司总经理,你的妻子是田红英,儿子是田田。请专注于你的生活,千万不要旁骛,否则你会很痛苦的。"

他点点头:"好吧,这些话你已经说过一次了。我一定记住。"

我怜悯地看着他。我清楚他做不到的,人并不能自主地决定自己的人生之路。他的新生活肯定不会轻松。我与他道别,凌子风说:

"噢,对了,先生能否留下联系方式?我想以后肯定还需要你的指教。"

我说:"咱们还会再见面的,不过没必要留地址,我会在你需要的时候随时出现。"

凌子风走了,走回他 47 岁的生活。黑影中走出一个女人,悄悄尾随在他身后。我知道那是田红英,她来盯丈夫的梢,在阴影里守候很久了。她对丈夫的猜疑就是一个小小的例证——凌子风对过去的干涉已经影响了现在。

央视的采访于四天后在央视经济频道播出。小玉组织全公司观看,凌子风和妻子、副总们也都看了。这个短片搞得确实不错,被采访的凌子风神采飞扬,颇有明星的派头。最成功之处在于:它看不出一点广告宣传的味道,凌的回答真诚直率,平民味儿很浓,对顾客们很有感染力。小玉边看边笑,夸张地说:

"咱们的凌总成'星'啦,成大腕啦!"

凌子风也凑趣:"准备把公司这场生产硬仗打完后就改行,到儿子的电影中演一个角色。谁愿意跟我改行的提前报名。"

小玉说:"我!我算头一个,我要永远紧跟凌总,赴汤蹈火不皱眉。"

屋里的副总们都笑,田红英也大度地笑了。前几天她对丈夫盯梢,盯梢后放心了。凌子风约会的并不是女人,当然就不会是秘书小玉。专情的男人一旦变心则更危险,只要不是男女之间的事,她对丈夫就完全放心。她也没有再打探那黑衣老人究竟是谁——总得为丈夫留下一点私人空间不是?

她说:"小玉,你给李行长打电话,让他看看这个节目。看过之后他会更放心。"

小玉打了电话，对董事长说："李行长说他正在看。还让转告凌总，那笔贷款保证在45天内到账。"

几天后销售口开始有了反馈，各地办事处说，前来打听天乐牌防盗门的客户明显增加，已经有四家代理商和公司联系，想作为地区总经销商，加入天乐的销售网络。只有个别同行厂家那儿有不谐和音符，他们打来电话，骂凌子风是"害群之马"。不过这都是些实力较差的野鸡厂家，凌子风没有放在心里。

公司的生产也上紧了弦。工人们，包括外联厂的工人们都紧张地加班。人事部把新招的技工陆续补充到一线。公司生产区挂着大标语：抓住机遇，做大做强。整个公司都在加速运转，一切进行得有条不紊。

加速的命令是凌子风下的，但这些天他反倒很清闲。这正是他的观点，他说过，公司总经理只负责创意，只负责在关键时刻下达"加速"或"转向"的命令。一旦公司进入新状态，就不需要总经理了，否则他就是个不合格的领导者。

他对小玉说："这两天我要出去转一转，思考一些新问题，公司日常事务就全部交给你了。"小玉说："你放心吧，有大事我会向你请示。"又说：

"凌总，那天我说的话，你还记得吧。"

"什么话？"

"你如果改行，我头一个报名。我跟定你了。凌总，我不是开玩笑。"

她没有笑，会说话的大眼睛直视着凌子风。凌子风在心里叹息一声，心想这姑娘啊。他知道小玉这番话的用意，她当然不是想跟着凌子风去当演员，而是在怂恿他，带上自己远走高飞。她对自己的魅力很自信。凌子风想，是到该摊牌的时候了，该对小玉把话亮明了，否则会害了这个痴情的姑娘。他干脆地说：

"我那是开玩笑，我不会改行的。天乐是我一手创办的，这儿有我结发妻子，有我儿子，我怎么能离开它？我的心里已经装得满满当当，盛不下别的东西。小玉，专心把你的工作干好，不要胡思乱想了。"

小玉的脸色变白了，很受伤地看看凌总，低下头走出去。凌子风觉得于心不忍，但他知道这是对她好。话说得越重，越能惊醒梦中人，那是个没有希望的爱情之梦。

有一点他没有告诉小玉：他心中除了公司和妻儿外，还装着另一个女人。他曾回到过去，回到22年前，救了自己的第一个恋人，又决绝地和她分手。22年了，她过得怎样？受伤的心是否已经平复？她的爹妈是否还健在？他现在不知道有关若平的丝毫消息，那个几乎与他合为一体的女人彻底消失在人海中了。

黑衣人说他必须彻底忘掉若平，否则就会造成新的错乱。他知道黑衣人是对的，但问题是能忘掉吗？忘不掉的，对她的记忆已经固化在大脑中了，要想忘却，除非把记忆载体切除。不管怎样，他一定要找到若平，远远地看看她的生活，哪怕只看一眼呢，这样他才能安心。

凌子风把公司事务托付给小玉，自己悄悄出门，开始了对若平的寻觅。他先驾车来到造纸厂，若平从农场被招工后在这里上班。造纸厂因为设备陈旧，效益不佳，污染严重，早就破产了，现在这儿是一片美轮美奂的高层公寓群，欧式阳台俯视着清澈的河水，全封闭的楼顶玻璃花园在阳光下闪光。锦江公寓作为临河极品建筑，住的全是成功人士。凌子风对这儿的变迁很熟悉的，因为这处公寓群意味着上千套高档防盗门，公司曾来这儿做过重点宣传，还对开发商搞过公关，这一切他记忆犹新。但有一点不正常：既然他已经回到22年前救了她，那她当然还健在，如果若平还健在，那么他来锦江公寓搞公关时肯定应该联想到若平，肯定会打听她的去向。但他没有有关的记忆。

所以不正常。黑衣人说：干涉过去就像是撬动已经凝固的冰川，会破坏原始状态的自然天成。现在，他发现了第一处生硬的接茬。

造纸厂职工早已星散，连人事档案也转到劳动局封存了。想打听一个22年前的工人，自然困难重重。好在公寓管理处留用了少量原厂的职工，凌子风辗转打听到原生产科一位姓毕的调度在这儿，便去拜访。老毕在锦江公寓的后门当看门人，穿着很醒目的红色职业装，满头白发。他请客人坐下，两手捧着一只紫砂茶杯，呷着茶水，眉头紧皱，努力回忆："何若平？22年前22岁？我有印象，一个清清爽爽的姑娘，蛮漂亮，爱笑，性格很开朗。衣着比较简朴，总是穿一身洗得发白的工作服，好像从没见她穿过别的鲜亮衣服。是在裁纸工段开裁纸机，对不？"

凌子风急切地说："对，您老的记性真好。她现在在哪儿？"

老毕摇摇头："可惜啦，这姑娘早不在啦！是在河里淹死的，呶，就对面这条河。"

凌子风心中一惊，旋即释然：若平的确是在这条河里淹死了，但那是他"干涉历史"之前的事，也许他的干涉所引起的变化传递到现在有一个滞后期。他肯定地说："不，那是谣传，她没有死，肯定没死。您老好好回忆回忆，她后来去哪儿啦？"

老毕狐疑地看着客人。据他记忆，那姑娘确实是死了，一个鲜活水灵的姑娘不幸淹死，这事很轰动，人们都惋惜，所以大概他没有记错。但来人这么肯定，他也不敢过于坚持，也许人老了，记性不管用了，自己认为记得清清楚楚的事，其实已经严重变形。毕竟这是十几年前的事了，他迟疑地说：

"那是我记错了？不过后来确实一直没见过这姑娘，也没听说她调走。请问你是……"

凌子风没有瞒他："我们20多年前一块下乡，俩人好过，后来分手了。这些年来一直没听过她的消息，我想再见见她。"

老毕更怀疑了：既然说这么多年不通音讯，又怎么能肯定她没死？这不是自相矛盾嘛。不过出于礼貌，他没把怀疑说出来。凌子风问："还有没有别的认识何若平的人？"老毕说："悬，造纸厂变成锦江公寓后，除了我，其他留用人员都是年轻人，按年龄算，他们都不会见过何若平。"不过老毕还是尽量帮他打听了几个人。果然大家都不清楚，只有一个人和老毕的说法相同，他不肯定地说："十几年前厂里一个姑娘跳河自杀了，好像记得她姓何，叫什么我不知道，是不是你们找的人？"

凌子风告别老毕，心想只有到若平家里去找了，他对这一点更没把握。若平家所在的小西关是老城区，几年前已经全部拆迁。现在这儿是全市最豪华的南都路，两边尽是崭新的富丽堂皇的高层建筑，在这片楼房的丛林里找一个22年前的人，更是难乎其难。凌子风开着车在南都路上转了几趟，尽量回忆着若平家旧房的形状和方位。他在回忆中穿过时间隧道回到22年前。旧门楼，瓦缝中长着肥大的瓦棕；熟悉的院门，是用实木拼起来的老式柴门，贴着杨柳青年画，门上方钉着"国经房"（国家经营房产）的牌子；门后是长长的门道，很窄，只能容一人通过。那时他每次送若平回家，总要藏在这块小天地里亲热一会儿。亲热时老得提心吊胆地听着院内的动静，害怕若平爹妈听见，不过这样的偷偷摸摸自有它的甜蜜。想想那伴着姑娘气息的耳边低语，那令人喘不过气的深吻！若平住东屋，房间很小，一张单人床和一张旧桌子把它全占满，在当年，这样的单独闺房已经是很奢侈了。她父亲转业前是团级干部，转业到地方后也一直是中层领导，生活相对盈实一些。"文革"后她老爹被打成叛徒走资派，家境才开始艰难。她父亲下台后一直闲散在家，把这个小院子侍弄得像个花房。

众多记忆潮水般涌来，但这些记忆在眼前的景观中却完全没有立根之地。那都是属于历史的，历史和现实之间被齐齐地腰斩了，找不到相接的痕迹。凌子风在大楼的丛林中摸索，别说找不到若平家的旧房子，连房子的大致方位都无法确定。寻找中他心里一直浮动着驱之不去的恍惚感，浮动着"不真实"的感觉。他救活了22年前死去的恋人，这个变化没有浑然无缝地嵌进他的生活，而是留下很多生硬的接茬。

手机响了，把他从恍惚中唤回到现实。是妻子的电话，她问："中午回来吃饭不？这会儿在哪儿？我刚打电话到公司，公司的人说你这两天没去。"

凌子风说："中午我不回去，有可能这两天我都不回去，在外边办一件私事。这两天你不要找我。"

田红英嗯了一声，听出有点不快，但没再说什么。

凌子风不再瞎找了，开车到港达房地产公司。他知道港达参加了南都路的开发，老板段增伟是他的朋友。听他说了来意，段老板说："你瞎找什么呀，早该来找我，那儿的情况我熟悉。"那一带的拆迁户都迁到城北的平央新区了，平央是政府资助的经济适用房，是另一家房地产公司惠友开发的。段老板让秘书打电话到惠友查住户名单，这边他陪着凌总闲聊。闲谈中凌子风免不了心神不定——他的干涉真的能影响到现在吗？他尽量掩饰着自己的焦灼。过一会儿，秘书来了，喜滋滋地说：

"找到了找到了，何成国和张素英，平央小区七幢二单元五楼三号。他们是两年前接的房钥匙。"

凌子风暗暗松口气。这么说，若平的妈没有在八年前去世。历史真的被他改动了，这是他见到的第一个确定的证据。而他为若平爹找的那个薛阿姨自然从历史中消失了。可惜住户名单中只记录房主，没有关于何若平的丝毫信息。这不要紧，只要找到她的父母，自然就能知道她的近况。

凌子风谢了段老板，立即开车赶往平央小区。这里虽是新区，但建筑比较粗糙，与锦江公寓有天壤之别。住户也都是低收入阶层，这从人们的衣着和面容就可以看出来。按照段老板给的地址，他顺利地找到了若平爸妈住的七幢二单元五楼三号，敲敲门，没人应，连邻居家也没人。凌子风一家一家地敲，下到一楼才敲开一家门，开门的是一位中年妇女，两手满是面，可能正在蒸馍。凌子风向她打听五楼三号的情况，她说："五楼三号住户是姓何，老头原是油泵厂的厂长，当兵出身。他老伴姓张。这会儿两人出去散步来着，到晚饭前才能回来。女的得过脑溢血，成了半瘫，已经七八年了吧，老头每天推着她出去玩。"

这么说，他们肯定就是若平的父母，不会错了。他想问若平的近况，但话出口前竟然颇有惧意。上午在锦江公寓打听时，有两人说若平早就死了，在河里淹死了。会不会自己并没有救活她？那趟返回过去救人的经历只是一场梦幻？不会的，至少若平父母的人生已经变了，这肯定是自己干涉的结果。他继续问：

"请问你见过何老伯的女儿何若平吗？"

中年妇女皱着眉头："女儿？没有啊，没见来过。"

凌子风的脸色变白了，追问："请你好好想想，中等个子，今年有44岁，大眼，人长得很漂亮——年轻时很漂亮，不知道现在是什么模样。"

她想了想，肯定地说："没有，我搬来两年，从没见过你说的这人。他家只有老两口。"

凌子风愣住了。当然这说明不了什么，若平大概嫁到外地了，两年没有探家。这是很正常的……但深沉的惧意已经在心中蠕动，岩浆一样强劲的蠕动，怎么也按捺不住。他机械地谢过妇女，转身离开，走到楼门口时，中年妇女忽然喊住他：

"那位大哥停停。对了，我想起来了，他们有一个女儿。"凌子风惊喜地转过身。"有一个叫平平的女儿，12年前就死了，淹死了。"

凌子风如遭雷殛，脑海中一片白光。中年妇女的嘴在翕动着，但听不见她往下在说什么。宿命的惧意迅速膨胀，充溢了他的全身。若平死了，救不活的，不管他在时间之河中如何奔波……中年妇女在小心地喊他：

"这位大哥，这位大哥，你没事吧。"

凌子风神色惨淡地说："我没事。你说何家女儿淹死了，确实吗？"

中年妇女点点头："确实。老何对我讲过，我这会儿想起来了。是12年前死的，一直到死没有结婚。听说是被她对象甩了，这闺女死心眼，寻了短见。"

那妇女说完最后一句，马上后悔了，小心地打量着来客。看此人的表情，八成他就是那个甩了何家女儿的负心汉吧。凌子风忘了同妇女道别，木然转过身，回到汽车里，等着。他要等若平爹妈回来，从他们嘴里听到最确实的消息，才能完全死心。汽车空调轻微地嗡嗡着，驱赶着夏日的酷热。凌子风却像是掉进冰窖里，止不住透骨的寒意。若平死了，不是因为22年前那次事故，而是12年前自杀的。锦江公寓那两人并没有说错。历史确实改变了，但并没有完全按照他的愿望。12年前，那正是自己和红英结婚的时候啊。无须推理，他就明白了若平自杀和自己结婚两件事的关联。

他救活了若平，又再次害死了她。

两个小时过去了。夕阳缓缓地落到楼房之后，一个老头推着轮椅慢步走来。若平爸满头白发，若平妈颜面扭曲，几乎认不出来了。男的边走边说着什么，而女的一直面无表情。他们在二单元停下，老头把老伴扶出轮椅，先让她靠墙站着，把轮椅推到楼梯下，用一把粗大的铁链锁好，回身扶着老伴艰难地上楼。凌子风下了车，走过去，默默地推开老头，架着若平妈上楼。若平爸没认出他，以为是一个路过的热心人，便跟在后边，不住口地感谢：

"谢谢啦，谢谢啦。每天上这一趟五楼，对俺俩是一大关哪。没办法，原来住的老宅子是平房，给扒了，搬迁时没要到一楼。爬吧，爬吧，不定啥时候就轮到爬烟囱了，那就一了百了了。唉，就怕我走到她前头啊。"

架着一个残疾人上五楼确实不容易，路上歇了一气才上去。进门后，若平妈急切地说着什么，用手比比划划，若平爸笑着说："听不懂她的外国话吧，她是让你坐，叫我给你沏茶。我老伴虽然半瘫，说话不清，心底还算清楚。"

若平爸去沏茶了。凌子风打量着四周，屋内陈设相当简陋，也相当凌乱，小饭桌上摆着没有刷洗的碗碟，卧室里飘来难闻的尿骚味。看来，这个家显然没有女性当家人的调理。凌子风再次感到砭骨的寒意，不用探问了，单看二老的生活，就知道若平肯定不在人世，否则她不会丢下半瘫的老娘不管。

若平妈坐在一把破旧的竹圈椅上，一直热切地看着客人。半瘫后她的一只眼睛有毛病，看人时一只眼睛看，另一只眼睛斜向一边，给人以怪异的感觉。她家难得有客人，何况是这么一个好心人，素不相识，把她一直搀到五楼。她很想与客人交谈，可惜自己说话不利索。慢慢地，她的眼神中出现了狐疑的神色，客人的面相似乎有点熟悉，但一时想不起来，于是她看得更专注。

凌子风不敢直视若平妈的目光。如果她认出自己，不知道会是怎样的一场风波。即使他们骂他，打他，他都没有怨言——从与若平分手后，22年他都没来过若平家，这样的绝情绝义确实该打。他想起在"那个"历史中，他一直照顾着若平的父母，用自己的真诚换得了他们的谅解，若平妈死后还为若平爸找了个保姆当老伴……那些行为是正常的，符合他的为人；而现在，他竟然22年对若平家不闻不问！这是不可思议的。在他干涉历史后，他的生活被扭曲了，失去了正常的规则。

若平爸端着一杯茶进来，绿莹莹的茶水冒着热气："这位兄弟，请用茶。别嫌我家埋汰，这个茶杯我特意洗了三遍……是我老战友送的好茶，真正的信阳毛尖。请坐吧，家里太乱，老伴半瘫后我家就像木桶断了箍，散架了。"他忽然顿住，盯着凌子风，"你是……你是……"

凌子风苦笑着点头。

老头的脸色刷地变白了，怒火从眼中冒出来。他的丘八脾气就要发作了，甚至想动手揍这个狼心狗肺的王八犊子。不过他马上想到妻子，强捺住火气，用身子挡住老伴的视线，低声说：

"你他妈来我家干什么？快滚，快走，让老太婆认出你，一定会要了她的命。你积积德，快走吧。"

凌子风嗒然若丧，站起来，看看若平妈，一言不发地走了。若平妈在他身后着急地啊啊着，她不知道客人为什么茶没喝一口就要走，听见老头在向她解释：客人有急事，别耽误人家。凌子风出了门，木门在他身后狠狠地关上。

他下了楼，开车出城，在国道上狂奔。车速表指针在 120 千米上下跳动。他摇下车窗，让强劲的冷风吹着发木的脑袋。他不怪若平爸，一点都不怪，老头骂自己骂得太轻了，也许让老头抡几个耳光，自己心里会好受一些。我救了若平，倒不如不救她，让她多受了十年的情感煎熬后自杀，撇下无依无靠的爹妈。当她狠下心肠告别二老，第二次走入冰凉的河水时，该是怎样的心情？

凌子风把车开回河边，停在他与黑衣人见面的地方，胸臆中是不能排解的郁怒，塞得满满的，几乎要炸开。若平的自杀其实算不了什么，自己手腕上带着魔环呢，可以随时返回过去救她，救她一百次二百次都行。难办的是救活她后怎么让她幸福。以若平的痴情，不可能让她轻易忘记自己。除非他离开田红英和田田，回到若平身边。但这也是不可能的，他对红英母子的责任已经担在肩上了，今生今世也不可能卸掉。

他第一次理解了黑衣人说过的话：这具魔环并不是个吉物，因为对旧历史的修剪会导致很多错位和扭曲，带来新的痛苦。黑衣人没有骗他，打从一开始就对他反复强调这一点。现在他已后悔接过魔环——不，不能这样想，在有机会救活若平的时候，他怎能拒绝呢。

他叹口气，决定再返回一次，返回到12年前，他和田红英结婚的那个时刻，也是若平自杀的时刻。他不会改变同田红英的婚姻，但至少要劝说若平打消自杀的念头，从失恋的痛苦中走出来。至于能不能做到——他没有一点把握。

魔环——这真是个神通广大的宝物，但他有一个奇怪的感觉：在持有魔环之后，他不是更自由了，而是更艰难了；不是更幸福了，而是更苦涩了。

不管怎样，他还要返回过去，返回到若平自杀之前，尽力改变这个结局。既然他手中有这个宝物，那么救活若平就是他不能推卸的责任。他摩挲一下魔环，从汽车中消失。

田田在电脑前玩游戏，田红英则一直坐在沙发前发愣。丈夫这两天的行为太反常，令她满腹疑窦。公司正开足马力应付这次销售高潮，总经理却一连几天踪影不见。这不像他平素的作风。她冷笑着想："莫非男人真的有了钱就变坏？他开始瞒着我去会地下情人？但至少不是和小玉，小玉这两天一直在公司，协调处理公司事务，忙得不可开交。"

手机响了，号码是销售部老曲的。田红英忙起身，看儿子玩得正入迷，便踅到卧室，小心地关好门，说："喂，说吧。"

"董事长，今天我可出大力了，整整跟在凌总后边一天……"

田红英打断他："少说淡话，以后亏不了你。说主要的。"

老曲是田家的亲戚，也是田红英最信得过的人。这个人毛病多一点，贪小，喜欢女人。田红英知道此人不可大用，但让他干个盯梢、传闲话之类的事，还是很胜任的。老曲说："董事长，我得再砸砸实：我盯凌总的梢，这件事无论如何不能让他知道哇，这可不比盯小玉，凌总知道后饶不了我的。"

田红英不耐烦地说："你把狼心放到狗肚里，跟着我，不会让你吃瘪。我一个董事长还护不住一个你？快说。"

老曲详细汇报了今天盯梢的成绩：凌总先到锦江公寓打听一个姓何的姑娘；再到南都路找人，不知道找谁；再到港达房地产公司找段总；又到平央小区找一家姓何的人。很奇怪，最后这一次，他似乎是被这家赶出来的，出来后情绪极坏，跑到城外国道上飙车，速度太快，就是在那儿把人跟丢了……

田红英的脸色渐转霁和。这么说，凌子风并没有地下情人，这两天还在为他22年前的恋人奔波。她知道这个何若平，22年前和子风好过，但后来两人断了，从那以后她一直音讯不明。子风这次打听她的下落，可能是想给她点经济补偿。他对22年前的一个恋人这么入迷，这事当然令人不快，但还是可以接受的。如果能拿二三十万把这事摆平，让子风从感情负债中解脱出来，倒是一件好事。听到老曲最后一句话，她急了：

"你说什么？子风在国道上飙车？"

"对，速度起码有120千米，你知道我开车的本事，咋也跟不上他。"

田红英恼火地呵斥："你为啥不拦住他！那多危险！"

老曲苦笑："我的董事长，我咋拦他？我说董事长派我一直在盯梢？"

田红英不耐烦地说："好了好了，以后有他的消息尽早告诉我。"便挂了电话。老曲说得对，他没法子拦住子风的，他在盯梢时绝对不敢在子风前露面。现在子风在哪儿？是否已经冷静下来？她想打丈夫的手机，又怕万一这会儿他还在飙车，飙车时接听手机更危险。她在屋里踱来走去，心神不宁。半个小时后她才打了丈夫的手机，没打通。手机内是女接线员的声音："对不起，您拨打的号码不在服务区。"她想，丈夫能到哪儿去呢？

她不知道，在她打手机的这一瞬间，凌子风确实不在手机的服务区。他已经回到了12年前，那时手机还远没有普及呢。

# 第六章 经历C之二

本经历起始点：1983年9月15日。

35岁的凌子风同田红英定在十一结婚，这个日子是9月15日才匆忙定下的，原因很简单：田红英怀孕了。在田红英到省会要来55万元、同凌子风在宾馆一夜销魂的一个月后，田红英欣喜地对凌子风说：

"你真行啊，弹不虚发。"

此刻两人在车间里做下班前的巡回检查，这是他们的惯例。凌子风从地上捡起一根没有用完的焊条，放到工作台上。他有点摸不着头脑："什么弹不虚发？"

这是他们的新车间。有了55万现金后他们的胆气壮多了，正式办了公司的注册，把技术型公司改为生产型公司，重新租了一个大车间，这两天刚把车间的工位器具摆置好。工人们都下班了，新招的保安在车间门口的岗亭里值班。田红英白他一眼：

"装什么糊涂？"

凌子风看看她的肚子："你是说……"

红英得意地点点头。她告诉子风，这个月例假没来，今天去化验过，确实怀孕了。既是这样，两人的婚事怕是得提前了。凌子风闷着头走了几步，才迟疑地说：

"那——就结婚吧，十一结婚吧。"

田红英没想到他的反应这样低调，在车间门口站住，看看他，尖刻地说："看你好像不乐意？要是不乐意就明说，我不会赖着你。"

保安从岗亭里出来，说："凌总田董你们还没走？做个当家人不容易呀。"

凌子风同他聊了两句，交代了晚上的注意事项。两人出了车间，他对红英不快地说:"我怎么能不乐意?你把我看成什么人了。我只是——觉得太突然。"

田红英也觉得自己说的话太过头,瞅左右无人注意,突然亲亲他,笑着挽上他的胳膊。路上她开始筹划结婚的事:选吉日,买家具,通知亲戚朋友,照相,选婚纱等,算算时间已经很紧了。

凌子风和她商量着,心中不免叹息,他当然要和田红英结婚。他将沿着这条人生之路走下去,不能回头。问题是——与上一个人生经历不同,在这个人生经历中,何若平并没有溺死,而是被他返回"过去"救活了,若平将在他们的新婚之夜自杀。他一定要避免它成为事实。但究竟能不能制止?

现在,凌子风生活在两种记忆中。一种是旧的经历,其中还包括"未来的生活",就是从现在到1995年的生活,包括了田田,包括了已经壮大的天乐公司,包括此时还未来公司上班的秘书小玉,等等。所以,当他和红英并肩往前走时,心中总脱不了"再过一遍"的感觉;另一种记忆是新的,是他救活若平这个历史中新增的事件后所带来的新因素。两种记忆交错扭结,互相重叠,让他的生活变得虚浮,边缘模糊,丧失了清晰的质感。

不管怎样虚浮,有一点他牢记不忘:一定要劝说若平放弃自杀。这天,他抛下新公司繁忙的事务,瞒着正为婚礼购置家具的红英,到若平家去了。若平家的旧房子还没有扒掉,她妈也没有瘫痪,不过家里的生活已经很艰难了。造纸厂已经濒于倒闭,虽然还在勉强支撑着,但工人们辛苦一个月,也就是二三十块钱。若平爸倒是早已平反,办了离休。但他曾当厂长的油泵厂已经垮台,技术工人星散全国,在农村为人校农用柴油机油泵,这些人倒是因祸得福,发财了。只苦了厂里没技术的或年纪大的职工。好在若平爸是老干部,工资关系从厂里转到市里发,但也只剩下干巴巴的基本工资。此前,凌子风没脸去见若平,曾托人送去一些钱,被她毫不客气地拒绝了。

凌子风来到造纸厂,不想到车间去招摇,便坐在大门口的石阶上等若平。工厂下班了,几十个工人稀稀拉拉地走出来。造纸厂确实已经破败了,从工人们的气色都能看出来。若平在后边,和一群女工在一起。女工们边走边说着闲话,若平没有参加,默默地走着。她穿着肥大的蓝色工服,没有一点曲线可言。脸色比较枯槁,失却了当年的鲜艳。看着她,凌子风心中隐隐作痛。

他站起来想喊她,但"若平"这两个字出口竟然这么艰难。若平已经走过去了,没有向这边看,但也许是直觉吧,她下意识地回头,看见了墙边的凌子风。她明显犹豫了一下,还是走过来。

"你来找我?"

凌子风点头。

她看看前边的女伴,低声说:"走,到家里说话吧。"

凌子风默然跟在她后边。到家了,是那个非常熟悉的家,柴门上贴着杨柳青年画,门后是那条长长的甬道,甬道里曾藏有多少甜蜜的时光!迎门是一个整齐的花圃,若平爸在花圃中忙碌,妈在厨房做饭。看见女儿身后的凌子风,两人的眼光陡然变毒了。若平立即赶到老爹身边低声说了几句,说得很急切。凌子风没听见她说的什么,但估计一定是劝二老忍住火气,不要让凌子风太难堪。二老冷冷地横了他一眼,躲到里屋,直到他离开再没出来。

若平接过妈手中的活计,在厨房里忙活。屋内摆设依旧,只是家具显得更陈旧一些。算来从1973年他救了若平之后,已经十年没来过这儿了。凌子风跟着若平到厨房,在她侧面仔细看,发现她眼角已经有了细细的皱纹,心中又酸又苦。想起在河边的情景,想起那晚他送若平回家,若平面孔红红地邀他住下,而他却逃也似的离开……这些回忆扭结成一团硬硬的东西,堵在喉咙里,让他无法说话。

若平倒是相当平静,一边熟练地做饭,一边扯着闲话。她说:"你爸妈的身体还好吧,虽说住在一个城里,有十年没见过他们了。"

"都好,你家二老呢?"

"都还行,就我妈血压高。不过一直服着药,控制得还不错。"

凌子风想起在上个生活经历中,他搀着半瘫的若平妈上楼的情形,忍不住给了一句委婉的警告:"你得当心呢,高血压病人很容易中风。"

"我知道,一直很当心,她一直服用心疼定,这种药对她比较对症,血压一直控制在150以内。听说你的那个公司办得不错,晚报上都登了,是吧。"

"还可以吧,不久前几乎被人骗走几十万,差点垮台,不过总算解决了。"

若平扭头看看他:"你是不是快结婚了?那个姑娘叫田红英,对吧,听说很年轻很漂亮。"

凌子风非常尴尬，他没想到若平对他的近况了解得这样清楚，也没料到她能这样平静地谈起田红英。这也许是个好兆头吧，他苦涩地说："若平，我真不知道该咋……"

若平很快打断他："过去的事就别说了，总之是咱俩没缘分。"她轻快地说，"我的婚事也定了，是第七工程局一个技术员。人很好，比我大几岁，就是工作不稳定，长年在外，结婚后我得跟他浪迹天涯。"

凌子风轻松多了，从若平的言谈看，她基本走出了情感的阴影。看来，上一个经历中的自杀不会在这个经历中重演。他问她婚期是什么时候，若平说还没最后定，但肯定在今年春节前。凌子风真挚地说：

"若平，祝你们幸福。婚期定下后千万不要忘了通知我。你结婚后如果真离开家乡，家里二老我代你照料。还有……我的婚礼你能参加吗？就定在今年十一，只剩十几天时间了。"

若平虽然一直很平静，这会儿身体仍抖了一下："我不去了，你能理解的，我去不合适。不过我会托人把礼物送去。祝你们幸福。"她补充一句，"听说田红英很能干，你开公司，她更适合你。"

凌子风心中被很深地割了一刀。"不，我和你分手，并不是因为钱，并不是因为田红英能帮助我发财。我们分手只能怪命运，怪冥冥中一只看不见的手。"不过他不想为自己辩解，即使辩解也不一定能让若平信服。晚饭做好了，若平利索地封了煤炉，试探性地问："你在这儿吃晚饭吧。"凌子风摇摇头，若平也没认真留他，她知道，让凌子风和自己爹妈坐一个桌上吃饭，一定非常尴尬的。她朝里屋喊一声：

"爸、妈，你们先吃，不要等我。我送子风走。"

门外是熙攘的夜市，两人漫步走着，不觉穿过寨门，来到河边。河边刚刚开发，仍同十年前一样荒凉。寨门里那高高的石阶还在，不过现在人们都吃自来水，已经没有人来这儿挑水了，所以台阶变得干燥，长长的野草代替了往日的青苔。柳荫遮蔽着河水，上游不远处是女人们洗澡的地方，夜色中传来女人们的笑声。两人站在柳荫下，两双眼睛在暮色中发亮。凌子风艰难地说：

"若平，我想说件事，你千万别生气。咱们这辈子虽然没能成夫妻，但在我的心里，你的分量比任何人都重。希望你能把我当成你哥哥，当成缓急之间可以依靠的人。我知道你家生活比较困难，请你收下这个存折，只当这是哥哥给妹妹的，你要不收，就是看不起我。"

他把一个一万元的存折递过去。若平立即推回去，生气地说："快收回去！你这是干吗！"她缓和一下情绪说，"我现在不需要，真需要时我会主动找你。收起来吧。"

凌子风摇摇头，只好把存折收起来。从若平反应的激烈程度看，她绝对不像表面上那样平静，她一定恨着自己。到这会儿，两人之间的话似乎已经说完了，就这么默默地面对面站着。然后两人告别，准备各奔东西。但到最后一刻，若平停住脚步，说：

"子风，既然已经分手，我本不想说的，但不问清楚，我这辈子心里都不能平静。我只想问清一件事：十年前你为什么突然同我分手？我一再检省自己，没发现我干错了什么事。"

凌子风沉重地说："不，你没有错，都怪我……"

"不，你不会无缘无故地突然一走了之，这不合你的脾性。我爹骂你喜新厌旧，我相信你不是那样的人，而且在咱们分手后七八年时间里你都一直没谈对象。可是到底为什么你突然同我分手，从此不再见我，连解释也不解释一句？是不是……"她顿了一下，还是把话说出来，"是不是那晚我留你住下，你就把我看成浪荡女人了？我想绝不会的，但除了这一条，我再也想不到别的理由。子风，不管什么原因，请你坦白告诉我，别让我在心里折磨自己了，好吗？"

凌子风一直努力控制着自己的情绪，但此时再也忍不住，泪水决堤般狂涌而出！若平的自我怀疑近乎走火入魔了，正因为此，他才体会到自己对她的伤害有多深。他哽咽地说："若平，若平，我怎么会那样看你？你永远是我心中最纯洁最神圣的女人。我不能娶你，只能怪命啊。"

若平也流泪了，温柔地为他擦拭满脸的泪水："别哭啦，别哭啦，有你这句话，我就心安了。虽然咱俩不能成夫妻，我也心安了。"她突然失声大哭，扑入子风怀中。两人紧紧拥抱，吻着对方满是泪水的脸。

我站在时间之河的岸上，看着这两个相对流泪的男女。虽然隔着异相时空，我仍然感觉到他们心中的悲苦无奈。我的眼眶也酸了。我非常同情何若平，她一心挚爱的男人突然同她分手，甚至说不出一点理由，这毁了她作为一个女人的自信，毁了她的一生。但凌子风也是无辜的啊，他并不是一个无情无义的浮浪子弟，不，他实际上情深义重。他念念不忘死去的若平，在人生旅途上数次折返去救她，自己的生活也被搅得七零八碎。可惜若平不能理解他，只因两人的立足点是不等高的——凌子风有几个人生经历，他面对的是几个若平，不幸溺水而死的若平、被他救活后又殉情的若平、被救活后此刻尚未自杀的若平。而"这个"若平只有一个经历。只有一个人生经历的人，不可能真切了解有几个人生经历的人，就像朝生暮死的蜉蝣不能理解寿达千载的灵龟。这个差别是致命的，足以把两个深深相爱的人拉开，他们不能结婚，不能共同生活，不仅从肉体上拉开，而且从心灵上拉开。

人生属于人只有一次，这个人生经历对于他来说是"原配"。尽管其中必然有种种缺憾，种种不幸，但"原配"的生活毕竟自然天成。一旦进行超维度的干涉，对其修剪，就会造成生硬的接茬，这是没法避免的。

我用超维度的目光关注着他们，看着他们大哭一场，分手，在各自的人生轨道上向前移动。凌子风虽然又经历了一次感情上的锯割，但他多少放心了。他和若平之间已经把话说透，看若平的样子，她已经走出情感的牢笼，至少说不会自杀了。凌子风抛开杂念，一心一意准备同田红英结婚，准备做强他的天乐公司，准备生出他们的天才儿子。

那时他不知道，何若平仍然会在 10 月 1 日、他们结婚的喜日子里自杀。我想连何若平本人也不知道。她已经在心理上同凌子风告别，准备同那位第七工程局的技术员结婚。她之所以找一个浪迹天涯的丈夫，就是想永远离开这个伤心之地。她不会自杀的，纵然她对人生已经没有多少眷恋，但至少她舍不下爹妈，不会让白发人哭黑发人。

可是她还是走了。自杀的决定是在某一瞬间突然作出的，没有前兆，是一次突然的情感溃堤。

凌子风和田红英的婚期日益临近了。

婚礼在那个年代算是很豪华的。一个客户朋友用他的皇冠车迎来新娘，后边跟着从电视台请来的录像师。在天威饭店摆了20桌酒席，一位作家朋友当司仪，调侃打趣，把婚礼气氛撺掇得沸腾了。田红英穿着洁白的婚纱，面色红润欲滴，一直处于极度亢奋之中。凌子风经历着自己的第二次婚礼，虽然也很兴奋，但没有了新鲜感。第一次婚礼仍是同田红英的，但那个人生后来被斩断了。唯一新增的因素是：若平并没有溺水而死，她活着，还托人送来了祝贺的礼物，是一支精致的竹笛，笛尾系一个红色的同心结。看到这个礼物，凌子风心中抖了一下，他想起若平说过的话：我最喜欢隔着水面听你吹笛啦。又想起在知青农场里，若平曾给他的笛子上系过一个同心结……种种因缘，种种思绪，横七竖八地叉在他心中，让他神情悒悒。

田红英虽然是在亢奋中，仍敏锐地发觉男人的情绪与婚礼的热烈不大协调。这肯定是因为他的初恋。虽然平素子风从不提何若平的名字，但田红英知道，那个名字深深刻在男人的心中，甚至比自己的名字刻得更深一些。她一直很好奇，凌和何爱得这样深，最终却分手了，到底是为什么？不过她没敢问子风。女人的本能告诉她，这个疮疤是不敢轻易撕开的。她曾到造纸厂偷偷见过何若平，一个30岁左右的老姑娘，很秀丽，相当有风度，但面相上已经显出风霜的痕迹。她对何若平印象不错，甚至相当同情她，当然……爱情是自私的，排他的，同情归同情，婚姻上决不能退却。今天她终于把凌子风逮到手了，胜利的兴奋中她显得特别宽容。凌子风在婚礼上的悒悒虽然令她不快，但她决定不计较，只当没有看见。

凌家二老已经给各桌敬完酒，把酒壶交给儿子儿媳，说该新人去敬酒了。子风妈的脸上被抹上一道道红色，这是家乡的规矩，儿媳进门，公公婆婆必须得开花脸，抹得越花越喜庆。子风爹平时不苟言笑，所以亲友们饶过了他，把火力全集中到子风妈身上了。凌子风看着二老脸上的喜色，忽然想起，在上一个人生经历中，爸爸在1993年前得了老年痴呆症，也就是说，他将在十年内失去正常人的思维，生活在精神的黑暗中。但自己能怎么办？没办法，只能眼睁睁地等着那一天，老年痴呆症在医学上还没有治疗办法。

他看着喜气洋洋的老爹，心中作痛。黑衣人说得对，那具神通广大的魔环不是一个吉物，预知未来的人会承受双倍的痛苦，因为在不幸来临前你就在"等待"。子风爸见儿子在发愣，推推他：

"去吧，该你俩去敬酒啦。"

红英也拉拉他："走吧，该咱们去敬酒了。"

婚礼结束，从饭店回家，一群年轻人又闹了一通。好容易客人散去，已经是夜里零点。田红英声音沙哑地说：今晚不洗了，睡吧，实在支撑不住了。凌子风也说睡吧。两人上床，熄了灯，红英钻到他怀里，很快睡着了。凌子风同样乏透了，但他睡不着，睁着眼，听着妻子均匀的鼻息声。他在等，等一个但愿不会发生的事。时钟嚓嚓地响着，平静，不疾不徐，不理会人世的悲欢。忽然，电话急骤地响了，在静夜里显得非常瘆人。凌子风如遭雷殛，一时间竟愣了，不知道去拿话筒。倒是熟睡中的田红英被惊醒，迷迷糊糊地先摸到话筒，带着睡意问：

"谁呀，深更半夜的。何若平——你是若平姐？"

她一下清醒了，拉亮床头灯，看见丈夫其实没睡着，眼睛中带着高烧般的明亮。电话中说：

"很抱歉，这么晚了还打扰你。我马上就要出远门了，走前想和你们道别。红英，祝你们幸福。"

田红英高兴地说："不打扰，不打扰。若平姐，我真高兴你打来电话。你到哪儿去？晚走两天吧，到我家来玩玩。"

"谢谢，等以后吧。红英妹子，能不能让子风接电话？"

田红英说当然当然，把话筒递给丈夫。她有点奇怪，丈夫接话筒时怎么像接过一条毒蛇。他沙哑地说："若平，是我。你还没睡？"

话筒中若平只是重复了刚才的话："子风，我马上要出远门了，走前想和你道别。祝你们幸福。再见。"

那边不等这边回话，就把电话挂了，凌子风还握着话筒发呆。田红英从他手里要过话筒，放到电话上，看着丈夫的脸色，小心地问：

"若平姐说要出远门，是去哪儿？是不是去结婚？她这会儿可能已经到火车站了，我听见话筒里很嘈杂，有火车汽笛声。"

凌子风吃力地说："她是要自杀！她肯定是要自杀！"

你挂上电话，把两角钱交给小卖部的店主。这是在火车站，你深夜步行四五里来到这儿，因为你家里没电话，而全城的公用电话只有这儿是昼夜上班的。女店主奇怪地望着你，因为这个自称要出远门的女人没带行包，却带着一个塑料救生圈。真是莫名其妙，火车上可用不着这玩意儿。

你决定要走了，但走前想再听听子风的声音。其实这没有意义，一死百了，什么都要抛下，何况凌子风已经是另一个女人的丈夫了。但你却无法说服自己，只是发疯似的，一定要再听听凌子风的声音。现在这个心愿已毕，你该走了，该离开这里到河边去了。

死的念头是在瞬间产生的。在与凌子风见面后，你确认凌子风还爱着你，不是花言巧语，是真心的爱。但他却不能娶你，他说是因为命运在作祟。到底是为什么？不知道，那一定是个沉重的、人力不能挽回的原因。既然这样，你也不准备和命运抗争了。

你的记忆中没有那些经历：曾经溺水而亡；被凌子风返回过去救活，十年后自杀。那些记忆属于凌子风，那个在时间之河中来回奔波的男人，不属于你。但尽管这样，那个死亡之地对你仍有冥冥的感召力。你决定死在那儿，把女人的身体和爱情一块儿埋葬。

你沿着静寂无人的街道步行，穿过城墙的小寨门。这儿已经开始拆迁了，临街的墙上写着斗大的"拆"字，精明的住户们都在老房子上加盖楼房，以便多向政府要一点拆迁费，所以这一带路上尽是沙堆和砖垛。很快这儿的历史就要消失，连同小时候的记忆：辘辘的拉水车，长满青苔、磨出脚印的石阶，驼着脊背的挑水夫，还有一个在河边长大的女人。

你来到河边，小岛上已经开始大兴土木，听说是盖一座酒店。满地的苇子和深可埋人的野草都被铲掉了,开出一条临时公路。一切都在变,不变的只有月光。你脱掉衣服,连同内衣内裤,把它们细心地叠好,放在沙滩上。把游泳圈扔到水里,看着它缓缓地飘走,被水草挡住,又挣脱水草的羁绊,消失在夜色中。然后你下水了,向深水区走去。水淹到胸部了,你的步子开始发飘。现在你滑入深水中,冰凉的河水阻断了你的呼吸,死亡的黑云慢慢淹没了你的意识。那时你会觉得,死亡来临的感觉是似曾相识的。

一切都是十年前那个经历的重复。只有一点不同:凌子风并不在这儿,没有返回岛上去取遗忘的笛子,也没有在恋人的尸体前号啕大哭。他这会儿应该在新房里,与新婚妻子在一起,品尝着新婚夜的甜蜜。

凌子风急急地穿着衣服,他要去救若平。真该死,他太麻痹了,十几天前见若平时,被她的平静欺骗,以为她不会自杀了。他从1995年专程返回,就是为了救若平,如果让她"再一次"自杀,他还有什么脸活在世上!田红英虽然觉得突然,但也急急地穿衣服,说:

"若平姐真的会自杀?我跟你一块儿去。"

公司有一辆客货两用车,但此刻钥匙不在他们手上。他们跑到大街上。深夜一点,出租车很少,好不容易等到一辆,司机听说是到城外河边,摇摇头说不去,深夜去城外太危险啦,前几天刚有出租车司机在城外被害。凌子风恳求着:

"师傅,你一定得去,我们是去救人,有一个女人要去河里自杀!"

田红英也哀告:"大哥求求你啦,人命关天的事,你一定要帮忙,我知道大哥你是善心人。"

司机看看二人焦急的样子,也看两人不像是坏人,他摇摇头,又点点头,说:"上车吧。"

出租车一路狂奔来到河边,这儿非常安静,没有人影,缓慢流淌的河水反射着月光,岛上工地的守夜灯幽幽地亮着。深深的野草在夜风中摇曳,周围漫溢着恬静的气氛,不像是一个自杀的场所。出租车停在沙滩上,开着大灯为他们照亮,凌子风和妻子在这一带仔细察看,没有发现什么可疑的迹象。

田红英小声说：

"也许若平姐不会自杀吧，也许她真是要出远门，走前和你告个别。"

那边司机在催促："找到没有？要是没事就走吧，时间太晚了。"

凌子风仍固执地四处察看，从电话中他感觉到若平一定会自杀，而且一定会在这儿自杀。又找了一会儿，仍然没有发现什么，田红英拉拉他的袖子说：

"要不，咱们直接到若平姐的家里看看？"

就在这时，凌子风发现，在灯光照不到的河边堆着一叠衣服，女人的衣服，最上边的是若平在农场常穿的无袖衬衫和花布大裤头，凌子风非常熟悉的。这些衣服叠得整整齐齐，显示着主人无言的决心。

看到若平姐真的自杀了，红英急哭了。他们焦急地扫视着黑黝黝的河面，高声喊着，但河面上没有一点儿动静。司机听说发现了遗物，也跑过来，焦急地说：

"真有人自杀？快下去捞人哪，可惜我不会水。你会水不？我车上有盘绳，要不我把绳拿来，系着你下去。"

凌子风悲凉地摇摇头，知道事情已经不能挽回了。并不是说若平救不活，不，能救活的，只用他返回到一个小时前就行了，愿意救多少次就能救多少次。问题的症结在于：这样只能救活若平的肉身，救不活她的心。

想要救活她的心也不是没有办法——彻底改写生活的这一章，这就意味着，他必须狠心斩断"这边"的牵挂。就在这十几秒钟内，凌子风作出了人生的决断。他突然把田红英搂住，紧紧地搂住，和着泪水在她脸上吻着，沙哑地说：

"红英，红英，永别了，不要记恨我！"

田红英极度震惊，她想丈夫一定是受不了这个打击，精神失常了，他也要去自杀了。她用力从丈夫的搂抱中挣出来，连声说："子风，子风，你怎么了？"就在这时，她眼前突然空了，凌子风在刹那间消失，只留下一团被扰动的空气。

# 第七章 经历 A 之四

**本经历起始点**：1995 年 8 月 18 日。

凌子风出现在我的面前。是 47 岁的凌子风，皮肤保养得很好，略有些发福，身上穿着得体的名牌西服。但从表情看，他已经不是那位自信大度的天乐公司总经理了。他神情惨然，目光黯淡，身上浸透了浓重的不祥之气。我拉他在路边台阶上坐下，我很怜悯他，却无法安慰他。世上事本来就难以十全。纵然有时间机器，可以自由地回到过去对历史进行修补，你也无法得到一个尽善尽美的珍品。你的百般努力只会留下生硬的斧凿之痕。

凌子风悲苦地说："若平还是死了，自杀，在我与田红英结婚时。我特意又返回到那天，还是没能救活她。"

我叹息着："我知道。"

"我已经成丧门星了，我走到哪儿，就把不幸带到哪儿。"

我劝他不要过于自责。天意如此，无法强求。凌子风打断我的安慰，急急地说：

"我已经决定了，我想再回到过去，救活若平，然后就跟她结婚。至于田红英这边，她与我相识是在这个时段之后，如果我和若平结婚，就不会和她相识，那么她就不存在这段经历，也就不会被我伤害了。我说的对不对？"

他企盼地看着我，就像死刑犯在聆听减刑判决。我迟疑地说："从理论上说，你说得不错。你完全可以选择和若平结婚，不再同田红英相遇。不过，我已经告诉过你，没有哪个生活是完美的，即使你再度选择也是如此。所以，你不能对新生活抱什么奢望。"

他急急地说："我知道，我知道。也许我的新生活会很清贫，没有了公司，没有了事业，一辈子受穷，等等。这些我都不在乎。只要能和若平生活在一起，只要她幸福——还有，田红英不会被伤害，我就心安了。"

我摇摇头。有些事你无法让那些未亲历的人相信，就像你不能让一个四岁的孩子体会失恋的痛苦，不能让一个八岁的孩子体悟宿命的悲怆。即使凌子风已经经历了三个人生也不行，三个人生还是太少了，不能让他修炼到那个份上。我说："我不劝你，你就按自己的意愿行事吧。祝你在新的人生中幸福。"

凌子风在我的面前消失。我在异相世界里关注着他，就如上帝俯察尘世之苍生。我看着凌子风在时空中急急地奔波，他返回到 25 岁，那时他刚刚救活了溺水的若平。他抱着若平大哭，送若平回家。若平面孔红红地邀他留下，这次他没有拒绝。

这已经是第三次重复了，就像话剧演员在同一个舞台上重复演出同一个剧情。我总觉得当话剧演员比当电影演员更难，在多次重复中，当你对以后的情节烂熟于心时，你如何才能保持初次演出时的激情？更不公平的是，你的搭档永远是个新手。你身上背着几个人生的负担，而她却永远是第一次。

# 第八章 经历 D

本经历起始点：1973 年 8 月 16 日。

若平手扶着门框，面孔红红地说："要不你今晚留下？咱们到我的小东屋，爹妈不会知道的。就是知道了也不怕，我明天就和你结婚。反正我已经认准你了，不用再考验了。"

凌子风点点头。他们轻轻关上大门，悄悄走过那段甬道，溜进若平的小屋，没有耽误一分钟，立即脱光衣服，相拥着上了床，然后是疾风骤雨般的做爱。情热中，若平梦呓般地重复着：

"你要了我吧，不等结婚那天了，反正我已经认准你了。"

凌子风也喃喃地说："对，我也认准你了，认准这个生活了。"

他在虔诚的宗教情绪中接受了若平的处女宝。他的占有并不是男人的放纵，正相反，它意味着奉献，意味着职责。从此他就没有退路了，他要狠心舍弃另一个生活，舍弃红英母子，与若平紧紧拴在一起。

这种舍弃当然不会轻松。所以，在初夜的快乐中，他的情绪中始终有一股悲怆的潜流。连若平也感觉到了，不过她想这还是因为那场意外。想想吧，刚才自己溺水时，凌子风哭得多痛！男儿有泪不轻弹，这显示了自己在子风心目中的分量。她心中满是甜蜜，略带苦梢儿的甜蜜。她钻进子风怀里，说：

"这会儿怕是有 12 点了吧，干脆你今晚别走了，明天豁上让爹妈看见。我不怕。真的，我舍不得你走。"

凌子风把她搂紧。姑娘浑身洋溢着欢乐，她已经在幸福感中醉透了。凌子风则走不出怆然。他想起若平在另一个人生中的生活：未婚夫突然离去，工作单位破产，清贫，憔悴，在恋人与另一个女人结婚时自杀……怀中的若平不知道这些，所以她才能幸福地沉醉。凌子风真想自己也能这样无知无晓。

那晚他没有走。第二天早上俩人出去见若平爹妈时，免不了有些尴尬，有些害羞。爹妈乍一见到凌子风从女儿屋里出来，眉毛一扬，有点吃惊，肯定也有点不快，但他们识趣地一声不吭。若平对爹妈大声宣布：她和子风已经商定，就在这几天结婚。这话含着点辩解，含着点挑战，意思是：既然已经决定马上结婚，昨晚住一块儿也不算太过分。俩老人笑了笑，也就认可了。这个女婿人不错，心地好，对女儿一片真心。就是穷一些，一个矿工，旧社会说的臭苦力，成分又"高"，女儿跟上他，这辈子不会有福享。若平爸这辈子为自己的历史问题吃尽了苦头，不想让女儿再跳到火坑里，所以他一直反对这门婚事。但女儿已经认准他了，昨晚干脆把身子都给他了，你还能有什么办法？当爹妈的没法子同儿女较劲。

10天后他们举行了简单的婚礼。凌家的厨房稍稍收拾一下，墙上刷了白灰，窗户上糊了新纸，这就是新房了。子风爹妈给了200元，这在那时已经算是巨款了，说你们上街置办点东西吧。夫妻俩高高兴兴地上街转了一圈，只花30元买了一些必需品。若平舍不得花，她说把这钱留下吧，给将来的孩子买营养品。

算起来就是那天晚上播的种子，九个半月后，临产的若平住进市医院。好在这段时间子风一直在家。最近他的工作有一个大变化：矿山上需要一个木模工，虽然这个工种有技术，也比矿工轻松和安全，但学徒期太长，三年才能转正，在这三年里只能拿20多元的学徒工工资，所以没人想干。凌子风却很积极地报名了，他知道当木模工要到南都市学习两年，这两年他能同若平始终待在一起，能伺候她分娩，这样的好事怎能放过呢。很快他就回南都市柴油机厂学习来了，柴油机厂离家不是太远，可以在家住，早饭和晚饭也能在家吃。

这天下班后他先赶到医院，子风妈对儿子说："你来了，我赶紧回家做饭。你爹是个废物，指靠不得，做完饭我送来。"凌子风说："你不用送，一会儿我回家取，我骑自行车比你快。"

凌子风与同屋的产妇和产妇家属们打了招呼，若平挪挪身子，腾出半个

床让子风坐下。子风见她头发湿漉漉的,问她怎么了。若平虚弱地说:

"刚刚来了一阵阵痛,疼得差点要了命,妈搀着我走了一会儿,总算忍过去了。早知道生孩子这样遭罪……子风,我只生这一个,以后再不要了。"

邻床一个农村产妇笑她:"你这会儿说的话可不能为凭,女人都是天胆,这一回死不了,下回接着还要生。生得多就顺了,你看我,这是第四个,跟屙泡屎一样容易。"

屋里的人都笑,但若平发现丈夫眉眼间藏着抑郁,她小声问:"你咋啦?我看得出你不高兴。"

子风说没事,真的没什么大事。他刚到自由市场为产妇买了一篓鸡蛋,把竹篓放到自行车车架上,向老乡付钱。钱付过,一不小心把鸡蛋篓碰倒,一篓鸡蛋全部打碎,变成一地黄汤。手边的钱已经不够,他只好另买了半篓。他说:"我咋这样笨,连头猪都不如,哪个人会笨到把鸡蛋篓放自行车车架上?"

若平知道他是心疼钱。她和丈夫工资都低,每月20多元,又都是刚参加工作,手边没有一点儿积蓄。这一篓鸡蛋就是将近一个月的工资了,能不心疼?她劝丈夫:"别小肚鸡肠啦,鸡蛋打了就是打了,少吃几个就行。我的身体好,喝凉水都能上膘。"

凌子风仍然郁郁不乐,他难过的正是这个:两人的积蓄太少,糟蹋一篓鸡蛋,若平就得少吃一篓。妻子要生产,当丈夫的连鸡蛋都不能买足,实在太窝囊。所以,妻子越是安慰他,他心里越是难受。

夜里,同屋的人都睡了,凌子风也像别的男人一样,侧着身子蜷在病床的另一头。很久他都没睡着,听着同屋人粗粗细细的鼾声。自从铁下心来"认定"这个生活之后,另几个人生经历在他脑海里已经模糊了,虚化了,不过有时还免不了勾起一点回忆。他想起天乐公司,想起几千万现金在手里流进流出,想起商行李行长点的"简单"饭菜——每小碗188元的鱼翅粥……他倒不是留恋那种富裕生活,但既然娶何若平为妻,他就应该让她过上富足的日子啊。

床那头的妻子又开始呻吟,阵痛又来了,这次来得比往常更凶。若平忍着剧痛,断断续续地说:"你去喊医生吧,估计这次是该生了。"凌子风去喊了值班的刘医生,她是一位中年妇女,胖胖的低个子,医术不错,工作也很负责,就是态度太坏,这儿的产妇没有一个没挨过她的斥骂:

"急啥!产门没开就别喊我!"

或者是:"进了产房就别喊疼,怕疼你就别让男人日!"

凌子风去请她来检查,也被斥骂一通。他不像那些农村妇女一样驯服,同刘医生吵将起来。屋里的若平听到他们的争吵,无奈中大声喊:"刘阿姨,我是平平啊,你不认得我了?"

原来这位刘医生同若平的父母很熟,这下弄得她很不好意思,走过来解嘲地说:"是小平啊,你咋不早说,十五六年没见你了。你过来吧,我为你检查一下产门。"

检查后她再没说什么,让凌子风赶快把妻子搀到产床上,自己去准备接生的器械。一会儿,她和护士进产房,门关上了,凌子风在门外焦灼地踱步,听屋里传来妻子断续的呻吟声。若平的分娩相当艰难,有时呻吟声会转成撕裂的尖叫。两个小时过去了,门外的凌子风已经焦急得快要爆炸,忽然屋里传来一声儿啼。少顷,刘医生把脑袋伸出来说:

"放心吧,已经生了,一个八斤重的大闺女。"

凌子风这才放下心。身上一松劲,觉得身心俱困,在旁边的长椅上坐下来。他当然很欣喜,但欣喜中也有淡淡的惆怅。现在,在这个人生中,他的头生儿是女儿,而不是儿子。是男是女他并不在意,但……他不能不想起儿子田田,想起在那个人生中,妈曾揶揄已经糊涂的老爹:"要是子风娶了若平,哪里还有田田?"那时只是一句玩笑,没想到谶语成真,真的不会有田田了。

护士把婴儿抱到婴儿室,送若平回病房。医院设有专门让陪护的家属自己做饭的简易灶,凌子风把罐里的鸡汤热热,一匙一匙地喂若平吃。若平正吃着忽然愣神了,说:

"是咱们的女儿在哭!没错,是她!"

婴儿室离这里老远,凌子风定神去听,才能听到隐隐约约的儿啼声,但无法判断是不是女儿的。但若平咬定是女儿在哭，催丈夫去看看。他去看了，妻子果然说得不错，小床上有一个女婴在哭，皱皱巴巴的小脸蛋，闭着眼，哭得理直气壮。床头上挂着"何若平女"的牌子，这些婴儿都还没有命名，所以床头都是挂着当妈的名字。看来还是当妈的和女儿血肉连心啊，凌子风心中一团软软的东西在融化，融化后重新结晶、重新定型。他要忘掉田田，虽然这非常困难，然后把这个丑丑的小女孩种到心里。

他要与两个她度过一生，何若平、凌点点——这是他为女儿起的名字。

女儿一天天长大，成了爹妈的打心锤。凌子风每天一下班就急急骑车回家，把点点抱在怀中。若平过了56天产假，也上班去了，每天可以回来两趟喂孩子。造纸厂离凌家不算近，每天四趟跑下来，再加上工作，加上晚上喂奶，若平累得够呛。她的眼圈发黑，神色也显憔悴，总是叹息着说：

"我啥也不盼，就盼着啥时候能好好睡一觉，这就是我最大的心愿了。"

年轻夫妻在一块儿，自然免不了性事。夫妻的性事对凌子风来说是一颗鲜艳润泽、逗人馋涎的仙果——想想他们的第一夜吧，那天的偷情是何等痛快淋漓！以后，在矿山的集体宿舍简陋的单人木床上，在矿工们淫荡的闲聊中，凌子风成夜成夜地想着若平，想她的"人"，也想她的肉体，那种极度的饥渴真能让一个年轻男人发疯。现在，他和若平可以每天待在一起了，可是夫妻性事反倒没有了往日的热火。主要是因为若平，她太累了，看着她困乏的样子，凌子风觉得再纠缠她简直是无耻。当然，这样的自我抑制并不是总能有效的。若平不忍让丈夫在情欲中苦熬，隔一段时间也会接受他的求欢，不过总是显得被动应付。

他们一直住在那间厨房改建的新房内，房子很小，放下一张床、一只小床头柜和一只小铁炉后，就只有放两双鞋的空处了。小屋的门和窗户开在北墙，南墙上没有窗户，对面是别人的院子，照规矩是不能开窗的，所以屋里总是阴冷潮湿。冬天来了，屋里冷得刺骨，水杯里的水都能结冰、冻实。每次到煤厂买蜂窝煤，都要穿着棉大衣排一整夜队，甚至还得和加塞的人干上一架，所以，尽管蜂窝煤很难买，凌子风还是把屋里的铁炉子生着了，用一根白铁皮烟筒把烟气通到窗外。

这天是星期六晚上，半岁的点点玩得特别疯，她仰躺在床上，穿得像圆圆的"棉堆堆"，胳膊腿不停地弹动着，只要爸妈一逗，她就咯咯笑，笑声比自来水来得还便当。北屋的爷奶也被笑声引过来，四个大人挤在一张床上逗她。而点点就一直大笑，像一个永不停转的留声机。点点爷笑着说：

"别看咱家没钱买电视机，点点就是咱们的活彩电！"

后来点点实在乏了，眼睛乜斜乜斜，脑袋一歪就睡熟了。若平和凌子风也准备入睡。本来若平和孩子睡一头，子风睡另一头，但今天子风也讪讪地挤到这头，不停地抚摸妻子的身体。若平当然知道他的意思，悄声说：

"走，咱们到床那头。"

与往常若平的应付相比，今晚的做爱还算酣畅。在冰凉的屋里做这件事不容易的，因为在情热中两人还得不时紧紧被子，不敢把光身子暴露在外面。事毕凌子风舍不得让妻子走，紧紧搂着她。若平说："还是让我过去吧，万一点点把被子蹬开，冻感冒就麻烦了。"她亲亲丈夫，出了被窝爬到那边，唏唏溜溜地钻到被窝里。

凌子风今晚过瘾了，身心俱泰，很快进入梦乡。梦乡非常甜蜜，一切美好的记忆都如走马灯般不时转过来。点点的疯笑，若平迷人的身体，农村堰塘边的幽会……他甚至在梦中清醒地问自己，为什么这些记忆中没有出现他的前生。也许他确实把几个前生都抛开了，打算在"这一个"人生里心无旁骛地走下去了。这使他觉得非常轻松。

那时他并不知道，这些回忆几乎定格在他脑海里，成为一个濒死者最后的思维。

深夜里点点醒了，在哭。若平立即醒来，迷迷糊糊地把乳头塞到孩子嘴里。点点把奶头顶出来，仍直着嗓子哭。凌子风也醒了，问：

"点点哭啥？咋不吃奶？"

若平无力地说："是不是渴了？你起来给倒点开水，我今天有点儿头晕。"

凌子风出被窝前先攒攒劲儿，在这冷如冰窖的屋里，要想钻出被窝，真得积聚点勇气才成。他起来了，披上衣服，就在起身的一瞬间，立时觉得天旋地转，恶心欲呕。好在他的头脑非常清醒，立刻意识到是怎么回事，哑声说：

"煤气！煤气中毒！"

然后挣扎着下床。头晕得厉害，他已经不能站立，就溜下床，爬着过去打开屋门。屋门离床边只有一步之遥，爬过去只需短短的半分钟，但这个过程在他的意识中却十分漫长，他焦灼地想，也许已经来不及了，也许来不及了，来不及了。他想起若平在另一个人生中的溺水，想起自己曾眼睁睁地看着她"再一次"死亡，宿命的感觉如漫天黑雾，慢慢沉下来，要淹没他的意识……他终于摸索着打开了屋门，冷空气扑面而来，满天星斗如冰晶一样寒冷。他大口大口吸着新鲜空气，慢慢能站起来了，又把窗户也打开。

冷气很快灌满了小屋，虽然冷，但其中富含宝贵的氧气。若平大口吸着冷空气，慢慢恢复，能够坐起来了。两人很快把注意力转到点点身上。点点怎样了？半岁的孩子，生命力很脆弱，她千万别出事啊，孩子千万别出事啊。点点没事，也许婴儿对煤气不敏感，她看来一点事没有，这会儿不哭了，噙着奶头吧唧，眼睛斜盯着爸妈笑。他们真想问问女儿头晕吗？但女儿还不会说话。不过看着女儿的甜笑，他们慢慢放心了。

凌子风检查了烟囱，原来里面堵满了硫化物的碎屑。他彻底地清理了烟囱，浑身已经凉透了，赶紧钻到妻子被窝里。若平用身体暖着他，两人握着手，不说话，惊定之后是深深的后怕。真险哪，多亏点点哭，才救了三人的性命。点点是老天爷派来救他们的。

若平说："以后可得小心啊。"

凌子风说："以后可得小心了，可得小心了。"

心中的后怕很久才退潮。人生有太多的变数，他已经有过三个半人生经历，算得上识途老马了，但也没料到会遇上这种危险。如果点点没把他们哭醒，如果三人真的携手归西，两家的父母该是怎样痛不欲生？尤其是点点，来到人世才不到半年，那样的结局对她未免太残酷。若平能摸到丈夫心中的沉重，劝慰道：

"已经过去的事就不要再想它，以后小心就行了。大难不死必有后福。睡吧，咱们睡吧。"

不过两人都睡不着，很久之后，若平还能听到床那头在翻身，夹着轻轻的叹息。

我在异相世界里听到了凌子风的浩叹。我想，世上也许只有我才能完全理解其中所蕴含的沉重。不过，实际上这是凌的最后一次三生之叹了。异相世界的记忆不能融入现在的背景，就像奶油不能溶入水中，它被新生活一点一点挤出去。现在，他真的变成"这个"凌子风了，变成何若平的丈夫，凌点点的父亲。

他一步一步地走着自己的人生之途，而我站在时间之河的岸上，在一瞥中便能览尽他的十年。1975年他在柴油机厂学习期满，因为成绩优异，柴油机厂把他留下了。这样，他便不用再去矿山的山路上来回奔波，可以过一种相对安定的生活。1977年，高考制度恢复，学生的录取只凭考试成绩，不再论出身。凌子风对这个变化十分感慨，但没打算报考，他说：

"11年没有摸课本，学过的东西全都就饭吃了。再说，我已经快30岁了，30岁去上大学，和十六七岁的娃儿们坐到一个教室，太搞笑了吧。"

若平知道他内心里实际还是想去的，便笑嘻嘻地劝他："报考吧，去试试嘛，考不上也不丢人。你上学时功课拔尖，只是被'文革'耽误了，没上大学。现在政策这样好，凭真本事考试，又不论出身，你再不考，以后能不后悔？去吧，如果能考上，你尽管安心上学去，家里这一摊子我全包了。"

凌子风终于下决心去报了名，然后请了两个星期的假，想尽办法找齐课本，开始复习功课。刚拿起数理化课本时，确实两眼一抹黑，各种公式在他眼中显得非常陌生；但毕竟上学时学得扎实，只用从头到尾看一遍，记忆中的知识就悄悄归队了。一个月后，他以全市第一名的成绩考到西安交通大学。

凌子风读大学的四年里，何若平把丈夫的38元工资全部汇去，用自己的35元工资支撑着娘儿俩的生活，包括时不时买一只烧鸡为公婆或爹妈打打牙祭。生活紧得不得了，但同时也充满希望。空间上的距离更加深了两人之间的思念——应该是三个人，点点一天天长大，也知道想父亲了。每到假期，

蚁生

凌子风就迫不及待地往家跑。火车上常常非常拥挤，别说座位了，有时甚至连塞两只脚的位置都没有，只能一只脚立着支撑十几个小时。这十几个小时非常难熬的，后来凌子风学会了如何打发它——神游物外，意识提前飞回家中与妻女团聚。

四年后，凌子风以优异的成绩毕业。他没有考研，没有打算分到外地，因为他的根已经在家乡扎得太深，不能挪移了。应他的要求，学校特意申请了一个他家乡的分配指标，他回到家乡，在通风机械厂当上一名实习技术员，每月64元工资。那时，若平所在的造纸厂已经半死不活，工资很低，所以，小家庭仍然过得相当困窘，不过比起他上学前已经好多了，而且在逐步改善。夫妻两个很知足。

在柴米油盐的平淡生活中，他已经把几个前生全都遗忘，忘得干干净净。直到1981年8月，就是他分配到通风机械厂两个月后，一次偶遇把他沉睡中的记忆唤醒。

那天，家里自来水管的一个弯头裂了，往外滋水。他急着上班，先用塑料布把滋水处缠紧，说："我上班后出去买个弯头，回来再收拾。"便匆匆走了。上午十点，他抽空出来买弯头。工厂附近的一条小巷里有一个小五金店，铺面不大，地上、墙上和顶棚上密密麻麻塞满了五金件。店主是一个年轻姑娘，二十四五岁，不算特别漂亮，但也蛮齐整，而且很性感，身上该凸的凸该凹的凹，皮肤尤其好，红中透白，可以看到青春的血液在她的皮肤下汹涌。这会儿店里没顾客，她悠闲地靠在门框上嗑瓜子，瓜子扔到嘴里，舌头一搅，就把瓜子嗑开了，然后把瓜子皮吐到一米外的一个塑料桶中，一下一下，吐得很准确。

直到此刻之前，凌子风一直没有意识到，他的今天实际是前生某一天的重复。但看到这个熟悉的姿势时，一道闪电咔喳劈破了迷蒙：这是田红英啊，是和他在另一个人生中做了12年夫妻的田红英啊。刹那间，大脑中一个黑箱被劈开了，禁锢多年的万千记忆如满天烟火，汹涌而来。他想起田红英钻到柜台下为他找弯头，出来时鼻尖上沾满灰尘；她坐在自己的自行车后座上，去一个简陋的饭店，要和他商量"一件大事"；她在朱黑那儿历险后，赤着身子把自己搂到怀里；她为自己生下一个天才儿子田田；她派人盯秘书小玉的梢；还有，她那带着三分霸气的爱情……

凌子风下意识地止步。不敢再往前走，再往前走就要和另一个人生碰撞、接通，而这正是他潜意识中一直躲避的事情。并不是那个人生不幸福，不值得回味，不，那里有很多令人梦魂萦绕的生活断面，有很多永不锈蚀的记忆。但那些东西永远不再属于他了。

他呆呆地立在那里，心中梗着一团坚韧的东西，鼻子发酸。他应该立即抽身离开的，又舍不得，大脑指挥不了两腿。这时那姑娘看见他了，招呼一声：

"想要啥？"

凌子风不想在这儿流连，不想与姑娘搭讪，但大脑还是指挥不了嘴巴。他脱口说："想要一个6分弯头。"他觉得这声音好像不是自己的。

姑娘摇摇头："没啦，这两天6分弯头和接箍脱销。"她补充道："你不用再到别家问，全市脱销。都被买走做防盗门了。"

防盗门！天乐公司！情感之潮再次涌起，凌子风极力平静了自己，说："谢谢。"扭身便走。不能再耽搁了，他要赶紧逃离这个地方。那姑娘在身后喊住他：

"喂，你等等。你是不是急用？记得有一个弯头掉到箱篓缝里了，我来找找，不过不知道是不是6分的。"

凌子风回头贪婪地盯着她。他真想把她搂到怀里，痛痛快快地哭一场，然后回到京青宾馆203房间赤身相拥……当然这是不可能的。他在最后一瞥中把田红英的样子牢牢记在心里，然后说：

"谢谢，不用了。我到工厂的五金库里找一个得了。"

他急急地走了，生怕发哽的嗓音暴露自己的心情。田红英一点儿也不理解这个男人的心理，看着他的背影，颇有点恼火。她才不稀罕这几毛钱的生意哩，只是因为这个男人比较顺眼，所以她才主动提出为他找弯头，没想到他这么不识抬举。看他走得那个慌张样，莫非他认为自己看上他了？

生了一阵气之后，她才意识到，也许自己确实对他有好感，否则不会为一个素不相识的人生气。还有，那人临走时看她的目光也让人不安，目光里似乎含着浓重的悲凉，或者是其他什么东西，反正很奇怪，叫她心里一扯一扯的牵挂……又一个顾客来了，她的思绪也自此斩断，以后再也没有重新接上。

来人也是一个比较顺眼的男人，笑着说："妹子还记得我不？我十几天前在你这儿买过一大堆弯头、接箍。"

田红英点点头："记得。你说你姓陈，是哪个厂的技术员，对不？你买这些东西是给家里做防盗门。"

"是啊是啊，不过我回去数数，你似乎少给了一个弯头。别看只缺一个，防盗门组对不起来啦。你这儿还有没有6分弯头？"

"没了，脱销几天了。"田红英犹豫片刻，"不过我记得有一个弯头掉到箱篓缝里了，好像就是你来买货时掉的，我替你找找。"

"多谢多谢。妹子你是个热心人。"

田红英弯下腰，吃力地搬动柜台下的箱篓，那人说："闪开闪开，这样的下力活不是女人干的，让我来吧。"他推开田红英，利索地把箱篓移完，钻到柜台下，少顷他高高地伸出一只手，"哈，真有一件，正巧是6分的！"

他从柜台下钻出来，满脸灰尘。然后把箱篓一件件归位，打趣道："几毛钱的生意，费这么大的麻烦，这回你是赔定了。"又说："其实我自己做防盗门，也是费力不讨好，不如干脆买一个防盗门得了，外地已经有生产防盗门的专业厂家，做的门很漂亮，有猫眼、电铃，专门的防盗锁。价钱是贵，贵就贵点吧……"

三天后，田红英坐在陈习安的自行车后车架上，来到一个简陋的饭店，在那儿要了四样家常菜和一瓶白酒，饭桌上两人商量了合办公司的大事。

半年后，富强防盗门有限责任公司成立，资金大部分是由田红英筹措的，所以她任董事长，陈习安任经理。一年多后，1983年的9月18日，陈习安和田红英结婚。

凌子风一直趴在通风机械厂没有动窝。他很快成了工厂的技术骨干，设计的大吨位多轴运载车成了工厂的当家产品。这个功劳没有让他发财，但让他解决了一件大事：把若平调到厂里了。若平调动后的第二年，造纸厂彻底停产，工人们连遣散费都没拿到一文，在市政府闹了一阵，没结果，只好作鸟兽散，各自刨食吃去了。比比他们，若平还是很幸运的。现在，夫妻两个的工资加起来有二三百元，拿这点钱去吃香喝辣当然不够，但用来维持一家的简单生活还是可以的，扣得紧的话，还能从牙缝里扣下来几个积蓄，而何若平是公认的持家好手，下乡和造纸厂的生涯，让她学会了把一分钱掰成四瓣来花。

所以，凌子风就安分守己地在国营厂子里上班。年轻同事们一个接一个跳槽，而且几乎都成功了。凌子风不是没动心思，但最终没付诸行动。这里面何若平的意见起了决定性作用，凌子风和她商量跳槽时，她总是轻声说：

"已经比那些年强多啦！想想咱在乡下吃的窝窝头，想想咱才结婚时住的鸽子笼……知足常乐嘛。"

这么轻轻的一句，足以把凌子风的勇气打消了。

有时凌子风不免想起田红英，想起她撇着嘴说的话："老天爷饿不死瞎家雀，你们这些念书人哪，吃屎都赶不上热乎的……"他叹口气，把想下海的念头收起来。

他也抛开了因那次邂逅引起的对田红英的思念。的确，单是一个人生就够他辛苦的了：厂里的工作，每天接送女儿上学，伺候已经得老年痴呆症的老爹……没有一分钟是清闲的，哪有时间去想前生的事？在上一个经历中，他在河边最后一次吻了田红英，说："红英，红英，永别了，不要记恨我！"那时他就把后路斩断了。现在，他心中只能有若平和点点，而不能有红英和田田。

但我知道他做不到。他实际上一直在悄悄关注着田红英，正如我在异相世界里关注着他。

陈习安和田红英结婚前一天,凌子风回到爹妈家,探望刚刚出院的老爹。进了院门先看见洗衣池旁的妻子,病恹恹的,脸色发暗。这些天,若平一直请着假,在医院里照料公公。凌子风说:

"你怎么啦?看你脸色不好。"

若平使劲搓着衣服,骂了一句:"气的!心脏有点早搏,不碍事。"

她说:"妈的这个世道,到处认钱不认人。病人住院时,救护车随叫随到,孝顺得像个孙子,那是为了把病人圈到这个医院里赚钱;等出院时就没人管啦。别的病人好说,他们出院时基本都能行走,不至于作难;但咱爹出院时也不能走路的。我好容易求护士长把司机说通,送咱爸回家,结果刚进家属院门口,司机死活不往前走了,说院内树枝太低,碰坏了救护车上的顶灯没人赔。那天还下着雨,没办法,我只好央求看门的王大爷,帮着把咱爸抬进来。我们淋着雨在下边忙,司机坐在驾驶室里洋洋不睬。这事我越想越气,气得心口疼,我想到卫生局告他去。"

凌子风说:"算啦,天下乌鸦一般黑,现在的社会,到处认钱不认人,告也没用。来,你不舒服,让我洗吧。"

若平指指屋内:"可不敢,让你爸看见会生气的。"

凌子风知道她说得不错,老爹是个老思想,认为男人该挣钱养家,但不能洗衣服做饭。他没再同妻子争,看看神情疲惫的妻子,心疼地说:

"你辛苦了。这些年你辛苦了。"又问,"和我结婚后悔不?"

若平粲然一笑:"后悔也来不及了,已经上贼船了。"

"不是上贼船,是上贼床。"他心中一荡,低声说,"今晚上床不?好久没干了。"

"去去,你还没去看老爹哩,只会说疯话。"

老爹在南屋,呆坐在竹圈椅中,他的老年痴呆症已经很重,不但不能走路,身体状况也急剧恶化,住院成了家常便饭。这会儿妈正在为他捶背、捶腿,见他进来,妈说:

"回来啦?这次住院可把若平折腾苦了。唉,你爹咋得这样的磨人病?几年前你说他要得老年痴呆症，我还不信。"

凌子风叹口气。老年痴呆症不像中风，既不能预防也不能治疗，所以尽管他已经预知了爹的病，也只能眼睁睁地看着父亲受病魔蹂躏。他曾为此非常自责，但现在已经麻木了。他逗爹说了一会话，对妈说：

"妈，今晚你得辛苦辛苦，一个人照顾我爸。我和若平去参加一个婚礼。这个应酬非常重要，无法推掉。"

妈说："你们尽管去，你爹是老病了，我能照料。"

饭后，他骑自行车带着若平和八岁的点点去参加婚礼。点点听说是去看"花娘娘"，非常兴奋，在自行车前梁上喊喊喳喳地说个不停。身后的若平疑惑地问：

"陈习安和田红英？没听你说过这俩人啊。他们是哪儿的？"

凌子风说："你别问了，他俩都不是咱们的熟人，但我欠他们一个很大的人情。今天去还了情，以后不会再有来往。"

若平心中免不了疑惑：到底是欠了什么人情？素不相识，为什么会欠他们的人情？不过，丈夫不想说，她也不再追问。她只是说：

"咋送礼？"

"我已经买好了，喏，你看。"

他单手扶车把，右手掏出一个红绒盒给身后的妻子。若平小心地打开，里面是一串漂亮的白色珍珠项链，高贵，雅致，圆润。若平心疼地说：

"花了不少钱吧。"

凌子风轻松地说："人工养殖的，便宜，没花几个钱。"

这串项链388元，对于他的收入来说，是一个很天文的数字。他费了很大工夫才悄悄凑够了这笔款子。瞒着若平买这么贵重的礼物，又是送给一个关系暧昧的女人，前生的妻子，这个关系够暧昧了。他在若平面前很有点理亏——结婚到现在，他还没给妻子送过这么贵重的礼物呢。但这是田红英最喜欢的款式，是她在前生的婚礼上带的。送她这串项链，算是完了自己的心愿，所以再贵他也要咬着牙买。

这几年他悄悄打听过，陈习安那人不错，是个靠得住的男人，性格也好，开朗大气，公司又办得很红火，田红英跟上他，这辈子不会受罪的。而且——关键是"这个"田红英确实不知道前生的事，她没有相关的记忆也就不会有相应的痛苦。凌子风可以安心了。

当然，安心的同时免不了有点嫉妒——这一切本来应该是属于他的啊，这个青春汹涌的女人，这个红火的公司。想到这里他笑了，人生不能十全十美，不能鱼与熊掌兼得。你已经有了若平，就不要再打田红英的主意啦。

点点在他怀中乱扭，要看那串"送给新娘娘的项链"。若平说："那可不敢，你把它弄脏就没法子送人了。"后来实在拗不过她，若平让丈夫停下车，拿着那串项链让点点看了一会儿，再让她轻轻地摸摸，点点这才罢休。

婚礼在京青宾馆举行，饭店大厅门口摆着一张桌子，一个姑娘在那里登记送礼人。满面喜色的新人在门口迎接来客，这会儿田红英没有穿婚纱，一袭红色的旗袍紧绷着丰腴的身体，头上插着鲜花，光彩夺目。凌子风没把礼物交给登记人，直接来到新人面前。这对新人笑容满面地跟他打招呼，但目光中显得很茫然——两人都没认出来客是谁。陈习安自然不认得，田红英也早忘了同凌子风的一面之交。看着田红英的陌生，凌子风不免有些怆然，心底泛出一丝苦味。他微笑着说：

"恭喜你们。一点小礼物，不成敬意。点点，把礼物送给叔叔和新婶婶。"

小点点高高举起首饰盒，口齿清楚地说："祝新郎新娘白头到老！"

这是妈妈教的话，来宾们都高兴地鼓掌，一对新人迷惑地看看对方——他们都以为来客是对方的朋友——接过礼物。凌子风对新娘轻声说：

"请打开它，不知道你是否喜欢这个式样。"

新娘不好意思地打开盒子，立时一声低呼。盒内是一条漂亮的珍珠项链，展开看，正是她最喜欢的样式。她酡颜晕红，衷心地说："谢谢，这个礼物太贵重了！"

凌子风挥挥手："不必客气，只要你喜欢，我就放心了。"

是的，我可以放心了。看来田红英对他没一点印象，连这串项链也没勾起她的任何回忆！不过这并不奇怪，那是另一个人生的事。在凌子风断然同田红英分手后，那个人生就被拦腰斩断了，干涸了，就像一条消失在沙漠里的内陆河。

新娘更加仔细地打量着来人，不，还是不认得，看来习安也不认得。一对素不相识的夫妻，怎么会送这么贵重的礼物？也许是哪家业务关系？但这个当口她不好问，连客人的姓名也不好意思问，只是低声交代登记人："为他们安排两个上位。"

这场婚礼相当火热，三四十桌客人，漫天花雨，全程录像。新娘灿若明月，眼波流转，穿着洁白的婚纱，美得让人心疼。新人对拜，喝交杯酒，踮着脚尖咬空中悬挂的苹果，年轻人尖叫着起哄。点点乐疯了，满屋都是她格格的笑声。若平一直担心着家中的病人，想一个人提前回家，但她发现丈夫的情绪有点反常，放心不下，没有走。

她没看错，凌子风的情绪的确有些反常，他和全场人一样喜笑颜开，但笑声中总是带着苦梢。因为这个婚礼场面他非常熟识——他曾经是这场婚礼的主角啊。如今，"妻子"结婚了，新郎是另一个男人。虽然这是他一直盼望的结局——盼望田红英完全忘掉他，找到自己的幸福。但事到临头，没有一点儿怅然也是不可能的。

仪式结束了，宾客入座。凌子风被安排到一张桌子的主宾位上，一位自称是"红英他刘叔"的人主陪。刘叔频频向凌子风劝酒，说：

"虽然我不认识你，知道你肯定是习安红英的好朋友。你送的项链红英喜欢极了，说这正是她心底里认定的款式，夸你有眼光。来，今天刘叔陪你，咱们喝个痛快！"

酒力赶走了心中的怅惘，凌子风真的轻松了，一杯一杯地和刘叔对干。若平使劲拉他的衣角，轻声说：

"你不知道自己的斤两？这么猛喝，一会儿就醉了。"

刘叔威胁地喊："不许拉后腿！今天是大喜的日子，谁都不许装孬，喝醉了我把你男人背回去！"

凌子风低声对妻子说："你别劝了，难得我高兴，今天就放开量，陪刘叔喝个痛快。"

若平劝不住他，恼火地别过脸，不再理他。点点笑他："爸爸喝醉了，爸爸是个大醉鬼！"

若平揶揄道："爸爸才没醉哩，喝醉的人管不住自己的舌头。你看你爸，还没开始胡说八道哩。"

刘叔一直把火力集中在凌子风身上。他是受新娘托付，要让这位贵客喝痛快。酒过几巡，凌子风已经把二三十杯酒喝到肚里。按他的酒量肯定要醉了，但可能是因为今天确实兴奋，他还没有显出太深的醉意。这会儿新郎父母来这一桌敬酒，凌子风豪爽地满饮六杯，又代妻子满饮六杯。他们走后，一对新人来了。田红英又换了一身新妆，项链也换了，现在戴着他送的项链，面色酡红，目光如醉。她微笑着向凌子风敬酒，一双皓腕捧着晶莹的酒杯。凌子风痛痛快快地喝完自己那份，又代妻子喝。这24杯下肚，他真的醉了，神经变得非常亢奋。这实在是个两全其美的结局，红英幸福了，我也就心安了，没有牵挂了。今天完了这个心愿后，以后我就会躲开他们，今生今世再不相逢。

若平劝不住丈夫，心里越来越恼火。恼火的另一个原因是——丈夫看新娘的眼光贪了一点。女人都是十分敏感的，这上面她绝不会看错。也许子风同这个年轻姑娘有什么瓜葛？她向来相信丈夫的人品，但——今天的事也忒反常了一点，素不相识就送这么贵重的礼物，这会儿又是这样……她怕新郎多疑，使劲拉住丈夫说："不能喝了，确实不能再喝了。"

没人听她的。新郎端过最后一杯酒，热情地说：

"谢谢你送给红英的礼物，让你们破费了。红英非常喜欢，你看这会儿已经戴上啦。恕我和红英眼拙，我们一直没有认出大哥和大嫂。你们是……"

凌子风朗声大笑："你们不必问，就拿我当你们前生的朋友吧。这是咱们第一次也是最后一次见面，以后再不会有交往。我在这儿祝你们早生贵子，白头偕老。"

这等于是提前切断了今后两家来往的可能，拒绝了新郎的好意，所以这个回答是相当不得体的。周围的人虽然都有几分酒意，也能听出他的话说得不妥，大家沉默着。新郎同样觉得疑惑，不过心想是醉人醉话吧，没有认真考究。他谢过凌子风，带上新娘，转向另一桌去敬酒。凌子风被妻子拉着坐下了，目光却离不开另一桌的新娘。因为他突然心有所动，刚才他无意中提到了什么……一件很重要的事……早生贵子……早生贵子……

新人们敬完了那一桌，折返头，经过凌子风的身边。凌子风忽然抓住新娘的手腕，急急地问：

"红英，田田呢？"

田红英一时呆住了，忘了挣脱："田田？什么田田？"

凌子风痛心疾首："咱俩的儿子嘛，咱俩的天才儿子嘛，你怎么把他都给忘了！"

满座皆惊！新郎和若平都惊愕地瞪着凌子风。田红英的怒火腾地蹿上来，她使劲甩掉凌子风的手，想给他一个嘴巴，想破口大骂……就在这时，她认出这人是谁了，两年前这人曾来她的店里买过水管弯头，而自己确曾对他有意过，虽然那只是一个闪念。奇怪的是，此刻她忽然感到一阵恍惚，似乎这个男人说的事确曾发生过，在冥冥中发生过，冥冥中她为他生过一个叫田田的天才儿子……她捂着嘴，痛哭失声地逃走了。

她的软弱更加重了人们的疑虑。这边已经闹翻了天，刘叔老当益壮，带领十几个小伙子扑上来，要扁死这个"王八操的狗流氓"。点点吓得大哭，钻到妈妈的怀里。若平的反应很快，虽然对丈夫的行径满腔愤怒，但她仍冲上来，尽力护住丈夫的脑袋。在场的人只有新郎相对冷静一些，眼前情况确实可疑，尤其是妻子的表现相当可疑，依她平时的霸气，绝不会饶过这个无赖的，但她却哭着跑了。不过虽然疑虑重重，陈习安仍不相信凌子风的话，这是因为他握有别人都不知道的过硬的证据。半年前他与红英已经偷尝了禁果，那时红英仍是处子之身，这一点无可怀疑。此后两人忙着公司的事，几乎天天在一起，哪有时间去为外人生一个什么天才儿子？所以，眼前这人虽然十分可恨，只可能是说醉话，当不得真。他劝住大家，说：

"他醉鬼一个，满嘴胡呲，咱们不和他一般见识。让他滚蛋就得，别打他，喜日子里别闹出人命。"

周围人不情愿地住手，仍气势汹汹地瞪着他。若平急急地想拉丈夫走，但凌子风却不领情，甩开妻子的手，颇为不耐烦地说："你们都别往岔处想，新郎你别多心，红英也别生气。我没说谎，不过我说的是前生的事，你们都不知道。"他忽然愣住，捶着自己的脑袋，"我真傻透了，既然是前生的事，我干吗要在这儿把它拎出来？我真该死。"

众人的怒火又被吹旺，再度一窝蜂扑上来，要揍死这个臭不要脸的。点点大哭着喊："爸爸，爸爸！你们别打我爸爸！"若平也急哭了，哭着喊："你们别打了，别打了，有话好好说嘛，有话好好说嘛。"陈习安努力劝住众人，冷峭地对凌子风说：

"你他妈的闭上嘴吧，快从这儿滚。"

大厅入口处有哭闹声，是田红英，她从刚才的恍惚中清醒了，这会儿河东狮子般扑过来，破口大骂，要同凌子风拼命。几个妇女竭力拉住她，把她的新妆扯得不像样子。凌子风醉眼朦胧地四顾，看看田红英的泼妇样子，看看又急又气又羞愧的妻子，还有吓得缩成一团的点点，心中揪心的疼。怎么能出现这么个局面？眼前这三人都是他最亲近的人，他宁可伤害自己也不愿伤害她们，可惜总是事与愿违。他有了一个神通广大的魔环，但这具魔环却把他的生活搅得一团糟，还连累了所有的亲人。

但此刻最让他揪心的还是田田。当然，他不和田红英结婚就不会有田田，在他头脑清醒时是承认这一点的，虽然是十分无奈的承认，但也许酒醉时的感觉才是真的。田田是一个天才儿子，是一个善解人意的乖宝宝。在"那个"人生中，田田已经活到11岁，父子的神经系统已经连在一起了，不可分割了，失去田田，凌子风的人格永远不可能完整了。他怎么能如此轻易如此草率地把田田抛弃？他在开始"这个"人生时，怎么能鬼迷心窍地忽略了田田的命运？

田田！田田！他在心里呼唤着。他不能容忍田田就此消失，永远失去出生的机会。他要回去找到黑衣人，商量一个可以接受的办法……他不可能找到什么办法的，连神通广大的黑衣人也没这个能力……不，他还是要回去，可惜这会儿魔环不在身边……

若平尽力把丈夫从如雨的拳头下拉出来，来到大街上。点点吓傻了，在妈妈怀里缩成一团，哭着看眉目青肿的爸爸。若平扬手喊出租，在等出租的时间,她对丈夫一眼也不屑看。他怎么会是这样一个人?怎么会?她笃爱的凌子风现在变得十分陌生。她不时望望后边,生怕盛怒的人群会追出来殴打。还好一直没人出来,看样子是处事稳重的新郎把众人劝住了。终于来了一辆出租,她抱着孩子坐到前排,怒冲冲地对丈夫说:

"快上车,别在这儿丢人现眼了!"

奇怪的是,路边的人行道上没有丈夫,出租车后排座上也没有。若平急了,跳下车寻找,周围根本没有丈夫的身影。这就怪了,他明明就在身边啊,虽然刚才若平没拿正眼看他,但一直能听见他粗重的呼吸声。若平非常焦急,怕丈夫回到大厅里再次挨打,大声喊:

"子风!子风!快点回家,有什么话回家再说!"

没有回应。点点哇地大哭,大声喊:"爸爸!爸爸!"

一直没有回应。深夜的大街上回荡着一个女人和一个女孩的哭喊声。

# 第九章 经历 E

本经历起始点：1983 年 9 月 18 日。

是我把凌子风从婚礼现场拉出来的，带他来到我们常见面的河边。我一直立在时间之河的岸上观察着他，如同观察一个拼命挣扎的溺水者。我熟知他的心路历程，也真切体会到他的痛苦。人世上最大的痛苦不是灾难、死亡、失败、妻离子散等东西，而是无奈和绝望。你事先知道一个不幸的结局，又知道无论怎样努力也不能改变它。这才是真正的痛苦，宿命的痛苦。

我们面对河水站着，黑黝黝的小岛蜷伏在夜色中，只有工地上的守夜灯幽幽地亮着。凌子风面部瘦削，穿着廉价的衣服和凉鞋，嗒然若丧。一个人的风度不仅来自天性，更多来自他的人生经历。这会儿，在这个 35 岁的实习技术员身上看不到一点"凌总"的风度。他呆立着，带着醉意不停地咕哝："我要找田田，我的儿子田田。先生，怎样才能找到我的儿子田田？"

我苦笑道："我想你在返回过去之前，对此该有最起码的了解吧……"

凌子风急急地打断我的话："我知道我知道，我什么都知道。可是，田田是个少见的神童啊，是个非常可爱的孩子，他已经在人世上活了 11 年，怎么能让他悄无声息地消失呢？先生，请你一定想个两全其美的办法。"

"很遗憾，这件事情无法可想，当你决定救下若平并和她结婚后，当你狠心斩断与田红英的姻缘后，田田就根本不存在了。"

凌子风的神情已近于癫狂，喃喃地说："那么是我杀了他？实际上是我杀了我的儿子？"

我耐心地说："怎么能这样说呢？从概率上说，你和成千上万个女人都有结合并生育的机会。但这成千上万个可能的组合中，只有一个或少数几个会成为既定事实。当你的生活发生这么一次'塌缩'后，也就斩断了其他婴儿的出生之路。你能说这无数'可能出生'但'未能出生'的婴儿都是你杀死的？那你的自责也未免太重了，算得上走火入魔了。即使你此刻回头与田红英结婚，也不可能有'那一个'田田了。卵子的受精是一场残酷的竞赛，亿万精子中只能有一个胜利者。但昨天的胜利者不一定今天也能跑到前边，所以，那一个田田的诞生是绝无仅有的事件，不可能被重复。"

"我知道，你说的道理我全都知道。但田田毕竟已经出生并活到11岁了呀！"

我对他的不可理喻只有摇头："很抱歉，我不能帮你什么忙，我劝你不要有太多的欲望，下决心挑选一种生活，心无旁骛地过下去吧。"

他真的绝望了，并把绝望转成对我的恨意："先生，我真佩服你的冷静，我不知道这是成熟，还是冷酷。"

我叹息着说："真的很抱歉，我的魔环给你添了这么多麻烦。不过我是有言在先的。我知道，只有历尽沧桑的人，才能真正理解我的警告——那时其实你就变成我了。"

我尽力安抚他，直到他平静下来。他到河边用凉水洗了脸，洗去了醉意，自己也意识到刚才的醉话是多么荒谬。我陪着他，在河边默默地坐了很久。最后他总算完全清醒了，无奈地说：

"好吧，我还是回到若平身边，从此不会再左顾右盼了。先生，等我回去后，请你把魔环收回吧。坦白地说，它实在是一个不祥之物，有它在身边，我睡觉时背不贴席。我绝不会再用它了。"

我摇摇头："那具魔环你不必还我，如果你真的不需要，尽管砸碎它，不必怜惜。其实，"我对他吐露了一句真心话，"我也但愿从来没有拥有过它。"

我把凌子风送到他离开的那个时空，只是比前一个经历中的时间提前了两个小时。我说："你去吧，冷静一下，忘掉刚才的醉话。然后你仍然去参加婚礼，但不要再喝酒，不要再提田田。你能记住吗？"

凌子风闷着头去了，不愿理我，分手时甚至没有同我告别。我看着他与那个世界中的凌子风合为一体，然后用自行车带着妻子女儿去参加婚礼。他们来到京青宾馆，把项链交给登记人。新娘看到了这个贵重的礼物，十分喜欢，特意和新郎一起赶过来向他致谢。但他在两人走来前就离开了，几乎是逃一般带上妻女离开了。

我叹息着，从那个世界中隐去。

对凌子风来说，这次婚礼风波无疑是一次涅槃，一次浴火重生。他心灵深处某一根锁链嘎嘣一声断了，他清晰地听见了断裂声。是啊，他再不用左顾右盼了，不用再为别人的妻子伤情了。他想起那天在宾馆大厅里田红英的撒泼样子：披头散发，咬牙切齿，破口大骂。他不怪田红英，因为在她记忆中从来没有那段刻骨铭心的生活。既然如此，自己又何必自寻烦恼呢。

只有田田还是他心中不能痊愈的伤口，令他一想起就揪心的疼。但既然是无可挽回的事，时间一长，也就渐渐淡漠了。

他彻底斩断了对另外几个人生的眷恋，把全部心血投到"这一个"家庭，"这一个"人生。点点一天天长大，小学，初中，技校。个子长高了，头发留长了，身形变窈窕了。女儿是他的心尖尖，唯一遗憾的是：她的脑瓜不够灵，学习成绩不好，肯定和大学无缘了。有时候他想：是不是和婴儿期的那次煤气中毒有关？也许它对女儿的智力造成了终生的损伤？这使他对女儿怀着深深的歉疚，但这是无法验证的事。十分偶然地，他会想起那个田田，想起他纵横无敌的才气……打住。不许再想它，永远不再想它。

时间这么一晃，到了90年代，金钱成了新时期的上帝，整个社会都躁动不安，但凌子风还在国营厂里过着刻板的生活。他是工厂的技术权威之一，专业带头人，但这个头衔一直没给他带来任何实惠。时间长了，他的热情也淡了，被透支了，工作也疲沓了。不过他一直没有跳槽。他已经过了不惑之年，老树是不容易移栽的。

只有一次，他几乎要走了。那是在1995年，一个朋友邀他跳槽，说："富强公司的陈老板思贤若渴，知道你能干，他的公司最近要大发展，急需技术人才。去吧去吧，强似在国营厂受穷。"

陈老板开出的工资确实令他心动。终于，朋友促成了两人的见面。凌子风应邀来到陈老板的公司，虽然在同一个城市，凌子风多年没到过这一带。

这个公司看来办得很红火，新修的公司大门很漂亮，透明的岗亭，穿着制服的公司保安，外墙漆成蓝白两色的车间。大门口锃亮的铜牌上写着"富强防盗门制造有限责任公司"。一直到这会儿，凌子风才想起陈老板是谁——这儿是田红英当董事长的公司啊，而陈老板自然就是在那场婚礼上有过一面之交的陈习安了。当然，最后一次时间旅行中他已经抹去了"大闹婚礼"那一段，甚至送礼后没同新人见面就逃离了，所以陈习安甚至田红英都不会对他有什么印象。不要说他们，连自己也差点把这两个名字忘了。凌子风不免叹息，12年来他一直令自己忘记和田红英有关的一切，但他没想到自己真的能忘记。

总经理室相当豪华，很大的房间，一张巨型中国台湾红木办公桌，桌上放着水晶掌中宝，还有一件漂亮的玉貔貅，就是那个只有嘴巴没有肛门的聚财灵兽，如今经商的人都有这个爱好。陈习安迎上来同凌子风握手，让座，唤人倒茶。他穿一身做工精致的西服，言谈中显得很精干，思维清晰，说话富有煽动力，态度也很谦和。当然，表面的谦和掩盖不了骨子里的傲气。他说：

"欢迎凌先生。富强最近要大发展，想借重凌先生。咱们都是国营厂里出来的，也都是搞技术出身，彼此更容易沟通吧。咱们都知道，国营厂实在是糟蹋人才的地方，我相信凌先生不会甘心在那儿消磨一生。搞技术的人都是这样，不怕出力受累，只要自己的热情和才华能开花结果。我说得对不对？"

这几句开篇就把凌子风吸引住了。陈总侃侃而谈，谈公司的中长期发展计划和前景，谈对凌子风的安排和待遇："想请凌先生先屈就公司的工艺副总，现在总工由我本人兼着。我估计半年后凌先生就会熟悉公司产品，那时我就该让贤了。"

半个小时后，凌子风已经被他征服了，大有相见恨晚的感觉。他真想痛下决心，扔掉铁饭碗，投到此人的旗下。但他犹豫着不敢答应，原因很简单——田红英。虽然从理论上说她是同自己完全无干的女人——即使从实际上说也是如此，但千不该万不该，凌子风不该还保存着前生的若干记忆。这么着，他在陈、田二人手下干活会非常尴尬的。

他说："感谢陈总盛情相邀，我已经心动了。当然这么大的事，不是马上能决定的，我回去和妻子商量商量，三天内给你回话。"

陈总说："好！我喜欢你这样干脆的人。我相信你一定会给出肯定的答复，我有这个自信。"

凌子风正要告辞，田红英进来了。这是39岁的田红英，身体微微发胖，显得更加性感，手指上、耳朵上和脖子上戴着沉甸甸的金首饰。凌子风一下愣住了，心脏狂跳不已。这是"他"的田红英啊。他正是在田红英39岁时离开她，返回过去拯救若平的。那时他认为，救活若平后他很快会回到红英身边的，但世事多变，几经波折，从此与田红英天各一方。所以，他对这个年龄的田红英是最熟悉的。同自己记忆中的形象相比，她完全没变，只是多了几件过于炫耀的金器。

凌子风努力控制住自己的表情，但内心波澜起伏，也不可能完全掩饰得住。他下意识地站起来，盯着田红英。他知道自己的目光太贪婪了，但无法收回它。田红英没把屋中的客人放到眼里，这客人她不认识，但这些年她已经锻炼出来了，打眼一看，就能掂出客人的分量。这位态度拘谨、衣着简朴的客人不会是什么大人物，多半是来找工作的技术人员。她随便点点头，算是打过招呼。然后不管客人在场，冷冷地对丈夫说：

"陈总，那个秘书小俞再不能留了，留着是个祸害。请你今天就辞了她。"

陈习安平静地说："我这儿有客人，一会儿我去找你。"

田红英厉声说："没什么可商量的，她必须马上走！"气汹汹地摔门而去。这个场景让凌子风很尴尬，心想自己的在场恐怕不合时宜。未等他向主人告辞，一个漂亮姑娘紧跟着进来，眼眶通红地递过一张纸，那一定是辞呈了。陈总没有接，扫了一眼，平静地说：

"小俞，请你自己决定。你如果真的想走，我尊重你的意见。你如果想留下来，谁也不能把你赶走。聘用秘书属于总经理的权限，连董事长也无权干涉。"

小俞没有说话，摇摇头，把辞呈放桌上，哭着走了。陈总没有再挽留，默默目送着那个窈窕的背影，凌子风从他眼里看见浓浓的怆然。他忽然意识到，这两人之间肯定有私情，尽管他的判断毫无根据，但他却能肯定自己不会猜错。所以，尽管田红英过于盛气凌人，但那是有原因的，并不是无理取闹。当然，反过来说，陈习安的偷情恐怕也是被逼出来的，看看刚才田董事长的厉颜，就知道这位陈总在家里过的什么日子。

作为一个旁观者，凌子风真的为他们惋惜。他们的人生已经够顺遂了，说句不恰当的话，他们已经占用了本来属于别人的幸福。为什么不知道珍惜呢？还有，田红英怎么变成了这样的德行？她在做自己的妻子时，尽管有三分霸道，但总的说她是"以夫为天"，从没有在自己面前这么厉颜过。

就在这一刻，他作出了自己的决定——拒绝陈总的邀请。他宁愿继续留在国营厂里受穷，也不愿来这儿，尴尬地站在陈、田二人的家庭帷幕之外。

陈总相当老练，只有五秒钟的黯然，随即恢复常态，笑着说："我这个女人哪，太霸道了。凌先生你别见笑，谁家都有本难念的经。不说它了，咱们接着聊。"

凌子风没有坐下，说："我该告辞了，你太忙，不耽误你的时间。"陈总把他按回沙发：

"不急不急，我今天最重要的工作就是把一个技术老总挖过来。"

他详细询问了凌的家庭状况，一直聊了一个多小时，在这期间不时有人推门，探进脑袋看看陈总，陈总都挥挥手让他们先等着。凌子风很感激陈老板的礼遇，不过他也悟出陈的举止有"捞回面子"的成分，他要以自己此刻的坦然来化解刚才的尴尬。闲聊中凌子风知道了陈总有一个儿子，叫陈田田，今年11岁。凌子风问：

"是上五年级吧，功课怎么样？现在孩子们的压力够大的。"

没想到陈总对这句闲问竟然非常敏感，追问着："你知道我的儿子？你是否听到过什么闲话？如果听到什么话，不要瞒我。"

凌子风摇摇头："我真的不知道，我只是闲问一声，我说他上五年级是按年龄推算的。"

陈习安长叹一声："我已经是风声鹤唳了。这小子是我最大的心病，不好好上学，结交些不三不四的朋友，老给我捅娄子。我哪敢巴望他上大学，只要不蹲笆篱子我就烧高香了。都是他妈惯的，还有他外公外婆。从小就当小皇帝捧着，花钱根本没节制。我倒是想管，一是没时间，再者我一人的'严'顶不过全家的'宠'啊。这孩子已经没救了。"

凌子风不禁想起在时空中消失的讨人喜爱的凌田田，想起父子二人的心意相通。这会儿，不知怎的，他对这位陈习安有极强烈的亲近和同情，他想也许陈习安就是自己在另一个时空中的化身，是在代自己承受磨难。这些磨难并没有出现在他同田红英的"那一个"人生中，但平心而论，它的出现并不奇怪，是田红英性格合乎逻辑的发展。

凌子风还有一个强烈的预感：陈习安和田红英的婚姻恐怕维持不了多久了。

他在心中长叹一声，起身同陈总告辞。两天后他给陈总打电话，说："非常遗憾，爱人不赞成我扔掉铁饭碗，我自己呢，这些年已经变懒了，僵化了，老树不能移栽了。真对不起陈总，你给了我那么好的一个机会，是我人生中最后一搏的机会，我却不敢接。我这人太没出息了。"

陈总在电话中沉默片刻，说："人各有志，既然你已经决定，我就不强劝了。不过我猜你说的并非真实原因，至少不是全部原因吧。子风，我与你一见如故，虽然你没能成为我的总工，希望我们能成为朋友。"

凌子风真诚地说："谢谢。我想，我们已经是朋友了。"

此后这对朋友并没有多余的来往，最多是在某个酒席上邂逅后，避开旁人单独地聊一会儿心里话。但从这次见面后，凌子风时刻关注着陈习安的一切，就像一个离体的灵魂在冥冥中关注着自身。正如他所预料，陈习安和田红英最终彻底决裂了，而且这次决裂演变成一场官司，浸满了仇恨和阴谋，其激烈程度出乎他的预料。

在为陈、田两人痛心的同时，凌子风竟然有一丝不大光明的庆幸。真幸运啊，他和田红英的婚姻没有走到这一步就中止了，这样，留在他心目中的红英永远是一个美好的形象。如果那场婚姻继续下去，会是什么结局？当然很可能仍然是一片光明，在他为了救若平而狠心离开红英时，红英一直是个很不错的妻子，瑕不掩瑜。不过……若说她绝对不会变成今天这个样子，他也不敢打包票。

其实，连他自己会变成什么样子，他也不敢打包票啊。他想起自己当总经理时对小玉的好感——如果他一直干下去，会不会也和陈习安一样，最终和女秘书越轨？

人生都是如此，既难以逆料，也永远不会完美。即使你有魔环也不行。现在，说心里话，凌子风对那具魔环已经从生理上反感，算来它被扔在箱底已经有十几年了，而且凌子风打算让它永远待在那里。

黑衣人和凌子风一样，一直关注着陈习安和田红英的婚姻。在我看来，陈习安其实是凌子风在另一个人生经历中的化身。陈习安所经历的一切，都是凌子风"有可能"经历的。所以，我对陈习安的关注，实际上仍是对凌子风的关注。

我在异相世界中看着他和妻子去民政局办理了离婚。离婚相当顺利，儿子陈田田判给妻子，陈习安放弃对家里一切不动产的权利，相应地也不用付儿子赡养费。陈习安在富强公司的23%股权，乘上1.15的系数后全部变现，转到陈习安的个人账户上。这一笔巨款足够他重新起步办一个新公司了。在这点上，董事长田红英做得相当慷慨大度，甚至出乎陈习安的预料。

两人从民政局出来，田红英平静地看着他，说："15年夫妻，总得吃个分手饭吧。"

陈习安点点头："好的，到哪儿？"

"走，开车跟着我。"

她开着宝马在前边走，陈习安开着奥迪跟在其后。不过，宝马并没有开往哪一家大饭店，它在僻街上拐来拐去，在菜市场的人群中不停地揿着喇叭，往前蠕动着，最后来到一家低档饭店。这两辆高级轿车艰难地反复倒车，停在堆满杂物的人行道上。老板看着两个衣着讲究、气宇轩昂的男女进来，不免有些受宠若惊，忙迎上来招呼。田红英吩咐：

"上四个菜，鸡蛋炒辣椒、鸡刨豆腐、五香牛肉、凉拌木耳。上一瓶白酒。牌子？哪种便宜要哪种。再上两碗米饭。就这些，去吧。"

老板没想到这两位贵客点的饭菜这么家常，略带疑惑地走了。红英对丈夫说:"记得这家饭店不?15年前咱俩在这儿吃过,商量办公司的事,要的就是这些酒菜。"

陈习安看看四周,想起来了。没错,就是这家简陋的饭店,15年来它没多大变化,只是白茬木桌变成了仿大理石的塑料桌子,桌上放着一盘辣椒,两个低档调料壶,档次比15年前也高不到哪儿去。15年来的风雨同舟,15年的同床共枕啊。纵然已经反目成仇,至少也有一些值得留恋的地方。他不免心中怆然,也有些警惕。妻子——应该是前妻了——今天特意带他来这家饭店怀旧,不用说是有用意的。不过,不管今天她说什么,他不会再回头,两人的缘分已经尽了。

饭菜和酒都上来了,田红英像15年前那样,为两人斟上酒,举起自己的杯子说:"来,我先干为敬,今天别藏着,还像咱们第一次见面那样,喝个痛快。"

陈习安也一饮而尽。两人吃着菜,不咸不淡地扯着闲话。好多年没在这样的低档饭店里吃饭了,周围的吃客大都是下力人,衣着粗俗、吆五喝六的,他们俩则衣着光鲜,在这儿显得十分不协调。陈习安等待着,看田红英会说什么话。酒过三巡后,田红英说:

"咱俩已经正式分手,啥话也就不必讲了。我对你只有一个要求:三年之内不忙着同那个狐狸精结婚。"陈习安淡然一笑,没等他说话,田红英接着说:"当然,我现在没权力要求你这样那样。可我是为你好,你别不识好歹。那个狐狸精喜欢的是你的钱,不是你的人。要是我看错了她,你把我眼珠子挖出来当尿泡踩。你得防着她,别把你那笔钱弄成'婚后共同财产',如果你还办公司,也不要把新公司的股份分给她。要不,等你俩分手时,你哭都来不及。"

陈习安淡淡一笑:"就像这些年来你防我那样?15年来,你不是在公司股权结构上一直防着我嘛——别生气,开个玩笑。"

田红英愤怒地盯着他,眼圈慢慢红了:"陈习安,你说这话亏不亏良心?没错,我是一直把着田家的股权,那是为了防着你同我分手,可不是为了霸钱。我说这些是真是假,你摸着良心想想吧。"她疲倦地说,"可惜我到底也没防住。算了，事到如今，说这些没意思。习安你记住一句话，我放你到外边飞三年，要是后悔了，多会儿想回来就多会儿回来。等你回来，老婆、孩子和公司还都是你的，那时你若想把所有股权都写在夫妻名下，也可以商量。"

陈习安看着她的泪眼，心中五味杂陈，他隔桌伸出手，温柔地握住前妻的手。经历了锯割感情的离婚之战，他当然不会绝对相信田红英的道白。但平心而论，她的话大半是真的，平时她确实把丈夫看得比财产更重一些，她的"守财"实际只是为了守住丈夫。只是她的爱情太强横霸道，他已经受够了。他真诚地安慰道：

"谢谢你的宽容。一日夫妻百日恩，何况咱们半辈子的夫妻。我会永远记住你的好。不过你千万不要等我了，找一个好男人，开始新的生活吧。"

田红英擦擦泪，把手从陈的手中抽出来，恢复了冷厉的脸色："我把该说的都说了，我已经尽心了，你记住我的警告，要不你会后悔的。"

陈习安笑着起身，同前妻告别："我会记住的。再见。"

两个月后，陈习安的新公司"富健防盗门制造有限责任公司"在本市挂牌开张。他原来并没打算在本市开公司，何苦与田红英挤到一个地方，抬头不见低头见的，难免有摩擦。他到廊坊开发区、天津武清开发区等处询问过，但这些年来开发区的门槛已经提得太高，购买一亩土地要求100万元以上的投资密度。他的新公司至少要60亩土地，所以投资不能少于6000万，这是他难以承受的。再说，他也舍不下本市的人脉，那是他多年来精心培育的。这么着，最终他不得不硬着头皮，把新公司办到田红英眼皮底下。

依仗15年来的经验和人脉，公司的起步相当顺利。不过，有些情况仍然是他没料到的。他在富强公司当了15年总经理，有极高的威望。这次另立炉灶，想来应该有大批高层主管会随他而来，但是没有。除了几位技术主管和技术骨干跟着他来，其余的副总、各科室长还有工人技师都没跟他。开业典礼那天，倒是有不少老员工来向他祝贺，祝贺之后大都垂着目光说："陈总，请你谅解啊，我们有难处啊。"陈习安一笑了之。

公司的生产和销售很快打开局面。三个月后，陈习安同小俞结婚，在婚前公证时，他把公司所有财产都写在两人名下。据内部消息说，田红英听说这个消息后，一怒之下把办公桌上的玉貔貅都摔碎了。陈习安为此有点过意不去，他并不是存心与田红英闹别扭，不是的。在前一个婚姻中，财产上的互相提防最终毁坏了婚姻本身，至少也是原因之一吧，陈习安不想让那个局面重演，这次他想从一开始就在夫妻中建立绝对的信任。小俞比自己小了21岁，他要对得起她。

新婚夜中，陈习安向妻子讲了自己这样安排的用心，小俞流着泪说："习安，我们一定会白头偕老。哪怕你成了一文不名的穷光蛋，我也会跟着你！"

不幸的是，她的预言很快就应验了——只应验了一半。

富健的发展非常迅猛，工资很有诱惑力，吸引得田红英的部下主要是一线工人一个接一个地改换门庭。陈习安不想同前妻发生冲突，对人力资源部下了严令：除非必不可少的技术骨干，报经他同意后可以少量吸纳，其余一个不再收。但他的自我约束显然晚了一些。从富强那儿传来内幕消息，田董事长召开了高层会议，要对新公司采取动作，最大的可能是控告新公司"侵犯商业秘密"，在新刑法中，这属于刑事罪。

陈习安立即召开了经理会。技术部的丁经理最担心，因为他在跳槽前把富强的技术资料、用户资料全部拷贝下来了，现在都在新公司用着，这种行为确属侵犯商业秘密。如果罪名成立，他将首当其冲。陈习安安慰他：

"你不必担心，公司绝对不会落井下石，真有什么事，我一人承当。你也不必太担心，我早就请教过律师，这个罪名成立的前提是那些图纸确属原公司的商业秘密，但咱们都知道，原富强的图纸也是从别的厂里偷的，他们提不出旁证材料，就不好赢这个官司。"

他安排丁经理立即把电脑中的有关资料全部删掉，保存在移动硬盘上，移动硬盘则转移到公司之外秘密保存。当然电脑中的图纸也不可能全删，因为很多内容正用于生产。对这些东西只好继续使用，但要删掉与富强有关的标题栏。

丁经理摇摇头说："这也不保险，因为警方有一种网警软件，可以把删掉的东西一层一层地进行恢复，一直恢复到最原始状态。要想保险，除非把图纸修改后存入新的硬盘，那就比较麻烦了，估计得三五天。再说，有一部分外协图纸必须发到协作厂家，这些厂家大都和富强也有关系，如果富强施压，很难保证他们不把图纸交出去，毕竟富强的实力要比我们大得多。"

陈习安考虑一会儿，说："凡事从最坏处着想，小丁你立即着手更换全部电脑硬盘，再麻烦也要干。至于发到协作厂家的图，上面并没有富强的名字，虽然图面内容相同，但要真正作出有罪认定，也不是容易的事。这些图纸且由它去。"他笑着说，"你们不必太紧张。我有把握，田红英不会下这样的辣手。并不是说她顾念旧情，而是她不敢把咱们逼到死地，弄得鱼死网破。一般来说，不管哪个公司，只要是高层分裂，最后都会不了了之，因为分裂双方都握有致对方于死地的杀手锏。"

散会后，各口负责人按照他的统一部署开始行动。小俞在新公司的职务仍是总经理助理，她细心地清理了办公室所有档案，包括新公司的董事会记录和经理办公会记录，凡是可能涉及"侵犯商业秘密"的记录全都烧掉。等工作忙完，她来到总经理办公桌前，担心地问：

"习安，真的没事？我真担心你被抓起来。"

陈笑了："哪有那么严重。再怎么说，我也是本市有影响力的人物，还是这一任的工商联副会长呢。他们下手前总得掂量掂量。别担心，干你的活去。我正找人活动呢。"

他正在向一些老关系打电话问情况，没错，富强公司确实把举报信送到了高新区公安分局，并已经上报市局，但一直被压在那里，没有行动。这让他颇为吃惊。田红英真敢不计后果地对他下手？她难道不顾忌前夫手中掌握的原公司的内幕？不说公司早期的抽逃注册资金和偷税漏税了，单单把这些年给各银行、国税局、地税局、技监局等处送的红包抖出来，也会让富强公司把各系统的实权派全部得罪，今后在本市寸步难行——当然富健也会惹起众怒，所以这只能是一种同归于尽的打法。看来，虽然共同生活了15年，他对前妻还是看走眼了，低估了女人的仇恨和报复心理。

还有一点让人放心不下，这些年来，他在本市也称得上树大根深了，有不少朋友。但这次公检法口竟然没有一个人主动为他通风报信，这太不正常了。

也许，他和这些人的关系都是空的，那些人只认得"富强公司总经理"，并不认得陈习安。拿羽翼未丰的富健和树大根深的富强相比，他们当然会把屁股坐到富强那边。

他想同田红英通一次话，敲打敲打她，不要走到鱼死网破的地步。不过他想还是等等吧，等他先把公检法这边稳住再说。他继续打电话，邀几位公检法的朋友晚上吃个便饭，有人婉拒了，也有人痛快地答应。他刚放下电话，小俞忽然惊恐地闯进来：

"习安！警察！便衣！"

陈习安眼前一黑，知道自己的动作太晚了，这件事已经暴露，再也不可能善终。他定定神，走出办公室，见十几个便衣在走廊里和各办公室乱窜，两个便衣封锁了办公楼的进出口。他心头的怒火腾地蹿上来，厉声喝道：

"你们干什么！不许你们在厂区乱窜，有什么事到屋里来说，不要破坏公司的生产秩序！"

便衣们看看他，再回头看他们的头头，大概他们还不习惯涉案疑犯这样嚣张。那位头头从人后走过来，陈习安认出是高新区公安分局的常副局长，高个子，像黄鼠狼一样的小脑袋，过去多次在酒场上见过面的，此人的为人比较阴，捞钱的胃口也太贪了一点，陈习安同他一向不大融洽。他冷冷地说：

"是常局长啊，还劳你大驾亲临啊。"

常局长和气地说："抱歉抱歉，官身不由己，这是从市局直接布置下来的。陈总你多担待，配合一下，双方都有脸面。"

他到总经理办公室陪陈习安说话，手下人则毫不留情地封了财务室、档案室，搬走了技术部的四部电脑，询问了技术部几个人并做了笔录，又到财务上查清公司的几个账号，到银行把账号全部查封。甚至还到车间里，把所有的成品贴了封条。一个半小时后这些事才办完，常局把查抄清单给陈习安，让他过目并签字。

随后警方出示了拘留证，被拘留的有陈习安、技术部丁经理和生产部何经理。丁和何被带过来，他们都是没经过阵仗的人，脸色苍白，用绝望的目光看着陈习安。陈习安知道他们的意思：动手晚了，该删的资料没来得及删完。陈笑着对他们说：

"老丁老何，你俩这三个月太忙，正好去看守所休息几天，全当是我给你们放年休假。放心，天塌不下来！"

警察把两人先带走了，屋里只剩下他和常局长两人，局长很体己地说：

"老陈，刚才说的都是官话，这会儿说几句私房话，陈总你得替我保密，这些话，出了门我不认账的。"他加重语气说，"陈总你好自为之，这次你前妻下的功夫可不小。给你透个消息，今天我们是得到密报说你们三人都在家，才采取动作的。你前妻在你手下派有卧底啊。还有，富强公司的举报信已经报上去两个月了，为什么今天才正式行动？你大概知道，侵犯商业秘密罪要想成立，必须满足一条：犯罪嫌疑人的不当获利必须超过50万元。据富强公司的卧底密报，按你们新公司已经收回的销售款计算，利润已经超过这个数了，所以今天才收网。所以——别硬挺了，该服软就服软吧，最好你同富强能和解，只要受害人不死追，我们干吗非要当恶人？"

陈习安笑了："多谢局长的提醒。我也说几句私房话，出门我也不认账的。烦你给富强带个话，我愿意同她和解，让她开条件吧。不和解也无所谓，不过富健垮台前我肯定会拉几个垫背的。到时候闹得全市鸡飞狗跳，让你们的明星企业跟着垮台，再牵连几百个各系统的头头，恐怕不是市长书记愿意看到的结局。"

常局长笑笑，说："陈总，要不咱们也动身？"

几十个富健的员工在门口默默守候着，包括小俞。小俞泪流满面，人像吓傻了。她平素虽然精明能干，但碰到这样的大事，显出她还是太嫩。陈笑着把她搂到怀里，在她额头上亲一下，说：

"别担心，天塌不下来。我不在家时你得把公司撑起来，记住我的话！"

这个案件的处理显然是超常规的，三个人先被带到高新区公安分局，当晚对三人的拘留就转成拘捕。这个程序需要经过高新区法院审委会的讨论，一般来说要耽搁几天时间，能办到这个速度，田红英肯定没少砸钱。警察对三人进行搜身，搜去现金、钥匙、小刀、皮带和皮鞋，据说是防自杀，由常局长亲自押车送到看守所。在看守所，常局长当着陈习安的面交代：丁经理和何经理分到集体号子里，但要注意优待，由局里先垫上几盒烟去打发牢头——这些东西一般是家属来送，但刚进号子这一晚如果没来得及送礼，肯定得挨牢头的修理。常局长说：

"都是读书人嘛，不能和一般罪犯同样对待，尽量别让他们皮肉受苦。至于陈总一定要分到单间，饭菜优待，这是田董事长交代过的，费用由她付。"

进了单间后，随即送来了酒菜，一只烧鸡，一笼灌汤包子，一小瓶五粮液。陈习安今天没有吃晚饭，也就不讲客气，大吃大嚼一番。丁何两位同样饿着肚子，不知道是否也能吃到这顿夜宵？但操心也是瞎操心，陈习安也就不再想它。

这儿虽说是单间，其实仍是大通铺，不过只住他一人而已。通铺很大，大概能睡20人，占了屋子的大部分空间，只留下一个窄窄的走道。硬硬的床板是钉死的，屋里没有任何能拎到手里的东西，这是为了防止犯人自杀或斗殴。墙上只有一个小窗户，嵌着粗大的钢筋。屋子还有一个露天的外间，头顶被粗钢筋格网罩着，墙角有水龙头和撒尿的地方，这是给犯人放风用的。

陈习安是第一次进看守所。过去在酒场上，从一些公检法朋友那儿听过不少看守所的知识，比如集体号子中有非常严格的等级制度，大牢头住在最里面，其余按二牢头、三牢头等依次排列。公安现在都不打犯人了，职权下放给牢头，如果想教训哪个，对牢头努努嘴就行。而牢头也是动嘴不动手的，具体工作由下边的三牢头干……但他做梦也没想到自己也会成为阶下囚。

既来之则安之，他吃饱喝足后，在大通铺上倒头便睡。屋里肯定有监视镜头吧，他不想给他们留下软骨头的印象。

实际上他久久不能入眠。田红英这次动手如此狠辣，肯定是经过周密策划的，有高人指点，他们要把新公司一棍子打死，不给任何喘息的机会。从目前局面看，对方已经稳操胜券。被抄去的四台电脑中肯定留有足够的证据，来坐实富健对富强的侵犯商业秘密罪。而富健公司三个主要领导同时被抓，外边只留下小俞，她没有什么活动能力的，事情很难挽回了。这当口，他不由想到：如果他的妻子不是小俞，而是能踢善咬的田红英，那自己就能在牢房里高枕无忧了，田红英不会让他在牢里超过一星期的。想到这里，他不由得长叹一声。

脱罪已经不可能了，陈习安也就放下这个心思。要想改变被动，只有以攻为守，建立恐怖平衡。陈习安知道这是一种很不光明、很无赖的做法，但他是不得已而为之，是被前妻逼出来的。想想和田红英恋爱、结婚、草创公司那几年，两人好得共用一个脑袋，那时咋想到两人会走到今天？

以后的几次提审中，陈习安对自己的罪名直认不讳，并且经审讯者对丁经理和何经理传话，让他们放下顾虑，老老实实地承认做过的事，他俩只是执行者，责任由陈习安来负。然后他对审讯者说：他要将功赎罪，他在原富强公司当总经理时，曾做过不少违法的事，包括虚假注册、行贿、偷漏税等。过去他认为这些是公司的问题，至少在中国，不少公司都如此。但现在，身陷囹圄之后他才知道，天网恢恢疏而不漏，谁做下的孽谁就必须偿还，不是不报，只是时辰未到。现在他要彻底坦白，以求得政府的宽大。他希望给他一星期的时间来仔细回忆，因为头绪太多，比如原富强公司偷漏税款累计不下5000万元，行贿对象不下数百人。他要静下心来好好理一理。

审讯者都是千年老树精了，听到这番话时神色不变，对他的认罪态度勉励一番，便结束了审讯。但陈习安知道自己的叫阵已经给他们留下很深的印象。现在，他们一定忙着去干两件事：一是向富强公司讹钱——"田董事长，请看看你前夫的交代吧，贵公司的罪行可比那个新公司大多啦。你看如何善后吧。"二是急着灭火。富强是本市一大税源，一旦垮台，势必造成经济地震，还要牵连数百名权势人物，造成全市的政治地震。没人敢冒这个险。

之后没人再提审他了，好饭好菜照样送到单人号子里，他吃饱喝足后就到外间打太极，然后回到牢房里写坦白，不写具体内容，只罗列受贿人的名字、职务、受贿时间，在名单后画个问号或感叹号。几百个人名，密密麻麻写了三页纸。但没人来看他的交代，似乎把他遗忘了。

既然他已经决心破罐破摔，也就无所顾忌。现在唯一担心的是有人为了捂盖子，在号子里偷偷"黑"了他。不过他想还不至于走到这一步吧，因为大势并非已经无可挽回。时间一天天过去，他慢慢变得焦躁，主要是听不到外边的消息，比如小俞一直没能托人送口信进来。他知道小俞年轻，在这种事上没经验，再加上是外地人，本地没有人脉。他不埋怨小俞的无能，只是担心她受不了这个打击。恐怕她在外边也是终日以泪洗面吧。

三天后，常副局长领着田红英来了，不是在提审间，直接来到他的号子里。与田红英四目交汇时，两人都心潮澎湃！常局长叹息着，摇着小脑袋，非常体己地说：

"陈总，拘捕你那天我就说过，你们俩最好能和解，把这事压下去，我们并不想把谁置于死地。陈总你要冷静，你的罪名绝对脱不了，就连你所说的原富强的罪行，你也是主要实施者，依法论起来，总经理比董事长的罪责更大。那些罪名如果全部坐实，恐怕你要在监狱里过余生了。田董知道这个厉害后，为你急得要死。所以，今天我让你俩见个面。讲和吧，毕竟做过半辈子的夫妻，为啥一定要拼个你死我活？"他笑着说，"按说我今天带田董来是犯了自由主义，你们注意点，可别连累我。我走了，你们谈吧。尽管敞开谈，这里没监听，我以人格担保。"

常副局长走了，看守把门锁上。陈习安上下打量着田红英，她神情黯然，似乎也并不想掩饰这一点。她穿一身平素爱穿的很性感的旗袍，肤色仍然非常漂亮，青春的血液在皮肤下涌动。陈习安表面平静，心中翻江倒海。他不知道该如何对待这个女人，这个与他15年同床共枕的女人。陈对她恨之入骨，恨不能这会儿就掐死她，但……其实这会儿看着她，心中仍禁不住隐隐作痛。他笑着说：

"谢谢你这些天为我送的饭食，吃得我都发福了。我看田董事长似乎不大高兴？这几天公安在你那儿没少讹钱吧，比如这位常局，我知道他从来不吃素，何况这会儿富强是个有缝的鸡蛋。"

令他想不到的是，田红英竟然一下子泪流满面！她没有用手绢擦，任一颗颗大滴的泪珠砸在水泥地板上。陈习安愣了片刻，厌烦地说："不必了吧，你对我下手时似乎没有这样重感情。红英，你这回够心狠手辣的，我低估你了。"他补充一句，"我看你也过于莽撞了。"

田红英的泪水仍然不断流。陈习安也不再说话，静等她哭够。一会儿，田红英擦擦泪水，狠狠地说："习安，我下手狠不假，但我有言在先。我警告你三年内不要同她结婚，不要把你的钱弄成婚后共同财产，你偏要和我拧着干！告诉你吧，我宁可把一两千万撒到公检法，也不愿落到那个狐狸精手里，让你俩安安稳稳做夫妻。"她的泪水又流出来，放低声音说，"你摸着良心想想，我这样干，是为了把你彻底整死，还是为了让你回到我身边？"

陈习安一惊。没错，这些天一直沉迷于对田红英的仇恨，眼睛无形中被蒙住了。但如果做一个换位思考，田说的也许真是实情。她是出于对小俞的仇恨，想把新公司整死，让她落不住钱，但绝不是想整死陈习安本人。从她内心讲，也许真的希望前夫在走投无路的情况下能重新回去，为此她甚至不惜牺牲一两千万。陈习安感慨万千：女人的心思真难捉摸啊。她这么想当然是一厢情愿，没有哪个男人会在这样屈辱的境况下回到前妻身边的，即使回去了，那也不再是男人，而是一个没有阳物的太监。但田红英想拴住丈夫——应该是前夫了——的苦心仍然让他歔欷不已。他这些天对田红英的仇恨在一瞬间全消失了。

他和气地说："算了，过去的事就不要提了，说说如何善后吧。"

田告诉他，这几天富强公司在公检法撒出去的钱已经不下200万了。她尽全力踩了急刹车，以免鱼死网破。她坦率地说，这些天她弄得里外不是人，熟人们骂她太心狠，把自己前夫都整到监狱里；公安骂她："你们送的举报信，这会儿你们又要熄火，你以为公安局是你家养的狗？"她只好到处送钱外加赔笑脸。"这不光是为了保住富强，更主要的是为了保住你陈习安，不想让你真的在监狱里度过余生。"现在，外边的圈已经走圆了，只要俩人今天达成共识，被拘捕的三个人就能放出来。陈习安尖刻地说：

"要我答应什么投降条款？告诉你，我可以吞下这个苦果，富健公司因此付出的损失我也认了，不会要求什么赔偿；我也不再写揭发材料；但我给你说白了，我决不会再回到你的身边，我对你已经畏之如蛇蝎，咱们不可能重温旧情了。"

田红英的眼泪又涌出来，她没说话，掏出一张纸递过来。是手写的信，那是小俞的笔迹：

习安：

　　这几天快把我急死了，今天才听田姐说，案件已经刹车，不会再发展。这样我也就放心了。习安，我配不上你，我觉得你和田姐才是真正的夫妻，她对你的情意让我感动。我走了，永远不会再回来，你回到田姐身边吧。

　　我没有成为一个善始善终的女人，请你原谅我，忘了我吧。

爱你的俞

田红英观察着前夫读信时的表情，又递过来两份离婚协议书，那上面小俞的名字已经签过了。她干巴巴地补充："你别以为我在其中使了什么奸诈手段，我只是对那狐狸精说，富健公司的财产她完全不必再挂心，这场官司下来肯定抖搂得差不多了。又问她有没有勇气等一个判刑20年的男人，甚至陪丈夫坐牢。她很坦率，说她做不出这样的牺牲。后来我给她20万，把她打发走了。"

就在这一刻，陈习安心中的弦嘎嘣一声断了。他苦笑着想，这就是那个爱他爱得死去活来的姑娘？发誓说即使他一文不名，也要同他终老一生的女人？丈夫还在蹲笆篱子，她却拍拍屁股走人了。看来田红英看她比自己看得准。原来这一切只值20万。她收了田红英的20万，然后把自己当成礼物回赠给田红英，所以从某个角度上说，陈习安也只值20万。他冷笑着说：

"田红英，你打发那个女人时为啥不出手大方一点？这样我心里多少好受一些。"

田红英没有回嘴，叹道："事情弄到这个份上，我事先也想不到。好像我按下一个机器按钮后，一切都不在我的控制之中了。算了，不说了，咱们把别的放下,先把这个案子刹住。还有,田田让我给你带话,他也想你,希望你回家。虽然这儿子不争气,总归是咱俩的骨血,你这个当爸的对他太薄情。"

她掏出一叠钱和一个衣服包放到大通铺上,说:"你知道,刑事案件不比民事,司法程序一经启动,原告不能撤诉。所以,你恐怕还得在这里待一段时间。给你留一点零花钱,你的生活我还会继续托人照料的。习安,念在我这次下手的动机上,你不要记恨我。"

她走了。

陈习安打开衣服包,里面都是他曾经穿过的旧衣服。与田红英分手时他没有带走这些衣物。现在这些衣服似乎还带着旧日的余温。看着它们,想起两人之间曾经有过的温馨,他的心软了,再也不能用仇恨来淬硬了。他撕碎了所有的揭发材料草稿,静下心来等着案件结束。

田红英的确没有食言,她也不敢食言,因为陈的"死亡"必然会带来富强公司的灾难。公安上的侦察工作仍旧在一本正经地进行,但此后无论是公安上的调查取证,还是富强公司提供的旁证材料都忽然缩水了,被告富健公司侵犯商业秘密所造成的不当得利,以及对受害者造成的损失,不再够得上刑法所规定的杠杠。这么着,刑事案就转成了民事赔偿的问题。

33天后,也就是在集体犯罪案允许拘押期的最后一天,陈习安走出了看守所。看守所门口,田红英开着她的宝马在等着。旁边是两辆寒碜的出租车,是富健的员工们租的。因为富健的轿车都被公安查封了,还没有启封,按一般的规律,公安查封的轿车很难再要回来了。宝马车大开着车门,但田红英并没有出来,也没有喊他,只是在车里默默地看着他。陈习安根本没有把目光往那边瞄。田红英到看守所看过他之后,他不再恨她了,但同她也没什么可说的。他笑着搂抱了丁经理和何经理。虽然关在同一个看守所,他一直没能与两人见面。他俩满脸胡须,脸色黄白,有些虚肿,看来在集体号子里受罪了。

陈习安又同前来迎接的十几个公司员工握手。他发现迎接的人群中有一位不是富健的员工:凌子风。他忙上前握手,用力地、久久地握着。凌子风说：

"我的消息太闭塞，前天才听说你的事。出来就好，出来就好。人生在世，免不了经些磨难，以后会否极泰来。"

"谢谢你的吉言，更谢谢你今天能来接我。等乱过这一阵我去找你，咱哥俩好好聊聊。"

"好的，走吧走吧，快点回家洗澡理发，员工们还要为你接风呢。"

两人告别，陈习安和富健的十几个员工全挤进那两辆破出租，在路面很糟的便道上扬长而去。

凌子风是骑摩托来的，这会儿走过去打开车锁，心里为陈习安叹息。没想到他和田红英多年夫妻竟然翻脸成仇，新结婚的妻子又临阵脱逃。现在剩下他孤家寡人，公司也被整得半死不活，这个打击够狠的。他十分同情他。

宝马车里田红英还在发呆，凌子风想，这次官司双方都是输家，而且陈习安出来时对她视若路人，此刻她的心里怕也不好受吧。凌子风想同她打个招呼，劝慰几句，但田红英此刻看他的目光完全是陌生人——他们的确是陌生人，在这个人生中，他和田红英只有短暂的见面——在田红英的五金店，结婚送礼时他没与田红英碰面，田红英根本记不住他。所以这会儿过去搭话恐怕是太冒失了。凌子风摇摇头，长叹一声，发动了摩托，把田红英一人留在看守所门口。

不知怎么一晃，已经到 21 世纪了，快得你来不及感觉到老年的到来。这些年来，凌子风和何若平常常以女儿为参照物来定位自己的年龄。脑海里似乎还清晰地保留着点点幼年的图像。夜里他们抱女儿到楼房屋顶去赏月，点点伸着手，口齿不清地说："我要月亮，给我摘月亮。"转眼点点已经到小学了，晚上做作业做得筋疲力尽，举着写字时最用力的右手中指说："爸，妈，你们看我的指头都写歪啦！"再转眼间，女儿技校毕业了，成了一个性格贤淑的漂亮姑娘。然后又一晃，女儿结婚。再一晃，女儿抱着外孙回家"挪骚坡"——让小家伙的尿骚味换个地方。看吧，已经是爷爷辈的人了，还能不老吗？

老来回味这一生，恐怕最大的憾事是女儿没能上大学深造，一辈子只能当一个穷工人。想起女儿也许是因为那晚煤气中毒影响了智力，夫妻二人总是非常自责。女儿倒是乐天知命。她结婚时，凌子风夫妇想给她介绍一个家庭条件好的、本人学历高的小伙子，但女儿却不声不响找了一个工人。她说："我见过不少攀上高枝的女同学，到婆家受歧视，一辈子给人家当女佣还不能退休。与其这样，还不如找个条件相当的丈夫，至少我能当家。"

凌子风夫妇没想到女儿看得这样透，叹口气，由女儿去了。

另一个最大的憾事原来一直被家里人主要是凌子风的父母捂着，后来在一个非常不适宜的场合被捅穿，给若平的心理造成很大的伤害。那就是——若平没给凌家生一个儿子。凌父是老知识分子，对后辈很宽慈，平时绝不在儿子儿媳面前提这点憾事，只是私下对老妻叹气，说这辈子可没坏一点良心啊，为啥落了个绝后，断了凌家的香火？

这话终于传到若平耳朵里了，若平委屈得直掉泪。她对凌子风说："现在计划生育，连第二胎都不让生，能怪我吗？你上大学那阵还允许生二胎，我也怀孕了，为了支持你上大学，作了人流。又不是我不会生儿子。20年前就有算命先生说我是宜男相，不信咱们再生一个试试。"

说话这年若平44岁，还能生育。凌子风笑："我信我信，你就别实践了。老爹是旧思想，你跟他一般见识？"

这事笑笑就过去了，没料到老爹没忘。他把这点烦恼藏在内心的最深处，一直到死前才来个大爆发。老爹在病床上熬了十几年，90岁那年，身体已经非常衰弱，住院比过礼拜还频繁。子风夫妇一直细心地照料着老人。这天若平在医院值班，正赶上市电视台到医院来随机采访，要报道一个"最孝顺的子女"。这些年来，卫校医院内四科上上下下都很熟悉凌家一家，护士长极力向记者们推荐何若平，说这个媳妇比儿子都孝敬，给老头擦屎刮尿，拎着公爹的蛋蛋洗澡，这事儿谁能干得来？电视台记者很感兴趣，说：那就拍她啦！要在全市树一个典范。若平脸红红地推辞，推不掉，只好答应。记者让她准备一下，做一个比较典型的动作，当然不能拍她拎着公爹蛋蛋洗澡的镜头，那就给老爹喂饭吧。

镜头已经架好，若平拿个空碗假装给公公喂饭，那会儿不是吃饭的时候。按说这是平时干惯的事，但这会儿是在镜头前做，又是装假喂，若平觉得很难为情。也许正是现场中的虚假气氛勾起了公爹的恶念？谁也想不到，已经病入膏肓的老爹突然把饭碗扫到地上，抓着若平的前胸襟，咬牙切齿地发狠。一屋子都愣了，护士长愣，记者愣，更愣的是若平。她忙喊：

"爸，爸，是我啊，是若平啊，你不认识我了？"

老爹喘息着说："就是你。我这辈子最恨的就是你！"

老头这一发狠，屋里人免不了疑虑和鄙视——不用说，这媳妇是个两面派，表面上做的十足，实际对老人很刻薄，否则已经糊涂的老人不会这么恨她。最气愤的是记者，心想今天差点被护士长骗了，多亏这会儿露了馅，要不播放出来还会起反作用哩。若平的脸色唰地白了，勉强镇静自己，强笑道："爸，你为啥恨我？我做错啥事了？"

"你不给凌家生儿子，你让凌家绝后了！"

话说到这儿，人们才恍然大悟，对若平转为强烈的同情。老人越是这样糊涂，越显得这个媳妇不容易呀。大伙儿都劝她，不要和糊涂老人一般见识。若平的泪珠在眼眶里打转，强笑着说："不会的，其实平时他对我一直很好，我不会记恨他的。"

老爹的怒气很久不平息，弄得那次电视节目到底没拍成。等子风来后，若平趴到他怀里大哭一场。子风只能陪着她叹气。老爹一辈子自重自爱，在同事邻居中口碑甚好，是一个公认的老好人。而且他确实喜欢若平，老人得痴呆症后常常怏怏不乐，只有媳妇来了，才能把他逗笑。谁想到他会把自己对儿媳的"仇恨"深埋在心里，在灯油将尽时来这一手。莫非人之初性本恶，在没有理智约束时都会露出本相？

子风爹去世前这段时间里，躯体里似乎有两个人格在厮打。大多数时候他仍是那个可亲的老人，而且他最亲的仍是若平。若平喂他吃饭或给他剪指甲时，他一直笑眯眯地看着她；但偶尔地，那天的狂暴又会回到身上，他会再次揪着若平的胸襟或头发发狠。而且很奇怪，他的狂暴只对若平一人，从没有施予儿子。这样的善恶反复弄得若平精神高度紧张，喂饭时得时刻紧盯着老人的眼睛，不知道他下一刻是善还是恶。有一天子风正在上班，若平把电话打来了，电话中她低声紧张地说：

"子风，你今天能不能请假替替我？我看老头的眼神又不对了，怕是要发作。"

那天子风正好脱不开身，为难地说："我正在开会，真的去不了，你再作一次难吧。喂饭时离爹远一点，让他抓不到你。"

电话那边若平哭了："我上辈子做了啥孽，这辈子受这样的折磨？下辈子我一定托生个男人，就是托生女人，也再不会登你家的门了！"

若平啪地把电话挂了。这边凌子风到底放心不下，紧赶着把手头的工作处理完，到劳资处办了个出门证，赶到医院里老爹住的那间单人病房。进屋他松了一口气，老爹已经睡熟了，屋里一切正常，没有大战后的迹象。若平坐在床头发愣，目光深处是深深的怆然。子风小心地问：

"闹腾得咋样？"

若平疲倦地说："今天还行，他看样子要发作的时候，我紧赶慢赶地扯闲话，总算岔巴过去了，他没怎么闹，就睡了。"

凌子风笑着说："真的决定下辈子不同我过？咱们才结婚时你可不是这样说的。"

若平没有响应他的笑话，幽幽地说："子风你别说笑，我今天心里空落落的，特别难过。咱俩也有老的时候啊，也会老糊涂啊。到那时，咱们会不会也像爹这样做出啥糊涂事，伤了点点的感情？想想都害怕，我宁可自己少活几年，但愿不会糊涂到伤害点点。我甚至想，等咱们快糊涂时就喝安眠药，一了百了。不过，细想想也不行，如果咱们知道自己快糊涂，那就是还没有糊涂；如果已经糊涂，那就不会知道自己糊涂。除非由咱俩中的一个来决定另一个是不是糊涂。不过，我想就是能决定，怕也不忍心喂对方吃药。这么想来想去才知道，那个结局最终是躲不开的。"

凌子风斥责她："你绕来绕去，都在胡想些啥呀。走火入魔了。你不妨去问问点点，即使咱们都糊涂了，她也会乐意伺候的，绝不会让你喝什么安眠药。"

其实他心中也不禁悚然。若平说得对，人的命运是躲不开的，人并不能自由地选择一生。从这个意义上说，老爹其实是幸运的，因为他在糊涂前并不知道自己会糊涂，他的良心没有负担。而自己和妻子呢，既然已经知道这种可能性，不得不时刻担着心，这才是最大的痛苦。

这些心事是不能告诉妻子的，她已经走火入魔了，不能再增加她的精神负担。他说："别这么巫婆似的诅咒人生啦，也许咱俩根本不会糊涂，也许即使糊涂了，只会更疼孩子而不会伤害他们。你这么没事找事，不嫌活得太累？"

若平叹息着："你算说对了，我现在的唯一感觉，就是人生一世，实在是太累太累。"

凌子风在心中苦笑："你仅仅过了一个人生还觉得累，像我这样经历几个人生——虽然其他几个人生只是片段——又该如何？"当然他不会说出口。他一直把自己的几个人生瞒着妻子，不愿意节外生枝。他哄着妻子：

"好啦好啦，回去做饭吧，我在这儿替你值班。老天既然生下咱们，那么走完这个人生就是咱们的责任。"

这次谈话对凌子风的触动很大，之后不久夫妻两人就办了提前退休。他曾对国营厂子的生活深恶痛绝，但年纪大了，看问题就平和了。国营厂的30年生活也有很多值得回味的内容：让他成了工厂的技术权威，实现了他的自我价值；让他可以自外于社会的污泥浊水——并不是说国营厂里没有这些东西，但至少说，无志于钻营的技术人员完全可以躲开它，而不必像在某些家族企业中那样担心自己的饭碗；还有，这个工厂向他提供了一种虽然远说不上富裕但至少说得过去的物质生活。但不管怎么说，他已经厌倦了这种传送带式的生活，想在晚年换一个活法。

干什么？比如写作。在他的第一个人生中，在他的身份是一个成功企业家时，他曾对记者说：实际他天生是一个文人的料，当企业家是角色反串。也许这话是对的，他现在想做几年本色演员。而且他有得天独厚的条件：经历了几个人生的人，应该对人生有更透彻的看法吧。

工厂对他挽留一番，看他去意已决，也不再强留，只是希望他退休后能接受工厂的返聘。他表示感谢，说等他歇个两三年后就回来。

于是从 2003 年的 10 月 1 日起，他们夫妻俩忽然成了退休职工，再不用每天早上准时起床上班了。很长时间他不能适应这种巨大的落差。怎么能适应呢？青少年的生活场景还历历在目，忽然之间就到了晚年？当然，退休并不是人生的结束，但至少说它是"正剧"的落幕，从此后就是余兴节目，是夕阳晚照、瑟瑟秋意了。

他提前退休的另一个重要原因是老爹。老爹的日子已经不多了，如今他已经慢慢丧失意识，变成植物人。凌子风想亲自伺候几年，尽尽儿子的心意。退休后他把照顾老爹的担子一肩挑起来，为老爹擦屎刮尿、捶背（防止久卧床上造成肺积水）、翻身（防止褥疮）、鼻饲（老人到后期已经不能自主进食了）。若平则主要照顾外孙，以及全家的饮食。自从他接手后，老爹再没犯过狂暴的毛病。若平半真半假地说：

"还是偏儿子啊。咱们没给凌家生男根，是夫妇俩的责任，为啥他单恨我，不朝你发脾气呢。"

凌子风忙把她扯到一边："噤声！可别让老人听见。也许植物人的深层意识还是清醒的，咱们别说他不爱听的话。"

若平想想，承认丈夫说的有理。老人虽然成了植物人，脸上木无表情，但偶尔地，脸上还会泛出一波微笑，尤其是重外孙亮亮趴在他耳边喊"老爷爷"的时候他笑得更甜。也许他错把重外孙当成重孙了。一定是的，那就让亮亮多来几趟，多喊几声，让老人在美丽的错误中度过余生吧。

不久，子风爹去世了。这是老一代的最后一个，此前，子风妈、若平的爹妈都已相继谢世。子风爹的去世没有给家人带来太大的悲伤，毕竟老人早就是风前残烛，几度险被吹灭又艰难地复明，儿孙们的悲伤经多次揉搓后已经不新鲜了。买寿衣，放大遗像，布置灵堂，在追悼会上听着学校领导用干巴巴的声调念着最高级别的悼词，同遗体告别，然后，老爹变成了高高烟囱中的一缕轻烟。

凌子风决定自己的头一部作品是——《郑和与西洋》。只是在作出这个决定后他才知道，正是潜意识中的召唤让他提前退休，弃工从文。在他的第一个人生中，他有一个天才儿子，11岁就写出了《郑和与西洋》的剧本，并已经投拍。可惜其后不久凌子风就中断了这个人生，天才的田田从此不知所终。也许他活着，但生活在另一个异相世界里，与他永远不能相见；更有可能的是，在自己狠心舍弃那个人生的瞬间，田田就虚化了，弥散了，从"已经存在过"的历史中消失了。

也许，子风爹能听到孙子——"已经"出世又消失的孙子——在异相世界的呼救声？也许老人对若平的发狠就是因为这种无能为力的焦躁？

不管怎么说，他对田田欠着债，道义上的债务。现在，他要自己写出这部作品，让田田活在他的作品里。

这些年来，他从来不去回忆那几个人生，并强迫自己忘掉它们。他基本上做到了。但现在，在他用电脑打出《郑和与西洋》的标题后，隐没在岁月尘埃之下的经历又慢慢复活了。那个成功的天乐公司……充裕的金钱……豪爽性感的妻子……凌总在镜头前的飞扬跳脱……秘书小玉的柔情，还有被他返回过去救活的若平、被救活后殉情的若平，等等。几个人生交叠在一起，就像是被叠放在一起的电影胶片。而在他脑海中出现最多的则是田田，那个又可爱又天才的儿子。

在凌子风今天生活的世界里，一直没有出现《郑和与西洋》这部电影。这实在让中国人脸红，2005年是郑和下西洋600周年，是这个陆地民族唯一一次在海洋中扬眉吐气，而600周年纪念日来临时，中国竟然没有一部为他制作的大片！

也没有人记得10年前一个11岁孩子的作品。今天，凌子风要把它复活……

女儿到书房喊他看电视，说鉴宝栏目开始了。今天是星期六，女儿带着亮亮回家过礼拜。点点已经30岁，她儿子亮亮都五岁了，但在家里，凌子风夫妇仍然只喊她的乳名。点点和亮亮两个乳名混在一起喊，给人以时空错乱的感觉。点点和若平都喜欢看鉴宝栏目，实际以凌子风的眼光看，这个栏目办得并不算好，千篇一律的编排，千篇一律的道白，女主持的声音带着浓重的鼻音，让人听了不舒服。不过，这并不妨碍家里人津津有味地观赏，对每次宝物价格的揭示来几声欢呼。尤其是作为压轴节目的那件宝物，它总是最先摆出来，而最后报价，让人心里痒痒的舍不得走开。凌子风想：这个栏目的策划者真是聪明，他们迎合了绝大多数人的心理需求，即那些一生渴望发财但又发不了财的芸芸众生，让他们在节目里兴奋几次欢呼几声，也算是过把干瘾。

今天的压轴宝物是一件汉代的铜马，不大，造型生动，保存完好。持宝人自定的估价为100万，四个观众方阵则给出从10万到350万不等的估价。现在要揭宝了，电子数码管一阵滚动，最后显示出专家组的估价：480万的天价！持宝人保持着表面上的平静，但目光深处的狂喜是遮不住的。然后专家们照例要解说它为什么值这个价。若平比自己得了大奖还激动，说："480万！这样小的一只铜马就值480万！咱们几辈子也挣不到这个数啊。"

点点凑趣说："爸，咱家有没有什么传家宝？别说什么传子不传女的话，你就这一个女儿，传给我吧。我也拿到鉴宝栏目中走一趟。"

亮亮也嚷："外公，外婆，我要宝贝！"

若平笑着往柴堆上浇油："对呀，亮亮他外公，有什么宝贝赶紧拿出来吧。"她忽然有所触动，对女儿说："你爸真的有宝贝，是一个玉镯，和我结婚时就有了，一直藏在柜底，不大让我看，也不说是从哪儿来的。"她趁着屋里的气氛"将"丈夫，"子风，你老实坦白，是不是哪个情人送的？反正那是和我结婚前的事，30年了，我绝不会再追究，不过今天你一定得老实坦白。"

点点跟着妈妈起哄，亮亮也拉着外公的衣襟要宝贝。凌子风却是"任凭风浪起，稳坐钓鱼台"，笑着，气定神闲地削苹果，既不反驳也不应声。他削苹果是一绝，削完了，苹果皮还严严地覆盖着果肉，用手一提溜，一根完整的果皮就拎起来了，其薄如纸，宽度均匀。所谓能者多劳，家里吃水果时，都推给他一人去削，他也乐此不疲。在另一个人生中，削水果技艺曾是凌总领导艺术的一部分，而在这个人生中，它是大材小用了。

过一会儿,女儿从爸爸的态度中看出了危险:也许他真的有这么一件宝贝,而且其中藏有隐私,不愿为家人道?她机敏地收篷,说:

"看样子我爸是舍不得,妈,你得容老爹有个思想斗争的时间,咱们就别催他了。"

亮亮很扫兴,往日他向外公要东西还从没被拒绝过呢,他气恼地嘟囔着:"外公真小气,我不和外公玩了。"女儿赶紧拉他走,说:"睡觉,睡觉。明天还要去公园呢。"

这天晚上老两口没再提玉镯的茬,不过凌子风看出老伴有些不快。他能理解妻子的情绪,结婚30年了,丈夫居然还保留着一块个人的隐私,严严把守着,不让妻子染指。这个状况至少是伤害了妻子的自尊心。不过若平隐藏了自己的情绪,和丈夫平和地说着闲话,两人入睡。

第二天,点点领着亮亮赶早出门,他们要趁凉快去逛公园。若平去菜市场采购,星期天照例要为女儿外孙改善生活的。临走她说:"子风你的换洗衣服搁在床头柜上,记着换衣服。"凌子风又在床上眯一会儿,起床穿衣。床头柜上的换洗衣服仍是一身黑,黑色T恤衫,黑色长裤,外加一副墨镜。这两年妻子不知怎的成了虔诚的尚黑族,她说丈夫已经发胖,穿上黑衣服显得精干,常言说"男要俏,一身皂"嘛。凌子风并不赞成妻子的审美观,不过他从不在穿戴上讲究,再说他的衣服都是由妻子采买的,所以他就任由妻子打扮。

起床后,趁着家里没人,他到柜子深处翻出两样东西,一个是年轻时吹的竹笛,笛尾系着红色的同心结。他已经有些年头没吹笛子,人老气弱,已经吹不动了。现在,他把竹笛当成年轻时的象征保存着。另一件是装玉镯的那个小木盒。这些年他从未对若平说明玉镯的来历,以至若平怀疑它来自某个初恋情人,当然这是瞎怀疑。玉镯其实恰恰与若平的关系最深——没有它,若平就不会在人世。

盒上锁着一把小锁,钥匙他已经扔了。他不想再打开这个木盒。盒中的玉镯是一个神通广大的魔环,能带主人任意遨游过去未来,如果消息传出去,会有多少人拿性命来换取这件宝物!不过,作为过来人,他已经深知这是个不祥之物，当持有者有能力改变已经塌缩的历史时，一定会同时造成更多的扭曲错位。他借它的魔力救活了若平，对此他当然不会后悔，但由此带来的苦痛他不想再品尝第二遍了。这些年他牢牢锁着它，自从最后一次使用它，即返回到田红英结婚前，抹去了他"大闹婚礼"那段经历后，他就再没有使用它。他真的把它忘了，哪怕生活中有诸多不如意，有诸多需要回头去补足删削的地方。

昨天妻子无意的玩笑激活了他的记忆。他忽然想再戴它一次，体味一下在时空里自由穿梭的快感。经历了几个人生后，他已经大彻大悟了，不会再去改变"命定"的生活，但……魔环仍有很多事可做啊。不用它去修剪历史，也可以回到过去，做一个"只看不做"的观光客呀。这一生中，他和若平的生活相对清贫一些。现在，看着年轻人，特别是年轻姑娘们鲜艳性感的打扮，他真为妻子惋惜。依妻子当年的风采，稍微打扮一下，会让今天的美眉们黯然无光的。但妻子年轻时只能穿没有线条的工作服。现在，20岁的若平永远不会再回来了，妻子已经老了，丑了，往年像剥皮鸡蛋一样光滑的脸蛋变得粗糙，盈盈一握的细腰变得臃肿。这是上帝的意旨。上帝让女人随年龄由美变丑自有其深沉的用心，没人能够改变。妻子也曾戏叹，如果能让两人回到年少时，哪怕是一天，让她付出多大代价都行。

她却不知道，世上唯有她丈夫能做到这一点。但他不敢告诉妻子，更不敢实施。他已经对魔环怀着深深的忌惮，知道任一个似乎很安全的开头，都会带来不可预料的恶果。

他对着木盒端详了很久，最后下决心一了百了。他取出钳子拧断小锁，拿出那具魔环。从外表看，这只是一只非常普通的玉镯，材质是南阳独山玉，这是全国四大玉种中排名第二的玉石品种，硬度高，但玉色比较驳杂，各等级的独玉材价格极为悬殊。眼前这具玉镯显然是低档货，玉质不通透，通体只是白色和黑色，没有绿色的玉髓。在家乡的市面上，这种档次的玉镯也就是百八十元一只，甚至更低。他反复把玩，反复品察，实在想不通这具不起眼的玉镯为什么有那么大的神力。

还有……那个黑衣人是何方神圣？依凌子风的直觉，那只是一个和他一样的凡人，非常普通，并没有什么超凡入圣的光环。但他从哪儿得到这件天下至宝，又为什么轻易送给一个素不相识的普通人？这事直到现在还是一个谜。

那会儿凌子风不知道，其实他已经快接近探幽之路的终点了。

黑衣人让他保留这具魔环，说："你不必看重它，总有一天，你会摆脱器物的羁绊。如果你觉得它不再有用，尽管毫不怜惜地砸碎它。"凌子风今天就想砸碎它。当然这是一个很难下的决断，砸碎它，凌子风就会永远失去在时空中自由往来的能力，他就"真正"变成一个普通人了，就会"彻底"地失去那几个人生，失去天乐公司，失去性感豪爽的田红英，失去田田，连仅仅返回过去看一眼也不可再得。

那么，砸，还是不砸？

楼下传来若平与邻居的说话声。邻居说："又去大采购啦？又得好饭好菜巴结你那个'草墩'？"家乡老婆儿语：抱外孙不如抱草墩。若平大声笑："那有啥办法，前世欠儿孙的，这辈子不还不行。"

她很快就要上楼了，凌子风不再犹豫，拎起锤子一下把玉环敲碎，然后手疾眼快地把碎块包括小木盒全拢到一个塑料袋里。他注意到：它确实是一只普通的玉环，断面处是真实的玉材，没有什么复杂的内部结构。他把那只竹笛放回原位，然后拎着塑料袋，开门，扔到楼道的垃圾筒里。若平正拎着几大包东西上楼，看见丈夫扔垃圾，一点没有起疑，只是喘着气说："快来接接我！你们这些男人，没一点儿眼色。"

凌子风下了几层台阶，接过妻子手中的包。上楼经过垃圾口时他忍不住又看一眼，心中暗叹：到底把这一页翻过去了，彻底翻过去了。

这天是 2005 年 6 月 26 日，星期日。

那时他还不知道，当他狠心砸碎魔环后，也就彻底摆脱了器物的羁绊。他就变成了我，一个爱在时间之河的岸上徜徉的老人。

《郑和与西洋》的剧本写得还算顺利，我在新交的几位文学朋友中传阅一番，总的说评价还不错。后来经人辗转介绍，与北京亚迪影视公司的王昭搭上了线，我把剧本的电子稿传去，他仔细看过稿子，约我方便的话去北京一晤。

没有什么不方便的，我正想带老伴和外孙去北京玩一趟，亮亮今年夏天就要上小学，要套上笼头了，以后再带他出门游玩就没这么方便了。当然学校放寒暑假时有足够的时间，但那时天气太冷或太热，出门游玩太辛苦。

我们参加了一个散客拼成的旅游团，很便宜，七天游每人才980元，亮亮不计费，只用买火车半票。我们在北京玩了几天，日程安排得像打仗，人人累得筋疲力尽。旅游团安排的伙食糟到家了，有人开玩笑说是吃了七天的忆苦饭，但饿惨的游客们个个吃得十分香甜。最后一天是参观海洋馆，我让老伴领亮亮随团去玩，我则和王昭约好在一家名字为"竹趣斋"的茶社见面。

茶社离亚迪公司不远，在一条较僻的小街上。进了门是一个照壁，上面画着修竹幽篁。雅间里也是竹桌竹椅、竹壶竹杯，连茶叶筒也是竹制的，上面烙着隐士品茗图，以及两句小诗：留客清谈深竹里，鼎煎茶浪起滩声。我欣赏着四周的摆设，心想这位王昭很会选地方。

与王昭见面后两人都有些惊奇：我没想到他如此年轻而他没有想到我是一个退休老人。他说："侬你的文笔和开放式的构思，我以为你最多40岁。"我则笑着说："侬你在电话中闲聊时的沉稳，我以为你至少45岁呢。"

王昭问我是不是第一次写剧本，我说是的，"如果不算前生的话"。王昭响应了我的笑话，笑着说："一般来说，这个问题的默认时空域是不包括前生的。"

他给了一句简捷的评价："我没想到这个剧本写得如此之好，好得出乎我的预料。"

虽然我俩年龄相差悬殊，但这位年轻人的评价仍使我很高兴。接下来王昭坦率地说："虽然剧本很不错，但投拍基本没有希望。你不要忘了，今年是郑和下西洋600周年，但影片赶不上了，这是个大制作的电影，至少得两年的拍摄期。既然赶不上600周年纪念，没有哪个公司会感兴趣。费用也很高，我想恐怕得上亿。"

王昭又说："说个透底话吧，这个电影不能投拍还另有原因。那儿……"他用手指向上指指，"肯定不感兴趣。随着国力增强，中国肯定要走海洋大国的路，这是毫无疑问的。问题是眼下造这种舆论还太早，会引起不必要的惊慌。这个世道真他妈邪门，有的国家一年几千亿的军备投入还理直气壮，中国稍稍扩充一点海军力量就被大肆炒作。你的剧本好就好在那几种开放性的结尾，但难也难在这些结尾上。你提出郑和可能继续西行，发现美洲，大明王朝在南北美建立殖民国家，又逼迫英国割让爱尔兰给中国。中国人接过了原本由西方人扮演的角色，也接过了原本属于西方人的罪恶，如屠杀土著民族，建立黑奴制度等。作为逆向的思辨，这都是极深刻的，但目前的政治格局，谁敢拍这些东西？某些西方人不会借机大喊大叫'海上黄祸'？"

我点点头："你说得完全对。其实我自己也估计到了，剧本的结局极有可能石沉大海。我是只求耕耘，不求收获。"

王昭笑着反驳我："不求收获是书呆子们惯用的精神胜利法，咱们别玩这个，既然写，就要千方百计让它成功。"他劝我不要灰心，"如果你耐得住寂寞的话，就静下心好好修改这个本子，用十年二十年的时间。我估计，用不着等到郑和下西洋650周年那一天，也许在三十年之内，国力的增强就会呼唤这部电影，那时它必将造成全民族的轰动效应。所以别急，好事不在忙中取，一部电影要想得到大成功，四分在创作，六分在'势'。其实这部剧本已经很不错了，通篇一气呵成，情节与思辨有很强的深层联系。我冒昧猜一下，你写剧本可能为时不长，但其构思是早就开始了，也许十年前就开始了。我猜得对不对？"

我想起十年前在另一个人生中田田的创作，想起那时我同儿子及文学朋友对剧本的反复推敲，不禁黯然："王先生，你的眼光很厉害的。不错，十年前就有人着手了，可惜那人已经不在这个人世。我是接过那人的接力棒。"

王昭同情地看着我，他看出这个话题激活了我内心的某种涟漪。当然，他绝对想不到那位"已经不在人世"的先驱会是我的儿子。我驱走自己的黯然，"你放心，我完全耐得住寂寞。我会耐着性子磨剧本，让它尽善尽美。只可惜，我不一定能活到电影投拍的那一天。"

"祝愿凌先生能活到那一天。如果不能，希望能让我来接棒。咱俩不妨做个约定。"

"好极了，咱们这就算约定了。"

我和王昭聊得很投机，大有相见恨晚的感觉。我们约定了在三十年内尤其是我驾鹤西归之前的有效联系方式。外面天慢慢黑了，若平打来电话，说今天的游玩已经结束，她和亮亮回旅馆了，我们这才告别。

从北京回去后我接受了工厂的返聘。刚退休两年，工厂的变化已经令人不敢相信。国营厂变成了股份公司，老一茬的领导全都退位，现在的副总、主任们不乏我的老部下，或者我手把手教出来的徒弟。他们待我很好，为我腾出单独的办公室，配置了必要的家具电器。工作也很自由，有事则来，为他们审图或在技术方案上把关；无事则尽可闲云野鹤，没人盯着我考勤的。返聘工资虽不高，但加上我的退休工资，足够我跻身小康之列。

陈习安得知我退休后又一次诚邀我加盟。经过那次公司分裂和带着血腥味儿的官司之后，他的富健与田红英的富强都伤了元气，当然受伤最重的是富健。此后三年它一直没能翻身。陈习安惨淡经营，卧薪尝胆，直到今年公司才开始复苏。陈总已经50岁了，面相上一点儿不嫌老，与我谈话时仍是意态飞扬。他说：

"先要谢谢你那次去看守所接我，人生处在逆境时更能见真情。要知道，那时我自己的妻子都飞走了啊。子凤，富健不景气时我不愿邀你，现在，富健养了三年伤，已经羽翼渐丰，有实力起飞了，你也办了退休，我才对你旧话重提。希望你到我这里大展宏图，还是那句话，我不相信老兄甘愿在此刻就把一生画上句号。你还不到60岁嘛。"

他又说："凌先生，我说句话你信不？别看富健今天比富强弱得多，三年之内我要让它赶上富强！五年以内我要超过它！"

我盯着陈总的眼睛。那里面有熊熊燃烧的火焰，几年来的挫折非但没有让它熄灭，反倒让火头更旺。我佩服此人的意志和韧性，也无法克制对他的怜悯。我说：

"我信你。首先我相信你的才干，第二我相信仇恨的力量——对你前妻的仇恨，也许是夹杂着爱意的仇恨。仇恨的力量是巨大的，它一定能创造出凡人不敢想的奇迹。只是我怀疑一点——这样值得不值得。你已经走过了三分之二的人生，剩下这三分之一，又让仇恨始终主宰它，值不值？值不值？我如果是你，会立刻捐弃前嫌，与前妻重归于好，然后过一种不那么剑拔弩张、不那么刻意追求的生活。习安你愿意吗？你只要点点头，我就去田红英那儿为你牵线。说句吹牛的话吧，我对田红英的了解并不在你之下。据我所知，田红英很在乎你的，她那么狠毒地出手，恰恰是因为她在乎你。你只要回头，她一定会重新接纳你。这些年，你们都没有重新建立家庭，也许都在潜意识中等着对方。当然，破镜重圆也不会那么简单，需要你俩都对自己的人格做一番调整。"

我一口气说了这么多，知道这番话非常残酷，把陈总眼睛中的光辉一下子泼熄了，彻底地泼熄了。他沉默着，很久才疲惫地说："我做不到。你对我的剖析很对，一下子点出了我的心魔，但我不可能以败军之将的身份回到她的屋檐下，不可能。我咽不下这口气呀。"

我叹道："我也知道你不会听我的意见，我只是尽朋友的义务。"

他说："看来我不必邀你加盟了，你肯定不会来的，我看得出，从心境上说你已经归隐田园，看淡了尘世间的名利。"

我笑着说："对，我已经退休了，从心理上真正退休，谁也邀不动我了。我很珍惜这个'不刻意追求'的晚年。"

我完全适应了新生活。白天上班，闲暇时就关到屋里看书、写东西。不过我从不强迫自己写，只有当某个灵感或写作欲望"自动"流出来时，我才把它拾起来，转变为文字。我在时间之河的岸上徜徉，随意而自适，偶尔弯下腰，拾几颗闪亮的贝壳。至于《郑和与西洋》的修改就更不着急，反正有的是时间，我只要赶在本人驾鹤西归前把它改完就行。其实改不改都不打紧的，世上哪有绝对的完美，也许过分雕琢反而会降低剧本的自然美呢。

生活中自然仍有不尽如人意处——若平心中的心魔。我不知道这些心魔是从什么时候开始悄悄潜入她心中的，现在已经扎根很深，无法剪除了。她有很多莫名其妙的心结：她责备自己不小心造成了30年前那次煤气中毒，损伤了女儿的智力，耽误了女儿的一生；她自责没为凌家生一个男根，最不该的是那次人工流产，她说那次若生下来，肯定是个男孩，又漂亮又聪慧，今年该大学毕业了；她念念不忘公爹临死时对她的责骂，她说："我这辈子真心想当一个好媳妇，我对公爹没二心，为啥落了这个结局？"其中她最大的心结是：担心某一天自己也会糊涂，会做出伤害孩子感情的举动。这种担忧非常认真，甚至排上了她的生活日程，她多次认真地与我讨论如何避免它，比如：事先准备好安眠片，免得等病卧床榻时连上街买药都不可得，她有一个得癌症的同学就是这样……

这些心结是非常可笑的，但她却非常执着，到了走火入魔的境界。无论我和点点怎样慰解都无济于事。她常叹息：人生一世，实在是太累太累。而据我看，她的心累在很大程度上是自找的，还害得别人跟着她心累。我不免感慨，当年那个开朗的姑娘怎么会变成这样一位心理扭曲的老妇？我想起她在农场时，指着狼猪后胯间的蛋蛋，大惊小怪地说这头猪怎么长了一个肿瘤？之后红着脸对我说：人家真的不知道嘛。想起她笑嘻嘻地劝我去考大学，说："你安心去吧，家里的一摊全交给我啦……"

她曾经非常开朗。我后悔没有早日发现妻子的心病，如果在刚萌芽时就着手，也许她不会发展到今天。如果我没砸碎那个魔环……打住，打住打住。我已经决定永远摆脱它的诱惑，我不会后悔的。而且这种事情又如何能准确逆料？它和一个人特有的心理素质有关，比如，如果换成田红英，以她的性格，可能会撒泼，骂街，但绝不会陷于对"老来糊涂"的恐惧中……打住，打住打住。我在心里嘲笑自己："你这个老登徒子，收收心吧。在这个人生中，田红英与你一点关系都没有，你就别对她念念不忘了。"

2005年8月16日，晚上8点。我破例没有和老伴一起做饭后散步，而是独自一人来到河边。今天"曾经"是个特殊的日子，在第一个人生经历中，若平在这天溺水而亡,而天乐公司总经理凌子风每年的今天都到此地吊唁,从 1974 年到 1995 年这二十年间从未间断。后来我返回过去救出若平,这个忌日当然就不存在了,我也不大来这里。但今天我来了,我说不清是为什么。

与 1995 年相比,这儿建设得更为繁华了。小岛上竖起一个很大的柔性结构的电视大屏幕,其尺寸在全国也属前几名的。屏幕上流动着五彩,流动着信息和时尚。五彩映入水中,水中也成了缤纷世界。河对岸有不少人停下自行车或摩托车观看,过往的小汽车也照例在这儿减速。这边,挨着早年的饭店又办了两个儿童游乐场,音乐声和霓虹灯光驱走了夜色。饭店也重建了,现在是仿古式建筑,飞檐斗拱,雕花窗扇,隔窗望去,屋内灯火通明,富贵逼人。我在饭店外停住脚步,不想进去。当年的凌总每年此日都要来,出手大方地定下邻河的那张桌子,饭店老板和他很熟悉。但饭店老板不会认识我。

我在河边沉思默想,河水裹带着点点亮光,缓缓流下去。我看着它,如同看着时间之河。我的人生在时间之河里流逝。我的前几个人生,若平的、点点的、田红英的、田田的、陈习安的……人生,所有人的人生。

算了,不想它了。我不想再缠绵于过去。如果那具魔环还在,我倒宁愿跳到十年后走一趟,不是为了规划什么或改变什么,而仅仅是做一个游戏,对自己的人生结局提前做一个探视。在持有魔环时,我曾数次回到过去,怎么就从未想到去探视未来?我随意地想着,忽然愣住了,因为在这一刹那,我忽然感觉到一阵非常熟悉的恍惚感,它从每个细胞中泛起,摇撼着我的肉体和意识。那是做时间旅行的感觉,我经历过几次,已经非常熟悉了。

莫非在砸碎那具魔环之后,我仍具有跨越时空的能力?

被摇碎的意识重新拼拢,变得澄清。我从恍惚感中走出来,重新审视四周。没错,这儿已经大变样。那个超大型电视屏幕消失了,重建的仿古式饭店又恢复了 1995 年的老样子。连我的身体也变了,我能感觉到它的变化,只是,肯定不是变回到 1995 年,而是比 2005 年更为衰老。我在夜色中审视着自己的双手,皮肤枯干,手背上已经有了老年斑。我掏出手机,没错,上面显示着:

2015 年 8 月 16 日,星期日。

这么说，我确实到了十年后——但为什么周围的环境更像是在1995年？我一时弄不清究竟发生了什么，皱着眉头苦苦地想着。忽然——我吃惊地发现，在1995年的旧饭店中，在靠窗的桌子上，坐着——凌子风！47岁的凌子风，时任天乐公司总经理的凌子风，作为红英丈夫和田田父亲的凌子风，还没有碰上黑衣人因而也没有救出若平的凌子风。他面前摆着四碟菜，一壶酒，两个酒杯。他一杯一杯地喝着，同时向窗外的河水中酹酒。他在祭奠自己22年前死去的未婚妻。

我叹息一声，厘清了这个变化的来龙去脉。

原来，在砸碎魔环之后，我仍具有跨越时空的能力。实际上，那个黑衣人早就向我指出过这一点，他说我砸碎魔环后就会摆脱时间的羁绊，只是我一直忽略了它，从没打算尝试过。现在，当我偶然进出"想去十年后一趟"的想法时，这个能力被自动激活了。于是我来到十年后，与老了十岁的我合为一体。只不过这时出了点意外，或者说是巧合：在两体合一的瞬间，那个十年后的"我"恰恰正走在返回1995年的路途中。于是，我最终仍落在1995年的时空中，还是没能去探视未来。

而窗内坐着的那位，则是尚未见到魔环的凌子风，自然天成的凌子风，没有几个人生的生硬接茬，没有扭曲和错位。

那个凌子风正在痛苦的回忆里煎熬。由于他的疏忽，未婚妻淹死了，在花蕾未开时就早早去世了。这是他终生的自责。我能带他回到过去救出若平，抚平他终生的痛。但这么一来，势必要搅乱他的人生。他的人生一经修剪，就再也回不到原璧的状态。

我怜悯地看着窗内的凌子风，看着另一个我，20年前的我，就像历尽沧桑的父亲看着尚未知晓天命的儿子，就像离体的灵魂看着留在尘世的肉身。这种自己看自己的感觉真是非常奇怪。我不想在他面前出现，不想搅乱他的心境。这会儿他非常痛苦，但再深重的痛苦也是暂时的，总有一天会淡化，忘却。他可以沿着那个相对顺遂相对富足的生活走下去，做强他的公司，带大他的天才儿子，与豪爽霸道的妻子吵吵闹闹地白头偕老，当然也有可能反目成仇……

这其实是一个更有可能的选择，是凌子风原生态的生活。只是……何若平和点点，还有亮亮，就会在宇宙中消失，再也不会出现了。

我在窗外久久地犹豫着，无法决定自己的行止——走前一步，我就要搅乱他的生活；退后一步，也会抱憾终生。是上前，还是后退？

当47岁的凌子风第一次遇见神秘的黑衣人时，后者在他眼里是睿智的化身，是上帝，是时间之神。黑衣人对世界成竹在胸，可以一挥手改变生活的流向。那时他怎么会知道黑衣人现身前也有踌躇？他怎么知道黑衣人就是他阅尽沧桑后的自我？

我犹豫良久，决定不再干涉他的生活。于是，一声长叹，我转身离去……

我没有犹豫，拾级而上，走进饭店。也许在另一个时空中，我会最终决定不干涉他的生活。那是一种可能，但只是可能性之一。现在，我决定在他面前出现。如果我不出现就不会有若平和点点，甚至不会有一个可以作出"不干涉决定"的我。我们在舞台上演出，但剧本并非我辈所能决定。没错，我的干涉会扰乱他心境的平静，改变他的生活轨迹，但这正是他还有我应该经历的磨难。一个人只有亲历诸多磨难之后才能知道生活的真谛。

我在角落处的一张桌子前坐下。这具67岁的身体已经比较衰弱了，十几级台阶竟然让我微微喘气。我要了四碟菜，一壶酒，两个酒杯，这些酒菜与那个凌子风要的完全一样。我默默喝酒，悄悄观察着临窗的凌子风。这会儿我穿着黑衣，黑色T恤，戴着黑色墨镜。这身打扮是若平为我挑选的，因为尚黑是她近年来的爱好，于是她无意中为我挑选了演出服装。在我口袋里还装着一只玉镯，是我进饭店前拐到临街的小摊上随便买的，便宜得让人吃惊，仅120元钱一只。这只是一个小道具而已。为了让从未经历过跨时空旅行的凌子风相信我的能力，这个道具还是必要的。我很清楚这一点，因为——我了解自己在20年前的心理，没人能比我更了解自己了。

其实这个道具无关紧要，它的作用就像是积分运算中的鬼变量。到适当的时候，这个道具可以从舞台演出中退出，它的退出丝毫不会影响剧情的递进。

于是，我做好了准备，怀里揣着一个冒牌的魔环，开始干涉我的前生。

然后那个47岁的"我"将依仗魔环救出若平，会在时空中反复奔波，在几个人生中反复切换，最终变成神秘的黑衣人，出现在这座饭店里，把魔环交给原生态的凌子风……这是一个闭口的循环，开头与结尾切合得天衣无缝。开始即为结束，结束即为开始。一条蛇吞吃了自己的尾巴，然后在自己的体腔内获得新生。

唯一不清楚的是，这种跨时空旅行的能力从何时起凭空出现，加在我的身上，加在这个闭口的循环之中。不过，承认这个事实就行了，没必要孜孜以求地弄清它。

我悄悄待在饭店的角落，关切地注视着凌子风。他已经有八分醉了，正喃喃自语："若平，若平，你在哪儿，你能听见我喊你吗？"周围的吃客们都没听见他的自语，他们觥筹交错，用世俗的欢乐淹没了一个人隐秘的痛苦。现在该我出面了。我拎着酒瓶走过去，为了怕他认出我，认出20年后的自己，我没有取下墨镜。

我微笑着说：

"我想，两个喝闷酒的男人也许能有共同的话题。我能坐这儿吗？"

……